백작가의 비밀스런 시녀님

III

백작가의 비밀스런 시녀님 III

1판 2쇄 찍음 2024년 12월 13일
1판 2쇄 펴냄 2024년 12월 23일

지은이 | 백주아
펴낸이 | 정 필
펴낸곳 | (주)뿔미디어

출판등록 | 2002년 9월 11일 (제1081-1-132호)
주소 | 경기도 부천시 소향로17, 303호(상동, 두성프라자)
전화 | 032)651-6513 **팩스** | 032)651-6094
E-mail | dahyangs@naver.com
블로그 | http://blog.naver.com/dahyangs
비북스 | http://b-books.co.kr

값 13,000원

ISBN 979-11-6565-580-8 04810
ISBN 979-11-6565-577-8 04810 (SET)

백작가의 비밀스런 시녀님

Count's a Secret Maid

III

백주아 장편 소설

FEEL PREMIUM EDITION

Contents

제15장

백작님과 다시 만났다

그의 목소리가 꿈을 꾸듯 먹먹하게 들려왔다. 난 아무 말도 할 수 없었다. 그의 물음에 반박하지도, 응하지도 못했다. 그 무엇도 할 수가 없었다.

손안에 들린 머리 끈이 자꾸 내 손목을 휘감으며 바람에 흔들렸다. 그것이 마치 온몸을 옭아맨 것처럼 몸을 움직일 수가 없었다.

멍하니 서 있는 날 훑어 내리던 그의 시선이 내가 들고 있는 가방에 꽂혔다.

"왜 도망가는 거야."

그제야 난 퍼뜩 놀라며 가방을 숨기듯 뒤로 감춘 채 주춤 물러났다. 그런 날 지켜보던 빈센트가 걸음을 내디디며 거리를 좁혀 왔다. 난 당황하며 뒷걸음질 쳤다. 하지만 곧 철문에 막혀 멈출 수밖에 없었다. 덜컹 울리는 쇳소리가 바람을 타고 흩어졌다.

"폴라."

"오지 마세요. 제발, 오지 마요."

난 철문에 바싹 붙은 채 도리질했다. 덜컥 두려움이 몰려와 그를 거부했다. 단 한 번도 이런 상황을 생각해 본 적이 없었다. 이런 식의 재회를 원하지 않았다. 그제야 내가 그와 제대로 마주할 준비가 되어 있지 않다는 걸 깨달았다.

내 말에 빈센트가 걸음을 멈췄다. 난 그의 시선을 피해 고개를 숙였다. 불안하게 떨리는 심장을 애써 진정시키며 물었다.

"언제, 언제부터…… 처음부터 알고 계셨던 건가요."

"아니. 처음엔 몰랐어. 하지만 의심은 했지. 확신하게 된 건, 로버트가 아팠던 날 밤에 네가 책을 읽어 주면서 하는 말을 우연히 들었을 때였어."

내게도 떠오르는 기억이 있었다. 로버트가 앓아누웠던 날 밤, 유난히 굳어 있는 그가 걱정돼 방 밖으로 나갔었다. 그때 내 팔을 붙잡고 무섭게 날 바라보던 그의 얼굴, 묘한 말들이 뭘 의미했는지 이제야 알게 되었다. 돌이켜 보면, 그날 이후부터 빈센트가 이상하게 굴었던 거 같다.

"지금은 어둠 속을 모험하고 있고, 나한테만 들리는 목소리가 있다. 비록 모습이 보이진 않지만 그건 같이 모험하는 동료가 되고, 친구가 되고, 가족이 되고, 무엇이든 될 수 있다……. 네가 나한테 해 준 말이야. 기억나?"

내가 그런 말을 했던가. 잠시 고민하다 고개를 저었다. 기억나지 않는다.

"그 말 때문에 알았어. 내게 용기를 내라고 해 준 말이었으니까."

그럼 앨리샤의 거짓말도 알고 있었겠구나. 난 눈을 질끈 감았다. 나인 척하는 앨리샤를 보며 얼마나 어이없고 황당했을까. 그럼에도 빈센트는 날 추궁하지 않았다.

"네가 뭘 무서워하는지 알아. 하지만 내가 그런 게 아니야. 나도 그들이 왜 그렇게 죽었는지 알아보고 있는 중이야."

"……알고 있습니다."

"거짓말. 의심했잖아. 전후 사정은 모르지만 넌 내가 관여했다고 생각하는 거겠지. 그러니 지금 이렇게 도망가려는 거잖아. 5년 전처럼."

그의 말이 날카롭게 날 찔렀다. 갑자기 일어난 살인 사건, 비슷한 일이 5년 전에도 벌어졌었다. 그땐 집사가 한 짓이었지만, 지금 이곳엔 집사가 없다고 했다. 그렇다면 그런 짓을 할 수 있는 위치의 사람을 의심할 수밖에 없지 않은가.

그래, 난 가장 먼저 빈센트를 의심했다. 그들이 무언가를 잘못했고, 그에 대한 벌로 그가 죽였을지도 모른다고 생각한 적이 있었다.

5년 전에 집사가 날 죽이려고 했던 걸 빈센트는 정말 모르고 있었을까? 난 거기에 대한 확답을 받지 못했다. 집사는 이곳을 떠났다고 들었지만 정말 떠난 건지도 알 수 없었고, 이자벨라가 왜 갑자기 사라졌는지에 대해서도 이유를 알지 못해 불안했다. 불안의 씨앗은 싹을 틔운 순간부터 정처 없이 커져만 갔다. 게다가 앨리샤의 일까지…….

아무리 호의적으로 굴어도 그도 결국 귀족이니까. 귀족들에게 우리 같은 사람의 목숨 따윈 하찮고 손쉽게 틀어쥘 수 있는 거니까.

나는 매 순간 그런 마음으로 그들을 대했다. 그들은 언제든지 날 죽일 수 있다고. 그것이 내가 온전히 빈센트를 믿을 수 없는 이유이기도 했다. 그런 내 마음을 빈센트도 알아챈 듯하다.

여전히 날 바라보는 시선이 느껴졌지만, 난 그의 눈을 마주할 수가 없었다.

"5년 전에는 왜 도망쳤어. 기다리라고 했잖아."

"살고 싶어서요. 그래야 했으니까."

"날 믿을 순 없었나?"

"주인님이 절 지켜 주실 거란 확신이 들지 않아서요."

"난 믿었는데."

"……."

"난 널 믿었어."

그의 말이 바람을 타고 웅웅 울렸다. 뭐라고 답해야 할지 몰라 난 침묵을 택했다. 그렇게 이 상황에서 도망치고 싶었다. 하지만 그는 날 놓아주지 않았다.

"하긴. 나였어도 눈이 안 보이는 병신을 의지하진 않았을 거야."

"그런 말 하지 마세요."

"사실이잖아."

"주인님."

"그럼 말해 봐. 왜 도망쳤지?"

"말씀드렸잖아요. 살고 싶었다고. 당장 제 목숨을 부지하는 데 급급했어요."

"집사가 널 해치려 해서?"

역시 알고 있었구나. 난 쓰게 웃었다. 언제부터 알고 있었냐, 역시 당신이 시킨 거냐, 언젠가 묻고 싶었던 말들이 가슴속에서 맴돌았다. 하지만 그 말들을 날카롭게 쏘아 뱉는 대신 내리깔고 있던 시선을 들어 올려 그와 마주했다.

"절 찾으셨어요?"

"그래."

"어째서요?"

"널 반드시 데려올 거라고 했잖아."

'널 내 곁으로 데려올 거야. 반드시. 약속해.'

가슴속에서 무언가 울컥 치솟아 올랐다. 슬퍼서가 아니라, 기쁘고 미안해서. 나와의 약속을 기억하고 있었구나. 정말 날 기억하고 있었어. 그의 마음이 이제야 내게 맞닿아 왔다.

"잊으면 유령이 되어서 평생 따라다닐 거라며."

"네?"

"진짜 그럴까 봐 열심히 찾아다녔지."

그리 말하곤 빈센트가 장난스럽게 웃었다. 그 얼굴을 보자 숨통을 조이던 긴장감이 조금 풀어졌다. 나도 작게 웃음을 터트렸다. 그 말을 했던 건 기억난다. 딴엔 날 버릴까 봐 호기롭게 내뱉은 말이었다.

빛바랜 기억이 지금 이 순간을 채웠다. 어느새 우리는 5년 전으로 돌아가 있었다.

"집사가 한 짓은 나중에 알게 되었어. 그땐 너무 늦어 버린 뒤였지. 그래도 널 찾고 싶었어. 처음엔 걱정되어서 찾았던 거 같아. 그다음엔 괘씸해서. 그러다가 나중엔…… 습관처럼. 때때로 너랑 함께했던 추억이 떠오르면, 그때마다 궁금해했지. 어떻게 지내고 있을지, 살아는 있을지. 이렇게 뒤통수치고 있을 줄은 몰랐지만."

"……그러게 왜 믿으셨어요. 시녀가 한 말 따윈 흘려들으시지."

"믿음은 신뢰가 바탕이 되어야 나오는 거야. 난 널 신뢰했으니 믿었고, 너의 말을 의심하고 싶지 않았어. 네 말을 의심하는 순간, 난 너와의 모든 걸 믿을 수가 없게 되니까."

"……."

"그러고 싶지 않았어."

너와의 추억을 저버리고 싶지 않아 네가 해 준 말들을 의심할 수조차 없었다. 네가 내게 거짓을 말했더라도 그것마저 진실이라 믿고 싶었다. 그는 내게 그리 말하고 있었다. 서늘한 가슴마저 녹여 버릴 듯 너무도 따스한 말이었다.

"그러니 이제 말해 봐. 왜 날 속였지?"

"실망하실까 봐서요."

"무엇을?"

"제 모든 걸요."

그에게 외모를 숨겼지만, 내가 숨기고 싶었던 건 단지 외모만이 아니었다. 내 모든 것을 감추고 싶었다. 그가 '나'라는 사람 자체에 대해 실망할까 봐 두려웠다.

"솔직히 놀라긴 했지. 말해 준 거랑 너무 다르잖아."

무엇을 말하는지 바로 알아챘다. 난 씁쓸하게 웃었다.

"네가 봐도 네가 말한 것과 너무 다르지 않나? 그토록 찾았던 게 정작 다른 사람이었을 줄이야. 덕분에 난 괜한 시간을 보냈잖아."

그런데 비난하는 게 아니라, 꼭 투덜거리는 듯한 목소리였다. 내 눈이 휘둥 그레졌다.

"왜."

"그게 불만스러우신 거예요? 다른 건요?"

"다른 거?"

"이런 모습이라서…… 실망하지 않으셨어요? 끔찍하지 않아요?"

그가 내 모습을 다시 위아래로 훑었다. 그리고 덤덤한 얼굴로 말한다.

"전혀."

"왜……요? 그럴 리 없는데. 다들 실망하고, 끔찍하다고 했는데. 그, 그런 거 이상해……. 이상해요……."

난 그의 말을 믿을 수가 없었다. 내 얼굴을 본 사람 중 내게 실망하지 않은 사람은 없었으니까. 날 낳아 준 부모마저도 내 얼굴을 싫어했다.

"이상하지 않아."

하지만 그는 내 생각을 반박했다.

"네가 어떤 모습이라 해도 상관없었어."

"……."

난 멍하니 그를 바라봤다. 빈센트가 다시 걸음을 내디뎠다.

등 뒤에 있는 철문은 잠겨 있지 않았다. 여차하면 그 문을 열고 뛰쳐나갈 수 있었다. 하지만 난 한 발자국도 움직일 수가 없었다. 왜냐하면 빈센트가 날 붙잡고 있기에.

그의 시선은 한순간도 내게서 떨어지지 않았다. 단 한 걸음을 사이에 두고 빈센트가 멈춰 섰다.

손목을 감싸고 있던 끈이 스르륵 풀리며 손안에서 빠져나갔다. 빈센트가 손을 뻗어 허공에서 펄럭이는 끈의 끄트머리를 잡았다. 머리 끈이 이제는 그의 손목에 감겨든다.

잠시 머리 끈을 매만지던 빈센트가 다시 날 바라봤다.

"이제 널 만져 봐도 돼?"

그가 울듯이 웃었다. 허락을 구한다.

나는 이번에도 아무 말을 하지 못했다. 빈센트가 한 걸음 내게 다가오고, 커다란 손이 내 뒷덜미로 파고드는 것도 뿌리치지 못했다.

등 뒤에서 철문이 철컹하며 소리를 내질렀다. 그의 몸이 맞닿을 듯 가까워져 나도 모르게 고개를 숙였다.

귓바퀴를 더듬던 그의 손이 미끄러져 내려오며 뺨을 문질렀다. 그러다 눈가를 더듬는다. 감긴 속눈썹이 그의 손끝을 따라 파르르 떨렸다. 그걸 매만지던 손이 위로 올라가 이마를 둥글게 더듬고 눈썹을 훑은 뒤 작은 코의 윤곽을 손에 익히려는 듯 천천히 매만지며 내려온다.

분명 바람이 찬데 피부에 달라붙는 체온은 뜨거웠다. 얼굴을 더듬는 손길이,

이마에 닿는 숨결이 너무도 간지러워 온몸이 꼬여 갔다. 쏟아져 내린 금빛 머리카락이 바람에 흔들리며 내 머리에 살짝살짝 맞닿는다. 난 나무 기둥을 잡고 매달리는 것처럼 가방 손잡이를 꽉 움켜잡았다. 이거라도 잡고 있어야 할 거 같았다.

그의 손이 내 입가를 더듬었을 땐 참지 못하고 눈동자를 살짝 들어 올렸다. 그러나 예상외로 빈센트는 눈을 감고 있었다. 마치 5년 전 아무것도 볼 수 없던 때처럼, 손에 닿는 감촉만을 좇아 기억하려는 듯. 내리감긴 그의 눈 끝에 매달린 속눈썹도 나처럼 파르르 떨리고 있었다.

"이런 느낌이었구나."

"……."

"이런 느낌이었어. 이렇게……."

살짝 벌어진 입술을 더듬다가 턱으로 내려온 손이 내 목을 감쌌다. 그러더니 목덜미 근처에서 흔들리는 머리카락을 살짝 움켜쥔다. 그 순간 감겨 있던 눈꺼풀이 올라가며 에메랄드빛 눈동자가 모습을 드러냈다. 난 다시 고개를 숙였다.

그가 움켜쥔 머리카락을 만지작댔다. 잠시 후, 그가 손을 떼어 냈을 땐 머리카락에 묶인 기다란 머리 끈이 양쪽으로 갈라져 휘날렸다. 한쪽은 허공에 펄럭이고, 남은 한쪽은 내 입가를 툭툭 친다. 그의 손끝이 끈을 좇으며 입술 선을 더듬었다.

"루카스의 말대로야. 너한테 잘 어울려."

나지막한 목소리에 웃음기가 섞여 있었다. 언뜻 웃는 소리도 들려온다.

"만나면 바로 알아챌 거라 생각했어. 눈으로 널 본 건 아니지만, 기억은 점차 흐릿해져 가지만, 내 손끝에 너에 대한 감각을 새겨 두었으니까. 하지만 생각해 보면, 정작 네 얼굴은 별로 만져 보지 못했던 거 같아."

조심스럽고 다정한 손짓. 손끝에 닿는 게 진짜인지 확인하듯 덧그린다.

"이제 널 알아볼 수 있어."

고개를 들어 올리자 그와 시선이 부딪쳤다. 에메랄드빛 눈동자 속에 혼란스러워하는 내가 보인다.

"가지 마."

"……."

"내 곁에 있어 줘."

남은 한 손이 내 어깨를 감싸 쥐었다. 그리고 천천히 날 품으로 끌어당겼다. 콧속으로 스며드는 그의 체취가 짙어졌다.

"보고 싶었어."

눈앞이 흐릿해졌다. 울고 있을지도 몰라.

그대로 눈을 감았다.

나도요.

안겨 있는 새에 가방을 빼앗겼다. 당황해 하는 내 손을 붙잡고 빈센트가 숲속으로 들어갔다. 이미 숲속은 앞이 보이지 않을 정도로 어두컴컴해졌다.

나무 위로 뜬 둥근달을 보고서야 그가 어두운 걸 무서워한다는 사실을 떠올렸다. 순간 걱정이 되었지만 그는 발작 없이 차분히 걸어 나가고 있었다. 혹시라도 내가 도망갈까 봐 손을 아주 꽉 잡고서.

길을 헤맬 줄 알았는데 그는 별다른 어려움 없이 숲속 저택으로 날 인도했다. 사람의 기척이 느껴지지 않는 저택을 멍하니 올려다보고 있는데 그가 내게 가방을 돌려줬다. 어쩐지 아까보다 무거워진 듯한 가방의 손잡이를 꽉 쥐고서 고개를 푹 숙였다.

잠시 바람이 우리를 스쳐 갔다.

"네가 동생을 어떻게 생각하는지 잘 알겠어. 당장 뭔가를 할 생각은 없으니까 걱정 마. 네가 결정을 내릴 때까지 기다릴 테니까."

"죄송합니다."

"사과하지도 말고."

난 가방 손잡이를 잡고 있는 손을 꼼지락댔다. 사과하지 말라고 하며 날 배려해 주는 그에게 뭐라 말해야 할지 모르겠다. 차라리 지금이라도 그의 인생에서 사라지는 게 낫지 않을까.

망설이는 내 마음을 알아챈 그가 단호히 일갈했다.

"도망갈 생각 하지 마. 내일 아침 일찍 감시하러 올 거니까."

"······."

"쉬어."

"밤인데 혼자 가실 수 있겠어요?"

밤길이 너무 어두웠다. 숲속은 같이 걸어왔지만 혼자 내려가는 건 아무래도 걱정됐다. 그러자 빈센트가 미미하게 인상을 썼다.

"너 역시 눈치챘군."

"죄송합니다."

"사과하지 말라니까."

빈센트가 깊은 한숨을 내쉬었다.

"밤눈이 어두운 건 맞지만, 그렇다고 아무 때나 발작을 일으키는 건 아니야. 저번처럼 갑자기 어두운 데 박히는 게 아니면 밤에도 얼마든지 혼자 걸어 다닐 수 있어."

그럼 다행이었다. 몰래 안도하고 있는데, 빈센트가 얼른 들어가라며 내 등을 떠밀었다. 빨리 안 가면 방문 앞까지 데려다줄 기세라 난 주춤거리며 걸음을 옮길 수밖에 없었다.

등 뒤에 시선이 따라붙는다. 그는 내가 저택 안으로 들어갈 때까지 끈질기게 주시했다.

저택의 문을 닫고 나서야 다리에 힘이 풀렸다. 벽에 기대앉아 있다가 엉기적 움직여 창밖을 내다봤다. 빈센트는 떠나지 않고 여전히 그 자리에 그대로 서 있었다. 밤바람이 그의 옷자락을 흩뜨려 놓는다.

그는 그렇게 한참 동안이나 움직이지 않았다.

잠결에 누군가 몸을 흔드는 게 느껴졌다. 눈꺼풀이 무거웠지만, 뺨을 때리는 고통에 눈을 뜰 수밖에 없었다.

비몽사몽인 상태로 상체를 일으키자 씩씩거리고 있는 앨리샤가 보였다. 사나운 얼굴을 보자 잠기운이 다 달아나 버렸다.

"너 뭐야! 뭐 하는 거냐고!"

"아, 잘 잤니."

"잘 잤니? 너 지금 나한테 잘 잤냐고 묻는 거야?"

앨리샤가 몸을 부들부들 떨더니 베개를 집어 들고 날 퍽퍽 내려치기 시작했다. 난 몸을 웅크리며 방어했다.

"떠난다고 해 놓고! 온갖 소리 다 지껄이며 떠난다고 했으면서 다시 돌아와?! 너 지금 나랑 장난하자는 거야!"

"아파. 하지 마."

"뭘 하지 마?! 뭘? 제발 꺼져! 내 인생에서 꺼지라고!"

난 방어하던 것을 멈추고, 소리를 지르며 날 퍽퍽 때리는 앨리샤에게 얌전히 맞아 줬다. 사실 죽네, 어쩌네 하면서 도망치자고 해 놓고 돌아봐 버렸으니 할 말이 없긴 했다.

그래서 입을 꾹 다물고 있는데, 한참 동안 날 때리던 앨리샤가 베개를 내리고 숨을 골랐다.

"좋아. 다 필요 없어. 내 말대로 하겠다는 약속만 지켜. 나중에 때가 되면 진짜로 떠나야 해. 알겠어?"

"……."

"나쁜 년. 이럴 땐 말도 안 하지."

베개를 한쪽에 홱 던진 앨리샤가 헝클어진 머리를 정돈했다. 그리고 날 한번 노려본 뒤 방을 나갔다. 그제야 나도 웅크리고 있던 몸을 일으킬 수 있었다.

헝클어진 머리를 쓸어내리는데, 무언가 손에 걸렸다. 끄트머리에 꽃무늬를 수놓은 머리 끈이었다.

그걸 보자 어젯밤의 일이 떠올랐다. 순간 목뒤에 얼음을 갖다 댄 것처럼 멍한 정신이 확 깼다. 난 괜히 목덜미를 퍽퍽 긁었다.

옷을 갈아입고 머리를 질끈 묶은 뒤 밖으로 나갔다. 로버트의 방으로 향하는 길에 유모를 만났다.

"앤, 잘 잤어요?"

"네. 유모님도 잘 주무셨나요?"

"나야, 뭐."

유모가 짧게 웃으며 오늘도 힘내자는 심심한 말을 건넸다. 난 고개를 끄덕여 반응해 주고 유모와 나란히 로버트의 방문 앞에 섰다.

똑똑 노크를 한 뒤 문을 열고 먼저 들어간 유모를 뒤따라 나도 안으로 들어가려는데, 생각지도 못한 형체를 마주하곤 걸음을 멈칫했다.

"어머, 백작님. 아침 일찍 어쩐 일이세요?"

빈센트가 로버트를 품에 안은 채 방 한가운데 서 있었다. 로버트는 아직 꿈나라에 빠져 있는지 빈센트의 목을 두 손으로 감싸 안으며 칭얼거렸다.

빈센트가 로버트의 등을 토닥이며 이쪽을 흘긋 보았다. 정확히 내 쪽에 시선이 닿자 난 딱딱하게 굳어 버렸다.

"아침 식사를 같이하려고."

"아아, 그러시군요. 도련님이 좋아하시겠어요."

유모가 싱긋 웃으며 빈센트에게서 로버트를 건네받았다. 로버트가 눈을 비비며 유모의 품에 안겼다. 유모가 로버트를 침대에 앉힌 뒤 가볍게 씻을 만한 세숫물을 가져왔다.

그때까지도 난 문 틈새에 어정쩡하게 서 있었다. 그런 날 지켜보던 빈센트가 성큼 다가오더니 손수 문을 활짝 열어 주었다.

"안 들어와?"

"아, 네. 들어가야죠."

난 고개를 푹 숙이며 안으로 들어갔다. 등 뒤에서 문이 닫히자 어쩐지 막다른 길에 몰린 쥐처럼 긴장감이 느껴졌다.

빈센트는 문 앞에 서 있는 내 옆에 자리했다. 난 양손을 맞잡고 뻣뻣하게 몸을 굳혔다. 그의 시선이 노골적으로 뺨을 찌른다.

"왜 이렇게 긴장해."

"일찍 오셨네요."

"감시하러 온다고 했잖아."

그랬죠. 설마 진짜로 이렇게 이른 시간에 올 줄은 몰랐지만.

"잠은 잘 잤어?"

"네? 아, 예. 잘 잤습니다. 주인님도 잘 주무셨나요?"

저택으로 돌아왔을 땐 자정을 앞둔 늦은 밤이었다. 얼마 지나지 않은 것 같은데 시간이 많이 흘러 있었다.

그는 내가 저택으로 들어간 뒤에도 꽤 오랫동안 밖에 서 있었다. 난 창밖으로 몰래 그가 떠나는 걸 지켜보려다가 결국 먼저 방으로 갈 수밖에 없었다.

"누가 도망갈까 봐 전전긍긍해 하느라 잘 못 잤어."

"……유, 유모님. 제가 하겠습니다!"

난 로버트의 옷을 갈아입히려는 유모에게 허겁지겁 달려갔다. 세숫물로 얼굴을 씻었는데도 로버트는 여전히 잠에 취해 있었다.

유모가 큰 소리를 지르며 달려오는 날 의아하게 보다가 예의 미소를 지었다.

"그럴래요? 난 주변 정리를 좀 할게요."

"네."

유모에게 옷을 건네받고, 고개를 흔들거리며 앉아 있는 로버트와 마주 서서 허리를 굽혔다. 잠옷의 단추를 끌러서 벗긴 뒤 새 옷으로 갈아입히는 내내 신경은 등 뒤로 향해 있었다. 낯간지러웠던 말이 귓가를 맴돌며 귓불을 매만졌다.

어젯밤의 일이 아직도 꿈만 같았다. 빈센트를 뒤로하고 방으로 돌아와 침대에 몸을 눕혔을 때도 이대로 눈을 감으면 꿈에서 깨어날 것만 같았다. 그래서 잠드는 게 무서웠다. 앨리샤에게 얻어맞고 잠에서 깨어났을 때도 어젯밤 일이 꿈인지 현실인지 판단하기 어려웠다.

하지만 꿈이 아니라는 듯 빈센트가 날 만나러 왔다. 이건 나 혼자 그를 알고 있을 때와는 확연히 달랐다. 같은 공간에 있는 것만으로도, 단순한 말 한마디를 건네는데도 예전과 다르다는 걸 느낄 수 있었다.

신발까지 갈아 신었지만 로버트는 잠에서 깨어나지 못했다. 팔을 뻗으며 안아 달라고 하기에 난 로버트를 품에 안았다.

어제 로버트가 가지고 놀아 이곳저곳에 널브러져 있던 물건들을 대충 정리한 유모가 먼저 내려가 있겠다고 말하곤 방을 떠났다. 아마 사람들에게 빈센트의 참석을 미리 알리려는 거겠지.

방 안에 나와 그만이 남았다. 갑자기 침묵이 내려앉는다. 난 주춤거리며 빈센트에게 다가갔다. 날 좇는 그의 시선이 느껴졌다. 아니, 그의 시선은 내가 이 방에 들어섰을 때부터 단 한 순간도 내게서 떨어지지 않았다. 이제 저 시선이 의미하는 바가 무엇인지 알기에 긴장이 되었다.

난 괜히 눈을 내리깔며 로버트의 등을 쓸어내렸다.

"식당으로 내려가세요."

"……."

어쩐지 돌아오는 말이 없다. 슬쩍 눈을 들어 올리자, 그가 내게로 손을 뻗어 왔다. 목덜미를 스친 그의 손이 잡고 있는 건 머리를 묶고 있는 하얀 끈이었다. 끄트머리에 수놓인 꽃무늬를 훑던 눈동자가 가늘게 늘어진다.

"이거 썼네."

"네, 어쩌다 보니……."

"어제 내가 꿈을 꾼 줄 알았어. 그래서 꿈에서 깨어날까 봐 잠도 안 오더군."

난 눈을 크게 떴다. 머리 끈을 만지던 빈센트가 안도하듯 웃었다.

"꿈이 아니란 걸 알고 싶어서 참을 수가 없었어. 너한텐 아침 일찍 감시하러 올 거라고 말했지만, 사실 내가 그러지 않으면 안 될 거 같았거든."

"……."

"너도 그래?"

네, 저도…… 그랬어요. 저도 꿈일까 봐 무서웠어요. 그래서 빨리 꿈이 아니란 걸 알고 싶었어요.

갑작스런 재회에 심장이 내려앉을 정도로 놀랐지만 그렇다고 기쁘지 않은 건 아니었다. 사실 아주 많이 기뻤다. 그의 진심을 들었고, 모든 게 내 오해란 걸 알게 되어서.

그래서 더 겁이 났다. 너무 달콤해서 더더욱 꿈일 것만 같았다. 내일 아침 눈을 뜨면, 날 알아보지 못하는 냉랭한 모습의 빈센트를 만나게 될까 봐 무서웠다. 왜냐하면, 살아서 다행이란 생각을 한 적이 별로 없었으니까.

솔직한 내 마음을 말해 주고 싶었다. 입술을 달싹여 보았지만 어떤 대답도 내놓지 못했다.

나는 겁쟁이였다. 솔직해지는 게 마치 벌거벗는 일 같았다. 매번 속으로 에단과 빈센트를 타박했지만, 사실은 내가 가장 솔직하지 못한 사람이었다.

머뭇대는 날 보던 빈센트가 눈을 감고 끈을 입술에 댔다. 입술로 꽃무늬를 더듬던 그가 숨을 한 번 들이켜더니 나른한 숨결을 흘렸다. 그러곤 끈을 놓으며 손을 내밀었다.

"로버트는 내가 안을 테니 이리 줘."

"아, 네."

난 당황한 티를 숨기며 그에게 로버트를 건넸다. 익숙하게 로버트를 품에 안은 그가 옆으로 비켜섰다. 난 문을 열고 그가 지나가기를 기다렸다. 그러자 먼저 복도로 나간 빈센트가 날 바라보며 말했다.

"앞장서."

"예?"

"앞장서 가라고."

"먼저 가시면 제가 뒤따르겠습니다."

"그러다 몰래 도망칠 줄 어떻게 알고."

그가 잊고 있던 화제를 다시 꺼냈다. 난 황당해하며 그를 올려다봤다. 아니, 그럴 생각 없는데요? 물론 어제까지는 그럴 생각이었지만, 나중에 다시 그러고 싶은 마음이 생길 수도 있지만, 어쨌든 지금은 그럴 마음이 없었다.

하지만 빈센트는 경계를 늦추지 않고 날 채근했다.

"난 널 감시하러 온 거야. 잊지 말고 앞장서."

결국 그의 말대로 앞장서 복도를 걸어갔다. 뒤통수가 따끔해 미칠 지경이다. 이럴 줄 알았으면 유모가 아니라 내가 먼저 내려갔어야 했던 건데.

"혹시나 해서 하는 말인데, 그만둘 생각은 마. 미리 말해 뒀으니까."

이제는 협박까지 한다. 난 작게 투덜거렸다.

"일하다 보면 그만둘 수도 있죠."

"안 돼."

"왜요? 제가 여기서 겪은 일을 여기저기 말하고 다닐까 봐서요? 저 입 꾹 다물고 잘 살겠습니다."

"그건 당연한 거고."

"……"

"그래도 안 돼. 내가 허락 못 하니까 꿈도 꾸지 마."

"너무 제멋대로이신 거 아닌가요."

굳이 거창한 이유가 아니더라도, 단순히 일이 적성에 안 맞으면 그만둘 수도 있지 않은가. 딴엔 반항해 보았으나 빈센트는 단호했다.

"여기 있는 것 중에 내 마음대로 하지 못하는 건 없어."

"……"

언젠가 들었을 법한 당당한 말투에 난 할 말을 잃었다. 여타의 경험으로 보건대 더 반박해 봤자 입만 아팠다. 난 얌전히 앞장서 식당으로 내려갔다.

방 안엔 빗자루로 바닥을 쓰는 소리만 울렸다. 난 빗자루를 한껏 움켜쥔 채 청소에 집중했다. 등 뒤에 따라붙는 시선이 따끔하지만 애써 무시하려고 노력했다.

아침 식사를 하면서도 꾸벅꾸벅 조는 로버트 때문에 유모와 로버트는 잠도 깰 겸 간단한 산책을 하러 밖으로 나갔다. 졸린 와중에도 산책은 가고 싶은지 로버트는 눈을 비비며 유모의 손을 잡고 얌전히 따라갔다.

그동안 난 간단하게 청소라도 할 요량으로 청소 도구를 챙겨 로버트의 방으로 돌아왔다. 방 안을 쭉 훑으며 유모가 한쪽에 대충 정리해 둔 물건들을 제자리에 가져다 놓았다.

그리고 창문을 모두 열어젖힌 후 침대보와 베갯잇, 시트를 새것으로 갈고, 빗자루로 바닥을 쓸기 시작했다.

그러는 사이 끈질긴 시선이 따라붙었다. 무시하려고 했지만 내 인내심이 먼저 바닥을 보였다. 결국 부담스러움을 참지 못하고 한마디 뱉었다.

"그만 보세요."

최대한 태연한 척 부탁했다. 그런데 대꾸가 없다. 난 뒤를 흘끗거렸다.

빈센트가 소파에 떡하니 앉아 날 구경하고 있었다. 같이 식사한 뒤 산책 가자는 제안을 거절했더니 기어이 날 따라와 저러고 있다. 평소와 달리 편안하게 풀어진 작태를 보니, 쉽게 자리를 뜰 것 같지 않았다.

"저 어디 안 갑니다. 바쁘실 텐데 가서 일 보세요."

"일 없는데."

거짓말. 전에 에단에게 듣기론 그는 무척 바쁜 사람이었다. 그러니 로버트를 만나러 자주 못 오는 거겠지.

난 빗자루로 바닥을 탁 내려치고 눈을 가늘게 떴다. 내 속마음을 읽었는지 시선이 부딪치자 빈센트가 살짝 웃는다.

"나 무척 한가해. 그러니까 네가 놀아 줘."

장난스런 태도가 낯간지러웠다. 난 애먼 목덜미만 퍽퍽 긁었다.

"뭘 어떻게 놀아 드릴까요."

"그동안 뭐 하고 지냈어?"

대화라도 나누자는 소리인가. 난 한숨을 뱉고 다시 빗자루를 쓱쓱 쓸었다.

"그냥 지냈습니다."

"필튼에 없던데. 어디서 지냈지?"

필튼에도 찾아왔던 건가. 날 찾으려 했다면 가장 먼저 거길 갔을 수도 있겠다.

"노벨르 옆쪽 작은 마을에서 지냈습니다."

"아, 그 마을. 그래서 노벨르를 뒤졌을 때도 없었던 거군."

"왜 노벨르에서 절 찾으셨어요?"

그건 좀 의외였다. 내가 놀라워하며 묻자 빈센트가 내 머리 쪽을 눈짓으로 가리켰다.

"그 머리 끈을 거기서 발견했어. 정확히는 바이올렛이 재미난 걸 발견했다며 보내 줬지."

"바이올렛 님이요?"

"그래. 웬일로 오랜만에 편지를 보냈나 했더니, 그걸 넣어 뒀더군."

그가 실제로 본 적이 없는 머리 끈을 어떻게 가지고 있는 건지 궁금했는데, 바이올렛이 찾아 준 거였구나. 바이올렛이 노벨르에 있었다면 길 가다가 한 번쯤은 지나쳤을 수도 있겠다는 생각이 들었다. 설마 빵 장수와 교환한 머리 끈을 바이올렛이 직접 발견할 줄은 몰랐지만.

"길거리 빵 장수가 가지고 있었다던데. 소중하게 간직할 줄 알았는데 의외였어."

머리 끈과 빵을 바꾼 걸 말하는 거였다. 난 우울한 얼굴로 바닥을 의미 없이 쓸었다. 순간 바이올렛에게 너무도 미안해졌다.

"왜 팔았어?"

"판 건 아니고…… 교환한 겁니다. 빵을 준다고 해서……."

난 작게 중얼거리며 빗자루질에 집중한 척했다. 그땐 이렇게 되돌아올 거라곤 상상조차 못 했다. 소중한 물건이었지만 배고픔이 먼저였기에 빵과 교환했고, 덕분에 며칠간 연명할 수 있었다. 그날 먹었던 빵은 입 안에 넣자마자 녹아내릴 정도로 부드러웠고, 그만큼 씁쓸한 맛이었다.

왜 빵을 받기 위해 머리 끈을 주었냐고 물어볼 줄 알았는데 의외로 빈센트는 더 묻지 않았다.

"바이올렛에게 얘기를 전해 듣고, 네가 노벨르에 있지 않을까 싶어서 바로 사람을 풀었지."

그 화제는 좀 솔깃했다. 사람을 풀었다는 건 그 이상한 남자들을 말하는 것일 테다. 그제야 그동안 담아 두기만 했던 궁금증을 입 밖으로 꺼냈다.

"왜 그런 식으로 절 찾으셨어요? 채용하는 방식도 그렇고, 고용 기준도 좀 이상했거든요."

"널 찾는 게 생각보다 쉽지 않았거든."

빈센트가 눈을 내리깔며 한 손으로 소파 팔걸이를 타닥타닥 두드린다. 잠시 추억에 잠긴 듯 골똘히 생각하던 그가 말을 이었다.

"단순히 내가 들은 대로 찾으면 될 거라고 생각했는데, 아니더군. 오히려 이상한 소문이 돌아서 널 사칭한 여자들이 찾아왔지. 너보다 더 목소리가 그럴싸

한 사람도 몇 번 만나 봤어. 물론 하나같이 네가 아니었고, 괜히 소문만 부풀었지. 네게 바로 확신을 갖지 못했던 것도 그래서야. 믿었다가 몇 번 데었거든."

"……."

"지금에 와서 보면 네가 말해 준 대로 찾는 것 자체가 잘못된 거였지만."

타닥타닥 소리가 바늘처럼 내 양심을 꼭꼭 찔러 댄다. 난 가슴께를 몰래 문질렀다.

"사실 널 찾는 걸 포기해야 할까 생각했던 적도 있었어. 그때 조엘리를 만났지."

"……."

"때마침 그녀는 혼인할 생각이 전혀 없는데, 주변에선 자꾸만 혼인하라며 닦달해서 난감해하고 있었어. 난 그녀에게 나와의 약혼 발표를 내서 사람들의 관심을 잠재워 줄 테니, 날 좀 도와 달라고 부탁했어. 그녀와 난 원하는 조건이 같았거든. 그래서 그녀도 흔쾌히 제안을 받아들였고."

"어떤 조건이었는데요?"

"잠깐이지만 시중을 들어 봤을 테니, 너도 그녀의 생활에 대해 어렴풋이 알고 있잖아?"

아. 그가 뭘 말하는지 알아챘다. 난 느릿하게 고개를 끄덕였다. 조엘리와의 첫 만남은 지금도 선명히 기억날 정도로 큰 충격이었다.

"그녀는 잠시 숨을 돌리기 위한 장소로, 난 널 찾기 위한 장소로 적당한 곳이 필요했지."

"그래서 이 낡은 저택을 사용하셨던 거군요."

"맞아."

그런 이유로 약혼 발표를 했던 거구나. 성별을 구분하지 않고 남녀 모두 고용한 건 조엘리 때문이었다. 인적이 드문 숲속의 저택을 택한 건 비밀스런 생활을 숨기기 적절해서일 것이고.

이곳으로 사용인들을 데려다주는 마차엔 창문이 없어서 정확한 길을 알지 못했다. 게다가 제한된 공간에서 생활해야 하고, 바깥출입도 쉽지 않았다.

많은 이들이 이곳을 오가지만 남아 있는 사람은 드물었다. 간혹 소문을 듣고 온 사람도 있었을 테지만 거의 대부분 떠나 버리니 새로운 사람이 이곳의 사정을 자세히 알기란 어려웠다. 돈을 많이 준다고 했던 건 입막음에 대한 대가일 테고.

조엘리와 밤을 즐긴 남자들도 단순히 귀족 마님과의 하룻밤이라 생각할 것이다. 설마 왕녀님이 이런 곳에서 비밀스런 생활을 즐기고 있을 줄 누가 알겠는가. '그녀의 진정한 삶을 위해서' 이곳에 머문다는 에단의 말이 이걸 의미하는 거였나 보다. 에단이 알게 모르게 내게 많은 걸 말해 주었다는 걸 깨달았다.

"대외적으론 귀족가의 사용인을 구한다는 이유를 내세워, 그녀와 내가 정해 둔 조건에 맞는 사람들을 찾아다녔지. 그리고 사람을 데려오면 오드리가 확인한 후 조건에 부합하는 사람을 조엘리에게 붙였어. 그럼 조엘리가 한동안 지켜보며 네가 맞는지 아닌지 내게 알려 주었지. 참고로 오드리는 조엘리가 데려온 그녀의 직속 시녀야."

그, 그렇구나. 그동안의 의문점들이 한순간에 휘몰아쳤다. 난 이곳에 와서 겪었던 일들을 돌이켜 보았다. 앨리샤의 얼굴을 내 얼굴인 것처럼 말했으니 가장 적합한 상대였을 것이다. 새삼 용케 빈센트와 만났구나 싶다. 앨리샤가 이곳에서 일해 보겠냐는 제안에 솔깃해하지 않았거나, 내가 앨리샤를 따라오지 않았다면 영영 만나지 못했을지도 모른단 생각이 들었다.

그런데 왜 나까지 조엘리의 눈에 띄었을까.

"그래도 이렇게 막 구할 필요가 있었을까요? 아무리 감춘다고 해도 이곳에서 일하다 떠난 사람 중 누군가가 이상한 소문을 퍼뜨렸을 수도 있고, 또 위험한 사람이 들어올 수도 있는걸요. 너무 무모했어요."

"어쩔 수가 없었어. 널 너무 찾고 싶었으니까."

그 말에 뒤죽박죽 뒤섞이던 생각들이 뚝 멈췄다. 난 멀뚱히 그를 바라봤다. 잠시 초점 없이 멍한 눈을 껌뻑이던 빈센트가 나와 천천히 시선을 부딪쳤다.

"왜 그렇게 봐."

"왜요?"

왜 그런 위험을 감수하면서까지 날 찾고 싶어 했던 걸까? 어젯밤엔 그와의 재회에 놀란 나머지 거기까지 생각할 겨를이 없었다.

하지만 지금 그가 하는 말을 들어 보면 그 과정이 결코 쉬운 일이 아니었다. 난 거짓말 한번 툭 뱉은 거지만 그는 생고생을 했다는 걸 잘 알겠다. 그러니 더욱 의문이 들었다.

"말했잖아, 너와 한 약속을 지키려고 했었다고."

"정말 그것 때문이신가요?"

"그러면 안 돼?"

도리어 그가 되묻는다. 안 되는 건 아니지만, 여전히 이해할 수 없었다. 그땐 버리지 말라고, 날 잊으면 평생 유령이 되어 따라다닐 거라고 우스갯소리를 늘어놓긴 했지만 전부 진심은 아니었다. 아쉬울 수는 있으나 그가 나와의 약속을 저버리거나 잊어버린다고 해도 뭐라 할 말은 없었다.

기대했으나, 한편으론 기대하지 않았다. 상반된 마음을 가지고 있던 건 내 위치가 그러했고, 우리의 관계가 그럴 만했기 때문이다.

그러나 빈센트는 소파에 몸을 푹 묻은 채 대수롭지 않게 말했다.

"찾고 싶으니까 찾은 거야. 괜한 헛생각 하지 마."

"하지 않았습니다."

난 빗자루로 바닥을 쓸면서 생각에 빠져들었다. 어느 정도 궁금증이 풀리긴 했지만, 여전히 찜찜함이 남아 있었다. 묘하게 기분이 나빠 인상을 쓰는데 다시 따끔한 시선이 느껴진다. 고개를 들자 소파 팔걸이에 팔을 올린 빈센트가 손등으로 관자놀이를 괸 채 날 보고 있다.

"왜 그렇게 보세요?"

"재밌어서."

난 눈을 동그랗게 떴다.

"이제 널 좀 알 거 같거든. 넌 뭐가 뭔지도 모르면서, 경계심이 생기면 일단 반박 먼저 하더군. 그리고 나선 머릿속으로 온갖 생각을 굴리지. 가만히 지켜보면 재밌어."

"……."

칭찬인가 욕인가. 좋은 의미로 받아들여지지 않는 걸 보니 욕인 게 분명하다. 한마디 더 꺼냈다간 그의 재미에 부응해 주는 꼴이 될까 봐 난 침묵을 택하며 다시 빗자루질을 했다. 그러다 내가 같은 곳만 빗자루질을 하고 있단 사실을 깨달았다.

그에 당황하며 허겁지겁 방 안 곳곳을 휘저었다. 옅은 웃음소리가 들리는 걸 보니 내가 하는 꼴이 그에게 퍽 웃기긴 한가 보다.

"다른 이유도 있었어."

한차례 방 안을 배회하고 나자 빈센트가 다시 말을 이었다. 난 그를 흘긋댔다.

"왜 그런 식으로 널 찾았냐는 질문. 시간을 계속 허비하니까 점점 생각이 바뀌었어. 네가 말해 준 것과 진짜 너는 다르게 생기지 않았을까 하는 생각이 들더군."

심장이 덜컹 내려앉았다. 이미 비밀을 들켰는데도 마치 잘못된 일을 저지른 것처럼 불안감에 몸이 떨렸다. 손안이 땀으로 축축해지는 거 같아 치마에 슬쩍 문질렀다. 최대한 태연한 척하려고 노력했다.

"의심하지 않으신다더니."

"날 속인 사람한테 그런 말을 듣고 싶진 않은데."

불만스러운 눈초리에 난 먼저 꼬리를 내렸다.

"오랜 시간 찾지 못하니까 만약의 경우까지 생각해 본 거야. 돌이켜 보면 넌 유달리 얼굴을 만지는 걸 싫어했으니. 이유가 있지 않을까 싶었고, 한편으론 의아하기도 했지. 넌 내가 어떻게 생겼냐고 물었을 때 바로 대답을 꺼내 놓았잖아? 그것도 꽤 상세하게 말이지."

"……"

"그래서 네 주변에 있는 사람이지 않을까 의심해 봤어."

그래서 외모를 조건으로 걸었구나. 진짜 나라면 찾게 될 것이고 내가 아니라도 곁에 있으면 걸려들 수도 있으니까. 무작정 사람을 찾는 것보단 승산이 있을 테니. 그리고 실제로 난 그렇게 이곳에 오게 되지 않았는가.

갑자기 등줄기가 섬뜩해졌다. 그는 생각보다 더 교묘하게 날 찾고 있었다. 내 거짓말이 들키든 들키지 않든 그는 끝내 날 찾아냈을 거란 생각이 머릿속을 스쳤다. 난 소름이 돋은 팔뚝을 벅벅 문질렀다.

"또 묻고 싶은 건?"

빈센트가 딱딱한 분위기를 환기했다. 이참에 내가 가진 궁금증을 모두 풀어주려는 생각인지, 아니면 정말 대화라도 나누고 싶었던 건지 빈센트가 선심을 베풀었다.

"그, 집사님이 떠나셨다는 얘기를 들었습니다."

"그건 누구한테 들었는데?"

"그냥…… 여기서 아는 분을 우연히 잠깐 만나서 듣게 되었어요."

"나만 멍청이였군."

빈센트가 가볍게 자조했다. 그 비난이 어쩐지 내게 향하는 것 같았다. 난 움찔 몸을 떨며 빗자루를 고쳐 잡았다.

"집사님을 정말 자르신 거예요?"

"그래."

"제 일 때문인가요?"

"그것도 있지만, 그가 감히 내 허락 없이 권한을 휘둘렀기 때문이지."

'감히'란 단어가 와닿는 느낌이 달랐다.

"가문을 위해 오랫동안 일하신 분이라고 하셨는데……."

"그는 지켜야 할 선을 넘었어. 필요에 의한 판단은 있을 수 있으나, 나를 위한다는 명목으로 허락도 없이 내 권한을 휘두르는 건 다른 문제야. 그는 내게 어떠한 언질조차 없이 널 처리하려 했고, 그렇다는 건 그 밖에도 나 모르게 많은 일들을 저질렀을 수도 있단 소리지. 내 가문에서 내 허락도 없이, 그것도 사용인 주제에."

빈센트가 비릿하게 웃었다. 조금의 높낮이도 없는 목소리였지만, 그렇기에 오히려 냉정하게 울려왔다. 그리고 그게 나에겐 마치 경고처럼 느껴져 난 몸을 굳힌 채 긴장할 수밖에 없었다.

분위기가 한층 무거워졌다. 내가 긴장하고 있는 걸 느꼈는지, 빈센트가 깊게 한숨을 뱉었다.

"다른 건."

난 머뭇대다 다시 물음을 던졌다.

"이자벨라 님은……."

"그녀의 사정은 나도 잘 몰라. 갑자기 그만둔다고 했다는 것밖에는. 네가 사라진 시기와 비슷해서 혹시 너와 연관된 건 아닐까 싶었는데, 네 얼굴을 보니 맞나 보군."

긴장한 와중에도 이자벨라에 대한 걱정이 얼굴에 드러났나 보다. 그의 지적에 난 뺨을 한 번 쓸어내린 뒤 다시 빗자루를 움직였다.

그도 모른다고 하니 이자벨라의 소식은 정말 알 수가 없겠구나. 살았는지 죽었는지 생사라도 알고 싶었는데.

5년 전의 일들 중 아직까지 강렬하게 기억나는 게 몇 가지 있다. 그중 하나가 이자벨라와의 마지막이었다. 날 구해 준 그녀를 뒤로한 채 혼자 도망쳤던 일이 아직도 잔가지처럼 마음속에 남아 있었다. 누군가의 희생. 난 결국 이자벨라까지 희생시켜 살아남은 게 아닐까, 하는 생각에 더더욱 그녀의 생사를 알고 싶었다.

가만히 서서 이자벨라를 떠올리고 있다가 문득 방 안이 조용해진 걸 알아챘다. 또 재미난 구경 중이라며 장난칠 줄 알았던 빈센트는 어쩐지 멍한 얼굴을 하고 있었다. 아까부터 눈을 계속 껌뻑껌뻑하는 게 지금 보니 피곤해 보였다.

"정말 잠 못 주무셨어요?"

"응."

"그럼 침대로 가서 잠시 눈 좀 붙이세요."

로버트가 지내는 방이지만 어차피 손님방이기 때문에 침대 사이즈는 성인 남자가 잠자기에도 넉넉했다. 내가 침대 쪽을 손으로 가리키자, 빈센트가 흘끗 보더니 느릿하게 눈을 한 번 감았다 뜨며 대답했다.

"싫어."

"저 어디 안 간다니까요. 그리고 여기 청소하려면 꽤 걸려요."

누가 봐도 졸린 얼굴로 빈센트가 고개를 저으며 거절했다. 하지만 그의 몸은 소파에 반쯤 누워 있었다. 소파 밖으로 다리가 툭 튀어나온 불편한 자세였지만 움직일 생각은 없어 보였다. 저대로 잠들 수도 있겠구나. 그럼 시트라도 덮어 줘야겠다는 생각에 다시 청소에 집중했다.

"더 묻고 싶은 거 없어?"

"나중에요."

조금 전까지 주절주절 얘길 나누긴 했지만, 이제는 그가 잠들 수 있도록 조용히 있기로 했다. 궁금한 거야 나중에 물어보면 되겠지. 나중이라……. 난 픽 웃고 말았다. 어젯밤의 재회 이후 고작 하루도 채 지나지 않았는데 난 벌써부터 그와의 나중을 생각하고 있다.

사람의 마음이 이리도 간사하다. 겁먹고 도망치네, 어쩌네 했던 게 우습게도 난 빈센트에게 그간의 이야기를 들으며 속으로 내심 안도하고 있었다. 그가 날 알아봤다고 기뻐한다. 고작 하나가 바뀌었을 뿐인데 많은 것이 달라져 버렸다. 그리고 그것에 익숙해지려는 내가 너무도 우스웠다.

그때, 갑자기 빈센트가 웃음을 터트렸다.

"왜 웃으세요?"

"너랑 이러고 있으니까 옛날 생각이 나서."

그는 어느새 눈을 감고 있었다. 얼굴에는 웃음기가 번져 갔다.

"그때도 넌 이런 식으로 내 곁에 있어 주었겠지. 지저분한 방 안을 청소하고 날 시중들 준비를 하면서."

5년 전의 추억을 회상하듯 그의 목소리가 잠깐 끊겼다. 그런데 시간이 흐를수록 얼굴에서 점점 웃음기가 사라지더니 미간이 불만스럽게 좁혀졌다.

"그때 넌 정말……."

빈센트가 말끝을 흐렸지만, 난 그 안에 꾹꾹 눌러 담은 감정을 느낄 수 있었다. 대부분 나쁜 쪽으로. 아니, 왜 말을 하다 마시나요.

"그땐 주인님도 한 지라…… 대단하셨죠."

그땐 주인님도 한 지랄 하셨죠, 라고 내뱉을 뻔한 걸 가까스로 참았다. 빈센트가 눈을 뜨고 날 사납게 노려본다. 나도 지지 않고 받아쳤다. 뭐, 왜.

"넌 처음부터 참 건방졌어."

"덕분에 지금 주인님이 이렇게 잘 사실 수 있는 겁니다."

"네가 잘했다는 거야?"

"칭찬 감사하다고 말씀드리는 건데요."

"칭찬 아니야."

"아니라면 어쩔 수 없고요."

난 뻔뻔하게 응수했다. 사실 '그때 네가 감히 나한테 그런 짓을 해?' 하며 이제라도 처벌을 내릴까 봐 겁이 나 더욱 당당하게 굴었다.

빈센트가 헛웃음을 흘렸다.

"처음엔 뭐 저런 게 다 있나 싶었지."

이젠 대놓고 욕이다. 하지만 나도 어느 정도 동감한다. 나도 세상에 뭐 저런 지랄맞은 인간이 다 있나 싶었다.

"무서운지 모르고 막무가내로 굴며 뻔뻔하게 대꾸하는 게 기막히기도 했고."

물건 던지고 식사를 엎을 땐 기막히다 못해 분통이 터졌고.

"그 와중에 알게 모르게 눈치를 살피는 것도 웃기고."

갑자기 총을 들이댔을 땐 어찌나 놀랐는지.

"내 의사와는 상관없이 책을 읽어 주겠다고 하질 않나."

음, 그건 할 말이 없었다. 그래도 내 딴에는 잘 읽어 주려고 노력했단 말이지.

그가 과거의 기억을 찬찬히 곱씹었다. 난 속으로 투덜대며 그의 말을 경청했다. 지금 생각해도 5년 전엔 정말 개고생 많이 했다. 어디를 가도 고생할 팔자인지 귀족가의 사용인으로 일하면서도 맘 편히 있질 못했다. 머리에 마음을 뒤집어써 보기도 하고 말이지. 갑자기 내 자신을 토닥여 주고 싶었다.

"밤에 찾아와서는 갑자기 위로를 해 주지 않나, 용기를 내라고 하지 않나. 뭘 안다고, 웃기게."

"……."

그의 불만은 계속 흘러나왔다. 그러나 불퉁한 말투와는 달리, 빈센트의 입꼬리는 느슨하게 풀어져 있었다. 에메랄드빛 눈동자에 따스한 기운이 깃든다.

"에단이 찾아왔을 땐 직접 걸어서 방 밖으로 나가 보라고 했었지. 바이올렛이 찾아왔을 땐 이상한 연극도 했고, 쓸데없는 조언도 듣고, 루카스도, 루카스는······."

빈센트가 목소리가 서서히 줄어들었다. 웃음기도 따스함도 한순간에 사라진 얼굴은 표정 없이 고요했다. 작은 숨소리조차 내뱉지 않는 얼굴이 어쩐지 불안해 보였다.

"그때 너랑 좀 더 제대로 대화를 나눴어야 하지 않나 싶어."

나직한 목소리엔 후회가 담겼다. 5년 전에 좀 더 제대로 얘기를 나눴더라면 지금 이 순간이 달라져 있지 않았을까 하는 후회. 갑자기 대화를 나누려고 했던 것은 그러한 마음 때문일지도 모른다.

나도 그런 생각을 해 본 적이 있다. 5년 전에 그렇게 도망치는 게 아니라 다시 이 저택으로 돌아왔더라면, 빈센트를 좀 더 믿고 의지했더라면 지금 다른 상황이 되지 않았을까. 루카스도······.

하지만 이내 고개를 저었다. 후회해 봤자 이미 벌어진 일이었다.

난 조용히 그를 주시하다 입을 벌렸다.

"지금이라도 얘길 나누면 되죠."

빈센트가 눈을 들어 올렸다.

"지금?"

"네, 지금. 지금이라도 얘기를 많이 나눠요."

대화하는 게 뭐 어려운 일이라고. 굳이 과거를 후회할 필요 없이, 지금이라도 제대로 이야기를 나눠 보면 되지 않겠는가.

나는 결국 이렇게 그와 다시 만났고, 그는 나를 알아봤다. 과거의 난 내가 저택을 그런 식으로 떠날 줄 몰랐고, 이렇게 되돌아올 줄도 몰랐으며, 지금처럼 빈센트와 한 공간에서 다시 얘기를 나눌 수 있을 거라곤 상상조차 하지 못했다.

삶이란 건 어떻게 될지 아무도 모른다. 이미 저지른 일은 돌이킬 수 없으니, 무엇이 벌어질지 모르는 앞날에 대해 생각하기보단 지금 이 순간에 충실하는 게 더 낫지 않을까.

내 말을 곱씹던 빈센트가 나직하게 웃었다.

"그래. 네 말이 맞아."

"……."

"지금이라도 대화를 나누면 되겠지."

그러면 돼. 다짐하듯 말한 빈센트가 다시 소파에 몸을 푹 묻고 눈을 감았다. 그대로 눈을 좀 붙이려나 보다. 편하게 침대에 누우면 좋을 텐데 그는 굳이 소파를 고집했다.

"어디 가면 안 돼."

졸음기가 묻어난 목소리로 빈센트가 그리 말했다. 점점 고른 숨소리를 내며 잠에 빠져드는 그를 지켜보다가 난 시트를 가져와 그의 몸에 살며시 덮어 주었다.

□ ◆ □

잠깐 잠에 빠졌던 빈센트는 로버트와 유모가 돌아오면서 깨어났다. 점심때를 훌쩍 넘긴 시간까지 산책을 하고 온 로버트는 제법 즐거웠는지 얼굴이 활짝 펴 있었다.

로버트는 방 안으로 들어오자마자 바로 빈센트에게 달려들었고, 유모는 막 청소를 끝낸 날 보며 미안해했다. 어차피 할 일이 없어서 가볍게 청소한 거였고, 로버트를 챙기느라 유모가 더 고생했을 게 분명하니 난 괜찮다며 그녀를 달랬다.

빈센트는 로버트와 늦은 점심을 함께했다. 그는 정말 한가한지 로버트와 놀아 주다가 저녁 식사까지 같이하고 저택을 떠났다.

떠나기 전 내게 당부하는 것도 잊지 않았다.

"내일도 올 거야."

그 말대로 빈센트는 다음 날에도 저택을 찾아왔다. 전날보다는 좀 늦은 시간이었지만 그날 하루도 충실히 숲속 저택에서 시간을 보냈다. 그리고 그다음 날도, 또 그다음 날에도 빈센트는 꼬박꼬박 저택에 들렀다. 겉으로 보기엔 로버트를 만나러 온 거였지만, 실제론 날 감시하려는 목적인 게 분명했다. 그러지 않고서야 올 때마다 나와 마주칠 리가 없으니까.

평소와 다를 바 없는 일상이 유달리 새롭게 느껴지는 건 나와 그의 관계가 달라졌기 때문일까. 다행히 내가 로버트의 시중을 들고 있었기에 그와 만나는 게 이상하진 않았다.

다만 의문인 건, 내가 누군지 알아챈 뒤로 날 대하는 그의 태도가 살갑고, 묘해졌다는 것이다.

로버트의 시중을 들다 보니 유모와 난 번갈아 휴식 시간을 가졌다. 오늘은 유모가 오전에 먼저 쉬고, 난 오후에 쉬는 시간을 가졌다.

1층으로 내려가 복도 끝으로 향했다. 막다른 공간이라 사람이 거의 오지 않아 최근 쉬는 시간에 종종 이용하는 곳이었다.

벽에 기대앉은 채 멍하니 창밖을 바라보고 있을 때였다. 갑자기 정적을 깨는 다급한 발소리가 울려오더니 점점 가까워진다. 곧 모퉁이에서 누군가 불쑥 튀어나왔다.

뛰어왔는지 살짝 거친 숨을 내쉬고 있는 침입자는 빈센트였다.

"왜 여기에."

"왜 여기에 있는 거야."

내가 하려던 말을 빈센트가 가로챘다. 왠지 모르게 화난 듯한 얼굴을 보자 당황스러웠다.

"휴식 시간이라 쉬고 있었습니다만."

"이런 곳에서?"

"네. 사람이 잘 안 와서 쉬기 좋은 곳입니다."

그게 이상하냐는 표정을 짓자, 주위를 둘러본 빈센트가 깊은 한숨을 터트리더니 얼굴을 한 번 쓸어내린다. 지친 얼굴이 그의 손안에서 사라졌다가 다시 나타났을 땐 멀쩡해져 있었다.

내 옆으로 다가온 빈센트가 말릴 새도 없이 바닥에 털썩 주저앉아 버렸다.

"그냥 앉으시면 안 돼요."

다급히 외쳤지만 빈센트는 아무렇지 않은 얼굴로 벽에 머리를 기댔다. 눈을 감고 내 말에 대꾸도 하지 않는다. 난 앞치마를 벗어 바닥에 깔아 주려다 그가 일어날 생각이 없어 보여 그냥 손을 내렸다.

그리고 보니 머리도 살짝 흐트러지고, 여전히 숨소리가 거칠었다.

"혹시 절 찾아다니셨나요?"

"로버트한테 갔더니 네가 없잖아."

요 며칠 그가 찾아왔을 때마다 로버트의 방에 있긴 했었지. 하지만 나도 매번 로버트와 함께 있는 건 아니었다. 유모의 일을 도와줄 때도 있고, 이렇게 홀로 휴식 시간을 보낼 때도 있었다. 별것도 아닌 일인데 그는 잔뜩 놀란 사람처럼 굴었다.

"누가 보면 제가 길 잃은 어린아이인 줄 알겠어요."

"넌 어린아이보다 더 심해. 어디로 튈지 모르니까."

"제가 뭘 했다고. 과한 말씀이세요."

그냥 쉬려고 했을 뿐인데 엄청난 짓을 저지른 것처럼 대하니 좀 억울했다. 그래서 반박했으나 씨알도 먹히지 않았다. 아무래도 도망치려다 재회한 게 발목을 잡은 거 같았다. 저지른 행동이 있으니 할 말이 없긴 하지만, 그의 태도는 좀 과했다.

빈센트는 내게 곁에 있어 달라고 했다. 하지만 아직 그 말에 답할 수 없었다.

이제 목숨을 위협당할 일도 없고, 만약 그런 일이 생긴다고 하더라도 그가 날 보호해 줄 거라는 건 알겠다. 하지만 이곳에 남는 건 다른 문제였다. 사실 내가 그의 곁에 있어야 하는 이유를 잘 모르겠다.

단순히 과거에 연이 있어서? 나와 한 약속 때문에? 그런 것에 연연할 사람 같아 보이진 않았다. 자존심 때문에 자신이 한 약속을 지키려 했던 거라면, 이제 다시 만났고 오해도 풀었으니 그걸로 된 것 아닌가. 적어도 내가 아는 빈센트는 그러했다.

그의 이런 태도가 이해되지 않았다. 부담스러울 정도로 살갑게 대하는 것도 그렇지만, 이렇게 날 찾아다니는 게 특히 그랬다.

"솔직히 왜 이러시는지 잘 모르겠습니다."

"뭐가."

"주인님이 절 대하는 태도 말입니다."

"꼭 이유가 있어야 해?"

물론 모든 일에 명확한 이유가 있어야 하는 건 아니다. 때론 이유를 설명할 수 없는 일도 있다. 하지만 그와 나의 사이는 아니었다. 우리 사이엔 '이유'가 없는 게 더 이상했다. 내가 금화에 팔려 이 저택에 왔던 것처럼 그도 날 곁에 두려고 하는 이유가 있을 터다.

"궁금해서요."

"넌 마음만 먹으면 언제든 떠날 거 같거든."

"제가 묻는 건 그게 아니에요."

그가 날 찾아다닌 이유가 아니라, 곁에 두려고 한 이유를 묻고 싶었다.

빈센트는 잠시 말이 없었다. 거칠었던 숨소리가 점차 고르게 안정을 찾자, 빈센트가 눈을 뜨고 날 바라봤다. 지그시 날 보는 그의 얼굴이 어쩐지 묘했다.

"저번에 말하지 않았나? 궁금한 것에 대한 답을 듣고 싶다면, 네가 먼저 내 질문에 솔직히 답하라고."

"뭘 말씀드려야 할까요?"

조금 무거워진 분위기 탓일까, 아니면 그간 내 물음에 솔직히 답해 주던 그의 태도 때문일까. 지금이라면 그의 말에 조금은 부응해 줘도 좋을 거 같단 생각이 들었다. 며칠 전이었다면 정체를 숨겨야 하니 말을 골랐겠지만, 이제는 그럴 필요가 없었다.

"여기가 벨루니타 가문이고, 내가 누구인지 정말 몰랐어? 끝까지 정체를 숨기고 날 모른 척하다 여길 떠날 생각이었던 거야?"

역시나 가벼운 질문은 아니었다. 난 잠시 고민하다 입을 달싹였다.

"여기가 벨루니타 가문이라는 건 몰랐습니다. 다른 가문의 사용인으로 간다고 듣기도 했고, 이곳으로 데려다준 마차에 창이 없어서 오는 길을 보지 못했거든요. 주변이 온통 숲이라 정확히 위치를 파악하기도 어려웠고, 숲속으로 들어가는 것도 통제되어 있었으니까요. 주인님을 이 저택에서 처음 본 날 여기가 어딘지 알았습니다. 그리고 알면서도 모른 척하며 정체를 숨겼어요. 떠나려고 했던 것도 맞습니다. 정확히는 언젠가 떠날 거라 숨겼다는 게 맞을 거 같네요."

"왜 숨겼는데."

"말씀드렸잖아요. ……실망하실 거 같아서요."

마지막 말은 나직하게 웅얼거렸다. 그러나 용케 알아들은 빈센트가 불만스런 표정을 지었다. 난 고개를 숙이고 양손을 꼼지락댔다.

잠시 그런 날 지켜보던 빈센트가 말을 이었다.

"넌 내가 생각했던 것과는 좀 다른 거 같아."

"역시 실망하셨죠."

비난의 말에 난 씁쓸하게 웃었다.

"저번에도 말했지만, 놀라긴 했어도 실망한 적은 없어."

"예전에 조엘리 님의 방에서 만났을 때 제 얼굴을 보고 끔찍해하셨잖아요. 동생과 너무 닮지 않았다고 하시면서."

"그런 적 없어. 설사 그런 말을 했다고 해도 네가 말한 의미는 아니었을 거야. 말 그대로 자매인데 너무 닮지 않아서 놀란 거겠지."

"괜찮아요. 저라도 실망했을 거예요. 이렇게 생겼는데."

그래, 이렇게 못나게 생겼는데. 길을 걷다 우연히 만난 거지에게도 동정을 베푼다. 얼굴 따위는 상관없다고 말해 주었지만, 사실은 내가 상처받을까 봐 거짓말을 해 준 걸지도 모른다.

"자기 비하가 취미야?"

"솔직하게 말씀하셔도 돼요. 전 괜찮아요."

"뭐가 괜찮아. 울 거면서."

"안 웁니다."

난 그의 말을 반박하듯 고개를 저었다. 이런 일로 더는 울지 않는다. 어릴 적엔 예쁜 앨리샤와 비교당하는 게 서럽고, 이유를 알 수 없는 경멸이 힘들어 울기도 했지만 지금은 아니었다.

"정말 실망하지 않았어."

"어째서요?"

"실망했어야 하는 거야?"

되묻는 말에 뭐라 답해야 할지 모르겠다. 모두 내 얼굴을 보고 실망했으니까, 그게 당연한 줄 알았다. 그래서 실망하지 않았다는 그의 말을 솔직히 믿을 수 없었다.

"넌 내게 실망했나?"

"네?"

"내가 다시 앞을 볼 수 있게 된 이유를 알고 있잖아. 아니까, 묻지도 않는 거겠지."

돌을 던져 잔물결이 인 호수처럼 가슴속이 요동친다. 그의 말을 듣고 나서야 내가 그와 재회한 이후 가장 궁금해했어야 할 질문을 건네지 않았다는 걸 깨달았다. 이미 에단에게 들어서 굳이 묻지 않았는데 확실히 그의 입장에선 이상한 일이었을 거다.

"친구의 동생을 희생시킨 내게 실망하지 않았어?"

"그런 말씀 마세요!"

난 강하게 반박하며 고개를 들었다. 치맛자락을 꽉 움켜쥔 양손이 부들부들 떨렸다. 그가 그런 생각을 하지 않았으면 좋겠다. 누가 더 잘못했다고 판단할 수 있는 문제가 아니었다.

빈센트는 어떤 표정도 짓지 않은 채 날 마주 봤다. 고통도 괴로움도 내비치지 않는 얼굴이 더 아프게 다가왔다.

"실망하지 않았습니다. 선택하신 분도 받아들이셔야 했던 분도 결코 가벼운 마음이 아니었다는 걸 아니까요. 서로 생각하는 바가 다를지라도, 그 선택으로 인해 두 분 모두 고통스러우셨을 테니까요."

"정말 그렇게 생각해?"

물음이 어쩐지 조심스럽다.

잠시 우리는 말없이 서로를 마주 봤다. 침묵은 무거웠고, 따스하게 내려쬐는 햇볕마저 서늘하게 느껴졌다. 날카롭게 변한 공기 속에 쉽게 내뱉지 못하는 감정들이 섞여 흐르는 듯했다. 어쩐지 어디선가 루카스가 우리를 보고 있지 않을까 하는 생각이 들었다.

"네."

그럼에도 난 단호한 목소리로 대답했다. 중요한 순간에 이곳을 떠나 버린 내가 그를 위로해 줄 순 없겠지만, 지금 이 순간만큼은 솔직히 말해 주고 싶었다.

순간, 그의 눈동자가 흔들린다 싶더니 곧 고개를 돌렸다. 빈센트가 벽에 다시 등을 기대며 창밖 너머로 시선을 고정했다.

"부모님이 갑자기 사고로 돌아가셨을 때, 내심 많이 혼란스러웠어. 난 아직 가문을 이끌 준비가 되어 있지 않았고, 그런 내 주변엔 날 꼬드겨서 자기 욕심을 챙기려는 족속들이 넘쳐 났지. 어제까지만 해도 잘 지냈던 사람이 하루아침에 속마음을 드러내더군."

"……"

"겉으론 그럴싸하게 보여도 등 뒤에선 칼을 꽂는 놈들이 많아. 그래서 내겐 외모 따윈 중요하지 않아."

에단도 비슷한 말을 했었다.

"네가 내게 실망하지 않았듯 나도 너한테 정말 실망한 적 없어. 진심이야."

"……"

하지만……. 난 우물쭈물하며 속으로 그의 말을 반박하고 만다. 그의 말을 믿지 못하는 건 아니지만, 마음속 한편엔 나쁜 생각이 계속 맴돌았다. 그러나 입 밖으로 내뱉진 않았다. 여태 좋은 모습을 보이지 않았는데 괜히 더 안 좋게 볼까 봐.

난 슬며시 고개를 돌려 창밖 너머를 바라보며 몸을 웅크렸다. 말을 돌리려 한다는 걸 빈센트도 알아챘겠지만 그는 별다른 반응을 하지 않았다.

"피곤해."

갑자기 어깨에 묵직한 무게가 실렸다. 빈센트가 내 어깨에 머리를 기댔다. 허리를 한껏 옆으로 숙인 불편한 자세인데도 빈센트는 아랑곳하지 않았다. 편한 자세를 만들려는 듯 내 어깨에 얼굴을 비비적댔다.

난 어깨를 좀 더 들어 올려서 그가 편히 기댈 수 있도록 만들었다. 덕분에 어정쩡하게 몸을 굳힐 수밖에 없었지만.

"그 사용인들은 누가 그렇게 만들었는지 알아내셨나요?"

"아니, 찾는 중이야."

단순한 일이 아닌 만큼 알게 모르게 신경 쓸 게 많겠지. 나직한 한숨 소리에서 피로가 묻어 나왔다.

그 뒤로 약속한 것처럼 대화가 끊겼다. 그는 내게 기댄 채 눈을 감았고, 난 창밖만 응시했다. 오후의 햇볕이 다시금 포근한 기운을 머금고 주변을 에워쌌다. 빛줄기 속에서 뿌연 먼지가 아른하게 흩날렸다.

바닥에 놓인 내 손가락 사이사이로 기다란 손가락이 감겨든다. 오후의 햇볕보다 더 뜨거운 체온이었다. 어디선가 불어오는 바람도, 침묵도 간지럽게 다가오는 시간. 나는 잡아 오는 손을 마주 잡지 못한 채 모르는 척하고 창밖만 바라봤다.

이것을 단순히 사용주와 사용인의 관계라 말할 수 있을까.

이제 우리의 관계를 뭐라 정의해야 할까. 그 또한 지금은 알 수 없었다.

휴식 시간이 끝나고 빈센트가 앞장서 복도를 걸어가던 중이었다. 맞은편에서 누군가 주변을 서성이더니 이쪽을 발견하곤 빠르게 다가온다.

"여기 계셨군요."

싱긋 웃으며 다가온 이는 앨리샤였다.

"조엘리 님이 티타임을 함께하면 좋을 거 같다고, 모셔 오라고 하셨습니다."

양손을 모아 정중히 말하는 앨리샤의 시선이 슬며시 내게 꽂혔다. 마치 네가 왜 그와 같이 있냐는 눈빛이라 난 고개를 숙여 피했다.

빈센트는 바로 대꾸하지 않았다. 그의 침묵에 앨리샤가 잠깐 멈칫하더니 다시 보기 좋은 미소를 띠었다.

"주인님?"

그러면서 빈센트의 한 손을 슬쩍 잡았다. 조심스럽지만 적극적인 손짓이었다. 빈센트가 뿌리치지 않자 앨리샤가 기분 좋아 보이는 얼굴로 그의 손을 잡아 끌었다. 그대로 끌려가던 빈센트가 날 돌아보더니 소리 없이 입을 벙긋거렸다.

'너도 와.'

난 고개를 저었다. 같이 갈 이유가 없었다. 뒤로 물러나자, 조금의 표정 변화도 없이 날 보던 빈센트가 이번엔 크게 입을 벌렸다.

"포."

"잠시만! 저도 가겠습니다."

이어질 말을 끊어 내기 위해 난 다급히 그들에게 걸어갔다. 앨리샤가 멈춰 서더니 마뜩잖은 표정으로 날 바라봤다.

"왜?"

"도련님도 계시지 않을까 해서."

대충 둘러댄 핑곗거리였지만 진짜로 로버트도 함께 있는 건지 앨리샤가 별다른 불만을 뱉지 못했다. 대신 사나운 시선에 고개를 돌리자 빈센트가 보였다. 한 손으로 입가를 가리고 있었으나 웃고 있는 얼굴을 완전히 숨길 순 없었다. 못됐다, 정말.

내 시선이 느껴졌을 텐데도 모르는 척하며 빈센트가 앨리샤에게 물었다.

"어디로 가면 되지?"

"아, 응접실로 가시면 됩니다."

그러자 빈센트가 혼자 성큼 앞으로 걸어갔다. 앨리샤도 날 쏘아보던 얼굴을 돌리며 잽싸게 걸음을 옮겼다. 난 한숨을 쉬고 몸을 움츠리며 그들을 따라 무거운 걸음을 내디뎠다.

응접실 안에는 이미 티타임이 한창이었다. 꽃무늬 탁자 보가 깔린 탁자 위에는 갖가지 종류의 파운드케이크와 쿠키가 담긴 3단 접시가 올려져 있었다.

김이 모락이는 차를 들이켜던 조엘리가 들어오는 우리를 보고 웃으며 반겼다. 조엘리의 옆에선 로버트가 입에 빵가루를 잔뜩 묻힌 채 케이크를 먹고 있었다.

빈센트는 조엘리의 맞은편 소파에 앉았고, 난 유모에게 다가갔다. 응접실 안에 사용인은 앨리샤와 나, 유모밖에 없었다.

"안 그래도 부르려고 했었는데."

"전 뭘 하면 될까요?"

"백작님한테 차를 따라 주겠어요?"

고개를 끄덕이고 따끈한 찻주전자를 들어 올렸다. 그런데 언제 다가온 건지

41

앨리샤가 내게서 찻주전자를 뺏어 가 버렸다. 황당해하고 있는 날 뒤로하고 빈센트에게 다가간 앨리샤가 나긋한 목소리로 말했다.

"차가 뜨거우니 조심하세요."

그러곤 그의 앞에 놓인 찻잔에 차를 따라 준다. 얼굴을 가리는 옆머리를 귀 뒤로 넘기며 빈센트와 눈이 마주칠 때마다 수줍게 웃는 얼굴이 예뻤다. 반짝거리는 햇살이 그들을 비추는 것 같았다. 그러나 빈센트는 뚱한 얼굴로 어떠한 반응도 보이지 않았다.

"두 사람 이런 자리 별로 가진 적 없지? 다시 만난 기념 삼아 같이 자리하는 건 어때? 앨리샤, 잠깐 옆에 앉을래?"

조엘리의 제안에 앨리샤가 빈센트의 눈치를 보며 조심스럽게 물었다.

"제가 그래도 될까요?"

"그럼. 편하게 앉아."

조엘리가 허락하자, 앨리샤가 기쁨을 애써 숨기며 빈센트의 옆자리에 앉았다.

앨리샤는 조신히 앉아서 수줍게 빈센트를 흘끗거렸지만, 빈센트는 찻잔을 들어 한 차례 흔들 뿐이었다. 조엘리가 흐뭇하게 두 사람을 바라봤다. 빈센트의 사정을 알고 있는 그녀였기에 지금 상황을 즐길 수 있는 거였다.

난 불안하게 그들을 주시했다. 빈센트는 자신이 한 말을 지키듯 내가 누구인지 정말 아무한테도 말하지 않았다. 자신을 도와준 조엘리한테도 입을 다물었다. 그런 그의 호의가 고맙고 미안한 한편, 앨리샤를 볼 때마다 마음이 불편했다.

난 앨리샤에게 정체를 들켰다는 걸 알리지 못했다. 그걸 말하는 순간 앨리샤가 또 어떤 사고를 터뜨릴지 몰라서 불안했다. 그리고 한편으론 이 상황을 감당할 만한 자신이 없었다. 앨리샤를 내버려 두는 것도, 그와 엮인 소문의 당사자가 되어 버리는 것도.

그런 내 마음과 달리 조엘리의 발랄한 목소리가 이어졌다.

"두 사람 얘기를 해 봐. 매번 너무 궁금했거든. 어떻게 만나게 된 거라고 했더라?"

"제가 벨루니타 가문에 고용되었습니다. 집안 사정이 좋지 않아 가게 된 것이지만, 지금은 그 또한 추억인 거 같아요."

"빈센트 시중들기 힘들지 않았어? 예전 성격이 좀, 그랬던지라."

"고생을 많이 했죠."

처음엔 좀 버벅거리는 느낌이 있더니, 얼마나 지났다고 이제는 제법 태연히 대꾸한다.

지금 이 상황을 이해하지 못하는 로버트는 파운드케이크를 포크로 찍어 맛있게 먹을 뿐이었다. 로버트의 옆에 서서 입가를 닦아 주던 유모가 호기심이 가득한 얼굴로 앨리샤를 바라봤다. 그런 유모를 보자 죄책감이 가슴을 찔러 와 난 괜히 한쪽에 남아 있는 파운드케이크의 접시만 만지작댔다.

"그때 주인님이 저한테 막 성질을 많이 부리셨거든요. 나쁜 말도 많이 하시고, 기억나세요? 저한테 꺼지라는 말을 가장 많이 하셨는데."

조심스런 목소리에 장난기가 묻어 나온다. 내 시선이 절로 앨리샤에게 향했다. 빈센트도 어느새 앨리샤를 향해 고개를 돌리고 있었다. 앨리샤는 한 손을 가슴께에 올리며 짐짓 상처받은 표정을 지었다.

난 남모르게 굉장히 놀란 상태였다. 앨리샤가 그 말을 어떻게 알고 있을까? 단순히 아무 말이나 골라 집었다고 하기엔 정확했다.

앨리샤가 한 짓이 말도 안 된다고 했던 건 진짜 내가 아니기 때문도 있지만, 같이 공유한 추억이 아니란 부분이 컸다. 직접 보고 겪은 일도 아닌데 어떻게 자신이 겪은 척하겠는가? 그러니 지금 앨리샤의 입에서 나온 말에 혼란스러울 수밖에 없었다.

그러다 순간, 떠오르는 기억이 있었다.

'네가 모시던 사람이 대체 어땠는데?'

앨리샤와 같이 필튼을 떠나온 뒤에도 난 경계심을 늦출 수가 없었다. 다가오는 사람 한 명 한 명 모두 날카롭게 경계하며 신경을 곤두세우고 있자, 앨리샤가 참다못해 물어본 말이었다.

'그냥 좀 안타깝고…… 성질 더러운 사람.'

뒷말은 그간의 겪은 일들이 떠올라서였다. 정말 성질 더러웠지.

'안타까운데 성질 더러운 건 뭐야.'

'그런 사람이 있어.'

'너한테도 막 성질부렸어?'

'응. 못된 말도 많이 했고. 그러고 보니 꺼지라는 말을 가장 많이 들었네.'

'또 뭐라고 했는데?'

'나한테……'

"막 죽인다는 소리도 하시고. 너 같은 거 죽어도 아무도 신경 안 쓸 거라고, 헛된 꿈 꾸기 좋은 곳이 아니라는 말도 하셨고. 저 그때 얼마나 상처받았는지 아세요?"

앨리샤에게 벨루니타 저택에서 겪었던 일들을 주절주절 늘어놓진 않았다. 하지만 아주 간혹, 앨리샤가 가볍게 물어볼 때나 스스로 추억에 젖어 들 때 지나가듯 짤막하게 말해 준 것들이 있었다. 설마 그걸 기억하고 있을 줄은 몰랐다. 단순히 내가 꾸는 악몽을 듣고 잠깐 동안이나마 나인 척하는 줄 알았는데, 앨리샤가 제법 치밀하게 준비했음을 알아챘다.

"빈센트, 정말 그랬어?"

조엘리가 어떻게 그럴 수 있냐는 듯한 얼굴로 물었다. 그러나 빈센트는 대답하지 않았다. 난 초조하게 빈센트를 바라봤다. 그러나 뒤통수만 보여 빈센트의 기분을 알 수 없었다.

"전 괜찮아요. 그 또한 추억이라 생각되기도 하고, 좋았던 기억도 많거든요. 나쁜 말을 하셨지만 그래도 가끔은 친절하게 대해 주시기도 했고요."

'좋았던 기억은 있어?'

한번은 소여물을 주는 일을 하러 갔다가 앨리샤가 내게 물었다. 난 더운 날씨에 흘린 땀을 닦으며 곰곰이 생각했다.

'있지. 성질이 더럽긴 해도, 가끔 친절하게 대해 준 거. 아, 거기 숲속 깊은 곳에 꽃밭이 있었는데……'

"거기 꽃밭이 참 예뻤는데. 또 가 보고 싶어요."

앨리샤는 언젠가 내가 했던 말들을 마치 자신이 겪은 일인 양 말하고 있었다. 그에 조엘리가 즐겁게 반응했다.

"여기 숲속에 꽃밭이 있었어?"

"네, 숲속 깊은 곳에 있어요. 나무로 둘러싸인 곳에 둥글게 핀 제법 큰 꽃밭이에요."

"몰랐네. 왜 말해 주지 않았어? 한번 가 보면 좋았을 텐데."

조엘리가 아쉬워하며 말하자 빈센트가 그녀 쪽으로 고개를 돌렸다. 드디어 보이는 옆얼굴에선 여전히 어떠한 표정도 없었다. 그래서 더 불안했다. 초조한 마음으로 지켜보고 있자, 멀뚱히 찻잔을 내려다보던 빈센트가 한 모금 들이켜고는 갑자기 픽 웃는다.

"나도 몰랐어. 누가 알려 줬거든."

"누가?"

"루카스가 데려다줬잖아. 기억하지?"

빈센트가 앨리샤를 보며 되물었다. 앨리샤의 웃는 얼굴에 아주 살짝 균열이 생겼지만, 웃음을 잃지는 않았다.

"예. 그럼요."

앨리샤의 대답이 조금 느렸다. 루카스가 데려다준 것까지는 몰랐기 때문이다. 내가 말해 주지 않았으니까.

"정말 예쁜 곳이라고 했었지. 그대로 뛰어들고 싶을 정도로. 꽃 냄새도 좋다고 칭찬을 아끼지 않았고. 얼마나 마음에 들었으면, 너 내 손을 잡고 뛰기도 했잖아."

"어머, 정말 예쁜 곳인가 보네."

조엘리가 손뼉을 짝 쳤다. 빈센트가 고개를 끄덕이며 찻잔을 내려놓았다. 그 사이로 앨리샤의 굳은 얼굴이 눈에 들어왔다. 애써 숨기고 있으나, 앨리샤가 당황했다는 걸 난 알 수 있었다.

"무슨 색 꽃이었는데?"

그 한마디에 빈센트가 다시 앨리샤를 돌아봤다. 앨리샤가 조금 긴장된 얼굴로 입을 달싹이던 순간, 누군가 내 어깨를 툭 쳤다. 화들짝 놀라며 보자 어느새 유모가 다가와 있었다.

"케이크가 맛있는지 도련님이 잘 드시네요. 더 채워야겠어요. 남은 걸 마저 가져가면 될 거 같아요."

"……알겠습니다."

난 한 박자 늦게 답하고 파운드케이크가 담긴 접시로 손을 뻗었다. 로버트가 먹기 좋게 한 입 크기로 자른 뒤 접시를 들고 다시 몸을 돌렸을 때, 갑자기 빈센트가 날 돌아봤다. 미처 시선을 피할 새도 없었다.

"넌 어떻지."

"네?"

"숲속에 꽃밭이 있다는데, 무슨 색 꽃일 거 같아?"

왜 그런 걸 묻는 거지? 내 시선이 빠르게 앨리샤에게로 향했다. 이빨로 손톱을 물어뜯으며 초조한 기색을 띠는 앨리샤가 보였다. 맞은편에 앉은 조엘리 또한 의문스러운 표정으로 날 보았고, 로버트도 동그란 눈으로 그들을 따라 날 보고 있었다.

내 옆에 서 있는 유모도 내게 시선을 주는 게 느껴진다. 사람들의 이목이 모여들자 난 오도 가도 못한 채 서서 머뭇거렸다.

그 순간 바람이 불어왔다. 머리를 묶고 있는 머리 끈의 끄트머리가 허공에 펄럭였다. 그걸 붙잡고 웃던 이의 얼굴이 눈앞을 아른거렸다.

"……하얀색."

멍하니 내뱉다 퍼뜩 정신을 차렸다. 내 대답을 들은 사람들의 시선이 자연스럽게 빈센트에게로 향했다.

잠시간 침묵이 내려앉았다. 이게 무슨 상황인지 다들 의문을 표하는데, 상황을 유일하게 인지하고 있는 빈센트의 경쾌한 목소리가 울려 퍼졌다.

"맞아. 하얀 꽃밭이었어."

"일부러 그러신 거죠?"

내 말에 빈센트가 뒤돌아섰다. 난 주변을 둘러보다 그를 구석진 곳으로 데려 갔다.

내 대답을 듣고 당황해 하던 앨리샤의 얼굴이 떠오른다. 빈센트의 말 뒤로 다시 내려앉은 침묵을 깬 건 조엘리였다.

'뭐야, 노란 꽃밭이랬다, 하얀 꽃밭이랬다.'

갑자기 무거워진 분위기에 조엘리가 농담하듯 끼어들었다. 그제야 난 앨리샤가 노란 꽃밭이라 답했다는 걸 알았다.

분명 심상치 않은 느낌을 감지했을 텐데 조엘리는 짧게 웃음을 흘리며 '잠깐 헷갈릴 수도 있지'란 말로 딱딱한 분위기를 환기시켰다. 그에 나와 빈센트, 앨리샤를 번갈아 살피던 유모도 그렇구나 하며 고개를 끄덕였고, 대화는 거기서 마무리됐다. 빈센트가 다른 화제를 꺼냈기 때문이다.

그러나 당사자는 제대로 기억하지 못하는 추억을 그녀의 언니가 잘 알고 있다는 건 누가 봐도 이상한 상황이었다. 이후로도 알게 모르게 불편한 분위기가 흘렀다는 건 말할 것도 없었다.

"저한테 일부러 물어보신 거잖아요."

다시 생각해 보아도 일부러 내게 그런 질문을 했다고밖에 생각할 수 없었다. 그리고 그런 내 생각에 부응하듯 빈센트는 당황한 내색 하나 없이 퉁명스럽게 말했다.

"맞아. 일부러 그랬어."

"왜 그러셨어요."

"그럼 얌전히 받아 줘야 했었어?"

그건…… 아니지만.

"폴라."

"……네."

그의 부름이 무겁게 다가온다. 난 고개를 푹 숙였다.

"내가 당장 뭔가 조치를 취하지 않은 건, 네 동생이기 때문이야. 네가 이 상황을 쉽게 정리하지 못하는 데는 내가 모르는 사정이 있을 거라 생각했고, 지금 이 상황을 네가 받아들일 시간이 필요하다고 판단했던 거지 그렇다고 상황을 마냥 관망하고 있을 마음은 없어."

알고 있다. 이건 빈센트가 주는 마지막 기회였다. 내가 직접 진실을 말하거나, 동생을 설득해서 잘못을 고백하게 하거나. 앨리샤가 한 짓은 결코 아무 일 없이 넘길 수 없는 문제였다. 사람을, 그것도 귀족을 속였다. 그 의도가 불순하다는 것 또한 굳이 입에 담지 않아도 나도 그도 잘 알고 있었다.

그래서 앨리샤가 직접 잘못을 말하고 물러날 수 있도록 설득하고 싶었다. 그래야만이 앨리샤에게 큰 변이 없을 테니까.

"내가 참을 수 있을 때까지만이야. 그 이상은 기다릴 수 없어."

"……알고 있습니다."

그의 인내심이 바닥나기 전까지 무언가 해야 한다. 그게 좋은 결과든 나쁜 결과든 그는 기다려 주지 않을 것이다. 결말은 정해져 있었고, 이것은 누가 봐도 시간 끌기와 다름없었다.

난 그를 마주 보지 못한 채 그러쥔 양손에 힘을 실었다. 머리 위에서 그의 한숨 소리가 들려왔다.

"널 겁주려는 게 아니야."

그것도 알고 있다. 이 불편한 상황을 그가 눈감아 주고 있는 건, 날 배려해서라는 걸. 그게 아니라면 빈센트가 나인 척하는 앨리샤를 얌전히 둘 리가 없지 않은가. 하지만 그럴수록 난 더욱더 그를 마주할 수가 없었다.

내가 지은 잘못만큼이나 몸이 움츠러들고 고개가 숙여진다. 그런 내 어깨를 그가 감싸 쥐었다. 움찔 놀라는 날 달래듯 부드럽게 어깨를 쓸어 준 그가 내 쪽으로 상체를 가까이 댔다. 내 머리 위에 그의 숨결이 닿았다.

"네가 자꾸 움츠러드니까 나쁜 생각이 들어."

"……."

무슨 생각이냐고 물어보려다 말았다. 괜히 말했다가 앨리샤의 정체를 다 까발려 버리자고 할까 봐서.

"쓸데없는 생각은 하지 말고."

"안 했습니다."

"그래, 착하네."

뭐가 착하다는 건지 모르겠지만, 내 어깨를 쥔 그의 손이 괜히 더 무섭게 느껴졌다.

"내일도 올게."

그 말엔 작게 고개를 끄덕였다. 그제야 어깨에서 그의 손이 떨어져 나갔다. 고개를 들었을 땐 빈센트는 저만치 멀어져 버린 상태였다.

응접실로 돌아오자 앨리샤가 문밖에서 서성이고 있었다. 빈센트와의 불편한 대화 이후 앨리샤는 앉은 자리에서 그대로 굳어 버린 채 어떠한 말도 하지 못했다.

앨리샤가 날 발견하곤 다급히 다가왔다.

"너."

뭔가 급하게 뱉다가 돌연 입을 다문다. 난 앨리샤의 다음 말을 기다렸다. 앨리샤는 잠시 감정을 추스르는 듯 숨을 고르더니 다시 말을 이었다.

"이상한 말 한 거 아니지?"

"뭐?"

"그 남자한테 이상한 말 한 거 아니냐고."

거듭 묻는 말에 뭐라 답해야 할지 고민됐다. 지금, 사실을 말해야 하는데. 그 남자는 이미 네가 한 짓을 알고 있다고, 내가 누군지 알아챘다고 말해야 하는데…… 어쩐지 입술이 무거워 잘 떨어지지 않는다. 앨리샤가 한 짓이 잘못되었다는 걸 알지만, 내가 앨리샤를 벼랑 끝으로 몰아가는 상황이 만들어질까 봐 겁이 났다.

머뭇대는 날 지켜보던 앨리샤가 갑자기 한 손을 들어 올렸다.

"아니, 됐어. 말하지 마. 너랑 말하면 골치만 아파지니까."

"……."

그러더니 잠시 고민하는 듯 말이 없다가 한숨을 내쉬고는 몸을 돌렸다.

저녁 식사를 할 시간이었지만, 다들 디저트를 먹었더니 생각이 없다며 식사 시간을 조금 미뤘다. 그만큼 사용인들의 휴식 시간도 좀 더 늘어났다.

인적이 드문 복도는 어느새 어스름해져 있었다. 창밖 너머의 하늘에선 뉘엿

뉘엿 해가 저물었다. 점차 그늘져 가는 복도를 걸어가는 앨리샤의 뒷모습이 유독 눈에 들어왔다. 그 뒤를 따라가는 죽은 동생들이 보이자 깜짝 놀라 눈을 비볐다. 다시 눈을 떴을 땐 앨리샤는 혼자 걸어가고 있었다. 하지만 내 마음은 이미 한없이 무거워지고 말았다.

□ ◆ □

밤중에 잠에서 깨어났다. 기분이 좋지 않았다. 악몽을 꾸었기 때문이다.

침대맡에 올려놓은 시계를 확인하니 자정을 막 넘어가고 있었다. 목이 말라 물병을 들었는데 물이 없었다. 빈 물병을 흔들다 한숨을 뱉었다. 다 마시면 채워 두라고 했더니 앨리샤가 빈 물병을 마냥 팽개쳐 놓았다.

평소라면 다시 침대에 누웠겠지만 악몽을 꾸어서일까, 목이 탔다. 난 침대에서 내려와 램프를 찾아 켰다. 그런데 램프의 기름도 떨어져 있었다. 하는 수 없이 맨몸으로 방을 나섰다.

한밤중의 복도는 무서울 정도로 적막했다. 어두컴컴한 복도를 걷는 건 언제나 좀 무섭다. 복도를 홀로 걸어가자 내 발소리가 음산하게 들려왔다. 괜히 오싹한 기분에 뒷덜미를 긁적였다. 어쩐지 누가 날 보는 듯한 시선이 느껴진다.

뒤돌아보았으나 아무도 없었다. 다시 걸어가는데 어디선가 기척이 들려온다. 창밖에서 들려오는 건가 싶었지만 어쩐지 소리가 가깝게 느껴진다. 그래서 다시 돌아봤지만 어두컴컴한 복도만 보일 뿐이었다.

갑자기 한밤중에 의문의 죽음을 당한 남녀가 떠올랐다. 오드리가 상황을 파악하기 위해 최초로 목격했던 여자에게 다가가 묻자 그녀가 말했다.

'모, 목이 말라서 물을 마시려고 내려갔는데 인기척이 느껴졌어요. 그래서 돌아봤다가 램프가 바닥에 놓여 있기에 가 봤더니…….'

그 말이 귓가에 메아리쳤다. 그녀의 말로 인해 한동안 저택에 유령이 있는 게 아니냐는 소문이 돌았다. 그때 들었던 말들이 머릿속을 어지럽혔다. 자꾸 무서운 생각이 든다. 괜히 걸음을 빨리하며 내려가고 있는데.

타닥— 타닥—

등 뒤에서 발소리가 들려왔다.

처음엔 내가 너무 겁먹어서 환청을 들은 줄 알았다. 그런데 점차 발소리가 선명해졌다. 걸음을 멈추자 소리도 멈춘다. 그러다 다시 걷자 소리도 다시 뒤따라왔다. 착각이 아니었다. 누군가 등 뒤에 있었다.

계단을 벗어나 2층 복도를 뛰다시피 걸었다. 아래로 내려가기가 무서웠다. 익숙한 공포가 느껴졌다. 내 머릿속은 의문의 살인 사건에서 5년 전에 겪었던 기억으로 이어졌다. 심장이 점점 쪼그라드는 기분에 숨이 막혀 왔다. 마치 죽음을 앞둔 공포 같았다.

돌아볼까 말까 수십 번 고민했다. 하지만 발소리가 사라지지 않자 결국 걸음을 멈췄다. 소리도 타닥 멈춰 선다.

난 가만히 서서 마른침을 여러 번 삼켜 댔다. 그리고 천천히 몸을 돌렸다.

이제는 어둠에 익숙해져 시야가 좀 더 선명히 보였다. 복도에 줄지어 있는 창문과 그 반대편의 방문들, 그 사이사이에 놓인 장식품들로 시선을 옮겨 갔다. 가장 근처에 있는 꽃병이 든 장식품과 그다음에 보이는 벽에 걸린 액자, 그 옆으로 익숙한 말 철상이 눈에 들어왔다.

특별한 건 없어 보였다. 잘못 들은 건가. 나직한 숨을 뱉으며 안도하는데 순간, 철상이 덜컹거렸다. 난 눈을 크게 뜨고 말 철상을 다시 바라봤다.

철상은 형체만 어렴풋이 보일 정도로 어둠에 묻혀 있었다. 익숙한 형체가 생경하게 다가오는 건 어둡기 때문일까. 숨죽이며 그쪽을 바라보는데, 갑자기 철상에서 시커먼 형체가 불쑥 튀어나왔다.

"으아악!"

난 눈을 질끈 감고 비명을 내지르며 반대편으로 뛰었다. 그러다 얼마 안 가 모퉁이에서 또다시 무언가 튀어나오자 기겁했다. 바닥에 주저앉자마자 몸을 웅크리며 목이 터져라 비명을 내질렀다. 뭔가 어깨에 닿는 느낌에 양손을 휘저어 쳐 냈다.

"……야, 정신…… 나…… 잠……."

무어라 말하는 소리가 들렸다. 손끝으로 뭔가를 툭 친 것 같기도 했지만 잘 모르겠다. 제정신을 차릴 수가 없었다. 미친 사람처럼 비명을 지르며 양손을 허우적대고 있는데, 강한 힘이 내 어깨를 틀어쥐었다.

"정신 차려!"

그 말에 정신이 번쩍 돌아왔다. 눈을 뜨자 익숙한 얼굴이 눈앞에 보였다. 인상을 쓴 채 날 살피는 이는 빈센트였다.

"왜 이러는 거야? 무슨 일 있었어?"

그가 다급히 물었다. 난 비명을 지르느라 거칠어진 숨을 고르며 그와 시선을 부딪쳤다. 하얗게 변했던 머릿속으로 조금씩 정신이 돌아왔다. 모퉁이에서 튀어나온 사람은 빈센트였나 보다. 그는 내 앞에 한쪽 무릎을 굽혀 눈높이를 맞춘 채 내 어깨를 붙잡고 있었고, 그의 옆엔 램프 하나가 떨어져 있었다.

"누, 누가 있어서요."

"이 시간에?"

빈센트가 의아해하며 주위를 둘러봤다. 난 떨리는 손끝으로 뒤쪽을 가리켰다.

"처, 철상에요. 말 철상에 누가 있었어요."

"철상?"

그가 말 철상 쪽을 보더니 램프를 집어 들고 몸을 일으켰다. 놀라 그를 붙잡았으나, 괜찮다는 듯 내 손을 떼어 낸 뒤 철상 쪽으로 걸어갔다. 터벅터벅 발소리가 고요한 복도에 울려 퍼졌다. 조심히 철상 쪽으로 걸어간 빈센트가 그 앞에 멈춰 서더니 주변을 살피는 게 보였다. 램프의 불빛이 한 차례 흔들렸다.

"아무도 없는데?"

"정말요?"

놀라 묻자 빈센트가 고개를 끄덕였다. 그제야 나도 후들거리는 다리에 힘을 주어 몸을 일으키고 그쪽으로 조심스럽게 걸어갔다. 가까이 다가가 보니 그의 말대로 램프의 불빛이 비치는 철상 주변엔 아무도 없었다.

"뭐, 뭔가 있었는데. 시커먼 게 튀어나왔는데."

꼭 사람 같았는데. 하지만 아무리 둘러봐도 사람의 형체로 보이는 건 없었다. 잘못 본 건가. 그럴 수도 있겠다는 생각이 들자 그제야 마음이 놓였다.

다리에 힘이 풀려 쭈그려 앉았다. 빈센트가 내 옆에 몸을 굽혔다.

"괜찮아?"

"네…….. 제가 잘못 봤나 봐요."

아직 두려움이 가시지 않았다. 어쩐지 어질어질해져서 이마를 짚고 있자, 빈센트가 자신의 손으로 내 이마를 쓱 문질러 준다.

"많이 놀랐나 보지. 땀이 흥건해."

그 말대로 이마를 문지르자 식은땀이 묻어 나왔다. 엄청 긴장했나 보다.

"무서워서. 누가 따라오는 소리가 들렸거든요."

"누가? 얼굴은 봤고?"

"아니요. 그것도 제가 잘못 들은 거 같아요."

이상한 환각을 본 걸 보니 환청을 들었을 가능성이 컸다. 역시 램프도 없이 어두운 복도를 걷는 건 위험한 일이었다. 숨을 내쉬며 긴장된 기운을 진정시키려고 노력하다 문득 빈센트를 바라봤다. 그는 외출복 차림으로 램프 하나만 덜렁 들고 있었다.

"그런데 여긴 어쩐 일이세요? 게다가 이 밤중에."

오늘은 달도 구름에 가려져 있었다. 이런 깊은 밤에 혼자 돌아다니다가 발작이라도 일으키면 어쩌냐는 걱정을 담아 물은 걸 알아챘는지 빈센트가 얼굴을 퍽 구긴다.

"저번에도 말했지만, 밤중에 혼자 걷는다고 잘못되지는 않아."

"그런가요."

"혼자도 아니었고. 조엘리를 방에 데려다주고 오는 길이야."

그러고 보니 오늘 낮에 조엘리가 외출을 했었다. 평소처럼 산책을 하는 게 아니라, 바깥 외출을 나가는 거였다. 유모와 복도를 걷다가 창밖으로 보이는 차를 타는 조엘리의 모습에 의아해하는데, 유모가 외출을 하나 보다고 말해 주어 놀랐던 기억이 있다. 이곳에 와서 그녀가 외출하는 모습을 처음 보아서일까 어디를 가는지 궁금했었는데, 빈센트도 동행한 길이었나 보다.

"나보다 네가 더 걱정이군."

내 얼굴을 살피는 시선에서 걱정이 묻어 나왔다. 난 한쪽 뺨을 쓸어내렸다. 그 정도로 얼굴이 많이 안 좋아 보이나.

"너야말로 이 시간에 왜 나와 있는 거지?"

"목이 말라서 물을 마시려고 나왔어요."

"밤중에 함부로 방에서 나오지 말라는 지시가 있었을 텐데."

"……물만 마시고 바로 돌아가려고 했었습니다."

내 말에 빈센트가 아주 못마땅한 시선을 보내왔으나 모르는 척했다.

이제 좀 혼란스런 마음이 진정되었다. 그러자 조금 전 내 모습이 떠올랐다. 지금 생각해 보니 다른 사람이 봤다면 뭐 하는 건가 싶었겠다. 혼자 겁먹고 혼자 놀라서 혼자 소리를 지르며 뛰어갔으니.

날 발견한 사람이 빈센트라서 다행이었다. 다른 사람이었으면 다음 날 미친 여자라고 소문났을지도 모른다. 갑자기 민망한 기분이 샘솟았다.

"밤기운이 차니까 이만 일어나지."

"네."

갑자기 물 마시고 싶은 마음이 사라져 버렸다. 그냥 방으로 돌아가자는 생각에 몸을 일으켰지만, 아직 몸에 잔떨림이 남아 있었다. 가늘게 떨리고 있는 팔을 움켜잡았다. 빈센트가 날 훑어보는 게 느껴졌다. 애써 웃으며 아무렇지 않은 척하려고 했으나 그는 이미 내 떨림을 알아챈 뒤였다.

빈센트가 입고 있던 재킷을 벗었다.

"괜찮습니다."

손을 저어 거절했으나 그를 말리진 못했다. 그렇게 추운 건 아닌데……. 결국 그의 재킷을 어깨에 걸친 채 어정쩡하게 서 있어야 했다.

"이왕 나온 김에 바람이나 쐬러 갈까."

"지금 시간에요?"

되묻자 빈센트가 고개를 끄덕였다.

"함부로 나가면 안 된다고 하시더니."

"내 저택에서 내 마음대로 하겠다는데 누가 뭐라 한다는 거지."

뻔뻔한 말에 헛웃음을 흘렸다.

빈센트가 앞장서 복도를 걸어갔다. 난 그를 따르며 슬쩍 뒤돌아봤다. 괜히 말 철상에 시선을 주었지만 곧 아무도 없다는 걸 다시 확인한 뒤 고개를 돌렸다. 램프의 불빛이 있어서일까, 아니면 빈센트가 같이 있어 주어서일까 어두운 복도가 이제는 무섭지 않았다.

바람을 쐬러 가자고 해서 단순히 저택 주변을 산책하려는 줄 알았는데, 빈센트는 저택을 벗어나 숲속 입구로 향했다. 그의 뒤를 따르던 내가 당황하며 말을 걸려는 순간, 빈센트가 걸음을 멈추었다. 말없이 숲속을 보고 있는 모습이 의아했다.

"왜 그러세요?"

그래서 묻자 빈센트가 날 돌아보더니 갑자기 손을 내밀었다. 난 의아한 시선으로 눈앞에 내밀어진 손을 바라보았다.

"손잡아 줘."

이건 또 무슨 소리래. 이번에도 환청을 들은 줄 알았다. 그래서 바로 반응하지 못하고 서 있자 빈센트가 손을 한 번 까닥였다.

"손잡아 달라고."

"갑자기 손은 왜요?"

겨우 정신을 차리고 물었다.

"예전에 자주 잡아 줬잖아."

"그러긴 했었습니다만, 지금 갑자기 손잡아야 할 이유가 있을까요?"

"주변이 너무 어두워."

"……?"

주변이야 저택에 있었을 때부터 어두웠다. 달이 구름 사이로 조금 삐져나와서일까 밖은 저택보다는 밝았지만, 숲속은 저택 못지않게 어두운 편이었다. 그러나 어두운 것과 손잡아 달라는 게 무슨 상관인 건데?

"숲속을 걷다가 발작이라도 일으키면 어떡해."

"아니, 조금 전에는 밤에 혼자 걸어도 괜찮다고 하시더니."

난 황당해하며 그의 말을 반박했다. 아까 밤에 왜 나왔다고 말하니까 엄청 못마땅하게 봐 놓고 이제 와 무슨.

"누가 소리도 지르고 유령 봤다고 한 덕분에 무서워졌어. 그리고 발작이야 갑자기 일으킬 수도 있는 거지. 내가 저 어두운 숲속을 걷다가 갑자기 쓰러지면 책임져 줄 건가?"

소리는 질렀지만 유령을 봤다고 한 적은 없었다. 발작이야 갑자기 일으킬 수도 있는 거지만 그의 태도로 보아 어둠을 무서워하는 기색은 전혀 보이지 않았다. 누가 들어도 허무맹랑한 소리에 차갑게 그를 바라보았으나 빈센트는 아랑곳하지 않고 손가락을 다시 까딱일 뿐이었다.

"어서 손잡고 앞장서."

"전 길을 모릅니다."

"내가 말해 줄 테니 걱정 마."

그렇다면야. 그가 바라던 대로 손을 다정히 맞잡은 채 앞장서 숲속으로 들어갔다.

나무가 우거진 숲속은 저택만큼이나 어두컴컴했다. 뒤따라오는 빈센트가 들고 있는 램프의 불빛이 길을 비추고 있었지만 을씨년스런 분위기가 사라지는 건 아니었다. 게다가 어디서 들려오는지 모를 부스럭거리는 소리와 부엉이의 울음소리가 그런 분위기를 한층 고조시켰다. 덕분에 몇 번이나 흠칫흠칫 놀랐는지 모른다. 솔직히 가볍게 바람을 쐬기엔 숲속은 너무 무서웠다.

"오른쪽으로 가."

그러나 빈센트는 태연한 목소리로 길을 인도할 뿐이었다. 난 마른침을 삼키며 그가 말한 대로 걸음을 옮겼다. 맞잡고 있는 손에 힘을 꽉 주어 아팠을 텐데도 그는 손을 놓지 않는다. 손을 타고 전해지는 온기가 혼자가 아니라는 생각을 들게 했다. 그러자 놀란 마음이 조금은 달래지는 듯했다.

이러고 있으니 5년 전으로 돌아간 기분이 들었다. 빈센트가 보지 못하는 탓에 이렇게 손을 맞잡고 앞장서 길을 인도해야 했다. 처음엔 방을 나서는 것조차 질색하던 빈센트였지만 어느 순간부턴 얌전히 내 손을 맞잡고 걸었다. 마치 그 시절로 돌아간 기분이 들자 숲속의 냉기도 그립게 다가왔다.

빈센트가 인도한 대로 길을 한창 걷다 보니 어느새 숲속의 끝에 다다랐다. 숲을 빠져나오자 별채가 바로 앞에 보였다. 여전히 돌벽을 나무줄기가 넝쿨처럼 휘감고 있고, 오래도록 관리되지 않은 듯한 느낌을 주는 모습이었다.

바람 쐬러 가자는 게 별채에 가자는 의미였나. 가만히 별채를 올려다보고 있자 빈센트가 날 이끌고 별채의 정문으로 향했다.

그런데 문손잡이가 쇠사슬로 휘감겨 있었다. 빈센트가 바지 주머니를 뒤적이더니 열쇠를 꺼내 쇠사슬 한가운데 달려 있는 자물쇠 틈새에 끼워 넣었다. 곧 철컥 소리와 함께 쇠사슬과 자물쇠가 떨어져 나가자 빈센트가 문을 열었다.

끼익 쇳소리를 내며 문이 열린 별채 안은 으스스한 기운이 맴돌았다. 사람의 기척은커녕 온기조차 느껴지지 않았다. 빈센트가 램프의 불빛으로 앞을 비추며 걸어 나갔다. 난 그에게 이끌려 걸음을 옮기며 주위를 연신 두리번거렸다.

정말 오래도록 사용하지 않았던 건지, 장식품이나 가구들이 천으로 뒤덮인 채 방치되어 있었다. 바람 소리마저 별채 안에선 무섭게 울려 퍼졌다.

계단을 타고 위로 올라간 빈센트가 향한 곳은 과거 그가 사용하던 방이었다. 안으로 들어가자 방 안은 5년 전의 모습 그대로였다. 한쪽 구석에 놓여 있는 침대와 맞은편 벽면을 차지한 창문이 익숙하게 눈에 들어왔다.

먼저 들어간 빈센트가 들고 있던 램프의 유리 덮개를 열고는 협탁 위에 올려져 있는 램프에 불을 붙였다. 그런 다음 바닥과 탁자, 문 앞 등 여기저기에 놓인 램프에도 차례로 익숙하게 불을 붙이고는 다시 램프의 덮개를 덮고 협탁 아래 내려놓는다.

"이리 와."

빈센트가 손을 내밀어 날 불렀다. 그에게 다가가면서 손을 마주 잡자, 그대로 날 이끌어 침대에 앉혔다. 끼익거리는 침대의 소리마저도 귀에 익었다.

"다행히 여긴 달이 가려지지 않았군."

그의 말대로 창밖 너머엔 달이 선명하게 떠올라 있었다. 난 그 맑은 달을 눈에 담았다. 그런 날 빈센트가 지켜보는 게 느껴졌다.

"여길 오는 건 5년 만이지?"

"네."

살짝 고개를 끄덕이고 다시 방 안을 둘러봤다. 5년 전엔 느끼지 못했는데, 지금 보니 필요한 가구를 제외하곤 방 안엔 아무것도 없었다.

조엘리의 방은 커튼이며 바닥에 깔린 융단, 화분, 장식품 등으로 화려하게 꾸며져 있었는데 이곳은 그런 기색이 전혀 없었다. 5년 전 아무것도 필요하지 않았던 그를 대변하듯 방 안도 썰렁하기 그지없다. 그때와 달라진 점은 바닥에 어지럽게 널브러져 있던 물건들이 없다는 것뿐이랄까.

"지금은 쓰지 않으시나 봐요?"

"그래. 더는 쓸 필요가 없으니까."

그렇구나. 과거에 그가 숨어 있을 공간으로 사용했으니, 멀쩡해진 지금 이곳에서 지낼 이유는 없었다. 그러자 조금은 씁쓸한 기분이 들었다.

"그래도 가끔은 이렇게 찾아오곤 해."

"정말요?"

어쩐지 홀과 복도와 달리 이 방 안은 참 깨끗하다고 생각했었다. 아마 그가 가끔 찾아오니까 이 방 안만큼은 지금도 주기적으로 관리하고 있나 보다. 나름 좋은 추억으로 간직해 주고 있는 건가 싶어 작게 웃자 빈센트가 마주 웃으며 창밖 너머를 바라봤다.

"여기 이러고 앉아 있으면 혼자 있는 거 같지 않아서 좋아."

"……."

나직한 목소리가 작은 울림을 만들었다. 달을 응시하는 얼굴은 살며시 미소를 띠고 있었다.

"눈이 안 보이는 건 굉장히 무서운 일이었지만, 혼자가 아니란 기분이 들었어. 네가 언제든 문을 열고 들어와서 잔소리를 늘어놓을 것 같았거든. 내가 겁을 먹고 있으면 내 손을 잡고 먼저 앞장서 주고, 무섭다 말하면 그럴 수도 있다고 말해 줄 거 같았지. 그런 네가 언제나 내 곁에 있을 거라 생각하니까 어둠 속에 있는 게 더는 무섭지 않았어."

"……."

"네가 있어 주어서 용기를 낼 수 있었어."

그에게서 이런 말을 들을 줄 몰랐다. 그와 이런 대화를 나눌 줄도 몰랐다. 5년 전에 나름 잘해 보겠다고 했던 노력들을 빈센트가 인정해 주는데 기쁘지 않을 수 있을까.

나는 매사에 자신이 없는 사람이었다. 앞에 나설 용기 따윈 없었고, 앞머리를 길게 기르고 몸을 한껏 웅크린 채 날 가리기 급급했다. 짓눌린 삶이었다. 그런 내가 직접 나서고 스스로의 의견을 내뱉었던 건 5년 전 이곳에 지낼 때가 처음이었다. 나보다 더 움츠러든 채 죽음을 바라고 있는 사람을 만나서일지도 모른다. 나는 그와 함께 이곳에서 지내면서 내가 누군가에게 용기를 나눠 줄 수 있는 사람이라는 걸 알게 되었다. 이렇게 누군가에게 깊게 남을 수 있음을 깨닫는다.

울컥 치솟는 감정에 코끝이 찡해졌다. 살짝 닿은 손끝은 마치 손을 잡을 때처럼 따스한 온기를 불어넣어 준다. 그 온기가 뻥 뚫린 가슴속을 꽉 채워 주는 것 같았다.

5년이 지났지만 나는 그와 이 방에서 이렇게 마주했다. 나란히 앉아 과거를 회상하는 것이 꿈처럼 느껴졌다. 하지만 꿈이라도 좋았다.

"절 그리워하셨어요?"

언젠가 에단이 했던 질문을 입에 담았다. 그러자 빈센트가 픽 웃는다.

"넌? 그리워했어?"

내가 빈센트를 그리워했을까? 그 대답은 에단과 얘기를 나눈 순간부터 이미 정해져 있었다.

"그리워했습니다. 걱정도 많이 했고요."

솔직하게 대답하자 빈센트가 기분 좋은 표정을 지었다.

"나도."

달빛이 빈센트의 얼굴을 촘촘히 비추었다. 상냥한 빛을 띤 에메랄드빛 눈동자가 날 담고 반짝였다. 이제는 생기를 되찾고 환하게 웃을 수 있는 그 얼굴을 나는 죽을 때까지 잊지 못할 것이다.

"솔직히 그런 말씀 하실 줄 몰랐어요."

같은 일을 겪었다고 해서 가지는 생각까지 같을 순 없었다. 내겐 좋은 기억으로 남아 있지만 당신에겐 지우고 싶은 기억일 거라 생각했다. 그 당시의 그는 시력을 잃은 채 목숨을 위협당했고, 그 외에도 많은 힘든 일을 겪었다. 나야 떠나면 그만이지만, 그에겐 현재를 살아가며 계속 겪어야 할 일이었을 터.

"잊어버릴 줄 알았어?"

"네."

"아니라고 반박은 못 하겠군."

웃음에 씁쓸함이 배어 나온다. 솔직한 대답이었지만 상처받지 않았다. 그럼에도 빈센트는 내 시선을 피하듯 고개를 돌렸다.

"모두 잊어버리고 싶었던 적은 있었어. 하지만, 그럴 수가 없더군. 열 가지 기억 중에 한 가지가 안 좋았다고 해서 남은 아홉 가지까지 모두 퇴색되는 건 아니니까. 오히려 그 아홉 가지가 너무 좋으니까 다른 한 가지가 더 크게 다가오는 거겠지."

"그 아홉 가지에 저와의 추억도 있나요?"

"그래."

그 대답에 웃음이 터져 나왔다.

"루카스 님도 그렇게 기억해 주셨던 거죠?"

별다른 의도를 품지 않고 뱉은 말이었다. 좋았던 기억이 소중해서 나쁜 기억마저 보듬어 주듯 루카스도 그렇게 기억해 주지 않았을까 싶어서 한 말. 그런데 내 말을 들은 빈센트의 얼굴이 순간 딱딱하게 굳어 버렸다.

갑자기 대화가 끊어졌다. 무겁게 변한 분위기가 날카로운 가시를 품고 날 찌른다. 빈센트의 반응이 이상했다. 조금 전까지 기쁘게 웃고 있었는데, 지금은 아니었다.

"주인님?"

조심스럽게 부르자 그가 맞닿아 있던 손가락을 살며시 오므리며 내게서 멀어진다. 빈센트가 다시 날 돌아봤다. 이번에도 웃으면서.

"네 말이 맞아. 그렇게 기억했어."

"……."

하지만 그의 웃는 얼굴에서 조금 전과 달리 위압감을 느꼈다. 난 그가 '웃는 얼굴'을 뒤집어썼음을 알아챘다.

'거짓말.'

무엇을 감추기 위해서?

난 마주 웃지 못하고 지그시 그를 바라봤다. 내 시선을 받아 내던 빈센트의 얼굴에서 차츰 균열이 생겨났다. 그가 다시 고개를 돌리더니 침대에서 몸을 일으켰다.

멀어지는 거리만큼 마음의 거리도 멀어지는 듯했다. 창문으로 다가가는 그의 뒷모습에서 심상치 않은 분위기를 읽었다. 그러다 한 가지 사실을 깨달았다.

빈센트는 나와의 추억을 말할 땐 늘 즐겁게 웃어 주었다. 에단과 바이올렛에 대해 말해 주는 것에도 거리낌이 없었다. 하지만 유독 루카스의 얘기는 입에 담지 않았다. 아니, 꺼려 한다는 표현이 더 정확할 것이다. 가끔 루카스에 대해 언급할 때면 찰나이긴 하지만 지금처럼 얼굴이 딱딱하게 굳었고, 말을 피하려는 기색을 보였다.

"저한테 뭔가 숨기시는 게 있는 거죠?"

그러니 지금 당신이 나를 피하는 게 아닌가. 고개를 숙이고 입을 다무는 게 아닌가.

하지만 재촉하고 싶지 않았다. 차분히 앉아 그의 대답을 기다렸다.

"어쩔 수 없었어."

그가 힘겨운 목소리를 뱉었다. 난 숨죽이며 그의 말에 귀를 기울였다.

"난, 나도…… 어쩔 수 없는 일이었어."

"눈 때문에 그러시는 거예요? 루카스 님의 눈인 줄 모르고 수술받으셨다고 들었어요."

"……아니야."

"네?"

"그게 아니야."

목소리가 작아진다. 난 몸을 앞으로 기울였다. 끼익 침대가 운다. 빈센트가 날 돌아봤다. 달빛을 등지고 선 그의 얼굴엔 어둠이 내려앉아 있었다.

"알고 있었어."

무엇을?

"루카스의 눈을 내게 줄 거라는 걸 알고 있었어."

"……!"

그 말엔 놀라지 않을 수 없었다.

난 눈을 큼지막하게 뜨고 빈센트를 바라봤다. 에단은 빈센트가 아무것도 모른 채 수술받았다고 했었다. 루카스의 눈이라고 하면 빈센트가 받지 않을까 봐 일부러 숨겼다고. 그 때문에 빈센트와 사이가 멀어졌다고 했는데, 사실은 빈센트도 알고 있었다고?

"어, 언제부터요?"

"눈을 고칠 수 있다고 들었을 때부터."

"……."

"누가 봐도 이상하잖아. 루카스의 상태가 나빠져서 사경을 헤매고 있다는 소리를 듣고 얼마 안 가서 내 눈을 수술로 고칠 수 있다고 하더군. 다른 사람의 각막을 이식하는 수술이라는데, 어떻게 모를 수가 있겠어."

한 마디 한 마디가 피를 토해 내듯 무겁게 흘러나왔다. 에단의 말이 다시금 머릿속을 맴돌았다. 에단이 자신을 속이면서까지 큰 선택을 한 게 미안해서가 아니라, 사실은 빈센트가 다 알면서도 모른 척 에단의 선택을 받아들여서 그 죄책감에 사이가 멀어진 거라면? 마냥 이상한 말도 아니었다. 지금 빈센트가 직접 말해 주고 있지 않은가.

죄를 고백하는 얼굴은 무서울 정도로 고요했다.

"왜, 대체 왜 모른 척하셨던 건데요?"

"그렇게라도 살고 싶어서."

눈이 보이지 않는 삶이 그에게는 죽음과 다를 바 없음을 알고 있었다. 숨을 쉬며 내일을 맞이하고 있으나 스스로 포기한 삶이었다. 처음 만났을 때의 그는 이미 말라비틀어져 버린 상태였다. 마치 산송장처럼 삶에 어떠한 의지도 내보이지 않았었다. 그러니 살고 싶었다던 말이 무슨 의미인지 바로 알아챌 수 있었다.

뭐라고 말을 해야 할까. 그가 해 준 말의 무게가 너무 무거워 쉽사리 말을 뱉지 못했다. 그에게 다가가는 것도 이곳에서 도망쳐 버리는 것도 할 수 없었다.

"눈을 회복할 수 있는 유일한 기회였어."

빈센트가 한 걸음 한 걸음 내게 다가왔다. 떨리는 양손이 내 양팔을 단단히 붙잡았다. 시선을 들어 올리자 사납게 일그러진 그의 얼굴이 보였다. 오래도록 가슴속에 묻어 두었던 고통이 그의 얼굴에 여실히 드러났다.

"언제 또 기회가 올지 몰랐고, 그걸 놓치고 계속 어둠 속에서 살아가는 게 무서웠어. 아무도 믿지 못한 채 경계하고 두려움에 떠는 생활을 더는 이어 나갈 자신이 없었어. 그래서……."

그의 얼굴에서 눈물이 한 방울씩 떨어지기 시작했다.

"다 알면서도 모르는 척 받아들였어. 내 눈이 이렇게 된 건 다 그 녀석 탓이니까, 그래도 된다고 자신을 달래면서."

참회의 눈물이 하염없이 떨어져 내렸다.

"에단이 어떤 심정으로 그런 결정을 내렸는지 아는데도……."

그의 고통이 날 적신다. 팔이 아플 정도로 붙잡고 매달린다. 마치 내가 도망쳐 버릴까 봐 불안에 떠는 사람처럼.

"내가 살고 싶어서, 그럴 수밖에 없었어."

그리 속삭이며 빈센트가 내 어깨에 얼굴을 묻고 온몸을 끌어안았다. 품에 달라붙는 무게가 무거웠다. 그의 떨림이 내 몸 깊숙이 파고들어 온다.

천장에는 달빛이 아름답게 일렁였다. 그 빛을 반쯤 가린 채 루카스가 조용히 우리를 내려다보고 있었다. 그의 얼굴을 시커멓게 뒤덮고 있는 핏물이 내 양옆으로 툭툭 떨어졌다.

'루카스 님.'

언제나 그 이름을 부를 때면 가슴이 터질 듯 벅차오르면서도 가는 바늘에 찔리는 듯한 아픔을 느꼈었다. 하지만 지금은…… 아니었다.

"좀 더 힘을 썼다면 루카스는 살 수 있었을지도 몰라. 희망을 가져 볼 수도 있었어. 그걸 내가 저버리게 만든 거야. 내가 살고 싶어서, 내 욕심 때문에……."

귓가에 참회의 말이 쏟아졌다. 그 말을 루카스가 듣고 있었다. 얼굴이 피로 뒤덮여 있어 표정을 볼 순 없었지만, 가늘게 뜬 눈동자가 빈센트를 직시한다.

"내, 내가. 나는……."

고통스러운 목소리가 점차 잦아들었다. 난 떨리는 양손을 들어 빈센트를 힘껏 끌어안았다. 죄책감에 떠는 그를 숨겨 주고 싶었다. 루카스가 빈센트를 보지 않길 바랐다. 그의 죄를 듣지 못하게 하고 싶었다. 내 몸집이 크지 않은 게 지금 이 순간엔 야속하게만 느껴졌다.

누구의 손에 쥔 칼이 더 많은 피를 묻히고 무거워졌는가. 누구의 잘못이 더 깊은가. 애초부터 따질 수 없는 문제였다. 고통받지 않은 사람은 아무도 없기에.

자신의 욕심을 챙기기 위해 이기적으로 굴었던 빈센트를 비난할 수 없는 건 결국 나도 타인과 다를 바 없기 때문이다. 어느 누가 내 고통을 이해해 줄 수 있을까. 누구도 나를 대신해 줄 수 없는데. 그래서 내게 매달려 숨는 빈센트를 뿌리칠 수 없었다.

'미안해요, 루카스 님.'

"괜찮아요."

난 금빛 머리칼에 뺨을 비비고 떨고 있는 등을 토닥이며, 그가 원하는 위로를 건넸다. 눈앞이 뿌예지자 루카스의 얼굴도 흐릿해졌다. 그러자 좀 더 강하게 빈센트를 껴안아 줄 수 있었다.

"저번에 저한테 그러셨죠? 아무도 날 대신해 주지 않으니까 비난할 수도 없는 거라고. 저도 그렇게 생각해요. 아무도 당신의 입장이 되어 줄 수 없는데 어느 누가 옳고 그름을 따지겠어요. 잘못된 건 없어요. 지금 당신이 가지는 그 감정을 잊지 말고 루카스 님을 기억해 주시면 돼요. 그렇게 살아가시면 돼요."

사실은 이런 말 따윈 위로가 될 수 없었다. 찰나 마음을 달래 줄 순 있으나 과거를 되돌릴 순 없었다. 한번 새겨진 고통은 영원히 사라지지 않는다는 걸 그도 모르지 않는다. 그럼에도 빈센트는 숨죽여 내 위로를 들었다.

"그러니 괜찮아요. 금방 다 괜찮아질 거예요."

죄는 상처를 남기겠지만, 그의 고통이 조금은 옅어질 수 있기를. 그가 아주 잠시 동안만이라도 죄책감을 외면할 수 있기를. 못된 마음으로 그를 위로해 본다. 우리를 지켜보고 있는 루카스를 외면한 채 그의 편에 서 본다.

내 어깨에 얼굴을 묻고 있던 빈센트가 색색 숨을 토했다. 나는 연신 그의 머리칼에 뺨을 비비며 그를 달랬다. 시선을 들어 올리자 더 이상 루카스의 모습이 보이지 않았다. 실망해서 가 버린 걸까. 그런 생각이 드는 순간, 온몸에 무게감이 더해져 왔다. 그대로 눌려 침대에 쓰러졌다. 끼익 울려오는 소리가 누구의 울음인지 알 수 없었다.

빈센트가 상체를 들어 올렸다. 눈물범벅이 된 얼굴이 보였다. 에메랄드빛 눈동자가 울고 있는 날 응시한다. 그의 손이 천천히 내 얼굴을 더듬었다. 언젠가 그랬던 것처럼 내 얼굴을 기억하려는 듯 손끝으로 덧그린다.

"넌 어디든 갈 수 있는 사람이야. 비록 삶이 힘들고 고통스러울지라도 넌 어디서든 잘 살아가려고 노력할 거야. 그렇게 살다 보면 네 삶에서 소중한 사람도 만나고 가족도 이룰지 몰라. 넌 충분히 그럴 수 있는 사람이란 걸 알아."

내 뺨을 쓸어내리던 그의 손이 입술에 머물렀다. 그가 촉촉한 입술을 한 차례 쓸어내렸다.

"내가 너한테 매달리는 거야."

"……."

"너는 이 모든 상황을 다 알고 있는 사람이자 내 말을 들어 줄 수 있는 유일한 사람이고, 그리고 너만이 내게 괜찮다고 말해 줄 거란 걸 알았으니까. 내 욕심으로 널 찾고, 곁에 두려고 하는 거야. 내가 너한테…… 위로받고 싶어서."

살고 싶어서……. 작은 속삭임이 아프게 들려왔다. 커다란 손으로 내 눈꼬리에서 흘러내리는 눈물을 닦아 낸 그가 이마를 맞댄다. 그의 젖은 눈꺼풀이 파르르 떨렸다. 거칠고 뜨거워진 숨이 벌어진 입술을 타고 공유됐다.

"다정하게 잘해 줄게. 네가 원하는 건 다 해 줄게. 그러니까 여기 있어. 나랑 같이 여기서……."

촉촉하게 젖은 입술이 내 눈가를 덮었다. 내가 흘린 눈물을 훔치고 미끄러진 입술이 뺨을 더듬더니 내 입술에 달라붙는다.

"폴라……."

부름이 달콤했다. 입 속을 파고들어 오는 숨결이 달았다. 혀끝에 닿는 짠맛마저 달게 느껴졌다.

참으로 무례한 사람이다. 멋대로 울고 멋대로 다정하게 굴고 멋대로 매달린다. 그렇게 날 곁에 두려고 한다. 그토록 가진 게 많으면서도 보잘것없는 작은 계집에게 한 줌의 호의까지 욕심부린다. 그 욕심이 너무 못되고 무례했음에도 매달리는 그를 놓지 못하는 건, 날 감싸는 누군가의 온기가 따뜻하다는 걸 알았고, 입술을 더듬는 숨결이 마치 내 상처마저 핥아 주듯 너무도 다정했기 때문이다.

그의 눈물이 내 뺨을 연신 적셔 내렸다. 한쪽 어깨를 감싸고 있던 재킷을 걷어 내고 기다란 손이 내게 더 닿아 온다. 난 눈을 감고 양팔을 벌려 쏟아지는 감각을 온몸 깊숙이 가둬 두었다.

사람은 누구나 참회하는 삶을 살고 있다. 빈민가를 떠돌던 한 남자는 '사람은 타인을 희생시키며 살 수밖에 없다'고 말했다. 다른 사람들은 그의 말을 농담거리로 여겼지만, 난 어느 정도 그 말에 공감했다. 왜냐면 내 이 거지 같은 삶에도 누군가의 희생이 따랐으니까.

하층민은 하층민끼리 상류층은 그보다 더 많은 사람을 짓밟고 희생시키며 살아간다. 그렇기에 사람은 더욱 바른 삶을 살고자 노력하는 건지도 모른다.

그리고 내 삶이 그랬듯 빈센트 역시 그런 삶을 살아왔던 게 아닐까.

어떻게 살아야 할지 고민하고, 상처받고, 누군가의 희생에 아파하면서도 그 속에서 행복을 찾기 위해 고군분투하며 살아가는 것.

성별과 신분 상관없이 우리 모두 같은 삶을 살고 있다는 생각이 들었다. 비록 살아가는 방향과 그 깊이는 다 다를 테지만, 우리 모두 스스로의 행복을 위해, 그리고 내 곁의 소중한 사람들의 행복을 위해 현재를 살아가고 있는 거니까.

그러자 조금은 빈센트에게서 동질감을 느꼈다.

"왜 자꾸 우세요?"

눈물이 멈추지 않는 얼굴을 쓸어내리며 물었다. 그러자 빈센트가 내 손을 붙잡고 뺨을 비볐다.

"불안해서."

"뭐가 불안하세요?"

"혼자가 아니라는 게 너무 좋아서. 그래서 불안해."

나직한 울림이 몇 번이나 입술에 닿았는지 모른다. 빈센트는 내게 안겨 마음껏 어리광을 부렸다. 커다란 사람이 자신보다 더 작은 사람에게 매달리는 모습이 낯설면서도 기분 좋았던 건 그가 정말 나로 인해 안도하고 있음을 알았기 때문이다.

사랑스럽다는 게 뭔지 알겠다. 보잘것없는 나에게 기대는 그가 사랑스럽다고 생각했다. 그의 등을 꼭 감싼 채 마주 안아 주고 싶어졌다. 난 그를 마음껏 품에 안으며 그의 마음에 부응해 주고자 노력했다.

어느새 아침이 밝아 왔다. 창밖 너머에서 내리쬐는 햇볕이 강했다. 그래서 따뜻했다. 난 멍하니 앉아 창밖에 떠오른 해를 바라봤다. 바닥을 그으며 들이닥친 빛줄기가 눈부셔 한쪽 눈을 찡그렸다. 한 손을 들고 빛을 가렸다. 빛을 받지 못한 맨살에는 서늘한 아침 공기가 닿아 몸이 부르르 떨렸다.

그 순간 갑자기 몸이 뒤로 넘어갔다. 허리에 둘려 있던 팔에 힘이 실리면서 내 몸이 큼지막한 품 안으로 끌려갔다. 다리가 얽혀 들고, 몸이 맞닿자 온기를 불어 넣어 주기는 했다. 하지만 코와 입이 그의 가슴께에 눌려 숨을 쉬기 어려웠다. 몸을 뒤틀자 졸음기 섞인 목소리가 들려왔다.

"좀 더 자……."

그가 웅얼거리며 내 머리에 입술을 비비적댔다. 일어나야 하는데. 난 눈을 껌뻑거리고 있다가 곧이어 들리는 고른 숨소리에 몸을 움직여 코와 입을 가까스로 빼내었다. 후 숨을 내뱉고 그의 어깨에 턱을 댔다. 자꾸 몸이 나른해지고 정신이 멍해지는 걸 억지로 붙잡았다.

"벌써 밖에 해가 떴습니다. 일어나셔야 해요."

"……괜찮아."

"제가 안 괜찮아요."

그의 품에서 벗어나기 위해 꼼지락대자 그가 날 더 꽉 끌어안으며 머리에 얼굴을 비빈다. 지금 이럴 때가 아닌데. 벌써 아침 식사 시간이 가까워졌다. 내가 나타나지 않으면 유모가 의아해할지도 모른다. 그래서 다시 몸을 들썩여 그의 품에서 벗어나는 데 성공했지만 그만 방향을 잃고 말았다. 쏙 빠져나온 몸이 데굴데굴 굴러 침대 밖으로 떨어져 버렸다.

바닥에 몸을 쿵 찧었다. 아팠지만 손으로 만질 수도 없었다. 침대를 구르며 덮고 있던 시트가 온몸을 감쌌기 때문이다. 애벌레처럼 몸이 시트로 돌돌 말아져 낑낑거리고 있자 곧 빈센트가 침대 밖으로 고개를 내밀었다. 헝클어진 뒤통수를 벅벅 긁으며 묻는다.

"뭐 하는 거야?"

"일으켜 주세요."

결국 도움을 요청하자 빈센트가 멍한 얼굴로 눈을 껌뻑이더니 손을 뻗어 왔다. 시트에 감싸인 몸을 그대로 들어 올리더니 다시 풀썩 침대에 드러눕는다. 그의 가슴께에 왼쪽 뺨을 대고 있다가 다시 정신을 차렸다.

"조금만 더 자자. 응?"

"안 돼요. 벌써 아침 식사 시간이에요."

"배고파?"

"제가 아니라 도련님을 챙겨야 해요."

이미 늦잠을 잔 나 대신 유모가 준비하고 있겠지만, 그래도 이대로 있을 순 없었다. 시트의 끄트머리를 알 수 없어 몸을 접었다 폈다 하며 자유를 되찾으려고 했다. 그러나 그 움직임은 빈센트가 날 끌어안고 몸을 돌린 탓에 막혀 버리고 말았다.

"으악!"

그의 아래에 몸이 눌렸다. 답답한데 놓아줄 생각을 안 한다.

"무거워요."

"참아 봐."

"싫습니다. 숨 막히니까 일어나 주세요."

"싫어."

"주인님."

투정 부리는 어린애를 혼내듯 그를 부르자 빈센트가 갑자기 몸을 일으켰다. 한쪽 손으로 침대를 짚고 날 내려다보는 얼굴이 불만스러운 기색을 내비친다.

"왜 그렇게 보세요?"

"잘 몰랐는데, 지금 들으니까 신경 쓰여서."

"뭐가요?"

"이름으로 불러 봐."

예상치 못한 제안에 당황했다.

"얼른 불러 봐."

"안 돼요."

"왜 안 돼."

"안 되니까요."

감히 그의 이름을 입에 올린다는 건 상상도 못 할 일이었다. 난 고개를 마구 저으며 그의 제안을 거절했다. 그러자 빈센트가 날 못마땅하게 보더니 닦달하기 시작한다.

"허락할 테니 불러. 듣고 싶어."

"안 된다니까요. 그보다 이것 좀 풀어 주시겠어요?"

"설마 내 이름을 모르는 건 아니겠지?"

"아니면 좀 비켜 주시면 좋을 거 같은데요. 거치적거립니다."

"진짜 몰라?"

대화가 이뤄지지 않는다. 빈센트가 눈을 가늘게 떴다. 진짜로 이름을 모르냐는 듯 충격받은 얼굴을 보자 절로 한숨이 나왔다.

"알고 있습니다."

"그럼 불러 봐."

"거절하겠습니다."

몸에 감긴 시트를 풀어 주지도, 앞에서 비켜 주지도 않을 거 같아서 몸을 옆으로 돌렸다. 침대 위를 굴러다니다 보면 시트가 풀리겠지 싶어 몸에 힘을 주는데, 갑자기 빈센트가 날 덮쳐누른다. 어깨 쪽을 움켜잡은 그가 얼굴을 가까이 댔다.

"폴라."

탁하게 잠긴 목소리가 낯설게 들려왔다. 괜히 몸이 꼬이는 기분에 슬쩍슬쩍 도망치려고 하자 그가 날 다시 붙잡고 끌어당겼다. 귓바퀴에 마른 입술이 닿았다.

"폴라, 폴라, 폴라—"

"그, 그만 부르세요."

많이 부른다고 해서 이름이 닳는 건 아니지만 간지러운 기분을 참을 수 없었다. 작게 타박하자 빈센트가 내 어깨에 얼굴을 비스듬히 기대고 말했다.

"너도 불러 줘."

졸음기가 사라진 에메랄드빛 눈동자가 깜빡깜빡 움직였다. 꼭 듣고 싶다는 듯 기대감에 찬 얼굴을 보니 점점 마음이 꺾였다. 난 눈을 이리저리 굴리고 머뭇대다가 천천히 입술을 달싹였다.

"……빈센트 님."

입 밖으로 내뱉고 나니 매우 부끄러웠다. 갑자기 방 안이 후덥지근했다. 어색하게 하하 웃으면서 고개를 돌려 어디 쥐구멍이라도 없는지 찾았다. 그런 내 마음을 모르는 건지, 아니면 모르는 척하는 건지 빈센트의 목소리가 들려왔다.

"너 얼굴 굉장히 빨개졌어."

"저, 저리 가세요!"

얼굴까지 가까이 들이밀고 내 벌게진 얼굴을 보려고 하는 그를 피해 몸을 휘적거렸다. 그러나 몸도 진로도 막힌 상황에서 그를 피하기란 무리였다. 실실 웃으며 내 얼굴을 구경하는 그가 얄미워 죽겠다. 그래서 더 지지 않고 몸을 꿈틀대며 저항하자, 어느새 침대 끄트머리까지 와 있었다.

몸을 뒤로 힘껏 빼자 갑자기 아래로 훅 떨어졌다. 바닥에 뒤통수를 찧고 나서야 시트가 풀어졌다. 드디어 자유를 되찾은 양말로 바닥을 짚고 상체를 들어 올렸다. 그리고 아픈 뒤통수를 붙잡고 끙 앓았다.

"아하하!"

갑자기 웃음소리가 울려 퍼졌다. 빈센트가 침대에 드러누워 웃고 있었다. 다시 얼굴이 뻘게지는 듯했다. 난 바닥에 앉아 사납게 그를 노려봤다.

"저 놀리려고 일부러 그러신 거죠?"

"아니, 아니야."

빈센트가 손을 내저으며 몸을 일으켜 앉았다. 웃느라 눈물까지 찔끔 매달고 반박해 봤자 씨알도 안 먹힌다. 이번엔 내가 그를 한껏 못마땅하게 바라봐 주었다. 그러자 빈센트가 눈물을 닦던 손을 내리더니 즐겁게 웃음 짓는다.

"이제 그렇게 불러 줘."

"……고민해 보겠습니다."

천진난만한 얼굴을 보자 차마 더는 싫다고 할 수 없었다. 한풀 꺾여 대답하자 그의 웃음소리가 다시 울렸다. 역시 의도한 게 분명하다.

별채 밖으로 나가자 아침 공기가 제법 맑았다. 신선한 공기를 깊게 들이마시고 기지개를 켰다. 그리고 빈센트와 손을 맞잡고 숲속으로 향했다.

밤과 달리 아침에 보는 숲속 풍경은 느낌이 남달랐다. 눈을 편하게 만드는 싱그러운 나무와 풀, 새의 지저귐이 기분 좋게 다가왔다. 고개를 젖히고 나무 사이로 보이는 맑은 하늘을 올려다보며 짧은 산책을 즐겼다.

숲속의 저택에 도착하니 이미 아침을 시작한 사용인들이 몇몇 보였다. 난 슬쩍 그를 보다가 손을 놓았다. 빈센트가 날 돌아본다.

"왜."

"누가 보기 전에 얼른 가세요."

그와 내 관계가 달라졌다고 해서 주변의 시선을 무시할 순 없었다. 아침에 그와 손잡고 나타나면 누가 봐도 이상하게 볼 터. 난 아직 자신이 없었다. 그래서 그를 살짝 밀어 내는데 빈센트가 금세 뻐딱한 자세를 취한다.

"얼른 가시라니까요."

"내가 왜 가야 하는데?"

"그야 이러고 있는 모습을 누군가 보면 이상하게 생각할 테니까……."

"내가 로버트와 아침 식사 하러 왔다고 생각할 수도 있는 거잖아."

그, 렇기도 하지? 다시 생각해 보니 마냥 이상한 상황은 아니었다. 하지만…… 같이 들어가는 건 여전히 아닌 것 같았다.

"그럼 전 뒷문으로 갈 테니 주인님은 앞문으로 들어가세요. 아셨죠?"

"빈센트라고 부르라고 했잖아."

"지금 그런 말을 하실 때가 아니고요."

계속 이러고 있으면 누가 관심을 줄지도 모른다. 그를 앞문 쪽으로 밀어 내며 거리를 벌렸다. 그리고 수풀에 몸을 숨기며 뒷문으로 향했다. 발소리가 들릴까 봐 최대한 소리를 죽여 걸음을 빨리했다. 그런데 그런 내 뒤를 빈센트가 따라오는 게 아닌가.

"왜 따라오시는 거예요? 앞문으로 들어가시라고 했잖아요."

"싫은데."

뭐야? 지금 고집을 부릴 때가 아니었다. 금방이라도 누군가의 눈에 띌까 봐 걱정돼 죽겠는데 빈센트는 아무래도 좋다는 얼굴이라 답답했다. 난 다행히 아직 아무도 없는 주변을 이리저리 훑으며 그에게 말했다.

"저리 가세요. 멀찍이 떨어지시라고요."

"싫다니까?"

"왜 싫으신데요?"

"너와 멀어지기 싫으니까."

지금 이러실 때가 아니라니까. 난 뻘게지려는 얼굴을 가리듯 양손을 휘저으며 뒤로 물러났다. 차라리 내가 움직여 거리를 벌리려는데, 그런 내 의도를 알아챈 빈센트가 얼굴을 구기더니 성큼 다가와 내 한쪽 손목을 붙잡는다.

"지금 이러실 때가!"

"생각해 보니까 너한테 듣지 못한 거 같아."

갑자기 화제가 바뀌었다. 난 저항하던 걸 멈추고 그를 멀뚱히 바라봤다. 뭘 말하는 거지?

"넌 날 어떻게 생각하는지 듣지 못했어."

"갑자기 그게 무슨……. 그걸 왜 듣고 싶으신데요?"

"좋아하는 사람의 마음이 궁금한 게 당연하잖아."

기습적인 말에 당황스러움을 숨길 수 없었다. 아니, 왜, 지금, 그, 그걸. 내 얼굴은 결국 다시 뻘겋게 물들고 말았다. 그의 말도, 지금 갑자기 왜 이런 상황이 돼 버린 건지도 이해할 수 없어 말을 버벅거렸다.

그때, 뒷문에서 하녀 한 명이 나왔다. 앞치마를 묶으며 걸어오던 여자는 나와 내 손목을 붙잡고 서 있는 빈센트를 발견하곤 멈춰 섰다. 그리고 눈을 휘둥그레 뜨며 나와 빈센트를 연신 번갈아 살펴본다.

"어……."

손으로 빈센트를 가리키는 걸 보니 그가 누군지 알고 있는 것 같았다. 난 당황하며 그에게 붙잡힌 손을 확 빼냈다. 때마침 여자의 손가락이 빈센트를 지나 내게 향하고 있었다. 난 그녀와 빈센트 사이를 손가락질했다.

"어! 저기!"

내 말에 두 사람의 얼굴이 수풀밖에 없는 곳으로 향했다. 그 틈을 타 난 잽싸게 저택 안으로 들어갔다. 빈센트가 뒤따라올까 봐 걸음을 빨리해 복도를 걸어가다 계단을 올랐다. 로버트의 방으로 향하려다 순간 멈칫했다.

어젯밤에 잠깐 물 마시려고 나온 거다 보니 지금 난 잠옷 차림이었다. 얇은 치마가 팔락이는 내 차림새를 내려다보다가 이마를 짚었다. 이건 누가 봐도 오해할 모습임이 분명했다.

게다가 그의 재킷을 돌려주는 것도 깜빡했다. 체격 차이 탓에 내가 입기엔 헐렁해서 누가 봐도 남자 옷인 걸 알아챌 거 같았다. 그래서 일단 걸치고 있던 재킷을 벗었다. 곱게 접어서 품에 숨기듯 안고 있자 묘한 기분이 든다.

좋은…… 냄새가 난다. 재킷에 가만히 얼굴을 묻자 옷에 배어 있던 냄새가 콧속으로 파고들었다. 숲에서 묻은 풀 냄새, 그리고 빈센트의 냄새였다. 재킷을 내 어깨에 걸쳐 주었던 손길이 떠오른다. 그 손이 내 뺨을 매만지고, 온몸 깊숙이 파고들어 올 듯 달라붙던 감촉도 떠올랐다.

'너…… 따뜻해서 계속 만지고 싶어.'

젖은 목소리가 귓바퀴를 훑었다. 갑자기 온몸에 열이 오르는 것 같았다.

"야!"

그때, 갑작스런 부름이 들려왔다. 난 잘못된 일을 저지른 사람마냥 화들짝 놀랐다. 재킷을 떨어뜨릴 뻔한 걸 가까스로 붙잡고 주변을 두리번대자, 복도 맞은편에서 조니가 다가오는 게 보였다.

"아야, 반갑다. 늦잠 잤냐?"

손을 흔들며 조니가 반갑게 알은척을 해 왔다.

"……넌?"

"나도 늦잠. 나만 늦은 줄 알고 겁먹었는데, 너도 늦었다고 하니까 위로가 된다. 왜 이렇게 늦었냐고 하면, 나 혼자 늦은 게 아니라 다른 사람도 늦었다고 해야지. 그럼 덜 혼날 거 아니야. 어? 그런데 너."

머쓱한 표정으로 뒤통수를 긁던 조니가 내 차림새를 쭉 훑어 내렸다. 남이 늦은 걸 고자질하겠다는 뻔뻔한 대답에 황당해하는데 갑자기 화제가 달라지자, 뭔가 굉장히 귀찮은 일이 생길 거 같은 기분이 들었다.

"그래, 얼른 가라."

난 재빨리 대화를 마무리하고 조니를 지나쳐 걸어갔다. 그런데 조니가 가던 방향을 틀어 내 뒤를 따라왔다.

"너 뭐냐. 품에는 뭘 들고 있는 거야?"

"아무것도 아니니까 저리 가."

숨긴다고 했는데 기어코 품에 든 재킷을 봤나 보다. 그게 뭐냐고 닦달하는 걸 싹 무시하고 걸어가는데 뒤따라오던 조니가 불길한 혼잣말을 했다.

"그거 남자 옷 같은데……."

쓸데없이 눈썰미는 날카롭다. 아니라고 했다가 일이 더 복잡하게 꼬일까 봐 침묵을 유지하자, 잠시 말이 없던 조니가 갑자기 내 어깨를 장난스럽게 툭 친다.

"흐응— 너."

너 뭐? 너 뭐! 난 인상을 팍 쓰고 뒤를 돌아봤다. 조니가 오묘하게 웃으며 날 보고 있다. 그 표정이 놀란 듯도 하고, 음흉해 보이기도 했다. 뭐가 뭔지 모르겠지만 단단히 이상한 오해를 한 게 분명했다.

"무슨 오해를 한 건지 모르겠는데, 네가 생각하는 그런 거 아니다."

"알겠어, 알겠어. 이해해."

"뭘 이해해. 그런 거 아니라니까!"

"그래, 알겠어. 내가 비밀 꼭 지켜 줄게."

저게 진짜. 대놓고 노려봤음에도 조니가 여전히 오묘하게 웃으며 내 어깨를 툭툭 치차 난 그의 발을 콱 찍어 눌렀다. 조니가 표정을 일그러뜨리고 비명을 지르며 떨어져 나갔다. 발을 붙잡고 아파하는 모습을 차갑게 바라보며 숨을 훅 불었다.

"아니라고 했잖아. 그냥 산책 좀 다녀온 거야."

"으, 아파. 이 시간에 무슨 산책을 했다는 건데?"

"그냥 주변 좀 둘러보고 왔다. 됐냐?"

처음엔 바람 좀 쐬려고 나갔던 거였으니 마냥 거짓말도 아니었다. 하지만 온전한 진실도 아니었다. 양심에 찔리긴 했지만 목덜미를 긁적이며 찝찝한 마음을 털어 냈다. 여전히 아픈 얼굴로 발을 문지르고 있던 조니가 그러면 말로 하지 왜 밟고 난리냐며 작은 목소리로 투덜거렸다. 난 못 들은 척했다.

"어디 가서 괜한 말 하지 마라. 알겠냐?"

"……알겠어."

헛생각 못 하도록 사납게 일갈하자 조니가 마지못해 대꾸했다. 잘 알아들었으면 됐다. 이제 갈 길 가라는 의미를 담아 한 손을 휙휙 내저은 뒤 다시 몸을 돌리고 걸어가는데, 갑자기 팔을 당기는 힘에 걸음을 멈췄다. 고개를 돌리기도 전에 등 뒤로 가까워지는 기척이 느껴졌다.

"그래도 너무 늦은 시간엔 돌아다니지 마. 위험하니까."

새삼스러운 말에 의아했지만 제법 진지한 목소리라 내심 걱정해 주는 건가 싶어 얌전히 고개를 끄덕였다. 그제야 조니가 잡고 있던 팔을 놓아 주었다. 다시 돌아보니 아까처럼 발을 붙잡은 채 아프다며 투덜거리고 있었다. 난 조니를 뒤로하고 방으로 향했다.

방 안엔 아무도 없었다. 앨리사와 만나면 귀찮아질 게 뻔하니 다행이었다. 재빨리 잠옷을 갈아입고 가지고 온 재킷은 어디에 둘지 고민하며 방 안을 둘러봤다. 아무 데나 두면 안 될 거 같아서 마땅한 곳을 찾다가 내 옷들 사이에 숨겨 두고는 서둘러 로버트의 방으로 갔다.

그러다 잠시 잊었던 존재와 마주했다.

오늘은 방에서 식사를 하는지, 로버트에게 수프를 떠먹이던 유모가 문 앞에 서 있는 날 발견하곤 아침 인사를 건넸다.

"어서 와요. 좀 늦었네요."

"네, 죄송합니다."

난 고개를 숙이며 시선을 슬쩍 옆으로 돌렸다. 조금 전에 헤어졌던 빈센트가 소파 한쪽에 떡하니 자리하고 있었다. 그대로 두면 상황이 이상해질까 봐 조금 유치한 방법을 써서 먼저 들어오긴 했지만, 로버트의 방에서 다시 만날 수 있을 거란 예상은 했었다. 설마 저렇게 흉흉한 기세를 내뿜고 있을지는 몰랐지만.

심기가 아주 불편해 보이는 표정으로 날 노려보는 있는 빈센트를 보니 내심 찔끔했다. 주춤주춤 유모 쪽으로 다가가자 날 좇는 빈센트의 시선이 느껴졌다.

"백작님도 오실 줄 알았으면 식사를 같이 준비했을 텐데요."

미리 식사 약속을 한 것이 아니니 빈센트의 아침은 준비되지 않은 게 당연했다. 유모가 걱정스럽게 말하자, 빈센트가 물을 들이켜며 대수롭지 않게 대꾸했다.

"됐어. 내가 갑자기 찾아온 거고, 별로 입맛도 없으니 신경 쓰지 않아도 돼."

"그래도요. 빵이라도 좀 드시겠어요?"

"괜찮아."

빈센트의 말에도 유모는 그의 몫의 식사를 하나 더 챙겨 와야 할지 고민하는 눈치였다. 빈센트가 아침부터 찾아온 걸 보면 식사를 같이하려고 온 게 분명하니, 지금이라도 준비해야 하지 않을까 싶은 걸 테다. 괜히 유모를 불편하게 만든 것 같아 빈센트를 흘끗댔다. 그러다 시선이 딱 부딪치는 바람에 난 모르는 척 고개를 돌려 로버트의 식사 시중을 도왔다.

결국 로버트만 든든히 배를 채웠다. 빈 그릇을 정리하던 유모가 다시 빈센트에게 물었다.

"점심은 드시고 가실 건가요?"

"그러지."

"그럼 맞춰서 준비하겠습니다."

그러곤 내게 다가왔다.

"아직 아침 전이죠? 나도 아직 아침을 못 먹었는데 함께 먹으러 갈래요? 백작님이 계시니까 잠시 자리를 비워도 될 거 같아요."

"아, 저는……."

대답하면서 슬쩍 빈센트를 바라봤다. 흉흉한 얼굴로 날 지그시 바라보는 게 가지 말라고 무언의 압박을 보내는 것 같았다. 이대로 가 버리면 어쩐지 뒷감당을 하기 힘들 것 같아, 머쓱하게 대답했다.

"입맛이 별로 없어서요. 편하게 드시고 오세요."

"그래요? 그럼 간단히 먹고 올게요."

유모가 빈 그릇들을 들고 방을 나가자 방 안에 침묵이 내려앉았다. 빈센트는 할 말이 많아 보이는 얼굴이었지만 딱히 먼저 말을 걸어오지는 않았다. 그러나 식탁을 닦는 내내 등을 콕콕 찌르는 뜨거운 시선이 느껴져, 오히려 부담감만 늘어났다. 차라리 말을 걸어 주면 좋겠는데.

"이거 읽어 줘."

그때, 로버트가 동화책 한 권을 건네며 눈을 반짝였다. 저번에 책을 읽어 준

게 마음에 들었는지 그 뒤로 로버트는 종종 이렇게 책을 읽어 달라고 했다. 난 식탁을 마저 닦은 뒤 손을 씻고 로버트가 건넨 책을 받아 들었다. 로버트가 신 난 얼굴로 기다란 소파에 앉자 나도 옆자리에 앉았다.

동화책은 귀여운 돼지가 주인공으로 등장하는 모험 이야기였다. 책을 펼치 자 귀여운 돼지 그림이 눈에 들어왔다. 난 차분히 책을 읽어 내렸다. 로버트가 다리를 앞뒤로 흔들며 내 목소리를 경청했다.

얇은 동화책을 다 읽는 데는 그다지 오랜 시간이 걸리지 않았다. 다 읽고 나 니까 로버트가 곧장 새로운 걸 건네 온다.

"이것도, 이것도!"

로버트가 건네주는 책을 연달아 네 권쯤 받아 읽었을 땐 슬슬 목이 말라 왔 다. 잠깐 숨 좀 돌릴 겸 물병에 든 물을 컵에 따라 마시고 있는데, 갑자기 반대 편에서 동화책 한 권이 불쑥 튀어나왔다. 언제 다가온 건지 빈센트가 내 옆에 서서 책을 건네 왔다.

"난 이거 읽어 줘."

태연한 얼굴로 읽어 달라고 건넨 건 귀여운 아기 양이 그려진 동화책이었다. 난 입에 대고 있던 컵을 내리고 눈앞에 들이밀어진 책을 얼떨떨하게 바라봤다. 로버트에게 읽어 준 적이 있는 책이었다. 기억하기론 아기 양이 새로 사귄 사 슴 친구와 함께 어떻게 하면 재밌게 놀 수 있을지 고민하는, 굉장히 귀여운 이 야기를 담고 있었지.

"이건 왜요?"

"듣고 싶으니까."

그러더니 기다란 소파의 끄트머리에 가서 앉고는 자신의 옆자리를 톡톡 친 다. 마치 빨리 오라는 것처럼. 난 어쩔 수 없이 빈센트의 옆자리로 가서 앉았 다. 그러자 로버트가 미리 골라 둔 또 다른 책을 내밀었다.

"이거 읽어 줘!"

어떻게 해야 할지 당황해 하고 있는데, 빈센트가 로버트를 막았다.

"이번엔 내 순서니까 기다려."

"치사해!"

"내 거니까 치사해도 돼."

로버트가 볼을 빵빵하게 부풀리고 칭얼거렸으나, 빈센트는 아랑곳하지 않고 자신이 고른 책을 내밀었다. 어린애를 상대로 유치한 투정을 부리는 빈센트를 보니 내 얼굴이 다 화끈거렸다.

결국 그가 내민 동화책을 받아 들고 펼쳤다. 빈센트에게 책을 읽어 준다고 생각하니 갑자기 긴장이 됐다. 괜히 목소리를 가다듬고 책을 읽어 내리기 시작했다.

분명 같은 책인데도 로버트에게 읽어 주었을 때와는 기분이 확연히 달랐다. 문장을 읽는 목소리에 힘이 실리고 말투가 딱딱해졌다. 말을 더듬을까 봐 신경을 잔뜩 곤두세웠다. 과거 빈센트에게 지적을 받으면서 책을 읽어 주었던 기억이 남은 탓일까, 마치 평가받고 있는 것처럼 자꾸 긴장이 되었다.

그런 날 빈센트가 등받이에 얼굴을 기댄 채 지그시 바라보고 있었다. 조금 전처럼 날카로운 시선은 아니었지만 이건 이것대로 부담스러웠다.

"……그만 좀 보세요."

결국 책을 읽다 말고 한마디 뱉었다. 로버트는 책 읽기에 흥미를 잃었는지 맞은편 기다란 소파에 엎드린 채 종이에 그림을 그리고 있었다. 둥글면서 뾰족하고, 단순하면서도 오묘한 형체의 그림들을 종이에 가득 채우느라 이쪽엔 관심도 없었다.

"책 읽어 주는 사람을 보지 그럼 어디를 봐."

"탁자라든지…… 다른 곳을 보시면 좋을 거 같은데요."

"싫어."

단호한 거절이 돌아왔다. 계속 저렇게 쳐다보겠다는 소리인가. 그러자 부담감이 더욱더 커졌다. 난 속으로 끙 앓다가 다시 입을 달싹였다.

"너무 그렇게 보시면…… 책을 읽지 못할 거 같습니다."

"긴장돼?"

"그야…… 네."

순순히 대답하고 흘끗 보자 빈센트가 눈을 크게 뜨며 놀라고 있었다. 왜 저런 얼굴을 하지? 의아해하는데, 빈센트가 고개를 돌리더니 흐음 하며 짧은 신음성을 흘린다. 허공을 보는 얼굴이 뚱하면서도 어쩐지 기분 좋아 보였다.

하지만 금세 얼굴이 다시 뚱해졌다.

"아깐 왜 도망간 거야."

"오해하지 마세요. 그런 거 아닙니다."

도망치긴 했지만 그가 말하는 그런 '도망'은 아니었다. 저택 안으로 들어간 거고, 엄밀히 말하면 원래 자리로 돌아갔다는 게 맞았다. 그럼에도 빈센트는 조금 전 내 행동이 굉장히 불만스러웠는지 표정을 풀지 않았다.

"나랑 있는 걸 보이는 게 부끄럽나."

"예?"

생각지도 못한 질문에 큰 소리를 냈다. 이쪽을 보는 로버트와 눈이 마주치자 아무것도 아니라는 듯 웃어 보였다. 그리고 로버트가 다시 그림 그리기에 빠지자 다급히 말을 이었다.

"왜 그런 말씀을 하세요. 그런 게 아니란 거 아시잖아요."

"알아. 나랑 있는 모습을 누가 보는 걸 질색하는 거 같기에 농담해 본 거야."

"질색까지는 아니고요……. 사람들이 이상한 오해를 할까 봐서……."

"무슨 오해?"

"그야 주인님이랑 저랑……."

그렇고 그런 관계라는 오해가 생길까 봐. 말도 안 되는 소리지만 오해란 건 아주 작은 계기로도 충분히 생길 수 있는 거다. 잠옷 차림의 여자 사용인이 젊은 남자 주인과 나란히 저택으로 들어오고 있었고, 게다가 분위기가 살갑게 느껴졌다면 더욱 오해하기 좋았다. 나야 무시하면 그만이지만 그에게 나쁜 영향이 가는 건 정말 싫었다.

"어쨌든 이상한 소문이 나면 안 좋으니까요."

대답을 얼버무린 건 자세한 말을 하고 싶지 않아서였다. 빈센트가 날 못마땅하게 보았다. 당연한 걱정이란 걸 그도 알고 있을 텐데도 그건 올바른 대답이 아니라고 말하는 듯한 눈빛이었다. 난 괜히 책에 시선을 고정했다. 다행히 그는 조금 전의 일을 더 이상 따져 묻지 않았다. 대신 한숨 같은 목소리가 흘러나온다.

"억지로 몰아붙일 생각은 없어. 당장 뭔가 바뀔 만큼 쉬운 문제도 아니고, 너도 생각을 정리할 시간이 필요하겠지."

"……."

"네가 뭘 걱정하는지도 잘 알겠고."

그리 말한 빈센트가 한 손으로 얼굴을 쓸어내렸다. 거친 손길에 금빛 머리카락이 이리저리 헝클어졌다.

"너한텐 자꾸 어리광 부리게 돼."

여전히 불퉁한 목소리였지만 우울한 기색이 배어 있었다. 난 어리둥절해하며 빈센트를 바라봤다. 그가 드물게 반성하는 기색을 내비쳤다.

하지만 정작 난 그의 말을 제대로 이해하지 못했다. 어리광이라니 조금 전 상황 때문인가, 아니면 별채에서의 일 때문인가. 그렇다면 그런 말을 하지 않았으면 좋겠는데.

나는 빈센트가 숨기고 있는 죄악감을 알았다. 이해하고 위로해 주고 싶었다. 내게 매달리는 그를 품에 안았을 때, 그의 마음에 부응해 주고 싶은 건 진심이었다. 내가 곁에 있어서 조금이나마 그의 숨통이 트인다면 나는 기쁘게 받아들일 것이다. 내가 필요하다고 말해 주어 기뻤다. 그걸 후회하게 만들고 싶지 않았다.

"어리광, 부리셔도 돼요."

그래서 단호히 말하자 빈센트가 날 흘끗 보았다. 마치 네가 그런 말을 할 줄 몰랐다는 얼굴을 보며, 난 한 번 더 같은 말을 반복했다. 그가 속마음을 숨기지 않았으면 했다. 차라리 내가 귀찮아질 정도로 어리광 부려 주는 게 더 낫다고 판단했다.

"너, 나중에 후회할지도 몰라."

친절을 베풀듯 조언이 돌아왔다. 난 잠시 고민하다가 답했다.

"후회 안 합니다."

그래 봤자 얼마나 어리광 부린다고. 그는 자꾸 어리광을 부리게 된다고 했지만, 그가 내게 어리광 부린다고 느낀 적은 없었다. 다시 대답하듯 고개를 끄덕이자 잠시 고민하던 빈센트가 손을 내리고 상체를 바로 했다.

그가 손을 뻗어 내 귓불을 만지작댄다. 조심스럽고, 부드러운 손길이었다. 난 눈을 크게 떴다. 밤새 느꼈던 감촉이 아직 잔상처럼 남아 있었다.

은은한 빛이 방 안을 비추었고, 말소리보다 서로의 숨소리가 더 많이 들리던 밤이었다. 커다란 손은 그 순간을 새기듯 밤새도록 날 만졌고, 에메랄드빛 눈동자는 오롯이 내 모습만을 담아냈다.

그게 부끄러우면서도 마주하는 시선을 피할 수 없었다. 그는 내가 피하는 걸 용납하지 않았다. 그래서 나도 손을 내밀고, 솔직한 감정을 순수하게 내비쳤다. 그런 스스로가 조금은 낯설게 느껴졌다.

고작 몇 시간 전의 일인데, 그의 손길에 나는 다시 뻣뻣하게 굳고 만다. 정작 빈센트는 아무렇지 않아 보였다. 그의 손은 그전보다 더 서슴없이 내게 닿는다. 호, 혹시 어리광을 부린다는 게 이런 걸 말하는 건가.

난 슬쩍 로버트를 살폈다. 다행히 그림 그리느라 정신이 없었다. 다시 시선을 돌리자, 그사이 빈센트가 거리를 좁혀 왔다.

"넌 언제나 내가 원하는 말을 해 줘. 그래서 욕심이 생기는 것 같아."

어떤 욕심이냐고 물어보려는데 그의 손이 귓불을 지나쳐 뺨을 문지르자 입이 다물어졌다. 그의 얼굴이 가까웠다. 너무 가깝다 생각하면서도 좀 익숙한 기분이 든다.

조금 전까지만 해도 이렇게 가깝게 있었지. 그땐 좀 어두웠지만 지금은 주변이 환해서 그의 이목구비 하나하나 모두 뚜렷하게 보였다. 누군가와 이렇게 가까이서 얼굴을 마주 보는 걸 무척 싫어했는데, 그가 보는 건 이제 큰 거부감이 들지 않았다. 그게 좋은 건지 나쁜 건지 알 수 없어 기분이 묘했다.

장난치는 듯한 손길을 받고 있는데 문득 그의 입술이 눈에 들어왔다. 그러고 보니 저 입술이 내게 닿았었지. 난 마르고 거칠어진 내 입술을 매만졌다.

입맞춤이 처음은 아니었다. 어릴 적에 동네 남자애와 입술을 부딪친 적이 있었다. 누군가의 떠밀림에 의해 벌어진 누구도 원하지 않는 상황이었다. 남자애는 토하는 시늉을 하며 도망쳤고, 난 찬물로 입술을 닦았다. 최악의 경험이었다. 살짝 닿은 것뿐인데도 오래도록 역한 기분이 남았다.

하지만 빈센트와는 아니었다. 그의 입술은 더 보드랍고, 그리고······.

"무슨 생각을 그렇게 해?"

갑작스런 목소리에 화들짝 놀라며 정신을 차렸다. 빈센트가 다시 날 뚫어져라 보고 있다. 난 입술을 만지던 손을 떼고 아무것도 아니라며 고개를 저었다. 빠르게 반박해 보았으나, 빈센트가 눈을 가늘게 뜨더니 짓궂게 웃었다.

"엉큼하긴."

생각이 읽혔다. 갑자기 매우 부끄러워졌다. 난 책을 들어 올려 열이 오르는 얼굴을 숨겼다.

그의 손가락이 내 새끼손가락을 살며시 감싸 쥐는 게 느껴졌다. 아래로 당기는 힘에 손을 내리자 빈센트가 등받이에 다시 얼굴을 기대고 있었다. 시선이 부딪치자 입꼬리를 더 깊게 당겨 웃는다. 편하게 풀어진 얼굴이 다른 의미로 눈에 들어왔다.

"책, 계속 읽어 봐. 네 목소리 듣기 좋으니까."

"······알겠습니다."

난 한 박자 늦게 대답하며 동화책을 마저 읽어 내렸다. 짧은 이야기를 읽는 내내 그는 엄지와 검지로 내 새끼손가락을 쥐고 있었다. 아주 작은 접촉인데도 괜히 더 부끄러워졌다.

겨우 책의 마지막 장을 읽을 즈음 빈센트가 곧장 다른 동화책을 내밀었다. 난 그렇게 다섯 권의 동화책을 더 읽어야 했다. 책을 읽는 내내 그는 내 목소리를 듣는 건지, 아니면 책을 읽는 날 구경하는 건지 모를 정도로 내게서 시선을 떼지 않았다. 덕분에 난 중간중간 말을 버벅거리고 말았다.

□ ◆ □

빈센트는 다시 눈물을 보이거나 하진 않았다. 겹겹이 쌓인 고통을 토로하거나 그날처럼 내게 매달리는 일도 없었다. 가끔 루카스와의 추억을 말할 때도 예전과 달리 괴로워하는 기색을 내비치지 않았다.

하지만 난 그의 마음속 깊숙이 숨겨져 있는 죄악감이 사라지지 않았음을 잘 알고 있었다. 내가 그랬듯 빈센트도 자신의 잘못을 잠시 마음속에 숨기고 현실을 살아가는 거겠지. 그래서 나도 그 밤에 들었던 그의 지친 고백을 마음속 깊숙이 묻어 두었다.

그렇게 서로 약속이라도 한 듯 그날 밤의 일에 대해서는 조금도 언급하지 않았고, 평소와 다름없는 생활을 이어 갔다. 하지만 그날 뒤로 우리의 관계는 확연히 달라져 있었다.

빈센트는 시간이 날 때마다 꼬박꼬박 저택에 들러 날 만나러 왔고, 종종 단둘이서 같이 시간을 보냈다. 저번처럼 마음속에 담아 둔 얘기를 꺼내진 않았지만 소소한 말이라도 좋았다. 우리는 별것 없는 대화를 나누며 그 순간의 평온함을 즐겼다.

빈센트는 저택에 올 때마다 내 곁에 딱 붙어서 내 시중을 받았다. 내가 잠깐 멀어졌다 싶으면 뚫어져라 보거나 종종 따라오기도 했다. 게다가 로버트가 내게 뭔가를 요구하면 자신도 똑같이 해 달라고 해서 난감한 적이 한두 번이 아니었다. 난 그가 저번에 말한 '어리광'을 부리고 있다는 걸 알아챘다.

"생각보다 어리광이 심하시네요."

식사를 하는 그에게 물을 따라 주며 나직하게 속삭였다. 조금 전 종이에 로버트를 그려 주자 자신도 그려 달라고 빈 종이를 내밀던 빈센트가 떠올라 한 말이었다. 이렇게 유치한 사람이었던가. 새삼스럽게 그를 바라보자, 고기를 썰어 한입 먹던 빈센트가 내가 따라 준 물을 들이켠 뒤에 말했다.

"맞아. 그러니까 각오해. 난 이제 너한테 마음껏 어리광 부릴 거거든."

그 말을 실현하듯 그는 내게 마음껏 어리광을 부렸다. 입맞춤 같은 건 없었지만, 손을 잡거나 팔을 쓸어내리거나 가벼운 포옹을 하며 얼굴을 비볐다. 그리고 그가 이럴 때마다 나는 몸 둘 바를 몰라 딱딱하게 굳어 있었다.

"왜 그렇게 긴장해."

"그, 그냥…… 부끄럽기도 하고."

"고작 손잡는 게?"

단둘이 있을 때면 손을 마주 잡는 버릇이 생긴 그가 맞잡은 손을 들어 올리며 물었다. 난 느릿하게 고개를 끄덕였다.

"다른 사람과 손잡아 본 적이 별로 없어서요."

"그럼 자주 잡아야겠네. 긴장 안 할 때까지."

빈센트가 웃으며 맞잡은 손을 더 꽉 쥔다. 하지만 난 붙잡힌 손을 꼼지락댈 뿐이었다.

나는 남자와 아니, 그 누구와도 이러한 접촉을 나눠 본 적이 없었다. 아주 작은 접촉에도 깃털로 간지러움을 태우듯 온몸이 간지럽고, 강렬한 기분을 느낄 수 있다는 걸 처음 알았다. 그래서 이럴 때면 뭘 어떻게 반응해야 할지 몰라 난감했다.

그럴 때마다 빈센트는 허공에서 머뭇대는 내 손을 끌어다 자신의 목에 두르거나, 작게 웃으며 내가 어떻게 해야 할지 알려 주었다. 그는 내가 어색하게 행동해도 뭐라 하지 않았다. 그 배려가 고마웠다.

그러나 그가 말한 대로 따라 하는 건 그것대로 기분이 이상했다. 기분 나쁘다는 건 아니다. 오히려 좋았다. 좋아서, 이상하다는 생각이 들었다.

왜냐하면 이게 올바른 관계라는 확신이 없었으니까. 빈센트를 도와주고 싶고, 필요하다면 곁에 있어 줄 수도 있지만 사실 이런 식의 접촉이 갖는 의미를 잘 모르겠다.

때때로 내게 닿는 그의 감정을 이해할 수 없었다. 그 밤의 일 이후 나와 빈센트 사이에 그어져 있던 선이 사라져 버린 기분이 들긴 했지만 마음 한편에는 이래도 될까? 하는 의문이 남아 있었다.

왜 이러는 거냐고 물어보면 화를 내려나. 다시 길어져 눈앞을 가리는 앞머리를 귀 뒤로 넘겨 주는 빈센트를 멀뚱히 올려다봤다.

"왜 그렇게 봐?"

"그냥요."

고개를 돌려 창밖 너머를 응시했다. 그의 손이 스쳤던 귀를 괜히 한 번 만지작거려 본다.

"매번 저택에만 처박혀 있으려니 지겹겠군."

"익숙해지면 괜찮아요."

"어디 가고 싶은 곳 없어? 바깥 외출도 나쁘지 않고."

"딱히, 없습니다."

"편하게 말해 봐. 데려가 줄 테니까."

저택 분위기가 안 좋아진 뒤로 외출 허가를 받기가 더 어려워졌는데. 그리 말하면 '내가 허락한다는데 누가 막겠다는 거지?' 라고 답할 게 뻔해 작게 웃음을 흘렸다. 귀 뒤로 넘겼던 머리가 흘러내리며 다시 앞을 가렸다. 빈센트가 다시 손을 뻗어 내 앞머리를 걷어 주었다.

"앞머리가 많이 자랐는데 불편하지 않아?"

"아니요."

그가 넘겨 준 머리를 손으로 더듬었다. 이제 제법 길어져서 다른 사람이 봤을 땐 불편하게 보일 정도인가 보다. 머리카락 사이로 보이는 세상은 갑갑하지만, 이젠 그 갑갑함마저 익숙해졌다. 사실 편했다. 얼굴을 드러내지 않아도 되니까.

귀 뒤로 완전히 넘기기엔 길이가 애매한지 자꾸 머리가 앞으로 흘러내렸다. 빈센트가 몇 번 더 귀 뒤로 머리를 넘겨 주었다. 괜찮다고 말하는데도 계속 손을 뻗어 오던 빈센트는 이제 아예 한 손으로 내 얼굴을 붙잡고 앞머리를 쓸었다. 난 멍하니 빈센트를 바라봤다.

"왜."

"친절하셔서요."

내 얼굴을 본 빈센트가 인상을 썼다.

"칭찬하는 거야, 비꼬는 거야."

"칭찬입니다."

"아닌 거 같은데. 목소리에 진심이 담겨 있지 않잖아."

"그럴 리가요."

반박하고 눈을 내리깔았다. 옅은 웃음소리가 들려왔다.

"그럼 이 주변으로 가볍게 바람 쐬러 가는 건 어때? 숲도 좋고, 네가 원하면 별채에 다시 가 보는 것도 나쁘지 않겠어."

"주인님이 원하시는 대로 따르겠습니다."

"빈센트."

"비, 빈센트 님."

그의 이름을 부르는 건 여전히 어려운 일이었다. 그는 단둘이 있을 때는 이름으로 불리기를 요구했다. 그래서 내가 습관처럼 '주인님'이라고 부를 때면 지금처럼 그의 지적이 돌아왔다.

"네가 가고 싶은 데를 말해 봐."

"전 아무 데나 좋습니다."

"……."

갑자기 빈센트가 아무런 말도 하지 않았다. 눈을 들어 올리자 그의 얼굴에 불만이 가득 담겨 있었다.

"왜 그렇게 보세요?"

"하고 싶어요."

"네?"

"따라 해 봐. 하고 싶어요."

갑작스런 말에 당황하자 빈센트가 크게 입을 벌리며 또박또박 말했다.

"하, 고, 싶, 어, 요. 얼른 해 봐."

"하, 하고 싶어요?"

"물음은 빼고."

"하고 싶어요."

"바람 쐬러 가고 싶어요."

"바람 쐬러 가고 싶어요."

"숲으로 산책 가고 싶어요."

"숲으로 산책 가고 싶어요."

"별채에 다시 가 보고 싶어요."

"별채에…… 다시 가 보고 싶어요."

어리둥절했지만 순순히 그의 말을 따라 하자 빈센트가 그제야 만족스럽게 웃었다.

"알겠어. 네 말대로 다 해 줄게."

"……."

"한번 생각해 봐."

뺨을 한 번 쓸어내린 뒤 빈센트가 몸을 일으켰다. 멀어지는 그를 보고 있는데, 머릿속이 멍해지고 얼굴에 뜨끈한 열이 올랐다. 고개를 숙이자 앞머리가 스스륵 내려왔다. 난 재빨리 그걸로 얼굴을 가려야 했다.

일과를 끝내고 방으로 돌아가자 먼저 온 앨리샤가 잠옷 차림으로 침대에 앉아 있었다. 날 흘끗 보더니 갑자기 픽 웃는다.

"너 능력 좋다?"

"난데없이 무슨 소리야."

지난번 한바탕 소란을 벌인 뒤로 앨리샤와의 사이는 급격히 냉랭해졌다. 원래도 친근한 사이라고 할 수는 없었지만 이젠 간단한 대화조차 하지 않고 없는 사람 취급을 했다. 그나마 자신과 한 약속을 언제 들어줄 거냐고 닦달할 때나 내게 이야기를 건넸는데, 오늘 갑자기 말을 걸어와 의아한 마음에 되물었다.

"앙큼한 계집애. 겉으론 관심 없는 척 굴면서 나한테 뭐라 하더니."

"무슨 소리냐니까."

"저거 남자 거 맞지?"

앨리샤가 내 침대를 눈짓했다. 거기엔 익숙한 재킷이 놓여 있었다. 난 다급히 침대로 다가가 재킷을 집어 들었다. 빈센트의 재킷이었다. 저번에 빌려 입고 아직 돌려주지 못했는데, 이걸 어떻게 발견한 거지. 재킷을 잡고 있는 손이 부들거렸다.

"내 옷 뒤졌니?"

등 뒤에서 하! 하고 헛웃음 치는 소리가 들려왔다.

"내가 네 옷을 뒤져서 뭐하게? 내 물건 찾다가 우연히 보게 된 거야."

사탕이나 손수건 같은 건 숨기는 게 어렵지 않았다. 사탕과 캐러멜은 혹여 방 안을 굴러다닌다고 해도 어디서 받았다고 말하면 그다지 이상하지 않았고, 손수건은 침대 틈새에 숨겨 두어 눈에 띄지 않았다.

하지만 재킷은 아니었다. 침대 틈새에 숨겨 둘 수도 없었고, 내가 입기에도 너무 크니 분명 관심을 끌 게 분명했다.

빨리 돌려줬어야 했는데. 기회가 없어서 안일하게 방치했더니 이런 상황이 생기고 말았다.

"그런데 그 찌질이랑은 언제 그런 사이가 된 거래?"

"뭐?"

이 상황을 어떻게 정리할까 고민하는데 앨리샤가 내뱉은 이상한 말이 정신을 끌었다. 이건 또 무슨 소리인가 싶어 돌아보자 앨리샤가 제 손톱을 다듬으며 픽 웃는다.

"그거 걔 거 맞지? 나 좋다고 따라다닐 땐 언제고."

앨리샤가 혀를 찼다. 난 잠시 앨리샤가 말하는 사람이 누굴까 고민하다가 뒷말을 듣고 조니임을 알아챘다. 그러자 황당해져서 말문이 막혀 왔다.

"너한테 붙었다는 게 좀 짜증 나지만, 안 그래도 귀찮았는데 잘됐지 뭐. 너희 잘 어울려. 둘 다 찌질하고 구질구질한 게 딱이네."

"그런 거 아니야."

"아니긴. 네가 친한 남자가 걔밖에 더 있어?"

그렇게 말한다면, 솔직히 반박할 말이 없긴 했다. 확실히 조니를 빼고는 마땅히 안면이 있는 남자 사용인은 없었다. 그러나 엄밀히 따지면 친하다고 부를 만한 여자 사용인도 없었다. 게다가 조니랑 그렇고 그런…… 절대 생각하고 싶지도 않았다. 괜히 오싹한 기분이 들어 팔뚝을 픽픽 문질렀다.

"징그러운 소리 하지 마. 걔 거 절대 아니니까."

"그럼 그건 누구 건데? ……너 설마 다른 남자 있니?"

자기가 말하고도 우스운지 앨리샤가 말도 안 된다며 깔깔 웃었다. 그런 거 아니라고 말하려다가 그럼 어디서 난 거냐고 물어볼 게 뻔해서 잠시 머릿속을 굴렸다. 내가 곧장 답하지 못하자 앨리샤의 웃음소리가 차츰 줄어들더니 뚝 멈췄다.

"그러고 보니 옷 재질이 좋았지. 좀 고급스러워 보인달까?"

앨리샤의 눈동자가 내 손에 들린 재킷에 닿았다. 날카로운 눈빛을 보는 순간, 난 재빨리 재킷을 등 뒤로 숨겼다. 이상하게 보일 만한 행동이란 걸 잘 알지만, 혹여나 빈센트 것이라는 걸 앨리샤가 알아챌지도 모른다는 걱정이 먼저였다.

"사정이 있어서 다른 사람 거 잠깐 빌렸는데 아직 못 돌려줬어. 별 의미 없으니까 괜한 소리 하지 마."

"다른 사람 누구?"

"네가 알 필요 없잖아."

조금 날카롭게 말하며 몸을 돌렸다. 재킷은 대충 접어서 침대 위에 올려놓은 뒤 시트로 덮었다. 주름이 질 테지만 지금은 앨리샤의 눈앞에서 치우는 게 더 중요했다. 앨리샤는 여전히 의심을 눈초리를 보내왔지만 난 아무렇지 않은 척 옷의 단추를 끌렀다.

"흥. 난 또 네가 웬 남자랑 있는 걸 봤다고 하기에 진짜인 줄 알았네."

"누가 그런 소리를 해?"

나도 모르게 따지듯 물었다. 저번에 빈센트와 같이 들어오는 걸 어떤 하녀가 본 적이 있었다. 걱정했지만 다행히 이상한 말이 돌지 않아 안도했는데, 나 모르게 말이 돌았을 수도 있겠다고 생각하니 덜컥 겁이 났다.

내 반응에 앨리샤가 눈을 휘둥그레 떴다.

"표정 보니까 진짜인가 봐?"

"누가 그랬냐니까."

"난 그냥 건너건너 들은 건데? 네가 웬 남자랑 이상한 분위기를 풍기며 같이 있는 모습을 봤다나 뭐라나. 당연히 그 찌질한 놈을 말하는 건 줄 알았는데 진짜 누가 있는 거야?"

앨리샤가 호기심을 드러냈지만 더 이상 대화를 끌고 갈 이유가 없었다. 난 헛소리라고 읊조린 뒤 몸을 돌려 옷을 마저 벗었다. 등 뒤에서 앨리샤가 왜 말을 하다 마냐며 불만을 터트렸지만 이런 식으로 대화를 끝내는 건 자주 있던 일이니 그다지 이상하게 생각하지는 않을 것이다. 내가 더 이상 말하지 않자, 앨리샤도 흥미를 잃었는지 관심을 뗐다.

다행히 구체적인 소문이 돈 건 아닌가 보다. 그 상대가 누군지 알았다면 앨리샤가 가만히 있을 리 없으니까. 아마 빈센트와 날 본 하녀가 말을 골랐거나, 설마 진짜 이곳의 주인이겠냐 싶은 생각을 했는지도 모른다. 아니면 정말 헛소문이 돈 걸 수도 있다.

하지만 소문은 예기치 못한 방향으로 번져 갔다. 가볍게 여겼던 말은 아주 짧은 사이 큰 덩어리로 부풀어 있었다. 난 길을 가다 우연히 만난 조니에게서 그 사실을 알게 되었다. 조니가 다짜고짜 내 팔을 붙잡더니 한쪽 구석으로 데려갔다.

"야, 네가 이 남자 저 남자 꼬시고 다닌다던데?"

"뭐? 무슨 헛소리야."

갑자기 들은 어처구니없는 말에 헛웃음이 다 나왔다. 황당해도 너무 황당한 말이었다. 하지만 조니의 얼굴을 보니 거짓말을 하는 것 같지 않아 보였다.

"역시 아니지? 그런 얘기가 돈다는데 이상하기에."

"난 남자는커녕 친한 여자들도 없어."

"그건 좀 불쌍한데."

조니가 딱한 표정을 짓자 난 집어치우라고 말하며 눈살을 찌푸렸다.

"누가 나한테도 너랑 그런 사이냐고 묻더라."

"기분 나쁜 소리 하지 마."

지난번에도 비슷한 말을 들은 적이 있다. 난 소름이 돋은 팔을 문지르며 진저리 쳤다. 조니가 자신도 기분 나쁘다고 투덜댔다.

최근에 날 바라보는 묘한 시선이 종종 느껴진다 했더니 이러한 이유 때문이었나. 하지만 저번에 들었을 땐 이런 내용이 아니었는데. 중간에 소문이 부풀려진 건가.

혹시 의도적으로 부풀린 건 아닐까 하는 생각이 들자 떠오르는 사람이 있었다. 조니가 진지한 얼굴로 물었다.

"누구한테 원한이라도 산 거야?"

원한까지는 아니지만 이런 상황을 반길 만한 사람은 있었다. 그날 밤 난 드물게 기분 좋아 보이는 앨리샤에게 달려갔다.

"혹시 네가 그랬어?"

"다짜고짜 무슨 소리야."

"나에 관한 소문을 들어 봤을 거 아니야. 네가 저번에 말해 준 거랑 많이 달라서, 누가 의도적으로 부풀린 거 같기에."

"괜한 사람 잡지 마. 난 모르는 일이니까."

하지만 태연한 얼굴을 보니 그 말을 믿을 수가 없었다.

물론 소문이 돌 수는 있었다. 나와 빈센트가 같이 있는 모습을 본 하녀가 별생각 없이 말을 퍼트렸을 수도 있으니까. 하지만 가볍게 퍼진 소문은 그만큼 쉽게 꺼지는 법이다. 게다가 난 별로 눈에 띄는 사람도 아니었다. 앨리샤와 엮이지 않는다면 말이다.

누군가 말을 부풀렸을 거라는 생각이 들자 가장 먼저 앨리샤가 떠올랐다. 그럴 리 없다고 생각하면서도 한편으론 그럴 수 있지 않을까 하는 생각이 싹텄다.

지난번 빈센트와의 일로 앨리샤는 며칠간 불안한 듯 보였으나 금세 기운을 차리고 더 적극적으로 그를 만나러 갔다. 빈센트는 앨리샤를 뿌리치지 않았지만 무뚝뚝한 태도를 일관했다. 그럼에도 앨리샤는 지지 않았고, 그와 자주 부딪치는 날 더욱 못마땅하게 바라보았다.

"네가 아니면 마는 거지. 뭐, 진짜라면 문제겠지만."

즐겁게 웃는 얼굴을 보자 갑자기 궁지에 몰린 기분이 들었다. 소문의 진실 여부는 중요하지 않다. 이미 퍼진 건 다시 주워 담을 수 없었다. 이 소문은 한

동안 사라지지 않을 테고, 빈센트에게 피해가 갈지도 모른다는 생각이 들자 겁이 났다.

빈센트에게 난 비밀을 털어놓을 수 있는 유일한 사람이었다. 그래서 곁에 있어 달라고 했고, 그가 날 필요로 하는 동안은 곁에 있고 싶었다. 하지만 이는 사용주와 사용인 관계에서였다.

그와 감히 치정 관계로 얽힌 소문이 돈다는 건 말도 안 된다. 그건 절대 있을 수 없는 일이었다.

"늦게 돌려드려 죄송해요. 잘 썼습니다."

정중히 재킷을 건네자 빈센트가 대충 받아 들었다. 그것보다 다른 게 더 중요하다는 듯 아래로 내리려는 내 한 손을 붙잡아 깍지를 낀다. 난 재빨리 주위를 둘러봤다.

보통은 그와 로버트의 방에서 만났고, 단둘이 있을 때가 아니면 친근한 행동을 하는 건 조심하려고 노력했다. 가끔 내 휴식 시간에 그가 따라오면 사람이 잘 오지 않는 장소를 택했다. 오늘도 저번에 같이 있었던 1층 복도 끝 막다른 곳에서 만났다. 여기까지 걸어오는 내내 아무도 없다는 걸 이미 확인했는데도 괜히 주위를 둘러보게 된다.

"가고 싶은 곳 생각해 봤어?"

"아……. 그냥 이렇게 저택에 있어도 될 거 같습니다."

원하는 대답이 아니었는지 빈센트가 이번에도 불만스런 표정을 지었다. 하지만 난 대답을 바꾸지 않고 잡힌 손을 내려다봤다. 손가락을 한 번 꼼지락댔다.

바람 쐬러 가자는 제안에 초 치는 대답을 했으니 다시 생각해 보라고 할 줄 알았는데, 잠시 무언가 생각하는 듯하던 빈센트가 갑자기 내 손을 잡아끌었다. 막다른 곳에서 벗어난 그가 날 복도로 이끌자, 난 다급히 붙잡힌 손을 뿌리쳤다.

그의 손을 내치는 힘이 좀 강했다. 빈센트가 걸음을 멈추고 날 돌아봤다. 놀란 얼굴이 보이자 난 당황하며 양손을 맞잡은 채 눈을 내리깔았다.

"먼저 가시면 뒤따르겠습니다."

"……."

그는 이렇다 말이 없었다. 대신 발소리가 멀어졌다. 난 적당히 거리를 두고 그의 뒤를 따라 걸음을 내디뎠다. 혹시 몰라 계속 주변을 살펴보았다.

저택 어딘가로 갈 줄 알았는데, 그는 밖으로 나갔다. 숲속으로 들어가는 걸 보곤 내 대답이 받아들여지지 않았다는 걸 깨달았다.

빈센트는 숲속을 걸어가는 동안 아무 말이 없었다. 난 거리를 유지한 채 이곳에 다른 사람이 없는지 신경을 곤두세웠다. 한참을 그렇게 걷다가 빈센트가 걸음을 멈췄다. 나도 따라 멈춰 서자, 빈센트가 날 돌아보더니 손을 내밀었다.

"이제 되었나?"

"예?"

"여긴 아무도 없어. 이리 와."

내밀어진 손을 보다가 다시 빈센트를 응시했다. 그는 내가 이러한 행동을 한 이유를 알고 있는 듯했다. 이렇게 멀찍이 서 있으니 그가 조금 멀게 느껴졌지만, 빈센트는 별것 아니라는 듯 다시 거리를 좁혀 왔다.

난 잠시 머뭇거리다가 조심히 그를 향해 걸음을 내디뎠다. 앞으로 다가가니, 그가 자연스럽게 내 손을 붙잡았다. 5년 전에 자주 손을 잡았기 때문일까, 그는 단둘이 있을 때면 이렇게 손을 잡으려고 했다. 익숙하면서도 어색한 감촉이 내 손을 단단히 감싸 쥐었다.

그에게 이끌려 다시 몸을 움직였다. 그는 다시 말이 없었고, 나도 별다른 말을 꺼내지 않았다. 그렇다고 불편한 분위기는 아니었다. 그보다는 좀 더 안정적이고 편안한 느낌이었다.

손을 맞잡고 있어서일까, 아니면 그가 내 불안을 간단히 해소해 주었기 때문일까. 나는 더 이상 주변을 둘러보지 않고 그의 뒷모습만 멀뚱히 올려다보았다.

걸어가면서 보는 풍경이 조금 눈에 익었다. 숲속을 산책하는 건 아닌 듯하고, 아마도 별채로 가려나 보다.

그런데 빈센트는 별채마저 지나쳐 다른 방향으로 향했다. 난 수풀 사이를 스쳐 지나가며 멀어지는 별채를 확인하곤 그를 보았다.

"주인님, 어디를 가시는 건가요?"

"네가 좋아할 곳."

내가 좋아할 곳? 잠시 고민해 보았지만 마땅한 장소가 떠오르지 않는다. 거리가 제법 있는 곳인지 빈센트가 걸음을 재촉했다. 나도 더 이상 말을 걸지 않고 빠르게 그의 뒤를 따랐다.

그렇게 걷다 보니 다시 길이 나왔다. 오랜만이지만 여전히 변함없는 풍경이 눈에 들어왔다. 별채 뒤쪽 숲이었다. 5년 전에 질리게 걸어 다녔던 곳이다 보니 좀 반가웠다. 괜히 이곳저곳 둘러보고 있는데 빈센트가 길이 아닌 방향으로 향했다.

수풀을 헤치며 걷다 보니 가는 길이 순탄치 않았다. 갑자기 튀어나온 나뭇가지에 찔릴 뻔하기도 하고, 돌부리에 걸려 넘어질 뻔하기도 했다. 그러나 이 또한 익숙하게 다가왔다. 그를 따라가면서 난 차츰 빈센트가 어디로 가고 있는지 알아챘다.

장애물을 피해 조심히 걷고 또 걸어간 끝에 드디어 목적지에 도착했다. 뻥 뚫린 공간을 가득 메운 하얀 꽃의 장관이 눈앞에 펼쳐졌다. 난 그때처럼 작게 탄식했다. 5년 전에도, 지금도 참 아름다운 공간이었다.

빈센트가 날 이끌고 성큼성큼 꽃밭 안으로 들어갔다.

"여기가 제가 좋아하는 곳이에요?"

"그래. 너 여기 좋아했잖아."

빈센트가 하얀 꽃들을 무심히 둘러보았다.

"저번에 데려다준다고 약속도 했고."

그러고 보니 그가 그런 말을 하긴 했었다. 루카스를 따라, 그리고 빈센트와 단둘이 딱 두 번 와 본 장소였지만 이곳에 대한 기억이 강렬하게 남아 있었다.

빈센트가 이곳의 꽃을 따 와 내게 눈처럼 뿌려 주었을 때, 나는 그가 루카스와의 추억을 소중하게 간직하고 있다고 생각하며 안도했었다. 그런데 지금은……. 난 표정을 굳혔다.

"하지만 주인님은 여기 좋아하지 않으시잖아요."

빈센트가 꽃에서 시선을 떼고 날 바라봤다.

"왜 그렇게 생각하지."

"루카스 님과의 기억이니까요."

별채에 있는 그의 방 안에서 죄를 고백하던 목소리가 아직도 선명했다. 일그러진 얼굴과 쉴 새 없이 떨어져 내리던 굵은 눈물방울이 내 가슴속에 깊이 새겨졌다.

착하고 다정한 사람이었던 루카스를 생각하면 언제나 미안한 마음이 들었다. 나는 아직도 그를 홀로 두고 도망쳤던 죄책감에서 벗어나지 못했다. 그리고 빈센트 역시 루카스를 떠올릴 때마다 힘들 거라 생각했다. 이제는 와닿는 깊이가 다르지만, 그 생각은 여전했다.

"그렇지 않아. 비록 힘든 일이 있었지만, 루카스는 내 친구의 동생이고 내게도 여전히 친동생 같은 녀석이야. 좋은 기억도 나쁜 기억도 그 어느 것 하나 묻어 두고 싶지 않아."

"그게 가능해요?"

루카스와의 모든 추억을 함께 간직하는 게 정말 가능한 걸까? 나는 이다지도 힘이 드는데. 아픈 기억을 떠올리기 싫어 좋았던 기억마저 쉽게 떠올리지 못하는데, 당신은 정말 괜찮은 걸까?

하지만 빈센트의 대답은 '아니'였다.

"어렵지."

"어려운데도 기억하신다는 건가요?"

"넌 잊고 싶나?"

난 잊어버리고 싶었나? 루카스와의 일들을, 동생들과의 추억. 좋은 기억들마저 좀먹는 아픈 기억들 때문에 전부 잊어버리고 싶었나?

루카스는 처음부터 다정한 사람이었다. 아랫사람인 내게 강압적으로 굴지 않았고, 동등한 시선으로 바라봐 주었다. 윗사람, 그것도 귀족이 날 그렇게 봐 주는 건 처음이었다. 그 처음을 알게 해 준 루카스가 너무도 고마워서, 그 고마운 사람을 두고 도망쳤던 기억이 더 강하게 날 옭아맸다. 그리고 그건 동생들도 마찬가지였다. 순하고 날 잘 따르던 동생들이었다. 그 아이들의 첫 순간을 함께했기에 마지막이 더 아프게 다가왔다.

난 버썩 마른 입술을 달싹였다. 아니라고 대답하고 싶었다. 하지만 난 사실, 잊고 싶었는지도 모른다. 이미 도망쳐 버렸던 건지도 몰라. 힘든 일 따윈 다 털어 내고 아무 일도 없었던 사람처럼 살아가고 싶었던 게 내 진짜 마음이었다는 걸 깨달았다. 그렇게 내 죄마저 지워 버리고 싶었다.

나는 정말 이기적이구나. 눈앞에 핀 꽃은 하얀데 내 마음은 이리도 시커멓다. 나는 빈센트처럼 내 죄를 받아들이며 추억을 회상할 자신이 없었다.

몸이 움츠러든다. 고개가 숙여진다. 길게 자라난 앞머리가 눈가를 가리며 흔들렸다. 쏴아아 부는 바람을 타고 흔들리는 꽃송이가 손등을 툭툭 때렸다. 내 주위를 둘러싼 꽃들이 마치 날 비난하는 것 같았다. 난 양손으로 치맛자락을 움켜쥐었다. 콧속을 찌르는 풀 내음이 버겁게 느껴졌다.

침묵이 긍정이란 걸 빈센트도 알 것이다. 그럼에도 그는 날 비난하지 않았다.

"미안해하는 데 정해진 방법이 어디 있겠어."

그 말이 바람을 타고 흐트러졌다. 빈센트가 들고 있던 재킷을 내 어깨에 둘러 주었다. 그의 손이 닿자 나도 모르게 몸을 움찔 떨었지만, 빈센트는 모르는 척 재킷을 여몄다.

"그런데 아까부터 뭘 그렇게 불안해하는 거야."

자연스럽게 화제가 바뀌었다. 난 조금 정신을 차린 뒤 말했다.

"……저에 대한 이상한 소문이 도는 거 같아서요."

"무슨 소문."

"웬 남자랑 이상한 분위기를 풍기고 있는 걸 누가 봤다고……."

악질적인 소문을 말해 주고 싶지 않아 말을 뭉뚱그렸다.

"그 상대가 나라는 건가?"

"아뇨, 상대가 누구라는 것까진 소문나지 않았습니다. 어차피 헛소문일 테지만, 조심해서 나쁠 건 없으니까요. 이참에 단둘이 있을 땐 좀 더 주변을 경계하는 게 좋을 거 같습니다. 저한테 막 친절하게 굴지 않으셔도 돼요."

"갑자기 무슨 소리야."

"평소엔 무뚝뚝하시니까요."

타인에게 별로 관심이 없고 원래 뚱한 사람이니 작은 친절을 베푸는 것만으로도 눈에 띌 수 있었다. 그러니 최근 그가 내게 다정해졌다는 건 조금만 관심을 기울이면 알아챌 가능성이 컸다. 그럼 우리 둘 사이를 이상하게 여기겠지. 그에게 피해 줄 수 없다는 마음으로 머뭇거리며 고개를 들자, 빈센트는 어쩐지 묘한 얼굴을 하고 있었다.

"가끔 헷갈려. 단순히 이상한 소문이 퍼지는 게 싫은 거야, 아니면 나랑 그런 소문이 나는 게 싫은 거야?"

"어……."

군이 따지자면 후자가 아닐까? 나에 대한 이상한 소문이 도는 건 상관없지만 그는 아니었다. 하지만 그의 얼굴을 보니 쉽게 대답하지 못하겠다. 내가 머뭇대고 있자 빈센트가 말을 이었다.

"네가 뭘 걱정하고 있는 건지는 알겠어. 하지만 영원히 숨길 순 없어."

"그렇겠죠. 제가 이곳에서 오래 일하다 보면……."

"무슨 소리야. 네가 일을 왜 해?"

"네? 그야 전 이곳의 사용인이니까요."

"……."

빈센트가 입을 다물었다. 굳게 닫힌 입술이 불편한 심기를 내비쳤다. 내가 무슨 말실수 했나? 난 고개를 기울이며 그가 왜 저런 얼굴을 하는지 고민했다. 그런 날 지켜보던 빈센트가 돌연 깊은 한숨을 뱉었다.

최근 들어 저 한숨 소리를 여러 번 들었었다. 이렇게 대화가 그의 마음에 들지 않는 방향으로 꼬여 갈 때면 그는 나 들으라는 듯 숨을 내쉬었다.

"내 곁에 있어 달라고 했잖아. 나랑 같이 여기 있어 달라고. 설마 내가 단순히 사용인으로서 곁에 있어 달라 한 거라고 생각한 건 아니겠지?"

"그게 아닌가요?"

물론 그의 비밀을 유일하게 알고 있다는 점도 포함되어 있겠지만, 이유는 그것뿐이라고 생각했다.

그런데 빈센트의 얼굴이 딱딱해졌다. 마치 치솟는 화를 억누르는 듯한 얼굴을 보자 난 당황스러워졌다.

"너한테 입 맞췄잖아. 그건?"

"그, 그건…… 사실 왜 그러셨는지 잘 모르겠습니다."

사실 그 부분이 가장 이해되지 않았다. 그날 밤 죄책감에 괴로워하는 그를 위로해 주고자 매달리는 몸을 품에 안고 다독였다. 가끔 뺨과 어깨를 만지고 손을 맞잡는 건 5년 전 습관이 남아 있는 것이거나, 어리광을 부리는 거라 생각했다. 하지만 입맞춤을 한 이유는 가늠이 되지 않았다. 그냥 그 밤의 분위기에 휩쓸렸던 게 아닐까 싶었다.

"거짓말하지 마."

잇새로 짓이기듯 나온 말이 내 생각을 잘라 냈다.

"넌 내가 왜 너한테 입을 맞췄는지 알고 있어. 알면서도 받아들이지 않는 거지. 왜냐면 내가 널 좋아할 거라곤 단 한 번도 생각해 본 적 없고, 말도 안 되는 일이라고 여기니까."

"……."

다시 바람이 한차례 불어왔다. 그러나 시원한 바람도 팽팽해진 공기를 환기시켜 주진 못했다.

빈센트는 이번엔 물러서지 않겠다는 태도를 취했다. 그가 올곧게 날 응시하며 대답을 재촉한다. 난 그의 시선을 잠시 피했다 다시 마주했다.

"절 좋아하세요?"

"그래."

한 치의 망설임도 없는 대답이었다. 난 잠시 고민하다 입을 달싹였다.

"절 사랑하세요?"

"그래. 사랑해."

이번에도 망설임은 없었다. 하지만 애정이 듬뿍 담긴 고백도 아니었다. 딱딱하고, 분노가 고스란히 묻어 나오는 목소리였다.

날 보는 얼굴이 점점 일그러졌다. 눈빛도 흉흉하기 짝이 없다. 어느 모로 보나 사랑이란 감정은 조금도 보이지 않는 모습이었다.

난 차분히 빈센트를 훑어보다가 말했다.

"왜요?"

순수하게 궁금해서 한 질문이었다. 빈센트는 바로 대답하지 않았다. 하지만 난 대답을 들을 필요가 없다고 생각했다. 난 마치 재미난 농담을 들었다는 듯 가볍게 웃었다.

"주인님이 왜 저를 사랑하시는데요? 어째서? 말도 안 돼요."

그래, 그건 정말 말도 안 되는 일이었다.

'사랑' 그건 내게 너무도 낯설고 먼 감정이었다. 그것도 남녀 간의 사랑이라면 더욱 이해할 수 없었다. 어느 누구도 날 사랑의 대상으로 보지 않았다. 간혹 취향이 독특한 사람이 날 이상한 눈으로 훑어본 적은 있으나 그건 사랑 같은 아름다운 감정이 아니었다. 끈적한 물이 온몸에 달라붙은 것처럼 기분 나쁜 시선이었다.

'그 남자와 함께 있으면 말이지, 마치 뜨거운 불 속에 나를 내던진 기분이야. 내 몸이 분명 활활 타오르고 있다는 걸 아는데도 멈출 수 없다고 할까. 불길에 온몸이 다 타 버려도 좋다고 생각될 정도로, 그 고통마저도 황홀하게 느껴져.'

어릴 적 마을의 어떤 여자가 한 말이었다. 그 말을 하는 여자는 온몸을 배배 꼬며 수줍어했고, 붉게 달아오른 뺨이 참으로 예뻤다. 그녀의 온몸에서 행복이 뿜어져 나오는 거 같았다. 다른 여자들도 나처럼 느꼈는지 다들 부럽다며 한마디씩 건넸다.

나는 그 생소한 말을 곱씹어 보았다. 살아생전 한 번도 가지지 못하고, 느껴보지 못한 감정이라 입 안에서 읊조리는 것조차 낯설게 느껴졌다.

불길에 온몸이 타고 있는데도 그 고통마저 황홀하게 느껴지는 건 대체 어떤 감정일까? 여자와 남자가 서로를 사랑하는 감정은 특별한 걸까? 앨리샤를 좋아한다고 쫓아다니는 남자애들도 사랑을 하고 있는 걸까? 아비도 어미를 사랑했었나? 어미도 과거에 저 여자처럼 달콤하게 사랑을 속삭인 적이 있었을까?

궁금했다. 나도 한때는 순수하게 '사랑'을 알고 싶었던 적이 있었다. 하지만 그건 나에게 허락되지 않은 감정임을 금방 깨달았다. 내 손안에 늘어나는 상처를, 제대로 먹지 못해 작고 삐쩍 마른 몸을, 그리고 이 추한 얼굴을 사랑해 줄 남자는 없으니까.

그러니.

"왜 그런 농담을 하세요."

농담으로라도 그런 말은 입에 담지 않길 바랐다. 별로 유쾌하지 않았다. 그래서 타박했으나 빈센트는 단호했다.

"농담으로 하는 말 아니야."

그럼 여자로서 날 진심으로 좋아한다는 소린가? 문뜩 그런 생각이 들었지만 금세 고개를 저었다. 웃음밖에 나오지 않는 가정이었다. 다시 하하 웃자 내 반응을 지켜보던 빈센트가 물었다.

"대체 뭐가 말이 안 된다는 건데."

"절 보세요."

난 양손을 펼쳐 날 보여 줬다. 사람들이 싫어했던 나를.

"누가…… 저 같은 걸 누가 사랑하겠어요."

최대한 아무렇지 않게 말해 보려고 했지만 말끝이 떨리는 걸 감출 수 없었다. 웃고 있는 얼굴이 볼썽사나웠으리라.

대체 내 추한 얼굴의 어디를 보고 사랑을 느낀단 말인가? 그런 건 좀 더 제대로 된 사람이 가질 수 있는 거 아닌가? 사람들이 끔찍하게 생각하는 외모를 가진 나 같은 애가 아니라, 적어도 얼굴을 봤을 때 기분이 나쁘지는 않은 사람이 가질 수 있는 거였다. 그러니 난 아니었다. 나는 언제나 내 주제를 잘 알고 있다.

내 생각을 읽은 빈센트가 아주 무섭게 얼굴을 굳혔다.

"나한테 외모는 상관없다고 했잖아. 내 말을 믿지 못하는 건가?"

"아니요, 믿습니다. 하지만 이건 다른 문제죠."

단순한 애정과 사랑은 다른 문제였다. 게다가 남녀 간의 사랑은 더 달랐다. 빈센트의 곁에 선 나를 잠시 상상해 보았다. 너무도 어울리지 않는 한 쌍인 우리를 보며 모두 비웃을 것이다.

게다가 사용인이 자신의 주인과, 그것도 귀족과 사랑하는 사이가 된다는 건 말도 안 된다. 모든 상황이 나와 그에게 맞지 않았다.

"내가 널 사랑한다는 게 그렇게 이상해?"

"네."

"그럼 그날 밤에 있었던 일은? 내게 괜찮다고, 잘못된 건 없다고 밤새 달래 주었던 건? 입을 맞추는데 피하지 않았던 건? 넌 그냥 거지에게 동냥하듯 내게 동정을 베풀었다는 건가?"

"그건 사용인으로서……."

"사용인으로서 아량을 베풀었단 소리군."

그런 의도는 아니었지만 그의 입장에서 본다면 그럴 수도 있었다. 딱히 부정하지 않았다.

침묵이 점차 날카롭게 변해 갔다. 난 그가 굉장히 화가 났음을 알았다. 그는 진심을 외면당해 상처받은 얼굴이었다. 난 뭐라 말을 이어야 할지 알 수 없었다.

사람은 사랑 없이도 상대에게 위로를 갈구할 수 있는 존재였다. 나는 그날 빈센트의 행동을 그렇게 이해했다. 입맞춤도 그런 이유라고 단정했다. 그 외엔 다른 이유는 생각할 수 없었으니까.

"그럼 지금 확실히 말해 주지. 단순히 사용인으로서 곁에 있어 달라고 한 게 아니야. 널 사랑해서 곁에 있어 달라고 말한 거였어."

"그만하세요."

"왜 믿지 못하는 건데."

"대체 제 어디를 보고 사랑을 느끼신 건데요?"

난 답답해져 되물었다. 백번 양보해서 그가 날 진짜 사랑한다고 하자. 하지만 대체 왜? 이유를 모르겠다. 나도 모르게 비웃음을 흘리며 그에게 물었다. 지금이라도 거짓말이라고 솔직히 말하면 이해해 줄 용의가 있었다.

꽃송이가 다시 시원한 바람을 타고 흔들흔들 춤을 췄다. 하얀 꽃잎이 눈앞을 어지럽게 만들었다. 그 사이에서 빈센트가 바람을 느끼듯 잠시 고개를 돌렸다.

바람에 헝클어진 금빛 머리카락이 그의 눈가를 가렸다.

"앞이 보이지 않았을 때, 난 세상의 모든 게 무서웠어. 내가 잘 알고 믿었던 사람마저 더 이상 믿을 수 없을 정도로. 그때 만난 넌 그런 내가 이상하지 않다고 말해 주었고, 달라지길 원한다면 용기를 내라고 해 주었지."

언젠가 들었던 말이었다. 난 숨죽여 그의 말을 경청했다.

"난 내 손을 서슴없이 잡고 옳은 방향으로 이끌어 주는 네가 대단하다고 생각했어. 하지만 다시 본 너는 말이지, 내 생각과 다르더군."

"생각보다 대단하지 않았나요?"

"그래. 대단하지 않았어."

그래서 실망을 했다는 건가. 난 쓴웃음을 지으며 고개를 숙였다.

"그래서 더 좋았어. 이제야 널 제대로 본 거 같아서."

나지막하게 흘러나온 말이 귓속을 파고들어 왔다. 난 놀라 다시 고개를 들어 올렸다. 빈센트는 여전히 꽃밭 어딘가를 보고 있었다.

"너는 대단한 게 아니라 그저 삶에 필사적인 사람이었던 거지. 그래서 아무것도 보이지 않는 나약한 남자의 비위까지 맞춰 주어야 했던 거야. 너라는 걸 모르고 바라본 너는 너무 쉽게 겁을 먹고 몸을 움츠리는 작고 평범한 여자라서, 그런 네가 내가 알고 있는 사람이란 걸 알아챘을 때……."

그는 잠시 무언가를 회상하듯 말을 멈췄다.

"어둠 속에서 들려오는 목소리가, 그 말이 익숙한 기시감을 불러왔을 때, 혼란스러운 내 앞에 나타난 네가 이미 내가 누군지 알고 있다는 걸 깨달은 순간, 어둠 속에 서 있는 넌 너무도 작았고 내게 뻗은 손이 생각보다 더 거칠고 상처투성이라서…… 그런 널 지켜 주고 싶다고 생각했어."

"……."

"그때 깨달았어. 네 생사가 궁금했던 것도, 찾아서 위로받고 싶었던 것도, 내가 널 지켜 주고 싶을 정도로 사랑하고 있었기 때문이었다는 걸."

빈센트가 천천히 내게 얼굴을 돌렸다. 5년 전과 달리, 이채를 띤 에메랄드빛 눈동자가 날 선명히 바라본다. 그때보다 더 듬직해지고 성숙해진 남자가 눈앞에 서 있었다. 애정이 깃든 얼굴이 내게 향한다.

"앞이 다시 보이면서 달라진 게 뭔지 알아?"

불현듯 나온 물음에 난 느릿하게 고개를 저었다.

"루카스가 보는 세상이 너무도 아름답다는 거."

그걸 말해 주듯 한 차례 깜빡여진 에메랄드빛 눈동자가 반짝였다.

"그중에 네가 제일 예뻐."

그가 양손을 뻗어 와 내 양 뺨을 붙잡아 들었다. 그의 얼굴이 바로 코앞에 자리했다. 환한 빛줄기가 눈부시게 쏟아져 내려왔지만 그의 시선을 피하지 못했다. 멍한 내 얼굴을 샅샅이 살펴보는 에메랄드빛 눈동자에 사랑스럽다는 감정이 물들어 있었다.

"예뻐, 너."

속이 울렁거렸다.

눈앞이 흐릿해진다는 게 이런 걸까. 귓가에 열이 오르는 게 느껴진다. 내게 쏟아지는 감정이 너무 눈부셔서, 도망치고 싶었다. 난 그를 힘껏 밀쳐 냈다. 두세 걸음 뒤로 물러난 뒤에야 멈췄던 숨을 천천히 골랐다.

"그만둬 주세요."

"뭘를."

"이런 거요. 이렇게 절 놀리시는 거요."

그의 말을 부정하고 싶었다. 그래야 한다. 진심이라는 듯 한 치의 흔들림도 없는 눈동자를 마주 보다 보면 믿고 싶어지니까. 한없이 믿었다가 나중에 가서 거짓말이라고 한다면, 난 무너져 버릴 거다. 그렇게 되고 싶지 않았다.

"예, 예쁘다뇨. 제가 어떻게 예뻐요."

"내 눈엔 예쁘니까."

"아니에요. 그런 말 마세요. 하지 마세요."

난 고개를 마구 저으며 그의 말을 부정했다. 길게 자란 앞머리가 고개 숙인 내 얼굴을 가렸다.

"넌 자신을 비난하면서 살고 싶은 건가. 정말 그런 삶을 원해?"

"나라고—!"

나라고 이런 삶을 원하는 건 아니다. 당신이 나에 대해 뭘 안다고 그리 지껄이는가. 아무것도 모르면서 내 속마음을 파헤치려고 든다.

울컥 치솟는 감정에 목구멍이 아팠다. 온몸이 부들거렸다. 난 그를 사납게 노려봤다. 빈센트가 내 시선을 받아 내며 계속 날카로운 말을 이었다.

"그래, 넌 그런 삶을 원하지 않아. 넌 행복해지고 싶어 해."

"그만하세요."

"들어. 널 위해서 하는 말이야."

"멋대로 말씀하지 마세요."

"왜 멋대로야? 그럼 넌 영원히 사랑받을 자격이 없다고 말하고 싶은 거야?"

"네, 전 그래요. 전 그래야만 해요."

"그럼 나한테 했던 말은 뭔데? 그냥 날 달래 주기 위해 내뱉은 말일 뿐이었나? 아니면 그렇게 말해 놓고 속으론 날 비난하고 있었나? 남을 희생시켜 살아남은 목숨이라고."

"아니에요!"

그만! 그만해! 난 아니라고 소리치며 미친 사람처럼 고개를 저었다. 더 이상 대화를 이어 가고 싶지 않았다. 그대로 몸을 돌리자 빠르게 다가온 빈센트가 내 손목을 붙잡았다. 난 곧장 그의 손을 뿌리치려고 했으나 손목을 쥐고 있는 악력이 강해 쉽지 않았다.

"그럼 너도 인정해. 사랑받을 수 있는 사람이라고."

"이거 놔주세요! 놓으라고요!"

"폴라!"

더 이상 그의 말을 듣고 싶지 않았다. 난 그의 손을 뿌리치기 위해 온몸을 비틀었고, 빈센트는 그런 날 붙잡으려고 했다. 잠시 잠깐 실랑이가 벌어졌다. 곧 그에게 다른 팔마저 붙잡힌 뒤에야 난 발버둥 치는 걸 멈췄다.

마구 헝클어진 앞머리가 눈앞을 가렸다. 난 색색 거친 숨을 내쉬었다. 내 한쪽 손목은 여전히 그에게 붙잡혀 있었고, 팔뚝을 붙잡은 손으로 그의 가슴께를 짚고 밀어 냈다. 갈라진 머리카락의 틈새로 빈센트의 얼굴이 보였다. 그는 표정을 굳힌 채 나와 같이 흥분된 숨을 고르고 있었지만, 에메랄드빛 눈동자는 내 속마음을 들여다볼 듯 깊게 내려앉아 있다.

도망가지 마. 마치 그리 말하는 거 같았다.

"나한테 왜 이래……. 귀족들은 다 이래? 나 같은 사람 마음 따윈 조금도 신경 쓰지 않겠다는 거야? 자기 욕심만 채우면 되는 거냐고."

난 허망하게 웃었다. 그의 눈동자가 잠시 흔들렸다.

"이러지 마세요. 전, 당신에게 그런 걸 바란 적 없고 앞으로도 바랄 생각 없어요."

"난 네가 날 바랐으면 좋겠어."

"……."

"난 네가 욕심 많은 사람이었으면 좋겠어."

"전 이미 욕심 많은 사람이에요."

동생들의 죽음도, 타인의 희생도 외면하고 살아남았다. 난 이미 욕심이 많은 사람이었다. 그의 말을 반박하듯 작게 웃었다. 빈센트가 붙잡은 손목을 놓아 주더니 내 관자놀이를 두 손으로 살며시 감쌌다. 그가 엄지손가락 끝으로 내 눈가를 더듬는다.

"진짜 욕심 많은 사람은 죄책감이 가득한 얼굴을 하지 않아."

"……."

마치 눈물을 닦아 주려는 듯 그의 손끝이 내 눈가를 매만졌다. 그 손길이 조심스럽고, 또 너무도 따뜻해서 구역질이 나올 것만 같았다. 난 그 손을 피해 고개를 돌렸다. 머릿속에서 이러면 안 된다는 경고가 울리며 날 다그쳤다.

그의 시선이 느껴졌다. 그의 말을 자꾸 부정하는 날 비난하고 있을지도 모른다. 하지만 빈센트는 아무런 말 없이 내 팔을 마저 놓아 주었다.

난 주춤거리며 뒤로 물러났다. 그러다 한 걸음 한 걸음 뒷걸음질 쳤다. 빈센트는 이번엔 날 붙잡거나 하지 않았다. 가만히 서서 내 행동을 바라볼 뿐이었다. 난 그가 더 이상 날 붙잡을 생각이 없음을 깨달았다.

난 곧장 몸을 돌렸다.

"이번이 마지막이야."

그러다 문득 들려오는 말에 다시 뒤돌아봤다.

"더 이상은 못 기다려 줘."

무슨 의미일까. 되물으려다가 입을 다물었다. 빈센트는 여전히 그 자리에 서서 날 지그시 바라보며 말했다.

"나한테 하고 싶은 말이 있으면 찾아와. 마지막으로 기다릴 테니까."

빈센트는 알아챘을 것이다. 내가 이번에도 도망쳤음을. 그리고 내가 도망가는 걸 빈센트가 눈감아 주는 게 이번이 마지막이라는 걸 깨달았다.

난 침대 시트에 파묻힌 채 몸을 웅크렸다. 하얀 꽃밭에서 있었던 일이 머릿속에서 떠나지 않았다. 빈센트의 목소리가 귓가에 맴돌았다.

'예뻐, 너.'

귀가 화끈거리는 것 같다. 괜히 손으로 귀를 문지르며 베개에 얼굴을 묻었다. 내가 예쁘다니, 거짓말이다. 과거에 루카스에게도 같은 말을 들은 적이 있었다. 그땐 지나가듯 가볍게 나온 말이라 대수롭지 않게 여겼다. 이런 식으로, 진중한 얼굴을 한 채 날 바라보는 상대에게 들어 본 건 처음이었다.

난 침대에서 일어났다. 그리고 자고 있는 앨리샤의 침대 옆 협탁 위에 올려져 있는 작은 거울을 집어 들었다. 매일같이 앨리샤가 들여다보던 거울이었다. 그 안에 한 여자가 비쳤다. 우울한 인상의 못난 여자가.

'예뻐, 너.'

하지만 아무리 봐도 예쁜 얼굴이 아니었다. 이상하고, 못생긴 얼굴이었다. 이런 얼굴이 어떻게 예쁘다는 걸까. 나도 내가 예쁘지 않다는 걸 안다.

난 자고 있는 앨리샤를 내려다봤다. 최근 열심히 가꿔 윤기가 흐르는 머리카락을 사방으로 흐트러뜨린 채 눈을 감고 있는 얼굴은 잠들었음에도 예쁘장했다. 그 얼굴과 거울 속 얼굴을 번갈아 보았다. 그러다 픽 웃었다.

거짓말쟁이.

나직하게 읊조리며 거울을 내렸다. 어두컴컴한 벽을 응시하다가 깊게 숨을 들이마셨다. 오늘따라 잠을 이룰 수가 없었다. 하지만 잠이 든다 해도 악몽만 꿀 테니 피차 피곤한 건 마찬가지일 것이다.

사랑한다는 고백도 예쁘다는 말도 내겐 너무나 생소해, 믿을 수가 없었다. 난 빈센트의 말을 진지하게 받아들이고 싶지 않았다. 가벼운 농담으로 치부하고 싶었다. 왜냐면 결국 상처받는 건 나일 테니까.

마음은 혼란스러워도 일상은 변함없이 흘러간다. 그날 이후로 빈센트를 만나지 못했다. 빈센트가 저택을 방문하는 주기가 길어졌고, 간혹 로버트를 만나러 올 때면 내가 없는 시간에 찾아왔다 홀연히 사라졌다. 난 빈센트가 '기다리겠다'는 말을 지키고 있다는 걸 알았다.

"요새 백작님이 바쁘신가 봐요."

유모가 바닥 여기저기 뒹굴고 있는 장난감을 로버트의 가까이에 놓아 주며 말했다. 난 씁쓸하게 웃으며 그렇다 답한 뒤 근처에 널브러진 책들을 집어 들었다.

"이거 읽어 줘!"

로버트가 책 한 권을 내게 내밀었다. 내가 건네받으려고 하자 유모가 끼어들었다.

"도련님 이리 주세요. 제가 읽어 드릴게요."

요 근래 책 읽는 데 재미를 붙인 로버트는 매일 이렇게 책을 읽어 달라고 요구했다. 그때마다 네다섯 권씩 읽어 주다 보니 걱정이 되었는지 유모는 내게 괜찮냐며 종종 물어 왔다. 그러더니 오늘은 유모가 내 대신 손을 내밀었다. 잠시 고민하던 로버트가 유모에게 책을 건넸다.

로버트가 유모의 맞은편에 얌전히 앉았다. 유모가 웃으며 책을 펼쳤다. 난 유모 대신 주변의 물건들을 한쪽으로 모아 두기 위해 정리를 시작했다.

"신께서 그대를 만들어 하사하자 그 존재만으로 축복에 젖어 들지니, 아낌없이 사랑하라. 그 모든 게 그대의 앞길을 만들어 주나……."

난 말 모양 돌조각을 집어 들다 말고 뒤를 돌아봤다. 유모는 활짝 웃으며 경청하는 로버트가 귀엽다는 듯 얼굴에 미소를 띤 채 책을 읽고 있었다. 잘 몰랐는데, 그녀가 낭창한 목소리로 읽어 주는 내용이 귀에 익었다. 나도 모르게 유모의 목소리에 집중했다.

마지막 장까지 읽고 책을 덮자 로버트가 까르르 웃으며 손뼉을 쳤다. 유모도 활짝 웃으며 또 읽고 싶은 책을 가져오라고 하자 로버트가 책들이 쌓여 있는 곳으로 향했다. 책을 고르는 얼굴이 제법 신중했다.

난 유모에게 다가갔다.

"유모님, 그 책."

"응? 아, 이 책이요. 사랑의 슬픔이에요."

유모가 조금 전에 읽어 준 책을 들어 올렸다. 책 표지에 '사랑의 슬픔'이란 글씨가 쓰여 있었다. 어린애들도 읽는 책이라더니 로버트도 가지고 있는 줄은 몰랐다.

"앤도 이 책 읽어 봤어요?"

"네, 좋아하는 책입니다."

"정말? 나도 좋아하는데. 하늘에서 내려온 주인공이 여러 사람을 만나며 사랑을 알아 간다는 내용이 참 낭만적이죠?"

낭만적이었던가. 난 책의 내용을 곱씹으며 애매하게 웃었다. 유모는 로버트가 있는 방향을 흘끗거리느라 내 표정을 보지 못했다. 로버트는 여전히 책 고르기에 빠져 있었다. 난 책 표지에서 한참 동안 시선을 떼지 못했다.

"유모님은 사랑하는 사람이 있으세요?"

문득 궁금해져서 묻자 유모가 날 돌아봤다. 그런 질문을 들을 줄 몰랐다는 듯 눈을 동그랗게 뜬 채였다. 그 반응에 머쓱해하자 그녀가 곧 가볍게 웃었다.

"나야 도련님도 사랑하고 마님도 사랑하고, 앤도 사랑하죠."

"나, 남자를 사랑하신 적은요?"

유모가 다시 눈을 크게 뜨더니 수줍게 웃으며 한 손을 휘저었다.

"어머, 부끄럽게. 왜 그런 걸 물어봐요."

"그냥, 궁금해서요."

"앤은 있어요?"

유모가 되묻자 순간, 짧은 장면이 내 머릿속을 스쳐 갔다.

'예뻐, 너.'

사랑스러운 걸 보는 듯한 눈동자에 담겨 있는 건 나였다. 당황하다 못해 굳어 버린 나. 난 고개를 푹 숙이고 도리질했다.

"없습니다."

이전에도 앞으로도 없을 거다. 그리 마음먹으며 고개를 슬쩍 들자, 유모는 생각에 잠겨 있었다.

"음, 나는 말이죠…… 예전에 있었어요. 끝이 안 좋았지만요."

유모가 머쓱해하며 웃었다. 허공에 머문 눈동자가 추억에 젖어 들었다. 난 무례한 질문이라는 걸 알면서도 왜 그런지 물었다.

"어릴 적에 같이 자란 마을 친구였는데, 절 많이 속상하게 했거든요. 서로 같은 길을 갈 수가 없으니까 아무래도 끝이 좋을 수가 없었죠. 그때 엄청 울고 힘들었는데……."

"그분을 사랑하신 걸 후회하세요?"

난 머뭇거리며 물었다. 상처받게 되어 후회하느냐고. 내 질문에 유모가 곰곰이 생각하더니 고개를 저었다.

"아니요. 후회하지 않아요."

"어째서요?"

상처받았는데 왜 후회하지 않는 걸까. 아프면 후회하게 되는 거 아닌가. 내 물음에 잠시 고민하던 유모가 대뜸 책을 들어 올렸다.

"이 책의 뒷내용이 더 있는데 들어 봤어요?"

유모가 들고 있던 책을 흔들었다. 난 멀뚱히 책을 바라봤다. 그건 처음 듣는다. 타인과 어울리는 삶과 더불어 사랑마저 버겁게 느낀 주인공이 다 버리고 홀로 떠나 버리는 결말 뒤에 내용이 더 있었단 소리인가? 내가 고개를 젓자 유모가 로버트를 한 번 흘끗 보고 말했다.

"원래는 뒷내용이 더 있었대요. 그런데 어린애들이 보기엔 좋지 않아서 그

부분은 빼고 출간했다고 하더라고요."

비슷한 말을 들어 본 적이 있다. 이 책도 그런 줄은 몰랐다. 난 책 표지를 보다가 다시 유모를 응시했다.

"무슨 내용이었는데요?"

"음, 뭐였더라⋯⋯. 아, 사랑에 질려 떠나 버린 주인공이 홀로 살아가다, 삶에 허망함을 느껴요. 자신이 질려 했던 사랑이 자신의 삶에 얼마나 큰 원동력이었는지 깨닫게 된 거죠. 하지만 그땐 이미 주변에 아무도 없었고, 주인공에게 사랑을 주었던 사람들도 세상을 떠나 버린 뒤였어요. 주인공은 이미 사랑을 받아 본 적이 있기에 이전보다 더 사랑을 갈구하게 되었고, 결국 스스로 목숨을 끊었다는 게 원래 결말이에요."

유모가 기억을 더듬으며 말했다. 난 그녀의 말을 들으며 놀랐다. 지금도 좋은 결말이라고 말할 순 없으나 원래 결말은 더더욱 비극적이었다.

"생각보다 더 비극적이죠?"

유모가 책을 팔랑팔랑 펼쳤다. 내가 읽었던 것보다 더 어린아이들이 읽는 용으로 나온 건지 책의 한쪽엔 큼지막한 그림이 그려져 있었다. 가볍게 페이지를 넘기던 손길이 주인공이 바닷가를 걸어가는 그림이 그려진 마지막 장에서 멈췄다.

"하지만 사랑한다는 건 그런 거겠죠. 내가 몰랐던 행복을 알아 가는 동시에 내가 몰랐던 내 자신까지도 알아 버리게 되는 거. 그만큼 힘들고, 상처받았을 때 후회할지도 모르나, 그 사람과 사랑했던 순간에 단 한 번이라도 행복을 느꼈다면 이미 그걸로 충분한 가치가 있지 않을까 싶어요."

"⋯⋯정말 그런 걸까요?"

먼 훗날 상처받고 후회하게 된다고 해도 그 순간에 행복을 느꼈다면, 그것만으로도 가치를 가질 수 있을까? 사랑한다는 건 그런 걸까? 나는 알지 못한 감정이기에 순수한 궁금증이 일었다.

내 물음에 유모가 책에서 시선을 뗐다. 숨죽이며 유모의 대답을 기다리는 날 지그시 보던 그녀가 눈꼬리를 상냥하게 휘었다.

"그럼요. 왜냐면 사람은 누구나 타인과 함께 살아가기 위해 사는 거니까요."

그리 말한 유모는 예쁘게 웃었다. 마치 어릴 적에 본 사랑을 말해 주던 그 여자처럼.

난 유모의 얼굴에서 시선을 뗄 수 없었다. 때마침 로버트가 책 한 권을 골라 들고 다가왔다. 로버트가 내민 책을 받아 들며 유모가 다정히 물었다.

"도련님은 누구를 사랑해요?"

"음, 음…… 어머니하고, 유모도 사랑해!"

작은 머리로 곰곰이 생각하며 대답을 내놓던 로버트가 양손을 크게 휘저었다. 마치 사랑의 크기를 말해 주려는 것처럼. 그 대답에 유모가 좋아라 했다.

"어머, 저도 도련님을 굉장히 사랑해요."

유모가 로버트를 품에 안자, 로버트가 짧은 팔로 유모를 꼭 껴안으며 까르륵 웃었다. 행복이 넘쳐흐르는 두 사람을 보며 내 정신은 한없이 멍해져 갔다.

사랑을 한다는 건 뭘까. 살아간다는 건 어떤 걸까. 상처받지 않는 삶이란 게 있을까. 상처투성이가 되고, 후회만 남은 삶은 정말 가치가 없을까. 삶을 살아가는 데 옳은 방법이란 게 있는 걸까? 타인과 살아간다는 건 결국 상처 주고 상처 받는 일의 연속이지 않을까.

나는 유모가 한 말을 몇 번이고 머릿속으로 곱씹었다. 한밤중까지 잠을 이루지 못한 채 침대에 앉아 생각을 정리했으나 명쾌한 해답이 나오지 않았다. 가슴 한편으론 깨달았을지도 모른다. 애초부터 이건 정답이 없는 질문이란 걸.

이빨로 손톱을 깨물다 문득 내 손을 내려다봤다. 어둠에 익숙해진 눈이 뼈가 톡 튀어나온 손을 담았다. 난 양손을 들어 올렸다. 램프의 불빛에 비친 손은 주근깨가 가득했고, 자잘한 상처들로 거칠어져 있었다.

이건 내 삶이었다. 어떻게든 살아남기 위해 가난에 발버둥 쳤던 내 삶. 매일 악몽을 꾸고 죽은 사람들의 환영을 보며 죄책감에 허덕이는 삶이었다. 난 그런 내 삶이 잘못되었다고 말하고 싶은 걸까? 아니, 난 내 삶이 잘못되었다고 말하고 싶지 않았다.

난 어두컴컴한 방 안을 둘러봤다. 삶에 해답은 없다. 사랑에도 옳고 그름은 없다. 난 이미 그걸 알고 있었다. 하지만 '나'이기 때문에 인정하지 못했다. 난 아직도 동생들의 목소리를 듣는다. 죽은 루카스를 본다. 그것 또한 내 삶이었다.

난 램프를 집어 들고 방 밖으로 나갔다. 방 안만큼이나 어두컴컴한 복도는 한 치 앞도 보이지 않을 정도로 위험했고, 내 손에 들린 램프의 불빛은 어둠을 밝히기엔 너무나 미약했다. 하지만 이상하게도 무섭지가 않았다. 어차피 삶을 살아간다는 건 어둠 속을 걸어가는 것과 다를 바 없지 않은가.

'나한테 하고 싶은 말이 있으면 찾아와. 마지막으로 기다릴 테니까.'

빈센트는 어디서 기다릴지 말해 주지 않았다. 하지만 난 그가 어디 있는지 알 거 같았다.

시커먼 복도를 찬찬히 눈에 담으며 어둠 속을 걸어 나갔다. 조용한 복도엔 내 발소리밖에 들리지 않았다. 그 소리에 동생들의 말소리가 섞여서 울려 퍼졌다. 가면 안 돼, 언니. 가지 마. 언니, 언니…… 그 환청이 이상할 정도로 다급하게 들렸다. 하지만 이 순간만큼은 동생들의 목소리를 듣고 싶지 않았다.

난 주변에서 울려 퍼지는 소리를 뒤로한 채 무작정 앞만 보고 걸었다. 귓가에 들려오는 발소리가 점차 빨라졌다. 그러다 어느새 내가 뛰고 있음을 인지했다. 그땐 저택을 빠져나와 숲속을 내달리고 있었다.

급한 발걸음은 커다란 돌에 넘어질 뻔했고, 잔가지에 몸이 긁혀 따끔했다. 하지만 빈센트가 날 기다리고 있다고 생각하니 뜀박질을 멈출 수가 없었다. 숨이 턱 끝까지 차올라 헉헉거렸다. 빠르게 숲을 빠져나가 별채 앞에 섰다.

여전히 낡고 을씨년스러운, 그럼에도 익숙한 별채를 눈에 담으며 문으로 향했다. 문은 자물쇠가 풀려 있었다. 어쩌면 이곳에 그와 함께 다시 왔던 그날 이후부터 계속 풀려 있었을지도 모른다.

난 문을 열고 안으로 들어갔다. 끼익 울리는 문소리가 섬뜩했고, 서늘한 공기가 뼛속까지 달라붙는 듯했다. 난 램프의 불빛에 의지한 채 계단을 올랐다. 그러면서 이곳에 처음 왔을 때를 회상했다.

그땐 이자벨라가 있었고, 난 그녀를 따라 걸었다. 이 별채 안의 모습은 내 눈엔 그저 아름답기만 했고, 앞으로 지내게 될 이곳에서의 새로운 생활에 대한 묘한 기대감을 불러왔다. 그러다 곧 내가 모셔야 할 지랄맞은 성질의 주인님을 만나며 산산조각이 났지만. 아직도 첫 만남의 충격이 잊히지 않는다. 난 작게 웃으며 복도를 걸어 익숙한 방문 앞에 섰다.

노크를 하려다가 그만뒀다. 그럴 필요가 없을 거 같아서. 문손잡이를 잡고 조심히 문을 열자 방 안을 비추고 있던 불빛들이 은은하게 흘러나왔다. 문을 완전히 열자 여기저기 놓여 있는 램프의 불빛 사이로 가벼운 차림을 한 빈센트가 앉아 있는 게 보였다.

제16장

어쩌면 이 순간을 위해서였을지도 모른다

끼익 울리는 문소리를 들은 빈센트가 고개를 돌리더니, 날 발견하곤 들고 있던 책을 덮었다. 난 머뭇거리다가 방 안으로 들어갔다. 등 뒤에서 문이 탁 닫히는 소리가 들려왔다. 그게 꼭 도망갈 길이 차단되는 소리 같았다.

난 마른침을 삼키고 램프를 발밑에 놓았다. 그리고 천천히 걸어가 그의 앞에 당도했다. 그때까지 빈센트의 시선이 날 조용히 좇고 있었다.

창문을 뒤로한 채 그의 앞에 서서 난 머뭇댔다. 빈센트는 그런 나를 재촉하지 않고 기다려 주었다.

"이대로 지내면 안 돼요?"

난 겨우 한마디 뱉었다. 그의 얼굴이 미약하게 찡그려졌다.

"안 돼."

"왜요?"

"내가 참지 못할 거 같으니까."

다소 부끄러운 말이었지만 빈센트는 진지했다.

"넌 모르겠지만, 난 네가 다른 남자랑 간단한 얘기를 나누는 것도 질투 나고, 관심을 가지는 것도 싫어. 널 언제나 내 눈이 닿는 곳에 두고 싶고, 때론 그 누구에게도 보이고 싶지 않아. 다른 사람들이 너와 내가 어떤 관계냐고 물어보면 연인 사이라고 말하고 싶어."

"……저랑 주인님은 신분이 맞지 않아요. 저야 상관없지만, 다른 사람들이 알게 되면 주인님을 비난할 거예요."

"방법을 찾아봐야지."

"방법이 없으면요?"

"방법이 없으면, 없는 대로 살아가는 거지."

"굳이 힘들게 살아야 할 필요가 있어요?"

"난 더 이상 널 만질 때마다 다른 사람의 눈치를 보고 싶지 않아."

고작 그런 이유로…… '사랑'에만 의지한 채 살아가기엔 힘든 삶이었다. 굳이 삶의 가치에 무게를 달아 본다면 내가 있는 삶보다 내가 없는 그의 삶의 추가 더 무겁게 내려앉는다. 그걸 빈센트도 알 테다. 그럼에도 그는 물러서지 않았다.

"저는 아직도 잘 모르겠어요."

그를 만나러 와 놓고도 나는 다시 발을 빼려고 한다. 힘든 길이라는 걸 알면서도 나와 함께 가겠다는 그에게 고맙고 미안한 한편, 여전히 이래도 되는 건지 의문이 들어 자신이 없었다. 하지만 내 대답을 들은 빈센트는 딱히 화를 내거나 하진 않았다.

"이런 제가 답답하지 않으세요?"

"그렇지 않아."

"왜요?"

"넌 내가 루카스와의 일을 마음에 담고 있을 때 답답했어?"

난 고개를 저었다. 그의 고통을 어떻게 답답하다고 생각할 수 있겠는가. 그 깊이를 감히 헤아릴 수 없는 난 그를 폄하할 수 없다. 내 마음을 알아챈 듯 빈센트가 픽 웃었다.

"나도 마찬가지야. 네 고통을 모르는데 마냥 다그치고 싶지 않아."

"……"

"하지만 궁금하긴 해."

그가 살며시 내 손끝을 붙잡았다.

"정말 단 한 번도 내게 사랑을 느낀 적이 없어?"

난 눈을 내리깔았다. 사랑, 생소한 단어를 읊조리다 한 걸음 뒤로 물러났다. 그의 손이 떨어져 나갔지만, 시선은 여전히 내게 따라붙었다.

등 뒤에서 쏟아지는 달빛이 시리게 느껴졌다. 어쩌면 방 안의 냉기일지도 모른다. 복도보단 온기가 조금 있었지만 5년 전의 별채를 떠올린다면 서늘한 공기였다. 그건 시간의 흐름을 알려 줌과 동시에 변해 버린 지금 이 순간을 말해 준다.

"저는요, 제 동생들 덕분에 살아남은 거예요."

난 이곳에 오기로 결심하는 동안 정리했던 말을 꺼내 놓았다. 한마디를 뱉는 데도 심장이 쿵쿵 뛸 정도로 떨렸지만 애써 태연한 척을 가장했다.

"저번에 저보고 어떻게 살았냐고 물으셨죠? 저는 태어났을 때부터 가난에 찌든 삶을 살았었어요. 저한텐 어미와 아비, 그리고 네 명의 동생들이 있었는데, 어미는 제 자식들을 버리고 도망쳤고 아비는 자식들을 자신의 분풀이 대상으로 삼았어요."

목소리가 떨려 나올까 봐 바짝 긴장했다. 다행히 빈센트는 별다른 반응 없이 내 말을 들어 주었다.

"전 막내가 아비한테 맞아 죽는 것도 막지 못했고, 넷째가 굶어 죽는 것도 막지 못했고, 둘째가 사창가에 팔려 가 죽는 것도 막지 못했어요. 왜냐면 전 알면서도 묵인했거든요. 그렇게 해서 살아남았어요."

죽은 동생들을 내 손으로 묻었다. 흙을 덮고 꽃을 놓아 주었다. 이곳에서는 하루하루가 지옥 같았겠지만 하늘에선 평온하길 바랐다. 그래야만이 내 죄책감을 덜 수 있을 거 같아서. 나는 동생들의 죽음에 눈물 한 방울 흘리지 않고 그 아이들을 떠나보냈다.

"참고로 여기 같이 온 동생은 셋째예요. 아비가 셋째를 예뻐했거든요. 좋은 의미로 예뻐한 건 아니지만요."

그리 말하며 난 가볍게 웃었다. 분명 무거운 이야기였지만 가볍게 치부하고 싶었다. 그래서 하하 웃었는데 빈센트는 웃지 않았다. 난 흘리던 웃음을 멈추고 말을 이었다.

"행복을 바라선 안 되는 삶이었어요. 매 순간 죽고 싶었지만 살기 위해 발버둥 친 건, 이 지옥 같은 삶을 연명하는 게 죽은 동생들한테 속죄하는 방법이라고 생각했기 때문이에요. 그러다 이 저택에 왔고, 이곳에서 새로운 삶을 살면서 조금쯤은 행복을 바라도 되지 않을까 기대한 적도 있었어요. 하지만 전 여기서도 루카스 님과 다른 사람들을 희생시키고 살아남았어요."

루카스의 죽음을 외면하고 이자벨라에게 도움을 받았다. 그들을 뒤로한 채 떠나는 순간 난 이것이 잘못된 일이라는 걸 인지하고 있었다. 그리고 그들이 나를 위해 얼마나 위험한 선택을 했는지도. 알면서도 모른 척한 건 살고 싶어서였다. 못된 마음이었다.

"그런 제가 행복해지면 어떡해요? 사랑받으면 어떡해요. 전…… 못 하겠어요. 제가 그걸 바라면 저 때문에 희생된 사람들은…… 동생들, 제 동생들은 불쌍해서 어떡해요……."

루카스의 죽음은 이곳 사람들이 기억해 줄 것이다. 이자벨라의 생사 여부는 알 수 없지만, 그녀에게도 그녀를 소중히 생각해 주는 사람이 있지 않을까. 하지만 내 동생들의 죽음을 알아줄 사람은 나밖에 없었다. 나만이 동생들의 죽음을 알고 기억할 수 있었다.

"그러니까 죄송합니다. 주인님의 마음을 받아들일 수 없습니다."

난 양손을 모아 잡고 정중히 몸을 숙였다. 내가 며칠 동안 생각한 끝에 내린 대답은 그의 마음을 받아 줄 수 없다는 거였다. 이게 어쩌면 내 삶이 바뀔 마지막 기회일지도 모르겠지만 죄책감을 간직해야 하는 난 그걸 선택할 수 없었다. 그가 답답하다 비난해도 어쩔 수 없었다. 당장 떠나라고 한다면 떠날 마음도 있었다.

"내가 기다린 대답이 아니야."

"죄송합니다."

"폴라."

"죄송합니다. 정말 죄송해요."

난 같은 말만 반복했다. 떨리는 손은 움켜쥐어 숨겼다.

"그럼 넌. 네 삶은, 네 행복은. 영원히 동생들에 대한 죄책감을 내려놓을 수 없다면 넌 언제 행복해질 건데?"

"저는……."

그렇게 되면 난…… 영원히 행복해질 수 없겠지. 그래도 어쩔 수 없다고 생각한다. 그러자 바닥에 어른거리는 불빛이 조금 흐릿하게 보였다.

삶에 옳고 그름은 없다. 사람의 삶이란 타인과 살아가면서 이뤄지는 것이고, 그 속에서 내가 바라든 바라지 않든 또다시 누군가에게 상처 주겠지. 사랑을 한다는 건 타인과 살아가는 삶 속에서 당연히 생겨나는 감정일지도 모른다. 하지만 이와 별개로 난 여전히 그걸 받아들일 수 없었다. 삶의 옳고 그름을 판단할 수 없다면, 이런 내 삶도 나쁘다 말할 수 없는 게 아닐까.

"……저는 괜찮아요."

그러니까 괜찮다고 다독여 본다. 하지만 정말 난 괜찮은 건가?

그 순간, 빈센트가 성큼 다가와 내 양팔을 붙잡았다. 그에게 붙잡힌 팔이 아팠다. 눈가를 찡그리며 고개를 들자 빈센트는 굉장히 화가 난 얼굴을 하고 있었다. 저번과 달랐다. 그땐 자신의 마음을 외면당해 화가 난 것이었고, 이번엔…… 다른 이유 때문인 것 같았다.

"그것도 내가 바란 대답이 아니야."

"죄송합니다."

난 다시 그에게 사과했다. 빈센트는 내 사과를 받아들이지 않았다.

"넌 내가 루카스의 눈을 받을 걸 알면서도 모른 척했다는 얘기를 했을 때 이런 마음이었어? 내가 죄책감을 가진 채 행복을 포기하며 살길 원했어?"

"아니, 아니에요."

"그럼 내가 어떻게 살아가길 원했지?"

"그야, 루카스 님을 잊지 않고 살아가 주시길 원했어요. 죄책감을 가질 순 있지만, 자신이 잘못한 거라고 생각하지 않고 살아가시길……."

내 입에서 나온 말이 낯설게 들려왔다. 더듬더듬 내뱉던 말을 뚝 멈췄다. 난 멍하니 빈센트를 바라봤다. 그는 내가 못다 한 대답을 마저 듣겠다는 듯 입을 달싹였다.

"그럼 넌 죽은 동생들한테 어떻게 해 주고 싶었던 거지?"

"저, 저는…….'

난 동생들에게 어떻게 해 주고 싶었던 걸까?

동생들의 죽음을 보면서 어떻게 해 주고 싶었지? ……아, 그래. 사실 동생들에게 미안하다는 말을 해 주고 싶었다. 외면해서 미안하다고, 나 혼자 살아남아서 미안하다고. 동생들에게 용서를 빌고 싶었다. 무덤을 만들어 주고 도망치듯 떠나는 게 아니라, 무덤을 품에 보듬고 그 애들의 죽음을 슬퍼해 주고 싶었다.

"위로해 주고 싶었어요. 그래서…….'

내 동생, 불쌍한 내 동생들. 어떻게 해야 하나. 너무 안타깝고 불쌍해서 그 죽음을 어떻게 위로해 주어야 하나. 이젠 품에 안고 다독여 줄 수 없다는 게 너무도 괴로웠다. 그 괴로움마저도 마음속 깊숙이 새겨 넣고 싶었다.

"그, 래서…….'

그렇게 너희를 떠나보내고 싶었다.

눈앞이 흐려졌다. 작은 신음이 잇새로 짓뭉개져 나왔다. 난 떨리는 양손을 들어 입가를 틀어막았다.

동생들의 손을 붙잡고 있는 건 누구인가. 사실은 내가 아니었을까. 떠나려는 동생들을 붙잡고 매달린 건 나였던 게 아닐까.

눈물 한 방울이 기어코 뺨을 타고 흘러내렸다. 난 입가를 가리고 있던 양손으로 얼굴을 감싸 쥐었다. 손가락 틈새로 보이는 빈센트의 얼굴이 흐릿하게 일렁였다. 그 옆으로 둘째의 모습이 보였다. 눈물을 흘리며 날 보고 있는 얼굴이.

내가 어떻게 하고 싶었는지 이제 알았다. 난 죽은 동생들을 품에 안고 싶었다. 싸늘하게 식은 여린 몸을 품에 꼬옥 안고, 가슴속에 꽁꽁 싸매 두었던 감정을 톡 티트려서 하염없이 흘려 버리고 싶었다.

"으아악—!"

나는 그렇게 울고 싶었다.

미안해, 미안해. 멋대로 너희를 외면해 버려서 미안해.

도망가고 싶었지만 결코 죽은 동생들을 잊고 싶었던 건 아니었다. 동생들의 죽음을 슬퍼할 자격이 없다고 생각했다. 울면 안 된다고 생각했다. 울어 봤자 뭐가 달라진다고. 그렇다고 죽은 동생들이 살아 돌아오는 것도 아닌데. 눈물을 흘리는 건 내 마음 편하자고 하는 이기적인 행동 같았다.

하지만 생각해 보면, 나는 그렇게 동생들을 보냈어야 했던 게 아닐까. 내 잘 못을 받아들이며 사과하고, 동생들의 불쌍한 죽음을 슬퍼하며 그렇게 너희를 마음속에 묻어 두고 내 삶을 살아가야 했던 게 아닐까.

그러다 팽팽하게 조여 버겁기만 했던 삶이 조금은 즐겁고, 뒤돌아볼 여유가 생긴다면 때때로 너희를 떠올리며 기억해 주어야 하지 않았을까.

나는 처음으로 동생들을 떠올리며 어린애처럼 엉엉 울었다. 중심을 잃고 비틀거리는 몸을 단단한 팔이 지탱해 주었다. 내가 울고 있는 건지 비명을 지르고 있는 건지 스스로도 잘 모르겠다. 그저 마냥 울면서 미안하다고 용서를 구했다.

"으흐, 흑."

빈센트가 턱을 살며시 감싸며 내 얼굴을 들어 올렸다. 그러곤 다른 한 손으로 내 얼굴을 적신 눈물을 닦아 준다. 서툴고 투박한 손짓. 흐릿한 시야에 빈센트가 보였다. 눈물 콧물을 쏟아 추한 얼굴일 텐데도 그는 인상 한 번 찡그리지 않고 흘러내리는 눈물을 닦아 주었다.

"이러면 안 되잖아요."

눈물이 흘러도 죄책감은 씻기지 않는다. 내가 저지른 죄는 여전히 남아 있었다. 그래 놓고 내 멋대로 울며 용서를 바란다. 용서는 당사자만 해 줄 수 있는 건데, 날 용서해 줄 수 있는 사람들은 모두 죽고 없었다.

"이건 내 욕심을 채우는 거니까…… 이러는 건 이상해요."

"이상하지 않아."

"하지만……."

"난 네가 죽은 동생들을 외면했다고 생각하지 않아. 오히려 외면하지 않았기에 지금처럼 살았던 거겠지. 그런 너에게 당장 달라지라고 다그치고 싶은 마음은 없어. 다만, 네가 행복했으면 좋겠어."

"……."

"동생들의 죽음 때문에 힘들고 괴로울 때도 있겠지만, 그 죄책감을 잊을 순 없겠지만, 네 행복을 저버리지 않았으면 좋겠어. 네가 나한테 바랐던 것처럼 나도 네가 그렇게 살길 바라."

눈물로 흐릿했던 시야가 점차 선명해졌다. 그제야 빈센트의 얼굴이 제대로 보였다. 그의 눈가가 붉었다. 마치 울음을 참는 것처럼.

"다들 그렇게 살아가. 특별한 건 없어. 너도 나도 그저 그렇게 살아갈 뿐인 거지."

이상하지도 않고, 특별할 것도 없이 모두와 똑같이 살아갈 뿐. 날 옭아맨 죄책감이 때론 숨통을 조일 정도로 무겁게 느껴지지만 덤덤히 받아들이고 살아가는 것처럼, 당신도 그렇게 살아가고 있는 걸까.

정말 나쁜 사람. 당신은 날 멋대로 헤집어 놓고, 내가 외면한 진실을 끄집어내서 마주 보게 만든다. 여전히 내 마음 따윈 헤아리지도 않고 말이다. 하지만 지금 이 순간 그가 곁에 있어 주었기 때문에 혼자가 아니란 생각이 들었다. 아, 그렇기에 그도 나와 함께 살아가고 싶은 걸까.

"정말 절 사랑하세요?"

"그래."

"하지만 전 그 마음에 보답드릴 수 없어요."

사랑이란 건 상대를 믿고, 의지하고, 독점하고 싶어지는 감정이었다. 불 속으로 뛰어들면서도 그 고통마저 황홀하게 느끼는 감정. 난 그런 감정을 모른다. 당신이 바라는 올바른 감정을 난 줄 수 없었다.

"괜찮아. 넌 너대로 하면 돼."

"그래도 할 수 없다면요?"

"노력해 봐."

"제가 도망가 버리면요?"

"다시 잡아 와야지. 난 욕심쟁이라 도저히 널 놓아줄 수 없거든."

내 물음에 그는 가볍게 대꾸했으나 그 뜻은 절대 가볍지 않았다. 내겐 너무나 두려운 일을 그는 망설임 없이 부딪치려고 한다. 솔직한 마음을 숨김없이 보여 주려고 한다.

"왜 절 좋아하세요. 왜 저 같은 걸……."

스스로에게조차 자신이 없는 여자를 무엇 하러 좋아하는가. 쉬운 길이 아닌 걸 알면서도 고집을 부릴 만큼 가치가 있는가.

"눈이 보이는 삶이 눈이 보이지 않았던 삶과 다를 바 없어서. 여전히 한 치 앞도 보이지 않는 어둠 속을 걸어가는 것 같고, 당장 눈앞에 있는 것조차 보지 못한 채 제대로 가고 있는 건지 끊임없이 의심하게 되더군. 하지만 그런 삶도 네가 내 손을 잡아 준다면 조금은 행복하지 않을까 싶어."

그가 내 손을 움켜쥐었다. 붉게 물든 눈동자가 차분히 시선을 부딪치며 내 의사를 묻는다. 뿌리칠 것인가 말 것인가.

그는 정말 욕심쟁이가 맞았다. 애초부터 내 의사 따윈 중요하게 생각하지도 않으면서. 만약 내가 끝끝내 싫다고 거절하거나, 도망쳤다면 그는 다른 방법으로 날 곁에 둘 거라는 걸 알고 있는데, 내가 스스로 걸어와 주길 바라고 있다.

그 마음을 아는데도, 난 여전히 망설인다. 불안해하고, 이러면 안 된다는 생각에 빠져든다. 나는 행복한 삶을 살아갈 자신이 없었다. 죄책감을 한편에 간직해 둘 수 없었다. 빈센트는 괜찮다고 하지만, 이런 식으로 그를 받아들이는 건 이용하는 것과 다를 바 없다. 내가 감히 그를 이용할 자격이 있는가. 난 여전히 이렇게 자신 없는 사람인데.

"넌 남의 일엔 귀찮을 정도로 끼어들면서 왜 자신의 일엔 그렇게 자신 없이 구는 거야."

비난하는 말이 아니었다. 오히려 걱정이 묻어 있음을 잘 알고 있다. 난 그의 시선을 피하고, 손을 맞잡지도 못한 채 손가락을 꼼지락댔다.

"알겠어."

그 말에 움찔 떨었다. 맞잡은 손이 떨어져 나갔다. 빈손이 서늘하게 느껴졌다. 눈앞이 다시 뿌옇게 변했다. 눈꺼풀을 껌뻑이자, 눈 속에 고여 있던 눈물

한 방울이 툭 흘러내렸다.

"대신 널 위로해 줄 수 있게 해 줘."

고개를 들자, 빈센트의 얼굴이 잘 보이지 않았다. 그가 다시 내 뺨에 흘러내리는 눈물을 닦아 주었다.

"하지만 너처럼 다정한 위로는 못 해."

눈물을 닦아 주던 손이 미끄러지듯 내려와 목덜미를 더듬었다. 얇은 잠옷을 살짝 들추어 오는 손길이 노골적인 의도를 담는다.

이러면 안 되는데, 안 된다고 하면서도…… 흔들리고 만다. 동생들을 떠올렸기 때문일지도 모른다. 어쩌면 울어서였을지도. 단단히 만들어 두었던 마음의 벽이 허물어지고, 그 틈새로 새어 나오는 걸 움켜잡은 그가 내게 달콤한 제안을 건넨다. 마치 지금은 네 욕심을 채워도 된다고 허락해 주는 것 같아서 생소한 감정이 생겨났다.

한 번쯤은 나도 위로받고 싶다. 마음껏 어리광 부리고 싶다. 딱 한 번, 내 욕심껏 선택해 봐도 되지 않을까. 먼 훗날 후회한다고 해도, 지금 이 순간만큼은 날 위해서.

"위로해 주세요."

그의 손이 멈칫했다. 난 양손을 모아 그의 손을 힘껏 맞잡았다

"위로해 주세요……."

혹여 그가 듣지 못했을까 봐 다시 말했다. 하지만 그럴 필요는 없었다. 잠옷을 들추던 손이 귀 뒤로 넘어갔다. 얼굴이 들어 올려지고 뜨거운 체온이 입술에 맞닿았다. 촉촉하게 젖은 입술을 핥고 들어오는 그를 나는 기껍게 반겼다.

온몸이 화끈거렸다. 간질거리기도 했다. 자꾸 움츠러드는 몸을 커다란 손이 막았다. 맞닿은 입술에서 질척한 소리가 흘러나오자 부끄러웠다. 이러지 말아 달라고 하고 싶으면서도, 더 만져 주었으면 좋겠다는 상반된 감정이 마구 뒤섞여 혼란스러웠다.

"힘들어?"

손으로 내 젖은 머리를 쓸어 넘겨 주던 빈센트가 나직하게 속삭였다. 뺨에 닿았다 떨어지는 감촉에 이제 조금 익숙해졌다. 난 멍하니 눈을 껌뻑였다.

"아니요."

대답과 달리 목소리가 물에 잠긴 것처럼 탁했다. 뺨에 닿은 입술에서 나직한 웃음소리가 흘렀다. 내 거짓말이 들통난 거다. 하지만 난 정말 괜찮았다. 목에 달라붙어 있는 그의 손을 가져와 반대편 뺨에 대고 문질렀다. 그런 날 지그시 바라보던 빈센트가 돌연 귓불을 깨물었다. 아릿한 통증과 함께 작은 흐느낌을 흘렸다.

물기가 찬 두 눈이 무거워 눈꺼풀을 연신 껌뻑였다. 그때마다 빈센트는 내 얼굴을 뚫어져라 바라보았다. 그 시선이 진득하다 느껴질 정도였다.

"왜 그렇게 보세요."

"불안해서."

그가 무엇을 불안해하는지 알았다. 이 하룻밤으로 인해 모든 게 달라질 수는 없다. 하물며 난 그의 마음에 작은 부응조차 해 주지 못했다.

매번 내게 도망가지 말라고 말하던 빈센트가 떠오른다. 내가 없어지면 그는 항상 나를 찾아다녔다. 크게 내색하지 않았지만 그 나름의 불안함이 있겠지. 그게 날 향해 있다는 게 웃기면서도, 마냥 농담으로 넘길 수 없음을 이제는 잘 알고 있었다.

그런 당신을 위해 내가 뭘 해 줄 수 있을까. 잠시 고민하다 난 그의 얼굴을 더듬었다. 언젠가 그가 내게 했던 것처럼 그의 이목구비 하나하나를 손끝에 새겼다. 그의 이마를 타고 흐르는 땀방울이 내 손을 적셨다.

"제가 다른 건 말씀드릴 순 없지만, 이것만은 약속할게요."

이것만으로 안심이 될지 모르겠지만, 지금 내가 말할 수 있는 전부였다.

"아무 말 없이 떠나지 않을게요."

적어도 더 이상 도망치고 싶지 않았다. 이게 내가 지금 줄 수 있는 전부. 난 다짐하듯 내 진심을 그에게 건넸다. 내 말을 들은 빈센트는 놀란 듯하더니 이내 눈을 휘었다.

"좋아. 지금은 그거면 됐어."

이제껏 그가 내보인 마음에 비하면 별것 아닌 답이었다. 그럼에도 그는 그것만으로 좋다는 듯 기쁘게 웃었다. 그 얼굴을 보자 마음이 저릿했다.

한번 마음을 풀어내자 망설임이 조금은 사라졌다. 나는 그의 품에서 마음껏 울고 위로받았다. 저번에 그가 내게 했던 것처럼 어리광도 부렸다. 한없이 풀어진 내가 귀찮을 법한데도 그는 다정하게 날 받아 주었다. 다정한 위로는 못 해 준다고 해 놓고, 그는 너무도 다정히 날 보듬었다. 그러면서 내가 불편해하지 않도록 자신의 욕심 때문에 매달리는 것이라며 속삭여 주기도 했다.

창밖에서 들려오는 새의 지저귐 소리에 정신을 차렸다. 아침 햇살이 눈부셨다. 난 눈을 껌뻑이며 아직 좀 멍한 정신을 추스르려고 노력했다. 밤새 울어서 그런지 눈이 퉁퉁 부어 아팠다. 그러다 고개를 살짝 들었을 때, 답답하게 달라붙어 있는 남자가 눈에 들어왔다.

무슨 꿈을 꾸는지 빈센트의 미간이 잔뜩 구겨져 있었다. 난 몸을 비틀어 겨우 빼낸 손으로 그의 구겨진 미간을 살살 문질렀다. 그러자 살며시 풀어지는 얼굴을 멀뚱히 구경했다. 내 시선을 느낀 탓일까, 잠에서 깨어난 빈센트가 여전히 눈을 감은 채 몸을 웅크리며 내 어깨에 얼굴을 비볐다. 내 시선은 자연스럽게 탁상시계로 향했다.

"좀 더 자……."

"벌써 아침이에요. 일어나세요."

이와 비슷한 대화를 저번에도 했던 거 같은데. 그때와는 달리 좀 낯간지러운 느낌이 들었다. 괜히 눈동자를 이리저리 굴리다가 뺨을 콕콕 찌르는 머리칼을 쓸어내렸다. 그러자 내 손길에 반응하듯 그가 날 더 꽈악 껴안아 버린다.

"늦게 잤잖아. 더 자."

"더 자면 저 잘려요."

"누구 감히 널 잘라."

아, 그렇지.

"저 혼나요."

"혼내는 사람 있으면 나한테 말해."

나한테 뭐라 하는 사람이 있다고 하면 내 손을 잡고 따지러 갈 기세였다.

몸이 무겁긴 했다. 어디가 아픈지 모를 정도로 지끈거렸다. 이대로 잠들면 정말 좋겠는데. 달콤한 제안에 끙 앓으며 잠시 갈등했지만 곧 마음을 추스르고 그의 어깨를 흔들었다.

"일어나세요. 얼른요."

"으음……."

싫다는 듯 내 어깨에 얼굴을 비비적대던 빈센트가 깊은 한숨을 흘리며 몸을 일으켰다. 시트가 확 들춰지자 그 속에 가려져 있던 몸이 눈앞에 드러났다. 난 화들짝 놀라며 몸을 옆으로 굴렸다. 벽 쪽에 누워 있어서 다행이지, 아니었으면 침대 밖으로 떨어졌을 거다.

"뭐 해?"

"벽이 참 예쁘다는 생각이 들어서요."

하품 섞인 물음에 머쓱해진 난, 시트를 뒤집어쓴 몸을 일으키며 아무 말이나 지껄였다. 뭔가 굉장한 헛소리인 것 같지만, 예의상 벽 쪽에 시선을 꽂아 두었다. 침대 끝이 출렁이더니 곧 빈센트가 침대 밖으로 나가는 기척이 느껴졌다. 그때까지 난 벽만 뚫어져라 노려보고 있었다.

그러다 마음이 좀 진정되자 손을 뒤로 뻗어 침대 주변을 더듬었다. 옷이 어디 있더라……. 근처에 벗어 두었던 거 같은데 어쩐지 손에 잡히는 게 없었다.

고개를 돌려 침대 주변을 살펴보았지만 아무리 찾아도 내 옷이 보이지 않았다. 바닥에 떨어졌나 싶어 침대 밖으로 고개를 돌리는데, 갑자기 침대가 흔들리더니 빈센트가 등 뒤에서 날 확 껴안았다. 깜짝이야.

"졸려."

"저도 졸려요."

"그냥 좀 더 자다 갈까?"

"안 돼요."

"쓸데없이 성실하긴."

뭐라는 거야. 그 헛소리는 무시하기로 했다.

옷을 찾기 위해 빈센트의 품에서 벗어나려는데, 그보다 먼저 빈센트가 내 얼굴을 잡고 돌렸다. 코가 맞닿을 정도로 가까운 거리에 있는 얼굴을 보고 멈칫했지만 곧 긴장을 풀었다. 아침 햇살 탓일까. 어쩐지 밝은 얼굴의 빈센트가 내 안색을 찬찬히 살폈다.

"힘들지 않아?"

"아…… 아니요. 괜찮아요."

"눈은 안 괜찮아 보이는데."

퉁퉁 부은 눈에 그의 시선이 닿자 머쓱한 기분이 들었다. 앞머리로 눈가를 가리고 고개를 젓자 빈센트가 픽 웃었다. 큼지막한 손이 내 얼굴을 가리는 앞머리를 귀 뒤로 쓸어 넘겼다. 그 조심스러워하는 손길에 괜히 부끄러워졌다. 난 그의 시선을 피해 눈을 이리저리 굴리다 몸을 뒤로 뺐다.

"이만 나갈 준비를 해야 할 거 같아요."

그러면서 다시 옷을 찾기 위해 바닥을 두리번대자 침대가 삐걱 움직였다. 고개를 돌리자 빈센트가 바닥에 널브러져 있던 내 옷을 주워 드는 게 보였다. 은은하게 퍼져 든 햇빛이 그를 비추고 있었다. 난 바지만 걸친 반나체 상태의 그를 멍하니 쭉 훑어 내렸다.

내 시선을 느낀 빈센트가 의아한 표정을 지었다.

"왜?"

"예전보다 많이…… 건강해지셨네요."

5년 전과 비교해 본다면, 살도 적당히 붙고 체격도 건장해진 게 아주 건강해 보였다. 난 거듭 그의 몸을 위아래로 훑었다. 그런 날 지켜보던 빈센트가 입꼬리를 늘어뜨리며 손에 든 옷가지를 흔들었다.

"새삼스럽긴. 밤새 봤잖아."

"자, 자, 자세하게는 못 봤습니다. 어둡기도 했고……."

여기저기 놓인 램프의 불빛이 비치긴 했지만 그렇다고 방 안을 완전히 밝히기엔 어려움이 있었다. 게다가 서로의 몸을 세세히 살펴볼 만큼 여유가 있던 것도 아니었고.

"그럼 다음엔 밝은 데서 하면 되겠군."

"그…… 어……."

당연스럽게 '다음'이 나온 것도 놀랍지만, 저 말엔 어떤 대답을 해야 할지 알 수 없었다. 당황하는 날 보던 빈센트가 잠시 고민하는 듯하더니 고개를 살짝 기울였다.

"아니면 지금 다시 할까?"

"어……."

이번에도 대답을 바로 꺼내 놓지 못했다. 머릿속으로 그의 말을 곰곰이 곱씹는데, 빈센트가 손에 들고 있던 옷가지를 떨어뜨리고 다시 침대 위로 올라왔다. 난 시트를 머리 위까지 뒤집어쓰고 얼굴만 드러낸 채 뒤로 슬금슬금 물러났다. 곧 등이 벽에 닿았다.

몸을 웅크려 경계하자, 빈센트가 내 얼굴 옆쪽 벽을 손으로 짚고 거리를 좁혔다. 눈앞이 핑글핑글 돌아갔다. 으, 어, 저, 갈 길을 잃은 목소리가 툭툭 끊겨 나왔다. 도망치지도 못하고 경직되어 있던 내게 얼굴을 가까이 하던 빈센트가 돌연 고개를 푹 숙였다.

"큭."

팔이 부들부들 떨리고 있다. 그제야 그가 날 놀리고 있다는 걸 깨달았다. 난 싸늘하게 식은 얼굴로 그를 내려다보았다. 그런 날 알아채지 못한 빈센트가 결국 웃음을 터트렸다. 그 웃음소리를 듣는 내 얼굴은 분명 시뻘겋게 달아올랐으리라.

난 그의 등을 퍽퍽 쳤다.

"웃지 마세요! 웃지 마시라고요!"

"아, 알겠어. 알겠어."

내 손을 피해 빈센트가 몸을 돌렸지만 웃음을 멈추지는 않았다. 난 그를 노려보며 얼굴의 열기를 가라앉히려 노력했다. 기분 좋은 웃음을 한바탕 터트린 빈센트가 다시 내게 다가왔다. 이번엔 물러서지 않고 노려봐 주자, 빈센트가 그런 내 얼굴을 붙잡더니 가볍게 입술을 부딪쳤다.

"화내지 마."

그러곤 내 몸을 뒤로 넘어뜨렸다.

옷을 입고 나와 눈부신 햇살을 응시했다. 아침 햇살이 꽤 따뜻하다. 여기저기 쑤시는 몸을 두드리는데 헝클어진 머리가 거치적거렸다. 머리를 손으로 대충 빗고 하나로 묶으려는데 등 뒤로 빈센트가 다가왔다.

"묶어 줄까?"

물음이 무색하게도 이미 손으로 머리카락을 만지작거리고 있다. 묶어 주고 싶었나? 난 순순히 머리 끈을 그에게 건네주었다.

빈센트가 내 머리를 조심스럽게 쥐더니 손끝으로 쓸어내렸다. 그의 손이 머릿속을 파고들어 오자 괜히 목이 움츠러들었다. 내 머리는 꼬불거리고 윤기가 별로 없어서 푸석하다 보니 깔끔하게 묶는 건 어려울 거다. 그 생각대로 빈센트는 내 머리를 묶기 위해 고군분투하고 있었다.

"숲속 저택엔 같이 안 가셔도 돼요."

그 말에 머리를 묶던 손이 멈칫하는 게 느껴졌지만, 곧 다시 움직이기 시작했다. 하지만 이렇다 할 답이 없다. 대신 머리카락을 잡아당기는 손힘이 좀 더 세져 아픔이 느껴질 뿐.

그가 머리를 다 묶자 손으로 더듬어 만져 보았다. 머리카락을 바짝 조인 것과 달리 매듭이 좀 헐렁했다. 곧 풀어지겠는데. 심심찮은 평가를 내리고 몸을 돌리자 빈센트가 뻐딱한 얼굴을 하고 있었다. 난 손을 내리고 그를 멀뚱히 바라봤다.

"지금 불만스러우신 거죠?"

"그래."

그래도 어쩔 수 없다. 난 그의 좁혀진 미간을 살살 문질렀다. 빈센트가 깊은 한숨을 터트리며 그런 내 손을 붙잡아 내렸다. 대신 익숙하게 내 앞머리를 쓸어 넘겼다. 아침 햇살이 그를 눈부시게 비추었다.

"저택 앞까진 데려다줄게."

"그건……."

"그건 양보 못 해."

단호한 말에 하는 수 없이 그와 함께 숲속으로 들어갔다. 한밤중에 홀로 이 길을 걸어 내려왔던 것과 달리 이번엔 혼자가 아니었다. 달라진 건 그것뿐인데, 이상했다. 그와 내 관계가 변한 것도 아니었고, 여전히 해결되지 않은 문제가 머릿속에 떠돌고 있는데, 맞잡은 손이 뜨끈해서 기분 좋았고, 주변을 떠도는 맑은 공기에 묘한 여유가 담겨 있었다.

올 땐 길었던 거 같은데 가는 길은 짧게 느껴졌다. 어느새 그와 난 숲속 입구에 다다라 있었다. 수풀 사이로 보이는 저택을 눈에 담았다.

"이제 가세요."

여기까지면 눈에 띄진 않을 것이다. 난 계속 같이 가려는 그의 등을 꾹꾹 밀었다. 아쉬움이 가득한 얼굴로 빈센트가 몸을 돌리려던 때, 멀리서 누군가 다급히 다가오는 게 보였다. 오드리였다.

"백작님!"

그녀가 빈센트를 부르며 정확히 이쪽으로 달려왔다. 그와 같이 있던 걸 들켰을까 봐 당황해 하고 있는데, 오드리는 그런 내게 시선조차 주지 않은 채 빈센트 앞에 멈춰 서서 숨을 골랐다. 어쩐지 그녀는 아침부터 흐트러진 차림새였다.

"지금 빨리 저택으로 가 보셔야 할 것 같습니다!"

한밤중에 두 번째 살인 사건이 터졌다. 이번에 죽은 사람은 요리를 담당하던 남자 사용인이었다. 상황은 첫 번째 사건과 동일했다. 남자는 한밤중에 방을 빠져나왔다가 변을 당한 듯했고, 목격자는 없었다. 아침 준비를 하려고 나왔던 하녀가 복도에서 죽은 남자를 발견한 것이었다.

같은 방에서 지내던 다른 사용인의 말에 의하면 남자가 오늘 선보일 음식이 걱정되어 잠시 부엌에 내려갔다 오겠다고 한 뒤 방을 빠져나간 게 그가 본 마지막 모습이었다고 한다.

오드리와 함께 빈센트도 사건 현장으로 향했다. 미리 도착해 있던 조엘리가 인상을 쓰며 빈센트에게 뭐라 말하는 게 보였다. 오드리는 모여 있는 사용인들에게 각자의 자리로 돌아가 할 일을 하라고 명했다. 하지만 사람들은 쉽사리 자리를 떠나지 못했다.

"또 이게 무슨 일이야!"

"무서워 죽겠어! 이러다 우리도 큰일 나는 거 아니야?"

수군거림이 점차 거세졌다. 두 번이나 살인 사건이 벌어지자, 사용인들의 마음속에 내재되어 있던 불안감이 불을 지핀 듯 걷잡을 수 없이 퍼져 나갔다. 그런 사람들 틈새로 난 빈센트를 살폈다. 그는 천에 덮인 형체를 보며 생각에 잠긴 듯 미동이 없었다.

오드리의 닦달에 사용인들은 애써 발걸음을 돌렸다. 나도 일단 방으로 돌아가서 잠옷을 벗었다. 단추가 잘 채워지지 않아 신경질적으로 옷을 갈아입은 후 빠르게 복도로 돌아갔다. 그런데 빈센트가 보이지 않았다. 주변을 둘러보니 저 멀리 걸어가는 빈센트가 보였다. 난 다급히 달려가 그를 붙잡았다.

"괜찮은 거죠?"

누군가 갑자기 자신을 붙잡자 놀란 빈센트는 날 알아보고 웃었다.

"잠깐 사이 눈이 더 부었는데."

"다른 말씀 마시고요. 역시 큰일일까요?"

벌써 두 번째다. 나도 다른 사람들처럼 불안함을 숨길 수 없었다. 그런 나를 바라보던 빈센트가 손을 뻗어 내 옷깃 쪽을 더듬었다. 살펴보니 단추가 중간에 잘못 끼워져 있었다.

그 단추를 바로 끼워 주면서 빈센트가 웃는 얼굴로 속삭였다.

"괜찮아."

마치 날 달래 주듯이.

하지만 마음이 놓이지 않았다. 그러자 날 보던 빈센트가 바지 주머니를 뒤적여 뭔가를 꺼내더니 내 손바닥에 올려 주었다. 지난번에 받았던 사탕이다.

"이거 먹고 얌전히 기다리고 있어."

내 부은 눈가를 한 번 쓸어내린 빈센트가 멀어졌다. 난 손안에 든 사탕을 만지작댔다. 정말 괜찮은 걸까? 하지만 괜찮지 않다고 해도 내가 할 수 있는 일은 없었다. 그저 이 문제가 더 커지지 않길 바랄 뿐.

그리고 내가 신경 써야 할 일은 따로 있었다.

며칠이 흐르고, 평소와 다름없는 일과를 보내고 있는데 한 하녀가 날 불렀다. 유모에게 허락을 얻고 따라간 방 안에는 다른 사용인들과 그들의 한가운데 앉은 오드리가 있었다.

"지난번 밤중에 어딜 다녀온 거죠?"

"그게……."

하필 두 번째 살인이 터진 날이 내가 빈센트를 만나러 간 날이었다. 방 안에 있는 사람들의 날카로운 시선을 한 몸에 받고 나서야, 그날 밤 유일하게 방 안에 없었던 사람이 나라는 걸 깨달았다. 하지만 난 그날 내 일에 정신이 팔려 아무것도 보지 못했다. 그렇다고 빈센트와 같이 있었다고도 말할 수 없었다. 여러모로 상황이 좋지 못했다.

대답을 머뭇거리자, 오드리가 되물었다.

"왜 밖으로 나갔는지 물었습니다."

"잠깐 바람을 좀 쐬려고 나갔습니다. 죄송합니다."

"누굴 보거나 하진 않았나요?"

"네, 아무도 보지 못했습니다."

한밤중에 방을 나가선 안 된다고 했으니 이미 처벌이 내려질 일이었다. 난 눈을 내리깔았다. 오드리는 내가 빈센트와 같이 있는 걸 봤으리라. 단순히 가는 길이 같았다고 하기엔 너무 이른 아침이었고 우리 둘 다 가벼운 차림새였다. 그 부분을 이상하게 여겼을 것 같은데, 오드리는 그에 대해선 묻지 않고 그날 이상한 점이 없었는지 같은 질문만 할 뿐이었다.

짧은 심문이 끝나고 방을 나갔다. 얼떨떨한 기분이 들었다. 빈센트와의 일을 꺼내 놓지 않은 게 이상했지만, 어쩌면 빈센트가 먼저 조치를 취했을지도 모른다는 생각이 들었다. 한밤중에 몰래 밖으로 나간 것에 대한 처벌도 없는 듯했다.

고개를 들자, 방 앞에서 서성이던 사람들이 내 시선을 피하며 다른 곳을 보는 척하는 게 보였다. 아마 내가 두 번째 살인이 터진 날 밤 밖에 있었다는 이야기가 돈 모양이다. 호기심을 품고 흘끗거리는 시선을 애써 무시했으나, 상황은 점차 안 좋아졌다.

무슨 소문이 퍼진 것인지 날 향한 수군거림은 점점 더 심해졌고, 걸을 때마다 등 뒤로 시선이 따라붙었다. 원체 나에 대한 소문이 안 좋았으니 괴상하게 변질되었을 수도 있었다. 무시하려고 했으나 하나같이 날 쳐다보니 그마저도 쉽지 않았다.

"괜찮은 거죠?"

단둘이 있을 때 유모가 내게 걱정이 담긴 말을 건넸다. 이상한 소문에 휘둘리지 않은 그녀가 고마웠다.

하지만 불안한 상황은 쉽사리 가라앉지 않았다. 결국 일이 터졌다.

로버트의 점심 식사 시중을 끝내고 빈 그릇을 반납하고 오던 길이었다. 세 명의 하녀가 다가오더니 다짜고짜 날 붙잡고 밖으로 끌고 나갔다. 그곳엔 하녀들이 여러 명 더 있었다. 날 벽으로 몰아붙인 그녀들이 주변을 둥글게 둘러쌌다.

가장 앞에 서 있던 하녀가 물었다.

"당신, 애런 씨와 그렇고 그런 사이였다며?"

애런이 누구지? 난 의아해하며 앞에 선 하녀를 바라봤다. 내 표정을 읽은 하녀가 코웃음을 치며 설명했다.

"며칠 전에 죽은 남자 말이야. 이 저택의 요리 보조!"

아, 난 짧게 탄식했다. 죽은 남자의 이름이 애런이었구나.

성격이 순하고 인사성이 밝았던 걸로 기억한다. 요리 보조답게 남자의 양손은 언제나 상처투성이였고 자주 혼나기 일쑤였지만, 자신이 만든 요리 맛이 어떠냐고 매번 내게 물어볼 만큼 열정이 많은 사람이었다. 그런 남자가 살해당했다는 소식을 들었을 때 놀랍고 안타까웠었는데.

"당신이 매일 애런 씨와 같이 있는 모습을 봤다는 사람이 있어."

난 헛웃음을 흘렸다. 내가 매일 그를 만난 건 로버트의 식사를 챙겨야 했기 때문이었다. 간혹 복도를 걷다 만나도 가벼운 인사를 주고받거나 식사 메뉴에 대한 얘기를 짧게 나눈 것밖에 없었다. 그제야 난 그들이 무슨 오해를 했는지 깨달았다.

너무 황당해서 말을 잇지 못하자, 그들은 내가 찔려서 반응하지 못한다고 생각했는지 비웃음을 보내왔다.

"내가 저럴 줄 알았어. 아무 말도 못 하는 것 봐."

"저 얼굴에 분수를 알아야지."

"내가 저런 얼굴이면 창피해서 일도 못 다녔을 거야."

가시를 품은 수군거림이 들려왔다. 난 뭐라 해명해야 할지 몰라 다른 의미로 당황하며 그들을 훑었다. 그러다 가장 뒤쪽에 서 있는 낯익은 사람이 눈에 들어왔다. 앨리샤였다. 한 하녀가 앨리샤의 귓가에 뭔가를 속삭였고, 앨리샤는 눈물을 흘리며 날 흘끗거리고 있었다.

상처받은 얼굴, 마치 사랑하는 연인을 빼앗긴 사람처럼.

"당신, 주인님한테도 마음이 있다며? 마음을 받아 달라고 쫓아다녔다던데."

그 말에 여기저기에서 다시 비웃음이 터져 나왔다. 난 양손을 꽉 쥐었다. 소문을 이상하게 부풀린 주동자, 얼굴도 잘 모르는 사람들이 내게 이러는 이유. 이들은 단순히 요리 보조를 하던 남자의 죽음을 추궁하고자 모인 게 아님을 깨달았다.

가장 앞에 나와 있던 하녀가 굳은 내 어깨를 툭 밀쳤다.

"주제를 알아야지!"

갑작스런 힘에 난 엉덩방아를 찧으며 넘어졌다. 아팠지만 내색하지 않고 그녀를 노려봤다. 그런 내 태도를 지켜보던 여자가 헛웃음을 흘렸다. 하지만 내가 노려보고 싶은 건 그녀가 아니었다.

난 사람들 틈새에 있는 앨리샤를 바라봤다. 눈에선 여전히 눈물방울이 흘러내렸으나, 손으로 살짝 가려진 입은 웃고 있었다.

넌 이런 식으로 날 깎아내리고 싶은 건가. 더 이상 화도 나지 않았다. 사람들의 오해를 어떻게 해명해야 할지가 아닌, 앞으로 어떻게 해야 할지부터 생각하게 되었다.

내가 말이 없자 다른 하녀가 날 툭툭 찼다. 그래도 내가 말이 없자 무시한다고 생각했는지, 내 머리를 잡아당기며 다른 한 손을 들어 올렸다. 저 손이 날아온다면 나도 지지 않고 대갚음해 주려는데, 날카로운 목소리가 끼어들었다.

"이게 뭐 하는 짓이지."

뒤돌아본 사람들의 얼굴이 당혹감으로 물들었다. 내 머리를 잡고 있던 여자도 고개를 돌리다가 놀라 멈칫한다. 나도 그쪽으로 시선을 주었다. 사람들이 뒤로 주춤거리며 갈라진 틈새로 표정을 굳힌 오드리와 그 옆에 서 있는 빈센트가 보였다. 그의 시선은 바닥에 주저앉은 내게 꽂혀 있었다.

여러 명이 한 사람을 둘러싸고 있는, 누가 봐도 좋지 않은 상황이었다. 전혀 예상치 못한 상대의 등장에 다들 당황하며 말을 꺼내지 못하고 있는 사이, 빈센트가 갈라진 틈새로 성큼 들어왔다. 그리고 여전히 주저앉아 있는 내게 다가와 허리를 굽히고 손을 내밀었다.

난 그 손을 맞잡을 수 없었다. 이런 모습을 보여 주고 싶지 않았는데. 사람들의 시선 때문이 아니라, 그에게 이런 형편없는 모습을 보여 주고 싶지 않았다. 부끄럽고 비참한 기분이 든다. 시선을 피하자, 그가 내 손을 강하게 붙잡고 몸을 일으켜 주었다.

주변 사람들의 어리둥절한 시선들이 느껴졌다. 고개를 들자, 빈센트는 화를 억누르는 듯한 얼굴이었다. 그가 고개를 돌려 어딘가를 바라보았다. 그 끝에 앨리샤가 있었다. 앨리샤는 불안한 얼굴로 나와 빈센트를 번갈아 살펴보고 있었다.

언제부터 있었던 걸까, 그도 이 상황이 어떻게 돌아가는지 알아챈 것일까. 굳은 얼굴을 보자 난 그의 인내심에 한계가 왔음을 깨달았다.

그가 다시 날 바라봤다. 난 초조하게 그와 시선을 마주하며 고개를 살짝 저었다. 하지만 빈센트는 단호했다.

'더 이상은 안 돼.'

그의 얼굴이 그리 말하고 있었다.

빈센트의 입술이 천천히 벌어졌다. 난 눈을 질끈 감았다.

그때, 정적을 깨고 갑자기 비명 소리가 터져 나왔다.

"어!"

하녀 한 명이 놀라며 어딘가를 가리켰다. 그녀가 가리킨 방향으로 고개를 돌리자, 숲속에서 시커먼 뭔가가 솟구쳐 나왔다. 숲속을 빠져나온 차 한 대가 방향을 잃은 듯 비틀거리더니 정확히 이쪽을 향해 달려왔다.

끼기긱— 사나운 소음이 두려움을 치솟게 만들었다. 어, 어! 또 다른 비명이 울렸다. 그러나 차는 멈추지 않았다. 무섭게 달려오는 차를 피해 사람들이 양옆으로 빠르게 흩어졌다. 나도 놀라 빈센트를 밀쳐 냈으나, 그는 날 끌어안고 뒤로 넘어졌다. 한 바퀴 빙글 돈 차가 끼이익 기분 나쁜 소리를 내며 멈춰 섰다.

먼지바람이 작게 피어올랐다. 갑자기 벌어진 상황에 사람들은 놀란 마음을 추스르며 하나같이 황당한 얼굴로 차를 바라봤다. 난 서둘러 날 끌어안고 넘어진 빈센트의 상태를 살폈다.

"괜찮으세요?"

"넌?"

"전 괜찮아요."

빈센트가 날 살펴보더니 내 팔을 잡고 몸을 일으켰다. 그를 따라 일어나며 난 뒤를 돌아봤다. 차는 한 대 더 있었다. 또 다른 차 한 대가 숲속을 빠져나오더니, 먼지바람을 일으키며 멈춘 차와 얼마 떨어지지 않는 거리에 멈춰 섰다.

차 문이 열리고 다급하게 나온 사람은 에단이었다. 에단이 왜 저기에 있지? 그런 생각보다 먼저 난 에단의 상태를 살폈다. 전에 봤던 것과 다름없는 모습. 불안한 말을 남기고 떠나 걱정했는데, 큰일을 겪은 듯해 보이지 않아 다행이란 생각이 들었다.

먼지바람으로 뒤덮인 차를 본 에단이 한 손으로 얼굴을 짚는다. 언뜻 한숨을 흘리는 것 같기도 하다. 마치 골치 아픈 일이 터졌다는 양.

그와 동시에 먼지바람 속에 있었던 차 문이 벌컥 열렸다. 가장 먼저 고급스런 구두를 신은 다리 하나가 튀어나왔다. 이어서 너풀거리는 치맛자락을 잡고 내려온 사람이 헝클어진 머리카락을 쓸어 넘긴다. 윤기가 흐르는 금빛 머리카락이 가슴께에서 출렁거렸다. 여전히 아름다운 보랏빛 눈동자가 주변을 둘러본다.

5년 전보다 좀 더 성숙해진 여자가 눈에 들어왔다.

바이올렛……?

난 놀라 눈을 크게 떴다. 그러다 빈센트를 돌아보자, 그도 예상치 못했는지 에단을 보던 시선을 돌려 바이올렛을 바라보고 있었다.

"길이 왜 저렇담. 짜증 나게."

바이올렛이 주름진 치마를 털어 내며 투덜거렸다. 곧 운전석 문이 열리고 한 남자가 기다시피 밖으로 나왔다. 입가를 가리고 헛구역질을 하는 남자에게 바이올렛이 괜찮냐고 묻자, 남자는 괜찮다 말하면서도 전혀 괜찮지 않은 얼굴로 근처 어딘가를 향해 뛰어갔다. 작게 토악질 하는 소리가 들려왔다.

"바이올렛! 이게 뭐 하는 거야! 위험하잖아!"

에단이 바이올렛에게 다가가며 소리쳤다. 화를 내는 걸 보니 그는 진짜 놀란 모양이다. 하지만 바이올렛은 대수롭지 않은 얼굴로 머리에 달라붙은 먼지를 툭툭 털었다.

"길이 안 좋은 걸 왜 내 탓을 해. 이따위 곳에 있는 저택이 문제인 거지."

"아무리 그렇다고 해도 뒤에서 운전대를 막 잡으면 어떻게?"

"잘 왔으면 됐지, 뭐."

에단은 굉장히 하고 싶은 말이 많아 보였지만 바이올렛이 뻔뻔하게 구는 통에 말문이 막힌 듯했다. 입을 벙긋거리는 그를 무시한 채 바이올렛이 어깨를 마저 털며 다시 주변을 두리번거렸다. 정신을 차린 빈센트가 그녀에게 다가갔다.

"바이올렛."

바이올렛이 빈센트를 흘긋 보았다.

"오랜만이네."

어쩐지 뚱한 얼굴이었다. 귀찮아하는 것 같기도 하고. 과거의 그녀를 생각한다면 이상한 반응이었다. 하지만 빈센트는 익숙하다는 듯 말을 이었다.

"연락도 없이 여긴 어떻게 온 거야."

"내 아들 만나러 왔는데. 그나저나 길을 왜 그따위로 만들어 놨니? 오다가 한참 헤맸잖아. 감히 내 아들을 이런 구석에 처박아 둬?"

"……숲속에 있는 저택이라고 했을 텐데."

"이런 구석진 곳인지 몰랐지. 이게 뭐니. 누가 뒈져 나가도 이상하지 않겠어."

거친 언사에 빈센트가 잠시 말을 멈추었다. 난 입을 떡 벌리고 귀를 의심했다. 5년 전 곱고 예뻤던 바이올렛의 입에서 나올 수 있는 말들이 아니었다. 내 기억 속 바이올렛은 수줍게 웃으며 다정한 말을 건네던 착한 아가씨였는데. 어쩐지 그 모습이 산산조각이 나는 기분이 들었다. 에단이 다시 한숨을 쉬며 '제발 입 좀……' 이라고 읊조리는 소리가 들려왔다.

"그래서 로버트를 만나러 이렇게 찾아왔다는 건가?"

"그럼 설마 널 보러 왔겠어?"

"……."

"내 아들은 어디 있어?"

그녀의 물음에 빈센트도 한숨을 내쉬며 더 이상을 말을 잇지 않고 얌전히 저택을 가리켰다. 때마침 토악질을 끝낸 운전기사가 뭉그적거리며 걸어왔다. 기사에게 짐을 내려놓으라고 지시한 뒤 저택으로 걸음을 내디디려던 바이올렛의 시선이 돌연 이쪽에 닿았다. 사람들이 옹기종기 모여 있으니 아무래도 이상하게 보였나 보다.

호기심이 담긴 눈빛이 한 차례 이쪽을 훑더니 다시 빈센트에게 향했다.

"무슨 일 있었어?"

"아무것도 아니야."

"그래? 그러고 보니 폴라도 여기 있다고 들었는데."

그 말에 사람들의 시선이 다른 곳으로 향했다. 갑작스런 소란에 뒤로 넘어졌다가 다른 하녀의 부축을 받으며 일어나고 있는 앨리샤에게로.

"폴라는 당신 원래 이름이지 않나요? 아는 분이세요?"

"아. 그, 그게……."

바이올렛에 대해 몰랐던 앨리샤는 당연히 당황했다. 아마 머릿속으론 이 상황을 어떻게 대처해야 할지 궁리하고 있을 듯하다. 그런 앨리샤의 마음과 달리, 바이올렛은 이쪽으로 걸음을 옮겼다. 밝은 얼굴을 보아하니 누군가 찾는 사람이 여기 있다고 말해 준 것 같았다.

바이올렛이 곧 앨리샤의 앞에 멈췄다. 웃음기가 사라진 얼굴이 의아한 기색을 띠며 눈앞의 앨리샤를 훑어 내렸다.

"당신이…… 폴라?"

의문은 여러 의미를 담고 있다. 앨리샤의 낯빛이 창백해졌다. 이런 상황을 미처 대비할 방법을 생각해 내지 못한 앨리샤는 그녀를 알은척해야 할지 말아야 할지 몰라 난감해했다. 바이올렛이 인상을 쓰고 앨리샤를 다시 위아래로 훑다가 고개를 돌렸다. 모두의 이목이 그녀에게 쏠렸지만 아랑곳없이 주변을 둘러보던 바이올렛의 시선이 이번에 다른 방향에 꽂혔다.

"거기 있었네."

높아진 목소리가 반가운 기색을 띤다. 그녀가 다시 걸음을 돌렸다. 사람들의 시선이 바이올렛이 향하는 곳을 좇았다. 주변은 약속이라도 한 듯 조용했다. 침묵은 채우는 건 바이올렛의 구두 굽 소리가 유일했다. 한 걸음 한 걸음 걸어온 그녀는 곧 목적지에 다다라 섰다. 활짝 웃는 얼굴에 오랜만에 만난 이에 대한 반가움이 담겨 있다는 걸 누구나 다 알 수 있었다.

"정말 오랜만이야."

다정하게 물든 시선이었다. 그 시선이 내게 꽂혔다. 멍하니 자신을 바라보는 날 향해 바이올렛이 양손을 활짝 펼쳤다.

"폴라."

그러곤 날 꽈악 끌어안았다.

날 있는 힘껏 끌어안고 얼굴을 비비적거리는 그녀에게서 반가워하는 기색이 듬뿍 느껴졌다. 난 얼결에 바이올렛에게 안긴 채 혼란스러운 머릿속을 진정시키기 위해 노력했다. 그런 우리를 보는 사람들의 시선이 당혹감으로 물들었다.

그중 누군가 앨리샤를 닦달하는 목소리가 들려왔다. 사람들에게 떠밀린 앨리샤는 이러지도 저러지도 못한 채 당황스러워했다. 그러다 나와 시선이 부딪치자, 당황스런 기색은 금세 사라지고 질투에 뒤섞인 얼굴이 드러났다.

"아니에요!"

앨리샤가 호기롭게 말했다. 날 끌어안고 재회의 기쁨을 누리던 바이올렛이 뒤를 돌아봤다. 바이올렛의 시선을 받아친 앨리샤가 손으로 자신을 가리키며 당당하게 외쳤다.

"제가 폴라예요! 그쪽이 아니라 제가 진짜라고요!"

그 모습을 지켜보던 바이올렛이 다시 날 돌아봤다. 저게 무슨 소리냐고 묻는 보랏빛 눈동자를 마주하며 난 아무 말도 하지 못했다. 머뭇거리는 나와 당당하게 구는 앨리샤를 번갈아 보던 바이올렛은 잠시 고민하는 듯하더니 날 다시 꽉 끌어안았다.

"어머, 이상하네. 난 폴라가 누군지 알지만."

그리고 여상한 투로 그녀가 쐐기를 박았다.

"당신은 누군지 모르겠는데."

애초부터 무너질 모래성과 같았다. 아무리 겹겹이 쌓아 올려도 밀물 한 번에 힘없이 무너질 수밖에 없는 불안한 상황. 결국 예감했던 일이 터지자 내 심장은 덜컹 내려앉았다.

바이올렛의 발언에 사람들의 시선이 다시 앨리샤에게로 모아졌다. 앨리샤는 시뻘겋게 달아오른 얼굴로 아니라고 소리쳤다. 지나가던 다른 사용인들도 이상한 낌새를 느꼈는지 이곳에 모여들어 상황을 구경했다.

"거짓말이야! 저 여자가 거짓말한 거라고!"

앨리샤는 억울함을 호소했지만 상대는 귀족이었다. 어느 쪽의 말이 진실인지를 떠나, 이미 상황은 한쪽으로 기울어지고 있었다.

앨리샤를 감싸고 있었던 주변 사람들이 주춤거리며 뒤로 물러났다. 사람들의 마음엔 어느새 의심이 싹트기 시작했다. 상황이 자신에게 불리해진 걸 인지한 앨리샤는 고개를 푹 숙이고 몸을 부들부들 떨었다. 완전한 고립이었다.

"아니야, 아니라고……."

의미 없는 말이 나직하게 흘러나왔다. 떨고 있는 앨리샤에게로 짙은 어둠이 내려앉는 것 같았다. 순간 죽은 동생들의 모습이 앨리샤의 모습 위로 겹쳐 보였다. 나도 모르게 손을 뻗으려는데, 바이올렛이 내 손을 꽉 잡아 멈추게 만들었다.

그녀가 날 향해 싱긋 웃는다.

"그러면 안 돼."

난 얼굴을 일그러뜨렸다. 다시 고개를 돌리자 앨리샤는 누군가를 바라보고 있었다. 그 시선 끝에 자리한 것은 빈센트였다. 그는 무덤덤한 표정으로 앨리샤를 바라보았고, 곁에 서 있는 에단은 갑자기 벌어진 상황을 살피려는 듯 차분히 구경하고 있었다.

앨리샤가 손을 뻗어 빈센트에게 다가갔다.

"비, 빈센트 님. 다 오해라고 말씀해 주세요."

마지막 남은 희망을 붙들듯 앨리샤가 떨리는 목소리로 빈센트에게 도움을 요청했다. 그러나 그는 마지막 희망이 아니었다. 미동도 없이 서 있던 빈센트가 한마디 뱉었다.

"난 그쪽이 무슨 말을 하는지 모르겠군."

그가 이 상황에 종지부를 찍었다.

앨리샤는 그대로 굳어 버렸고, 그런 앨리샤에게서 시선을 돌린 빈센트가 오드리에게 눈짓했다. 상황을 지켜보고 있던 오드리는 평소와 다름없이 차분히 묵례한 뒤 근처에 있는 사용인들에게 지시를 내렸다. 그러자 머뭇거리던 사용인들이 앨리샤에게 다가가 양팔을 결박했다.

"뭐 하는 거야! 이거 놔!"

앨리샤가 발버둥 쳤지만 결박은 풀리지 않았다. 앨리샤는 그대로 질질 끌려갔다. 앨리샤가 내지른 고함이 주위를 먹먹하게 울렸지만, 그 누구도 앨리샤를 도와줄 수 없었다.

"이렇게 다시 보니까 좋다, 폴라."

"네……."

응접실 소파에 앉아 차를 들이켜던 바이올렛이 반갑게 말했다. 그녀의 맞은편에 앉은 난 고개를 푹 숙이고 답했다.

앨리샤가 그렇게 떠난 뒤 에단은 빈센트를 끌고 어딘가로 향했고, 바이올렛과 난 오드리를 따라 응접실로 이동했다. 바이올렛은 곧장 로버트를 만나러 가겠다고 했지만, 갑자기 찾아가면 로버트가 놀랄 수도 있다며 오드리가 다독인 끝에 응접실로 온 거였다.

그 뒤 급히 차와 간단한 간식거리를 내온 오드리는 로버트에게 소식을 전하 겠다며 떠났고, 응접실 안엔 나와 바이올렛만 남았다. 기다리는 동안 같이 얘기 나 나누자며 바이올렛이 자리를 권해 나도 소파에 앉게 되었다.

조금 전 상황이 충분히 이상했을 텐데도 바이올렛은 별다른 언급을 하지 않 았다. 그저 기분 좋게 차를 마시고 있을 뿐이었다.

"로버트의 시중을 들고 있다던데. 고마워라."

"아닙니다."

그녀의 말이 귀에 들어오지 않았다. 난 가시방석에 앉은 기분이었다. 조금 전의 상황도 그랬지만, 내가 그녀를 반갑게 마주할 자격이 있을까 하는 생각이 들었다.

돌이켜 보면 5년 전 별채에서 바이올렛과 관계가 소원해졌고, 끌려가듯 저 택을 떠나던 게 내가 본 그녀의 마지막 모습이었다. 빈센트를 사랑한다고 말하 던 그녀의 모습이 아직도 생생히 떠오른다. 하필 지금, 이렇게 다시 만난 게 우 연이라면 지독한 우연이지 않을까 싶었다.

"로버트가 아프다는 소식을 들었어. 당장 와 보고 싶었는데 이제는 그럴 만 한 위치가 아니라서, 대충 급한 용무를 처리하고 온다는 게 생각보다 시간이 오래 걸려 이제야 오게 됐네."

"그렇군요."

"로버트는 어때? 여전히 상태가 안 좋아?"

"아니요. 이제 괜찮으십니다."

"그럼 다행이네."

바이올렛이 가슴께를 짚고 안도했다. 크게 내색하지 않아 몰랐는데, 로버트 를 향한 걱정이 많았나 보다. 난 어색하게 웃다가 입을 다물었다. 시선은 여전 히 바닥을 맴돌고 있었다. 불편하다. 엉덩이를 들썩이며 문가를 흘끗거렸다.

"음― 난 폴라가 반가운데, 폴라는 내가 반갑지 않은가 봐."

"아닙니다!"

난 퍼뜩 고개를 들고 양손을 휘저었다. 그러자 바이올렛이 짧게 웃었다.

"그럼 얼굴을 좀 들어. 난 폴라가 반가운 만큼 많이 보고 싶으니까."

"……예."

과거 일 따위 모두 잊었다는 듯 그녀는 아무렇지 않게 날 대했다. 난 자꾸만 움츠러드는 목에 빳빳이 힘을 주고 고개를 숙이지 않기 위해 노력했다. 그런 날 향해 바이올렛은 연신 방긋 웃어 주었다.

"그동안 어떻게 지냈어? 갑자기 떠났다는 소식은 뒤늦게 듣긴 했는데, 그땐 나도 경황이 없어서 미처 챙기질 못했네."

"괜찮습니다. 저도 말씀드리지 못했는걸요."

서로 챙겨 줄 만한 상황도 아니었고.

바이올렛은 아마 내가 이곳을 떠나야 했던 자세한 사정까지는 듣지 못했나 보다. 아니면 알면서도 내색하지 않는 걸 수도 있다. 자세히 언급할 만한 일은 아니라서 나도 대답을 얼버무렸다.

"바이올렛 님도 잘 지내셨지요?"

"그럼. 나야 잘 지냈지."

바이올렛이 차를 마시며 방긋 웃었다. 난 그녀의 얼굴을 꼼꼼히 살폈다.

내가 여태 들었던 바이올렛에 대한 이야기들을 생각해 보면 결코 잘 지냈다 말하기 어려웠다. 분명 힘들고, 감히 헤아려 보기 어려울 정도로 많은 일들을 겪었을 것이다. 그 과정을 홀로 견뎌 이 자리에 앉은 그녀는 오히려 잘 지냈다 말하며 상대의 마음이 무겁지 않게 배려해 주고 있었다.

조금 전 모습이 좀 놀랍긴 했지만, 다시 만난 바이올렛은 여전히 다정한 사람이었다.

곧 문이 열리고 발랄한 발소리가 다다다 울려왔다. 그러다 소파 근처에서 뚝 멈었다. 눈을 큼지막하게 뜬 로버트가 이쪽을 보고 있었다. 고개를 돌린 바이올렛이 로버트를 발견하고 몸을 일으켰다.

"로버트, 내 아들!"

"어머니?"

"그래. 어머니 품으로 오렴."

날 만났을 때보다 더 크게 웃으며 바이올렛이 양팔을 펼쳤다. 놀란 로버트의 얼굴이 울상으로 변했다. 곧 작은 몸이 바이올렛의 품 안에 달려들었다. 바이올 렛이 로버트를 꼬옥 껴안고 얼굴을 마구 비볐다.

"어머니! 보고 싶었어요!"

"응, 나도 많이 보고 싶었어."

바이올렛의 눈에 어느새 눈물이 차올랐다. 그녀는 감정을 주체하지 못하고 훌쩍이며 연신 미안하다고 속삭였다. 의외로 로버트는 울지 않았다. 뺨을 비비 며 우는 바이올렛의 등을 토닥이며 의젓하게 달래 주었다. 그들의 등 뒤에서 유모가 몰래 눈물을 훔쳤다.

모자가 그렇게 감격의 상봉을 나누는 사이, 소식을 듣고 조엘리가 찾아왔다. 급하게 온 건지 조금 흐트러진 차림새의 조엘리는 로버트를 얼싸안고 있는 바 이올렛에게 반갑게 달려들었다. 세 사람이 모이자 훈훈한 분위기는 배가되었 다. 난 잠시 그들을 지켜보다 슬쩍 자리를 피했다.

바이올렛과 재회의 기쁨을 나눴고, 유모도 있으니 나까지 이 자리에 있을 필 요는 없다고 생각했다. 그리고 나도 볼일이 있었다.

난 응접실에서 나오자마자 오드리를 찾았다. 끌려간 앨리샤가 어떻게 되었 는지 알아야 했다.

다행히 복도를 얼마 걷지 않아 오드리를 만날 수 있었다. 난 곧장 다가가 앨 리샤에 대해 물었다. 그녀가 드물게 말을 꺼려 했다. 아마도 상황을 전해 들으 며 내게 입조심하란 명령을 받은 것 같다. 하지만 난 알아야 했다. 그래서 애원 하듯 묻자, 오드리는 마지못해 앨리샤가 빈방에 구금되었다고 말해 주었다.

갑자기 사건이 터진 게 그나마 불행 중 다행이었다. 현재 두 번째로 벌어진 살인 사건으로 인해 정신이 없는 상황이라 당장의 처벌은 내려지지 않은 듯했 다. 그동안 도망치지 못하도록 구금된 상태이지만, 급한 일이 해결되면 앨리샤 가 저지른 일에 대한 처벌을 받게 될 거라고 오드리가 알려 주었다.

그 말을 전해 듣자 머리가 아파 왔다. 난 지끈거리는 이마를 붙잡고 이 상황 을 어떻게 해결해야 할지 고민했다.

"폴라."

그렇게 복도를 걸어가는데 갑작스런 부름이 들려왔다. 놀라 고개를 돌리자 바로 옆쪽의 열린 방문 틈새로 모습을 드러낸 에단이 이리로 오라는 듯 내게 손짓하고 있었다. 난 주변을 둘러보다가 빠르게 그쪽으로 향했다. 내가 방 안으로 들어가자 그가 문을 닫고 날 돌아봤다.

"그동안 잘 지내셨어요?"

난 가장 먼저 그의 안부를 물었다. 겉으론 별일 없어 보였지만 마지막에 본 모습이 계속 마음에 걸렸기 때문에 입 밖으로 내어 물었다. 그러나 에단은 대답 대신 팔짱을 낀 채로 삐딱하게 서서 불퉁한 시선을 보내왔다.

"이게 대체 어떻게 된 상황인 거죠."

에단이 뭘 묻는지 바로 알아챘다. 조금 전의 상황이 정확히 뭔지는 모르겠지만 이상하다고는 느꼈을 것이다. 할 말이 있다며 빈센트를 데리고 간 게 앨리샤의 일을 캐묻기 위해서였나 보다. 난 죄인처럼 고개를 푹 숙였다.

"얼굴을 보아하니 폴라도 알고 있었군요."

"죄송합니다."

"내가 듣고 싶은 건 사과가 아닌데."

"사정, 이 있었습니다. 정말 죄송합니다."

"무슨 사정."

그 말엔 쉽사리 답하지 못했다. 내가 침묵하자 에단이 다른 질문을 꺼냈다.

"빈센트는 언제부터 알고 있었던 건가요."

동생이 나인 척한다는 것. 내가 진짜라는 것. 두 가지 모두 해당되는 질문이었다. 이런 질문을 하는 걸 보니 빈센트가 제대로 설명해 주지 않은 듯하다. 어쩌면 날 배려해서 그런 건지도 모른다.

"에단 님이 떠나신 뒤에……."

"폴라가 먼저 알려 주었나요?"

"……주인님께서 먼저 알아채셨습니다."

"빈센트가 먼저 알아챘다라. 그럼 다른 사람이 당신인 척할 때도 아무 말도 안 했다는 소리처럼 들리는군요."

"……."

"폴라."

나직한 타박이 들려온다. 난 더욱더 깊이 고개를 숙였다. 죄송합니다. 작게 읊조리자, 한숨 소리가 이어졌다.

"솔직히 실망스럽군요."

당연한 반응이었다. 굳이 입 밖으로 내뱉지 않았지만, 앨리샤가 그런 짓을 벌인 이유는 뻔했으니까. 그걸 알면서도 말리지 못한 날 에단이 비난하는 건 당연한 일이었다. 난 양손을 꽉 맞잡으며 에단의 비난을 얌전히 받아들였다.

"폴라. 이 일은 그냥 넘길 수는 없어요. 빈센트는 알면서도 눈감아 준 것 같지만 난 아니에요. 난 내 친구를 기만한 사람을 절대 가만히 둘 생각이 없습니다."

"제가, 말해 볼게요. 잘 설득해 볼게요!"

난 다급히 에단을 붙잡았다. 에단의 얼굴이 험악해졌다.

"그렇게 걱정되었으면 애초부터 이런 상황을 만들지 말았어야죠. 기회는 몇 번이나 있었어요. 당신이 얼마나 안일했는지 알고 있나요?"

"네, 잘 알고 있습니다. 죄송합니다. 정말 죄송하지만, 한 번만 더 기회를 주세요. 제가 잘 말해 볼게요. 그 앤, 그 앤…… 제 동생이에요."

동생이면서 왜 그런 짓을 저질렀냐고 할 수 있을지도 모르나, 그럼에도 앨리샤는 내 하나뿐인 동생이었다. 이대로 가만히 두고 볼 순 없었다. 그래서 염치 불고하고 난 한 번만 더 기회를 달라고 그를 설득했다.

에단은 겉으론 다정해 보이나 실은 그 누구보다 냉정한 사람이었다. 애정을 허락한 사람들에겐 한없이 다정할지 모르나 그 외 사람들은 아니었다.

맞잡은 양손이 떨렸다. 난 에단이 안 된다고 할 줄 알았다. 그렇다면 무릎을 꿇고 빌어 볼 참이었다. 그러나 예상과 달리 에단은 조금 놀란 표정을 지었다. 갈색 눈동자가 잠시 흔들리더니 그가 곧 침착함을 되찾은 얼굴로 한숨 쉬듯 작게 읊조렸다.

"알겠어요."

예상외로 허락이 떨어졌다.

"마지막으로 한 번만 더 기회를 주죠. 폴라의 동생이 잘못을 뉘우치고 얌전히 여길 떠나겠다고 한다면 나도 더 이상 이 일을 언급하지 않겠어요. 하지만 그러지 않는다면, 내 방식대로 할 겁니다. 알겠나요?"

"네, 알겠습니다."

난 얼떨떨하게 답하며 에단을 연신 살폈다. 고마워해야 하는 상황이기는 한데, 갑자기 이런 호의를 베푸는 에단이 이상하게 느껴졌다. 이러다 나중에 말 바꾸는 거 아니야?

"왜 그렇게 봅니까."

"솔직히 안 된다고 하실 줄 알았어요."

"원래는 안 된다고 할 생각이었죠. 하지만…… 그 마음을 이해 못 하는 건 아니니까요."

내게서 살짝 비껴간 에단의 시선이 허공을 맴돌았다. 그게 무슨 말일까. 그가 숨긴 속마음을 꿰뚫어 보기 위해 그의 얼굴을 샅샅이 살피자, 에단이 뭐, 왜, 하는 불만스러운 눈초리를 보내왔다. 언제나 아쉬운 쪽이 지는 거다. 난 먼저 꼬리를 내렸다.

"기회를 주셔서 감사합니다."

"됐어요. 감사 인사를 받고 싶진 않군요."

에단이 다시 한숨을 쉬고 마른세수를 했다. 저지른 잘못이 있는 난 고개를 숙이고 그의 눈치를 살폈다.

"그보다 빈센트와 있었던 일들을 꺼내 봐요. 빈센트가 폴라를 알아보고 뭐라 하던가요?"

에단이 무거운 분위기를 환기시키듯 가볍게 물었다. 난 빈센트가 날 알아본 날로부터 지금까지의 일들을 회상했다. 아니, 그 전부터 내가 누군지 알았다고 했으니 그 시간까지 떠올려 보았다. 생각해 보니 여러 일들이 있었네.

"그냥…… 왜 떠났냐고 물으셨죠. 얘기 잘 나눴습니다."

사실 얘기를 잘 나눴다고 말하기는 애매하지만, 빈센트가 내게 알은척했던 순간 난 도망치려 하고 있었다. 이 얘기를 하면 에단이 잔소리를 잔뜩 퍼부을 거 같아서 마음속에 간직하기로 했다. 게다가 지금은 다른 일도……. 그러다 퍼뜩 떠오른 생각에 에단을 진중하게 바라봤다.

"역시 에단 님도 알고 계셨던 거죠? 주인님이 절 찾으셨단 걸요."

그에 에단이 눈을 동그랗게 뜨다가 고개를 슬쩍 돌렸다.

"아아— 뭐. 소문을 듣긴 했죠."

"지금까지도 절, 찾으셨던 거 같아요."

"그렇군요."

별로 놀란 얼굴은 아니었다. 에단도 이미 알고 있었구나. 빈센트에게 직접 들었다기보단 소문을 듣고 어렴풋이 예상했던 걸까. 난 머뭇머뭇 말을 이었다.

"그럼 주인님이 저를 왜 찾으셨는지도 알고 계시나요?"

"글쎄요. 왜 찾았다고 하던가요? 그리워서?"

"놀리지 마시고요."

"전 무슨 말인지 모르겠는데요."

정말 모르는지 건지, 모르는 척하는지 건지. 난 맞잡은 양손을 꼼지락대며 망설이다가 입을 달싹였다.

"저를…… 좋아한다고 하셨습니다."

난 곧장 말도 안 된다는 반응이 돌아올 거라 생각했다. 하지만 흘끗 본 에단은 좀 놀라긴 했지만 무슨 말도 안 되는 소리냐고 소리치진 않았다. 놀라움이 차츰 사라진 얼굴에서는 진지한 기색이 떠올랐다.

"그렇군요."

이번에도 에단은 별다른 말을 하지 않았다. 생각보다 덤덤한 반응에 오히려 내가 당황했다.

"뭐라 하지 않으세요?"

"딱히. 놀랍기는 했지만요."

"무슨 말도 안 되는 소리를 하냐고 하실 줄 알았어요."

에단은 부정하지 않았다. 하지만 난 상처받지 않았다. 얼마 전까지만 해도 나 역시 가정조차 할 수 없는 일이었으니까. 지금도 이렇게 말을 하면서도 괜히 조심스럽고, 잘못된 일을 저지른 것처럼 왠지 모를 죄책감에 마음이 무거워졌다. 내가 감히 이런 고민을 해도 되는 걸까, 망설임이 잔물결처럼 퍼져 갔다.

"사실 어렴풋이 예상하긴 했어요. 그 소문을 듣고 단순히 폴라의 생사 여부를 알고 싶어서 찾는다기엔 애매모호하다는 생각이 들었거든요. 빈센트 입장에선 한 번쯤 찾아볼 수도 있긴 하겠지만, 이미 시간이 지난 일을 굳이 다시 들추는 이유가 뭘까 싶기도 했고. 그게 그런 이유 때문이라면 어느 정도 이해는 되는군요."

"……역시 잘못된 일일까요."

난 우울하게 말을 덧붙였다. 그런 날 바라보던 에단이 여상한 투로 말을 이었다.

"어려운 문제긴 하지만, 세상엔 그보다 더 말도 안 되고 어려운 일도 많이 있는걸요. 그거에 비하면 이 정도 일은 별것 아닐 수도 있죠. 그냥 남자가 여자를 사랑한다는 건데요."

그냥 남자가 여자를 사랑한다는 것. 그렇게 들으니 괜히 낯간지러운 기분이었다. 난 목덜미를 긁적였다.

"폴라는 어떻게 하고 싶은데요?"

매번 돌고 돌아 스스로에게 되물었던 질문이 에단의 입에서 흘러나왔다. 난 어떻게 하고 싶은가. 그 고민은 아직도 풀리지 않은 문제로 내 머릿속에 남아 있었다. 빈센트에게 약속한 대로 당장 여길 떠나지 않겠다는 말은 진심이지만, 그 외엔 여전히 아무 답도 해 주지 못했다.

신중히 하고 싶었다. 그가 내게 솔직히 내보인 마음만큼 나도 충분히 고민하고 생각해서 답을 건네주고 싶었다. 그것이 그가 바라던 대답일 수도, 그렇지 않을 수도 있지만 적어도 더 이상 그가 내게 보이는 마음을 무조건 부정하며 내쳐 버리고 싶지는 않았다.

"너무 복잡하게 생각하지 말아요. 어쨌든 서로의 마음이 중요한 거니까. 마음 가는 대로 선택해 봐요. 뒷일은 그때 생각해도 늦지 않을 거 같군요."

"네……."

사실 뒷일을 생각하지 않을 수 없는 문제이지만, 에단이 날 배려하고 있음을 알았다. 그 배려에 난 고맙다며 웃었다.

볼일을 끝낸 에단이 문손잡이를 돌리며 문을 열었다. 그런데 방 밖으로 나가다 말고 갑자기 멈춰 선다. 뒤늦게 따라 나가며 에단의 시선이 향한 곳으로 고개를 돌리던 난 눈을 키웠다. 그곳엔 생각지도 못한 빈센트가 서 있었다.

빈센트는 에단과 뒤에서 나오던 날 차례로 훑었다. 에단이 황당해하며 물었다.

"거기서 뭐 하는 거야?"

"너야말로 뭐 하는 거지. 거기서, 단둘이."

빈센트가 방문을 턱짓했다. 뒷말에 어쩐지 힘이 실렸다. 뒤에 서 있는 날 힐끗 바라본 에단이 다시 빈센트를 바라보며 눈을 가늘게 떴다.

"둘이서 무슨 얘기 한 거야."

"그거 물어보려고 찾아왔냐?"

"네가 쓸데없는 소리를 했을 거 같아서."

"무슨 쓸데없는 소리? 내가 무슨 말을 할 줄 알고?"

어째 대화가 삐딱해진다. 툴툴거리던 에단이 말을 멈추고 손을 내저었다. 됐다, 너 맘대로 해라. 마치 그런 의미를 담은 듯한 손짓을 내보이고는 에단이 몸을 돌렸다. 난 여전히 문틈 사이에 서서 에단과 빈센트를 번갈아 보며 당황해하고 있었다.

그런 날 한 번 흘끗 본 빈센트가 에단을 향해 걸어가더니 갑자기 뒤통수를 팍 내려쳤다.

"악!"

뒤돌아선 에단이 얻어맞은 뒤통수를 어루만지며 황당해했다. 이게 대체 무슨 짓이냐는 표정에 빈센트가 태연히 대꾸했다.

"얄미워서."

"뭐야?"

"너 저번에 저택에 왔을 때 이미 다 알고 있었지."

그 말에 에단이 불퉁하게 내밀고 있던 입술이 쏙 들어갔다. 빈센트의 눈빛이 싸늘해졌다. 아니라고 하기엔 기회를 놓쳐 버렸다. 에단이 당황하며 말끝을 흐렸다.

"그, 게…… 말이지……."

"됐어."

"야, 뭐가 돼. 기다려 봐. 내가 할 말이 있는데."

빈센트가 몸을 돌리자 에단이 뒤통수를 짚고 있던 손을 뻗어 다급히 그를 붙잡았다. 일단 무슨 변명이라도 해야겠다고 생각했는지 에단이 머리를 굴리는 게 느껴졌다. 그러는 사이 내게 성큼 다가온 빈센트가 내 어깨에 팔을 두르고는 다시 에단을 보며 한마디 던졌다.

"이제 너랑 안 놀아."

난 세상 유치한 어린애를 보듯 빈센트의 뒤통수를 올려다봤다. 하지만 날 질질 끌고 가는 상대는 커다란 어른이었다. 그런 어른이 너랑 안 놀 거라는 어처구니없는 말을 뱉다니. 곧장 몸이 돌려져 보지는 못했지만, 그 말을 들은 에단의 멍한 얼굴이 생생히 그려졌다.

그답지 않게 왜 유치한 발언을 했나 싶었지만, 어쩌면 에단이 내 정체를 알고도 말해 주지 않았던 일을 그 나름대로 가볍게 풀어내려던 걸 수도 있겠다 싶었다. 모른 척 그냥 넘어가기엔 찝찝할 테고, 그렇다고 진지하게 추궁하기도 뭐하니까. 물론 내 추측이지만.

"그래도 나중에 기분 푸시고 에단 님과 놀아 주세요."

난 진지하게 조언을 건넸다. 어쨌든 나와 관련된 일이니 좋게 해결하고 싶었다. 에단이 내 정체를 빈센트에게 말해 주지 않은 건 날 위해서란 걸 잘 알기에 그 일로 두 사람의 관계가 나빠지길 원하지 않았다.

"에단과 친한가 봐."

"그야 뭐. 별채에 있었을 때부터 알던 사이니까요."

"그런 것치곤 굉장히 친해 보이는데. 아주 많이 친해 보였어."

이런 비슷한 얘길 저번에도 들었던 거 같은데. 난 목덜미를 퍽퍽 긁었다. 설마 에단과 친한 게 불만스럽다고 말하고 싶은 건 아니겠지? 이 또한 내겐 생소한 감정이나 설마 싶었다. 설마 빈센트가 에단을 질투한다거나, 그런 건…… 절대 말도 안 되지.

"굉장히 친한 건 아니고요. 저 같은 것보다야 에단 님은 주인님과 더 친하시죠."

난 괜한 생각을 털어 내며 가볍게 대꾸했다. 그런데 빈센트가 갑자기 걸음을 멈추고 날 돌아봤다. 굉장히 화가 난 얼굴이었다.

"너 같은 게 뭔데?"

이를 짓씹듯 새어 나온 목소리가 살벌했다. 어째 불똥이 다른 곳으로 튀었다. 대수롭지 않게 한 말에 그가 화를 낼 줄 몰랐다. 난 그의 눈치를 살피다가 고개를 살짝 숙였다.

"죄송합니다. 실언이었습니다."

"실언이라도 듣고 싶지 않아. 다시는 그런 말 하지 마."

"네……. 죄송합니다."

그는 내가 사과하는 것도 못마땅한 표정이었지만, 더 이상 화를 내진 않았다. 난 분위기를 바꾸듯 화제를 돌렸다.

"그보다 바이올렛 님과는 다시 만나 보셨어요?"

"아직."

"그러시군요. 좀 전에 로버트 님과는 만나셨어요. 두 분이 서로를 많이 보고 싶어 하셨는지 껴안고 즐거워하셨어요."

"그랬겠지. 즐거워했다니 다행이군."

말과 달리 여전히 퉁한 목소리다. 난 다급히 다른 화제를 꺼냈다.

"그런데 바이올렛 님은 성격이 좀 달라지신 것 같아요. 활발해지셨다고 할까요?"

사실 활발해졌다고 말하기엔 거친 언사를 내뱉는 모습이 가히 충격적이긴 했다. 그래도 예의상 말을 골랐는데 빈센트가 아무렇지 않게 덧붙였다.

"원래 그런 성격이었어."

"원, 래부터 그러셨구나. 몰랐네요."

그럼 5년 전에 만났을 땐 본래 성격을 숨겼단 소리인가. 내 의문에 빈센트가 답을 내려 주었다.

"어릴 때 성격이 워낙 거칠어서 어른들한테 주의를 많이 받았지. 조심한다고 하는데 쉽지 않아서 바이올렛도 고생했을 거야. 그래도 어느 순간부터는 거친 말도 잘 안 하고, 몸가짐도 바르게 하며 행동하더군. 그런데 그동안 힘들었는지 다시 만났을 땐 원래대로 돌아와 있었어."

빈센트가 왜 그럴까 하는 얼굴을 했지만 난 왠지 그 이유를 알 거 같았다. 신분 때문이기도 하겠지만, 아마 바이올렛은 빈센트의 약혼자로서 나름대로 조심하려 했던 것이다. 그러니 본래 성격도 죽이고 예쁘게 보이려고 노력했겠지.

하지만 빈센트와의 약혼이 깨지고 다른 남자의 아내가 되면서 더 이상 빈센트에게 예쁘게 보일 필요가 없어졌다. 그 이유를 빈센트는 영원히 모르지 않을까.

"그녀에게 편한 거라면 좋은 거겠지만."

난 마음속으로 허허 웃으며 눈앞의 눈치 없는 남자를 안타깝게 바라봤다.

"참, 조금 전에는 어떤 연유로 찾아오셨던 건가요? 볼일이 있으셨던 거 같은데, 에단 님 때문이셨나요?"

"널 감시하러."

또 저 감시인가.

"아무 말 없이 떠나지 않겠다고 말씀드렸잖아요."

"알아."

"그런데 왜 감시하러 오셨어요?"

"불안해서. 네가 떠나겠다고 할까 봐."

왜 그런 말을 꺼내는지 알 것 같았다. 앨리샤와의 일 때문일 것이다.

그제야 날 살피는 그의 시선을 알아챘다. 평소와 다름없는 모습인데도 그의 불안감이 느껴졌다. 그게 겉으로 드러날 정도로 걱정하고 있는 것인가.

"약속……했으니까, 갑자기 사라지진 않아요."

"하지만 분명 네 머릿속에 이런저런 생각이 많아질 테니 걱정이 돼."

생각이야 많아졌지만, 그렇다고 그와의 약속을 깨뜨릴 마음은 없다. 어차피 언젠가 벌어질 일이었다. 비록 이런 식일지는 몰랐지만.

"괜찮아요."

난 가볍게 웃어 보였다. 사실 괜찮지 않다는 것은 우리 둘 다 잘 알고 있다. 그럼에도 불안해하는 빈센트를 보니 그런 말을 해 주고 싶었다. 그러다 며칠 전에 살인 사건을 걱정하던 내게 괜찮다고 말해 주던 빈센트가 떠올랐다. 그도 지금 나와 같은 마음이었을까.

빈센트는 더 이상 말이 없었다. 날 지그시 응시하다가 고개를 한 번 끄덕일 뿐이다. 그것이 마치 날 믿겠다고 말해 주는 것 같았다.

□ ◆ □

바이올렛은 이틀간 머무르고 저택을 떠났다. 조금 더 지내겠다고 했으나 빈센트가 거절했다. 쉽게 해결될 줄 알았던 사건이 커져 가는 걸 느꼈는지, 그는 바이올렛이 이 저택에서 지내는 것이 걱정이 된 듯했다. 당장 사람들을 다른 저택으로 옮길 수도 있겠지만 그러다 또 무슨 일이 벌어질지 모르니 섣불리 행동하기도 어려웠다.

그래서 합의 본 것이 이틀이었다. 바이올렛은 불만을 토로했지만 빈센트는 그저 이 저택을 곧 비울 거란 소리만 했다. 이참에 로버트도 돌려보낼 생각이었다고 전했다. 그녀가 걱정하길 원하지 않아서인지 자세한 사정은 설명하지 않았다.

바이올렛은 로버트와 거의 붙어 있다시피 하며 함께 시간을 보냈다. 로버트는 당연히 기뻐했고, 두 모자 사이에 조엘리까지 합세하자 분위기가 왁자지껄해졌다.

바이올렛은 저택에서 지내는 동안 빈센트에게 이것저것을 요구했다. 사실 요구라기보단 불평에 가까웠다. 베개를 바꿔 달라, 바닥 카펫이 별로다, 커튼 모양이 이상하다 등 아주 사소한 부분들까지 지적하자, 처음엔 얌전히 그녀의 요구 사항을 들어주던 빈센트의 얼굴이 점점 지쳐 갔다. 그는 그렇게 이틀 동안 시달림을 당했다.

사실 바이올렛은 잠을 잘 수 있는 침대와 배고픔을 달랠 수 있는 식사만 있다면 방 안의 모습 따윈 크게 신경 쓰는 건 아닌 듯했지만, 그녀는 빈센트에게 한바탕 불만을 토로한 뒤 후련한 얼굴을 하곤 했다.

"당황해 하는 게 재밌다니까."

그 모습을 보니 지난 5년 동안의 고생을 이런 식으로 푸는 건가 싶기도 했다.

그리고 그녀는 듣던 대로 정말 바쁜 사람이었다. 이틀이라는 짧은 기간 동안에도 그녀는 중간중간 같이 온 사용인과 개별적인 얘기를 나누었다. 잠깐 들어봤는데 무슨 소리인지 모를 정도로 낯선 얘기였다. 빈센트에겐 더 오래 머물다 가고 싶다고 했지만, 아마 그녀의 사정상 오래 있진 못했을 거 같았다.

그렇게 약속된 이틀이 지나자, 바이올렛은 굉장히 아쉬운 표정을 지었다. 조엘리에게 인사를 건넨 뒤 그녀는 내게 다가와 양손을 맞잡았다.

"좀 더 얘기를 나누었으면 좋았을 텐데."

제대로 된 대화를 나누기에 이틀이란 시간은 너무 부족했다. 꼭 다시 보자는 그녀의 말에 난 고개를 끄덕여 답했다. 바쁜 그녀를 언제 다시 볼 수 있을지 모르겠지만, 그래도 5년 전처럼 갑작스러운 이별이 아닌 다음을 기약하는 이별이라 기쁘게 헤어질 수 있었다.

바이올렛의 곁엔 로버트도 함께였다. 이야기를 나눈 끝에 결국 로버트도 이곳을 떠나기로 했다. 로버트는 오랜만에 자신의 집으로 돌아간다고 생각하자 기뻤는지 연신 미소를 지으며 신난 얼굴이었지만, 떠날 때는 눈물 바람을 했다. 갑자기 내 치맛자락을 붙잡고 우는 통에 당황스런 상황이 벌어지기도 했고.

우는 로버트는 달래 차에 태우며 유모와도 작별 인사를 나눴다. 긴 시간은 아니었지만 그래도 이곳에 머무는 동안 대부분의 시간을 함께했기에 서로가 아쉬움을 표하며 다음을 기약했다.

한바탕 소란 뒤 그들을 태운 차가 떠나고 조엘리가 날 따로 불렀다. 앨리샤가 그렇게 끌려간 뒤 신분을 속였다는 얘기를 전해 들은 조엘리는 내게 그 일을 언급했다. 지난 이틀간은 바이올렛이 있다 보니 아무래도 자세한 얘길 할 수 없어 말을 꺼낼 때를 살폈나 보다.

조엘리는 처음 앨리샤를 보고 사실 굉장히 놀랐다고 한다. 빈센트가 말해 준 생김새와 너무 똑 닮은 사람이 왔기 때문이었다. 그래서 앨리샤가 빈센트가 찾는 사람이 아닐까 의심했다고 한다. 하지만 지켜볼수록 왠지 모르게 앨리샤가 아닌 내게 더 시선이 갔단다. 빈센트가 말해 준 생김새로 본다면 앨리샤가 맞는데, 이상하게도 내게서 더 강렬한 느낌을 받았다고. 그럼에도 앨리샤를 눈여겨본 것은 역시나 생김새가 가장 적합해서였다.

나는 첫 만남부터 그녀가 내게 관찰하는 듯한 시선을 보내왔던 게 착각이 아니었음을 이제야 알았다.

"괜히 미안하네. 내가 잘못 생각해서 벌어진 일인 거 같아서."

"전혀 아닙니다."

그녀와 빈센트 사이에 있었던 일을 알기에, 난 그렇지 않다고 반박했다. 사실상 조엘리가 도움을 준 것이지 미안해할 일은 아니었다. 엄밀히 따지자면 속인 내가 잘못한 거였다.

그동안 에단은 날 닦달하지 않았다. 바이올렛과 같이 있으면서도 에단은 앨리샤의 일을 일체 언급하지 않았고, 빈센트도 마찬가지였다. 날 괴롭히려고 했던 사용인들도 앨리샤가 한 짓을 알게 된 이후론 날 피해 다녔다. 간혹 궁금증에 찬 시선을 보내는 사람도 있었지만 여기저기 말하고 다닐 마음은 없었다.

'동생을 만나고 싶어요.'

어제 빈센트와 단둘이 있게 되었을 때 고민했던 말을 꺼냈다. 내 말을 들은 빈센트는 한참 동안 침묵하다가 마지못해 허락했다. 그 침묵이 내가 앨리샤를 만나지 않길 바라는 갈등이었다는 걸 안다. 하지만 난 앨리샤를 만나야만 했다. 에단이 했던 말도 있었지만, 그와 별개로 다시 앨리샤를 만나 얘기를 나누고 싶었다.

"며칠 전에 얘기 들었어. 고생했겠네."

복도를 걸어가는데 조니가 말을 걸어왔다.

고생까지야. 난 고개를 젓다가 문득 조니를 바라봤다. 나에 대한 얘기를 들었다면 그 뒤도 어떻게 되었는지 들었을 터. 그러나 조니에게선 어떠한 반응도 없었다. 놀라워하거나 당황하거나, 앨리샤가 그럴 리 없다고 대변한다거나 하는.

"넌 아무렇지 않아?"

"뭐가?"

"앨리샤 일 들었을 거 아니야."

"들었지."

"그 얘기를 듣고도 아무렇지 않냐고."

내 말에 잠시 생각에 잠겨 있던 조니가 어깨를 으쓱였다. 전혀 아무렇지 않아 보였다. 조니가 이 일의 당사자는 아니니 과한 반응을 생각한 건 아니었다. 하지만, 이때까지 조니가 보여 준 모습을 떠올린다면…….

"보통 그럴 리 없다고 부정하거나 잘못된 거라고 화를 내지 않아?"

사건의 옳고 그름을 떠나서 좋아하는 상대에 관한 일이라면 한 번쯤 그런 생각을 해 볼 수 있는 게 아닌가? 나는 당연히 조니가 앨리샤의 편을 들어 줄 거라 생각했었다. 하지만 조니는 오히려 이런 말을 하는 날 이상하게 쳐다봤다.

"앨리샤가 잘못한 일 아니야?"

"그렇긴 한데……."

"잘못한 일에 대한 처벌을 받는 게 이상한 건 아니잖아."

이상한 건 아니지만, 저런 태도가 당연한 건가? 난 조니를 뚫어져라 바라봤다. 그러다 한 가지 결론에 도달했다.

"너 앨리샤를 좋아했던 게 아니구나."

앨리샤를 좋아했다면 저렇게 태연할 수 없었다. 비슷한 애정을 받아 봤기 때문일까, 이제는 명확히 보였다. 조니는 앨리샤를 좋아하지 않는다는 걸. 아니, 좋아하는 마음이 있었을지도 모르나 애정의 깊이가 깊지 않았다. 온 마음을 다해 좋아하던 상대라면 무슨 일을 당했다는 소식을 듣고도 저렇게 태연히 받아들일 수 없었다. 하물며 얼굴만 아는 사람한테도 일이 생기면 궁금해하고 걱정하는 법이다.

"좋아했는데? 이상형이라고 했잖아."

"그러면 그 반응은 뭔데?"

"내 반응이 뭐가 잘못됐어?"

대화가 갈피를 잡지 못하고 반복되는 거 같았다. 난 입을 다물고 말았다. 조니가 고개를 갸웃거리며 날 의아하게 바라봤다. 그는 내가 하는 말을 전혀 이해하지 못하고 있었다. 그만큼 조니는 앨리샤를 좋아하지 않았던 것이다.

그렇게 앨리샤에 대해 얘길 꺼내고, 마음을 받아 주지 않는다며 우울해하더니. 비록 앨리샤와 조니의 사이가 멀어지긴 했지만 너무도 태연자약한 그의 태도가 황당하기 그지없었다.

"됐다. 갈 길 가라."

"뭐야. 왜 얘길 하다 말아."

"더 할 말 없으니까."

더 이상의 대화는 무의미했다. 괜한 것만 알게 된 거 같아 찝찝한 기분이었다. 난 손을 살랑살랑 저으며 조니에게 그만 가 보라고 했다. 조니는 여전히 오리무중이란 얼굴이었지만 내가 대화를 이어 갈 마음이 없다는 걸 알아챘는지 화제를 돌렸다.

"밤에 자꾸 돌아다니지 마. 너도 그렇게 될지 모르잖아."

갑자기 웬 악담인지. 인상을 쓰며 노려보자 조니가 실실 웃으며 몸을 돌렸다.

솔직히 난 앨리샤를 만나는 게 좀 겁이 났다. 평소엔 앨리샤와 무슨 일이 있었든, 하물며 먼저 떠난 동생들과의 일을 언급해도 이렇지 않았다. 망설임이 생긴다. 악에 받쳐 소리치며 멀어지던 앨리샤의 마지막 모습이 머릿속에서 맴돌며 날 괴롭혔다. 날 사납게 노려보던 얼굴이 잊히지 않는다.

앨리샤가 구금되어 있는 방 앞에 도착하자, 남자 사용인 두 명이 그곳을 지키고 있었다. 그들은 미리 얘기를 전해 들었는지 날 흘끗 보기만 할 뿐 저지하지 않았다. 난 방 앞에서 몇 번 숨을 고른 뒤 조심스럽게 문을 열었다.

끼익 열리는 문틈 사이로 인기척 하나 느껴지지 않는 방 안이 눈에 들어왔다. 구석에 놓인 침대에 앨리샤가 앉아 있었다. 내가 안으로 들어가 문을 닫을 때까지도 앨리샤는 이쪽에 시선 한 번 두지 않았다.

윤기가 흘렀던 머리카락은 마구 헝클어져 있고, 구겨지고 먼지가 묻어 있는 옷에는 끌려가지 않기 위해 발버둥 치던 흔적이 고스란히 남아 있었다. 그 모습을 보는 순간 가슴속에 무거운 돌이 내려앉는 기분이었다. 난 머뭇거리다 입을 달싹였다.

"앨리샤."

내 부름에 앨리샤의 몸이 움찔 떨린 거 같았지만 여전히 별다른 반응이 없었다. 평소 활발했던 것과 달리 차분하고 고요한 모습이 오히려 불안하게 보였다. 난 한 걸음 다가가 다시 앨리샤를 불렀다.

"앨리샤."

그럼에도 돌아오는 반응이 없다.

마구 헝클어진 머리카락 사이로 언뜻 앨리샤의 얼굴이 보였다. 지치고 피곤해 보이는 얼굴. 며칠 지나지 않았는데도 앨리샤에겐 그동안의 독기가 빠져 있었다.

"앨리샤."

한 번 더 불렀으나 여전히 답이 없었다. 나도 더 이상 부르지 않고 입을 다물었다.

방 안엔 침묵이 맴돌았다. 앨리샤는 멍하니 어딘가를 보고 있었고, 난 무슨 말부터 꺼내야 할지 고민했다. 하고자 하는 말들은 많았는데, 정작 앨리샤와 대면하니 머릿속이 하얗게 변하는 것 같았다. 내가 눈을 내리깐 채 말을 고르는 사이, 앨리샤가 먼저 운을 뗐다.

"언제부터……."

탁하게 갈라지고 힘없는 목소리였다. 난 앨리샤가 뭘 묻는지 바로 알아챘다.

"언제부터 의심했는지는 정확히 듣지 못했어. 다만, 내가 너한테 도망가자고 했던 날 기억나지. 네가 그렇게 떠나고 나 혼자라도 여길 떠나려다가 그 남자를 만났어. 그 남자는 그때 이미 내가 누군지 알고 있었어."

"그래서 돌아왔구나."

"……그래."

내가 현재 상황을 말하지 못한 것처럼 앨리샤도 나름대로 이해 못 할 상황에 대해서 고민해 봤을지도 모른다. 다시 한동안 침묵이 흘렀다. 그사이 앨리샤는 어느 정도 생각을 정리한 것 같았다.

"그럼 왜 바로 말하지 않았는데? 내가 누군지 말할 수 있었잖아."

"그건……."

빈센트가 날 배려해 주었고, 난 자신이 없어서. 의미 없는 상황인 걸 알면서도 여태 방치했던 이유는 그것뿐이었다. 별로 말하고 싶지 않아 침묵하자, 앨리샤도 딱히 대답을 닦달하진 않았다.

"그래서 나한테 생각을 바꾸라고 설득했던 거네."

우리 언니는 이 상황을 가만히 지켜보지 않았을 테니. 나직하게 흘러나온 말에 비웃음이 섞였지만 난 부정하지 않았다. 어쩌면 앨리샤도 현재의 상황이 어떻게 흘러가는지 어렴풋이 알아챘을지도 모른다.

종종 불안해하던 앨리샤의 모습이 떠오른다. 난 모든 게 밝혀졌을 때 앨리샤가 '네가 나한테 어떻게 이럴 수 있냐, 그동안 날 놀린 거냐'는 등의 힐난을 쏟아 낼 줄 알았다. 하지만 앨리샤는 현재 지나칠 정도로 차분했다. 말을 아끼는 게 아니었다. 체념에 가까웠다.

그 모습을 보니 이렇게 될 때까지 이 상황을 끌고 온 내 잘못을 탓하게 된다. 앨리샤의 욕심을 알면서도 난 처음부터 그 애를 적극적으로 말리지 못했다. 잘못됐다는 걸 인지했으면서도, 내 자신을 드러내기가 두려워 밀어 두기만 했다. 어찌 보면 내 잘못이 가장 크다고 할 수 있었다. 그래서 앨리샤를 만나는 게 자신 없었다. 내가 한 잘못을 돌이켜 봐야 하는 일이기에.

지금이라도 제대로 대화를 해야 하는데, 말이 잘 나오지 않았다. 생각해 보면 앨리샤와는 자주 이랬던 거 같다.

나는 괜한 싸움을 하기 싫어 입을 다무는 편이었고, 앨리샤는 나와 같이 있는 걸 싫어해 말을 걸지 않았다. 이곳에 와 한방에서 지내는 동안에도 서로 일하는 건 어떤지, 힘들지는 않은지 묻지 않았다. 나는 자매들 중 앨리샤와 가장 친하지 않아, 단둘이 있으면 때론 너무나도 어색했다. 대화를 나눠도 서로 헐뜯는 게 전부이기에 피하려고만 했다. 동생들이 떠나는 날에도 앨리샤와는 이렇게 한 공간에 있으면서도 아무 말도 하지 않았다.

서로를 향한 침묵이 낯설지 않았다. 하지만 지금은 그 속에 많은 의미가 담겨 있다. 사실 이제 와 대화는 큰 의미가 없었다. 이미 벌어진 상황은 되돌릴 수 없었고, 내가 해야 할 말은 정해져 있으니까.

난 에단과 나눴던 대화를 곱씹으며, 말을 뱉었다.

"지금 상황이 정리되면, 네가 벌인 일에 대한 처벌을 받게 될 거야. 하지만 네가 지금이라도 잘못을 깨우치고 마음을 바꿔 여길 떠난다면."

"그럴게."

내 말이 채 끝나기도 전에 앨리샤가 먼저 답을 내렸다. 난 눈을 크게 뜨며 앨리샤를 바라봤다. 앨리샤도 날 돌아봤다.

"여길 떠나겠다고. 떠나고 싶어졌어."

"진심이야?"

"응. 더 이상 여기 있을 수도 없고, 떠나는 게 맞는 거 같아."

난 앨리샤가 먼저 떠나겠다는 말을 꺼낼 줄 몰랐다. 사실 이런 차분한 분위기에서 대화를 나눌 거라고도 생각 못 했지만. 탁하게 뭉개진 발음이었지만 앨리샤의 진심은 또렷하게 들려왔다. 머리카락 사이로 보이는 얼굴이 지쳐 보였지만 거짓말을 하는 것 같진 않았다.

"그래, 잘 생각했어. 그러면."

"대신 언니가 도와줘."

"내가?"

"응. 내가 여기서 도망칠 수 있도록 도와줘."

이건 생각지도 못한 말이었다. 난 인상을 썼다.

"네가 얌전히 떠나겠다고 한다면 일을 키우지 않겠다고 약속받았어."

"다른 사람은 못 믿어. 하물며 지금 이 순간엔 아무도 못 믿겠어. 언니가 나한테 자주 그랬잖아. 귀족들이 겉은 그럴듯하게 보여도 속으론 우리 같은 사람들 목숨 따위 아무렇지 않게 생각한다고. 그러니 조심하라고."

그런 말을 자주 하긴 했다. 그때마다 앨리샤는 코웃음을 쳤기에, 이제 와 그 말을 입에 담을 줄은 몰랐다. 하지만 생각해 보면 이제 와 가장 와닿을 수도 있겠다는 생각이 들었다.

"여기 사람들은 믿을 수 있어."

"어떻게? 너도 예전에 윗사람 눈 밖에 나서 도망친 거라며. 그것도 거짓말이야?"

"······그건 사정이 있었어."

"전혀 아니라고 하진 않는 걸 보니, 마냥 안전하다고 말할 순 없나 보네."

그 말엔 허를 찔렸다.

세상에 여러 사람이 있듯 귀족도 다양했다. 빈센트는 날 배려해 앨리샤가 한 짓을 눈감아 주었지만, 지금 그가 어떤 생각을 하는지 나는 알 수 없었다. 에단도 앨리샤가 한 일을 그냥 넘길 수는 없다고 했다. 빈센트의 속마음도 사실은 그러한 것이 아닐까 하는 생각을 부정하기 어려웠다. 조엘리와는 이 일에 관해 자세한 얘기를 나누지 않았지만, 그녀 또한 이 상황을 가만히 지켜보진 않을 수도 있었다. 상황을 모르고 돌아간 바이올렛도 얼마 안 가 이야기를 듣고 조치를 취할 수도 있다.

나에게 호의를 베푸는 그들은 믿지만, 그 외의 일에 대해서 의심해 본 적이 없다면 거짓말일 것이다. 그래서 바로 반박하지 못했다.

"저번에 나랑 같이 여기서 도망치자고 했었지? 언니는 그때 우리가 왔던 길이 아니라 숲속의 어딘가로 향하고 있었어. 여길 몰래 빠져나갈 수 있는 길을 아는 거잖아. 이번엔 거절하지 않을게. 나랑 같이 가자."

"나는······."

"이제 믿을 사람은 언니밖에 없어."

"······."

"한 번도 내 말 안 들어줬잖아."

"그건 들어줄 수 없었어."

"알아. 그러니 이번엔 들어줘."

안 된다고 말할 생각이었다. 그럴 수 없다고 하려고 했는데, 내 눈에 앨리샤의 모습이 잡혔다. 날 간절히 바라보는 얼굴, 살려 달라는 눈빛이 오래된 기억을 끄집어냈다.

"언니, 첫째 언니."

'언니, 언니.'

달빛으로 물든 웃는 얼굴이 바스러질 듯 창백하다. 마른 몸이 중심을 잡지 못하고 휘청거린다. 뼈가 그대로 드러나는 가는 팔목이 내게 뻗어 왔다.

"마지막으로 부탁할게."

'사, 살려 줘. 살려 줘. 나, 나 좀……'

"내가 살 수 있도록 도와줘, 언니."

저기 있는 건 누구인가. 죽은 동생들이 날 바라보고 있었다.

나는 앨리샤의 부탁에 바로 답하지 못했다. 도망치듯 그곳을 빠져나왔다. 한참 걷다가 주변에 아무도 없다는 걸 확인하고 나서야 긴장된 숨을 내뱉었다. 동생들의 목소리가 아직도 내 귓가에 웅웅 울려왔다. 여전히 목구멍이 꽉 막힌 것처럼 아릿했다.

안 된다고 말해야 하는데, 나는 어떤 대답도 하지 못했다. 앨리샤의 말대로 안전이 보장된 제안은 아니라는 걸 알아서일까, 아니면 앨리샤를 통해 다른 동생들을 보아서일까. 승낙도 거절도 하지 못했다.

난 여전히 못난 사람이구나. 찻잔 안의 붉은 찻물을 응시하며 내 나약함을 탓했다. 그때 식기가 달칵 부딪치는 소리가 상념을 깨뜨렸다.

"동생하고 얘긴 잘 끝났나?"

"예, 잘했습니다."

난 조금 느릿하게 답하며 잔을 들어 올렸다.

지금은 빈센트와 단둘이 응접실에 앉아 있었다. 로버트가 떠난 뒤 난 다시 조엘리의 시중을 들었다. 앨리샤도 없고, 잠깐이지만 시중을 들어 본 적이 있으니 자연히 그쪽으로 가게 되었다. 덕분에 빈센트는 자연스럽게 조엘리를 만나는 척 날 보러 왔다.

조엘리는 그와 자주 티타임을 가지면서 이렇게 종종 자리를 비켜 주곤 했다.

그럴 때마다 몸 둘 바를 모르면서도, 단둘이 얘길 나누라는 그녀 나름의 배려란 걸 알기에 고마운 마음이 들었다.

바이올렛이 떠난 다음 날 에단도 저택을 떠났다. 그는 바이올렛을 따라 잠깐 방문한 것인지 오래 머물지 않았다. 방에서 잠깐 얘기를 나눈 이후 떠나는 날까지 에단과는 별다른 대화를 하지 않았다. 다만 그는 바로 돌아오겠다는 말을 남긴 채 저택을 떠났다.

"어떠했지?"

"반성하는 거 같았습니다."

"흐음—"

짧은 신음엔 진짜 반성을 하는 거냐는 의문이 담겨 있었다. 난 아무 말도 하지 않았다. 고개를 돌리며 창밖을 내다봤다. 끝없이 펼쳐진 싱그러운 숲을 바라보니 머릿속을 복잡하게 만드는 것들이 덧없게 느껴졌다.

뺨에 시선이 꽂혔다. 모르는 척 창밖을 보다가 몸을 일으켰다.

"차가 식어서 새로 내오겠습니다."

작은 핑곗거리를 만들어 찻주전자를 집어 들었다. 그리고 몸을 돌려 문 쪽으로 향하려는데.

"으악!"

갑자기 몸이 붕 떠올랐다. 손에 든 찻주전자를 떨어뜨리지 않으려고 꽉 붙잡았다. 빈센트가 날 안아 올리고 있었다.

"뭐, 뭐, 뭐, 뭐예요?!"

당황해 소리치는 날 향해 짓궂은 표정을 지어 보인 빈센트가 돌연 빙글빙글 돌기 시작했다. 눈앞의 풍경이 휙휙 돌아갔다. 난 눈을 질끈 감고 양팔로 그의 머리통을 꼭 감싸 안으며 떨어지지 않도록 몸을 지탱했다. 찻주전자를 쥐지 않은 손으론 그의 머리칼을 쥐어뜯었던 것도 같다.

한참 빙글 돌던 그가 어느 순간 멈춰 섰다. 감았던 눈을 떴을 땐 난 창틀에 앉혀져 있었다. 놀란 내 손에 들려 있는 찻주전자를 가져간 빈센트가 그걸 탁자에 내려놓고 다시 내게 다가왔다. 난 울렁거리는 속을 부여잡고 여전히 짓궂

165

은 얼굴을 올려다봤다.

"기분이 어때?"

"어떠냐니, 깜짝 놀랐는데요."

"하지만 헛생각은 사라졌지?"

그제야 난 헛웃음을 흘렸다. 지금 딴생각했다고 이런 건가? 아니, 내가 무슨 생각을 한 줄 알고, 위험하게시리. 탁자 같은 데 부딪쳐 넘어졌다면 큰 사고가 됐을 수도 있다. 꾸짖듯 그를 노려보자 빈센트가 웃으며 날 꽉 끌어안았다.

뺨을 비비는 감촉에 난 편하게 몸을 풀었다. 양손을 그의 등에 올리려는데, 한 손에 뭔가 쥐여져 있는 게 보였다. 펼쳐 보니 조금 전에 쥐어뜯은 금빛 머리카락이 들어 있다. 난 살며시 손을 뒤로해 창밖으로 그것을 털었다.

"무슨 생각을 그렇게 해. 겁나게."

"아무 생각 안 했습니다."

"거짓말은."

난 그의 어깨에 뺨을 기댔다. 여전히 속이 좀 울렁거렸지만 그의 말대로 머릿속을 괴롭히던 복잡한 생각이 조금은 사라졌다.

나는 앨리샤가 도망치자고 했을 때, 한 가지 사실을 깨달았다. 앨리샤의 손을 붙잡고 이곳을 떠나려 했을 때와, 지금 내 마음이 다르다는 것을. 난 이곳을 떠나고 싶지 않았다. 그와의 약속을, 그 마음을 저버리고 싶지 않았다.

난 여길 떠나지 않을 거다. 그건 내가 직접 심어서 싹 틔운 작은 욕심이었다. 이런 생각을 하는 내가 낯설게 느껴졌지만 이제는 그 낯선 느낌마저 익숙해진 기분이 든다.

난 그의 등을 살며시 잡고 방 안을 바라봤다. 멀끔하게 꾸며진 응접실 안은 누가 봐도 귀족가의 저택다운 기품이 느껴진다. 언젠간 이 광경 또한 익숙하게 다가올 때가 오겠지. 앞으로 가야 할 길이 내겐 너무도 과분할지도.

그러니 마지막으로…… 앨리샤를 보내 주고 싶었다. 앞으로 가는 길이 다르다면 지금 보내 줘야 하지 않을까. 같이 도망가 줄 순 없지만, 마지막 길만큼은 내 손으로 직접 안전하게 보내고 싶은 마음이 컸다. 정말 딱 마지막으로.

"다음엔 같이 외출이라도 할까. 매번 저택에만 있기 답답하잖아."

"좋아요."

빈센트에게 말할 순 없다. 그는 당연히 걱정할 테고, 더 이상 그를 끌어들이고 싶지 않았다. 난 눈을 감았다. 내게 감긴 따스한 체온을 느끼며, 마음속으로 미안하다 속삭였다.

□ ◆ □

바로 오겠다고 말한 것처럼 며칠 뒤 이른 아침에 에단이 찾아왔다. 그는 저택에 도착하자마자 조엘리와 얘기를 나누더니, 오후가 되자 함께 외출했다. 그리고 약속한 듯 빈센트는 하루가 지나도록 저택을 찾아오지 않았다.

에단과 조엘리가 떠나기 전에 살인 사건에 대한 얘길 나눈 걸 얼핏 들었다. 혹시 범인이 누군지 알게 된 걸까.

밤이 찾아오자 어두운 하늘에서 천둥이 울렸다. 처음엔 작게 울리던 천둥소리가 지금은 무섭게 울려 퍼졌다. 곧 비가 쏟아질 것 같다.

난 침대에서 일어나 옷을 갈아입고 방을 나갔다. 램프의 불빛을 가장 약하게 줄여 눈앞만 비추게 했다. 그렇게 조심히 걸어 내려가 앨리샤가 구금된 방 앞에 섰다. 낮과 달리 밤엔 방 앞에 아무도 없었다. 살인 사건이 두 번 모두 밤중에 일어나다 보니 밤엔 감시자를 두지 않은 듯했다.

방문은 당연히 잠겨 있었다. 난 머리에 꽂아 둔 기다란 머리핀을 빼서 열쇠 구멍에 끼웠다. 이리저리 돌리자 문손잡이가 달각달각하더니 곧 탁 하는 소리와 함께 문이 열렸다.

열린 문 너머로 침대에 앉아 있는 앨리샤가 보였다. 문밖의 인기척을 느껴서일까, 아니면 날 기다리고 있었던 걸까. 앨리샤는 깨어 있었다.

"일어나. 지금밖에 없어."

"응."

앨리샤가 고개를 끄덕이고 몸을 일으켰다. 난 챙겨 온 앨리샤의 가방을 건네 곧 주변을 살피며 저택을 빠져나갔다. 곧장 숲속으로 들어가자 앨리샤가 날 따라 부지런히 걸었다. 하늘이 쿠릉 소리를 뱉는다. 비가 내리기 전에 빨리 비밀의 문으로 가야 했다.

"얼마나 가야 해?"

"좀 많이 걸어야 해."

하지만 램프의 불빛에만 의지한 채 숲속을 걷기란 쉽지 않았다. 가는 길이 좀 멀어서 괜히 더 초조했다. 나무 기둥을 더듬으며 다급히 걸음을 움직이는데 앨리샤가 말을 걸었다.

"언니도 갈 거지?"

"난…… 안 가."

그 말에 뒤따라오던 발소리가 멈췄다. 뒤돌자 앨리샤가 멀뚱히 서 있었다.

"왜?"

"여기 남기로 했어."

"여기 남기 싫어했잖아."

"이제 싫지 않아졌어."

누군가 강요해서가 아니라 내가 그러고 싶어졌다. 난 흔들림 없이 앨라샤와 마주하며 내 진심을 내보였다.

그때 갑자기 주변이 번쩍였다. 쿠쿠쿵 천둥소리가 들려온다. 난 하늘을 올려다봤다. 아직 빗물이 떨어지지는 않았다. 더 이상 대화를 나눌 여유가 없었다. 난 어두컴컴한 숲속을 둘러보며 앨리샤에게 닦달하는 눈빛을 보냈다. 하지만 앨리샤는 움직일 생각이 없는지 태연히 말을 이었다.

"왜 여기 남는데?"

"그냥 그렇게 됐어. 그보다 지금 이럴 때가 아니야. 비가 오기 전에 가야 해."

"그 남자가 곁에 있어 달라고 한 거지. 그런 거지?"

아니라고 하려는데, 찰나 머뭇거리고 말았다. 내 망설임을 알아챈 앨리샤가 성큼 다가오더니 내 양팔을 꽉 움켜잡았다. 그 악력이 꽤 셌다. 램프의 불빛이 한 차례 주위를 배회했다. 난 얼굴을 찡그렸다.

"왜? 왜 하필 너야? 왜 너인 거야?"

"아파. 왜 이래."

"이해가 안 돼. 너 같은 게 뭐가 좋다고."

네가 뭐가 좋다고, 뭐가 그렇게 마음에 든다고. 더듬더듬 나온 목소리가 이상하게 들려왔다. 난 황당해하며 앨리샤를 바라봤다. 지금 눈앞에 있는 멍한 얼굴은, 며칠 전 모든 걸 체념한 모습과 달랐다. 의문과 혼란, 질투, 온갖 감정이 뒤덮여 있었다.

앨리샤와 나누는 대화는 언제나 돌고 돌았다. 그전에는 앨리샤의 말에 어느 정도 동감했기에 반박하지 못했다. 하지만 지금은, 처음으로 의문이 싹텄다.

"왜 나는 안 되는데?"

왜 난 그 남자가 곁에 있으면 안 되는 거지? 그 남자가 내게 곁에 있어 달라고 하는 게 그렇게 이상한 건가? 내 물음에 앨리샤가 눈을 크게 뜨더니 얼굴을 일그러뜨렸다.

"그 얼굴 가지고 누구한테 사랑을 받겠다는 건데? 넌 언제나 고개 숙이고 남의 눈치 살피면서 구질구질하게 사는 게 더 잘 어울려. 앞으로도 그렇게 살아야 해. 아니, 넌 애초부터 그렇게 살기 위해 태어났다고!"

마치 그렇게 하지 않으면 이상하다는 듯. 혼란스런 감정 끝에 자리한 배신감이 읽히자 내 마음은 바닥 깊숙이 처박혔다. 앨리샤가 '응? 응?' 되물으며 내 몸을 이리저리 흔들었다. 그 손길에 따라 흔들리다 참지 못하고 앨리샤에게 붙잡힌 팔을 있는 힘껏 뿌리쳤다.

램프가 손안에서 튕겨 나가며 바닥에 나뒹굴었다. 앨리샤가 바닥에 엎어졌다. 난 씩씩거리며 앨리샤를 노려봤다. 앨리샤도 날 사납게 노려보고 있었다. 그제야 난 아직도 앨리샤에게서 욕심이 사라진 게 아님을 깨달았다.

황당하면서도 이해할 수 없었다. 매번 날 싫어했는데, 그러면서.

"넌 그렇게 내가 되고 싶니? 네 말대로 남한테 빌어먹는 구질구질한 인생에 추한 외모를 가진 내가?"

"그래! 그렇게 해야 살아남을 수 있다면 네가 되어서라도 살겠어! 안전하고 행복하게 살 수 있다면 너인 척할 수 있다고!"

"그건 잘못된 거야. 잘못된 일이라고!"

"너도 그렇게 살았잖아! 다 그렇게 살아!"

안다. 나도 그렇게 살았다. 내 안전을 위해 다른 사람이 무슨 감정을 가지든 외면했다. 그 죄책감이 날 한평생 괴롭혔다. 난 그랬는데 넌 왜 매번 뻔뻔하기만 할까. 난 숨통이 막힐 정도로 괴로운데 앨리샤는 잘 살고 있는 거 같아서 더 미웠다.

"또, 또 그런 눈빛이야."

"……."

"넌 매번 날 그런 식으로 봐. 그러면 안 된다는 듯, 무조건 내가 잘못한 것처럼 사람을 우습게 쳐다봐. 웃기지 마. 다른 애들 일로 날 비난하고 싶겠지만, 내가 방관자면 너도 방관자야. 내가 살인자면 너도 살인자라고. 내가 잘못한 건 너도 잘못한 거야! 왜냐면 너랑 나는, 우리는…… 그 지긋지긋한 혈육이니까."

앨리샤의 눈 밑이 시뻘겋게 변했다. 눈물을 떨구지 않는 건 앨리샤의 마지막 자존심이었다. 이를 악물고 손바닥이 움푹 팰 정도로 주먹을 꽉 쥐었다. 앨리샤는 지금 이 순간, 우리가 서로 하나 남은 혈육임을 인정했다. 아니, 이미 알고 있었던 거다.

"겉으론 상대를 위하는 척하면서 넌 다른 애들이 죽든 말든 외면했잖아. 그러니 나 같은 건 아무래도 상관없겠지. 날 위해 뭔가를 해 주지도 않을 거고, 내가 죽어도 어쩔 수 없다고 생각할 거잖아. 그러니 이렇게라도 해야지 어떡해? 이용할 수 있는 건 다 이용해서, 당장 무슨 일이 벌어질지 몰라 불안에 떨면서 사는 게 아니라 제대로 된 곳에서 안전하게 내 행복을 챙겨야지 어떡하냐고! 난 살고 싶어! 이렇게라도 살아남고 싶다고!"

다시 하늘이 번쩍거렸다. 앨리샤의 고함은 마치 천둥처럼 내 머릿속을 강하게 내려쳤다.

'내가 널 그렇게 죽였구나.'

난 널 무시했고 외면했고, 그렇게 너를 죽였다. 난 셋째의 죽음을 그런 식으로 외면했다.

모두 떠나고 유일하게 남은 동생이었지만 나는 단 한 번도 다른 동생들과 동등하게 앨리샤를 보지 않았다. 원망하고 미워하기만 할 뿐, 앨리샤를 보듬어 주지 않았다. 예쁘고 잘난 동생한테 고통 따윈 없을 거라고 내 멋대로 치부해 버렸다.

하지만 돌이켜 보면 앨리샤 또한 팔려 가기 위해 길러진 가축과 다를 바 없었다. 아비는 앨리샤를 예쁘게 치장하고 가꾸고 겉으로 드러내며 앞으로 매겨질 값어치를 높이는 데만 신경 썼다. 앨리샤가 스스로의 존재 가치를 깨달았을 때 가지게 될 비참함 같은 건 생각해 보지 않았다. 지금 내 앞에 선 앨리샤의 마음은 너덜너덜해진 넝마와 다름없었다.

처음부터 일그러진 관계였다. 다시 돌아갈 수 없는 관계이기도 했다. 텅 빈 가슴에 후회만이 가득 찬다. 나 혼자 바동거리면 될 줄 알았는데 스스로 놓친 게 너무 많았다. 이제 와 앨리샤를 이해했다. 방식은 잘못되었지만, 너도 결국 나와 같이 살기 위해 바동거리고 있음을 깨달았다.

난 눈을 감고 숨을 골랐다. 앨리샤도 고개를 푹 숙인 채 색색 숨을 골랐다. 홧김에 내뱉어진 진심은 너무 무겁고, 늦어 버린 현실만 깨닫게 될 뿐이라 안타깝기만 했다.

"나는……."

널 외면하려는 게 아니야.

그때 등 뒤에서 부스럭거리는 소리가 들려왔다. 난 놀라 바닥에서 뒹구는 램프를 집어 들고 소리가 난 방향을 비추었다. 양옆으로 흔들리는 램프의 불빛 사이로 시커먼 형체가 보였다. 형체는 사람이었다. 그것도 꽤 익숙한.

"그러게 내가 경고했잖아. 한밤중에 자꾸 돌아다니지 말라고."

장난스런 목소리가 아득하게 들려왔다. 난 눈을 큼지막하게 뜨고 눈앞에 나타난 상대를 훑었다. 상대는 날 지나, 내 뒤에 앉아 있는 앨리샤에게 시선을 주더니 입꼬리를 끌어 올렸다.

왜 네가, 아니 왜 여기에.

흔들림을 멈춘 불빛에 비친 얼굴은, 조니가 맞았다.

"그래서 누구야?"

"뭐?"

머릿속이 어지럽게 꼬여 가면서도 또 하얗게 변해 가는 것 같기도 했다.

갑작스러운 조니의 등장에 당황스러움을 숨길 수 없었다. 그런 내 반응을 예상했다는 듯 조니가 작게 웃는다. 그 얼굴이 마치 길 가다 우연히 만난 것처럼 반가워 보이기까지 했다.

"여기 백작이 찾는 여자가 누구냐고."

그 순간 번개가 번쩍 내리쳤다. 허공을 가르는 빛줄기 사이로 소름 끼칠 정도로 차분한 얼굴이 보였다. 그의 손에 들린 칼이 시선을 낚아챘다. 뇌리를 파고드는 광경이 내 머릿속에서 하나의 기억을 끄집어냈다.

'도망가!'

나는 언젠가 이런 상황을 겪은 적이 있었다.

조니가 한 걸음 걸어 나왔다. 난 주춤 뒤로 물러나면서 조니의 손에 들린 칼을 훑었다.

"처음엔 앨리샤인 줄 알았는데, 그동안 알아낸 정보나 돌아가는 상황을 보니 너인 거 같더라고. 근데 또 확신하기엔 네가 정확한 답을 안 줬단 말이지. 덕분에 그동안 이래저래 머리가 복잡했다니까. 그렇다고 대놓고 네가 여기 백작이 찾던 여자냐고 물어볼 순 없잖아? 자존심이 있지. 나름 고생했다고."

투덜거리는 목소리가 낯설었다. 조니가 손가락으로 날 가리키며 물었다.

"네가 백작이 찾던 여자가 맞아? 이번엔 확실한 거지? 나중에 가서 아니라고 말 바꾸면 곤란해."

"너 누구야."

난 조니가 하는 말을 들으며 겨우 한마디 뱉었다.

"돈 주면 뭐든 하는 사람."

"그게 무슨 소리야. 알아듣게 말해."

"간단해. 여기 백작이 간절히 찾는 여자를 먼저 찾고 싶은 사람이 있던 거지."

"그게 누군데?"

"누굴 거 같아?"

되묻는 말투에는 지금 상황과 어울리지 않게 장난기가 묻어 나왔다. 그래서 내가 지금 꿈을 꾸는 건 아닌지 헷갈렸다. 아니면 이 상황을 어떻게 받아들여야 할까. 그러면서도 난 조니의 손에 들린 칼을 연신 훑었다. 아무리 보고 또봐도 칼이 맞았다. 조니가 내게 보여 주듯 칼 손잡이를 한 번 쥐었다 폈다. 난 다시 조니를 바라봤다.

"그동안 사람들을 죽인 게 너야?"

"음— 글쎄."

조니가 고개를 갸웃했다. 난 확신했다. 조니가 두 번이나 벌어진 살인 사건과 연관되어 있음을. 정말 네가 사람들을 죽인 거야? 대체 왜?

내 생각을 읽었는지, 조니가 어깨를 으쓱이더니 몸을 살짝 뒤로 돌렸다.

"나냐고 묻는데 뭐라고 답해야 합니까?"

다시 수풀이 바스락 흔들렸다. 내 시선이 그쪽으로 향했다. 주변이 다시 번쩍거리며 밝아졌다. 밝은 빛 속에서 수풀을 헤치고 한 남자가 모습을 드러냈다.

허름한 복장에 제대로 먹지 못했는지 마른 몸, 야윈 얼굴, 지저분한 모습과 대조되는 섬뜩한 살기를 품은 눈동자.

뱀 같은 남자.

"……스토퍼."

제임스 크리스토퍼.

콰콰쾅— 천둥이 울려 퍼지며 귓속을 긁어 댔다. 내 목소리가 천둥소리에 먹혀들었다. 들고 있던 램프가 힘없이 바닥으로 떨어져 깨졌다. 훅 내려앉은 어둠 속에서 흉흉한 눈동자가 번뜩이며 날 옭아매었다.

내 머릿속은 무서울 정도로 생각을 정리했다.

자신의 출생에 불만을 가지던 남자가 있다. 어릴 적 그는 남모를 차별을 당해야 했고, 그 속에서 성공을 꿈꿨다. 그의 손안엔 제 양아버지와 친동생의 피가 묻었다. 그렇게 성공하는 듯했으나 피가 섞이지 않은, 가장 경계했던 동생이 결국 자신의 앞길을 막았다.

그는 실패했다. 분노했다. 복수하고 싶었다. 가장 먼저 복수의 상대를 떠올렸다. 자신을 바닥으로 끌어내린 동생보다 먼저 자신을 방해했던 사람. 때마침 상대가 암암리에 사용인을 데려오고 있다는 얘기를 들었다. 어떤 여자를 찾는다고 한다. 소중한 여자인 것 같다. 그럼 그 여자를 먼저 찾아 상대의 눈앞에서 죽여 버리자. 밖에서 사람을 데려오고 있기에 자신의 사람을 심어 두기란 어렵지 않았을 것이다.

그리고 깨달았다.

에단이 결국 자신의 형을 저버리지 못했음을.

에단은 끝끝내 제임스를 살려 주었구나. 어쩌면 그것이 그가 베푸는 마지막 자비였을 것이다. 살면서 자신이 저지른 죄를 깨닫고 뉘우칠 수 있는 마지막 기회. 그러나 제임스는 그 기회마저 놓치고 또다시 사람을 해치려 하고 있었다.

에단은 알고 있었을까. 그가 방 안에 처박힌 채 외면하고자 했던 게 바로 이것이었을까. 내가 앨리샤의 일에 대해 말했을 때, 에단은 날 통해 누구를 보았던 걸까.

제임스 크리스토퍼가 이 저택에 숨어들었다면 움직일 수 있는 시간은 한밤중뿐이었을 것이다. 그렇다면 밀회를 즐기려 했던 두 남녀와 다음 날 식사가 걱정되어 잠시 방을 빠져나갔던 요리 보조가 갑자기 살해된 이유가 이해되었다.

목격자. 죽은 사람들은 제임스를 본 목격자였다.

그리고 이제 이쪽도 목격자가 되었다.

죽음의 공포가 물밀듯 밀려왔다. 팽팽하게 부풀어 오른 공기가 금방이라도 터질 듯 따끔할 지경이었다. 나는 눈조차 깜빡이지 못했다. 어둠에 익숙해진 시야에 제임스의 모습이 잡혔다. 그가 내 얼굴을 뚫어져라 살피고 있었다.

"너, 역시 본 적 있어. 분명 5년 전에……."

제임스가 한 걸음 다가오며 내게 손을 뻗어 왔다. 조니가 현재 상황을 차분히 관망했다. 그때까지도 난 몸을 움직일 수 없었다.

눈앞이 다시 한번 번쩍거렸다. 주변이 환해지는 순간, 그대로 시간이 멈춘 것만 같은 기분이 들었다. 뒤이어 하늘에서 천둥이 쾅! 내려쳤다. 그것이 마치 내게 도망치라는 신호를 보내는 것 같았다.

굳어 있던 몸이 스륵 풀렸다. 난 곧장 몸을 돌렸다. 어느새 일어나 상황을 지켜보고 있던 앨리샤의 팔을 붙잡고 그들의 반대편으로 뛰어나갔다.

수풀을 헤치고 숲속을 내달렸다. 어디로 가는지도 모르는 채 무작정 뛰었다. 저택으로 돌아가야 할까, 아니면 다른 곳으로 가야 할까. 에단과 조엘리가 외출한 뒤 아직 돌아오지 않았는데. 빈센트는 다른 저택에 있을까. 만약 그도 없으면 어쩌지? 아무리 생각해 봐도 어떻게 이 상황을 헤쳐 나가야 할지 갈피를 잡을 수 없었다.

바삭— 바삭—

등 뒤에서 우리를 뒤쫓는 소리가 들려왔다. 그 소리에 마음이 더 초조해졌다.

목적지가 없는 길은 시간 끌기와 다름없었다. 점차 숨이 막혀 왔다. 등 뒤에서 들려오는 소리가 무서울 정도로 빠르게 가까워져 왔다. 이러다 잡힐지도 모른다.

난 주변을 두리번거리다가 커다란 나무 기둥을 발견하곤 방향을 옆으로 틀었다. 그리고 나무 기둥 뒤로 몸을 숨겼다.

숨이 헉헉 뱉어졌다. 하지만 그 소리 때문에 들킬까 봐 제대로 숨을 내쉬지도 못했다. 양손으로 입가를 틀어막고 나무 기둥에 몸을 바짝 붙인 뒤 바깥쪽을 살폈다. 상황이 이상하다는 걸 인지했는지 얌전히 뒤따라오던 앨리샤도 나와 같이 기둥 뒤로 몸을 숨기며 작게 속삭였다.

"이게 대체 무슨 상황이야? 아까 걔, 조니 맞지? 걔는 왜 여기 있는 거야?"

"나도 잘 모르겠어."

"뒤에 있던 남자는 또 누군데?"

"위험한 사람."

아주 많이 위험한 사람. 우리를 죽이려는 사람.

제임스 크리스토퍼는 날 알아본 눈치였다. 내가 5년 전 빈센트의 시중을 들던 시녀란 걸 떠올렸을까? 그럼 빈센트가 찾던 사람이 내가 맞다는 걸 알아챘을 수도 있다.

그에게 붙잡힌다면 죽게 되는 걸까. 차라리 앨리샤를 따로 두는 게 낫지 않을까, 하는 생각이 들었지만 고개를 저었다. 당장 안전한 곳은 없었다. 그나마 숲속이 넓어 다행이었지만, 그들은 절대 앨리샤를 살려 두지 않을 것이다. 왜냐하면 나도 앨리샤도 그가 여기 있다는 걸 목격한 사람이 되었으니까.

만약 내가 그들이 찾는 사람이 아니었다면 우리는 조금 전에 살해당했을지도. 그러자 오싹한 기분이 들어 양팔을 문질렀다.

머릿속이 혼란스러웠다.

그때 차가운 뭔가가 뺨을 스쳐 지나갔다. 앨리샤가 한 손을 들어 올렸다.

"어? 비 온다."

앨리샤의 말대로 하늘에서 가는 빗줄기가 떨어져 내리기 시작했다. 천둥 번개가 여전히 번쩍이며 빛을 뿜어냈다. 난 하늘을 올려다보다가 발소리를 듣고 재빨리 기둥 너머를 살폈다. 조니가 달려오는 모습이 눈에 들어왔다.

곧 조니가 걸음을 멈추더니 주변을 두리번댔다. 그의 손안에 든 칼이 장난감처럼 위아래로 흔들렸다.

"어디로 갔으려나—"

길게 늘어진 목소리가 마치 숨바꼭질을 하는 술래 같았다. 주변을 둘러보던 조니의 시선이 이쪽에 닿자, 난 곧장 기둥에 몸을 바싹 기댔다. 앨리샤가 날 따라 찰싹 몸을 붙였다. 마른침이 목구멍으로 꿀꺽 넘어갔다. 심장이 살가죽을 뚫고 나올 것처럼 사납게 뛰었다.

"으음, 이쪽인가?"

찰박 발소리가 좀 멀찍이 들려왔다. 그러다 다시 찰박거리는 소리가 가까워졌다. '이쪽? 아니면 저쪽? 여기로 가야 하나?' 그 목소리를 따라 내 심장은 위로 솟았다 아래로 내려앉기를 반복했다. 난 눈을 감고 간절히 기도했다.

그대로 지나가라. 제발 지나가.

"저쪽인가 보네."

그리 말한 조니의 발소리가 멀어졌다. 다행히 우리가 숨은 방향과는 반대였다. 그의 발소리가 더 이상 들리지 않는다는 걸 확인하고 나서야 난 안도의 숨을 뱉어 냈다.

"대체 우리를 저렇게 찾는 이유가 뭔데!"

"죽이려는 거겠지."

"주, 죽여?"

앨리샤의 낯빛이 창백해졌다. 난 앨리샤를 흘끗 보고 기다시피 몸을 일으켰다.

"일단 숲을 나가서 누구한테든 도움을 요청해 보자."

조니가 멀어지긴 했으나 제임스 크리스토퍼의 모습이 보이지 않는 게 불안했다. 계속 숲속에서 헤매는 건 위험하다. 일단 숲을 벗어나 사람이 많은 곳으로 가야 한다.

내가 움직이자, 앨리샤가 날 따라 뭉그적 걸음을 옮겼다. 잠깐 동안 빗줄기가 조금 거세졌다. 이대로 빗줄기마저 강해지면 앞으로 나아가기가 더욱 어려워질 수 있다.

비에 젖은 땅이 조금 질퍽거렸다. 난 발소리를 최대한 죽이며 걸음을 내디뎠다.

"있잖아, 왜 죽이려는 건데?"

"빈센트한테 복수하려고."

"왜?"

"굴욕적이었을 테니까. 한순간에 가진 걸 모두 잃었으니 비참하고 원망할 곳이 필요했겠지."

그래서 빈센트를 죽이고 싶었겠지. 빈센트 탓을 해서라도 자신의 잘못을 깨닫고 싶지 않았겠지. 만약 루카스가 살아 있다면 그를 먼저 죽이려고 했을 것이다.

내 말을 곰곰이 곱씹어 보던 앨리샤가 답답해했다.

"그게 대체 무슨 말이야."

앨리샤는 이해하지 못할 거다. 하지만 자세히 말할 순 없었다. 시간도 없고.

걷다 보니 익숙한 길로 접어들었다. 조금 전에 지났던 길이었다. 조금만 더 가면 숲의 입구에 도달할 수 있다.

"얼마나 가야 하는 거야?"

"조금만 더 가면 돼."

여길 나가면 일단 사람들에게 도움을 요청하고, 빈센트와 에단을 찾아 지금의 사태를 알려야 한다. 제임스 크리스토퍼가 이곳에 있다는 것, 그리고 조니가 그와 연관되어 있다는 것.

어쩌면 에단과 빈센트도 이미 이 사실을 알고 있을지도 모른다. 하지만 단순히 추측하는 것과 직접 목격하고 말하는 건 다른 문제였다. 내 예상대로 제임스 크리스토퍼가 복수를 위해 이 저택에 숨어든 거라면 빈센트의 목숨도 위험했다.

그들이 우리를 찾기 전에 먼저 숲속을 빠져나가 도움을 요청해야 한다.

"그럼 나는? 도망치는 건 어떻게 되는 건데?"

갑자기 되돌아온 묵직한 화제에 복잡하게 돌아가던 머릿속이 잠시 멈추었다. 그러고 보니 우리는 비밀의 문으로 가고 있었다. 이런 상황이 벌어질 줄 전혀 예상하지 못했는데. 하지만 그렇다고 이제 와 되돌아가는 건 말도 안 되는 일이었다.

"그건…… 다른 방법을 생각해 볼게. 아니면 내가 다시 잘 말해 볼게."

"네가 어떻게 잘 말해 볼 건데?"

"너도 반성하고 있으니까 목숨의 안전만 보장해 달라고. 나도 같이 사과하고 부탁해 볼게. 그럼 호의를 베풀어 줄 거야."

"그게 돼?"

"될 거야. 잘, 말해 보면."

말처럼 쉽지만은 않을 것이다. 하지만 무릎을 꿇고 빌어서라도 다른 해결 방안을 찾아야 했다.

"네가 말하면…… 구나."

앨리샤의 목소리가 잘 들리지 않았다. 눈을 가리는 젖은 앞머리를 쓸어 넘기며 뒤를 흘끗거렸다. '뭐라고?' 되물었으나 앨리샤는 어쩐지 혼잣말을 하며 바닥을 응시하고 있었다. 멍하니 눈을 껌뻑거리는 걸 보곤 다시 고개를 돌렸다.

길이 점점 나빠진다. 바닥에 돌이 많아 자칫 잘못하면 걸려 넘어지기 좋았다.

"길이 위험하니까 조심해."

그 말을 하기 무섭게 앨리샤의 몸이 중심을 잃고 휘청거렸다. 난 앨리샤가 넘어지지 않도록 재빨리 팔을 붙잡았다. 그러자 앨리샤가 내 가슴께를 양손으로 잡고 몸을 기대 왔다.

"괜찮아?"

앨리샤가 고개를 한 번 끄덕였다.

내 가슴께를 붙잡은 손이 부들부들 떨리고 있었다. 움츠러든 몸도 잘게 떨렸다. 겁이 난 건가. 난 앨리샤의 등을 쓸어내리며 다독였다.

그때 또다시 수풀이 바스락거렸다. 앨리샤의 등이 움찔거렸다. 벌써 쫓아온 건가? 난 소리가 난 방향을 재빨리 살폈다. 아직 아무도 보이지 않았지만 소리가 가까웠다.

입구까지는…… 다행히 거리가 많이 멀지 않았다. 난 입구 쪽을 가리켰다.

"저기로 나가면 될 거 같아."

그리고 다시 걸음을 옮기려는데 앨리샤가 내게서 떨어지지 않았다.

"나, 무서워."

"조금만 가면 돼."

"나, 난 살고 싶어."

난 주변을 두리번거리다 앨리샤에게 시선을 주었다. 앨리샤가 고개를 들어 올렸다.

난 앨리샤가 겁을 먹고 이상한 말을 하는 줄 알았다. 그런데 그게 아니었다. 날 바라보는 앨리샤의 얼굴이 묘하게 차분했다. 기시감이 든다. 난 이런 얼굴을 본 적이 있었다.

큼지막하게 떠진 눈동자가 날 선명히 담았다.

"미, 미안해."

"뭐?"

그게 무슨 소리냐고 묻기 위해 입을 벌리는 순간, 내 몸이 뒤로 확 밀쳐졌다.

갑작스런 힘에 난 중심을 잃고 뒤로 넘어갔다. 등 뒤에서 훅 불어오는 바람에, 내 뒤쪽이 발 디딜 곳 없는 내리막길이란 걸 뒤늦게 떠올렸다.

난 무의식중으로 살기 위해 손을 뻗었다. 하지만 손안에 잡히는 건 아무것도 없었다. 내 손끝 너머에서 울듯이 웃고 있는 앨리샤가 보였다.

아.

"내가 가질 수 없다면 아무도 가질 수 없어."

그리 말한 앨리샤가 입구 쪽으로 몸을 돌렸다. 그걸 마지막으로 내 몸은 바닥을 뒹굴며 아래로 떨어졌다.

아프다. 어디가 아픈지 모를 정도로 온몸이 다 아팠다. 손가락 하나 까딱이기 힘들었다. 나는 무엇을 하고 있었더라. 내가 방금 전까지 어디 있었는지도 떠오르지 않는다.

아니. 아니다. 난 마크 아저씨 빵집에서 나오던 길이었다. 오늘 치 일을 하고 나오는데 아저씨가 빵이 많이 남았다고 한가득 품에 안겨 주었다. 고소한 빵 냄새가 기분을 좋게 만들었다. 얼른 이 빵을 가족들에게 건네주고 싶어 난 발걸음을 빠르게 놀렸다.

그러다 가는 길에 어떤 남자를 만났다. 아는 사람을 만나러 필튼에 잠깐 내려왔다가 그대로 눌러앉게 된 남자였다. 시내에 볼일이 있어 나왔다는 남자는 내게 동행을 제안했다. 난 웃으며 같이 걸어갔다.

남자는 오늘 있었던 일을 말해 주었고 난 이야기를 들으며 기쁘게 웃었다. 별것 아닌 수다였지만 그마저도 기분 좋았다. 바닥에 내디뎌지는 발걸음이 가볍고, 남자가 호탕하게 내뱉는 말이 날 계속 웃음 짓게 만들었다.

나는 언젠가 이 남자와 혼인하게 될 것이다. 남자는 날 마음에 들어 했고, 나도 남자가 마음에 들었다. 마을 사람들이 잘 어울린다고 은근히 응원해 주기도 했다. 혼인 소식을 전하면 아버지는 축하한다 말하며 몰래 섭섭해할 테고, 어머니는 날 위한 드레스를 만들어 주겠지. 동생들은 그럴 줄 알았다는 듯 축하 인사를 건네며 자신들이 더 신나 하겠지.

그럼 난 모두의 축복 속에서 혼인식을 올린 뒤, 비록 풍족한 형편은 아니지만, 이 남자와 서로 의지한 채 아이도 낳고 행복한 가정을 이루며 살게 되겠지. 그리고 삶의 마지막 날엔 주름진 손을 맞잡고 누워 과거의 행복을 되새김질할 것이다.

이 정도면 괜찮았던 거 같아.

괜찮은 삶이었어.

"정말 그렇게 생각해요?"

문뜩 남자가 물었다. 난 웃는 걸 멈추고 남자를 바라봤다. 그게 정말 괜찮은 삶인가? 스스로에게 다시 물어보자 손에 든 빵이 차갑게 느껴졌다.

"정말 그래요?"

남자가 다시 물었다. 난 딱딱하게 굳은 얼굴을 풀며 애써 입꼬리를 끌어 올렸다. 그럼요. 그리 말하려는데 입술이 꿀을 바른 것처럼 잘 떨어지지가 않는다.

사실은 알고 있었다.

"아니요."

아니에요. 그건 내 삶이 아니에요. 내 삶은, 이렇지 않아.

나의 삶은 태어난 순간부터 지독한 가난을 겪어야 했고, 아비는 잔혹했다. 유일한 보금자리였던 어미는 제 자식들을 버리고 떠났고, 어미가 없는 내 삶은 악마 새끼에게 짓밟힌 채 좌지우지되었다.

나는 그저 눈을 감고 몸을 웅크릴 뿐이었다. 한때는 아프다고, 제발 그만하라고 애원했던 것도 같다. 살려 달라 빌기도 했다.

그럼에도 달라지지 않았다. 그런 삶이 비참했다. 그 비참함마저 날 지옥으로 밀어 넣는 거 같았다.

후회만이 남은 삶이었다.

'언니 괜찮아. 나 괜찮아.'

'왜, 너도 팔아 줄까? 취향 특이한 놈들이야 널리고 널렸으니 너같이 추한 것도 좋다고 덤벼들지도 모르지. 그렇게 불쌍하면 너도 따라가게 해 주지!'

'아무것도 하지 마. 그게 언니가 해야 할 일이야.'

'넌 그 얼굴 덕 본 거란다.'

'따님을 고용하고 싶습니다.'

'나는 폴라가 어떤 외모라도 다 좋은걸.'

'당신의 행복을 빌어요.'

무수히 많은 기억들이 뒤죽박죽 섞여 눈앞에 펼쳐졌다. 힘들고 괴로웠지만 그 속엔 분명 따뜻함이 있었다. 소중한 것도 있었고, 보람찬 것도 있었고, 저버리고만 싶은 삶은 아니었다. 그렇게 '내' 가 되었다.

이게 나의 삶이었다.

"그러지 말고 우리 도망갈래요?"

다정한 속삭임이 귓가에 흘러들었다. 강한 힘이 내 팔뚝을 옥죄었다. 혹여 상대가 뿌리칠까 봐 겁이 난 듯한 손길. 붙잡힌 곳이 아릿했다.

"나랑 도망쳐 줄래요? 힘없이 떨기만 하는 내 손을 잡고, 함께."

당신은 알았을까. 사실 그 말이 위로가 되었다는 것을. 얼마나 마음이 흔들렸음을. 나는 그때 당신에게 함께 도망치겠다고 말하고 싶었다. 그래도 된다고, 괜찮다고 말해 주었어야 했다. 당신의 마지막을 그렇게 보내게 될 줄 알았다면, 한 번쯤은 당신의 손을 붙잡아 줬어야 했는데.

얼마나 무서웠을까. 마치 술래를 피해 도망치는 숨바꼭질처럼 그는 자신을 꽁꽁 숨겨 버리고 싶었을 텐데.

하지만 도망치는 게 올바른 방법은 아니겠지. 현실을 외면하고 살아가는 것이 해결책은 아니야. 결국 후회하게 되더라도 괜찮다. 누가 뭐라 해도 상관없다. 상처 주고 상처받고, 온몸이 너덜너덜해진다고 해도 받아들이기로 한 삶이었다.

왜냐하면 그 남자는 나의 삶이 특별하지도 이상하지도 않다고 했으니까. 남들과 똑같은 삶이라고 했으니까. 힘들다고 어리광 부리는 것도, 때론 내 욕심을 먼저 생각하는 것도 이상하지 않다고 말해 주었으니까.

그러니 더 이상 도망치는 건 그만하기로 했다.

나는 내 팔뚝을 붙잡고 있는 그의 손을 살며시 감쌌다. 그러자 그가 내 팔뚝에서 손을 떼어 냈다. 난 그 손을 마주 잡으며 손안에 든 따스한 온기와 떨림을 더듬었다.

"이제 도망치지 않을래요."

이제 그러지 않을게요. 제대로 마주 볼게요. 외면하지 않을게요.

당신을 혼자 두지 않아.

만약 시간을 돌려 다시 이 순간으로 돌아간다면 당신의 손을 맞잡고 도망치는 대신, 그 두려움을 함께하며 앞날을 바라볼 거다. 비록 당신이 그것을 원하지 않는다고 해도.

"이번엔 함께 있을게요."

난 떨고 있는 손을 꽈악 움켜잡았다. 고개를 들어 올렸다. 루카스의 얼굴이 보였다.

"정말요?"

비난과 원망은 전혀 없는, 언제나 상냥하고 다정하고 애정을 담은 얼굴이 날 향해 웃고 있었다.

"그럼 이제 눈을 떠요."

그 순간 눈이 번쩍 떠졌다.

가장 먼저 느낀 감각은, 차가운 무언가가 내 얼굴을 때리고 있다는 거였다. 얼마 안 가 그게 빗방울이란 걸 깨달았다. 뒤이어 누군가 날 다급히 부르고 있다는 생각이 들었다. 난 느릿하게 시선을 들어 올렸다.

"폴라! 정신 차려!"

다급한 목소리가 들려왔다. 걱정으로 물든 얼굴을 일그러뜨린 채 빈센트가 날 내려다보고 있었다. 그러다 나와 시선을 마주하자 안도한 표정을 짓는다.

"괜찮아. 괜찮을 거야."

그가 조심스러운 손길로 내 뺨을 어루만졌다. 가느다란 떨림이 느껴진다. 그제야 조금 느릿하게 머릿속이 돌아갔다.

아, 난 굴러떨어졌구나. 앨리샤가…… 그렇구나.

몸이 너무 무거웠다. 어딘가 저릿하기도 했다. 아직 정신이 반쯤 멍해서 현실감이 들지 않았다. 그의 말에 대답해 주고 싶어 입을 달싹였으나 목소리가 나오지 않는다. 그저 눈꺼풀만 깜빡였다. 빗방울이 연신 내 얼굴을 적셔 내렸다.

자신의 이마를 내 이마에 댄 빈센트는 괜찮을 거란 말만 반복했다. 그것이 내게 하는 말인지 자신에게 하는 말인지 알 수 없었다.

시선을 멀찍이 돌리자, 루카스가 보였다. 언제나처럼 핏물에 젖은 얼굴로 루카스는 익숙한 말을 흘려보냈다.

"도망가……."

아니, 이번엔 달라.

"도망가…… 도망, 가! 도망가!"

툭툭 끊겨 나온 목소리는 울부짖음에 가까웠다. 매번 표정을 제대로 가늠하기 어려웠던 루카스의 얼굴이 지금은 선명히 보였다. 울듯이 일그러진 얼굴은 초조한 기색을 띠고 있다. 그는 연신 '도망가, 도망가.' 라는 말만 반복했다. 여기서 도망가라는 게 아니라, 마치 누군가에게 위험을 경고하는 것처럼.

누구한테?

그 순간 루카스의 옆으로 누군가 걸어 나왔다. 허름한 복장의 흉흉한 살기를 띤 남자, 제임스 크리스토퍼가.

그가 천천히 손을 들어 올렸다. 빗물 사이로 보이는 건 총이었다. 그 총구의 끝이 빈센트를 향했다. 살기를 띤 얼굴이 활짝 웃음 짓는다. 루카스의 다급한 목소리가 귓속을 파고들어 왔다.

"도망가…… 형! 형!"

아, 그렇구나. 당신의 목소리가 닿아야 할 상대는 내가 아니었구나.

"빈센트!"

빈센트, 루카스는 그에게 위험을 경고하고 싶었던 거구나.

이제야 깨달았다. 하지만 늦은 깨달음이었다. 들리지 않는 부름은 오직 내 귓가만 먹먹히 적셨다. 루카스는 비명을 지르듯 빈센트를 불렀지만, 그의 목소리는 빈센트에게 닿지 못했다. 그는 날 살펴보느라 아직 제임스의 존재를 알아차리지 못하고 있었다. 제임스가 금방이라도 방아쇠를 당길 거 같았다.

그 모든 상황이 느릿하게 내 시야에 잡혔다.

이 모든 게 과연 우연이라고 말할 수 있을까.

내가 이 저택에 다시 오게 된 것이, 빈센트를 만나고 다른 사람들과 재회한 것이, 그리고 저 남자가 살아남아 이곳으로 흘러들어 온 것이 과연 우연이라 할 수 있을까. 내가 루카스의 환영을 보는 것이 단순히 내가 미쳤기 때문일까.

어쩌면 당신이 날 찾아온 건 이 순간을 위해서였을지도 모른다.

빈센트에게 위험을 알려 주기 위해서.

무거웠던 몸이 한순간 가볍게 느껴졌다. 난 양팔을 펼쳐 빈센트를 품에 안고 몸을 돌린 뒤 그를 밀쳤다. 타들어 가는 고통이 어깨를 관통했다.

내게서 멀어지는 빈센트의 시선이 나와 내 뒤에 있는 제임스에게 꽂혔다. 놀란 에메랄드빛 눈동자가 사납게 변하며 동시에 빈센트가 손을 들어 올렸다. 그제야 난 그가 총을 들고 있었음을 깨달았다.

"제임스!"

이를 아득 문 외침 뒤로 단발의 총 소리가 울려 퍼졌다.

머릿속의 무언가가 툭 끊어진 기분이 들었다. 다시 눈을 떴을 땐, 난 다시 바닥에 쓰러져 있었다. 눈꺼풀이 무서웠다. 손가락 하나 까딱일 수 없었다. 빗줄기가 툭툭 떨어지는 소리가 귓가에 들려왔다. 몸이 축축이 젖어 가는 게 느껴졌다.

흐릿한 시야로 날 바라보는 루카스의 얼굴이 들어왔다. 그는 미안해하는 얼굴이었다.

아아, 바보 같은 사람. 바보 같을 정도로 다정하고, 그래서 나약한 사람. 이제야 알았다. 왜 그토록 당신이 안타까웠는지.

당신도 나와 같구나. 누군가에게 상처 주고 살아남아 죄책감에 허덕이고 있었구나. 외면하고 싶었지만 외면하지 못해 고통스러웠겠지. 스스로를 다독이는 거짓말을 끝없이 쌓아 올렸지만 끝내 저버리지 못했구나. 결국 스스로를 자책하다가 벼랑 끝으로까지 몰린 당신은 아마 모든 걸 포기해 버렸을지도 모른다.

그는 바로 나다. 결국 죽음을 선택해 버린 또 다른 나.

드디어 당신을 이해했다.

눈이 감겼다.

내리쬐는 볕이 기분 좋았다. 포근하다. 따뜻한 기운에 온몸이 노곤하게 풀어지고 입꼬리가 절로 올라갔다. 나는 고개를 젖히고 따스한 기운을 마음껏 즐겼다. 바람이 사르르 불어왔다. 나뭇잎이 바람에 스쳐 사락사락 기분 좋은 소리를 만들어 냈다.

한참 따스함을 즐기다 고개를 내리자, 먹음직스러운 디저트와 향긋한 차가 놓인 테이블의 맞은편에 루카스가 앉아 있었다. 시선을 마주치자 그가 방긋 웃음을 짓는다.

"날씨가 참 좋아요. 그렇죠?"

"……"

"루카스 님."

내 부름에 반응하듯 루카스의 웃음이 짙어졌다. 바람이 그의 갈색 머리카락을 쓸어내렸다. 빛줄기가 그의 주변을 환하게 내리쬐었다.

나는 그에게 주절주절 말을 걸었다. 아주 신나고 재미있는 이야기를 하는 양 그간의 일들을 풀어놓았다. 이건 힘들었고 저건 즐거웠고, 투정에 가까운 별것 아닌 수다를 떨며 웃었다. 말을 하는 건 나뿐이었고, 루카스는 웃으며 듣기만 했다. 그럼에도 즐거웠다.

"제가 늦지 않았던 걸까요? 당신의 바람대로 해 드렸던 걸까요?"

"……"

"미안해요. 혼자 둬서."

죽음을 앞둔 당신을 두고 혼자 도망쳐서, 그렇게 떠나 버려서 미안해요. 나는 이제야 당신에게 사과를 건네 본다. 많이 늦은 걸 알면서도 이제 겨우…….

"그래도 좀 더 힘내시지 그러셨어요. 힘들어도 포기하지 마시고, 누군가 비난하더라도 끝까지 삶을 놓지 말지 그러셨어요."

좀 더 버텨 보지. 코앞에 다가온 죽음을 받아들이지 말고 발버둥 쳐 보지.

나는 당신이 살아남길 바랐다. 행복하길 바랐다. 5년이 지난 뒤 건강해진 당신과 다시 재회했으면 얼마나 좋았을까.

하지만 나도 안다. 그건 쉽지 않은 일이었다는 걸. 그로 인해 누군가는 고통스러운 삶을 살아야 했을 수도 있다는 걸. 그래도, 삶과 죽음의 경계에선 자신을 먼저 생각해도 되지 않을까.

나는 작게 투덜댔다. 내 말에도 루카스는 그저 웃기만 했다. 그 얼굴은 너무 예쁘면서도, 빛줄기에 금방이라도 부서질 것처럼 아련하게 느껴졌다.

바람이 잔디밭을 한 차례 쓸고 지나갔다. 머리 위에 있는 나뭇가지가 흔들렸다. 낙엽이 나풀나풀 자유를 찾아 떠났다. 고요한 공간엔 바람과 나뭇잎이 스치는 소리만 들려왔다. 그 사이를 파고 내리쬐는 햇살은 여전히 따스하다.

완벽하다. 완벽할 정도로 포근했다.

그래서 더 멀게 느껴졌다.

"이건 꿈인가요? 아니면 제가 죽은 걸까요?"

루카스는 아무 말도 하지 않았다. 난 쓰게 웃었다. 눈을 감기 전, 마지막 순간이 생생히 떠올랐다. 그건 죽음에 가까웠다. 죽는다는 게 무서운 건 아닌데, 언젠가 간절히 바랐기도 했는데, 정작 진짜 죽었다고 생각하니 어쩐지 아쉬움을 되짚게 된다. 온몸을 포근하게 감싼 햇살이 날 위로해 주는 것 같았다.

"폴라."

햇살보다 더 따스한 목소리가 귓가를 스쳤다. 난 아득하게 그를 바라봤다.

"어릴 적에는요, 내리쬐는 햇빛처럼 눈부신 행복만이 넘쳐 나는 삶을 살 줄 알았어요. 하지만 자라서 본 세상은 결코 아름답지 못했고, 감당하기 어려운 진실 앞에서 나약하기만 한 자신을 알게 되었죠. 세상에 혼자 남겨진 기분이었어요. 답장이 오지도 않는 편지를 쓴 건, 형이 괜찮다고 말해 주길 바라는 내 욕심이었어요."

"……."

"그런 내게 당신이 보내 주었던 답장은, 세상에 나 혼자가 아니라고 말해 주는 위로였어요. 그렇게 당신을 사랑했습니다. 아주 많이."

절절한 고백도 슬픈 말도 아니었다. 그럼에도 슬프게 들려오는 건, 내가 어떤 대답도 할 수 없기 때문일까. 나는 이번에도 당신의 고백에 부응해 주지 못한다.

"하지만 당신을 사랑하는 만큼 다른 사람들도 사랑하고 있어요. 모두를 사랑해요. 그렇게 말하면 실망스럽나요?"

난 고개를 마구 저었다. 그럴 리 없지 않은가. 나만이 특별하다고 말하지 않아도, 진실된 그의 마음 자체로 충분히 소중했다.

……아, 그렇구나. 온몸이 불에 타오르는 고통을 느끼면서도 불속에 뛰어드는 감정만 사랑인 건 아니구나. 이렇게 포근하고 다정하고, 슬픈 사랑도 있구나.

루카스가 내게 보여 주었던 사랑은 그런 것이었다. 내 생각이 맞는다고 말해 주는 것처럼, 루카스가 날 마주 보며 눈꼬리를 휘었다.

"나의 사랑하는 사람들이 행복했으면 좋겠습니다. 마치 동화 속의 주인공처럼."

그럼 당신은요? 떠난 당신의 행복은 어떻게 하나요. 고통 속에 떠나 버린 당신은, 누가 위로해 주나요. 당신다운 다정한 바람이었지만 그 속에 루카스는 없었다. 채 나오지 못한 괴로움이 목을 막히게 했다. 그런 내 마음을 이미 알고 있다는 듯 루카스가 다정히 속삭였다.

"떠난 사람들 때문에 괴로워하지 말아요. 그들이 못다 누린 행복을 대신 느끼기 위해 살아간다고 생각했으면 좋겠어요."

"……."

"이제 도망가지 않아도 돼요."

바람이 다시 사륵사륵 간지러운 소리를 들려주었다. 그의 등 뒤에 펼쳐진 하늘이 주홍빛으로 물들어 가는 게 보였다.

"고마워요. 당신 덕분에 형이 살 수 있게 되었어요."

눈을 감았다 뜨자, 먹음직스러운 디저트가 놓여 있던 테이블이 사라지고 루카스는 어느새 주홍빛 하늘을 등지고 서 있었다. 금방이라도 저 멀리 떠나 버릴 사람처럼. 난 멀찍이 그를 바라봤다. 익숙한 기시감이 들었다.

5년 전, 저택을 떠나기 전에 루카스가 같이 마을에 놀러 가자고 하던 날이었던 거 같다. 짧은 시간을 함께하고 돌아온 뒤 루카스는 저렇게 날 바라보았었다.

그때와 달리, 루카스의 얼굴이 또렷이 눈에 들어왔다.

상상했던 대로 상냥하게 웃는 얼굴은 아니었다. 상대를 배려해 웃고 있으나, 그 얼굴은 기울어지는 노을만큼이나 쓸쓸하고 외로운 기색을 내비친다.

"지금 이 순간을 영원히 잊지 못할 거예요."

그때와 같은 말이었지만, 이번엔 불안하게 느껴지지 않았다. 하지만 슬프고 괴롭고, 눈물이 차오를 것 같은 기분. 이제 다시는 당신에게 또 보자는 말을 하지 못한다는 걸 알아서일까, 마지막이란 게 절실히 와닿자 가슴이 아프게 옥죄어 왔다.

지금 당신도 나와 같은 마음일까.

내가 지금 꿈을 꾸는 건지도 모른다. 아무래도 좋았다. 난 우는 대신 그때와 마찬가지로 활짝 마주 웃었다.

"저도요."

남을 희생시키기만 했던 내가 누군가를 구한 순간을, 그리고 당신을 다시 만난 이 순간을 영원히 잊지 못할 거예요.

내 말에 루카스는 마지막으로 활짝 웃어 주었다.

'나는 이제 괜찮아요.'

나직한 목소리가 점점 멀어졌다. 눈앞이 서서히 기울어지며 몸이 어둠 속으로 가라앉았다. 끝이 없는 바닥으로 추락하는 기분에 그대로 눈을 감았다 어느 순간 묘한 기분이 들었다.

눈을 뜨자, 주변이 흐릿했다. 여기가 어디지. 멍한 머릿속을 삐그덕 움직여 보았다. 몸 위에 돌이 얹힌 것처럼 너무 무거웠다.

그때 삐거덕 소리가 들려왔다. 눈을 한 번, 두 번 껌뻑거리니 흐릿한 형체가 다가오는 게 보였다. 세 번째로 눈꺼풀을 깜빡였을 땐 상대의 얼굴이 보였다.

"폴라."

에단이었다. 옆에 앉아 있었던 건지, 그의 등 뒤로 의자가 보였다. 살짝 헝클어진 머리와 흐트러진 차림새가 평소답지 않았다. 자세히 보니 잠을 제대로 못 잤는지 눈 밑이 퀭하고 얼굴이 지쳐 보인다.

난 아직 멍한 정신으로 그를 바라봤다. 그도 날 살피듯 마주 응시했다.

"왜 그래요? 어디 불편한가요?"

"주인, 니……은……."

모래알이 가득 찬 것처럼 목구멍이 까끌까끌했다. 한마디 뱉었을 뿐인데 어쩐지 힘이 들었다. 끝내 말을 잇지 못하고 숨을 헐떡이자, 에단이 내가 묻고 싶은 걸 알아채고 입을 열었다.

"빈센트는 괜찮아요. 어디 다친 곳도 없고 멀쩡합니다."

"다행……이……."

"빈센트보다 폴라를 먼저 걱정하는 게 좋겠군요."

그의 손이 내 어깨 쪽에 살며시 닿았다. 난 멍하니 그의 시선을 좇다 문득 무언가가 어깨를 갑갑하게 감싸고 있다는 걸 깨달았다. 몸을 살짝 비틀자 뼈마디가 어긋나 버린 것처럼 통증이 밀려왔다. 끙 신음을 흘리자 에단이 가만히 있으라는 듯 내 몸을 지그시 눌러 주었다.

내가 거친 숨을 토하며 안정을 되찾는 사이, 에단은 침대 옆에 있는 의자를 가까이 끌어 앉았다. 난 다시 멍하니 그를 바라보다가 마른 입술을 달싹였다.

"그, 남자는, 요……?"

내 물음에 에단은 슬프게 웃었다. 그게 마치 대답인 것 같았다. 난 내가 눈을 감기 전에 들었던 총소리를 떠올렸다.

"미안해요, 폴라."

양손을 맞잡은 에단이 고개를 푹 숙였다. 헝클어진 갈색 머리카락이 그의 얼굴을 그늘지게 만들었다.

"제임스도 원래는 그렇게 나쁜 사람은 아니었어요. 어릴 적엔 믿음직스러웠고, 겉으론 무뚝뚝해도 속은 다정한 자랑스러운 형이었죠. 비록 피가 이어지진 않았지만 이를 내색하지 않는 제임스가 좋았어요. 그는 내게 소중한 가족이었죠."

"……."

190

"난…… 제임스가 속죄하길 바랐어요. 그로 인해 고통받은 사람들에게 제대로 사과하기를 바랐죠. 알아요. 내가 안일했어요. 자존감이 높은 제임스가 자신의 잘못을 쉽게 받아들이지 않을 거란 걸 알면서도…… 그가 이미 너무 먼 길을 갔다는 걸 아는데도 내 욕심에 살려 둔 거예요. 하지만 결코 이렇게 되길 바라는 마음은 아니었어요."

"……"

"제임스가 아버지를 그렇게 만들었고, 루카스까지 죽이는 데 일조했다는 걸 아는데도, 나는…… 내 손으로 하나 남은 가족을 죽이는 게 두려웠어요."

더듬더듬 나온 목소리가 복잡한 그의 심경을 대변해 주는 것 같았다. 에단은 탄식하듯 자신의 죄를 토로했다. 점점 아래로 내려가는 고개가 그가 짊어지고 있는 죄책감을 느끼게 해 주었다. 그의 모습이 마치 나를 보는 것 같았다. 그가 하는 말이 내 가슴속 깊이 뜨거운 화상을 남겼다.

"……내 잘못된 선택 때문에 사람이 죽었고, 빈센트를 또 위험에 빠뜨렸으며, 당신을 죽을 뻔하게 만들었어요. 미안합니다. 너무 늦었지만, 사과하고 싶어요."

에단이 고개를 더 깊게 숙였다. 저러다 바닥에 이마를 찧을 거 같다. 그는 날 제대로 보지도 못하고 있었다. 난 멀뚱히 고개를 푹 숙인 그를 바라봤다. 내가 침묵하니 그의 어깨가 점점 축 처져 갔다.

"에단, 님."

"네, 말해요."

"루카스 님의, 꿈을, 꿨어요."

그 말에 에단이 고개를 들어 올렸다. 큼지막하게 떠진 눈동자가 잘게 흔들린다.

"이제, 괜찮다고, 하, 하셨어요."

"……"

"떠, 떠난 사람들, 때, 문에, 괴로워하지, 말았으면, 한다고…… 그들이 못다, 누린 행복을, 대신, 느끼기 위해, 살아간다고, 생각했으면, 좋겠다고, 하셨어요."

겨우 몇 마디 말했을 뿐인데 숨이 거칠어졌다. 난 색색 숨을 토하며 에단의 반응을 기다렸다. 내 말을 조용히 듣던 에단의 얼굴이 조금씩 일그러지더니 그가 힘없이 하하 웃음을 흘렸다. 그러다 손을 들어 눈가를 가렸다.

"그 녀석이 꿈에서 그러던가요."

"……네."

"하, 바보 같은 자식. 끝까지……."

탄식을 토해 내는 그의 입술이 잘게 떨렸다. 더 이상 대화를 이어 갈 수 없었다. 내가 말하는 게 지쳐서가 아니라, 눈가를 가린 채 조용히 눈물을 흘리며 울고 있는 에단 때문에.

□ ◆ □

그간의 일들은 에단을 통해 전해 들었다.

'처음 불길하다고 느꼈던 건, 재판에 결정적인 증언을 했던 사람이 죽었다는 소식이었어요.'

그는 크리스토퍼 가문에서 정원사로 오래 일한 늙은 노인이었다. 제임스를 검거하는 데 결정적인 역할을 했던 증인이기도 했다. 그 노인이 죽었다고 한다. 돌연사였다. 정정한 나이는 아니었지만, 그 소식을 접하자 불길한 기분이 들었다고 한다.

'그래서 제임스를 몰래 감시하고 있었던 사람을 불러들였는데, 그는 이상한 낌새를 느끼지 못했다고 하더군요. 대외적으론 제임스가 죽었다는 소식을 알린 뒤 여태 얌전히 지내고 있다고 하니 나도 잠깐 방심하고 말았죠. 얼마 안 가 감시자가 죽고 제임스도 사라져 버렸어요.'

에단은 바로 빈센트의 안위가 걱정됐다. 제임스가 살의를 품는다면 그 대상은 자신을 가장 먼저 방해한 빈센트라고 생각해서였다. 어쩌면 정확한 생각이었다. 그는 곧장 시간을 만들어 벨루니타 저택을 방문했고, 거기서 우연찮게도 나와 재회했다.

'이상하죠? 폴라를 만난 건 기쁜데, 그게 또 불길하단 생각이 들더군요.'

마치 큰일이 터지기 전의 고요함처럼, 연극 무대 위에 필요한 배우들이 모여들듯 오랜 인연을 만나게 되었다. 그래서 바로 떠나지 못했다. 에단은 휴양차 숲속 저택에 지내면서 동시에 빈센트의 주변에 이상한 낌새가 없는지 주시했으나 아무 일도 벌어지지 않았다. 그렇게 버티다가 제임스의 소재를 파악하고 급히 떠났다고 한다.

그리고 첫 번째 살인 사건이 터졌다.

'제임스의 마지막 소재지가 벨루니타 저택과 멀지 않은 곳이었죠. 난 그가 빈센트를 만나러 갔다는 걸 알아챘어요.'

그때서야 에단은 빈센트에게 제임스가 살아 있음을 알렸다. 사실 그 전에 알리려고 했는데 용기가 나지 않았다고 한다. 빈센트는 놀라긴 했지만 예상하지 못한 건 아니었는지 차분히 저택에 살인 사건이 터졌다는 걸 알려 주었다.

그는 범인으로 외부인을 주목했다. 한밤중에 갑자기 사람이 죽었다는 게 이상했기 때문이었다. 내부의 소행이라면 굳이 한밤중에 일이 터질 리 없지 않은가. 만약 밖에서 누군가 들어왔다면, 범인이 누구인지는 그간의 정황으로 파악할 수 있었다.

제임스가 이 저택에 들어온 걸까. 추측이 확신으로 바뀐 건, 허름한 차림새와 달리 말하는 데 기품 있어 보이는 남자를 본 적 있다는 마을 사람의 이야기를 듣게 되면서였다. 빈센트가 먼저 상대를 만나러 가고, 에단은 조엘리와 같이 뒤늦게 빈센트를 따라갔다. 그리고 살인 사건을 벌인 사람이 제임스라는 걸 확신하게 되었다.

내가 걱정돼 그길로 곧장 저택에 돌아온 빈센트는 우연히 숲속에서 달려 나오는 여자를 보게 되었다. 앨리샤였다. 순간 불길함을 느낀 빈센트는 숲속으로 들어왔고, 낭떠러지에 굴러떨어진 날 발견했다.

'늦지 않아서 정말 다행이에요.'

제임스는 총까지 들고 있었다. 그는 이곳에서 사람을 세 명이나 죽였다. 내가 추측한 대로 한밤중에 돌아다니던 그를 목격한 사람들이 죽임을 당한 것이었다. 총은 소리가 날 테니 날카로운 것으로 찔러 죽이는 방법을 택했다. 그 시체를 그대로 둔 것은 빈센트를 향한 경고라는 걸 어렵지 않게 짐작할 수 있었다. 그리고 빈센트가 늦었다면, 아마 나도 제임스에게 붙잡혀 끝내 죽임을 당했을 것이다.

하지만 살아남았다고 해서 상태가 좋은 건 아니었다. 나는 굴러떨어져 생긴 타박상과 총상으로 인해 열이 올라 며칠이나 앓아누웠다고 한다. 정신을 잃고 힘들어하는 날 조엘리나 에단, 오드리가 번갈아 살피러 와 주었다. 내가 겨우 눈을 떴을 땐 에단이 내 곁을 지키던 차례였다.

에단은 총을 맞은 곳이 어깨라서 다행이라는 소식을 알려 주었다. 하지만 나는 손님방 하나를 통째로 사용하게 된 과분함에 몸 둘 바를 몰라 하며 내 방으로 가겠다고 했다. 그러나 에단은 물러서지 않았다.

'몸이 나을 때까지 편히 쉬고 있어요.'

그렇게 과분한 보호를 받게 되었다.

난 꼼짝 없이 침대에 누워 있었다. 처음 눈을 떴을 때와 달리 몸은 좀 회복되었지만, 여전히 어깨의 통증이 심했다. 의사가 찾아와 내 상태를 살피더니 붕대를 갈고 약을 주었다. 그걸 먹고 자다 깨기를 반복하다 보면 시간이 훌쩍 지나버리곤 했다.

약기운에 무거워지는 눈꺼풀을 껌뻑이며 고개를 돌리자 에단이 보였다. 그는 의자에 앉아 느긋하게 책을 읽고 있었다.

자신 때문에 벌어진 일에 대한 사죄인지 그는 시간이 날 때면 틈틈이 날 만나러 왔다. 바쁠 텐데도 눈을 뜨면 주로 에단이 곁을 지키고 있었다. 루카스의 꿈에 대해 말한 뒤 눈물을 흘리던 그는 언제 그랬냐는 듯 의연한 얼굴이었다. 우린 그 뒤 루카스에 대한 언급을 하지 않았지만 이미 충분하단 생각이 들었다.

"에단 님, 저 여기 남을까 해요."

나는 멍해지는 정신을 아슬아슬하게 붙잡으며 말했다. 에단이 들고 있던 책을 내리고 날 바라봤다. 타박하는 얼굴은 아니었다.

"빈센트한테도 말했나요?"

곰곰이 생각해 보니 빈센트에게 그런 말을 하진 않았던 거 같다. 아무 말 없이 도망가지 않겠다고는 했지만.

"비슷한 말을 하긴 했는데…… 정확하게는 아직."

"비슷한 말은 뭐예요."

에단이 짧게 웃었다.

"제가 여기 남아도 될까요?"

내가 당신들의 이야기에 끼어들어도 되는 걸까. 빈센트의 곁에 남아도 될까. 수많은 질문을 삼키고 겨우 한마디를 토해 본다. 그러나 눈치 빠른 에단은 내 말의 의미를 바로 알아챘다. 그가 다시 웃었다.

"폴라가 원한다면야."

애정을 깃든 얼굴이 마치 루카스처럼 보였다.

난 눈을 감았다. 다시 눈을 떴을 땐 한낮이었다. 잠을 푹 잤더니 정신이 멀쩡해졌다. 눈을 끔뻑이며 천장을 올려다보는데 하녀 한 명이 방 안으로 들어왔다. 내 안색을 살피더니 침대 옆에 놓인 세숫대야를 들고 나가 새로운 물을 받아 왔다. 그리고 새 수건에 물을 적신 후 내 얼굴을 닦아 주었다.

"저기, 궁금한 게 있는데요."

"말씀하세요."

"저와 같이 왔던 여자는 어떻게 되었나요?"

에단은 앨리샤가 어떻게 되었는지 알려 주지 않았다. 하지만 구금되었던 앨리샤가 어떻게 빠져나올 수 있었는지 눈치챘을 것이다. 그 이야기를 들은 사람이라면 누구든 갑자기 튀어나온 내 존재에 의문을 품는 게 당연했다.

그들이 그걸 문제 삼지 않은 건 배려가 아니었다. 결론적으로 제임스를 찾았고 빈센트가 위험할 뻔한 순간을 내가 대신 막았기 때문이다. 그 대가로 내가 한 잘못을 눈감아 주었다는 걸 잘 알고 있었다. 만약 그런 일이 없었다면 난 이런 과분한 침대에 누워 있는 게 아니라 맨바닥에서 처벌을 받았을지도 모른다.

숲속에서 홀로 도망쳐 버린 앨리샤가 어떻게 되었는지 궁금했다.

"아, 그쪽 동생 말이죠? 도망치다가 붙잡혀서 다시 구금되었다고 하더라고요. 갇혀 있던 방에서 빠져나가는 건 성공했는데, 무슨 이유 때문인지 다시 저택으로 돌아와서 붙잡혔다던데요. 그러고 보니 같은 사용인 중에 살인 사건의 범인을 이곳으로 출입시킨 사람이 있다고 하던데. 그 사람도 며칠 전에 붙잡혔다고 하고……."

나는 그 사람이 조니임을 알아챘다. 그래, 잡혔구나. 제임스가 죽었으니 그도 잡혔을 가능성이 높다고 생각하긴 했었다. 하녀가 무서워 누굴 믿을 수나 있겠냐며 몸을 부르르 떨었다. 난 고개를 끄덕이고 다시 천장을 응시했다. 그대로 눈을 감았다 다시 떴을 땐 바이올렛이 옆에 앉아 있었다.

"폴라. 정신이 들어?"

"……네. 언제 오셨어요?"

"온 지 얼마 되지 않았어."

바이올렛이 상냥히 웃으며 내 안색을 살폈다. 요 근래 자주 느낀 시선이었다. 난 머쓱해했다. 나보다 그녀의 안색이 더 좋지 않아 보였다. 그녀 또한 현재 벌어진 상황에 대해 들었으리라.

그녀의 얼굴이 잠깐 사이 핼쑥해져 있었다.

"많이 놀랐지? 괜히 힘든 일을 겪게 했네."

"아니에요."

"에단을 너무 미워하지 마. 약해 빠져서 그래."

장난스런 말엔 가볍게 웃었다. 같이 웃던 바이올렛의 얼굴에 곧 수심이 차올랐다. 바이올렛이 고개를 돌렸다. 창밖에 시선을 둔 옆얼굴에선 쓸쓸함이 배어나왔다.

"다들 안 그랬는데, 왜 그렇게 변하게 되는 걸까. 때론 그게 참 슬퍼져."

쓸쓸히 웃는 얼굴이 그녀의 말대로 슬퍼 보였다. 착한 사람도 나쁘게 만들고, 다정한 사람도 못되게 만든 세월이 야속하다고 말하는 거 같았다.

"폴라, 이 저택에 남기로 했다면서."

바이올렛이 화제를 돌렸다. 에단에게 이 저택에 남기로 한 결정을 들었나 보다. 사실 빈센트에게도 알려 주고 싶었지만, 그는 내가 쓰러지기 전에 본 모습을 마지막으로 여태 코빼기도 나타나지 않고 있었다.

나는 답하기 망설여졌다. 한때는 빈센트의 약혼녀였던 그녀에게 할 말이 아닌 거 같아서. 내가 말이 없자 바이올렛이 날 돌아봤다. 나는 보일 듯 말 듯 작게 고개를 끄덕였다.

"혹시 빈센트를 사랑해?"

"그건……."

난 말을 머뭇댔다. 바이올렛이 이해한다는 듯 웃었다.

"난 내 남편을 아주 많이 사랑했어."

그녀의 말이 나긋이 울려왔다.

"비록 원치 않은 혼인을 올리게 되었고, 사랑하는 상대는 아니었지만 그는 날 충분히 배려했고 다정했으며 아낌없이 마음을 보여 주었지. 그러다 보니 나도 어느새 그를 사랑하게 되었어. 강렬히 불태우는 뜨거운 사랑은 아니었어. 서로를 존중하고 배려하며 그 속에 피어난 작은 감정이었지."

짧은 사랑이었다고 한다. 자신의 마음을 깨달았을 땐 얼마 지나지 않아 남편이 사고로 세상을 떠나게 되었다고. 후회했을 땐 이미 늦어 버린 뒤였다고. 그래서 더 악착같이 살기 위해 노력했다. 남편이 남기고 간 것들을 뒤이어 받은 건 그 때문이라고 했다.

"폴라가 뭘 배려하는지 알아. 우리 관계가 참 어색했지?"

"죄송합니다."

"하하, 폴라가 사과할 일은 아니지. 서로 좋아한다는데 어떻게 말려."

서로 좋아해? 의아한 얼굴을 하자 바이올렛이 까르륵 웃었다.

"5년 전이었던가. 겨우 다시 만난 빈센트가 폴라한테만 잘 웃고 투덜거리는 거야. 어릴 적 이후에 벨루니타 백작 부부가 돌아가시고 빈센트는 변했어. 더 이상 그런 모습을 보이지 않는데 폴라한테 보여 주더라고."

그건 내가 시중을 드니까, 아랫사람이니 막 대한 거 아닌가? 바이올렛을 만나기 전에 한바탕 더러운 성질머리를 보였으니까.

"그땐 마음이 편한 상대이구나 했는데, 여자로서 불안한 건 어쩔 수 없었지."

"설마요."

"왜, 나 진지해. 걔 내 앞에선 엄청 점잖은 척 군단 말이야. 나도 뭐, 좋게 보이려고 노력하긴 했지만."

바이올렛이 얼굴을 퍽 구기며 그 말은 말자고 손을 저었다. 부끄러운 기억이라나.

"어쨌듯 그 뒤로 폴라가 알다시피 그렇게 떠나고 나도 정신없이 지내다가 오랜만에 소식을 접했을 때 웬 사람을 찾는다고 하더라고. 그때 느낌이 왔었지."

손뼉을 딱 치는 게 역시 내 말이 맞는다는 듯 웃었다. 사실 웃긴 일은 아닌데 그녀는 가볍게 말하고 있었다.

"빈센트는 몰랐을걸? 둔해서."

둔하고 소심쟁이에 너무 까칠하다고 바이올렛이 투덜거렸다. 난 작게 웃었다.

"폴라, 내가 하고 싶은 말은, 과거의 일은 이제 됐다는 거야. 왜냐하면 나는 지금 행복하니까."

"바이올렛 님."

"나는 내 남편을 사랑한 걸 후회하지 않아."

그리 말하는 바이올렛의 보랏빛 눈동자는 반짝거리고 있었다. 자신의 사랑을 응원해 달라고 말하던 5년 전의 그때처럼. 그녀는 여전히 아름답고 예쁘고, 눈부신 사람이었다.

"폴라도 자신이 행복할 수 있는 선택을 했으면 좋겠어."

내가 행복해질 수 있는 선택.

나는 그녀가 남긴 말을 오래도록 곱씹었다. 이제껏 살아오면서 감히 바랄 생각조차 못하던 것이었는데, 처음으로 그 말을 머릿속 깊이 새겨 넣어 보았다. 그러자 갑자기 빈센트가 보고 싶어졌다.

나는 침대에 누워 빈센트를 기다렸다. 하지만 그는 오지 않았다. 별 이상은 없는지 직접 확인하고 싶은데 찾아오지 않자 불만이 쌓여 갔다. 잠결에 그가 날 내려다보는 꿈을 꿀 정도였다.

그런데 그게 꿈이 아니라는 걸, 내 상태를 살피러 온 조엘리를 통해 알게 되었다.

"자주 얼굴 보러 오는 거 같던데."

"하지만 전 한 번도 보지 못했는걸요."

"이상하네. 그럴 리가 없는데."

의아해하는 그녀의 반응에 난 이상한 기분이 들었다. 그래서 그날 밤은 잠을 자지 않고 버텼다. 그렇게 며칠 밤을 지새우던 어느 날 방 밖에서 인기척이 느껴졌다.

난 눈을 감고 잠든 척했다. 문이 열리고, 누군가 방 안으로 들어오는 소리가 들려왔다. 그 발소리가 침대 앞에 멈춰 서더니 한동안 미동이 없었다.

램프의 불빛을 켜지 않아 방 안이 어두웠다. 하지만 날 쳐다보는 시선을 느낄 수 있었다. 잠시 후, 커다란 손이 얼굴을 가린 머리카락을 쓸어 넘기곤 뺨을 조심스럽게 매만졌다. 익숙한 손길이었다.

그의 손이 귓불을 스치고 내 어깨에 살며시 닿았다. 총상을 입은 쪽 어깨였다. 제대로 만지지도 못한 채 어깨 주위를 배회하던 손이 거두어지더니 곧 작은 한숨이 뒤이었다. 그의 복잡한 마음이 고스란히 드러나는 한숨이었다.

한 번쯤은 깨워 볼 법도 한데, 한참 내 얼굴에 머물던 시선이 사라지는 듯하더니 발소리가 멀어져 갔다. 난 눈을 번쩍 뜨고 몸을 일으켰다. 침대에 누워만 있었더니 뼈마디가 삐거덕거리는 듯했지만 아랑곳하지 않았다.

"왜 그냥 가세요?"

내가 깨어날 거라곤 예상하지 못했는지 발소리가 우뚝 멈췄다. 그가 다시 이쪽을 돌아본 듯 느릿한 반응이 돌아왔다.

"자던 거 아니었어?"

난 침대 옆 협탁에 놓인 램프의 불을 켰다. 불빛의 세기를 조절하고 돌아보자, 환하게 밝아진 방 안에 서 있는 빈센트의 모습이 보였다. 그는 마치 유령을 본 듯한 얼굴로 날 쳐다보고 있었다.

"자는 척했어요."

뻔뻔하게 대꾸하자 빈센트가 황당한 표정을 지었다.

"왜 자는 척해."

"눈 뜨고 있으면 도망가실 것 같아서요."

"도망 안 가."

"잘 때마다 몰래 보고 가셨으면서."

슬쩍 운을 떼자 사실인지 부정하지 않는다. 아니, 왜 도둑처럼 몰래 얼굴을 보고 가는 건데? 황당함에 다친 곳이 콕콕 쑤셔 오는 듯하다. 말하고 싶은 불만은 많았지만, 일단 그의 얼굴을 자세히 보고 싶었다.

난 한 손을 들고 이리 오라고 손짓했다. 그런데 어쩐지 빈센트가 걸음을 머뭇거린다. 방 안으로 들어오자마자 침대로 걸어왔던 조금 전과 달리 지금 그는 내게 오는 걸 꺼려 하는 것처럼 느껴졌다. 왜 저러지.

"거기 서 있지 말고 이리 오세요."

"할 말 있으면 그냥 말해."

"얼굴을 보고 싶은데 잘 안 보여요."

"안 봐도 돼."

왜 고집을 부리는지 모르겠다. 그러지 말고 이리 오라고 다시 손짓했으나 그는 발이 바닥에 붙은 것처럼 움직이질 않는다. 난 불만스럽게 그를 쏘아봤다.

"왜 몰래 보고 가셨어요?"

"네가 쉬는 걸 방해하고 싶지 않아서."

"방해 아닌데. 제 상태가 어떤지 묻고 싶지 않으셨어요?"

"……상태가 어떤데."

마지못해 묻는 기색에 잠시 고민하다가, 어깨를 슬쩍 잡았다.

"저 어깨가 무지무지 아픈데요. 지금도, 아야."

그에게 들릴 만큼 크게 말하며 고개를 푹 숙였다. 그러곤 눈만 슬쩍 들어 올리자 당황해 하는 빈센트의 얼굴이 보였다. 난 어깨를 쥔 채 길게 신음했다. 그러자 다급히 다가오는 발소리가 들린다.

"어깨가 아파? 많이 아픈가?"

내 앞으로 다가온 빈센트가 허리를 굽혔다. 어깨에 닿은 그의 손이 가늘게 떨리고 있었다. 상처를 살피려는 듯 빈센트의 얼굴이 가까워지는 게 느껴졌다. 퍼뜩 고개를 들어 올리며 코앞에 있는 빈센트와 눈을 마주쳤다.

난 입꼬리를 당겨 웃으며 어깨를 짚었던 손으로 그의 손목을 붙잡았다.

"잡았다."

갑작스런 상황에 무슨 영문인지 몰라 눈을 껌뻑이던 빈센트는 내 얼굴에 고통스런 기색이 없다는 걸 인지하곤 인상을 험악하게 구겼다.

"뭐 하는 거야."

"죄송해요. 이러지 않으면 안 오실 거 같아서요."

난 그가 도망가지 않도록 그의 손목을 붙잡은 손에 힘을 실었다. 아주 못마땅한 눈초리를 보내는 빈센트를 보며 난 머쓱하게 웃었다. 그러게 얌전히 왔으면 좋지 않은가.

램프의 불빛을 받아 선명히 보이는 얼굴을 샅샅이 살폈다. 어딘가 다친 흔적은 보이지 않았다. 다른 곳도 살펴보았으나 마찬가지였다. 정말 큰일은 없었구나. 다행이다. 속으로 안도하며 다시 그의 못마땅한 얼굴을 바라봤다.

"많이 바쁘셨어요? 그래도 얼굴 좀 비쳐 주시지."

"밤에 왔었어."

"저 잘 때는 빼고요. 낮에요. 저 눈 뜨고 있었을 때."

"미안해."

사과를 바라고 한 말은 아닌데. 난 머쓱하게 웃었다. 빈센트 나름대로 바빴을 수도 있는데, 왜 안 왔냐고 닦달하려던 건 아니었다.

"아니에요. 바쁘시면 그러실 수 있죠."

"미안해."

"괜찮아요."

"너한테 많이 미안해."

그제야 난 머쓱하게 웃던 걸 멈추었다. 빈센트의 얼굴이 무겁게 가라앉았다. 그가 붙잡힌 손목을 돌려 내 손가락 마디마디에 자신의 손가락을 얽었다. 그의 시선은 붙잡힌 손을 타고 올라와 붕대를 감싼 어깨에 닿았다.

에메랄드빛 눈동자가 불안하게 흔들렸다. 곧 얽혔던 손가락을 풀며 그가 뒤로 물러났다. 다시 거리가 생겨났다. 그의 얼굴이 어둠 속에 살짝 숨겨졌다.

"왜 그러세요."

"무서워."

"뭐가 무서우신데요?"

"나 때문에 네가 상처 입을까 봐."

그의 목소리가 떨리는 것 같았다.

"어깨 때문에 그러세요? 사실 별로 큰 상처도 아니에요."

난 괜히 붕대가 감긴 어깨 쪽 팔을 들어 올렸다. 아무렇지 않다는 걸 보여 주고 싶었다. 사실 통증이 느껴졌으나 내색하지 않았다. 하지만 내 노력에도 빈센트는 표정을 풀지 않았다.

"넌 피를 흘리며 쓰러졌어. 미동도 하지 않았다고."

"지금 이렇게 잘 움직이고 있는걸요."

"총이 어깨가 아니라 심장 쪽을 관통했다면, 넌 그대로 죽었어."

"죽지 않았잖아요."

"내 곁에 있다 보면 더 큰 상처를 입을 수도 있겠지."

그래서, 당신은 무슨 말이 하고 싶은 거지. 난 팔을 내리고 그의 다음 말을 기다렸다. 빈센트는 말을 고르는 듯 잠깐 침묵했다.

"생각해 봤는데, 네가 원하지 않으면 강요하지 않을게."

"무엇을요?"

"여기 남으라는 말, 내 곁에 있어 달라고 했지만 원하지 않으면 떠나도 좋아."

"……"

왜 이제 와서, 그런 말을 하는 걸까. 갑작스런 말에 정신이 좀 멍해졌다. 하지만 빈센트는 말을 번복하지 않았다. 방금 전에 한 말이 진심이란 걸 깨달았다.

"이제 제가 싫어지셨어요?"

"아니. 여전히 널 좋아해. 사랑하고 있어. 그런 널 잃을까 봐 두려운 거야."

"사랑한다면서 잃는 게 두려워 곁에 두지 않고 떠나보내려는 거예요?"

"그래. 적어도 살아 있을 테니까."

살아 있다. 많은 의미가 담긴 말이었다. 적어도 소중한 사람을 잃어 본 그와 내겐 무거운 말이기도 했다. 살아만 있다면, 잘 살기만 한다면, 내 곁이 아니라도 좋다. 그가 무엇을 무서워하는지 이해했다. 그래서 더 마음이 아팠다. 날 배려해서 하는 말이란 걸 알았으니까.

난 빈센트를 뚫어져라 바라봤다. 시선이 부딪치자 빈센트가 참지 못하고 고개를 돌렸다. 거짓말쟁이. 사실 바라지 않으면서.

"이만 가 볼게."

빈센트가 몸을 돌렸다. 뒤돌아서서 걸음을 떼는 모습이 느릿하게 보였다. 어쩐지 조급한 기분이 들었다. 지금 놓치면 안 된다는, 그런 기분. 그래서 손을 뻗어 그를 붙잡으려고 했다.

"잠깐!"

그런데 급하게 몸을 일으키려다 어깨 통증을 느끼며 그만 중심을 잃었다. 그대로 침대 밖으로 고꾸라져 버렸다. 쿵! 소리가 크게 울려 퍼졌다. 난 안면을 강타한 찌릿한 고통에 신음했다.

"괜찮아? 얼굴 봐 봐."

다시 몸을 돌린 빈센트가 내 앞에 한쪽 무릎을 꿇었다. 난 손으로 얼굴을 감싸고 상체를 일으켜 앉았다. 얼굴을 바닥에 제대로 찧었다. 아프다. 눈앞이 반짝거리는 것 같다. 하지만 내 얼굴을 살피는 빈센트를 보자 정신이 번쩍 들었다.

난 한 손으로 그의 옷깃을 붙잡았다.

"가, 가지 마세요."

"뭐?"

"가지 마시라고요. 가지 마요."

생각지도 못한 말을 들었다는 듯 빈센트는 굉장히 놀란 얼굴이었다. 난 부끄러움을 무릅쓰고 그의 옷깃을 꽉 움켜잡았다. 이대로 그를 놓칠까 봐 불안했다. 그가 가지 않길 바랐다. 난 아직 그에게 할 말이 있었다.

"제, 제가요. 저번에 루카스 님의 꿈을 꿨는데요."

난 두서없이 말을 꺼내 놓았다. 분명 이상했을 텐데도 빈센트는 내 말을 끊지 않고 들어 주었다.

"더 이상 도망치지 말라고, 떠난 이들이 못다 누린 행복을 대신 느끼며 살라고 하셨어요. 이제 괜찮다고요."

"……."

"저번에 에단 님이 제가 원하면 여기 남아도 된다고 하셨어요. 바이올렛 님은 제가 행복할 수 있는 선택을 하라고 말씀해 주셨고요. 전 이곳에서 지내면서 저한테 너무 과분한 말을 많이 들었던 거 같아요."

"과분하지 않아."

"과분하죠."

내가 당신을 살리지 않았다면, 듣지 못했을 말인데. 하지만 그 말은 굳이 하지 않았다. 만약을 생각하고 싶지 않아졌다. 언젠가 후회할지도 모르지만, 과거에만 머물고 싶은 생각은 없었다.

살아가면서 한 번쯤은 용기를 내야 한다면 지금이지 않을까.

"사실…… 살고 싶어요."

"……."

"저는 살고 싶어요. 죽고 싶지 않았어요. 살아서, 행복해지고 싶어요. 다른 사람들처럼, 사람들 틈새에 끼어 사랑하고 사랑받고 친구도 만들고 가정도 꾸리면서 그렇게, 안주하고 싶어요. 사람답게 살아가고 싶어."

스스로 입 밖으로 내뱉고 나서야 깨달았다. 내가 원하는 게 무엇인지.

살고 싶다, 살아가고 싶다, 행복해지고 싶다, 사랑하고 사랑받고 싶다, 나도 누군가와 함께 앞날을 꿈꾸고 싶다. 정착하고 싶어. 그 속에서 소중한 사람을 잃어도 서로 슬픔을 나누고 위로하며 의지할 사람을 갖고 싶었다.

내가 바라는 건 바로 그런 것이었다.

내가 감히, 그런 걸 바라 본다.

"이게 올바른 감정인지 모르겠어요."

"……말해 봐."

입을 딸싹였다. 나오는 숨소리가 무겁다.

"사랑해요."

그 말을 내뱉는 순간, 눈앞이 반짝 빛났다. 작은 불빛이 순식간에 주변으로 퍼져 들었다. 눈을 감았다 뜨자 어두컴컴한 방 안에 포근한 햇볕이 내리쬐고 있었다. 반짝거린다. 시커멓기만 했던 나의 세상이 마치 찬란한 광채로 물드는 것 같았다. 따스한 감각이 내 온몸을 감싸 안는 기분이 들었다.

"사랑해요."

다시 그 낯선 감정을 입에 담았다. 그에게 닿을 수 있도록, 또렷이 마주한 채로.

빈센트는 숨이 멎은 얼굴을 했다. 믿기지 않는다는 것처럼. 꿈을 꾸는 듯한 얼굴에 어쩐지 웃음이 나왔다.

"다시 말해 봐."

"사랑해요."

"다시……."

"사랑해요."

내 말을 한 마디도 놓치지 않고 듣던 그의 얼굴이 서서히 기울었다. 다시, 다시 말해 줘, 그가 나직하게 속삭였다. 난 몇 번이나 그가 원하는 말을 들려주었다.

내리깐 속눈썹 안에서 눈물이 톡 떨어졌다.

"내 곁을 영원히 떠나지 않겠다고, 다시 말해 줘."

속삭임이 애처롭다. 이러면 안 된다고 생각하면서도 매달리는 사람처럼. 그도 누군가와의 이별을 뒤로하고 이 자리에 있다. 어쩌면 나와 같은 생각을 했을지도 모른다. 아, 가여운 사람. 안타깝고, 그럼에도 욕심을 부려 주는 그가 사랑스럽다.

나의 삶은 누군가의 희생으로 만들어졌다. 그런 내가 이곳에 와 처음으로 누군가를 살렸다. 단지 그뿐이었다. 보잘것없는 내 말에 귀 기울이고 용기를 내 주고, 삶을 포기하지 않아 주었다. 이런 나도 사랑한다고 말해 주었다.

욕심을 부린다면, 빈센트와 함께 살아가고 싶었다.

더 이상의 말은 필요가 없었다. 난 양손으로 그의 뺨을 감싸 올리고 살며시 입술을 포갰다. 맞닿는 입술이 까끌하다. 작게 오물거리자 그가 화답하듯 깊게 입을 맞추었다.

그런 날이 있었다.

이상하게 마음이 붕 떴다. 꼭 구름 위를 걷는 것처럼 온몸이 가볍고, 발걸음이 콩콩 뛰어오른다. 바닥에 묻은 얼룩마저 아름답게 보이던 날. 손안에 든 빗자루 대와 함께 춤을 출 수도 있을 거 같았던 날.

방문 앞에 쭈그려 앉아 있는 남자가 보였다. 마른 몸에 헐렁한 잠옷을 걸치고 있었고, 한쪽 발은 신발조차 제대로 신지 못한 맨발이었다. 그걸 아는지 모르는지 남자의 보이지 않는 탁한 눈동자는 어딘지 모를 허공을 맴돌고 있었다. 뚱한 얼굴은 화가 나 보였다. 그는 매번 그랬다. 어쩌면 매 순간 자신에게 화가 나 있었는지도 모른다.

그러다 내 기척을 느끼고 고개를 돌린 남자가, 마치 날 알아보듯 뚱한 얼굴 위로 살며시 웃음을 띠었을 때 가슴속이 꿀렁였다. 어디가 어딘지도 모르면서 그는 어미를 쫓는 아기 새마냥 무작정 날 향해 걸음을 내디뎠다. 비틀거리는 걸음걸이로 천천히 내게 다가오는 그를 보자, 우울할 것만 같았던 내 앞날이 조금은 아름다울지도 모르겠다는 생각이 들었다.

사랑.

나는 당신을 사랑했다.

격하게 차오르는 가슴께를 부여잡고, 이 마음을 토로하고 싶어 안달 난 감정은 아니었다. 내가 알고 있던 사랑과는 달랐다. 한 걸음 뒤에 서서 상대를 배려하고 행복을 빌어 주고 싶은 그런 감정. 그럼에도 내게 닿는 감촉에, 스며드는 체온에 심장이 콩콩 뛰는 감정. 나는 이 생소한 감정을 사랑이라 칭하고 싶었다.

나는 그렇게 당신을 사랑했노라고.

에필로그

솔직한 마음을 고백하는 건 생각보다 부끄러운 일이란 걸 깨달았다.

빈센트에게 마음을 고백한 날 밤 이후로 나는 굉장히 민망한 기분에 사로잡혔다. 나는 아직 솔직해지는 데 익숙지 못했다. 특히 누군가에게 사랑 고백 같은 걸 해 본 건 처음이었다. 그건 꽤 신선하고 후련하면서도 동시에 부끄러움을 동반한다는 게 요 근래 내가 얻은 깨달음 중 하나였다.

"우리 거리를 좀 두면 어떨까요?"

"갑자기 무슨 소리야."

빈센트가 팔짱을 끼고 의자에 뻐딱하게 앉았다. 난 양손으로 얼굴을 가렸다.

내 부끄러운 고백 이후로 빈센트는 언제 안 왔냐는 듯 하루에 한 번 꼬박꼬박 날 찾아왔다. 나는 마음을 좀 진정시키고, 내가 느끼고 있는 생소한 감정을 받아들일 시간이 필요한데 그에겐 기다림 따윈 없었다. 나는 며칠 그를 만나지 않아도 될 거 같은데, 그는 내게 고백을 받은 뒤로 더 적극적으로 날 만나러 왔다.

마음 같아선 어딘가 꽁꽁 숨고 싶었다. 하지만 난 여전히 침대에 누워 있어야 하는 신세였고, 이곳에 숨을 곳은 없었다. 결국 날 찾아오는 그의 시선을 피해 몸을 돌리거나 시트를 얼굴까지 뒤집어쓰는 게 내가 할 수 있는 최대한의 저항이었다. 하지만 그마저도 빈센트가 내 몸을 제 쪽으로 돌리거나, 시트를 빼앗아 가는 통에 쉽지 않았다.

부끄러움에 발버둥치는 나와 달리 그는 태연한 낯짝이었다. 울면서 날 끌어안던 남자는 어디 갔는지.

"얼굴은 왜 가리고 있어?"

"그냥요."

잠깐 나가 주시면 안 될까요? 제가 지금 좀 부끄러워해야 하거든요. 양손으로 얼굴을 가리고 누워 있자 불만스런 눈초리가 손등에 꽂혔다. 하지만 난 혼자 있을 시간이 간절했다.

"손 내려 봐. 할 말이 있으니까."

"그냥 말씀하세요."

"복수하는 거야?"

갑자기 뭔 헛소리래. 손가락을 살짝 벌리자, 그 사이로 보이는 빈센트가 고개를 갸웃했다.

"저번에 얼굴 보고 싶은데 왜 안 보여 주냐고 뭐라 했잖아."

"제가 언제요?"

"네가 나한테 사랑한다고 했던 날 밤."

악! 끄악! 그만! 난 마음속으로 비명을 내지르며 그만해 달라 울부짖었지만, 겉으론 내색하지 않은 채 태연히 대답했다.

"그런 건 아니에요."

"그럼 손 내려 봐. 얼굴 보면서 말하고 싶으니까."

그의 손이 내 손가락 하나를 살짝 쥐었다. 미약하게 아래로 내리려는 힘에 난 어쩔 수 없이 손을 얼굴에서 떼어 냈다. 눈앞에 드러나는 내 얼굴을 본 빈센트의 눈이 휘둥그레졌다.

"얼굴이……"

"알아요. 좀 더워서 그래요."

난 괜히 고개를 돌리며 창밖을 살피는 척했다. 활짝 열린 창문에선 바람이 솔솔 들어오고 있어 방 안이 더운 건 아니었다. 하지만 내 얼굴은 열기로 달아올라 있었다. 정확히는 더워서가 아니라 내 자신이 얼마나 부끄러운 짓을 했는지 깨달았기 때문이지만.

"열이 나는 건가."

그가 손으로 내 이마를 짚어 열을 쟀다. 괜한 걱정을 사 버렸다. 난 그런 거 아니라고 고개를 저었다.

"아프면 말해. 의사를 다시 불러 줄 테니."

"그럴게요. 그보다 무슨 할 말이 있으신 건데요?"

부끄러운 마음을 들키기 전에 화제를 돌리자, 빈센트가 의자 등받이에 기대며 몸을 젖혔다.

"앞으로 어떻게 할지 생각해 봐야 할 거 같아서."

"앞으로라면?"

"넌 여기서 계속 사용인으로 지낼 생각인 건가?"

그럴…… 생각이었지? 사용인이 아니라면 여기서 지낼 수 있는 명분이 없으니까. 그렇다고 다른 능력이 있는 것도 아니고. 난 눈동자를 빙그르르 돌려 다시 그를 바라봤다. 빈센트는 그사이 내 생각을 읽었다는 듯 깊은 한숨을 내쉬었다.

"저번에 말했지만, 난 너와 이대로 지낼 마음은 없어."

"그러면요? 제가 뭘 어떡해야 할까요?"

"일단, 사용인으로 일하는 건 그만두는 게 좋겠어."

아니, 그러면 내가 여기 남을 수 없지 않은가. 사용인이 아니라면 손님으로 남으라는 소리인가? 그것도 좀 이상하지 않나.

"당장은 몸을 회복해야 하니 상처가 다 나으면 그만두는 게 좋겠군."

"그럼 전 어떤 자격으로 여기에 남아야 할까요?"

"그건 이제부터 생각해 봐야지."

빈센트의 얼굴이 신중해졌다. 찰나에 복잡한 생각이 읽혔다. 그냥 사용인으로 지내면 되지 않나? 그럼 계속 여기에 있을 수 있고, 명분도 있고.

"저번에도 말했지만, 난 너와 연인이 되고 싶은 거야."

"아, 그렇군요."

그렇다면 확실히 사용인으로 지내는 건 좀 이상할 거 같긴 하다. 하지만 별다른 방법이 있나. 당장은 감정에 충실했지만 사실 그와 나 사이엔 문제가 많았다. 우선 가장 큰 문제는 우리 둘의 신분 차이랄까. 그는 상류층 귀족이고 난 가난한 하류층이니까. 다른 사람들이 본다면 이상하게 여기기 충분했다. 나는 상관없지만 그에게 안 좋은 영향이 끼칠까 봐 조심스러웠던 것도 있었다.

"사실…… 전 이대로 지내도 좋아요. 굳이 대외적으로 보일 필요가 있을까요?"

"난 싫어."

거절이 빠르다. 게다가 단호하니 다른 말을 덧붙일 수가 없었다. 그의 눈치를 살피며 머뭇대는데, 갑자기 방문을 똑똑 두드리는 소리가 들려왔다. 곧 문이 열리고 에단이 들어왔다.

"어? 빈센트도 와 있었네요."

"어서 오세요."

에단이 자연스럽게 우리 둘 곁으로 다가왔다. 난 익숙하게 그를 반겼다. 이틀 동안 얼굴을 비치지 않아 걱정했는데 멀쩡한 모습을 보니 큰일은 아닌 듯하다.

에단이 빈센트 옆으로 의자를 끌고 와 나란히 앉았다. 빈센트가 삐딱하게 에단을 바라봤다.

"아직도 화났냐. 미안해."

"정말 미안한 거 맞아?"

빈센트는 내가 다친 데는 에단의 잘못도 반 정도 있다고 생각하고 있었다. 전체적인 문제로 보면 맞지만, 내 문제로 보자면 꼭 그렇지도 않았다. 결국 내가 그 위험한 상황에 섣부르게 끼어든 것이니 내 잘못이 컸다.

"그럼. 폴라한테도 충분히 사과했는데. 그렇죠, 폴라?"

"네."

에단의 물음에 난 고개를 끄덕였다. 하지만 빈센트는 의심을 지우지 않았다.

"진심을 담아 정중하게 했냐."

"아주 진심을 담아 정중하게 했어."

"얼마나 진심을 담아 정중하게 했는데?"

"그거까지 말해야 해? 말한다고 믿을 생각은 있고?"

에단이 슬쩍 반박하자 빈센트가 눈을 찌푸렸다. 그는 에단이 내게 제대로 된 사과를 하지 않았을 거라 생각하는 듯했다. 아니면 사과를 장난스럽게 했거나. 왜 그런 생각을 하는지는 모르겠지만, 어쩌면 내가 사람들에게 그런 취급을 받고 있다고 오해하고 있는지도.

난 그들을 번갈아 바라보다가 차분히 한마디 던졌다.

"눈물까지 흘리셨어요. 펑펑."

루카스 때문이란 말은 쏙 뺐다.

내 말에 에단과 빈센트가 내 쪽으로 획 고개를 돌렸다. 에단은 왜 그런 말을 했냐는 듯 원망스럽게 날 쏘아봤지만 얼굴이 살짝 빨게지기 시작했고, 빈센트는 믿기지 않는다는 표정을 지었다. 난 모르는 척 다시 창밖으로 시선을 돌렸다.

잠시 침묵이 흐르고 에단의 목소리가 이어졌다.

"그보다 무슨 얘기 중이었어?"

"뭘 궁금해해."

"폴라. 무슨 얘기 중이었나요?"

빈센트가 퉁명스럽게 굴자 에단이 바로 방향을 틀어 내게 물었다. 난 창밖에 두던 시선을 돌려 에단을 바라봤다.

"앞으로 어떻게 할지 얘길 나누고 있었습니다."

"앞으로 어떻게 할지라니? 뭘를?"

"아, 그게."

난 급하게 상체를 일으켰다. 빈센트가 잽싸게 베개를 들어 내 등 뒤에 대 주었다. 난 침대 헤드에 몸을 기대앉고는 에단을 마주했다. 빈센트도 내가 무슨 말을 하려는지 알아챈 듯 작게 한숨을 쉬며 에단을 바라봤다.

심상치 않은 분위기를 느꼈는지 에단이 눈을 깜빡였다.

"사실, 제가 주인님을."

"빈센트."

"아, 네. 제가 빈센트 님을 사…… 사, 사, 사르아앙……."

사랑이란 단어를 다시 입 속에 담으려고 하니 잠시 잊고 있던 부끄러움이 치솟았다. 난 말끝을 흐리며 몰래 몸을 떨었다. 곧장 빈센트의 못마땅한 시선이 꽂혔다. 에단은 내 말을 이해하지 못하고 의문을 드러냈다.

"그, 그러니까 제가 말씀드리고 싶은 건…… 제가요, 그게…… 빈센트 님을 사, 사, 사, 그런 걸 하게 되어서요. 그래서……."

"뭘 하게 되었다는 건데요?"

"그게…… 그 사, 사, 사, 르라앙을……."

"사, 사, 사, 르라앙?"

에단이 내 말을 그대로 따라 읊으며 묻자 얼굴에 열이 오르는 것 같았다. 뭔가 부끄러워! 민망해! 차마 말을 잇지 못한 채 버벅거리며 울상을 짓고 있자, 옆에서 돌연 말이 이어졌다.

"폴라가 날 사랑한다고 해서 앞으로 어떻게 할지 고민하고 있었어."

"……."

"……."

갑작스런 끝맺음에 침묵이 들이닥쳤다. 난 고개를 푹 숙였다.

에단은 빈센트가 내게 가지고 있는 감정을 어렴풋이 눈치채고 있었고, 내가 이곳에 남으려고 한다는 것도 알고 있었다. 내가 원하면 남아도 된다고 말해주기는 했지만, 내가 그를 사랑하기 때문에 남는다는 건 다른 문제일 것이다. 현실적으로 본다면 말도 안 되는 일. 차마 에단의 얼굴을 볼 수 없어 난 고개를 숙이고 맞잡은 양손을 꼼지락거렸다.

"네 마음은 어떤데."

돌연 에단이 빈센트를 향해 물었다. 빈센트는 무거운 질문인 만큼 묵직하게 답을 내놓았다.

"같은 마음이야. 폴라와 앞날을 함께하고 싶어."

"진심이야?"

"진심이야."

"네가 말도 안 되는 말을 한다는 건 알고 있지?"

"그래."

"쉽지 않은 일이란 것도?"

"그래. 잘 알고 있어."

그 대답에 에단의 목소리가 끊겼다. 빈센트에게서 흔들림이 없다는 걸 알았기 때문일까. 그때까지 난 고개를 숙이고 있어 그들의 얼굴을 보지 못했지만, 아마 진지한 얼굴임이 분명했다. 두 사람에게서 느껴지는 무거운 분위기에 난 눈치를 살폈다.

잠시 후 아주 깊은 한숨이 흘러나왔다.

"내가 이럴 줄 알았지……."

에단이 골치 아픈 일이 터졌다는 듯 말끝을 흐렸다. 난 고개를 슬쩍 들어 올렸다. 한 손으로 얼굴을 감싸고 있던 에단이 내 시선을 느끼고 눈을 흡떴다.

"왜 그렇게 봅니까."

"뭐라고 안 하세요?"

"예를 들면?"

"네? 어, 그야…… 왜 그러냐라든지 미쳤냐라든지 같은."

"하면. 마음을 돌릴 생각은 있나요?"

그의 질문에 난 잠시 생각을 해 보았다. 그가 말린다면 내가 한 결정을 돌릴 마음이 있는가? 빈센트에게 마음을 고백한 걸 무른다고? 곰곰이 생각해 보았지만 답은 하나였다. 솔직한 마음을 고백한 이후로 민망하고 부끄럽고, 어디엔가 숨고 싶은 심정이었지만 그렇다고 되돌리고 싶은 마음은 전혀 없었다.

내가 한 결정을 후회하지 않으니까.

난 살며시 고개를 저었다. 갑자기 옆쪽에서 웃음이 터져 나왔다. 고개를 돌리자 빈센트가 손으로 입가를 가린 채 고개를 돌려 웃고 있었다. 웃을 만한 분위기는 아니니 참아 보려는 듯했지만 떨고 있는 몸을 숨길 수는 없었다. 그 모습을 본 에단이 다시 깊은 한숨을 내뱉었다.

"사랑이 뭐라고 사람의 눈을 멀게 만드는가."

굉장히 그답지 않은 말이었다. 하지만 에단은 진지해 보였다.

"그래서, 앞으로 어떻게 할 생각인데?"

"생각해 보는 중이야. 어떻게 할지."

빈센트는 다 웃었는지 진지한 얼굴로 대답했다. 하지만 그의 주위에 꽃이 날아다니는 것처럼 보이는 건 내 착각일까. 이쪽은 진지한 상황과 어울리지 않게 기분이 굉장히 좋아 보인다. 그걸 에단도 느꼈는지 굉장히 떨떠름한 얼굴로 말을 이었다.

"이대로 지내는 건? 겉으로 드러내는 것보단 안전하잖아."

"내가 싫어."

"왜 싫은데."

"내 연인을 숨어서 만나고 싶지 않으니까."

아니, 나 지금 어디 숨어야 할 거 같은데. 쥐구멍이라도 있으면 들어가고 싶어졌다. 얼굴이 점점 더 홧홧해져 난 몰래 손부채질을 했다.

"그래서 대책이 있기는 해?"

"찾아봐야지."

"찾아보긴. 사람들이 널 뭐라고 말하고 다니겠어? 사용인이랑 눈 맞아서 귀족의 명예도 실추시킨 놈이라고 헐뜯고 다닐걸? 이번엔 너 진짜 미친 거 아니냐고 소문날지도 몰라."

"그러겠지."

빈센트가 비릿하게 웃었다. 비슷한 일이 종종 있었나 보다. 에단의 말을 듣자 난 점점 의기소침해졌다. 이건 아무리 생각해도 말도 안 되는 일이긴 했다.

"저도 이대로도 좋아요."

그래서 다시 슬쩍 의견을 내놓자 빈센트가 사납게 노려봤다.

"조금 전에도 말했지만 내가 싫어."

"하지만……."

"나랑 같이 행복하려고 곁에 있기로 한 거 아니었나? 날 사랑한다는 게 네가 희생하겠다는 거였어? 여기에 널 숨겨 두고 사람들 몰래 만나는 걸 원해? 그렇다면 정중히 거절하지. 내 연인을 완벽히 감추고 만날 자신은 없거든."

빈센트가 조곤조곤한 어투로 날카롭게 받아쳤다. 난 뭐라 할 말이 없었다. 그의 마음을 이해 못 하는 건 아니지만, 다시 생각해 봐도 어려운 문제였다. 그를 사랑하지만, 사람들의 비난을 받고 무거운 짐을 짊어지게 할 순 없었다. 내가 행복하고자 그의 행복을 희생시킬 순 없지 않은가. 그는 괜찮다고 하지만 결코 쉬운 길이 아님을 나 같은 사람도 알고 있다. 그런데도 고집을 부리는 빈센트가 고맙고 미안하고, 바보 같았다.

"그럼 이렇게 하면 어떨까."

그때 깊은 생각에 빠져 있던 에단이 돌연 운을 뗐다. 나와 빈센트의 시선이 에단에게 향했다. 그는 매우 심각한 얼굴로 입을 벌렸다.

"폴라. 나와 가족이 될래요?"

나는 순간 잘못 들은 줄 알았다. 하지만 곧 차분히 에단이 한 말을 곱씹어 보았다. 가족같이 친한 관계가 되자는 뜻인가? 그런 거겠지? 그렇다면 내겐 고마운 일이었다.

"너 미친 거야?"

그런데 나보다 빈센트가 먼저 반응했다. 난 멍하니 빈센트를 바라봤다. 아니, 친한 관계가 되자는 게 뭐 어때서? 귀족 친구 얼마나 좋은가! 그러나 곧 에단의 대답을 통해 내 생각이 잘못되었다는 것을 알게 되었다.

"아니, 진심인데? 폴라, 나랑 가족이 되는 거 어때요?"

에단이 다시 묻자 난 머뭇거리며 되물었다.

"가족같이 친해지자는 말씀이시죠?"

"아뇨. 진짜 가족이 되자고요."

에단이 빙긋 웃었다. 난 얼결에 따라 웃으며 그의 말을 다시 곱씹었다.

"진짜 가족?"

"네. 진짜 가족."

"에단 님과 제가요?"

"네, 폴라랑 나랑요."

"크리스토퍼 가문에 저를요?"

"네. 우리 가문에 폴라를요."

에단은 되묻는 내 말에 친절히 대꾸해 주었다. 난 그가 한 대답을 느릿하게 머릿속에 집어넣었다. 그러자 생각들이 복잡하게 꼬여 들었다. 둥글게 휘어졌던 눈꼬리가 차츰 원래대로 돌아갔다. 입꼬리만 올리고 있는 우스꽝스러운 얼굴이 되어 갔지만 지금 그게 중요한 게 아니었다.

난 검지를 들어 나와 에단을 번갈아 가리켰다. 너랑 나? 그러자 에단이 크게 고개를 끄덕이더니 나처럼 손가락을 들어 자신과 날 번갈아 가리킨다.

"그럼 내가 오빠, 폴라는 동생."

"죄송하지만, 혹시 미치셨나요?"

나는 결국 빈센트와 똑같은 반응을 보이고 말았다. 그만큼 말도 안 되는 소리였으니까. 나한테 가족이 되자고 하다니, 그럼 크리스토퍼 가문에 입적하라는 말이잖아. 지금 나한테 귀족이 되라는 건가? 무슨 얼토당토않은 말을. 그것도 다른 사람도 아닌 에단이 그런 말을 꺼낼 줄은 상상도 못 했다.

아니, 이런 제안 자체가 상상도 못 할 일이었다.

혹시 장난치는 건가? 에단의 얼굴엔 그런 기색은 보이지 않았다. 멍청한 표정을 지으며 빈센트를 바라보자, 그는 눈가를 미미하게 좁힌 채 에단을 응시하고 있었다. 무슨 꿍꿍이인지 파헤치려는 의도가 다분해 보였지만 성과는 없는 듯했다.

"왜 이러는 건데. 의도가 뭐야."

"내가 널 도와주겠다는 거지. 설마 두 사람 마음만 맞는다면 다 잘될 거라는 멍청한 생각을 한 건 아니겠지?"

"……."

제법 날카로운 지적에 빈센트가 입을 다물었다. 빈센트가 그렇게 생각했다기보다 현실적인 말이라 반박할 수가 없었기 때문이다. 우리 둘의 신분 차이가 가장 큰 걸림돌이었지만, 그것 말고도 문제는 많았다. 가령 내 외모라든가.

우울한 생각을 하고 싶지는 않았지만, 어쩔 수 없이 자괴감이 들었다. 하지만 이런 문제들과 별개로 에단이 이렇게까지 발 벗고 나서 줄 이유는 없었다.

"에단 님, 이러지 않으셔도 돼요."

"폴라는 나랑 가족이 되는 게 싫은가요?"

"그런 의미가 아니라, 에단 님까지 힘들게 할 순 없어요."

"폴라, 우리 내기 했던 거 기억해요?"

그가 갑자기 말을 바꿨다. 난 그를 말리려다 말고 의문을 표했다. 내기? 무슨 소리인지 몰라 어리둥절하게 보자 에단이 그럴 줄 알았다는 듯 웃었다.

"빈센트가 폴라를 그리워할지, 그리워하지 않을지 내기했었잖아요?"

아, 난 작게 입을 벌렸다. 빈센트가 언제 그런 내기를 했냐는 시선을 보내왔다. 언제냐면 그때다. 에단과 다시 만났을 때, 억지로 했던 내기였다. 그 이후로 여러 가지 일이 터져서 까먹고 있었다.

"그 내기에서 이기는 사람 소원을 들어주기로 했었잖아요."

그런 말도 들었었지.

"기억은 하지만…… 왜 갑자기?"

"폴라가 내기에 이겼으니 소원을 들어줄게요."

눈이 휘둥그레졌다. 갑자기 내기 운운한 것도 그렇지만, 내가 이겼다는 말은 또 뭔가. 나와 에단의 대화를 듣던 빈센트는 아예 팔짱을 끼고 관람했다.

"내 도움이 필요하잖아요. 그 소원을 들어주죠."

"무슨……."

"폴라가 원하는 건 빈센트와 함께하는 거잖아요. 우리 가문 사람이 되면 신분이 높아질 테고, 그럼 벨루니타 백작과 연인 사이라고 해도 사람들이 이상하게 보지 않을 거예요. 벨루니타 가문과 크리스토퍼 가문은 오랜 인연이 있으니 딱히 이상한 점도 없고요. 절차가 좀 복잡하겠지만, 방법이야 생각해 보면 나오겠죠. 내가 이래 봬도 굉장히 능력 있는 사람이거든요."

난 입을 떡 벌렸다. 매번 장난스럽게 느껴지던 말이 이번엔 다르게 다가왔다.

"어때요, 꽤 괜찮은 소원 아닌가요? 만약 헤어진다고 해도 나쁘지 않을 테고."

"누가 헤어진다는 거야."

빈센트가 한마디 했다. 벌써부터 초를 치는 친구가 아주 못마땅하다는 얼굴이다. 에단은 웃으며 앞일이 어떻게 될지는 알 수 없는 거라는 불길한 소리를 뱉었다.

"하지만……."

아주 잠깐 솔깃하긴 했다. 하지만 다시 생각해도 고작 그런 내기의 소원으로 들어주기에는 너무 큰일이었다. 에단은 가볍게 말했으나 그 과정이 절대 가벼울 리 없었다. 이런 건 불편했다. 현실감이 들지도 않고.

"너도 생각해 봐. 어차피 이대로라면 신분 차이를 벗어날 방법은 없어. 이미 잘 알고 있잖아?"

"……."

빈센트는 아무런 대꾸도 하지 않았다. 처음엔 이게 무슨 미친 소리인가 하던 그의 얼굴에 곧 괜찮은데? 하는 생각이 떠오르는 게 보였다. 난 경악했다. 세상에, 무슨 생각들을 하는 거람!

난 그들 사이로 팔을 뻗으며 양손을 퍼덕거렸다.

"잠깐, 역시 이건 말도 안 돼요!"

"왜. 도와주겠다잖아."

손바닥 뒤집듯 태도를 바꾸는 빈센트를 보자 황당했다.

"왜 갑자기 마음이 바뀌셨어요? 안 돼요. 거절하겠습니다."

"다시 오지 않을 기회예요. 잘 생각해 봐요."

에단이 살살 꼬드겼으나 난 단호하게 말했다.

"다시 생각해도 이건 아니에요. 내기 같은 건 잊으셔도 되니, 거절하겠습니다."

내 대답에 두 사람은 잠시 말이 없었다. 각자의 생각에 빠져든 두 사람을 보자 난 다른 의미로 긴장되었다. 또 이상한 발언을 할까 봐.

그때 에단이 빈센트에게 시선을 주었다.

"잠깐 자리 좀 비켜 줄래? 단둘이 할 말이 있어서."

"나 있는 데서 해."

"벌써부터 참견하는 거야? 그러면 금방 질린다던데."

에단이 태연하게 속 긁는 소리를 뱉었다. 빈센트가 얼굴을 퍽 구긴 채 날 바라봤다. '너도 그렇게 생각해?'라고 묻는 듯한 시선에 난 아니라고 하려다 멈칫했다. 매일같이 찾아오는 그가 떠올라 난 머쓱하게 웃기만 했다.

빈센트가 아주 불만스런 얼굴로 마지못해 몸을 일으켰다. 나가기 싫은 티를 내며 그는 무거운 걸음을 억지로 움직여 방문으로 향했다.

빈센트가 문을 닫고 나가자 에단이 날 진중하게 응시했다.

"폴라. 기회가 되면 말하려고 했었는데, 사실 이번 일을 계기로 폴라를 내 곁에 둬야겠다고 생각했어요."

"저를요?"

"네, 사정이야 어찌 되었든 폴라 덕분에 빈센트가 제임스에게 죽을 뻔한 상황을 막을 수 있었어요. 그로 인해 폴라는 큰 상처를 입게 되었고요. 폴라가 아니었다면, 나는 한평생을 후회 속에서 살았을지도 몰라요. 그걸 막아 준 폴라에게 꼭 보답하고 싶었어요."

"하지만 이건 보답치곤 너무 과해요."

그가 보답이라 내민 건 너무 커다란 거다. 이건 내가 여태 고민하던 것과는 다른 종류의 해답이자, 감히 상상조차 할 수 없는 일이었다. 그냥 감사 인사로 충분했다.

"나도 가볍게 말하는 건 아니에요. 잠깐이긴 했지만 충분히 생각하고 결정 내려서 제안한 거니까 진지하게 고민해 봐요."

"에단 님. 역시 이건 말도 안 돼요."

"혈육을 잡아먹고 살아남은 백작과 가족이 되는 게 무섭나요? 내가 폴라마저 잡아먹을까 봐?"

"그런 게 아니란 거 아시잖아요."

난 인상을 썼다. 그런 말은 농담이라도 듣고 싶지 않았다. 절대 가볍게 넘길 수 없는 말이기도 했고. 그리고 이건 그것과 다른 문제였다. 내가 다시 거절의

219

의사를 표현하려고 하자, 에단이 알아채고 먼저 말을 이었다.

"그럼 이렇게 생각하면 좋겠군요. 당신이 우리들의 일을 너무 많이 알고 있다고 생각하지 않나요?"

그 말을 듣는 순간, 난 양옆으로 저으려던 고개의 움직임을 뚝 멈췄다. 눈을 커다랗게 떴다. 그런 날 보는 에단의 얼굴에 웃음기가 사라졌다. 웃지 않는 얼굴은 어떤 감정도 내비치지 않는다.

"제임스 일도 루카스 일도, 폴라는 모두 알고 있잖아요? 그런 내가 폴라를 가만히 보낼 거라 생각했습니까?"

"그건……."

느슨하게 풀어졌던 긴장감이 한순간에 팽팽하게 조여들었다. 머릿속 한편에 두고 중요하게 생각하지 않았던 문제가 날카롭게 날 찌르는 것 같았다. 난 마른침을 꿀꺽 삼켰다. 갑자기 손안에 땀이 차는 기분이 들었다.

그의 질문에 대한 답은 '아니'였다.

"폴라가 빈센트와 그런 관계가 된 건 예상 밖의 일이지만, 만약 그렇지 않았다고 해도 난 폴라를 내 곁에 둘 생각이었어요."

"……감시군요."

"그렇게 생각하고 싶다면."

하지만 어떻게 생각해도 감시의 목적을 배제할 순 없었다. 내가 원하든 원하지 않았든 나는 그들이 숨긴 비밀을 알고, 에단의 가문에서 벌어진 일에 대해 아는 사람 중 한 명이니까. 본 것도 못 본 척하고 들은 것도 못 들은 척하고, 여기서 있었던 일은 그 무엇도 발설하지 않겠다고 해도 믿지 않겠지?

"기왕이면 자주 볼 수 있는 관계가 좋은데 사용인으로 일하는 건 아무래도 불안한 감이 있으니, 가족이 되어도 나쁘지 않을 거 같군요."

"……."

"폴라가 굳이 내 제안을 거절하겠다면, 다른 방법을 생각해 봐야겠지만요."

죽이거나 하진 않아요. 그러기엔 이제 폴라는 내게 제법 중요한 사람이 되었으니까. 하지만 눈에 보이는 곳에 두어야겠다는 생각은 변함없어요. 에단은 딱

220

딱한 표정을 풀고 사람 좋게 웃으면서 무서운 말을 늘어놓았다.

그래, 원래 이런 사람이었지. 계산이 확실한 사람. 재회한 이후로 나에게 좋게 대해 주는 그만 보다 보니 나도 모르게 마음이 풀려 버렸나 보다. 중간중간 그가 어떤 사람인지 인지하려고 했으나 가끔 이렇게 기습적으로 들어올 때가 있었다.

날 향해 웃으며 경고하는 그를 보자 더 이상 입술이 떨어지지 않았다. 온몸이 딱딱하게 굳어 버렸다. 등줄기에서 식은땀이 삐질 흐르는 것 같았다.

"너무 나쁘게 생각하지 말아요. 폴라에겐 기회잖아요?"

"저한텐 너무 무거운 기회네요."

"왜 그래요. 우리 사이에."

우리 사이가 뭔데?

"서로 도움을 주는 협력 관계잖아요."

그가 다시 자신과 날 번갈아 가리켰다. 뜬금없는 말에 황당해하는 날 뒤로하고 에단이 몸을 일으켰다. 할 말이 끝났는지 문으로 향한다. 방문을 열자 벽에 몸을 기댄 채 서 있는 빈센트의 모습이 살짝 보였다. 그가 곧장 에단을 바라보며 입을 달싹이자, 에단이 손을 내저으며 저리 가라고 했다.

"에단 님."

난 다급히 에단을 불렀다. 에단이 밖으로 나가려다 말고 날 돌아보았다.

"그때 제안하셨던 내기, 전 그리워하지 않을 거라고 했어요."

빈센트가 날 보며 눈을 껌뻑였다. 에단은 계속해 보라는 듯 내 다음 말을 기다렸다.

"에단 님은 그리워한다에 걸었고요. 그러니 내기는 에단 님이 이기신 거예요."

빈센트는 오래전부터 날 찾았었다. 날 떠올려 주었다. 내기 결과는 에단이 이겼으니, 소원을 들어줘야 할 사람은 나였다.

그런데 내 말에 에단이 빙긋 웃었다.

"폴라 잊었나 본데."

그가 몸을 살짝 틀어 문가를 손으로 짚었다.

"우린 마지막에 내기 조건을 바꿨어요."

아.

"그럼 한번 잘 고민해 봐요."

그렇게 말하니 고민하지 않을 수 없었다.

머리가 지끈거렸다. 에단이 한 말이 내 머릿속을 팽팽 돌아다녔다. 살면서 이런 고민을 하게 되는 날이 올 줄이야. 누가 들으면 감지덕지한 일이라고 할지도 모르겠으나, 내겐 이것도 고생길로 향하는 것처럼 느껴졌다. 갑자기 모든 게 과분해지니 불안감이 드는 건 어쩔 수 없었다.

빈센트에게 마음을 고백했지만 그렇다고 내가 떵떵거리며 살 수 있도록 도와준다거나, 대외적으로 드러내길 바라는 건 아니었다. 나는 조용히 숨어서 만나도 괜찮은데. 빈센트는 마음을 바꿀 생각이 없는지 생각해 보라 말하며 방을 나갔다.

골머리를 썩이다 보니 밤에 잠도 오지 않았다. 한동안 뒤척이다 설핏 잠이 들었는데, 이상한 소리가 들려왔다. 뭔가 부딪치는 소리 같은……? 부스스한 몸을 일으켜 앉아 램프를 켰다. 은은하게 밝아지는 방 안에 뭔가 시커먼 게 보인다고 생각한 순간 검은 물체가 훅 달려들었다.

깜짝 놀라 소리를 지르기도 전에 입가가 틀어막혔다. 눈을 부릅뜨고 고개를 들자 내 입을 막고 있는 사람이 보였다.

"조용히 해."

사납게 경고한 상대가 주변을 둘러보더니 곧 내 쪽으로 시선을 내렸다. 그리고 나와 같이 휘둥그레진 얼굴을 했다.

총을 맞은 날 이후 처음 보는 조니였다. 그가 왜 여기에? 난 조니의 갑작스런 등장에 놀라 굳었고, 그 또한 내가 여기 있을 줄 몰랐는지 놀란 기색이었다.

"너……."

조니는 당황한 듯 보였으나 금방 침착함을 되찾고 말했다

"얌전히 있어. 알겠어?"

난 크게 고개를 끄덕였다. 그제야 조니가 내 입가를 막고 있던 손을 천천히

떼어 냈다. 내가 소리를 내지 않을 거라고 생각했는지 곧 몸을 뒤로 물린다. 그제야 조니의 모습이 제대로 보였다. 그런데 못 본 새 얼굴이 초췌해지고 차림새가 엉망이었다.

조니가 날 주시하며 한 손을 들어 올렸다. 거기엔 작은 총이 들려 있었다.

"조금이라도 소리 내면 죽여 버릴 거야."

난 조니의 손에 들린 총을 흘끗 보곤 고개를 한 번 더 끄덕였다.

붙잡혔다고 들었는데 어떻게 빠져나온 걸까? 그가 제임스와 엮여 있는 이상 감시가 허술하진 않았을 텐데. 난 조니가 생각보다 평범한 사람이 아니란 걸 깨달았다.

그는 연신 문 쪽을 살폈다. 작은 소란에 누가 오지 않을까 불안해하는 기색이 역력했다. 문을 주시하던 조니는 곧 아무도 오지 않는다는 확신이 들었는지 침대에서 내려왔다. 그는 여전히 내게 총구를 겨눈 채 천천히 뒷걸음질 쳤다. 작은 발소리 하나 없이 뒤로 물러나던 그의 시선은 문과 날 번갈아 살피고 있었다.

조니의 걸음이 멈춘 건 침대에서 좀 멀찍이 떨어진 창가 앞이었다. 그는 맨 벽에 몸을 숨긴 채 창밖을 바라봤다. 그의 고개가 살짝살짝 옆으로 돌아가는 걸 보니 창밖 너머에 사람이 없는지 살피는 듯하다. 여기서 창밖으로 뛰어내리면 얼마 안 되는 거리에 바로 숲이 있었다. 난 그가 왜 이 방에 들어왔는지 깨달았다.

난 다리를 바닥에 내렸다. 조심스레 움직였는데도 내 기척을 느꼈는지 조니가 퍼뜩 고개를 돌리더니 총을 다잡는 게 보였다.

"움직이지 말라고 했지."

"숲속으로 도망가려고?"

"죽기 싫으면 입 다물고 얌전히 있어."

조니가 차갑게 경고하며 창밖과 문 쪽을 두리번거렸다. 난 그를 차분히 바라봤다. 조금 전 당황스러웠던 마음이 차츰 진정되자 머릿속이 천천히 돌아가기 시작했다.

"어디로 가려는 건데?"

"조용히 하라니까? 진짜 죽고 싶어?"

조니가 총구를 내 쪽으로 들이밀며 위협했다. 난 총을 한 번 흘끗거린 뒤 다시 조니를 바라봤다. 어둠 속에 서 있는 그가 너무 초조해 보여서일까, 별로 무섭게 느껴지지 않았다. 그리고 난 그에게 꼭 묻고 싶은 게 있었다.

"5년 전에 여기 별채 쪽에서 사람이 죽을 뻔했어."

갑작스런 내 말에 창밖을 주시하던 조니가 흘끗 시선을 보내왔다. 무슨 헛소리냐는 얼굴이었지만 난 말을 멈추지 않았다.

"한밤중에, 그것도 칼에 찔려서."

"……."

"칼에 찔린 사람은 별채에서 지내던 손님이었어."

난 아직도 그날을 생생히 떠올릴 수 있었다.

빛 하나 없던 고요한 어둠 속에서 울려 퍼지던 바람 소리가 매서웠던 밤. 램프의 불빛이 불안하게 흔들리던 공간에서 스치듯 본 광경이었다. 그땐 정신이 없었다. 램프가 깨져 빛 하나 들지 않는 어둠 속에 있다 보니 무서워졌고, 강한 충격에 도리어 기억이 먹혀 버렸던 거 같다. 하지만 이번에 비슷한 일을 겪자 그날 지워졌던 기억이 또렷하게 그려졌다.

"네가 죽였어?"

그 물음에 조니의 고개가 다시 내게로 향했다. 여태까지 내가 알고 있었던 우울하고 소심해 보이는 남자는 없었다. 내 앞에 있는 남자는 낯선 사람이었다. 그의 얼굴엔 아무런 감정도 드러나 있지 않았다.

"네 생각은 어떤데? 내가 죽였을 거 같아?"

그가 되물었다. 난 고개를 저었다.

"아니."

그 끔찍했던 날 밤 내가 본 살인범의 얼굴은 조니가 아니었다. 흔들리는 램프의 불빛이 스치듯 비추었던 남자는 다른 생김새였다. 나는 그걸 떠올렸다.

"왜. 내가 살인 사건의 범인일 수도 있잖아."

"넌 아니야."

확신할 순 없지만, 아니라는 생각이 들었다. 여태 조니가 내게 보여 줬던 모습들이 그랬다. 그가 연기를 한 걸 수도 있지만 그 속엔 분명 진실도 있을 거란 생각이 들었다. 서로 만나 알게 된 시간은 짧았지만 그가 나에 대해 파악했듯 나도 어느 정도는 그를 파악했다.

"넌 그럴 사람이 아니야."

그는 제법 인간적인 면이 있었다. 사람을 죽이는 걸 즐기거나 좋아하는 편이 아니었다. 그렇다고 정이 많다고 할 순 없지만, 어쨌든 그걸 당연히 여기는 사람은 아니었다. 만약 사람을 죽였더라도 난도질까지 하진 않았을 것 같단 생각이 들었다.

내 대답에 조니가 픽 웃었다.

"네가 말한 그놈은 죽었어."

"죽었다고?"

"그래. 죽었어. 증거를 남기면 안 된다며 죽였지."

누가 죽였는지 말하지 않아도 알았다.

"귀족 놈들이 하는 짓이 그렇지. 쓸모 있으면 이용하고, 그러다 버리고. 귀찮아지면 죽여서 흔적을 지우고. 뻔하잖아. 그놈도 그걸 알고 한 거야."

"아는 사이였어?"

"한때는. 같이 일했던 동료였지. 난 크리스토퍼 가문에서 일했었거든."

깜짝 놀랄 말이었다. 그 가문에서 일했었다고? 하지만 돌이켜 보면 그래, 그렇구나. 그럴 수 있단 생각이 들었다. 첫 만남이 이상해서 그렇지 조니는 꽤 능력이 좋았다. 체력도 좋고 끈기도 있고, 글을 읽고 쓰는 것도 가능하고. 게다가 귀족가의 사용인으로 지내는 것에 있어 여유로움이 느껴졌다.

그제야 제임스와 조니의 관계를 깨달았다. 조니는 제임스가 부리던 사람이었던 거다.

"그럼 넌 네 동료를 죽인 사람인데도 일을 해 줬다는 거야?"

"돈을 많이 준다니까. 난 돈만 주면 뭐든 해."

"네 동료한테 미안하지도 않아?"

"별로 친한 사이는 아니었어."

조니는 별것 아니라는 투로 대꾸했으나 난 이해할 수 없었다.

"대체 왜? 굳이 그렇게까지 해야 할 이유가 뭔데? 넌 능력이 있으니까, 이런 일이 아니라 좀 더 제대로 된 일을 해도 됐었을 텐데."

그런데 내 말에 조니가 갑자기 웃음을 흘렸다. 마치 재미난 얘길 들었다는 듯이. 하지만 웃음은 곧 잦아들고 화가 난 얼굴만 남았다.

"웃기는 소리 하지 마. 우리 같은 놈들이 할 수 있는 게 뭐가 있겠어. 글을 읽고 쓸 수 있는 거? 그거로는 돈이 안 돼. 왜냐면 윗놈들은 아랫놈들을 이용할 생각만 하지 그 아랫놈이 어떤 생각을 가졌고, 뭘 원하는지 따윈 관심 없거든. 곁에 두면 품격이 떨어진다고 생각할걸? 아무리 용을 써도 인정받지 못한다고. 왜냐면 우린 돼먹지 못하고, 더럽고 구질구질한 상종도 못 할 놈들이니까."

영원히 변하지 않는 현실. 전에도 조니는 비슷한 말을 한 적이 있었다. 냉정하게 흘러나온 말이 무엇을 의미하는지 알기에, 난 반박하지 못했다.

난 눈을 내리깔았다. 램프의 불이 살짝 흔들렸다.

"난 돈만 준다면 윗놈들 구두도 핥을 수 있어."

돈, 그게 뭐라고 목숨까지 걸어야 하는가. 하지만 웃기게도 난 조니의 마음을 이해했다. 그가 내게 한 짓을 알면서도, 그것과는 별개로 그가 가진 생각을 반박할 수가 없었다. 신분이란 그런 거다. 똑같은 일을 당해도 귀족이냐 서민이냐 그리고 거지냐에 따라 취급이 달라졌다. 그로 인한 차별은 상상도 할 수 없다.

그건 우리가 겪었고, 앞으로 겪어야 할 비참한 현실이었다. 당장은 삶에 허덕이느라 잊고 산다고 해도, 좋은 사람들 사이에 끼어 과분한 친절을 받는다고 해도, 때때로 그것이 우리의 현실이란 걸 뼈저리게 깨닫고 만다.

"넌 그래도 좋은 거야?"

"어쩔 수 없잖아."

살기 위해선 어쩔 수 없는 일. 난 쓰게 웃었다. 조니는 더 이상 아무 말도 하지 않았다. 그는 날 흘끗 보곤 다시 창밖에 시선을 둘 뿐이었다.

잠시 동안 방 안에 침묵이 맴돌았다. 사람의 기척도 없는 한밤중이다 보니 작은 숨소리조차 크게 들려오는 것 같았다.

조니가 조심히 잠금쇠를 풀고 창문을 열었다. 끼익— 창문이 열렸다. 그러곤 곧장 창밖으로 넘어가려 했다.

"기다려!"

난 달려가 조니의 옷자락을 움켜잡았다. 갑작스런 힘에 창틀에 다리를 올리고 있던 조니의 몸이 휘청였다. 그가 당황하며 날 돌아보자 다급히 외쳤다.

"이거 놔!"

"할 말이 있어. 잠깐이면 돼."

조니가 얼굴을 일그러뜨렸다. 하지만 난 그가 바로 창을 넘어가지 않을 거란 걸 깨달았다. 옷자락을 잡았던 손을 떼어 내고는 급히 몸을 돌렸다. 다친 어깨에 통증이 일었지만 내색하지 않고 침대 옆 협탁에 있는 서랍을 열었다. 그리고 작은 꾸러미를 꺼내 그에게 내밀었다.

그 안에 든 건 내가 이곳에 와서 벌었던 돈이었다. 내가 가진 전부.

"돈만 주면 뭐든지 한다고 했지? 그럼 돈 주고 의뢰할게."

조니의 시선이 내 손에 들린 꾸러미에 닿았다가 다시 내게로 향했다.

"앨리샤를 데리고 가 줘."

"뭐?"

그가 황당한 얼굴을 했다. 하지만 난 진심이었다.

빈센트는 앨리샤의 일에 대해 딱 한 번 언급했다. 난 죄송하다고 했고, 빈센트는 그런 날 보며 한마디를 흘렸다.

'네 동생에 대한 처분은 너한테 맡길게.'

예전에도 지금도 그는 내 마음을 배려해 주었다. 그에 난 아무 말도 하지 못했다. 내겐 말할 자격이 없었으니까.

"이걸 줄 테니 앨리샤도 데리고 가 달라고."

"무슨 소리야. 걜 어떻게 데리고 가?"

"그건 네가 알아서 해야지. 돈만 주면 뭐든 한다며?"

그만큼 능력이 있단 소리가 아닌가. 지금도 그는 저택의 감시에서 벗어나 도망치고 있었다. 난 지금 누군가를 불러오거나 하지 못한다. 하지만 이 방을 나간다면 조니가 이곳에 왔던 걸 알릴 생각이다.

"네가 원하는 돈 줄게. 앨리샤도 데리고 도망쳐 줘. 그리고 아주 멀리 데려
가 줘."

내 말에 조니가 코웃음을 쳤다. 멍청한 사람을 보듯 날 바라본다.

"너 멍청이야? 걔가 너한테 어떤 짓을 했는데 구해 달라는 거야."

"알아."

"알면서 이런 말을 한다고? 넌 걔가 밉지도 않냐?"

조니는 당최 이해할 수 없단 얼굴이었다. 당연한 반응이었다. 누가 봐도 내
행동에 비웃음을 흘릴 것이다. 하지만 난 조니를 보며 이런 생각이 들었다.

"꼭 죽여야 해?"

"뭐?"

"내가 죽을 뻔했다고 나도 꼭 상대를 죽여야 해? 내가 돌을 맞았다고 나도
똑같이 돌을 던져야만 하는 거야?"

난 여태 너무 많은 죽음을 보았다. 죽음이 당연한 삶이었다. 어제까지만 해
도 같이 일하던 동료가 다음 날 죽어 버리는 일도 파다했다.

난 사랑하는 사람들을 죽음으로 떠나보내며 이별해야 했고, 누군가의 죽음
이란 희생을 통해 살아남는 선택만 했다. 하지만 내게 선택할 기회가 있다면,
난 절대 그러고 싶지 않았다. 멍청한 선택임을 알지만, 한 번쯤은 그래도 되잖
아. 정말 밉고 싫고 때론 죽이고 싶어도 앨리샤는 내 동생이었다. 그건 변하지
않는 사실이었다. 다른 동생들은 죽어서 떠나보냈으니 한 명쯤은 살려서 보내
도 되지 않겠는가.

"나도 걔가 미워. 나한테 한 짓도 잘 알고. 그래서 보내는 거야. 내가 행복해
지려면 걔가 내 곁에 있으면 안 돼서, 그래서 치워 버리려고."

나는 내가 행복해질 수 있는 방법을 고민해 봤다. 그러려면 앨리샤가 없어야
했다. 내 삶에 앨리샤는 불필요한 존재였다. 우리는 매번 서로를 헐뜯기만 했
고, 그 관계는 결코 회복될 수 없었다. 하지만 이대로 앨리샤가 어떻게 될지 뻔
히 알면서도 지켜보기만 한다면 난 결국 마음을 꺾고 다시 그 애를 신경 쓸지

도 모른다. 그렇다면 똑같은 불행이 반복되겠지.

앨리샤가 날 밀었던 순간, 우리의 관계는 거기서 끝난 것이다. 어쩌면 애초부터 우린 같이 있으면 안 되는 관계였다. 각자의 행복을 위해서 서로 헤어지는 게 낫다는 걸 알았는데도 여태 외면하고 있었다. 앨리샤를 더 이상 보지 않고 떠나보내는 건 내 나름의 복수였다.

"그러다 걔가 너한테 복수하겠다고 찾아오면 어떻게 할 건데?"

"그건 그때 다시 생각해 봐야지. 어떻게 할지."

하지만 별로 생각하고 싶지 않은 가정이었다.

"최대한 멀리 보내 줘. 아주 멀리멀리, 찾아올 수도 없게."

"내가 걔 못 데리고 나오면? 중간에 잡혔다든지 해서 걔 버릴 수도 있어. 아니면 귀찮아 죽여 버리든지."

"그럼 어쩔 수 없겠지."

그 또한 앨리샤의 운명인 거다.

"내가 이 돈만 꿀꺽할 수 있단 생각은 안 해?"

"의뢰는 신뢰가 생명 아닌가?"

네가 그 정도밖에 안 되는 인간이라면 어쩔 수 없지만. 그런 의미를 담아 난 어깨를 으쓱였다. 그래도 이해해 준다는 의미도 담았다.

조니가 다시 꾸러미를 바라봤다. 갈등하는 얼굴이었다. 이걸 받아야 할까 말아야 할까. 앨리샤를 데리고 도망치는 게 쉽지 않은 일이란 걸 잘 안다. 잠시 고민하던 조니가 다시 날 바라봤다.

"후회하지 않을 자신 있어?"

조니가 다시 한번 내 결심을 물었다. 난 살며시 웃었다.

"후회할 수도 있겠지."

후회하는 날이 올지도 모른다. 가슴을 내려치며 피눈물을 흘릴 수도 있다. 하지만 살다 보면 때때로 그런 순간들이 있다. 정말 싫지만, 해야 하는 선택. 그러면 안 된다고 생각하면서도, 그러고 싶은 선택. 이건 앨리샤를 위한 게 아니다. 날 위해서였다.

그때, 에단이 한 제안이 생각났다.

처음엔 말도 안 된다는 생각이 컸지만, 지금은 좀 달라졌다. 에단은 그걸 기회라고 했다. 그래, 그건 기회였다. 내 행복을 위한 기회. 이대로 여기서 살게 된다고 해도 신분 차이와 그로 인한 차별에서 영원히 벗어나지 못한다. 사랑만으로 버티는 덴 한계가 있었다. 지금은 당장 모르겠지만, 좀 더 지내다 보면 결국 벽에 다다를 때가 올 것이다.

누구나 자신의 행복을 바란다. 그걸 위해 욕심을 부리는 게 잘못된 건 아니지 않은가. 행복하기 위해 사는 거니까.

그러니 앨리샤를 멀리 보내는 것 또한 내가 행복해지기 위해 부리는 욕심이었다.

"그래도 괜찮아. 데리고 가 줘."

난 차분히 내 의사를 드러냈다. 내 얼굴을 뚫어져라 보던 조니가 내 손에 들린 꾸러미를 휙 뺏어 갔다. 그리고 몸을 돌려 곧장 창틀을 밟고 넘어갔다. 잠시 하늘을 나는 듯 붕 뜨던 조니의 몸이 아래로 사라져 버렸다.

창문이 작게 움직이며 삐걱 소리를 냈다. 난 눈을 내리깔고 빈손을 내렸다. 바깥쪽에서 작은 소음이 들려오더니 곧 뚝 멈췄다. 주변이 고요했다. 난 어둠 속에서 한 걸음도 움직이지 못했다. 익숙한 시선이 느껴진다.

"미안해."

날 위해서 계속 매달려서 미안해.

"구해 주지 못해서 미안해."

무서웠을 텐데 함께해 주지 못해 미안해.

"이제 보내 줄게."

이제 너희를 보내 줄게. 자유롭게 해 줄게.

하얀 손들이 내 몸을 감쌌다. 처음엔 작은 손이 내 치맛자락을 쭉 당기다 떠났고, 그다음엔 빼빼 마른 손이 등 뒤에서 날 꼬옥 껴안은 뒤 떠났다. 마지막으로 상처투성이 손이 내 손을 그러쥐었다.

"언니."

둘째가 내 어깨에 뺨을 비볐다. 은은한 꽃향기가 났다.

"안녕, 언니."

"안녕, 내 동생."

안녕, 내 동생. 둘째. 엘라……. 난 둘째의 이름을 입에 담았다. 다른 동생들의 이름도 불렀다. 오래도록 부르지 못했던 빛바랜 이름들을 하나씩 마음속에서 꺼내 놓았다. 내 부름에 화답하듯 엘라가 활짝 웃었다. 날 향해 웃는 얼굴은 오래전 그 모습 그대로 예뻤다.

엘라가 손을 놓고 앞으로 걸어갔다. 다른 동생들이 엘라의 양손을 붙잡았다. 난 동생들을 바라보며 입꼬리를 당겨 웃었다. 울고 싶지 않았다. 매번 울었으니까, 이번엔 웃으며 보내고 싶다.

"안녕, 내 동생."

작은 발소리들이 멀어진다. 어둠 속으로 사라지는 어린 모습들에서 시선을 떼지 않았다. 나는 그렇게 나의 마지막 아픔을 보냈다.

다음 날, 사라진 조니로 인해 저택이 뒤집어졌다. 에단과 빈센트가 날 찾아왔고, 난 조니가 이 방에 몰래 숨어들었던 일을 알려 주었다. 난 그들과의 대화를 통해 조니가 앨리샤를 데리고 도망쳤다는 걸 알게 되었다.

나는 빈센트와 단둘이 있을 때 앨리샤에 대한 일을 말해 주었다. 그는 아무 반응 없이 내 말을 차분히 들어 주었고, 마지막까지 들은 뒤에야 한마디 했다.

'네가 바란 거라면 된 거겠지.'

오직 그뿐.

이제 더 이상 앨리샤의 일은 우리 사이에 중요하지 않게 되었음을 깨달았다.

그렇게 시간이 지나자 점차 앨리샤에 대한 건 잊혀 갔다.

그리고 난 다시는 앨리샤를 보지 못했다.

외전 1장

이름의 의미

바람이 시원하다. 눈을 감고 시원한 감각을 즐기자 웃음이 나왔다.

고개를 돌리자 빈센트가 보였다. 나처럼 밤하늘을 올려다보고 있던 그가 날 보더니 웃음을 흘렸다. 바람에 흔들리는 금빛 머리카락이 달빛 아래에서도 빛나는 거 같았다.

심장이 콩콩 뛰었다.

"빈센트 님. 저 에단 님이 하신 제안을 받아들일까 해요."

내가 한 결정을 가장 먼저 그에게 알려 주고 싶었다. 내 말을 들은 빈센트가 조금 의외라는 듯한 얼굴을 했지만 곧 짙게 웃었다. 내 결정이 아주 기쁘다는 듯이.

난 다시 밤하늘의 별을 바라봤다. 촘촘히 수놓아진 별이 예뻤다. 반짝반짝 빛을 내는 모습이 마치 날 응원해 주는 거 같았다.

그날, 내 마음속에 피어오른 건 까마득한 앞날에 대한 불안감과 새로운 생활에 대한 묘한 설렘이었다.

빈센트와 얘기를 끝낸 뒤, 난 내 결정을 에단에게도 알렸다. 처음으로 아주 큰 욕심을 내는 순간이었다. 그런데 입 밖으로 뱉고 나니 조금 겁이 났다. 내가 제대로 된 결정을 한 걸까. 에단이 먼저 제안한 것이긴 하지만, 빈말일 수도 있 겠단 생각이 들었다. 너무 속물적이라고 생각하는 건 아니겠지.

조심스럽게 에단을 살피자, 그는 언제나처럼 짓궂게 웃어 주었다.

"그럼 준비를 해야겠군요."

그리고 얼마 지나지 않아 에단은 여러 장의 종이를 가져와 내 앞에 늘어놓 았다. 내가 의아해하며 멀뚱히 앉아 있자, 에단이 손수 종이 한 장을 집어 내게 내밀었다. 종이를 받아 들자 빽빽이 적힌 글씨가 눈에 들어왔다.

"앞으로 폴라가 사용하기 좋을 만한 신분을 몇 개 추려 봤어요."

그의 말대로 여러 장의 종이엔 낯선 이름들이 적혀 있었다.

"폴라가 그대로 가문에 입적하는 것도 고민해 봤지만, 앞으로 살면서 뒤탈 이 없도록 하고 싶은 거잖아요? 그렇다면 벨루니타 백작가에서 사용인으로 일 했던 신분보다는 새로운 신분이 더 적합할 거 같다고 생각했어요. 적어도 다른 사람들의 입에 오르내리지 않을 정도의 적당한 신분 말이죠."

에단은 무엇을 선택하든 자신이 잘 준비하겠다고 했다. 분명 쉽지 않은 일일 텐데, 에단은 신분이란 걸 정말 뚝딱 구해 왔다. 난 조금 얼떨떨한 심정으로 종 이에 적힌 글씨를 천천히 읽어 내렸다. 종이엔 한 사람의 생애가 적혀 있었다.

"괜찮나요?"

문득 에단이 물었다. 그 물음이 조심스러웠다. 에단이 날 뚫어져라 바라봤 다. 가라앉은 눈빛이 마치 상처 입은 날 위로해 주는 것 같았다. 그에 난 다시 손에 든 종이를 내려다봤다.

에단이 가족이 되자고 말해 주었지만, 그 과정이 결코 순탄하지 않을 것이란 걸 알고 있었다. 어쩌면 '나' 란 사람 그대로 귀족이 될 수 없을지도 모른다고 생각했다. 그러니 놀랍지도, 실망하지도 않았다.

꿈에 부풀어 있기만 한 건 아니었다. 얼마 전까지만 해도 사용인으로 일하던 하류층 계집이 귀족가에 입적한다는 건 말도 안 되는 일이라 생각했으니까. 아 니, 상상할 수조차 없었던 일. 분명 어렵고, 포기하고 싶고, 후회할 때가 있을 테 지. 에단이 날 숨겨 주어 새로운 신분으로 살게 된다고 해도, 암암리에 나에 대한 소문이 돌 수 있었다. 에단의 결심은 빈센트가 한 결심만큼이나 큰일이었다.

누구에게나 도박 같은 일.

욕심을 부리긴 했지만, 나만 생각할 순 없다. 누군가와 함께 살아간다는 건, 희생이 필요한 일이었다. 크리스토퍼 가문으로 들어가는 것도 빈센트와 함께하는 앞날에 뒤탈이 없게 하기 위함이다. 가난하고 보잘것없었던 '내'가 아닌 새로운 신분으로 크리스토퍼 가문에 들어가는 게 더 원활한 방향이라면 기꺼이 받아들일 용의가 있었다.

결심이 든 순간부터 무슨 일이든 각오했으니까.

난 대수롭지 않게 고개를 한 번 끄덕였다.

"괜찮습니다."

흔들림 없이 에단을 바라보며, 내 결심을 내보였다. 그게 전달이 되었는지, 에단도 고개를 한 번 끄덕이곤 다른 종이들을 내밀었다.

"이 중에 마음에 드는 걸로 골라 봐요."

그가 가져온 신분은 총 다섯 개였다. 두세 장의 묶음으로 되어 있는 종이엔 각각의 신분에 대한 설명이 적혀 있었다. 몰락한 귀족 가문의 여식, 중류층 귀족의 먼 친척, 어느 변방에 있는 작은 귀족 가문의 손녀 등 하나같이 내겐 과분한 신분들이었다.

선택지가 많다 보니 오히려 결정하기가 어려웠다. 난 종이를 한 장 한 장 꼼꼼히 살펴보았다. 그렇게 마지막 장을 넘겨 보는데.

[플로렌스 크리스토퍼]

문뜩 이름이 눈에 들어왔다. 크리스토퍼? 난 이름 아래에 적힌 설명을 읽어 내렸다.

다이애나 크리스토퍼와 조셉 크리스토퍼의 외동딸. 크리스토퍼 부부가 마차 사고를 당한 뒤 조셉 크리스토퍼는 그 자리에서 즉사, 다이애나 크리스토퍼는 플로렌스를 낳고 사망. 플로렌스는 선천적으로 몸이 약해 병치레가 잦았으며, 현재까지도 몸이 너무 약해 방 밖으로도 잘 나가지 못함. 친족과 교류도 전무한 편……

거기까지 읽고 다시 첫 장으로 돌아와 맨 윗줄에 적힌 이름을 입에 담았다.

"플로렌스 크리스토퍼."

혀끝에 닿는 이름이 낯설었다. 내 혼잣말에 에단이 고개를 들어 반응했다. 그가 갑자기 지그시 시선을 주더니 돌연 내 손에 들린 종이들을 뺏어 갔다.

"아, 이건 빼도록 해요."

난 멀어지는 종이를 좇다가 에단을 바라봤다.

"왜요?"

"이 신분은 쓸 수 없어서요."

에단이 빼앗아 간 종이들을 자신의 옆자리에 팽개치듯 놓았다. 같은 가문 출신이라 나쁘지 않다고 생각했는데, 아쉬웠다. 난 종이에서 시선을 떼고 남은 네 개의 신분을 다시 살폈다.

하지만 보고 또 봐도 뭐가 좋을지 잘 모르겠다. 에단이 나름 신중히 골랐다는 걸 보여 주듯 무엇을 선택해도 나쁘지 않았다. 그래서 더 뭘 골라야 할지 갈피를 잡을 수 없었다. 이게 좋을까, 저게 좋을까. 이름이 적힌 종이 네 장을 나란히 늘어놓고 끙끙 앓으며 고민했다. 그러다 보니 머리가 아팠다.

머리에 열이 오르는 게 느껴질 즈음, 에단의 목소리가 들려왔다.

"그러고 보니 몸 상태는 좀 어때요?"

내가 고민하는 사이 에단은 다른 볼일을 보고 있었다.

"이제 많이 나아졌습니다."

총상으로 인해 열이 올라 앓아눕긴 했지만 지금은 멀쩡하다. 어깨의 상처도 잘 아물어서 격하게 움직이지만 않으면 별다른 통증이 느껴지지 않았다. 며칠 전에 방문한 의사도 이제 걱정하지 않아도 된다는 말을 해 주었다.

"다행이네요. 후유증 같은 건 없고요?"

"네. 없습니다."

"정말 다행이네."

담담히 나온 목소리에서 언뜻 안도하는 기색이 느껴진다.

내가 총상을 당해 앓아누워 있는 동안 에단은 하루가 멀다 하고 날 찾아와 상태를 살폈다. 혹여 내가 잘못될까, 무슨 문제가 생기진 않을까. 의사가 내 어깨에 흉터가 남을 수도 있다고 했을 때 에단은 죄인 같은 표정을 지었다. 내게 미안해하며 눈조차 제대로 맞추지 못했다.

의사의 말대로 흉터가 남긴 했으나 눈에 띌 정도는 아니었다. 게다가 옷을 입으면 감출 수 있으니, 내겐 별일이 아니었는데 에단은 죽을죄를 지은 듯 굴었다. 아마 제임스와의 일이 에단의 마음속에 큰 죄책감으로 남은 것 같았다. 날 도와준다고 먼저 제안했던 것도, 이렇게 새로운 신분을 구해 준 것도 어쩌면 그 죄책감에서 비롯된 책임감일지도. ……그러지 않아도 되는데.

"몸이 어느 정도 회복된 듯하니, 이제 슬슬 채비를 해야겠네요."

그때, 먼 길을 떠났던 정신이 돌아왔다. 난 눈을 껌뻑였다.

"무엇을 말씀하시는 거예요?"

"응? 그야 여길 떠나야 하니까요."

여길 떠난다고? 생각지도 못한 말에 내가 멍청하게 바라보자, 에단이 의아한 얼굴을 했다.

"당연히 나랑 같이 가야죠. 우리 저택으로."

어…… 생각해 보니 맞는 말이긴 했다. 에단과 가족이 된다면 당연히 이곳이 아닌, 크리스토퍼 가문으로 가야 한다. 당연한 일인데, 미처 거기까지 생각을 하지 못했다.

앞으로 영원히 써야 할 신분이니 신중히 고민해 보라며, 에단은 새로운 신분들이 적힌 종이를 남기고 떠났다. 난 종이들을 연신 살펴보다가 침대에 벌러덩 누웠다. 내 앞날을 좌지우지한다고 생각하니 가벼운 마음으로 선택하기가 어려웠다.

하얀 천장을 멍하니 바라보는데, 갑자기 눈앞에 불쑥 커다란 손이 나타났다. 그게 한차례 흔들리는 걸 보다 고개를 돌리자, 언제 들어왔는지 빈센트가 침대 옆에 서 있었다.

"오셨어요?"

"뭐 하는 거지?"

"그냥 누워 있었어요."

한쪽 발은 바닥에 두고, 다른 발은 접어 허벅지 밑에 깐 방정맞은 자세로 벌러덩 누워 있는 나를 쭉 훑은 빈센트가 고개를 갸웃했다. 그러다 눈앞에서 사라졌다. 침대 한쪽이 풀썩 가라앉는 게 느껴졌다.

"킨즐린 에이버리?"

종이에서 봤던 이름이 들려왔다. 난 몸을 벌떡 일으켜 앉았다. 예상대로 빈센트가 종이 한 장을 들고 있었다.

"에단 님이 가져다주셨어요. 앞으로 살면서 뒤탈이 없어야 하니 새로운 신분으로 입적하는 게 더 적합할 거 같다고요. 적당한 신분들을 구해다 주셔서, 이 중에 골라서 말해 주면 준비를 하겠다고 하셨어요."

"흐음."

내 말을 들은 빈센트의 미간이 미미하게 좁혀졌다. 무언가 거슬리는 게 있는 듯하다. 그러나 그는 별다른 반응 없이 침대 위에 올려 두었던 종이들을 마저 한 장 한 장 집어 읽는다.

"마음에 드시는 게 있으세요?"

제법 신중히 읽는 얼굴을 보며 선택하는 데 도움 좀 받을 겸 물었다. 그러나 빈센트는 아무런 대꾸 없이 남은 종이를 끝까지 다 읽고는 날 바라봤다.

"넌?"

"전 다 좋은 거 같아요."

"아니, 넌 괜찮냐고 묻는 거야."

뭘? 의아한 눈빛으로 시선을 마주하자, 빈센트가 손에 든 종이를 가볍게 흔들었다.

"너는 이런 신분으로 살아도 괜찮겠어?"

에단에게도 들었던 질문이었다. 빈센트마저 그렇게 묻는 걸 보니, 여간 걱정해 주는 게 아닌가 보다. 어쩐지 보호받는다는 기분이 들었다. 그건 생소하고 낯간지러운 감정이었지만, 기분이 나쁘지는 않았다.

"전 괜찮아요."

밝게 대답했는데, 어쩐지 빈센트는 인상을 썼다. 자신의 손안에서 흔들리는 종이를 보는 그의 눈동자에 언뜻 불만이 배어 나온다. 내가 억지로 그런다고 생각한 걸까?

잠시 고민하다가, 머뭇거리며 그를 향해 손을 뻗었다. 손안에 감겨드는 금빛 머리카락이 부드럽다. 흐트러진 옆머리를 옆으로 쓸어내리다가 뺨을 살며시 감쌌다. 내 손길이 닿는 순간 감겼던 눈꺼풀이 떠지며 예쁜 에메랄드빛 눈동자가 드러났다. 그 안에 내 모습이 담겼다.

아직, 이러한 행위는 내겐 낯설기 그지없었다. 누군가와 똑바로 쳐다보는 것도 그렇다. 그럼에도, 아무렇지 않은 척 그와 시선을 마주하며 조심히 손을 놀렸다.

"빈센트 님과 함께 살 수 있다면, 다 좋아요."

당신과 함께할 수 있다는데, 신분 따윈 아무래도 좋았다. 내겐 과분한 신분들이지만, 그에게 해가 된다면 받아들이지 않았을 것이다. 그에게 도움이 된다니 필요했다. 이제 뭐든 빈센트를 중심으로 선택하게 된다. 누군가와 함께한다는 건 그런 거겠지. 어쩌면 그의 선택 또한 나를 중심으로 이뤄질지도 모른다. 그리 생각하니 마냥 손해 보는 건 아니란 생각이 든다.

내가 일부러 더 활짝 웃자, 내내 못마땅한 얼굴을 하던 빈센트가 마주 웃는다. 그의 손이 익숙하게 내 손등을 붙잡았다. 내 손에 뺨을 비비적거리는 것은 요 근래 생긴 그의 버릇이었다.

"나도."

그가 손에 든 종이를 던지듯 한쪽으로 치웠다. 종이들이 아무렇게나 널브러졌다. 구겨지겠다는 생각을 하며 그곳을 흘낏 보는데, 그가 양손으로 내 두 뺨을 감싸고 자신을 바라보게 만든다. 마치 다른 곳은 보지 말라는 것 같다.

시선이 부딪치자 에메랄드빛 눈동자가 길게 늘어졌다. 이마가 툭 닿았다. 그의 손이 미끄러지듯 내려와 어깨를 살며시 붙잡았다. 유리를 만지듯 조심스럽고, 다정한 손길이었다. 얇은 옷 안의 이제는 작은 천으로 덮어 둔 부분을 그가 더듬었다. 분명 가려져 있는데 그의 눈은 흉터를 보듯 찰나에 딱딱하게 굳어진다.

"네가 어떤 신분이든 누구든, 나도 다 좋아."

나직한 목소리가 노래처럼 들려왔다. 뺨을 감싸고 있던 손이 내 눈꺼풀을 더

듬다, 코를 스치고 입술을 매만졌다. 손끝의 감각을 기억하려는 듯 내 얼굴을 섬세히 더듬는다.

그는 자주 이랬다. 날 만지다가 이렇게 눈을 내리깔고 나긋하게 쓸어내릴 때가 있었다. 눈이 안 보여도 날 찾을 수 있도록, 다시는 실수를 반복하지 않겠다는 듯.

엄지가 입술의 윤곽을 더듬었다. 그의 숨결이 느껴졌다. 덥고 진득했다. 입술 끝에 다다른 엄지가 다시 쓱 움직여 내 입술을 벌렸다. 내 입술이 저절로 살짝 벌어졌다. 그 틈새로 엄지가 파고들다가 돌연 몸이 벌러덩 넘어갔다.

갑작스런 상황에 머리가 잠시 백지가 되었다. 하얀 천장을 바라보고 있는데 눈앞에 빈센트가 드리워졌다. 그가 날 내려다보며 짓궂게 웃고 있었다. 저 얼굴 또한 요 근래 자주 보던 것이었다. 생소하지만 마음 한편에 자리 잡은 익숙함.

"내 곁에만 있어 준다면……."

빈센트의 손이 다시 얼굴에 달라붙었다. 입술을 매만진다. 이번엔 만지는 걸로 끝나지 않았다. 서서히 그의 얼굴이 다가왔다. 곧 뜨거운 입술이 맞닿았다.

어쩐지 꿀처럼 달게 느껴졌다.

□ ◆ □

일이 터졌다. 사달이 난 건 에단이 다시 벨루니타 저택을 찾아왔을 때였다.

어깨에 입은 상처가 어느 정도 아물었고, 더 이상 방 안에만 박혀 있지 않아도 되자 에단은 자신과 함께 떠나자고 제안했다. 이는 저번에 나누었던 이야기의 연장선이었다. 확실히, 당장 혼인식을 올리는 게 아니라면, 난 크리스토퍼 가문으로 가야 하는 게 맞았다.

난 오랜 시간 동안 가난한 빈민촌의 사람으로 살았다. 아무리 귀족 아가씨의 신분을 뒤집어쓴다고 해도 진짜 귀족 아가씨가 될 순 없었다. 에단은 그 문제를 가장 먼저 지적했다. 크리스토퍼 가문의 사람으로, 그리고 귀족들 사이에서 살아가게 된 이상 준비가 필요하다고.

문제는 빈센트가 아주 못마땅해한다는 것이었다.

'굳이 이럴 필요까진 없잖아.'

'그럼? 설마 여기서 새로운 신분으로 살아갈 생각은 아니지? 혼인도 안 한 상태로?'

'혼인을 하면 되지.'

'너 지금 장난치는 거지?'

하지만 이번엔 에단도 물러서지 않았다.

'그녀에게도 새로운 신분으로 살아갈 준비가 필요해. 그건 단순히 신분을 만들어 낸다고 해서 되는 문제가 아니야. 제대로 된 귀족 교육도 받아 보지 못한 사람을 당장 밖에 내보이는 건 무모한 짓이야. 한평생 귀족가에서 살아온 사람이라면 누구나 이상한 점을 눈치챌걸? 트집 잡히는 건 순식간이야. 그러면 그녀에게도 좋지 않아.'

'……'

'어린애처럼 조급하게 굴지 마. 이건 시간이 필요한 일이라고.'

에단이 따끔한 지적을 날렸다. 그에 빈센트는 아무 반박도 하지 못했다. 그도 내가 지금 당장 귀족 아가씨로 살아가는 게 어렵다는 건 잘 알고 있었을 터다. 나는 귀족의 교양도 품위도 뭣도 모르는 사람이었다.

'좋아. 시간을 줄게. 다음에 다시 올 테니, 그동안 두 사람도 이야기를 잘 나누도록 해.'

그러면서 에단은 곧 데리러 오겠다며 내 어깨를 두드렸다. 난 슬쩍 빈센트를 살폈다. 그는 아주 불퉁한 얼굴이었지만 에단을 말리진 못했다.

사실 나도 에단의 의견엔 동감했다. 내겐 시간이 필요했다. 그들에게 피해가 가지 않도록, 그리고 앞으로의 일들에 대해 스스로 준비하고 용기를 가질 시간이.

게다가 귀족 아가씨가 홀로 다른 가문에서 지내는 건 이상했다. 조엘리야 비밀리에 머물렀다 쳐도, 난 그러지 않기 위해 새로운 신분으로 새롭게 살려는 거였다. 대외적으로 우린 아직 아무 관계도 아니었다.

"화나셨어요?"

에단이 떠나고 말이 없는 그를 보며 슬쩍 물었다. 조심스럽게 그의 얼굴을 살펴보자, 그런 날 흘끗 본 빈센트가 한숨을 깊게 내쉬었다.

"아니."

말은 그렇게 해도 화난 게 보인다. 얼굴이 좋지 못하니.

"잠시 헤어지는 건데요. 금방 다시 볼 수 있을 거예요."

"그런 게 아니야."

"편지 자주 쓸게요. 많이많이 쓸게요."

"그런 게 아니라니까. ……나도 자주 쓸게."

말은 그래도 편지는 자주 쓰겠다고 답하는 걸 보니 마냥 기분 나쁜 건 아닌 듯한데. 시선이 부딪치자 살짝 웃음이 나왔다. 스스로 생각해도 웃음이 많은 편은 아닌데, 그를 볼 때면 어쩐지 웃게 된다.

"정말 화난 게 아니야. 네가 에단과 가족이 된다고 할 때부터 이렇게 될 거라는 건 나도 알고 있었어. 단지, 생각하는 걸 직접 마주하니 기분이 좀 안 좋았을 뿐이야."

"기분이 많이 안 좋으세요?"

"그래. 너와 한 순간도 헤어지고 싶지 않으니까."

누가 들으면 영영 헤어지는 줄 알겠네. 하지만 그의 얼굴은 이별을 앞둔 사람마냥 심각했다. 난 머쓱하게 목덜미를 긁었다.

그는 매일 내게 많이 아프지 않냐고 물어봤다. 처음엔 걱정을 해 주나 싶어서 괜찮다고 고개를 저었는데, 나중엔 상처가 낫지 않기를 바라는 것 같기도 했다. 그는 어떻게 해야 하는지 머릿속으론 알고 있으면서도, 마음이 따라 주지 않는 것 같았다.

"서로 만나고 싶을 때 만나러 오면 되죠."

"네가 여길 떠나려고 할 때마다 좋았던 적이 없었어."

"……왜 또 옛날 일을 꺼내세요."

엄밀히 말하면 최근에도 일이 있긴 했다. 하지만 옛날 일로 치부하고 싶었다. 지은 죄가 있으니 고개가 떨구어진다. 그의 시선이 닿은 듯 정수리가 따가웠지만, 모른 척했다.

"다시 못 볼까 봐 불안해."

"그럴 리가요. 이번엔 달라요. 다시 볼 거예요! 꼭이요, 꼭!"

'꼭'을 여러 번 강조하며 그의 불안감을 덜어 내기 위해 노력했다. 그러나 빈센트는 찝찝하단 얼굴로 창밖만 바라봤다. 난 그의 팔을 붙잡고 온갖 말로 그를 달래기 시작했다. 그의 불안감이 나에게서 비롯됐다는 걸 부정할 수 없기에, 난 어떻게든 그의 마음을 풀어 주고 싶었다.

내 노력이 조금은 닿았는지, 빈센트가 다시 시선을 주었다. 그러다 깊은 한숨과 함께 마른세수를 한다.

"미안해."

"뭐가요?"

"어린애처럼 굴어서."

뭔 말인가 싶어 잠시 생각하다가 가볍게 웃었다. 새삼스럽긴. 당황하긴 했지만, 나와 같이 있고 싶다고 투정 부리는 걸 뭐라 할 마음은 없었다. 오히려 가슴속이 간질간질하고 기분 좋았다. 괜찮다고 다독이려는데 빈센트가 손을 내리고 투덜거렸다.

"하지만 네 탓도 있어."

갑자기 비난이 돌아온다. 아니, 잘 나가다가 또 왜 이러실까.

"네가 날 불안하게 하니까 내가 이러는 거잖아."

"네, 다 제 탓입니다. 제가 어떻게 해야 기분이 풀리시겠어요?"

"약속해. 다시 돌아온다고."

"네네, 약속할게요."

"말만으론 부족해."

"그럼 어떻게 약속하면 될까요?"

이왕 이렇게 된 거 뭐든 말해 보라는 마음으로 물었다. 그러자 빈센트가 내 쪽으로 몸을 살짝 돌리더니 자신의 무릎을 탁탁 친다.

"이리 와."

"네?"

"여기 앉아 봐."

순간, 그가 무슨 소리를 하는 건지 이해가 되지 않았다. 내가 가만히 있자 그가 또다시 자신의 무릎을 치며 앉으라고 재촉했다. 난 느릿하게 그쪽에 시선을 주었다. 그제야 머릿속이 삐걱 돌아갔다. 생전 해 본 적 없던 행위를 요구하자 조금 당황스러웠다.

내가 머뭇거리자 빈센트의 얼굴에 실망하는 기색이 스쳤다. 그에 어쩔 수 없이 몸을 일으켰다. 그를 달래느라 바로 옆에 앉아 있었더니 가는 길이 멀지 않았다. 작은 보폭으로 두 걸음 걸어가니 바로 그의 무릎 앞이었다.

하지만 그때까지도 망설여졌다. 앉아야 할지, 말아야 할지. 그러다 눈을 질끈 감고 그의 한쪽 무릎 끄트머리에 슬쩍 앉았다. 어정쩡하게 걸터앉은 것과 같은 자세였다. 비록 한쪽 무릎이긴 하지만, 그와 몸이 닿아 있다고 생각하니 부끄러움에 온몸이 달아올랐다. 굉장히 창피했다.

그런데 이게 약속을 하는 것과 무슨 연관이 있지? 그런 생각이 스칠 즈음, 딱딱하게 굳은 허리춤에 팔이 둘러졌다.

곧 몸이 뒤로 확 끌어당겨졌다. 졸지에 그의 품 안으로 끌려가자 목덜미에 더운 숨결이 닿았다. 뱀처럼 기어오른 그의 한 손이 내 한쪽 뺨을 감쌌다. 평소처럼 부드럽게 감싸 쥔 게 아니라, 마치 도망치는 걸 막으려는 듯 강한 힘이었다.

그가 왜 그렇게 날 붙잡았는지는 곧 알아챌 수 있었다.

그가 목덜미를 콱 물었다. 이빨이 맨살을 짓누르는 고통에 몸을 퍼덕였다.

"아! 아파요! 아픕니다!"

살점이 뜯겨져 나간 것 같았다. 너무 아파 고통을 호소해 보았으나 씨알도 먹히지 않았다. 자비 없는 고통에 얼굴이 마구 구겨졌다. 고통을 피하기 위해 온몸을 비틀어 보았으나, 그에게 붙잡혀 있어 빠져나갈 수가 없었다. 허리춤에 둘러진 팔과 얼굴을 붙잡은 손을 툭툭 쳐 댔으나 놓아 주질 않는다.

"으……."

목덜미가 잘근잘근 씹혔다. 눈물이 찔끔거렸다. 처음엔 엄청 아팠지만, 무방비하게 당하고 있자 조금씩 익숙해졌다.

"아, 파……."

그래도 아픈 건 그대로였다. 이빨에 물린 부분이 저릿했다. 고개를 푹 숙인 채 끙 앓고 있는데, 곧 목덜미를 물린 고통이 떨어져 나갔다. 그러나 입술이 떨어진 건 아니었다. 저릿저릿한 살갗에 축축한 무언가가 쓱 문질러졌다.

으악.

"주, 주, 주인님."

난 그를 보기 위해 몸을 돌리려 했다. 그러나 여전히 몸이 붙잡혀 있어 쉽지 않았다. 그가 버둥거리는 내 몸을 단단히 붙잡았다. 뺨에 달라붙은 금빛 머리카락이 살갗을 콕콕 찔렀다. 그러는 동안에도 축축한 무언가가 물린 곳을 연신 핥아 댔다.

"으, 으어어—"

입에서 괴상한 소리가 흘러나왔다. 그럴 수밖에 없는 게, 이번엔 통증과는 다른 이상한 기분이 들었기 때문이었다. 민망하고 부끄럽고, 뭔가 어딘가로 도망치고 싶은 기분이랄까. 얼굴이 벌겋게 달아오르는 게 느껴졌다. 그만해 달라고 애원했으나 그가 날 놓지 않아서, 내 얼굴은 점점 울상이 돼 버렸다.

물고 핥고, 또 물고 핥고. 이상한 행위가 계속 이어지자 결국 참지 못하고 있는 힘껏 몸을 비틀었다. 그러자 곧 빈센트가 팔을 풀었다. 그의 품에서 벗어나며 바로 앞에 있는 탁자에 무릎을 찧었지만, 그 고통도 제대로 느낄 새 없이 바닥에 주저앉아 목덜미를 움켜잡았다. 손안에 만져지는 살이 축축했다. 저릿저릿하면서도, 바람이 스치자 서늘하기도 했다.

목덜미를 움켜잡은 채 경악하며 빈센트를 올려다보았으나, 그는 태연한 낯짝을 하고 있었다. 차분한 지적이 돌아온다.

"앞으로는 그렇게 부르면 안 되지. 누가 들으면 어떡하려고."

"그, 그, 그, 으, 어……."

이게 무슨 짓이냐고 묻고 싶은데 목소리가 잘 안 나왔다. 어버버하는 날 보며 빈센트가 픽 웃었다. 그러더니 손끝으로 자신의 목덜미를 툭툭 쳤다.

"잘 새겨졌네."

"……네?"

"이제 약속이 되겠지?"

그의 시선이 내 손안에 감춰진 목덜미에 닿았다.

"이제 좀 마음이 풀렸어."

"······."

난 입을 헤 벌렸다. 상황을 따라갈 수가 없었다. 멍청하게 그를 보고 있자, 빈센트가 다시 손을 내밀었다. 난 몸을 움찔 떨었다. 그 손끝을 경계하며 보자, 빈센트가 작게 웃더니 몸을 더 숙였다.

"괜찮아. 더 이상 아무 짓도 안 해."

"······."

"원하면 너도 새겨도 되고."

"아, 아니, 아니에요. 아닙니다."

난 퍼뜩 놀라 고개를 마구 저었다. 그런 건 안 해도 된다. 말로 해도 된다고! 내 마음이 잘 전달되었는지, 빈센트가 웃음을 터트렸다. 그러곤 다시 손을 뻗어 내 팔을 움켜잡고 자신 쪽으로 끌어당긴다. 놀랐지만 손을 뿌리치진 않았다.

뒤로 몸을 젖힌 빈센트가 날 다시 끌어안았다. 얼결에 그의 어깨에 팔을 둘렀다. 내 가슴께에 얼굴을 묻은 빈센트가 무거운 한숨을 흘리더니 뺨을 비비적댄다.

"오래 있었던 것도 아닌데, 네가 없다고 생각하니 외로울 거 같아. 섭섭하기도 하고."

"······네."

아직 멍한 잔 기운이 남아 있어 대답이 늦었다.

"넌 어때? 나랑 잠시 떨어진다는데 섭섭하지 않아?"

"네? 그야······."

정신이 좀 돌아왔다. 섭섭하냐고? 그 질문에 대한 대답을 생각하다가 말꼬리를 흐렸다. 돌연 빈센트가 날 떨어뜨렸다. 양팔을 붙잡고 날 보는 눈동자가 가늘게 늘어진다. 난 그의 시선을 피해 눈동자를 옆으로 굴렸다.

사실, 딱히 섭섭하다고 생각해 본 적은 없었다. 한동안 못 본다고 하니 아섭 긴 했지만, 그처럼 엄청 불안해하거나 못마땅한 건 아니었다. 그도 그렇게 영원히 헤어지는 것도 아니잖아? 어차피 먼 훗날엔 다시 이곳으로 돌아올 것이다.

그 훗날을 위한 잠깐의 이별이니 섭섭함 따윈 없었다.

난 머뭇거리다 입술을 달싹였다.

"음…… 딱히?"

그 대답에 빈센트의 얼굴이 사나워졌다.

에단은 자신이 한 말대로 나를 데려가기 위해 다시 저택을 방문했다. 난 채비를 갖추고 에단을 기다렸다. 내가 가진 짐은 가방 하나뿐이었다. 필요 없는 건 모두 버리기도 했지만, 애초부터 짐이랄 것도 없는 생활이었다.

나는 그간 숲속 저택의 손님방에서 지냈다. 며칠 전 조엘리가 휴양을 끝마치고 돌아갔다. 난 그녀와 짧은 작별 인사를 나누었다. 그간의 상황을 전해 들은 그녀는 나중에 왕실 파티에 초대해 주겠다는 우스갯소리를 하곤 떠났다.

조엘리가 떠나면서 당연히 이 저택은 쓸모가 사라졌다. 그동안 들인 사용인들은 모두 내보냈다. 그중의 몇몇을 남겨 두긴 했지만, 내가 여길 떠나면 그 사람들도 자신의 고향으로 돌아가게 될 터다.

이 저택도 별채처럼 썰렁해지겠구나. 난 저택을 올려다보며 씁쓸한 마음을 다졌다. 그리고 고개를 내리자 이쪽을 보지 않고 서 있는 빈센트가 눈에 들어왔다.

저번에 섭섭하지 않냐는 물음에 '딱히.' 라고 답한 뒤 그는 계속 저렇게 불퉁한 채였다. '나 화났소.' 하고 몸소 보여 주는 모습에 난 할 말을 잃었다.

"저, 그럼 가 볼게요."

"……."

빈센트는 대꾸하지 않았다. 난 머쓱하게 웃었다. 너무 솔직했나. 적당히 달래 줄걸, 당황해서 잠시 마음이 풀어지는 바람에 솔직히 말해 버린 게 화근이었다. 마음 같아서는 계속 곁에 남아 달래 주고 싶었지만, 이는 미룰 수 없는 일.

손이라도 마주 잡고 싶었는데, 그의 기분이 영 안 좋아 보이니 그러지도 못할 거 같다. 대신 고개를 한 번 꾸벅였다.

"건강히 잘 지내셔야 해요."

"……."

이번에도 대꾸가 없었다. 그의 시선이 내 목덜미에 닿았다. 정확히는 그가 자국을 남긴 곳에.

그와 어색하게 헤어지고, 다음 날 거울에 비친 목덜미를 봤다가 비명을 지를 뻔했다. 그가 물어뜯듯 잘근거렸던 곳이 이빨 모양으로 물들어 있었다. 누가 봐도 사람이 물었다는 걸 알 수 있을 정도였다. 결국 그 자국은 지금까지도 목덜미 한쪽에 선명히 남아 있어, 난 어쩔 수 없이 목을 덮는 옷을 입을 수밖에 없었다.

그의 시선이 얇은 천으로 가려진 자국을 향해 있었다. 부끄러운 기분에 괜히 목깃을 여미며, 쭈뼛쭈뼛 몸을 돌렸다.

"갈게요."

나중에 미안하다는 편지라도 보내야겠다. 그런 생각을 하며 걷는데 순간, 팔이 붙잡혔다. 그대로 몸이 끌려가며 빈센트의 품에 안겼다. 그가 날 꽉 끌어안았다. 뜨끈하면서도 익숙한 체온이 온몸을 감쌌다.

"보고 싶을 거야."

"……저도요."

말하고 나니 그와의 이별이 실감됐다. 정말 한동안 보지 못하는구나. 이것은 폴라로서 빈센트를 보는 마지막이었다. 다시 만나게 될 때 우리의 관계는 달라져 있을 거다.

그런 생각이 들자 문득 섭섭한 기분이 들었다. 좀 더 잘해 줄걸, 그때 그런 말 하지 말걸. 과거를 돌아보니 아쉬움을 느끼게 된다. 벌써부터 그리움이 들기도 했다. 그도 같은 마음인지 끌어안은 팔에 힘을 주며 뺨을 비빈다.

그러다 그의 손가락이 목깃을 살짝 벌리고 안으로 들어왔다. 살갗을 꾹꾹 누르듯 들어오던 그것이 뒷목을 한차례 쓸었다. 엄지가 한 부분을 어루만졌다. 그 간질거리는 감각을 느끼자 얼굴이 달아올랐다. 괜히 그의 등을 꽉 잡아 주었다.

그때, 뒤에서 빵 소리가 들려왔다. 날 기다리고 있던 에단이 참지 못하고 재촉하는 신호를 보내왔다. 난 뒤쪽을 흘끗 보곤 그의 품에서 벗어나려 했다. 하지만 빈센트가 모르는 척하며 날 놓아주지 않는 통에 몇 번이나 더 재촉을 당해야 했다.

곧 빈센트의 품에서 벗어나 에단에게 향했다. 이번엔 에단이 아주 못마땅한 표정을 짓고 있었다.

"누가 보면 전쟁 통에 생이별하는 연인인 줄 알겠어요."

"하하, 농담도 잘하세요."

내가 머쓱하게 웃자, 에단이 손수 차의 문을 열어 주었다. 감사하다고 말하며 차에 올라타는데, 에단이 갑자기 등 뒤에서 날 꾹꾹 밀어 댔다. 마치 안으로 욱여넣는 듯한 그의 손길에 난 얼결에 차 깊숙이 들어앉았다. 뒤이어 차에 막 한 발을 들여놓으려던 에단이 뒤돌아 빈센트를 바라봤다.

"아 참. 이걸 말 한다는 걸 깜빡했네."

에단의 말에 빈센트가 고개를 기울였다.

"너희 아직 혼인 전 아니, 약혼도 전이야. 정확히는 아직 만남도 전인 상태인 거지. 앞으로 어떻게 될지 모르는데 누구 혼삿길 막을 일 있나."

"뭐?"

생뚱맞은 소리에 빈센트가 의문을 토했다. 그러나 에단은 아랑곳하지 않고 말을 이었다.

"괜한 소문 돌 수 있으니까 내가 허락할 때까지 연락하지 마라."

"그게 무—!"

빈센트가 뭐라 반응하기도 전에 에단이 차에 올라타 문을 탁 닫아 버렸다. 그리고 기사에게 빨리 떠나라 지시했다. 우리가 탄 차가 냉정하게 빈센트를 스쳐 지나갔다.

난 멍청하게 서 있는 빈센트가 더 이상 보이지 않을 때까지 창밖을 구경하다가, 차가 저택을 완전히 빠져나가고 나서야 에단을 바라봤다.

"일부러 그러신 거죠?"

에단이 대답 대신 어깨를 으쓱였다. 일부러 그랬단 소리다.

제임스 사건 이후로 두 사람의 관계는 완전히 엉망진창이 되었다. 서로 마주하길 꺼려 했고, 어쩌다 한 공간에 있게 되어도 상대를 처다보지도 않고, 말 한마디 제대로 건네지 않았다. 당연하게도 방 안에 내려앉은 무거운 분위기에서는 금방이라도 터져 버릴 것 같은 날카로운 긴장감이 흘렀다. 어느 누구도 그걸 먼저 터트리지 못했다.

　그러다 먼저 다가간 건 빈센트였다. 그는 사용인이 가져온 사과 한 알을 집어 에단의 머리에 던지며, 오랜 긴장감을 깨뜨렸다.

　'나랑 언제까지 말 안 할 건데?'

　'그, 그건……'

　자신의 머리를 때린 사과를 쥔 채 에단은 당황해 했다. 기가 죽은 에단의 모습은 낯설기만 했다. 그에 빈센트가 다른 사과 한 알을 집어 한 입 베어 물며 말했다.

　'그러지 마. 나도 너한테 떳떳한 거 없으니까.'

　'……'

　'넌 내게 왜 그랬냐고 탓할 생각인가?'

　그에 에단이 퍼뜩 놀라며 소리쳤다.

　'아니야! 네가 한 일은 정당방위였고, 애초부터 모든 일의 원흉은 그였어. 아무 상관도 없는 넌 휩쓸린 거고. 그런 널…… 탓할 생각은 없어. 진심이야.'

　'아무 상관 없었다고 하지 마.'

　아삭, 사과를 베어 무는 소리가 가볍게 이어졌다.

　'친구잖아.'

　'……'

　그게 다였다. 더 이상 사과도 비난도 필요하지 않았다. 그때 난 두 사람의 사이에 겹겹이 쌓여 있던 벽이 드디어 무너져 내렸음을 깨달았다.

　그 뒤로 두 사람은 언제나처럼 지냈다. 서로 만나고, 대화하고, 그러다 종종 장난치듯 싸움을 걸면서, 어디에나 있을 법한 평범한 친구처럼.

　"당분간 못 보긴 할 거예요."

　그 말에 에단 쪽으로 몸을 돌렸다.

　"에단 님, 그럼 전 이제 크리스토퍼 저택으로 가게 되나요?"

　"폴라. 이제 오빠라고 불러야죠."

　"어……"

에단은 가족이 되자고 말한 뒤로 종종 저런 식으로 장난을 쳤다. 그때마다 난 당황하며 우물쭈물했다. 그 명칭이 차마 입에 붙지 않는다. 이번에도 내가 바로 답하지 못하자 에단이 방긋 웃었다. 어서, 불러 봐요. 빨리. 당장. 그의 눈빛에서 묘한 압박감이 느껴졌다.

난 모르는 척 창밖으로 시선을 돌렸다. 내 마음을 알아챘는지 옆에서 웃음소리가 들려왔다.

"신분은 골라 봤나요?"

"아, 네."

난 가방에서 미리 골라 두었던 종이를 내밀었다.

내가 고른 건 어느 변방에 있는 작은 귀족 가문의 여식이었다. 큰 위상은 없는 가문이었지만 그래도 같은 귀족이니, 새로운 가문에 입적하는 게 많이 이상하지 않을 것 같았다. 무난한 선택지를 골라 내밀자 에단이 받아 들고 살폈다.

"알겠어요. 맞춰서 준비를 할게요."

"감사합니다."

에단이 종이를 고이 접어 재킷 안주머니에 넣었다.

"바로 본가로 가려고 했는데, 볼일이 생겨서 어딜 좀 들러야 할 거 같아요. 가는 길이 멀 겁니다. 잠깐 눈 좀 붙이도록 해요."

"네."

차가 덜컹 움직였다. 그의 말대로 난 살며시 눈을 감았다.

차는 한참 동안 이동했다. 내가 다시 눈을 떴을 땐 어느새 해가 뉘엿뉘엿 지고 있었다.

차는 어느 작은 저택 앞에 멈춰 섰다. 작다곤 해도 내 눈엔 큰 저택이지만, 벨루니타 별채보다도 작은 편이었다. 여긴 어디일까? 운전기사가 문을 열어 주자 난 감사하다고 고개를 주억거리며 차에서 내렸다.

에단은 익숙하게 저택 앞으로 향했다. 나도 그를 따라 걸음을 옮겼다. 그러면서 눈앞의 저택을 요리조리 둘러봤다. 갈색 벽돌로 지어진 저택은 다소 낡았으나 관리가 잘된 편이었다.

에단이 저택 문 앞에 멈춰 섰다. 난 그의 옆에 나란히 섰다.

별다른 무늬 없이 깔끔한 문을 살펴보던 난 고개를 돌렸다. 문을 바라보던 에단이 아주 심각한 얼굴로 숨을 후후 뱉는 게 아닌가. 마치 긴장을 풀려는 것처럼.

잠시 후 에단이 동그란 고리 모양의 문손잡이로 문을 탁탁 두드렸다. 안에서 별다른 기척이 느껴지지 않았는데, 곧 문이 끽 열렸다. 그 순간, 열리는 문틈 사이로 뭔가가 불쑥 튀어나왔다.

어? 하는 사이 에단이 내 어깨를 잡고 뒤로 끌어당겼다. 난 얼결에 뒤로 물러나면서 눈을 동그랗게 떴다. 문틈 사이로 튀어나온 건 지팡이였다. 끼익 벌어진 문 사이로 머리가 희끗한 노인이 지팡이를 쥔 채 서 있는 게 보였다.

"이 능구렁이 같은 놈."

다짜고짜 비난을 쏟아 내는 노인은 아주 많이 화가 난 얼굴이었다. 낯선 상대의 등장에 당황한 내가 에단을 올려다보자, 그가 난감한 표정을 지으며 입을 달싹였다.

"다시 뵙습니다. 당숙님."

에단이 당숙님이라 부른 어르신은 침대에 누워 끙끙 앓았다. 작은 키에 풍채가 좋고, 어르신만큼 나이 들어 보이는 하녀가 걱정스런 얼굴로 어르신의 이마에 흐르는 땀을 닦아 주고 있었다.

에단의 인사에 어르신은 불같이 화내며 지팡이를 휘둘렀다. '이놈! 이놈!' 하며 휘두르는 지팡이를 에단은 익숙하게 요리조리 잘도 피했다. 놀란 기색도 없었다. 그러다 어르신이 심장을 부여잡고 쓰러지는 통에 상황이 마무리됐다.

잠시 후, 어르신만큼이나 나이 든 하인이 달려와 그를 부축했다. 그 뒤로 나타난 하녀가 에단을 맞이했다.

'이쪽으로 오시지요.'

하녀를 따라간 곳은 어르신이 지내는 듯한 방이었다. 하인의 부축을 받고 침대에 누운 어르신은 잠깐 사이 식은땀을 흘리고 있었다.

하녀가 침대 옆 서랍장 위에 놓여 있던 대야에 담긴 물로 수건을 적시고 어르신의 이마에 톡톡 두드렸다.

"상태가 많이 안 좋으신가?"

"네, 며칠 새 더 안 좋아지셨습니다."

"그렇군."

에단이 어르신의 안색을 살폈다. 하녀가 한숨을 쉬었다.

곧 어르신이 눈을 떴다.

"주인님 괜찮으세요?"

"내가 어떻게 된 건가."

"잠깐 기절하셨습니다. 그러게 그 몸으로 무슨 지팡이를 휘두르신다고."

하녀가 타박하자 어르신이 사나운 눈빛을 보냈다. 하지만 하녀는 익숙한지 아무렇지도 않게 어르신의 뺨을 수건으로 톡톡 두드렸다. 어르신이 그 손을 쳐내고 상체를 일으켰다. 옆에 서 있던 하인이 재빨리 다가와 그가 침대에 편히 기대도록 도와주었다.

"당숙님."

"누가 저놈을 들였어!"

방 안에 서 있는 에단을 보자마자 어르신이 버럭 소리쳤다. 조금 전까지 병색이 짙은 채 쓰러져 있던 게 무색할 정도의 기세였다. 하인이 놀라 몸을 움찔 떨었고, 하녀가 다시 깊은 숨을 뱉었다. 성질 좀, 하는 소리가 들려왔다.

에단은 지지 않고 말을 이었다.

"또 쓰러지십니다. 고정하세요."

"네놈만 없으면 내가 쓰러질 일도 없어! 감히 무슨 낯짝으로 내 앞에 나타나!"

"그땐 실례가 많았습니다."

에단이 정중히 사과를 건넸으나, 어르신은 코웃음을 쳤다. 얼굴에 사나운 기세가 가득했다.

"헛짓거리하지 말게나. 네놈이 그런다고 해도 내 대답은 변함없으니."

"네, 잘 압니다. 사과를 드리고 싶었습니다."

"필요 없네!"

어르신이 다시 소리치다가 기침을 터트렸다. 하녀가 의자에서 일어나 괜찮냐고 묻자 어르신이 됐다고 손을 저었다. 하인이 그가 숨쉬기 편하도록 등을 두드려 주었다. 그 상황을 지켜보는 에단의 얼굴이 어두웠다.

"식사를 잘 못하신다고 들었습니다."

"흥. 무슨 상관인가."

"몸 상태가 더 안 좋아지실까 봐 다들 걱정이 많습니다."

"걱정은 무슨. 나한테서 뭐라도 더 뜯어먹으려고 개떼처럼 달려들 놈들밖에 없구먼. 네놈도 그런 놈들 중 하나고 말이지."

어르신이 비릿하게 웃었다.

"다들 원하는 대로 이참에 빨리 떠나 주겠다는데, 차라리 솔직하게 기뻐하게."

어쩐지 비아냥에 가까운 말이었다. 에단이 작게 한숨을 쉬는 게 들렸다.

"나쁜 의도로 말씀드린 건 아니었습니다."

"네놈이 무슨 말을 지껄였는지 알긴 아나?"

"늦었지만 사과드리겠습니다. 그때, 부탁드릴 사람이 당숙밖에 없어서…….
마지막 가시는 길, 한 사람이라도 더 곁을 지키면 좋을 거 같아서요."

"시끄러워! 내 길은 내가 알아서 해! 당장 꺼지게!"

어르신이 또다시 기침을 터트렸다. 가슴께를 움켜잡으며 숨을 헐떡이는 모습을 하녀와 하인이 걱정스럽게 살폈다.

잠시 숨을 고른 어르신이 갑자기 주변을 두리번댔다.

"뭘 찾으십니까?"

하인의 물음에 어르신이 살벌하게 대답했다.

"지팡이 어디 있나. 저놈을 쫓아내 버려야지."

"아이고, 주인님. 그만하셔요."

하인이 결국 앓는 소리를 뱉자 어르신이 매섭게 노려봤다. 그러다 하인의 뒤쪽에 있는 지팡이를 발견하곤 손을 뻗었다. 하인이 잽싸게 지팡이를 들어 등 뒤에 숨기고는 마구 도리질을 쳤다. 어르신이 이리 안 내놓느냐고 소리쳤으나 그는 물러서지 않았다.

"주인님, 그러다 탈 나십니다. 가만히 누워 계세요. 존도 이제 좀 그만 잡으시고요."

하녀가 식은땀을 흘리는 어르신을 붙잡아 눕혔다. 하녀의 힘이 센 건지, 아니면 어르신의 상태가 많이 안 좋은 건지, 그는 순순히 침대에 다시 누웠다. 그제야 하인이 안도의 한숨을 뱉고 어르신의 손이 닿지 않는 곳에 지팡이를 놓아두었다. 그럼에도 어르신의 시선이 지팡이를 좇자 멀찍이 치워 버리기까지 했다.

어르신이 아쉽다는 얼굴로 지팡이에서 시선을 뗐다.

"안 꺼지나?"

하지만 에단을 향한 사나운 기세는 사그라들지 않는다.

"무례하게 굴 생각은 아니었습니다."

"내 허락도 없이 찾아오는 것만으로도 이미 무례라네."

"……."

"가주가 되었다고 건방지게 굴지 말게나. 내가 네놈보다 더 오래 살았어."

허를 찔렸는지 에단이 말을 잃었다. 어르신이 손을 내젓고 침대에 몸을 깊게 묻었다. 더 이상 꼴 보기 싫다는 뜻이었다.

에단의 얼굴에서 이대로 물러날지 말지 고민하는 기색이 느껴졌다. 난 지금까지의 상황을 머릿속으로 정리했다. 어르신은 에단을 마음에 들어 하지 않았고, 에단은 그런 어르신을 걱정해 발길을 떼지 못하고 있다. 친한 관계라고 하기엔 애매한데, 그렇다고 먼 관계라고도 생각되진 않았다.

"제가 어떻게 하시면 마음을 푸시겠습니까."

짧은 침묵 끝에 에단이 다시 물었다. 그에 어르신이 슬쩍 에단에게 시선을 주었다.

"내가 마음을 풀었으면 하나?"

"네."

"그럼 이리 와 보게나."

어르신이 손을 흔들었다. 에단이 눈을 휘둥그레 뜨더니 한 걸음 그에게 다가 갔다. 어르신이 다가오는 에단을 주시했다. 그러면서 주름진 한 손을 등 뒤로 숨겼다.

"여기도 있다, 이놈아!"

번쩍 들어 올린 어르신의 손안에는 어느새 다른 지팡이가 들려 있었다. 어르 신은 그걸 곧장 에단에게 휘둘렀다. 방심하고 있었던 에단은 미처 피하지 못했 다. 그 모습을 생생히 목격한 하녀와 하인이 짧게 비명을 질렀다.

그사이 난 재빨리 걸음을 옮겨 에단의 앞을 가로막았다.

등 뒤에서 다급히 내 어깨를 붙잡는 힘이 느껴졌다. 그 힘이 날 뒤로 끌어당 기기 전에, 날아든 지팡이가 내 얼굴을 가격했다. 퍽! 하는 큰 소리가 울려 퍼졌 다. 잠시 눈앞이 번쩍했다. 충격에 몸이 비틀거렸다.

멀어졌던 정신이 겨우 돌아오자, 이마를 강타한 고통이 느껴졌다. 아프다. 정말 아팠지만, 아프지 않은 척 표정을 갈무리했다. 몸을 바로 세우고 고개를 돌리자, 입가를 틀어막은 하녀도, 급히 손을 내밀며 막으려던 하인도, 그리고 지팡이를 휘두른 장본인도 모두 눈을 커다랗게 뜨고 날 보고 있었다. 아마 등 뒤에 서 있는 에단도 저들과 똑같은 표정이리라.

난 차분히 눈앞의 어르신과 시선을 마주했다.

"이제 기분이 풀리셨나요?"

"뭐, 뭐?"

어르신의 얼굴에 당황스런 기색이 떠올랐다. 난 눈을 내리깔고 허공에 멈춰 있는 지팡이를 붙잡았다. 지팡이를 쥐고 있던 어르신이 움찔거리는 게 느껴졌다.

"위험하세요."

난 힘주어 지팡이를 뺏어 들었다. 정신이 팔린 사이 지팡이를 빼앗기자, 어 르신이 곧장 눈살을 찌푸리더니 하녀를 돌아봤다.

"저 쪼그마한 계집은 누구지."

"백작님과 같이 오신 손님입니다."

"누가 손님이야!"

어르신이 다시 버럭 하려는 걸 하녀가 저지했다.

"예, 예. 백작님과 같이 오신 분입니다."

어르신의 못마땅한 시선이 내게로 향했다. 난 빼앗은 지팡이를 하인에게 넘겨주었다.

"자네는 뭔가."

"위험하니 조심하시면 좋을 거 같습니다."

"왜. 내가 저놈을 해칠까 봐 걱정이라도 되나?"

"아니요. 어르신에게 안 좋을까 걱정됩니다."

"……."

어르신은 딱 보기에도 병색이 짙었다. 조금 전보다 안색이 더 좋지 않았고, 잠깐이지만 쓰러지기까지 했다. 그런 상태에서 무리한 행동을 계속했다가는 큰일이 나는 건 당연할 테다. 또 쓰러지면 어떡하나.

난 우리의 대화를 집중해 듣고 있는 하녀와 하인에게 차례로 시선을 주었다. 그리고 다시 어르신을 바라보았다.

"다들 어르신을 걱정하고 계세요."

"그래서."

"무슨 사정인지는 모르겠으나, 평화롭게 말로 하시면 좋겠습니다."

난 아주 정중히 평화로운 방법을 제시했다. 내 말을 들은 어르신이 이건 뭐 하는 계집인가 하는 표정을 지었다. 그러곤 날 뚫어져라 보더니 갑자기 에단을 돌아본다.

"네가 저번에 말한 게 저 애인가?"

"……네."

에단이 떨떠름하게 답했다. 저번에 말한 거? 의아해하며 에단을 바라보자, 순간 앞쪽에서 웃음이 터져 나왔다.

"아하하!"

뭐가 웃긴지 어르신이 한바탕 웃음을 터트렸다. 고개까지 젖힌 채 아주 크게 웃어젖히던 어르신이 돌연 얼굴을 딱딱하게 굳히고 날 노려봤다.

"감히, 저딴 계집을 내 손녀딸이라고 들이밀어?!"

손녀딸? 이건 또 무슨 소린가 싶어 다시 에단을 바라보는데, 때마침 날 보고 있던 그와 시선이 부딪쳤다. 어쩐지 미안해하는 기색이라 내 의문은 더 깊어졌다.

그때 어르신의 날카로운 말이 이어졌다.

"어디 저런 보잘것없는 계집을 내 손녀딸 대신이라고…… 무례도 이런 무례가 없어! 대체 내 손녀딸에 대해 어떻게 알고 찾아왔는지는 모르겠지만, 설마 저런 계집이었을 줄이야. 날 우습게 본 게 아닌가!"

"오해 마세요. 그녀는 좋은 사람입니다."

"헛소리. 딱 봐도 가난해 보이는 게, 속물적인 계집이겠지. 그러니 네놈의 그 어처구니없는 짓도 받아들인 게 아닌가? 사람이 주제를 알아야 오래 살아!"

독기 서린 말들이 내게 날아들었다. 어르신은 날 깎아내리는 걸 서슴지 않았다. 상황을 지켜보던 하인과 하녀가 날 흘긋거렸다. 에단의 시선도 느껴졌다.

그때까지 난 가만히 서서 어르신이 하는 비난을 듣고 있었다. 얼굴이 점점 굳어 갔지만, 표정을 갈무리할 수가 없었다. 어느새 주먹 쥔 손이 떨렸다.

결국 하인이 한마디 건넸다.

"주인님, 그만하세요."

"뭘 그만하나!"

하인에게 날카롭게 일갈한 어르신이 매서운 눈빛으로 날 돌아본다.

"왜. 반박이라도 하고 싶나? 내숭 부리지 말게나. 돈이 아니면 이럴 리 없지. 지금이라도 솔직하게 털어놓으면 용서해 주겠네."

"네, 맞습니다."

"그래, 아니라고…… 뭐?"

"어르신 말씀이 다 맞다고요."

난 가난한 사람이다. 가진 것도 없다. 사랑하는 상대가 귀족이라, 보답할 자신이 없어 도망치기도 했다. 그리고 지금은 신분의 차별을 극복하고자 에단에게 도움을 받고 있었다. 어찌 보면 목적이 있는 게 맞고, 속물적이라고 해도 할 말이 없었다.

하지만 어르신에게 그걸 비난할 자격은 없었다. 적어도 날 처음 보는 사람에게서 비난을 들을 만큼 헛된 삶을 살진 않았다.

"반박할 마음 없습니다."

"흥! 그럼 그렇지. 감히 여기가 어디라고."

"그런데요, 어르신."

엄한 소리를 한바탕 쏟아 낼 것 같은 어르신의 말허리를 자르고, 난 차분히 입을 열었다.

"전 속물적이지만, 예의가 없는 사람은 아닙니다."

"뭐라?"

"제가 아무리 마음에 들지 않으신다고 해도, 처음 본 사람을 가난하고 속물적인 계집이라고 깎아내리는 예의는 들어 본 적이 없습니다. 그러니."

난 눈을 내리깔며 숨을 고른 뒤 다시 어르신을 바라봤다. 무례를 무릅쓰고 똑바로 시선을 부딪치자, 어르신이 황당한 얼굴을 했다. 하지만 난 아랑곳하지 않았다.

"상대를 비난하고 싶으실 땐 먼저 예의를 차려 주시면 좋겠습니다."

내 인내심이 먼저 바닥났으니까.

결론적으로 말하자면, 상황은 더욱 악화됐다. 내 말을 들은 어르신의 얼굴이 붉으락푸르락해지더니 고래고래 소리를 내지르기 시작했다. 급기야 성질을 참지 못한 어르신의 눈이 뒤집히자, 하녀가 '주인님!' 하고 크게 부르짖었고, 하인은 주치의를 부르러 급히 뛰어나갔다. 이 모든 건 한순간에 벌어진 일이었다.

결국 나와 에단은 나란히 저택 밖으로 쫓겨났다. 어느새 어두컴컴해진 밤하늘을 올려다보고 있자니 갑자기 모든 게 황망해졌다.

그때 커다란 손이 내 앞머리를 살며시 들어 올렸다.

"이마는 괜찮나요?"

이마가 드러나자 에단이 걱정스럽게 살펴봤다. 최대한 아무렇지 않은 척했지만 아직도 홧홧한 걸 보니 벌게져 있을 게 분명하다. 그걸 알려 주듯 이마를 살펴보는 에단의 얼굴이 가라앉았다. 그의 손이 지팡이를 얻어맞은 부분을 조심스럽게 매만지는 게 느껴졌다. 난 머쓱하게 웃으며 그의 손을 떼어 냈다.

"별거 아니에요."

앞머리를 내리며 다시 이마를 가렸지만 에단의 시선은 떨어지지 않았다.

"다음부터는 그러지 말아요. 폴라가 다칠 필요 없어요."

"하지만 에단 님이 다칠 뻔한걸요."

"폴라는 그게 문제예요."

갑작스런 지적에 난 의아한 표정을 지었다.

"위험하단 걸 알면서도 나서잖아요. 다른 사람은 걱정되고, 폴라 자신은 걱정되지 않나요? 위험하지 않다고 생각되나요? 난 아니에요. 다음에는 절대 이런 짓 하지 말았으면 좋겠군요."

"……조심할게요."

나직하게 답하자 에단이 한숨을 터트렸다. 어쩐지 피곤해 보인다.

"그런데 이게 무슨 상황인지 여쭈어봐도 될까요?"

"……제가 무례한 짓을 저질렀어요. 섣부르기도 했고."

대체 무슨 짓을 저질렀기에? 궁금해 되묻자, 잠시 고민하던 에단이 상황을 설명해 주었다.

"당숙한테 손녀딸이 한 명 있었어요. 사고로 사위와 딸이 동시에 세상을 떠나고 유일하게 남은 손녀딸이었죠. 당숙의 성격이 내성적이었던 탓에 가문끼리의 교류가 거의 없다시피 했고, 무엇보다 손녀딸이 태어났을 때부터 몸이 약해서 얼굴을 본 사람도 거의 없었죠."

어디서 들어 본 듯한 말이었다.

"그래서 가장 딱 맞는 신분이라고 생각했어요. 우리 가문의 사람이고, 당숙님의 몸이 좋지 않으니, 본가로 데려올 만한 구실도 있었고요."

……아, 기억났다. 지난번 에단이 건넨 종이에 적혀 있던 이야기였다. 어미가 사고를 당하는 날 태어났고, 선천적으로 약한 몸 때문에 병치레가 잦아 방

밖으로 잘 못 나갔다던 여자애.

'플로렌스 크리스토퍼.'

분명 그런 이름이었던 거 같다. 그건 만들어진 신분이 아닌 걸까?

그제야 상황이 좀 이해되었다. 에단이 말한 부탁이란 게 내 신분에 대한 일이란 걸 어렵지 않게 유추할 수 있었다.

"그래서 준비를 하고 허락을 받기 위해 들렀는데, 가장 중요한 당숙이 허락해 주지 않으셨죠. 계속 설득해 보긴 했지만……."

뒷말은 굳이 들을 필요가 없었다. 난 눈앞의 저택을 바라봤다. 어르신과 한바탕 소란을 일으켰을 때도 손녀딸은 모습을 보이지 않았다.

"그럼 그 아가씨는……?"

"대외적으로는 살아 있지만, 오래전에 병으로 세상을 떠났더군요."

비밀이지만, 에단이 나직이 속삭였다. 그제야 에단이 어르신에게 밉보이게 된 이유를 명확히 알 수 있었다. 마음이 무거워졌다.

"그렇군요."

내가 우울하게 답하자, 에단이 날 흘끗거렸다.

"너무 겁먹지 말아요. 저렇게 말씀하셔도 심성은 따뜻한 분이세요."

'당장 찢어 죽여도 시원치 않을―!'

에단의 말과 조금 전 어르신이 내게 쏟아붓던 독기 서린 말들이 겹쳐 들려왔다. 어르신은 정확히 날 가리키며 분노했다. 아무리 생각해도 심성이 따뜻한 사람이라고 보긴 어려운데.

"내가 어릴 때 얼마나 잘해 주셨는데요."

"아하, 네. 어릴 때 말이죠."

난 허허 웃으며 그의 말을 한 귀로 듣고 한 귀로 흘렸다. 갑자기 머리가 굉장히 아파 왔다. 이마를 부여잡고 있자 에단이 재킷 안주머니에서 회중시계를 꺼내 시간을 확인했다.

"시간이 벌써 이렇게 됐군요. 이만 돌아가야겠어요."

에단이 대문 쪽으로 걸음을 옮겼다. 난 그를 쫓아가다가 다시 뒤를 돌아봤다. 너무 무례한 말을 한 것 같아 마음이 좋지 못했다. 사실 다르게 생각한다면, 어르신의 입장에선 내가 눈에 거슬리는 존재일 것이다. 손녀딸을 사랑한 만큼 더더욱 그럴 테지.

분노를 사기는 했지만 어르신의 상태는 오늘 처음 만난 내가 봐도 굉장히 안 좋아 보였다. 이 저택엔 어르신과 늙은 하녀, 하인 외에는 다른 사람이 보이지 않았다. 그럼 어르신의 마지막 길을 배웅하는 사람은 하녀와 하인뿐이란 소린가. 가족은 단 한 명도 없는 건가. 그러자 깔끔하다 생각되었던 저택이 어쩐지 좀 쓸쓸하게 느껴졌다.

그냥 얌전히 있을걸. 후회가 물밀듯 밀려왔다. 난 걸어가면서도 연신 뒤를 돌아봤다. 대문 너머에 서 있던 기사가 우리를 기다리고 있었다.

"주인님, 잠시."

문득 기사가 에단에게 다가와 귓속말을 했다. 난 멀뚱히 서서 저택을 바라보았다.

"폴라."

그런데 나를 부르는 에단의 표정이 좋지 못했다.

"무슨 일 있으세요?"

"본가에 손님들이 왔다고 하네요. 친가 쪽 사람들인데, 폴라와 마주치는 건 아직 때가 아닌 것 같아서요."

"네. 그럼 전 어떻게 할까요?"

"잠깐 머물 곳을 알아볼게요. 하룻밤 정도는 있어야 할 테니."

에단이 기사를 돌아보며 내가 지낼 만한 장소가 있을지 물었다.

하지만 이 모든 건 갑자기 벌어진 상황이라 하룻밤 정도 지낼 만한 장소는 준비되어 있지 않았다. 난 아무 곳이나 좋다고 의견을 냈다. 흙바닥만 아니라면 정말 아무 곳이든 상관없었다.

그에 잠시 고민하던 에단이 다시 저택 쪽으로 걸어가 문손잡이를 탁탁 두드렸다. 곧 문이 살짝 열렸다. 좁은 문틈 사이로 보이는 건 존이라고 불렸던 하인이다. 그가 우울한 얼굴을 한 채 나직하게 속삭였다.

"오늘은 이만 돌아가세요……."

"혹시 하룻밤 정도 묵을 방이 있나?"

존이 눈을 크게 키우더니 주춤거리며 문을 더 열었다.

"무슨 일 있으신가요?"

"사정이 생겨 하룻밤 정도 묵을 방이 필요하네만."

"방이야 있긴 합니다만…… 백작님이 묵으실 건가요?"

"아니, 함께 온 사람이."

에단이 몸을 비틀자, 그의 등 뒤에 가려져 있던 내게 존이 시선을 보냈다. 난 양손을 꼭 맞잡고 조금 긴장한 채 하인의 시선을 받았다. 에단이 간단히 상황 설명을 해 주었다. 존이 잠시 갈등하더니 기다려 달라며 문을 닫았다.

잠시 후 열린 문에서 나온 건 늙은 하녀였다.

"이쪽으로 오세요."

끼이익 문이 더 활짝 열렸다. 하녀의 손에 들린 램프 등이 어두운 저택 안을 은은하게 비추고 있었다. 에단이 날 돌아보며 말했다.

"불편하겠지만, 하루만 참아요. 내일 데리러 올게요."

"전 괜찮아요. 충분히 준비되면 불러 주세요."

미안해하는 그에게 정말 괜찮다는 듯 웃어 보였다. 한 걸음 물러난 에단이 내 등을 떠밀었다. 기사에게 가방을 건네받은 난 저택 쪽으로 두 걸음 걷다 에단을 돌아봤다. 그가 한 손을 내밀며 어서 들어가라고 하기에 난 저택 안으로 다시 걸음을 움직였다.

"급하게 쓸 수 있는 방은 여기밖에 없어요."

하녀가 날 데려간 곳은 2층 복도의 맨 끝에 있는 방이었다. 제법 커다란 방 안엔 침대와 서랍장 등의 가구들이 가지런히 놓여 있었다.

오래 사용하지 않았는지, 냉기가 느껴졌다. 그럼에도 방 안은 깔끔하다 못해 침대 시트 하나에도 주름 한 줄 없었다.

"청소는 꾸준히 하고 있으니 하룻밤 지내시는 데 많이 불편하시진 않을 겁니다. 방 안 물건만 조심히 사용해 주시면 돼요."

어쩐지 방 안이 깔끔하더라니. 난 방 안을 한 번 쭉 둘러보고는 몸을 돌렸다.

"감사합니다."

문을 닫던 하녀가 멈칫하며 날 바라봤다. 그녀가 내게 한 차례 시선을 주더니 말을 이었다.

"필요한 게 있으시면 불러 주세요, 아가씨."

'아가씨.' 그 낯선 명칭에 내 몸이 딱딱해졌다. 그런 날 알아채지 못한 하녀는 곧 문을 닫고 떠났다. 멀어지는 발소리를 들으며 그제야 몸의 긴장을 풀었다. 난 작게 한숨을 쉬고, 다시 방 안을 두리번거리며 침대로 향했다.

지금 보니까 방 안 여기저기 인형들이 놓여 있었다. 꽃무늬 드레스를 입은 양 갈래 머리 인형부터 곰 인형, 둥글고 귀엽게 생긴 인형까지. 종류도 여러 가지다. 방주인이 나이가 어린 사람이었나?

한편에 가지런히 쭉 놓여 있는 인형들을 구경하고 있는데, 문득 옆쪽 서랍장위에 놓인 작은 액자가 눈에 들어왔다. 테두리가 꽃줄기 문양으로 이루어진 액자였다. 안엔 사진이 끼워져 있었다.

인형을 들고 있는 작고 귀여운 여자아이.

한눈에 알아봤다. 이 여자아이가 바로 플로렌스구나.

"그럼 여기는 그 애 방이었구나."

방 안이 다시 보였다. 인형들과 창가를 살짝 가리고 있는 꽃 모양 커튼을 제외한다면 어린아이가 썼던 방이라 생각되기 힘들었다. 색이 단조롭고 밋밋했다.

난 벨루니타 저택에서 로버트가 썼던 방을 떠올렸다. 로버트는 손님방 중 하나를 사용했지만 방 안엔 장난감과 동화책이 잔뜩 있었고, 벽지의 색감과 카펫무늬가 아늑한 느낌을 주었다. 하지만 여긴.

'쓸쓸하다.'

깔끔히 관리되었지만, 방 안에 깊숙이 자리한 공기가 아직 남아 있었다.

다시 사진을 내려다보았다. 웃고 있는 여자아이가 마치 날 향해 인사를 하는 것 같다.

낯선 장소에서 잠이 들기란 쉽지 않았다. 난 뜬눈으로 밤을 지새운 뒤, 쾡한 정신으로 몸을 일으켰다. 비몽사몽 한 채 문을 열자, 방 밖에 하녀가 서 있었다. 그녀가 내게 정중히 인사를 건넸다.

"아침 식사를 준비했습니다."

"제 것도요?"

놀라 되묻자, 그녀가 고개를 끄덕이곤 몸을 돌렸다. 난 멀어지는 그녀를 멀뚱히 보다가 따라 걸음을 옮겼다. 계단을 타고 1층으로 내려가 왼편에 있는 방으로 들어갔다. 식당인지, 방은 작았지만 기다란 식탁이 자리하고 있었다.

하녀가 내게서 가장 가까이에 있는 의자를 꺼내 주었다. 난 퍼뜩 정신을 차리고 인사를 하며 그녀가 꺼내 준 의자에 앉았다. 탁자엔 테이블보가 깔려 있었고, 수저와 잔이 준비되어 있었다. 하녀가 테이블보 위에 수프가 담긴 그릇을 내려놓은 뒤, 잔에 물을 따라 주었다. 그 옆으론 빵과 구운 고기도 차려졌다.

시중을 받는 건 어색했다. 몸이 절로 딱딱하게 굳었다. 시중을 끝낸 하녀가 한쪽 벽에 서서 날 구경했다. 어쩐지 뚫어져라 쳐다보는 것 같아 불편했으나, 최대한 마음을 숨기며 수저를 집어 들었다.

수프는 맛있었다. 아침의 찬 기운마저 녹아내릴 만큼.

"입에 맞으신가요?"

"네, 아주 맛있어요."

"간이 안 맞진 않나요?"

"아니요. 적절합니다."

"다행이네요."

하녀가 가슴께에 손을 올리고 안도의 숨을 뱉었다. 난 의아해하며 그녀를 보았다.

"손님을 대접하는 게 오랜만이라 걱정이 좀 되었는데."

"아, 정말 맛있어요. 따뜻하고, 고소하고."

빈말이 아니라 수프는 간이 강하지 않아서 아침 식사로 입에 딱 맞았다. 내 칭찬에 하녀가 수줍게 웃었다. 주름진 눈가가 길게 늘어지며 포근한 인상을 주었다.

그때, 식당으로 누군가 들어왔다. 호리호리한 체격을 가진 백발의 남자, 존이라 불리는 하인이었다. 그런데 어쩐지 우울한 기색이었다.

하녀가 그를 발견하곤 물었다.

"주인님은요?"

"그것이……."

존이 우물쭈물했다. 그가 들고 있던 쟁반 위에 놓인 그릇이 작게 흔들렸다. 이어지는 말은 없었으나, 그가 하다 만 말을 이미 들었다는 듯 하녀가 깊은 한숨을 뱉었다.

"이리 주세요. 제가 한번 다녀올게요."

"엠마 씨."

"괜찮아요. 이리 줘요."

하녀, 엠마가 손을 내밀자 존이 쟁반을 건넸다. 그는 떠나는 엠마의 뒷모습을 불안한 시선으로 뒤좇았다. 순간, 불안하게 변한 분위기에 난 두 사람을 멀뚱히 바라봤다. 곧 고개를 돌린 존과 시선이 부딪쳤다.

"무슨 일 있으신가요?"

"아, 별것 아닙니다."

주름진 얼굴에 수심이 차올랐다. 누가 봐도 별것 아닌 게 아니었다. 궁금했으나, 존은 더 이상 말을 잇지 않았다. 말하고 싶지 않아 하는 것 같아 나도 굳이 캐묻지는 않았다.

그는 엠마와 마찬가지로 내가 식사하는 걸 지켜보며 자리를 지켰다. 그녀를 대신해 내 시중을 들기 위함인 듯하다. 난 또다시 불편함을 느끼며 수프를 떠먹어야 했다.

그런데 멀리서 큰 소리가 들려왔다. 언뜻 들리는 목소리가 어르신 같았다.

뭐, 뭐지? 깜짝 놀라며 소리가 난 방향으로 시선을 주는데, 아주 빠른 걸음으로 움직여 문밖을 내다보는 존이 보였다. 난 큰 소리보다 그의 반응에 더 깜짝 놀랐다.

"아이고!"

그의 옆얼굴에서 당황한 기색이 느껴졌으나 놀란 것 같진 않았다. 오히려 예
감한 일이 터졌다는 듯 안색이 나빠졌다. 안절부절못하던 존이 날 흘끗거렸다.
소란이 일어난 곳으로 가고 싶은데, 손님을 혼자 둘 수 없으니 고민하는 듯했다.

그때, 또다시 큰 소리가 들려왔다. 이번엔 뭔가 부딪치는 소리였다. 난 자리
에서 벌떡 일어났다. 대체 무슨 일인지 모르겠으나 소리가 심상치 않았다. 그래
서 몸을 움직이는데 문손잡이를 잡기도 전에 존이 날 가로막았다.

"괜찮습니다. 제가 가 볼 테니 앉아서 식사하세요."

"하지만……."

"손님께 불편을 드리고 싶지 않습니다. 부탁드립니다."

존이 정중히 허리를 굽혀 부탁하니 차마 나갈 수가 없었다.

난 다시 자리로 돌아가 앉았다. 존은 한쪽에 놓여 있는 대걸레와 물통을 양
손에 각각 들고 식당을 나갔다. 밖에선 여전히 소란스러운 소리가 들려왔다. 애
써 수저를 들었으나, 결국 더 이상 수프를 먹지 못했다.

아침 식사가 끝나고 얼마 지나지 않아 에단이 사람을 보냈다. 빳빳한 차림의
남자가 내게 정중히 인사를 건네곤 편지 한 통을 전해 주었다.

[약속을 어겨서 미안해요. 사정이 생겨서 당분간 본가로는 데려오지 못할 것 같아요.]

아무래도 본가에 왔다는 손님들과 무슨 문제가 생겼나 보다. 그럼 난 어떡해
야 하지? 편지를 곱게 접으며 고민하는데, 남자가 한 발자국 앞으로 다가오더
니 엠마에게 또 다른 편지를 정중히 건넸다. 날 따라 상황을 지켜보던 엠마가
의아해하며 편지를 받았다.

"다니엘 크리스토퍼 님께 전해 달라고 하셨습니다."

"주인님께요?"

"네, 바로 답장을 주실 거라고 하셨습니다."

그 말에 엠마가 잠시 기다려 달라고 말하곤 자리를 떠났다. 난 남자와 같이

문 앞에 가만히 서서 그녀를 기다렸다.

잠시 후 엠마가 돌아왔다. 그런데 그녀의 손엔 편지의 답장이 없었다. 남자의 앞으로 다가온 엠마가 말했다.

"괜찮다고 하시네요. 정확히는, 어디까지 하나 보자고 말씀하셨지만요."

"그렇게 전달드리겠습니다."

엠마에게 정중히 인사한 남자가 내게도 인사를 건넨 뒤 저택을 떠났다. 난 마주 인사하면서도 얼떨떨한 기분이었다.

"저기, 제가 여기서 더 지내도 되는 건가요?"

"네. 주인님도 그러라고 하셨습니다."

엠마에게 직접 듣자 더 놀라지 않을 수 없었다. 상황을 보아하니 에단이 어르신에게 내가 여기서 더 지낼 수 있도록 부탁한 듯하다. 하룻밤 정도는 묵게 해 줄 수 있겠지만, 그 이상은 거절당하지 않을까 싶었는데. 어르신은 날 마음에 들어 하지 않으니까. 만약 거절한다면 저택 근처에서 밤을 지새울 생각을 하며, 마땅한 장소가 있을지 고민했었다.

"정말요?"

어쩐지 의심되어 묻자, 엠마가 상냥하게 웃었다.

"그리 매몰차신 분은 아니십니다."

"아, 나쁜 의도로 물어본 건 아니었어요. 죄송합니다."

"사과하지 않으셔도 돼요."

엠마가 손을 내젓고는 몸을 돌렸다. 정말 여기서 더 묵을 수 있다는 사실이 여전히 좀 얼떨떨했다. 어찌 되었든 바깥에 쪼그려 앉아 밤을 지새우지 않아도 되니 내겐 다행이긴 했다.

□ ◆ □

이곳은 참으로 한적했다. 저택 주변으로는 수풀이 우거져 있었고, 다른 건물과도 멀찍이 떨어진 곳에 위치해 있어 인적이 드물었다. 요양하기 좋겠네. 저택

밖을 두리번거리며 그런 생각을 했다. 사람의 인기척 하나 느껴지지 않는 바깥은 저택 안만큼이나 고요하기 그지없었다.

구경할 거리라곤 조금도 보이지 않는 주변을 괜히 둘러보다가 저택 뒤편으로 걸음을 옮겼다. 가볍게 바람 좀 쐴 겸 느긋하게 걸어가는데, 저 멀리에 있는 작은 모래 더미가 보였다.

네모난 울타리가 쳐진 작은 공간이었다. 안엔 모래와 함께 마른 이파리들이 널브러져 있었다. 아니, 한쪽에 노란 꽃이 한 송이 피어 있다. 화단이었나? 그 앞에 무릎을 굽히고 앉았다. 바람에 꽃송이가 흔들거렸다. 홀린 듯 노란 꽃으로 손을 뻗었다.

"그게 마음에 드는가."

갑작스런 말에 놀라 돌아보니, 뒤쪽에 놓인 기다란 의자에 어르신이 앉아 있었다. 양손으로 쥔 지팡이에 몸을 의지한 채였다. 언제부터…… 보아하니 처음부터 저기 앉아 있었나 보다.

"아, 어르신."

한 박자 늦게 일어나 어르신에게 인사를 건넸다. 어르신은 그런 날 흘끗 보곤 고개를 돌린다.

더 이상 들려오는 말은 없었다. 내게 관심이 없는 어르신 앞에 멀뚱히 서 있자니 괜히 머쓱한 기분이 들었다. 아무 말 없이 떠난다면 너무 무례한 걸까. 고민하다가 조심히 걸음을 옮겨 어르신이 앉아 있는 곳으로 향했다.

어르신의 옆자리에 살며시 앉았다. 다행히 왜 앉냐는 호통은 없었다. 살짝 안도하며 어르신을 흘끗 보았다. 그는 내게 시선 한 번 주지 않은 채였다.

앉긴 앉았는데 무슨 말을 꺼내야 할지 모르겠다. 스쳐 지나가는 바람마저 불편했다. 잠시 고민하다가 용기를 내 입술을 달싹였다.

"어르신, 어찌 여기 계시나요?"

나처럼 산책을 하러 나온 걸까? 주변에 빈 공터뿐이라 불어오는 바람이 강했다. 게다가 몸도 안 좋다고 했는데 이리 나와도 될지 몰라 걱정되어 물었다. 그런데 어르신이 내 말을 가뿐히 씹었다. 대답을 기대한 건 아니지만, 진짜 대답해 주지 않으니 마음이 불퉁해진다.

"어르신."

불렀으나 여전히 대꾸가 없다. 조금 전에는 먼저 말을 걸더니. 나도 모르게 입술을 삐죽거리며 바닥을 발끝으로 톡톡 쳤다.

"이마는 어떤가."

난 눈을 동그랗게 떴다. 어르신은 여전히 다른 곳을 보고 있었다. 순간, 내가 환청을 들은 줄 알았다. 뚫어져라 보고 있자 그제야 어르신이 흘끗 시선을 보냈다. 잘못 들은 게 아니구나. 처음으로 어르신이 관심을 주자 기쁜 한편, 괜히 민망해져 앞머리로 가려진 이마를 더듬었다.

"괜찮습니다."

멍이 살짝 들고, 만지면 아프지만 심한 건 아니었다. 아무렇지 않다는 걸 몸소 보여 주듯 웃자, 어르신은 곧장 고개를 돌렸다. 그 뒤로 다시 말이 없었다. 난 어르신이 내 이마를 걱정한 건지, 아니면 그냥 궁금했던 건지 갈피를 잡을 수 없었다.

"그리고 제가 저번에 무례하게 굴었던 걸 사과드리고 싶어요. 죄송합니다."

기왕 얘기가 나온 김에, 첫 만남 때 무례한 말을 했던 걸 사과하고 싶었다.

"그래도 여기서 지내게 해 주셔서 감사해요."

그럼에도 지낼 방을 제공해 주었다. 가장 먼저 감사 인사부터 했어야 하는데, 인사가 좀 늦었다. 살짝 몸을 일으켜 허리를 굽혔으나 어르신에겐 별다른 말이 없었다. 큰 관심이 없는 듯하다.

"정말 감사드려요."

"……."

한 번 더 말했으나 또 대꾸가 없다. 끙 앓는 소리를 내며 목덜미를 긁적였다. 고개를 정면으로 돌리자, 멀지 않은 거리의 화단이 보였다. 위치가 바로 앞이었다. 화단이라고 하기엔 이파리뿐인 모래 더미였으나, 유일하게 핀 노란 꽃송이는 예쁘기만 했다.

"예쁘네요."

노란 꽃잎이 바람에 흔들리는 모습이 마치 춤을 추는 것 같다. 좀 더 많은 꽃을 심는다면 더 보기 좋은 화단이 될지도. 아직 겨울이 오지 않았는데 벌써 꽃이 다 죽은 걸까. 그렇게 생각하니, 단 한 송이의 꽃만 남은 화단이 마치 플로렌스의 방 같았다.

"……쓸쓸해 보이기도 하고."

낮게 중얼거리는데 문득 시선이 느껴졌다. 고개를 돌리자, 어르신의 옆얼굴이 보였다. 시선이 느껴진다고 생각했는데, 착각이었나?

"예뻤지. 아주 많이."

"예?"

"여기서 보는 게 가장 좋았다네."

의문스러운 말이었다. 그게 무슨 소리냐고 물어보려는데, 화단을 바라보는 어르신의 옆얼굴이 괴로워 보였다. 아니, 정말 안색이 안 좋다.

"어르신?"

어르신이 몸을 웅크리더니 가슴께를 움켜잡았다.

"어르신? 어르신!"

"조용히 하게나. 별일 아니라네."

"하지만 안색이."

안색이 창백하다. 놀라서 뻗은 내 손을 쳐 내곤 어르신이 몸을 일으켰다. 그러나 몇 걸음 가지 못해 고꾸라진다. 내가 화들짝 놀라 다가가니 어르신의 얼굴엔 어느새 식은땀이 흐르고 있었다. 난 안절부절못하다가 어르신의 팔을 붙잡았다.

"어르신, 제게 기대세요!"

"놓게나."

"얼른요!"

뿌리치려는 팔을 꽉 잡아 내 어깨에 둘렀다. 그렇게 어르신을 부축해 걸어가는데 다리에 힘이 풀렸는지 그마저도 곧 주저앉아 버렸다. 걷기 힘드신 걸까. 주변을 둘러보았지만 사람은 하나도 보이지 않았다. 계속 당황하던 난 결국 어르신을 등에 업다시피 하며 몸을 일으켰다. 어르신이 놀라 버둥거리는 게 느껴졌다.

"왜 이러는 건가! 놓게나!"

"가만히 계세요! 자꾸 버둥거리시면 힘들어요!"

어르신의 말에 버럭 소리치곤, 자꾸 버둥거리는 양팔을 양손으로 꽉 붙잡았다. 하지만 어르신은 아픈 와중에도 지지 않고 버둥거렸다. 덕분에 한 걸음 한 걸음 내딛는 게 힘겨웠다. 짧은 거리를 걷는데도 실랑이가 이어졌다.

등 뒤에서 들려오는 숨소리가 거칠었다. 금방이라도 끊어질 것처럼. 오래된 기억들이 온몸을 무겁게 짓눌렀다. 덜컥 겁이 났다.

"죽으면 안 돼요. 절대 죽지 마세요."

간절히 중얼거리며 저택으로 향했다. 때마침 정문 앞에 존이 나와 있었다. 나와 어르신을 발견한 그가 경악하며 다가왔다.

"이게 대체 무슨 일인가요?"

"어르신이 갑자기 몸이 안 좋으신가 봐요."

그에 존이 어르신의 상태를 살피더니 자신이 부축하겠다며 손을 뻗었다. 어르신은 비틀거리는 몸을 존에게 기댔다. 소란을 듣고 나온 엠마가 무슨 상황이냐고 물었고, 난 어르신이 갑자기 가슴께를 붙잡으며 힘겨워했다고 설명했다.

엠마가 내 모습을 쭉 훑더니 치마를 정돈해 줬다. 어느새 치맛자락이 뒤집어지고 옷도 흐트러져 있었다. 내가 허겁지겁 옷매무새를 가다듬는 사이 엠마는 의사를 부르러 떠났다. 난 멍하니 존과 함께 멀어지는 어르신을 바라봤다.

어르신을 진찰한 의사가 엠마와 존에게 뭐라 말을 했다. 난 멀찍이 서서 그들을 바라보며 귀를 쫑긋 세웠다. 대충 들리는 말론 식사를 잘하지 못해서 기력이 많이 쇠약해졌다는 것 같다. 그래도 큰일은 아니라고 하니 다행이지 않을 수 없다. 난 몰래 가슴을 쓸어내렸다.

하지만 저녁 식사 중 식당 바깥에서 소란이 들려왔다. 당연스럽게 존이 밖으로 나갔다. 익숙한 상황이었다. 낮에 힘겨워하던 어르신이 떠올랐다. 그러자 더 이상 가만히 앉아 있을 수가 없었다. 나도 곧장 자리에서 일어나 식당을 빠져나갔다.

역시나, 소리는 어르신이 있는 방에서 들려왔다. 근처로 다가가자 가장 먼저 문 앞을 뒹굴고 있는 무언가가 보였다. 그릇 덮개였다. 왜 저게 저기서 뒹굴지 하는 생각과 함께 방 안을 들여다보자, 엠마가 난감해하며 바닥에 떨어진 수프를 보고 있었다. 그 앞의 침대에 앉아 있는 어르신은 성이 난 듯 씩씩거렸다.

　"그러게 내가 그만 먹는다고 하지 않았나!"

　"아니, 그래도 그렇지 이 아까운 걸."

　바닥에 부딪쳐 깨진 그릇 조각을 본 엠마가 한숨을 푹푹 내쉬었다. 씩씩거리던 어르신이 듣기 싫다는 듯 창밖으로 고개를 돌렸다. 갑자기 조용해진 방 안에선 엠마가 노골적으로 뱉는 한숨 소리만 들려왔다.

　식당에서 먼저 나갔던 존은 그녀를 돕고 있었다. 저번과 마찬가지로 그의 손엔 대걸레가 들려 있다. 역시 그는 이 상황을 예감하고 있었나 보다.

　존은 대걸레로 바닥에 쏟아진 수프를 닦았고, 엠마는 바닥에 떨어진 그릇 조각을 조심히 주워 들었다. 그때까지 멍하니 상황을 지켜보던 난 퍼뜩 놀라며 복도를 뒹구는 덮개를 집어 들고는 무릎을 굽혀 수프 건더기를 손으로 퍼 담았다. 엠마가 당황하며 날 말렸다.

　"왜 나오셨어요? 이러시지 말고 돌아가셔서 마저 식사하세요."

　"도와 드릴게요."

　"괜찮습니다. 손님께 이런 일을 시킬 순 없습니다."

　"아니에요. 도와 드리고 싶어요."

　내가 다시 손으로 수프 건더기를 만지자, 엠마는 정말 당황하며 존에게 눈짓했다. 그가 재빨리 대걸레로 수프 자국을 문질렀다. 옆에 떨어져 있는 수저라도 집으려 손을 뻗자, 그녀가 먼저 뺏어 가더니 바닥에 남은 조각들도 빠르게 정리했다.

　결국 제대로 도와주지도 못했다. 양손을 들고 멀뚱히 서 있자 엠마가 두르고 있던 앞치마를 끌러 내 손을 닦아 주었다. 옷으로 닦아도 되는데……. 그러나 말릴 새도 없이 잠시만 기다려 달라고 말한 엠마가 깨진 그릇 조각들을 들고 방을 떠났다. 아마 내 손을 닦을 만한 걸 가져오려는 듯하다.

　민폐를 끼친 것 같아 괜히 더 미안해졌다. 난 수프가 묻은 앞치마를 든 채 멀뚱히 서 있어야 했다. 바닥을 닦던 존은 더러워진 걸레를 보더니 물통을 가져오겠다며 방을 나섰다. 졸지에 방 안엔 나와 어르신만이 남게 되었다.

방 안에 흐르는 공기가 불편하기 그지없었다. 어르신은 가만히 침대에 앉아 있었고, 방을 떠날 기회를 놓친 난 어색하게 서 있다가 괜히 존이 두고 간 대걸레 자루를 잡아 바닥을 마저 닦았다. 이미 더러워진 걸레는 바닥을 깨끗해지게 만들기는커녕 오히려 수프 자국을 남겼다.

그때, 달그락 소리가 들렸다. 어르신이 작게 잘린 고기를 나이프로 더 잘게 자르고 있었다. 그러곤 아주 작은 조각 하나를 포크로 찍어 입으로 가져가더니, 몇 번 씹고는 살며시 인상을 쓴다. 음식물을 목으로 넘기는 게 느렸다. 다시 한 입 먹었을 때는 손으로 가슴께를 살짝 쥐기도 했다.

"드시기 힘드신 건가요?"

고기를 먹는 게 힘들어 보였다. 몸이 아프면 뭔가를 먹는 것도 힘들지 않겠는가. 그래서 물어보니 어르신이 시선을 보내왔다. 여전히 못마땅하다는 듯, 그러나 좀 당황한 것 같기도 했다.

"음식을 넘기기 힘드신 거 맞죠? 그렇죠?"

"신경 쓰지 말게나."

"왜 말씀을 안 하셨어요? 그럼 목 넘김이 부드러운 음식으로 준비해 드릴 텐데요."

"할 일 없으면 나가게."

어르신이 손을 내저었다. 그러곤 다시 고기를 찍어 먹었으나 몇 번 먹지도 못하고 포크를 내려놓았다. 무릎에 올려 둔 천으로 입가를 닦고, 한쪽에 놓인 잔을 들었다. 그러나 물이 떨어진 듯 입에 대었던 잔을 거꾸로 뒤집어 본다.

난 주변을 둘러보다가 근처에 놓여 있는 물병을 들고 다가갔다. 물병 입구를 들이밀자 어르신이 흘끗 보더니 손에 든 빈 잔을 내밀었다. 난 조심히 어르신의 잔에 물을 따라 주었다. 어르신이 곧장 잔을 입에 대고 물을 마셨다.

그 모습에 입꼬리가 씰룩거렸다. 티 내면 안 될 거 같아 표정을 갈무리하며 몸을 돌렸다. 물병을 원래 있던 위치에 내려놓는데, 갑자기 어르신이 기침을 터트렸다. 퍼뜩 놀라 뒤돌자, 어르신이 가슴께를 움켜잡은 채 신음을 흘리고 있었다.

난 빠르게 다가가 어르신의 상태를 살폈다.

"괘, 괜찮으세요?"

"만지지 말게."

손을 뻗자 어르신이 매섭게 쳐 냈다. 걱정되어 그의 안색을 살피자, 이번엔 귀찮다는 듯 날 저 멀리 밀어 버린다. 하지만 기침을 멈추지는 않았다. 난 방문 쪽을 살폈다. 떠난 두 사람은 아직 돌아오지 않고 있었다.

난 어르신의 병세에 대해 자세히 알지 못했다. 이럴 땐 어떻게 해야 하지? 당황하며 주변을 두리번대던 내 시야에 침대 옆 협탁에 놓인 약병이 들어왔다. 약병을 집어 어르신에게 내밀었다.

"어르신, 약이라도 드시겠어요?"

"콜록— 저리, 치우게."

"하지만."

"치우래도. 이 정도 일로 약은 무슨."

어르신이 귀찮다는 듯 약병을 다시 쳐 냈다. 하지만 금방이라도 숨이 넘어갈 듯 기침을 터트린다. 가슴께를 붙잡은 손에 힘이 실리는 게 보였다. 누가 봐도 상태가 좋지 않았다. 난 어찌할 줄 모르고 서 있다가, 천천히 손을 뻗었다.

손에 닿는 등이 움찔거리는 게 느껴졌다. 시선이 닿는다. 불만스러워한다는 건 알지만, 그럼에도 난 손을 거두지 않았다. 천천히, 숨쉬기 편하도록 어르신의 등을 쓱쓱 쓸어내렸다.

이번에도 어르신이 내 손길을 뿌리칠 거라 생각했으나, 다행히 그러지 않았다. 난 머뭇거리던 손에 힘을 주었다. 그러면서 문짝을 연신 돌아보았다.

"안색이 안 좋으세요. 약이라도 드셔야 건강해지시죠."

"웃기는 소리. 내 상태는 내가 더 잘 알아."

어르신은 숨이 가쁜 외중에도 내 시선을 사납게 받아치는 걸 잊지 않았다. 더 이상 말해 봤자 입만 아플 뿐이다. 내가 대꾸하지 않고 등을 쓸어내리자, 어르신이 내 얼굴을 뚫어져라 바라봤다. 따끔할 정도다.

"익숙해 보이는군."

"네, 네?"

"걸레질도 그렇고, 시중드는 게 손에 익어 보여. 자주 해 본 일인 것처럼."

"……."

"그리고 사용인을 도와주는 데도 익숙해 보였지."

날카로운 지적에 입이 다물어졌다. 관찰하는 시선이 마치 내 속까지 꿰뚫어 볼 것 같았다.

"사람이란 게 말이지, 태생을 숨길 순 없다네. 장사치는 장사질하는 걸 숨길 수 없고, 마부는 말을 관찰하는 걸 멈출 수 없지. 좋은 교육 받고 자란 사람이 라면 도와준답시고 바닥에 떨어진 음식을 맨손으로 주울 만큼 수치가 없지는 않다네."

날카로운 말이었다. 난 머뭇거리다 입을 달싹였다.

"누군가를 도와주는 게 수치스러운 일인가요?"

"사용인에게 허리를 굽히는 건 수치스러운 일이지."

"……."

귀족이라면 사용인에게 허리를 굽히지 않는다. 아랫사람에게는 절대 고개를 숙이지 않는다. 나는 이해할 수 없으나 귀족에겐 그들의 품위란 게 있다고 한다.

그게 귀족들의 삶이었다. 나는 그것에 무지했다. 아무리 겉모습을 꾸민다고 해도 말투나 행동거지까지 속일 순 없었다. 에단이 지적했던 일이 지금 이 순 간 어르신의 입 속에서 흘러나왔다. 잠깐 사이 어르신은 내가 어떤 사람인지 알아챈 듯하다.

"그놈이 오랜만에 나타나선 손녀딸에 대해 언급하더군. 손녀딸을 대신할 사 람을 소개해 주겠다고. 어디서 어떤 말을 듣고 왔는지 모르겠으나, 난 그놈이 내 손녀딸이 죽은 걸 알고 찾아왔다는 걸 눈치챘지. 감히 내 손녀딸의 신분을 사고 싶다고 말이야."

"……."

"그리고 자네를 보는 순간 바로 알아챘지. 그놈이 소개해 준다고 한 게 누군지."

어르신이 노골적으로 날 다시 위아래로 훑었다.

"자넨 이곳에 어울리는 사람이 아니야."

"……."

"제 주제도 모르고 과분한 걸 바라는 놈들이 있지. 사람이 욕심을 부리는 걸 비난하고 싶진 않네만, 난 자네 같은 사람이 싫다네. 그놈은 그래 보여도 크리스토퍼가의 사람이라네. 나는 내 가문 사람한테 헛짓거리를 하면 꼭 주제를 알려 주었지. 이번에도 그걸 못 하지 않네만."

그러곤 으름장을 놓는다.

"능구렁이 같은 놈을 어떻게 구워삶았는지 모르겠으나, 좋은 말할 때 얌전히 자신의 자리로 돌아가게나."

비난은 경고가 되어 날아왔다. 난 다시 입을 다물고 지그시 어르신을 바라보았다. 어느새 어르신은 기침을 멈춘 상태였다. 여전히 낯빛이 좋지 않았지만, 당장 큰일이 나지는 않을 듯해 작게 안도했다. 내 시선을 느낀 어르신이 눈썹을 휘었다.

"왜 그렇게 보나?"

"저를, 걱정해 주시는 건가 싶어서요."

"……."

어르신이 곧장 마른 입술을 달싹였다. 말도 안 된다고 소리칠 줄 알았는데, 찰나 그의 얼굴에서 당황하는 기색이 보였다. 순간 에단의 말이 떠올랐다.

'저렇게 말씀하셔도 심성은 따뜻한 분이세요.'

갑작스럽게 머물게 되었는데도 머물 방을 제공해 주고, 식사도 주고, 이렇게 걱정까지. 다정하다고 하기엔 못된 말만 하지만, 혹여 표현이 서툰 건 아닐까 하는 생각이 들었다. 난 손을 거두고 침대 옆에 있는 의자를 끌어다 앉았다. 어르신의 시선이 그런 날 좇았다.

"뭐 하는 건가."

"나가신 분들을 불러오는 것보단 제가 곁에 있어 드리는 게 더 나을 것 같아서요. 지금은 괜찮아지셨지만 잠깐 새에 또 어떻게 되실지 알 수 없으니까요."

"헛소리 말고 나가게."

"다른 분들 오시면요."

"내가 한 말을 듣긴 한 건가?"

"네, 아주 잘 들었습니다. 걱정해 주셔서 감사해요."

어르신이 곧장 미간을 좁혔다.

"그런 거 아니네."

"네. 어르신의 조언은 잘 새겨듣겠습니다."

"아니래도."

"네네."

어르신의 인상이 더 사나워졌다. 난 모르는 척 창밖을 바라봤다. 이파리가 달랑거리는 나뭇가지 너머로 보기만 해도 긴장이 풀리는 푸른 하늘이 눈에 들어왔다.

"저번에도 말씀드렸지만, 어르신의 말씀이 다 맞아요. 제 주제도 모르고 과분한 걸 바란다는 거, 차마 아니라고 할 순 없겠네요."

원래 내 신분이라면, 지금 이 자리에 이렇게 있는 것 자체가 말도 안 되는 일이니까.

어르신은 첫 만남 때도 지금도 날카로운 말만 뱉었다. 상대가 상처받을 거란 걸 알면서 하는 말이었다. 내가 아주 마음에 들지 않다는 건 잘 알겠다. 그럴 테지.

화가 나지 않았던 건 아니다. 신분으로 인해 차별당하는 건 언제나 서러웠다. 꼭 신분 때문이 아니래도, 차별은 슬픈 일이니까.

지금도 그렇고. 난 쓰게 웃었다.

신분 상승. 처음엔 그럴 의도가 아니었지만, 어찌 되었든 결국 내가 가려는 길은 그런 거다. 저번엔 홧김에 반박했지만, 다시 생각해 보면 어르신의 반응은 당연했다. 다른 사람들이 보기엔 내 행동은 확실히 눈살이 찌푸려지는 일일 테지. 그렇다고 매번 속사정을 토로할 수도 없으니, 이런 비난은 한평생 나를 따라다닐 것이다.

"하지만 비난하신다고 해도 어쩔 수 없어요. 어떤 비난을 받는다고 해도 이미 결정한 일인걸요."

거기에 '감히' 라는 말을 붙여도 할 말이 없고, 속물이라 욕하고 비난해도 어쩔 도리가 없었다.

"왜냐면 저 같은 것도, 행복을 욕심부릴 수 있는 거니까."

내 행복을 위해서.

그리고 나와 함께하는 사람과의 행복을 위해서.

그 길이 가시밭길일지라도, 난 기꺼이 걸어갈 생각이다. 욕심을 부려 볼 생각이다.

"무슨 말씀을 하셔도 전 물러설 마음 없어요. 제게 무섭게 대하셔도 마찬가지예요. 하지만 절대 가벼운 마음으로 결정한 건 아니에요. 단순하게 생각하지도 않았고요. 충분히, 무섭게 생각하고 있습니다."

지금도 어르신의 말 한 마디, 한 마디에 심장이 덜컹 내려앉는다. 못마땅한 눈빛 한 번에도 오만 가지 걱정들이 머릿속을 지배했다. 신분이 상승된다고 해서 마냥 꽃밭에만 가 있는 건 아니었다.

지금은 어르신 한 사람뿐이지만, 앞으론 더 많은 사람들 앞에서 이런 불안함을 느끼게 되겠지. 그런 생각이 들 때면 당장이라도 도망치고 싶어진다.

"참고로 저 혼자 멋대로 결정한 건 절대 아닙니다."

하지만 한 가지 억울한 게 있다면, 이 제안을 한 사람은 에단이었다. 나도 처음엔 극구 거절했단 말이지. 작게 투덜거리듯 말하다 고개를 푹 숙였다. 어쨌든 결국 그쪽 가문을 이용한다는 거니 억울하다고 토로해 봤자 무엇 할까. 에단님, 전 뻔뻔해질 수 없나 봐요.

"불편하게 해 드려 죄송해요."

이건 진심이었다.

"크리스토퍼 백작님을 너무 미워하지 마세요. 절 도와주려고 그러신 거지, 나쁜 의도는 아니셨어요. 차라리 절 꾸짖고 미워하세요. 그렇게 해서 어르신의 마음이 풀리신다면 마음껏 그러셔도 괜찮아요. 전, 익숙해서요."

몸이 아프면 마음도 아파진다는 건 잘 안다. 원하지 않아도 못된 말이 나올 수 있다. 이런 일은 예전에도 겪은 적이 있었다. 성질도, 행동도 더 지랄맞았던 남자를 떠올린다면 이 정도는 양호한 편이었다. 갑자기 그가 참 보고 싶네.

잠시 숨을 골랐다. 입술이 말라 오는 것 같아 혀로 축였다. 그러다 조심스럽게 말을 이었다.

"그래도요, 어르신."

내내 머릿속을 돌아다니던 기억이 다시금 떠올랐다. 가슴을 움켜쥐고, 금방이라도 숨넘어갈 듯하던 어르신의 모습이 생경하다.

누군가의 죽음은 무섭다. 숱하게 겪어도 익숙해지지 않는, 참 무서운 일이라 생각한다. 할 수만 있다면 살아생전 두 번 다시는 경험하고 싶지 않았다.

난 무릎 위에 올려 둔 양손을 꽉 움켜잡았다. 온몸이 섬뜩해진다.

"죽지는 마세요."

그 말을 끝으로 방 안엔 다시 침묵이 내려앉았다. 난 입을 다물었다. 내 시선은 어느새 바닥에 꽂혀 있었다. 그러나 침묵이 길어지자 결국 참지 못하고 고개를 들었다. 그런데 어르신이 묘한 얼굴을 하고 있었다.

"음식을 드시기 힘들어하시는 거 같아요."

거의 손도 대지 않은 고기 요리를 보면서 말하자, 엠마가 무슨 소리냐는 시선을 보냈다. 난 어르신이 몸이 아프시니, 입맛도 없으시고, 음식도 잘 넘어가지 않는 거 같다고 설명했다. 아플 땐 그 어떤 진수성찬을 먹어도 모래알을 씹는 것과 같을 거다. 다음엔 목 넘김이 더 부드러운 음식을 내가는 게 좋겠다고 말하자 엠마가 차분히 경청해 주었다.

"주인님이 워낙 티를 안 내셔서 저희도 한동안은 몰랐었는데, 용케 알아채셨네요?"

엠마와 같이 경청하던 존이 의외란 표정을 지었다.

존의 말대로 어르신은 티를 내지 않았지만, 비슷한 일을 겪어서인지 난 작은 행동만으로도 그의 불편함을 쉽사리 눈치챘다. 빈센트가 눈이 안 보였을 때도 그랬고, 동생들도 어딘가 아플 때면 식사를 제대로 하지 못했다. 오래 굶었다가 덩어리진 걸 먹으면 토하기 일쑤였다.

"네, 예전에."

그러다 멈칫했다.

에단은 이곳 사람들에게 내가 어떤 사람인지 정확히 말해 주지 않았다. 그러니 이들은 당연히 내 진짜 신분을 모르고 있었다. 숨기는 게 더 낫다는 거겠지. 이제 내가 누구인지, 뭘 하던 사람인지, 내 동생들이 어떠했는지에 대해서 말하는 건 금기나 다름없었다. 그리고 어쩌면, 앞으로 영영 비밀로 감춰 둬야 하는 일이 되겠지.

순간, 가슴이 꽉 막혀 왔다.

"……아는 사람이 그랬던 적이 있어요."

가슴께를 움켜잡고 애써 웃었다.

"그렇군요."

다행히 존은 이상함을 느끼지 못한 듯했다.

내 조언을 받아들여, 두 사람은 다음 식사 메뉴 선정에 대한 의견을 나눴다. 목 넘김이 부드러운 음식이 뭐가 있을지 고민하는 얼굴이 짐짓 심각해 보인다. 그러다 이야기의 화제가 다른 방향으로 흘러갔다.

"생각해 보니, 아가씨도 몸이 많이 편찮으실 땐 식사를 대부분 거르셨죠. 드셔도 몇 술갈뿐이었고."

"그래, 그랬었네요."

그들의 곁에서 이야기를 듣고 있자니, 문득 궁금증이 떠올랐다.

"플로렌스 크리스토퍼 양은 어떤 사람이었나요?"

갑작스런 질문에 두 사람의 시선이 다시 내게 꽂혔다. 존이 머뭇머뭇 말했다.

"아가씨요? 으음— 글쎄요. 천사 같은 분이셨어요."

너무 두루뭉술한 대답이었다. 좀 더 상세한 대답을 원하자 엠마가 설명을 이었다.

"주로 저택 안에만 계셨지만 성격은 활발하셨죠. 편식하지 않고 골고루 잘 드셨고, 인형놀이를 좋아하셨고요. 하루의 대부분을 함께 보내는 상대가 저와 존이다 보니, 자주 이런저런 말을 걸어 주셨어요. 별것 아닌 사소한 대화였지만요."

"저택 안에만 있었으니 답답했겠네요."

"예, 뭐. 그래도 가끔은 저택 앞을 가볍게 걷는 정도의 산책은 가셨어요. 그때도 저나, 존이 동행하곤 했죠. 그리고…… 주인님을 참 많이 사랑하셨죠. 그 아픈 몸을 이끌고 아침저녁으로 꼬박 인사를 하고 오셨고, 식사도 최대한 같이 하려고도 하셨고, 시간이 될 때마다 매번 주인님의 방으로 찾아가셨죠. 한번은 주인님의 식사 준비를 돕고 싶다고 하신 적이 있었는데, 그 작은 손으로 꼼지락하시는 게 어찌나 기특하던지."

그때를 떠올리는지 엠마의 주름진 얼굴에 따스함이 배어들었다.

"맞네. 그런 적이 있었지. 그때 감자를 잘라 보고 싶으시다기에 건네드렸다가 손을 베서서 모두 당황했었지."

존이 그때를 회상하며 작게 웃었다. 자신도 어찌나 놀랐는지 모른다며, 다급히 다가가다가 바닥에 떨어진 감자 껍질에 발이 미끄러져 넘어진 일까지 말해주었다. 엠마도 그 기억을 떠올렸는지 기쁜 웃음을 흘렸다.

"몸이 편찮으신데도 주변 사람들이 걱정할까 봐 아픈 내색 한번 하지 않으셨고, 매번 웃기만 하셨어요. 배앓이를 하실 때도 아픈 자신의 몸을 신경 쓰기보단, 밤늦게 잠을 깨웠다며 제게 미안해하셨죠. 참으로 착하고, 사랑스러운 분이셨어요. 어디서 그런 분이 내려오셨나 싶을 정도로."

"정말 그랬지, 그랬어."

그들의 얼굴에 점차 고통이 배어 나왔다. 떠난 이를 회상하는 건, 때론 아픈 일이었다. 그들이 이 저택의 아가씨를 얼마나 사랑했는지 몇 마디 이야기를 나눈 것만으로도 충분히 느낄 수 있었다. 어르신도 손녀딸을 그만큼 사랑하셨겠지? 그러니 손녀딸을 대신하겠다고 했던 내가 눈앞에 나타났으니 끔찍할지도 모른다.

남겨진 이의 고통은 그렇다. 마음속에 다시 무거운 돌이 내려앉았다.

그런 내 얼굴을 본 엠마가 다정히 웃었다.

"사실 저택에 머물 수 있냐고 하셨을 때 기뻤어요. 짧은 시간이었지만 사람 목소리가 늘어나 좋았거든요. 여긴 주인님과 저, 존밖에 없어서. 그래도 한때는 이 저택에서 웃음소리가 끊이질 않았었는데……."

그러고 보니 이 저택에서 엠마와 존 외의 다른 사용인은 본 적이 없었다.

"두 분은 여기에서 오래 일하셨나 봐요?"

"아주 오래됐죠."

"저도 엠마 씨도 아주 어릴 적부터 이곳에서 주인님을 모시며 살았어요. 세월이 무색하게 벌써 이리 나이를 먹었지만요."

존이 개구지게 웃으며 주름진 손으로 뺨을 긁었다. 그에 인상을 쓴 엠마가 자신은 아직 팔팔하다며 반박했다. 그러곤 늙어서 싫으냐고 묻자 존이 아니라며 양손을 퍼덕였다. 벌겋게 물든 그의 얼굴에 당황한 기색이 역력했다.

□ ◆ □

"그만 먹겠네."

깨작깨작 음식을 먹던 어르신은 곧 그릇을 치워 버렸다. 기껏 목 넘김이 좋은 수프를 준비해 갔는데 효력을 발휘하지 못했다. 수프는 처음의 모습 그대로였다. 그릇을 받은 엠마가 걱정스럽게 말했다.

"힘드시겠지만 한술이라도 더 떠 보시면 어떨까요?"

"됐네. 입맛이 없어."

"그러다 또 큰일 나세요. 한술만 더요, 네?"

"됐다고 해도. 이만들 나가게나."

어르신이 엠마가 내민 접시를 밀치고 침대에 누웠다.

"혹 드시고 싶으신 게 있으시면 말씀해 주세요. 그걸로 준비할게요."

"됐대도."

"그래도……."

엠마는 쉽사리 걸음을 떼지 못했다. 하지만 어르신은 이미 음식을 쳐다도 보지 않았다. 결국 몇 입 먹지도 못한 음식을 그대로 돌려보내야 했다.

엠마와 존이 떠났지만, 난 침대 옆 의자에 앉아 어르신을 바라봤다. 어르신은 내가 아직 떠나지 않았다는 걸 알면서도 본 척도 안 했다.

엠마는 매번 식사 준비에 정성을 다했다. 특히 최근엔 어르신이 식사를 제대로 하지 않는 탓에 메뉴 선정에 더욱더 신중을 가했다고 한다. 내가 한 조언을 받아들여, 그녀는 오늘 잘게 다진 고기를 넣은 묽은 수프를 만들었다. 평소 어르신이 고기 요리를 좋아했단다. 그렇게 정성껏 준비했는데, 오늘도 어르신은 제대로 식사를 하지 못했다.

"정말 드시고 싶으신 음식 없으세요?"

"내 일에 관심 *끄게나*."

조심스레 물으니 바로 쌀쌀맞은 답이 돌아왔다.

"다들 걱정이 많으세요. 이러다 상태가 더 안 좋아지신다고."

"흥. 걱정은 무슨. 늙은 노인이 빨리 죽길 다들 바랄 테지."

"왜 그렇게 못된 말씀만 하세요?"

비꼬는 게 아니라, 순수하게 걱정이 돼서 그리 말했다. 다들 어르신을 걱정하는데 매번 저런 말씀만 하신다. 엠마와 존이 저 말을 듣는다면 얼마나 속상해할까. 인상을 쓰자, 날 흘끗 본 어르신이 창밖으로 고개를 돌려 버렸다.

"어르신."

"시끄럽네. 방에 있고 싶으면 조용히 하게나."

"……"

또, 또, 저리 말씀하신다. 난 입을 다물고 어르신을 노려봤다. 어르신은 내게 눈길 한 번 주지 않았다. 방 안에 잠시 침묵이 흘렀다.

"지내는 건 어떤가."

문득 어르신이 물었다. 갑작스런 물음에 놀란 것도 잠시, 난 입을 달싹였다.

"좋아요. 다들 잘 대해 주시고요."

"그렇겠지. 자네에겐 과분한 대우이니 감사하게 여기게나."

"네. 안 그래도 감사하게 여기고 있습니다. 어르신의 과분한 배려 때문인 점도 잘 알고요."

"그놈이 쓸데없는 말만 안 했어도 이러진 않았네."

그놈이라고 하면, 에단을 말하는 건가? 그러고 보니 에단이 보낸 사람이 편지를 건네줬었지. 거기에 어르신의 마음을 돌릴 만한 내용이 적혀 있었던 걸까. 궁금해서 쳐다봤으나 어르신은 별다른 반응을 보이지 않았다. 시선은 여전히 창밖으로 향해 있다.

난 괜히 머쓱해져 뒷덜미를 긁었다. 불퉁하긴 하나, 저번에도 그렇고 나름 신경 써 주시는 것 같기도 하다. 어르신과 몇 번 대화를 나눠 보니, 저런 태도가 어르신 나름의 표현 방법이지 않을까 하는 생각이 들었다.

그러다 어르신 앞의 빈 식탁이 눈에 들어왔다. 잠시 식탁을 뚫어져라 보다가 눈을 데굴 굴렸다.

"제가 이래 봬도 요리는 좀 자신 있는데."

난 나지막이 운을 뗐다. 빈말이 아니고, 정말 요리에 자신이 있었다. 한평생 집안일을 했던 경험은 내가 가지고 있는 몇 안 되는 장점으로 남았다.

"정말로 드시고 싶으신 음식 없으세요? 제가 해 드릴게요."

그 말에 어르신이 슬쩍 날 보았다.

"됐네. 입 다물게."

"정말 잘합니다. 믿고 말씀해 주세요."

"내가 왜 자넬 믿나? 헛짓거리하지 말게나."

"그래도 드시고 싶으신 게 있지 않으세요? 정말 없으세요?"

네? 네? 네? 어르신의 입에서 귀찮게 굴지 말게나, 라는 말이 나올 정도로 끈질기게 물었다. 어르신의 상태가 걱정되고도 하고, 지낼 곳을 제공해 주었으니 뭐라도 보답을 하고 싶다. 내 물음에 어르신은 아주 못마땅한 표정을 지었으나 끝내 대꾸가 없었다.

난 고민하다가 살며시 이마를 짚었다.

"아아."

작게 신음하자 효과는 바로 나왔다. 어르신이 날 돌아봤다. 난 무척 아픈 척 인상을 썼다.

"갑자기 이마가 너무 아파요."

"뭐?"

"아야야."

어색하기 그지없는 연기였으나 어르신의 관심을 끌기에는 충분했다. 당황하는 어르신을 보며 난 끙끙 앓는 척했다. 그런 날 보며 안절부절못하던 어르신이 버럭 소리쳤다.

"그러게 왜 미리 말을 하지 않고!"

이런 순간마저도 잔소리다. 내가 눈을 감고 다시 크게 '아야!' 하자 어르신은 바로 입을 다물었다. 보고 있지 않아도 어르신이 혼란스러워하는 게 느껴졌다. 난 살며시 웃고 눈을 떠 어르신을 바라봤다.

"제가 걱정되세요?"

"뭐?"

"걱정되신 거죠? 그렇죠?"

웃으며 묻자, 어르신이 눈을 크게 떴다. 그러다 팍 인상을 쓴다. 지금 뭐 하는 거냐고 호통칠 거란 걸 깨달은 난 먼저 말을 이었다.

"그럼 알려 주세요. 어떤 걸 준비하면 식사하시겠어요?"

"지금 이게 대체."

"어르신이 식사를 잘하신다면 제 이마도 나을 거 같아요."

말도 안 되는 소리였다. 그러나 내 의도가 잘 전달되었는지 어르신의 얼굴이 험악하게 변했다. 할 말이 아주 많아 보이는 얼굴이었다. 난 앞머리를 살짝 흩뜨렸다. 아침에 씻을 때 보니 이마의 멍 자국이 아직 짙게 남아 있었다. 어르신의 시선이 흘끗 내 이마에 닿았다.

결국 어르신이 깊게 한숨을 내쉬었다.

"……수프."

그건 아주 작은 목소리였다.

"토마토수프가 먹고 싶네."

"토마토수프요?"

"네. 드시고 싶다고 하셔서요."

난 곧장 엠마에게 가 수프를 만들 재료를 부탁했다. 하지만 가장 중요한 토마토가 없었다. 결국 엠마에게 물어 근처 시내로 나가 토마토를 사 왔다.

양 소매를 걷어붙이고 재료 손질을 시작하자, 도와주겠다며 다가온 엠마가 작게 중얼거렸다.

"그럴 리가 없을 텐데……."

그 말이 신경 쓰였지만, 일단 어르신의 마음을 열 기회가 먼저였다. 난 정성껏 재료를 다듬고 수프를 끓였다. 보글보글한 수프에 떠다니는 토마토가 너무 뭉개지지 않도록 조심히 저었다.

하지만 그렇게 준비해 간 토마토수프는 무참히 거절당했다.

"맛없네. 다시 만들어 오게나."

토마토수프를 한 입 먹은 어르신이 수저를 내려놓았다. 난 당황하며 여분의 수저로 수프를 떠먹어 봤다. 토마토가 부드럽게 씹히고, 간이 적당히 밴 수프는 절대 맛없지 않았다.

"맛은 괜찮은데요?"

"내 입맛엔 맛없네. 치우게."

어르신이 고개를 돌리고 침대에 누웠다. 벌써 식사를 끝낸 모습에 난 당황스러움을 숨길 수 없었다.

"토마토수프가 드시고 싶다고 하셨잖아요?"

"그랬지."

"그래서 만들어 왔는걸요."

"내가 먹고 싶은 건 그게 아니라네."

그럼요? 무슨 토마토수프가 먹고 싶은 건데? 뭔가 특별한 재료를 넣어야 하는 건가 싶어 묻자, 어르신에게선 쌀쌀맞은 대답이 돌아왔다.

"그건 자네가 직접 찾아봐야 하는 거 아닌가?"

결국 난 소득 없이 얌전히 방을 나섰다.

하지만 그다음에 만들어 간 토마토수프도 거절당했다. 수프 안에 들어간 감자가 맛을 해친다는 게 이유였다. 그 뒤로도 수프를 끓이고, 또 끓여서 준비해 갔으나 어르신은 딱 한 입만 먹고 옆으로 치워 버렸다. 그러곤 매번 똑같은 말을 했다.

'맛없네. 다시 만들어 오게.'

수저가 그릇에 부딪치며 요란스런 소리를 만들었다. 그릇 안에 담긴 수프에선 여전히 김이 모락모락 피어오르고 있었다. 하지만 어르신은 냉정히 그릇을 옆으로 치우고는 천으로 입가를 쓱 닦았다. 마치 식사를 끝냈다는 양. 그러나 그릇 안의 수프는 조금도 줄어들지 않았다.

내 눈치를 살피던 존이 도움의 손길을 내밀었다.

"이거라도 드셔야 기운이 나시죠."

"흥. 빈말은. 이딴 걸 먹고 탈 나면 누구 좋으라고."

하지만 어르신은 냉정했다. 나가라는 듯 손을 한 차례 휘젓고는 곧장 침대에 몸을 눕혔다.

그에 존이 수프 그릇을 들고 난감하다는 듯 날 흘끗 보았다. 난 경련이 날 정도로 입꼬리를 끌어 올린 채 어르신을 응시했다.

어르신은 까다로웠다. 좋게 말하면 그렇다. 벌써 몇 번째 토마토수프인지 모른다.

조미료 맛이 강하다며, 이딴 걸 어떻게 먹냐고 타박하던 게 어제저녁이었다. 그동안 몸이 안 좋아 식사를 제대로 하지 못했으니, 맛이 너무 강하게 느껴졌나 싶어 이번엔 간을 약하게 했다. 그랬더니 밍밍하다며 멀찍이 치워 버리는 게 아닌가.

토마토수프가 먹고 싶다고 했으면서, 정작 만들어 주니 제대로 먹지 않고 있었다. 결국 애써 끓인 수프를 또다시 거절당하고 방을 나갈 수밖에 없었다.

오후에 에단이 잘 지내냐는 편지를 보내왔다. 그에 장문의 편지를 보낸 끝에 에단이 가장 품질이 좋다는 토마토를 보내 주었건만 어르신은 또 한 입 먹고 그대로 치워 버렸다.

엠마에게 비법을 배워 열심히 끓였는데, 노력이 한순간에 외면당했다. 어르신은 그런 날 보고 흥 콧김을 뿜으며 몸을 옆으로 돌릴 뿐이었다. 나에 대한 저항이었다. 난 얼마 없는 참을성을 모조리 끌어모으기 위해 노력했다. 저 못된 할아버지!

다음 날 다시 수프를 끓이는데 한숨이 푹 나왔다. 이제 토마토라면 신물이 나올 거 같았다. 맑은 수프를 노려보며 한숨을 깊게 내쉬었다. 그런 내게 엠마가 쭈뼛거리며 다가왔다.

"오늘도 안 드셨나요?"

"네. 도와주셨는데 죄송하네요."

"아니에요. 사실…… 이 말씀을 드려야 할지, 말아야 할지 고민을 많이 했는데."

평소 그녀답지 않게 나와 시선도 맞추지 못하고 말을 머뭇거렸다. 난 의아해하며 이어질 말을 기다렸다. 곧 엠마가 결심한 듯 날 바라봤다.

"주인님은 토마토를 안 좋아하세요."

"예?"

"처음 토마토를 드셨을 때, 비위 상한다고 하신 뒤로는 한 번도 입에 대지 않으셨어요. 밖에 나가셔서도 마찬가지고요."

"……"

그때 막 냄비 안에 있던 수프가 보글보글 끓는 소리를 냈다. 냄비에서 뜨거운 열기가 뿜어져 나왔다. 하지만 내 머릿속은 차갑게 식어 버렸다.

내가 밉다는 건 안다. 마음에 들지 않는다는 것도 잘 안다. 내 주제를 알라는 말에도 반박하지 않았다. 하지만 난 정말 잘하고 싶었다. 기꺼이 토마토수프를 만들겠다고 했던 건, 어르신의 마음에 들고 싶어서였다. 그 마음을 담아 정말 열심히 만들었다. 손끝에 토마토 물이 들어 벌게지고, 아침저녁으로 토마토 냄새만 맡아 질려 버렸지만 그래도 노력했다. 하지만 어르신은 그런 내 노력을 무참히 내던졌다.

난 어르신의 방문을 톡톡 두드린 뒤 문을 열어젖혔다. 침대에 앉아 있던 어르신이 읽던 책을 내려놓고 익숙하게 날 맞이했다. 난 태연함을 가장한 채 어르신에게 다가갔다.

침대 옆에 세워 두었던 작은 식탁을 올렸다. 거동이 불편한 어르신은 대부분의 시간을 침대에서 보냈기에, 식사도 주로 침대에서 했다. 그걸 위해 준비된 탁자에 가져온 쟁반을 내려놓았다. 쟁반 위에 놓인 그릇에는 따뜻한 열기를 뿜어내는 묽은 콩수프가 담겨 있었다.

"콩수프입니다."

"이제 포기했나 보지."

계속 토마토수프를 내오다, 오늘은 다른 수프를 가져온 걸 보고는 어르신이 비웃듯 말했다. 난 그런 어르신을 보다가 침대 옆 의자에 앉았다.

"왜 그러셨어요."

"뭘 말인가."

수저를 들어 콩수프를 한 입 떠먹은 어르신이 미미하게 얼굴을 구겼다.

"토마토수프요. 어르신은 토마토를 입에 대지도 않으신다고 들었습니다. 그런데 왜 저한텐 토마토수프가 드시고 싶다고 하셨어요? 전 뭣도 모르고 계속 토마토수프만 만들었잖아요."

"먹고 싶으니 말한 거지."

태연히 내뱉는 말에 난 실망감을 숨길 수 없었다.

"토마토를 싫어하신다면서, 어떻게 토마토수프가 드시고 싶을 수 있어요?"

"난 거짓말한 적 없네만."

거짓말이다. 눈앞에서 거짓말을 늘어놓고도 어르신은 뻔뻔했다. 싫어하는 음식을 백날 만들어 봤자 어르신 입맛에 맞을 리 없었다. 세상에서 최고로 음식 솜씨가 좋은 요리사를 데려온다면 모를까, 내 실력으론 무리였다.

"제가 그 정도로 마음에 안 드세요?"

억울했다. 분했다. 그래서 솔직히 물었다. 이미 답은 정해져 있다는 걸 아는데도.

"마음에 안 들지. 그것도 아주 많이. 내 손녀딸이 되고 싶어 했던 그 뻔뻔한 낯짝이 꼴도 보기 싫을 정도로. 난 자네가 싫다네."

"……."

역시나 예상했던 말이 돌아왔다.

"왜. 자네가 노력하면, 내가 손녀딸 취급이라도 해 줄 거라 생각했나?"

어르신은 내 속을 후벼 파는 말을 이어 갔다. 더 이상 아무렇지 않게 대꾸하고 싶지 않았다. 주먹 쥔 손이 부들부들 떨렸다. 이대로 있다가는 무례한 짓을 저지를 것 같았다. 난 자리에서 일어나 방을 빠져나갔다.

심상치 않은 분위기를 느꼈는지, 방 밖에서 지켜보고 있던 엠마와 존이 날 보곤 당황스러워했다. 난 그들을 지나쳐 계단을 내려갔다.

먹고 싶은 걸 만들어 주겠다고 내가 먼저 제안했다. 거절이 돌아왔지만, 다시 물어보았다. 그 과정에서 아픈 척도 했다. 그제야 어르신은 먹고 싶은 걸 말해 주었다. 사실, 어르신은 잘못이 없었다. 설사 어르신이 싫어하는 음식을 말했다 할지라도 그걸 곧이곧대로 믿은 내가 잘못한 거였다. 애초부터 어르신은 내게 호의적이지 않았으니까. 다만, 순수하게 걱정했던 마음마저 배반당해 속상할 뿐이었다.

저택을 나오자마자 뒤쪽으로 향했다. 쪼그려 앉아 벽에 몸을 기댔다. 흥분된 숨을 고르며 하늘을 올려다봤다. 푸른 하늘을 보니 기분이 좀 나아졌다.

한참 하늘을 보며 마음을 추슬렀다. 어느 정도 안정을 되찾고 고개를 내리자, 맞은편에 있는 아담한 크기의 화단이 눈에 들어왔다. 어기적 걸어 그 앞에 앉았다. 괜히 모래를 이리저리 헤쳤다. 마른 모래가 손가락 사이로 부스스 떨어져 내렸다.

그때 갑자기 옆에서 발소리가 들려왔다.

"여기 계셨네요."

엠마였다. 내 곁으로 다가온 그녀가 숨을 골랐다.

"여기 계신 줄 모르고 한참 찾았네요."

"아, 죄송합니다."

혹시 날 쫓아왔던 걸까? 꼴사나운 모습을 보이기 싫어 무작정 나왔던 건데, 괜히 걱정을 끼친 것 같아 미안해졌다. 난 안절부절못하며 몸을 일으켰다. 양손에 묻은 흙이 후둑 떨어져 내렸다. 그런 날 보던 엠마의 시선이 문득 내가 만지작대던 화단으로 향했다.

"여긴 텃밭이에요."

"네?"

엠마가 손으로 화단을 가리키며 말했다. 난 그제야 화단의 정체를 알게 되었다. 텃밭이라고 하기엔 크기가 작았고, 마른 모래뿐이라 전혀 예상치 못했다.

엠마가 내 옆에 몸을 굽혀 앉았다.

"아가씨가 어릴 적에 만들었던 텃밭이에요. 가지나 당근 같은 야채 씨앗을 심고 키워서 먹곤 했죠. 아가씨가 돌아가신 뒤로도 신경 써서 돌보았는데, 작년에 강한 비바람이 불어 작물이 모조리 쓸려가 버리는 바람에 이렇게 되어 버렸네요."

엠마가 씁쓸히 웃으며 텃밭에 덩그러니 남아 있는 마른 이파리를 집었다. 그녀의 얼굴은 추억에 젖어 들고 있었다. 난 뒤쪽에 놓인 의자를 바라봤다. 그리고 지난번 그곳에 앉아 있던 어르신을 떠올렸다. 그러고 보니 어르신은 자주 그곳에 앉아 있던 듯했다.

'여기서 보는 게 가장 좋았다네.'

어르신은 저 의자에 앉아 살아생전 텃밭을 가꾸던 플로렌스를 떠올리고 있던 걸까.

"주인님이 너무 못되게 구시죠? 죄송해요. 마음의 상처가 깊으셔서 그러시는 것이니 너그럽게 이해해 주세요."

"아니, 괜찮아요. 싫어하는 음식이어도 그 당시에는 드시고 싶으셨을 수도 있는데, 제가 성급했던 거 같아요."

"저도 잘 말씀드려 볼게요. 도움이 될 수 있도록."

그녀가 뭘 말하는지 단번에 알아챘다. '에단이 한 부탁'에 대해 말하는 거였다. 난 퍼뜩 놀라며 양손을 마구 흔들었다.

"아니에요. 그러지 않으셔도 돼요."

정말 그러지 않아도 된다. 그것 때문에 여기 있는 게 아니었다. 에단을 따라 우연히 이곳에 오게 되었고, 사정이 생겨 우연히 하룻밤 묵게 되었으며, 또 우연히 며칠 더 머무르게 된 것뿐이었다. 플로렌스 크리스토퍼로 살아가기 위해 이곳에서 지내고 있는 것은 결코 아니었다. 그런 마음은 전혀 없었다.

당황해 휘젓는 내 손을 엠마가 조심히 잡아 쥐었다. 그러곤 자신의 앞치마로 내 손에 묻은 흙을 닦아 주었다. 하얀 앞치마가 흙으로 더러워지는 걸 본 내가 이러지 말라고 했음에도 아랑곳하지 않는다.

"저 같은 아랫것들이 뭘 제대로 아나요. 살다 보면 여러 일들을 겪게 되고, 그러다 보면 무슨 일이 벌어지든 받아들이게 되는 거죠. 주인님이 떠나시면 어차피 아가씨 혼자 남게 되셔서, 주인님도 고민이 깊으셨어요. 어쩌면 이 또한 운명일지도 모르죠."

그녀의 손길만큼이나 다정한 목소리였다. 자세하게는 아니지만, 아마 내가 그들이 소중히 했던 아가씨의 신분을 대신하려고 했다는 걸 알아챘을 것이다. 그럼에도 그녀의 얼굴에선 비난의 기색은 조금도 보이지 않았다.

"포기하지 말아 주세요."

오히려 내게 정중히 부탁을 해 온다.

손안의 흙은 그녀의 손길에 의해 멀끔히 사라졌다. 깨끗해진 손을 한 차례 훑는 시선이 따스하다. 내게 와닿는 호감이 무겁게 느껴졌다. 자신의 더러워진 앞치마를 정리하던 엠마는 문득 작게 웃으며 '옛날에 아가씨도 자주 손에 흙을 묻히셔서 이런 식으로 닦아 주었다'고 말해 주었다. 그에 난 뭐라 할 수가 없었다.

엠마와 다시 저택으로 돌아가는데 존이 정문 앞을 서성이고 있었다. 그는 엠마와 함께 오는 날 발견하곤 안도한 얼굴이었다. 존도 날 찾아다녔는지 거친 숨을 몰아쉬고 있었다. 난 더욱 미안해져 연신 허리를 굽혔다.

그리고 나가는 게 아니었다. 어르신과 좀 더 대화를 했어야 했다. 너무 즉흥적이었던 행동을 반성하며, 그들과 같이 다시 어르신의 방으로 향했다. 노크를 한 뒤, 정중히 말을 건네고 문을 열자 깜짝 놀랐다.

"어르신!"

어르신이 가슴께를 움켜쥔 채 바닥에 쓰러져 있었다.

결국 우려했던 일이 벌어졌다. 존은 곧장 의사를 부르러 갔고, 나와 엠마는 어르신의 곁을 지켰다. 곧 의사가 찾아왔다. 허겁지겁 달려왔는지 흐트러진 복장의 의사가 안경을 고쳐 쓰고는 어르신의 상태를 살폈다.

"일시적으로 통증을 느끼신 것 같습니다. 며칠 새 몸도 많이 쇠약해지셨고, 아무래도 마음의 준비를 하셔야 할 것 같습니다."

그 말에 엠마가 울음을 터트렸다. 존이 그녀를 품에 안고 달래 주었다. 난 그들의 뒤에 서서 조금 전 어르신과 날카롭게 대화를 나눈 걸 후회했다.

쓰러진 어르신은 하루가 지나도록 눈을 뜨지 못했다. 난 엠마, 존과 함께 하루 종일 어르신의 곁을 지켰다.

밤이 되자 엠마는 나에게 방으로 돌아갈 것을 제안했다. 아무리 그래도 손님을 고생시킬 수는 없다며, 그녀가 단호히 말해서 난 어쩔 수 없이 걸음을 옮길 수밖에 없었다.

하지만 방으로 돌아가서도 자는 둥 마는 둥 했다. 결국 잠을 이루지 못하고 이른 새벽에 다시 어르신의 방으로 향했다. 아직 해가 뜨지 않은 방 안을 램프 등의 불빛이 은은하게 비추고 있었다. 존과 엠마는 소파에 앉은 채 잠이 들어 있었다.

난 근처에 있는 담요를 그들의 몸에 덮어 주고는 침대 앞 의자에 앉았다. 눈을 감고 잠든 얼굴은 고요했고, 혈색이라곤 찾아볼 수 없어서 보는 것만으로도 불안하게 느껴졌다. 시트에 가려진 가슴이 오르락내리락했다.

그때, 어르신이 작게 신음했다. 난 다급히 몸을 일으켰다.

"어르신, 어르신."

어깨를 잡아 흔들자 곧 어르신이 눈을 떴다. 눈꺼풀이 무거운지 눈을 뜨는 것조차 힘들어 보였다.

"많이 편찮으세요? 의사를 부를까요?"

"……"

"제가 누군지 알아보시겠어요?"

내 물음에 어르신이 입술을 달싹였다. 뭐라 말하는 것 같은데 소리가 미약하다. 난 고개를 숙여 어르신의 입가에 귀를 댔다.

"……애야."

"예?"

"플로렌스…… 아가……."

난 입을 다물고 어르신을 바라봤다. 어르신이 마른 입술로 더듬더듬 플로렌스를 불렀다. 미약한 목소리에 담긴 건 그리움의 외침이었다. 무엇을 잡으려는지 어르신이 부들거리는 손을 허공으로 뻗었다. 난 멍하니 그걸 보다가 조심히 손을 잡았다. 내 손을 맞잡는 힘은 너무도 약했으나, 절대 놓지 않겠다는 의지가 엿보였다.

어르신의 주름진 눈가로 한 줄기의 눈물이 흘러내렸다. 어르신이 눈꺼풀을 깜빡거렸다. 금방이라도 눈을 감을 것 같아 불안하게 느껴졌다.

"미안하구나……."

그건 힘겹게 토해 내는, 참회의 말이었다.

다음 날, 다행히 어르신은 눈을 떴다. 엠마와 존이 어르신에게 달려들었다.

"주인님!"

"다행입니다. 정말 다행이에요!"

눈물을 글썽이며 안기는 두 사람의 행동에 잠시 당황해 하던 어르신이 언제나처럼 쌀쌀하게 말했다.

"답답하네. 저리 비키게."

그리고 냉정히 두 사람을 밀쳐 버렸다.

"배고프시죠? 시간은 좀 늦었지만, 저녁 식사를 준비하겠습니다."

"그보다 씻을 물을 준비해 주게나."

"네."

엠마가 물을 가지고 오기 위해 떠나자, 방 안에 무거운 공기가 내려앉았다. 난 양손을 잡고 멀뚱히 서 있었다. 어르신은 그런 날 흘끗 보기만 할 뿐 별다른 말은 하지 않았다. 눈치를 살피던 존마저 급한 볼일이 생겼다며 방을 나가 버렸다.

두 사람이 떠나고도 난 가만히 서 있기만 했다.

"……냄새."

그러다 어르신이 한마디를 흘렸다.

"냄새가 나는구먼."

"아, 죄송합니다."

난 탁자 위에 올려 두었던 쟁반을 챙겼다. 전날 만든 토마토수프였다.

어르신은 토마토를 싫어한다고 했지만, 먹고 싶은 건 거짓말이 아니라고 해주었다. 그 말을 믿고 싶었다. 그래서 어제저녁에 부엌으로 내려갔다. 토마토수프를 다시 만들려고. 의미 없는 행동인 줄 알지만 내가 할 수 있는 일이 이것밖에 없었다.

남은 재료가 얼마 없었다. 재료를 모조리 꺼내 수프를 만들어 갔다. 곧 냄비 속에서 끓는 수프는 딱 한 사람분이었다. 그걸로 충분했다. 수프를 조심히 그릇에 담고, 수저를 챙겨 어르신의 방으로 향했다. 어르신이 깨어나면 이 수프를 드릴 수 있도록 준비해 두었다.

하지만 수프는 이미 차갑게 식어 있었다. 게다가 조금 전 상태를 확인하기 위해 한 입 먹어 본 수프는 맛이 형편없었다. 그제야 제정신이 아닌 채로 끓여 맛도 제대로 보지 못했다는 걸 깨달았다. 미처 치우지 못했었는데, 차라리 잘됐다는 생각에 쟁반을 들고 몸을 돌렸다.

"잠깐."

그런데 어르신이 날 불러 세웠다.

"이리 가져오게나."

어르신이 정확히 날 보며 그리 말했다. 이게 뭔지 아는 걸까. 하지만 난 망설여졌다.

"죄송해요. 이건 맛이 없어요. 식기도 했고."

이런 맛없는 걸 줄 순 없었다. 게다가 어르신이 정말 토마토를 싫어한다면 이걸 먹고 몸이 더 안 좋아질까 봐 걱정됐다.

내가 머뭇거리는 사이, 어르신이 손수 침대 옆에 둔 작은 탁자를 들어 올렸다. 그러곤 날 멀뚱히 바라봤다. 더욱 난감해졌다.

"다른 걸 만들어 올게요."

"됐네. 굶었더니 배고파서 아무거나 상관없네. 간단히 입맛만 돋울 거니 이리 내려놓게."

"하지만……."

"언제는 잘 만들었다고 그리 망설이는 겐가? 나도 자네의 거짓말을 이미 알고 있어."

내 거짓말?

"음식 솜씨 좋다는 거짓말 말이야."

그건 거짓말 아닌데……. 하지만 까다로운 어르신의 입맛엔 내 솜씨가 형편없게 느껴졌나 보다. 그래서 더욱 망설여졌다.

어르신이 얼른 수프를 가져오라고 눈짓했다. 그래도 내가 움직이지 않자 직접 몸을 움직이시려고 하기에 어쩔 수 없이 쟁반을 탁자에 내려놓았다. 덮개를 열자 차게 식은 수프는 토마토를 별로 넣지 못해 눈으로 보기에도 맛이 없어 보였다.

하지만 어르신은 아랑곳하지 않고 수프를 한술 떠 입에 넣었다. 난 어르신이 먹자마자 화를 낼 거란 생각에 마음이 무거웠다. 얌전히 서서 어르신의 호통 소리를 기다렸다. 그런데 어르신은 호통 대신 차분히 수프를 떠먹었다.

"맛있으세요?"

"맛없네. 내가 먹어 본 것 중 가장 맛없어."

"그럼 드시지 않으셔도 돼요."

난 재빨리 손에 든 덮개를 들어 보였다. 여차하면 저 수프 그릇을 덮을 생각이었는데 어르신이 묵묵히 수프를 수저로 떴다.

"날 걱정해 만들어 준 게 아닌가."

그 말에 안절부절못하던 걸 멈췄다. 수저가 그릇에 부딪치며 달칵 소리를 냈다.

"어느 날엔가 손녀가 토마토수프를 만들어 주었지."

어르신이 멀건 수프를 내려다봤다.

"저택 뒤편에 만든 작은 텃밭에서 열린 토마토로 만들어 준 수프였지. 엠마에게 배웠다면서, 고 작은 손으로 서툴게나 만든 수프는 맛이 형편없었다네. 그때 내가 뭐라고 했는지 아는가?"

갑작스런 질문에 난 느릿하게 고개를 저었다. 어르신이 힘들게 웃었다.

"이딴 걸 누가 먹냐며 못된 소리를 뱉었지."

난 숨을 삼켰다. 허공을 보는 어르신의 시선은 세월을 거슬러 가고 있었다.

"그날 손녀가 지었던 표정을 잊을 수가 없다네. 실망에 가득 차 금방이라도 울 것 같은 얼굴로 애써 웃어 주었지. 그런 아이였다네. 상처받아도 티를 내지 않는 아이였어."

그때를 회상하듯 어르신이 멀건 수프를 휘저었다. 그제야 난 어르신이 먹고 싶어 했던 토마토수프가 저택 뒤편의 텃밭에서 자란 토마토로 만든 수프란 걸 깨달았다. 아니, 어르신은 손녀딸이 만들어 준 수프를 먹고 싶었던 건지도 모른다.

"죄송해요."

그건 내가 만들어 줄 수 없는 음식이었다. 내가 좋게 보이고 싶어 한 행동이 도리어 어르신을 불편하게 만든 것 같아 마음이 무거웠다. 그에 어르신이 날 바라봤다.

"자네, 이름이 뭔가."

어르신이 처음으로 내 이름을 물었다. 난 잠시 고민하다 답했다.

"레이아나 클램입니다."

에단이 줬던 것 중 내가 택한 신분의 이름이었다. 내 이름을 말할까 하다가 앞으로 살아가야 할 이름을 댔다. 돌이켜 보니 여기 사람들은 내가 누군지, 이름이 무엇인지 묻지 않았었다. 그저 '아가씨'라고 부를 뿐이었다.

그런데 어르신의 눈가가 불만스럽게 좁혀 들었다.

"자네 진짜 이름 말일세."

"……."

어떻게 알았을까? 에단이 말해 주었던 걸까. 난 우물쭈물하다 나직하게 읊었다.

"폴라입니다."

"성은 없나?"

"없습니다."

"그래, 폴라. 폴라라."

어르신이 부르는 내 이름이 낯간지럽게 들렸다. 난 뒷덜미를 긁었다.

"이름에 의미가 있나?"

"의미는 딱히……."

이런 질문을 한 사람은 처음이라 좀 당황했다. 특별한 의미랄 것도 없었다. 하지만, 들은 말은 있었다. 대답을 머뭇거리자, 내 망설임을 알아챈 어르신이 인자하게 물었다.

"말해 보게나."

"……어머니가 절 낳으실 때 상황이 여의치 않았다고 했습니다."

깨진 물통에 물을 채우는 것처럼 아무리 노력해도 가난을 메꿀 수가 없었다. 그 와중에 갖게 된 자식. 하루하루 배가 부풀어 오르던 어느 날 갑작스레 산통이 시작됐고, 어미는 일하다 말고 근처에 있는 낡은 마구간으로 뛰어 들어갔다고 한다. 그나마 같이 일하던 아낙네의 도움을 받아 출산을 시작했다. 하지만 아이를 낳기엔 너무 안 좋은 환경이었다.

"아이를 낳아도 금방 죽을 거라고 생각하셨대요. 그런데 생각과 달리 멀쩡히 잘 태어났다고. 갓 태어난 절 안고 있던 어머니가 문뜩 벽면을 바라보았는데, 갈라진 벽면 틈새로 내리쬐는 햇살에 마구간을 부유하는 먼지가 보였대요. 품에 안긴 아기는 아주 작았고, 그 아기가 앞으로 살아가게 될 인생이 저 흙먼지와 다를 바 없을 것 같다는 생각이 들어서, 먼지가 나는 인생이란 의미로 '폴라'라고 지어 주셨어요."

아이에게 붙여 줄 만한 이름은 아니지만, 그 이름을 받은 아이의 인생은 그녀가 생각한 대로 흘러갔다. 어찌 보면 적절한 이름이기도 했다. 아비의 폭력에 눈물을 흘리던 어미가 한편에 쭈그려 앉아 있는 날 보며 자조하듯 말했었다.

'불쌍한 년.'

그 순간, 어미는 자신과 비슷한 인생을 살아갈 딸을 동정했을지도 모른다.

말하고 나니 역시나 좋지 않은 이야기였다. 난 슬쩍 어르신의 눈치를 살폈다. 이런 게 내 손녀딸이 된다니 어림도 없는 소리라고 화를 내려나. 그러나 내 걱정과 달리, 어르신은 날 보며 슬픈 표정을 짓고 있었다.

내게 와 닿는 시선이 거북했다. 난 슬쩍 시선을 피했다.

어르신이 침대 옆 의자를 가리켰다.

"이리 가까이 앉아 보게나."

그답지 않은 상냥한 목소리였다. 난 움직이지 않고 어르신을 흘끗거렸다. 어르신은 차분히 날 기다렸다. 난 주춤거리면서 의자에 엉덩이를 붙여 앉았다. 괜히 더 고개를 숙이고 있는데, 문뜩 어르신이 내 손을 조심스레 움켜쥐었다.

"고생을 많이 했구먼."

어르신의 눈동자가 내 손을 훑었다. 사람의 손은 자라 온 삶을 숨길 수 없게 만든다. 내 손은 거칠고 울퉁불퉁해서 누가 봐도 고된 일을 한 티가 났다. 귀족 아가씨와는 어울리는 손은 아니었다. 어쩐지 어르신에게 보이면 안 될 거 같아 손가락을 꼼지락댔다.

"힘들었을 테지. 고됐을 게야."

"아니에요."

"부끄러워 말게나. 고되지 않은 삶이 어디 있겠나."

손등을 살며시 문지르는 손길이 제법 따뜻했다. 어르신의 손은 나보다 크고 딱딱했지만, 세월의 주름이 짙게 남아 있었다. 그의 손안에 그어진 주름만큼 많은 사람들이 어르신을 만나고 떠났을 테지.

"죽을 때가 되니 오만 가지 생각이 다 들더군. 과거를 후회하고 현재를 원

망하게 되네. 하루에도 수십 번씩 마음이 왔다 갔다 해. 주로 못된 생각을 하게
되지. 이마를 그리 만들어 미안했네. 나쁜 의도는 아니었어."

"아니에요."

"내 손녀딸의 신분이 필요하다고 했었지."

어르신이 이 모든 상황의 시초였던 문제를 거론했다. 난 재빨리 고개를 저었
다.

"어르신, 오해 마세요. 저는 애초부터 그럴 마음으로 온 게 아니었어요. 정
말입니다."

"후회하지 않겠는가?"

"네?"

"자네의 인생이 아닌 다른 사람의 인생을 살아도 괜찮냐는 소리일세."

이곳에 오기 전, 이미 여러 번 들은 질문이었다. 하지만 어르신에게도 이런
말을 들을 거라곤 생각지 못해 눈을 껌뻑였다.

"제겐 이미 과분한 일인걸요."

"그런 걸 말하는 게 아니네. 누군가의 삶을 뒤집어쓰고 살아가는 것을 말하
는 거야."

"……."

"나 자신이 사라진 삶을 살아도 후회하지 않겠나?"

나 자신이 사라진 삶? 그 순간, 엠마와 존에게 어르신이 음식을 먹기 힘들어
한다고 말하던 날이 떠올랐다. 동생들을 떠올렸지만, 끝내 입 밖으로 내뱉지 못
했던 순간을.

누군가 뒤통수를 내려친 기분이었다. 그렇구나……. 마음속 한편에 남아 있
던 찝찝함의 정체가 그것이었구나. 다른 신분으로 살아가지만, 그건 결코 '내'
가 아닌데. 이제는 '나'라는 사람이 될 수 없게 되는 건데.

자세히 생각해 보지 않았다. 그냥 귀족 교육을 받으며 막연히 새로운 신분으
로 살아간다고만 여겼다. 하지만 어르신은 내 얼굴을 보곤, 내가 놓친 부분을
지적하듯 말을 꺼내 놓았다.

"앞으로 다른 사람의 이름으로 불리고, 생활하고, 추억되며 원래 자신은 이 세상에서 영영 사라져 버릴 테지. 자신은 토마토를 싫어하는데 뒤집어쓴 신분의 사람이 토마토를 좋아한다면, 남들 앞에서 억지로 토마토를 맛있게 먹어야 할 게야. 반대로 내가 좋아했던 음식을 더 이상 남들 앞에서 먹을 수 없게 될 수도 있는 게지."

"……."

"다른 사람으로 살아간다는 건 그런 거라네. 떠난 사람이 불쌍한 게 아니야. '나'로 살아갈 수 없는 사람이 불쌍한 거지."

어르신은 그리 말하며 아주 안타까운 얼굴을 했다.

"한번 잘 생각해 보게나. 그런 삶이 정말 괜찮은 건지."

어르신은 수프를 바닥까지 먹었다. 이번엔 어르신이 말한 맛이 형편없는 수프가 맞았는데도 모두 해치워 주었다.

'수프는 아주 잘 먹었네.'

처음으로 받은 칭찬이었다. 하지만 마냥 기뻐할 수 없는 건, 어르신과 했던 대화 때문이었다. 어르신은 내가 막연히 생각하고 있던 잘못을 깨닫게 만들었다.

그냥 잘 해결된다면, 뭐든 괜찮다고 생각했는데. 빈센트와 같이 밤하늘을 올려다보며 행복을 속삭이는 것만이 앞으로 남은 즐거움이라 생각했는데. 어쩐지 기분 좋게만 보였던 맑은 하늘이 답답하게 느껴졌다.

언제나처럼 아침 식사를 하러 식당으로 내려갔는데, 생각지도 못한 광경을 보고 멈칫했다.

기다란 식탁 끝에 어르신이 앉아 있었다. 그의 앞에 따끈한 콩 수프가 열을 뿜어냈다. 너무 놀라 나도 모르게 문 앞에 멈춰 서 있는 사이, 어르신은 날 흘끗 보더니 별다른 반응 없이 수프를 떠먹는 게 아닌가.

어르신과 식사 자리를 함께하는 건 처음이었다. 존이 익숙하게 어르신의 맞은편에 있는 의자를 꺼내 주었다. 난 주춤거리며 그곳에 앉았고, 엠마가 준비해 준 수프를 떠먹었다. 그렇게 어색하기만 한 식사를 이어 갔다.

낮게 에단이 보낸 남자가 다시 방문했다. 이번에도 편지였다.

[아무래도 불편할 거 같아서, 이참에 개인 별장을 청소해 달라고 지시해 뒀어요. 편지를 전해 준 사람이 길을 안내해 줄 테니 그곳에서 지내면 돼요. 상황이 해결되면 바로 부르도록 할게요.]

에단은 내가 여기서 구박받으면 살 거라 걱정됐나 보다. 남자가 한 걸음 다가오더니 짐이 어디 있냐고 물었다. 2층 복도 맨 끝 방이라고 말하니, 함께 있던 존이 남자를 인도했다. 남자가 존을 따라 계단을 올랐다. 나도 그 뒤를 따랐다.

2층으로 올라 곧장 복도 끝으로 향하던 중, 다른 목소리가 들려왔다.

"무슨 일이지."

가운을 걸치고, 지팡이를 짚고 서 있는 건 어르신이었다. 소란을 듣고 잠시 나온 듯하다. 남자가 어르신을 보곤 정중히 인사를 했다.

"저 사람은 누군가."

"크리스토퍼 가문에서 보낸 사람입니다. 아가씨의 짐을 챙겨 간다고 하더군요."

존의 설명에 어르신이 다시 남자를 바라봤다.

"본가로 돌아가는 건가?"

"아닙니다. 근처 크리스토퍼 가문의 별장으로 데려가라고 하셨습니다."

"음."

잠시 고민하는 듯 신음을 흘린 어르신이 말을 이었다.

"됐네."

"예?"

"여기서 지내게나."

생각지도 못한 말에 난 눈을 동그랗게 떴다. 내가 지금 제대로 들은 게 맞나? 눈앞에 있는 사람이 내가 알던 어르신이 아는 것 같았다. 나만 느낀 게 아닌지, 존도 입을 헤 벌리고 어르신을 보고 있었다. 어르신을 따라 나온 엠마도 놀라움을 감추지 못했다.

"하, 하지만."

어르신이 지팡이로 바닥을 탁탁 치며 남자의 말을 끊었다.

"잔말 말고 돌아가게나."

"······알겠습니다."

어르신이 불편한 심기를 드러내자, 남자가 바로 꼬리를 내렸다. 허리를 굽히자 어르신이 다시 지팡이를 탁탁 치고 몸을 돌렸다. 그러다 나와 시선이 부딪쳤는데, 그냥 흘끗 보고 방으로 쏙 들어가 버린다. 엠마도 한 박자 늦게 어르신을 따라 방으로 들어갔다.

그때 얼떨떨하게 서 있던 존이 한마디를 흘렸다.

"주인님 상태가 많이 안 좋으신가······."

□ ◆ □

결국 남자를 보내고, 난 다시 이곳에서 지내게 되었다. 갑자기 무슨 심경의 변화가 있으셨는지는 모르겠으나, 어쨌든 내게 나쁜 건 아니었다. 굉장히 놀라긴 했지만. 아마 에단이 보고를 받는다면 그 또한 굉장히 놀랄 것이다.

내가 더 머물게 된다는 소식을 듣고 엠마가 물었다.

"며칠 지내게 되실 텐데 방이 많이 불편하지 않으세요? 아무래도 가장 구석진 곳에 있기도 하고, 불편하시면 좀 더 볕이 좋은 방으로 준비해 드릴게요."

"저는 그 방에서 지내도 불편하지 않아요. ······어르신이 괜찮으시다면요."

오히려 내가 그 방을 쓰는 데 조심스러움이 있었다. 그래서 나직하게 묻자, 엠마가 푸근하게 웃었다.

"그럼요. 주인님도 괜찮다고 하셨는데요."

그건 좀 놀라운 말이었다. 분명 어르신이 싫어할 줄 알았는데 말이다.

"그건 뭔가요?"

그때, 엠마가 방 한쪽에 쌓인 상자들을 가리켰다. 나도 그쪽을 보며 답했다.

"아, 선물을 보내 주셨어요."

남자는 편지와 함께 에단이 보낸 선물도 전해 줬다. 열어 보니 엄청 난 양의 상자 안에는 원피스와 잠옷, 속옷, 구두, 각종 액세서리가 담겨 있었다. 하나같 이 눈이 휘둥그레질 정도로 값어치가 높은 것들이었다. 방 한편에 쌓이는 선물 상자를 보면서 난 입을 크게 벌렸다.

만지면 혹 찢어질까 봐 투명한 레이스 달린 하얀 원피스를 눈으로만 바라보 는데, 엠마가 가까이 다가왔다.

"도와드릴게요."

"네? 네……?"

그녀가 나 대신 하얀 원피스를 상자에서 꺼냈다. 괜찮다고 말했지만, 그녀가 날 돌아보며 눈짓하기에 우물쭈물 입고 있는 옷을 벗었다. 내가 뭉그적거리니 그녀가 적극적으로 내 옷을 벗겨 냈다. 혼자 하겠다고 하는데도 그녀는 무덤덤 하게 자신의 일을 했다.

속옷까지 벗겨져 완전히 알몸이 되자 민망함이 치솟았다. 양손으로 가슴을 가린 채 몸을 웅크려 앉았다. 부끄러움에 얼굴이 벌게졌다. 그런 나와 달리 대 수롭지 않아 하던 엠마는 새로운 속옷을 가져오다가 눈을 크게 떴다.

"목이 왜 그러세요?"

목? 그녀가 내 목덜미를 뚫어져라 보고 있었다. 난 가슴을 가리고 있던 한 손을 떼어 목을 만지작거렸다. 뭔가 묻었나 싶다가 순간, 떠오르는 기억에 얼굴 이 홧홧해졌다. 아마 붉은 흔적이 남았을 부분을 손으로 가렸다.

"아, 그, 벌레에 물려서 그런가 봐요."

"벌레요? 방에 벌레가 있었나요?"

엠마가 와락 얼굴을 구겼다. 약을 뿌렸던 거 같은데 대체 어디서 벌레가 나 왔다고 묻기에, 예전에 지내던 곳에서 물렸다고 변명하니 그제야 엠마가 관심 을 떨어뜨렸다.

그녀가 건네준 속옷을 어찌 받아 입고, 코르셋까지 조인 뒤 원피스를 걸쳐 입었다. 엠마가 자연스럽게 등 뒤로 가서 끈을 묶어 주었다. 강한 조임에 몸이 연신 비틀거렸다. 그 뒤에 그녀가 무릎을 꿇고 자신의 무릎에 내 발을 올려 스타킹을 신겨 주는 모습에선 어쩔 줄 몰라 했다.

그렇게 구두까지 신은 뒤 엠마가 날 한 의자에 앉혀 머리 손질을 해 주었다. 꾸불거리는 머리카락을 가지런히 빗고, 하나로 따라서 둥글게 고정시켜 주었다. 머리를 만지는 손길에 몸이 움찔했다.

내가 시중을 들어 봤지, 누군가 내게 이런 시중을 드는 건 처음이었다. 낯선 경험에 자꾸 몸이 움츠러들고 어찌 반응해야 할지 모르겠다. 이러지 말라고 소리치고 싶은 마음을 꾹 눌러 참았다.

머리 손질을 끝내고 엠마가 날 거울 앞에 세웠다. 그제야 내 모습이 눈에 들어왔다.

발목까지 오는 길이의 하얀 드레스는 몸에 딱 맞았다. 양 소매와 치맛단에 레이스가 작게 달려 있어 과하지 않게 느껴졌다. 신고 있는 스타킹도 구두도 원피스와 아주 잘 어울렸다. 게다가 이 원피스는 목깃이 제법 길어 붉은 자국은 아슬아슬하게나마 가려주고 있었다. 평소 주체할 수 없어서 대충 묶었던 머리는 곱게 땋아서 둥글게 고정한 탓에 훨씬 깔끔해졌다.

엠마가 내 뒤에 서서 거울 속 나를 훑었다. 빼먹은 게 없는지 살피는 듯하다. 나도 내 모습을 쭉 훑어봤다. 어색하기 그지없었다. 분명 얼굴은 내가 맞는데, 내가 아닌 것 같다. 괜히 목깃을 만지작댔다.

"잘 어울리시네요."

엠마가 가볍게 칭찬을 해 주었다. 난 그저 머쓱해하기만 했다. 살에 닿는 재질이 조금의 꺼끌꺼끌함 없이 부드럽기만 하다. 치맛단을 쥐자 감촉이 생소하게 느껴졌다.

기왕 차려입은 김에 산책이라도 다녀오라며 엠마가 제안했다. 양손에 장갑을 끼고 양산을 들었다. 방을 나오다가 존이 날 보곤 활짝 웃었다.

"아주 잘 어울려요, 아가씨."

엠마와 마찬가지로 존도 칭찬을 아끼지 않았다. 난 조금 전보다 더 부담스러움을 느꼈다. 내게 낯선 칭찬도 칭찬이지만, '아가씨'란 호칭에 영 적응이 되지 않아서였다.

여기서 지내는 동안 엠마와 존은 날 꼬박꼬박 '아가씨'라고 불렀다. 계집, 추녀, 못생긴 난쟁이 등 여태 들었던 명칭과는 확연히 달랐다. 내겐 너무도 어울리지 않는 말 같다. 한평생 날 괴롭혔던 얼굴이 달라지는 게 아닌데, 내 작은 키가 자라고 몸매가 풍성해진 것도 아닌데도 그들은 날 '아가씨'라고 불렀다. 어쩐지 맞지 않은 옷을 입은 것처럼 몸이 갑갑했다.

저택 밖으로 나오다가 어르신을 만났다. 어르신이 잠시 놀라더니 날 위아래 훑었다. 그 시선에 괜히 머쓱해져 목덜미를 퍽퍽 긁었다.

"어딜 가세요?"

언제나처럼 대답을 기대하지 않고 던진 질문이었다.

"산책."

그런데 생각지도 못한 반응이 돌아왔다.

난 깜짝 놀라 어르신을 보자, 그는 뒷짐을 진 채로 철문으로 향했다. 문을 열고 나가는 걸 보니 진짜 산책이라고 가시는 길인가 보다. 난 고민하다가 한 박자 늦게 어르신을 따라갔다. 어르신은 자신을 따라오는 날 한 번 흘끗 보곤 별다른 말없이 길을 나설 뿐이었다.

길을 걷다 보니 제법 다른 건물들이 나왔다. 바깥에 나와 있던 사람들이 어르신을 보곤 알은척을 해 왔다.

"아이고, 어르신. 웬일로 나와 계시나요?"

"몸은 좀 괜찮아지신 거죠?"

"오늘 감자가 싱싱하게 열렸는데 하나 가져가세요."

어르신은 조금의 대꾸도 하지 않았지만, 사람들은 그런 어르신을 반갑게 맞이하며 말을 걸어왔다. 그리고 그들의 시선은 덩달아 어르신의 뒤를 따르는 내게까지 꽂혔다. 저 사람은 누구지? 하는 관심이 느껴졌다. 부담스러웠다. 난 머리에 쓰고 있는 모자를 앞으로 숙여 그 시선을 애써 피했다.

"오늘은 웬일로 아가씨도 함께 계시네!"

누군가 날 그리 불렀다. 그 명칭을 들은 사람들이 덩달아 날 '아가씨'라고 부르며 인사를 건넸다. 아가씨! 오랜만이네요, 아가씨! 자주 얼굴 봬요! 생전 처음 보는 사람들인데도 내게 알은척을 해 준다. 계속 듣다 보니, 사람들이 날 '플로렌스'로 오해하고 있음을 깨달았다. 당황스러웠으나 어르신은 별다른 해명을 하지 않았기에 난 긍정도 부정도 하지 못했다.

참으로 이상한 상황이 아닐 수 없다. '나'라는 사람이 달라진 것도 아닌데. 내 겉만 보고 사람들은 당연히 '아가씨'라 불렀고, 내가 누군지 굳이 묻지 않는다.

옷차림이 달라졌을 뿐인데 사람들의 취급도 달라졌다. 나는 어느새 '플로렌스 아가씨'가 되어 있었다. 그들은 내가 누군지, 진짜 내 이름이 무엇인지 묻지 않는다. 그건 너무도 불편하기 그지없었다. 분명 내게 과분한 옷을 입었는데, 숨통을 조이는 것 같았다.

인적이 드문 길에 들어서자 난 걸음을 멈췄다.

"왜…… 해명하지 않으세요?"

그에 앞서가던 어르신도 걸음을 멈추고 뒤돌아봤다.

"뭘 말인가."

"사람들이 절 어르신의 손녀딸로 오해하고 있잖아요. 왜 해명하지 않으셨어요?"

"그걸 바라서 따라왔던 게 아니었나?"

마치 비꼬는 듯한 말투였다. 기분이 울컥해졌다. 그래서 나도 모르게 버럭 소리쳤다.

"아니에요!"

멀리서 새가 푸드덕 날갯짓했다. 양옆으로 나무들이 우거져 인적이 없는 길엔 바람이 스쳐 지나가는 소리만 들렸다. 나무 그림자가 살랑살랑 흔들렸다. 그 속에서 어르신도 불안하게 흔들리는 것처럼 보였다.

"전, 저는 그런 걸 바란 적이 없어요. 단 한 번도 바라지 않았어요."

아니, 아니다. 흔들리는 건 나다. 불안하게 뱉어진 내 목소리가 메아리쳤다. 울려 퍼지던 소리가 되돌아와 내 귓가에 꽂혔다. 어느새 꽉 움켜쥔 주먹이 부들부들 떨렸다.

신분 상승을 꿈꿔 보지 않았다고 할 수는 없지만, 지금은 그것을 목적으로 선택한 게 아니었다. 필요했기 때문에 선택했을 뿐이다. 내가 앞으로 가야 할 길에 꼭 필요한 게 아니었다면, 결코 바라지 않았을 것이다.

"전…… 아니라고요……."

갑자기 이 모든 게 비참하게 느껴졌다. 조금 전 사람들이 날 '아가씨'라고 불렀을 때도 분명 기분 좋아야 하는데, 그 소리를 들을 때마다 마음속에 무거운 돌이 내려앉는 것 같았다. 이 모든 상황이 버겁기만 했다. 한편에 남아 있는 양심이 나를 콕콕 찌른다. 앞으로 내가 가야 하는 길은 이처럼 '폴라'로 불릴 수 없을 테지. 다른 사람으로 기억될 테지.

이 세상에서 '내'가 영원히 사라지겠구나.

어르신이 한 말이 끝없이 날 옥죄었다. 바닥을 내려다보며 갑갑한 숨을 내쉬었다.

그늘진 바닥으로 어르신의 구두가 나타났다. 고개를 슬쩍 들자, 어르신이 지팡이를 짚은 채 날 보고 있었다.

"참 거치적거리는구먼."

또 비난이다. 다시 울컥해, 난 비아냥거리듯 죄송하다 중얼거리며 고개를 아래로 푹 숙였다.

"당장 고개를 들게!"

갑작스런 고통에 화들짝 놀라 나도 모르게 고개를 들었다. 어르신이 지팡이를 탁 치며 이번엔 허리를 펴라고 소리쳤다. 난 곧장 반응하며 허리에 힘을 주고 꼿꼿이 폈다. 그러자 어르신이 주먹 쥔 내 손을 가져가 자신의 팔뚝에 올렸다. 난 눈을 큼지막하게 뜨고 어르신을 바라봤다.

"비난을 받는다고 해도 이미 결정했다고 하지 않았나? 무슨 말을 해도 물러설 생각이 없다 하지 않았어. 꼬박꼬박 말대꾸하던 기세는 어디 간 게야."

"어르신……."

"흔들리지 말게나. 겁먹을 것도 없다네. 결국 사람 사는 일. 그게 무엇이 되었든 필요하다면, 그저 걸어가면 되네. 그럼 언젠가 이룰 수 있게 될 테니."

무심하고 별것 없는 위로가 어쩐지 먹먹하게 들려왔다. 어르신이 다시 걸음을 옮겼다. 난 어르신의 팔뚝을 어정쩡하며 붙잡은 채 따라 움직였다. 나무가 우거진 길목에는 어르신의 지팡이 소리만 탁탁 울려 퍼졌다.

산책을 끝내고 어르신을 방으로 모신 뒤, 나도 방으로 돌아가 침대에 앉았다. 갑자기 너무 피곤해졌다. 무거운 눈꺼풀을 꾹꾹 누르며 내내 갑갑했던 옷의 끈을 푸는데, 문득 상자 가장 위에 올려져 있는 꽃바구니가 눈에 들어왔다.

꽃바구니도 있었나? 의아해하며 다가가니 보기만 해도 싱그럽고 풍성한 꽃이 한가득 담겨 있었다. 에단이 보내 준 건가 싶었는데, 꽃 사이에 꽂혀 있는 편지가 보였다.

대수롭지 않게 편지를 꺼내 봉투를 뜯었다. 그런데 막상 안에 든 종이에 적힌 건 한 줄짜리 짧은 문장이었다. 게다가 에단의 것도 아니었다.

[보고 싶어.]

마지막 점이 유독 짙게 찍힌 것을 보자니 절로 웃음이 터져 나왔다. 왜 여태 편지를 보내 주지 않냐며 따지는 것 같았다. 곧으면서도 끝이 날카로운 글씨가 주인의 마음을 대변해 준다. 편지를 자주 보내겠다고 해 놓고 그동안 정신이 없어 깜빡했다. 못마땅해하는 얼굴이 눈에 선하다.

난 방을 박차고 나가 곧장 엠마에게 향했다. 종이와 편지 봉투, 잉크, 펜을 구할 수 있냐고 묻자, 잠깐 의아해하던 그녀가 곧 준비해 주었다. 난 방 한편에 놓여 있는 책상에 앉아 종이를 펼치고 펜촉을 잉크에 적셨다. 그리고 종이에 천천히 글씨를 써 내렸다.

[저도 보고 싶어요.]

뭔가 심심하다. 고민하다가 다시 잉크를 적셨다.

[저도 보고 싶어요! 아주 많이!]

마지막 글씨엔 내 마음을 담아 종이에 잉크를 굵게 찍어 냈다. 그가 감정을 꾹꾹 눌러 담아 한 줄짜리 편지를 쓴 것처럼, 나도 하고 싶은 이야기들을 꾹 참고 딱 두 줄만 썼다. 아마 답장을 받게 되면 이게 뭐냐고 투덜댈 게 뻔하다. 그

309

래도 좋아하겠지. 이 편지를 읽을 빈센트를 상상하니 어느새 실없는 웃음이 흘러나왔다.

내내 마음을 짓누르고 있던 돌이 사라졌다. 그리고 그 자리엔 빈센트와 함께할 수 있다는 설렘이 가득 채워졌다. 그러자 가슴이 벅차올랐다.

난 편지를 곱게 접고는 봉투에 넣었다. 인장을 찍어 밀봉하고 나니, 빨리 빈센트가 이걸 봤으면 좋겠다는 생각이 들었다. 오늘은 늦었으니 아침이 밝자마자 편지를 보내야지. 에단을 통해 전달된 듯하니 나도 에단에게 부탁하면 되겠지. 마음 같아선 편지를 보내는 대신 직접 만나러 찾아가고 싶었다. 난 빈센트 대신 편지를 꼭 껴안았다.

갑자기 그가 무척 보고 싶어졌다.

□ ◆ □

한 번도 제대로 마주한 적 없던 문제에 대해 고민해 봤다. 이미 너무 늦은 게 아닐까 싶지만, 지금이 아니라면 생각할 기회가 없다는 걸 깨달았다. 빈센트와 함께할 수 있는 것만으로도 충분하다고 생각했다. 하지만 그는 더 먼 행복까지 바랐다. 그러기 위해서 에단은 새로운 신분을 갖는 방법을 제시했다. 모두와 함께하기 위해 필요한 거라면 받아들여야 한다고 생각했다. 어차피 모두에게 만족스런 상황은 없으니까.

하지만 그리된다면, 폴라란 여자는 어떻게 되는 걸까?

이대로 영영 세상에서 사라지는 걸까?

그걸 깨닫자, 이것이 정말 내가 바랐던 행복인지에 대해 고민하게 되었다.

언제나처럼 식사를 하고, 주변을 산책하며 시간을 때웠다. 산책이라고 해 봐야 저번처럼 멀리 나가지 않고 저택 주변을 맴돌 뿐이었지만, 그것만으로도 답답함이 꽤 풀렸다. 그리고 내 곁을 어느새 어르신이 함께해 주었다.

이 저택에 있는 사람이 얼마 없다 보니, 어르신과 함께하는 시간이 많아졌다. 불편했던 그날의 대화 이후로 어색함에 어르신을 피해 다녔지만, 곧 도망칠 구석이 없다는 걸 깨달았다. 그러자 나도 익숙하게 어르신과 함께하게 되었다.

식사나 산책을 같이하거나, 어르신의 곁에 앉아 대답을 듣지 못할 이야기를 조잘조잘 꺼내 놓거나, 책을 잔뜩 가져와 읽기도 했다. 이곳엔 읽을 만한 책이 꽤 많았다. 그런 내 모습에 어르신은 처음엔 황당해했고, 한편으론 귀찮아하기도 했으나 곧 익숙하게 날 맞이했다. 그렇게 어르신과 함께하는 게 하루 일과 중 하나가 되었다.

어젯밤엔 어르신이 발작을 일으켜 저택이 어수선했다. 다행히 큰 위기는 넘겼으나 하루 동안 안정이 필요하다고 의사가 말했다. 나와 엠마, 존이 번갈아 어르신의 곁을 지켰다. 다행히 시간이 지날수록 어르신의 얼굴에 혈색이 돌아오는 듯했다.

난 침대 옆 의자에 앉아 책을 읽었다. 중간에 눈을 뜬 어르신이 그런 날 구경하더니 마른 입술을 달싹였다.

"익숙해 보이는구먼."

난 책에서 시선을 떼고 어르신을 바라봤다.

"시중을 드는 걸 말씀하시는 거죠?"

"사람을 돌보는 것 말일세."

그 말에 난 가만히 눈을 껌뻑였다. 그러다 엷게 웃었다.

"소중한 사람들이 아픈 적이 많아서요."

동생들을 돌보던 습관이 남아 있었다. 그래서 어르신을 보살피는 것도 어렵지 않았다. 날 뚫어져라 보던 어르신이 다시 탁한 목소리를 색색 흘렸다.

"자네 얘길 해 보게나."

"제 얘기요? 별로 재밌는 얘기는 없는데요."

"그래도 괜찮네. 아무거나 해 보게."

어르신이 내 말을 경청하겠다는 태도를 보였다. 갑작스런 상황이 당황스러워 난 쉽사리 말을 꺼내지 못했다. 내 얘길 해 보라는 말을 들을 거라곤 생각 못 하기도 했으나, 딱히 해 줄 말도 없었다. 그래서 머뭇거리는 날 어르신은 차분히 기다렸다.

결국 찬찬히 입술을 달싹였다.

"어릴 적에 마을 뒤편에 산이 있었는데요. 거기서……."

어릴 적 마을 뒤편에 있는 산에 오른 적이 있었다. 어린아이가 올라가기엔 높은 곳이었다. 난 짧은 다리로 아장아장 걸으며 올랐다. 나중엔 둘째가 따라왔고, 그리고 몸이 좀 괜찮은 날엔 넷째도 데려갔다. 넷째를 데려가는 날 보곤 뭐냐고 툴툴거리며 셋째가 졸졸 쫓아온 적도 있다. 그러면 갓난아기인 막내를 혼자 둘 수 없어 품에 조심히 안고 올라가느라 힘들었다.

그럼에도 그때가 내 인생의 얼마 안 되는 꽤 즐거운 기억 중 하나였다. 얘기하다 보니 작게 웃음이 나왔다. 어린 동생들이 그 순간만큼은 마냥 귀엽기만 했다.

나는 조잘조잘 그날의 일들을 꺼내 놓았다. 어르신은 내 뜬금없는 얘기를 가만히 들어 주었다.

"동생들과는 사이가 좋았나 보군."

"그런 편이긴 하지만, 그렇지 않은 동생도 있었고요."

문득 좋지 않은 기억이 떠올랐다. 난 고개를 젓고 하하 웃었다.

"다들 그렇죠 뭐."

"책 읽는 걸 좋아하나."

이번엔 내 손에 들린 책으로 화제가 변했다. 난 고개를 끄덕였다.

"네. 아주 좋아합니다."

"나도 좋아한다네. 어릴 적에 아무도 없는 곳에 홀로 앉아 책을 읽을 때면 그날 하루가 특별하게 느껴지곤 했지."

"그 기분 저도 뭔지 알 거 같아요."

마치 내가 책 속의 주인공이 된 것 같았다. 그 기분이 좋아서 더욱 책에 빠져들곤 했다. 난 웃으며 어르신의 말을 긍정했다.

"내가 한 말, 고민해 봤나."

문득 어르신이 불편한 화제를 꺼냈다. 난 웃음기를 지우고 허리를 폈다.

"사실…… 잘 모르겠습니다. 뭐가 좋을지."

어중간하게 말하면 한마디 할 줄 알았는데, 생각과 달리 어르신은 별말을 하지 않았다. 난 의아하게 어르신을 보았다.

"아무 말씀도 안 하세요?"

"내가 뭐라 하길 바라는가?"

그런 건 아니지만……. 고개를 젓자, 어르신이 나직하게 웃었다. 처음으로, 어르신이 웃음을 보여 줬다. 생소한 광경에 난 눈을 부릅떴다.

그런 내 시선을 알아채지 못했는지, 어르신이 몸을 돌렸다. 일어나 앉으려 한다는 걸 깨닫고 난 어르신의 등 뒤에 베개를 받쳐 주었다. 어르신이 베개에 몸을 기댄 채 창밖을 바라봤다. 맑은 하늘이 붉게 물들어 가고 있었다.

"하나뿐인 딸아이가 사고를 당했다는 소식을 들었을 땐 억장이 무너지는 기분이었다네. 이 늙은 놈을 잡아 가지 않고 왜 어여쁜 내 딸아이를 데려가냐며 신에게 원망을 퍼부었어."

무거운 목소리가 나직하게 흘러나왔다. 난 보던 책을 덮고 어르신의 말을 경청했다.

"딸아이의 배 속에 있었던 손녀딸이 내 삶의 전부가 되었지. 딸아이와 똑 닮은 얼굴을 볼 때면 마음이 아프면서도, 한편으론 그 아이가 미웠다네. 왜냐면 배 속에 손녀딸이 없었다면 딸아이가 살 수 있었거든. 하지만 딸아이는 자신의 자식을 살리길 원했고, 난 딸아이의 소원을 들어줄 수밖에 없었지. 후회했어. 아주 많이."

그 말에 숨이 막혔다.

"딸아이를 닮은 손녀가 미웠다네. 미워서 꼴도 보기 싫었지. 내 딸을 잡아 먹고 태어나 골골 앓는 게 삶에 대한 투정을 부리는 거 같았어. 애정도 없었지. 그런 할아비가 뭐 좋다고, 어린 손녀딸은 아장아장 걷는 순간부터 내 눈치를 살피며 어떻게든 좋은 모습을 보이려고 노력했지. 난 못난 할아비였고, 손녀는 착한 아이였어."

"……"

"같이 손잡고 산책을 가고 싶다는 말조차 들어주지 않았지."

"……"

"딸아이를 만나러 가자는 소리엔 화를 냈어. 주제를 알라고."

"……."

"그 작은 아이가 홀로 방 안에서 메말라 가는 걸 외면하기만 했지."

"……."

"그러다 감기에 걸렸는데 몸이 급격히 안 좋아졌어. 단순한 감기인 줄 알았는데 폐렴까지 번졌지. 몸이 약한 아이에겐 버틸 체력이 없었어. 금방이라도 숨이 넘어갈 듯 헐떡이는 아이를 보고 나서야 난 내가 한 짓을 후회하고 말았다네. 그땐 이미 늦은 뒤였지."

어르신의 얼굴이 점차 후회로 물들었다. 그것은 존과 엠마가 플로렌스를 떠올렸을 때와 같은 얼굴이었다. 너무도 아픈 얼굴.

"그래도 고 작은 아이는 내 손을 꽉 잡아 주며 '할아버지'라고 불러 주더구먼. 맞잡은 손이 너무 작고 말라서, 참회하고 싶었어. 하지만 손녀딸은 못된 할아비를 기다려 주지 않았네. 곧 제 어미를 따라가 버렸지."

"……."

"가끔 이렇게 홀로 앉아 있던 그 아이를 떠올리면 마음이 찢어지는 것 같더군."

그제야 어르신의 마음속에 자리 잡은 죄책감의 정체를 알 수 있었다. 그는 내내 손녀딸에게 자신이 과거에 했던 못된 행동을 빌고 싶었던 것이다.

"손녀딸의 장례를 치르지 않았다네. 영원히 내 곁에 있게 하려고, 그래서 오래도록 기억하려고 말일세."

방 안으로 퍼져 들어온 노란 불빛이 세월이 흘러 지쳐 버린 늙은 얼굴을 붉게 물들였다. 죽음이, 그의 등 뒤에 짙은 그림자를 드리우고 있었다. 많은 생각이 그를 스쳐 지나갔다. 기쁜 기억, 슬픈 기억, 오래도록 생채기를 만들고 끝내 고름 져 버린 후회. 어르신의 삶에 남은 후회는 그런 거였다.

"다 늙고 나서야 내 삶이 잘못되었음을 깨달았지. 그 작은 손 하나를 제대로 못 잡아 준 걸 아직도 후회한다네."

어르신의 얼굴은 지치고 피곤해 보였다. 난 뭐라 말을 꺼내야 할지 알 수 없었다. 어쭙잖게 위로하고 싶지 않았다. 잠시 머뭇거리다가, 살며시 어르신의 손등을 감쌌다. 그리고 지난번에 어르신이 내게 해 준 것처럼 주름진 손등을 토닥이듯 매만졌다.

어르신이 날 돌아봤다.

"어르신, 저도 예전에 비슷한 고민을 한 적이 있어요. 그땐 저 때문에 상처 입은 사람들에 대한 죄책감에 제 자신의 행복마저 저버린 채 살아가고 있었는데, 다정한 분이 이런 말씀을 해 주셨어요. 떠난 사람들 때문에 괴로워하지 말라고, 그들이 못다 누린 행복을 대신 느끼며 살아갔으면 좋겠다고."

"……."

아직도 꿈에서 들은 다정한 말이 생생히 떠오른다. 분명 꿈인데도, 마치 현실 같았던 그 순간은 영원히 지울 수 없는 기억으로 남게 되었다.

"저번에 나 자신이 사라지는 삶을 살아도 후회하지 않을 거냐고 물어보셨죠? 계속 고민해 봤는데, 솔직히 아직도 잘 모르겠어요. 그건 꽤 설레면서도 무섭고, 두려운 일이니까요. 하지만요, 무섭다고 도망치는 건 이제 그만하기로 했거든요. 앞만 보고 살고 싶어요. 나와, 내 곁을 함께해 주는 사람과의 행복을 위해서 살아가려고 해요."

입 밖으로 내뱉고 나니 한동안 머릿속을 복잡하게 만들었던 생각이 좀 정리 됐다. 어쩌면 이미 알고 있었는지도 모른다. 고민하며 망설이기만 하는 건 그만하기로 했잖아. 그래서 새로운 신분으로 살아가는 것도 받아들였다. 분명 힘들 겠지만, 난 혼자가 아니니까. 다른 사람이, 빈센트가 있으니까. 그러니 용기를 낼 수 있다.

그러자 눈앞의 어르신이 너무도 안타깝게 느껴졌다. 어르신의 곁에는 더 이상 아무도 없었다. 죽음만을 기다리는 삶이 얼마나 비참한지 잘 알고 있다. 내 보잘것없는 말이 위로가 될 수 있을지는 모르겠지만, 그래도 내가 느꼈던 용기를 어르신에게도 전해 주고 싶었다.

"어르신도 그러셨으면 좋겠어요. 이제 덜 아파하시고, 남은 삶의 행복을 포기하지 않으시길 바라요. 그래서 다시 만나게 될 따님과 손녀딸에게 들려줄 이야기가 있다면, 그것만으로도 괜찮은 삶이 아닐까요."

난 진심을 담아 어르신을 향해 웃었다. 그런 날 보던 어르신이, 자신의 손등을 감싸고 있는 내 손을 내려다봤다. 마치 생소한 걸 보는 듯하던 얼굴이 점차 풀어지며 묘한 표정을 만들어 냈다.

"아직도 내 손녀딸로 살고 싶나?"

또 저런 오해를. 난 바로 고개를 저으며 해명했다.

"아뇨, 계속 말씀드렸지만 그럴 의도는 진짜 없습니다."

"그럼 말을 바꾸겠네."

어르신이 작은 숨을 토해 냈다.

"내 손녀딸로 살아 주겠나?"

"어르신······."

깜짝 놀랄 발언에 난 눈을 크게 떴다. 이런 말을 듣게 될 줄은 몰랐다. 경악하는 내 시선에도 아랑곳하지 않고, 어르신이 말을 이었다.

"어차피 어떻게 정리해야 할지 고민하고 있었네. 이렇게 만나게 된 것도 인연일 테지. 자네가 살아 주면 좋겠구먼. 손녀딸이 못다 누린 행복을 대신 느끼며 살아 주게나."

"······제가 밉지 않으세요?"

난 쓰게 웃었다. 첫 만남부터 지금까지 어르신이 날 못마땅해하고 미워한다는 건 충분히 느끼고 있었다.

"미웠네. 하지만 그만하기로 했네."

"제 모습이 마음에 안 들지 않으세요? 이런 계집이 손녀딸이 된다면 사람들이 우습게 볼지도 몰라요."

이따금 오래된 자괴감이 불쑥불쑥 튀어나온다. 아무리 꾸민다고 해도 이 겉모습이 바뀌는 건 결코 건 아니기에 불안감은 어쩔 수 없다. 그러나 내 말을 들은 어르신은 엄한 표정을 지었다.

"스스로의 가치를 직접 떨어뜨리지 말게나. 내가 나 자신을 우습게 대하면, 다른 사람들도 나를 우습게 볼 걸세. 상대가 아무리 날 우습게 대한다고 해도,

당당해지게나."

그것이 날 걱정해서 하는 말이란 걸 깨닫자, 눈앞이 아른거렸다. 뭐라 말을 꺼내야 할지 모르겠다. 고개를 숙이고 탁한 숨을 한 번 뱉었다. 그리고 다시 어르신을 바라봤다. 어르신은 여전히 날 바라보고 있었다.

"'폴라'에 다른 의미가 있다는 걸 아나?"

갑작스런 물음이었다. 난 한 박자 늦게 고개를 저었다.

"작지만 강한 사람이란 의미지."

아······.

"폴라, 예쁜 이름이구먼."

어르신이 자신의 손등을 덮고 있는 내 손을 양손으로 감쌌다. 뜨끈한 체온이 내 손으로 흘러들었다. 처음과 달리, 어르신은 이제 올곧은 시선으로 나를 바라봐 준다는 걸 깨달았다.

"이름을 버리지 말게나. 소중한 이름이지 않나."

어르신의 주름진 손이 내 상처투성이 손등을 나긋이 토닥였다.

"후회하지 않을 삶을 살게."

그날 밤 편지를 썼다. 무엇을 쓰고 싶은지도 모른 채, 펜을 놀렸다.

[제가 어떤 모습이든 변함없이 사랑해 주실 수 있나요?]

며칠 뒤 답장이 왔다. 뜬금없는 편지였음에도 내용은 단호했다.

[물론이지.]

그걸 보자 갑자기 웃음이 터져 나왔다.

이걸로 충분하지 않을까. 내가 입는 옷이, 내가 살아가는 삶이, 나를 바라보는 사람들의 시선이, 앞으로 달라진다고 해도 진짜 '나'를 알고 있는 사람이 단 한 명이라도 있다면, 그 사람이 날 변함없이 사랑해 준다면 그걸로 된 게 아닐까.

이렇게 행복할 수 있다면 말이다.

어르신과 내린 결정을 에단에게 전하자, 그는 곧장 저택을 방문했다. 응접실에 앉은 에단은 그답지 않게 표정을 추스르지 못했다. 굉장히 의외라는 얼굴을 하고 있는 걸 보니 어르신의 결정이 여러모로 많이 놀라웠나 보다. 하긴, 나도 놀랍긴 했다.

"정말 괜찮으시겠어요?"

"그래. 준비하게나. 필요한 건 이쪽에서도 마련해 보지."

"알겠습니다."

에단은 두 번 묻지 않았다. 좋은 기회란 걸 부정할 수 없기 때문이다.

우리는 앞으로 어떻게 해야 할지에 대해 신중히 대화를 나눴다. 어르신의 옆에 앉아 언뜻 듣기론 꽤 신중하고 꼼꼼한 작업이었다. 그럼에도 이야기가 어렵지 않게 돌아갔다. 마치 이럴 줄 알고 미리 준비하고 있었다는 듯 얘기가 착착 진행되자 그게 좀 묘하게 느껴졌다.

저 남자, 혹시 일부러 날 여기에 보낸 건 아니겠지? 에단의 성격을 돌이켜 본다면 충분히 해 볼 만한 의심이었다.

대화가 어느 정도 정리되자 에단이 차를 들이켜며 예의 미소를 보였다.

"당숙님이 이리 도와주신다고 하니 든든합니다."

"쓸데없는 소리. 네놈의 능구렁이 기질을 내가 모를 줄 아나. 내가 이럴 줄 알고 그딴 편지를 보낸 거겠지."

어르신이 못마땅하다는 듯 혀를 찼다. 편지? 난 의아해하며 에단을 보았다. 별다른 표정 변화는 없었지만, 난 그가 당황했음을 인지했다.

어르신이 흥 콧김을 뿜으며 소파 등받이에 몸을 기댔다. 두 사람을 번갈아 보다가 무슨 편지를 말하는 거냐고 물어보려는데, 그보다 먼저 에단이 운을 뗐다.

"내가 사람을 보냈던 걸 기억하죠? 그때 당숙님에게 폴라가 좋은 사람이라고 쓴 편지를 전달했거든요."

정말 그것뿐? 뭔가 내용이 더 있는 것 같은데. 하지만 편지를 직접 읽어 본

게 아니니 알 길이 없었다. 어르신을 보자 별로 설명해 줄 마음이 없는 것 같다. 간혹 모르는 게 더 좋을 때도 있는 법. 그래서 그러려니 했다.

그런 내 쪽으로 어르신이 몸을 살짝 기울였다.

"내 충고 하나 하지."

난 눈을 동그랗게 뜨며 어르신을 따라 몸을 기울였다.

"저놈과 어울리지 말게나. 영양가 없는 놈이니까."

"아, 예. 알겠습니다."

그건 내가 더 잘 안다. 난 어르신의 조언을 마음 깊이 새기며 고개를 끄덕였다. 그런 우리의 대화를 듣고 있던 에단이 상처받은 듯한 표정을 지었다.

"두 사람 모두 너무하시네요."

하지만 그의 기분은 무척 좋아 보였다.

□ ◆ □

저택 뒤편에 있는 작은 텃밭의 흙을 갈았다. 비료를 뿌린 뒤 씨앗을 심고 물을 주었다. 나중에 여기서 자란 것들을 가지고 맛난 걸 만들어 먹자고 말하자 의자에 앉아 날 구경하던 어르신이 기쁘게 웃어 주었다.

하지만 어르신은 씨앗이 새싹을 틔우고 열매를 맺기도 전에 세상을 떠났다.

그는 죽기 전 내게 유언을 하나 남겼다.

'내 관에 같이 넣어 주게나.'

그가 내게 건넨 건 손녀딸의 사진이었다. 유일하게 남아 있는 손녀딸의 모습. 그걸 자신의 관 속에 같이 묻음으로써 영원히 숨기려 한다는 걸 알았다. 그래야 내가 그의 손녀딸로 살 수 있으니까.

다른 사람의 신분으로 살아간다는 건 쉬운 일이 아니었다. 절대 쉬울 수 없는 일인데, 왜 안일하게 생각했는가. 세상에서 '내'가 사라진다는 건 동시에 진짜 '플로렌스'도 사라진다는 의미였다. 앞으로 그 누구에게도 기억되지 못한 채, 진짜 플로렌스가 존재했다는 걸 알려 줄 유일한 증거가 사라지려 한다. 마음속 한편에 이래도 되는가 하는 의문이 들었다. 누군가의 삶을 대신 살아간다는 건 생각보다 더 무거운 일이란 걸 깨달았다.

난 손에 든 사진을 만지작거리며 고민했다. 어르신은 그런 내 고민을 이해한다는 듯 어깨를 토닥여 주었다.

'누군가 조부와 어떤 추억이 있느냐고 묻는다면, 함께 식사를 하고 산책도 하고 책도 읽어 주었다고 하게나. 그리고 직접 토마토수프를 만들어 주었다고도 말하게.'

눈물이 왈칵 터져 나올 것 같았다. 그건 그동안 어르신과 함께했던 일들이었다. 나는 그제야 어르신이 나와 함께 '추억'을 만들어 주었다는 걸 깨달았다.

'대신, 하나만 약속하게. 행복하게 살겠다고.'

'네, 플로렌스가 못다 누린 행복을 대신 느끼며 살아갈게요. 그래서 행복한 인생을 살았다고 사람들 입에 오르내릴 수 있도록 할게요.'

'그게 아니네.'

어르신이 작게 고개를 저었다.

'누군가의 대신이 아니라, 자네의 행복만을 위해 살아가게나.'

그 말에 결국 울음을 터트렸다. 난 마구 고개를 끄덕이며 떨리는 목소리를 뱉었다.

'그럴게요.'

꼭 행복하게 살게요. 내 대답에 어르신은 기분 좋게 웃어 주었다.

그리고 며칠 뒤 어르신은 잠든 모습 그대로 조용히 세상을 떠났다. 장례는 단출하게 치러졌다. 이 또한 어르신의 유언 중 하나였다. 나는 어르신이 누워 있는 관 속에 손녀딸의 사진을 같이 넣었다. 손녀딸의 사진을 품에 안은 채 누워 있는 그는 너무도 평온해 보였다.

"좋은 곳으로 가세요."

그렇게 어르신, 나의 조부를 보냈다.

장례가 끝난 뒤 엠마와 존과 작별 인사를 나눴다. 그들은 곧장 고향으로 내려간다고 했다. 존은 고아라 고향이 없어, 엠마를 따라간단다. 두 사람도 나이가 있다 보니 더 이상 이 일을 계속할 수 없다는 게 떠나는 이유였다.

"죄송해요."

나는 플로렌스가 되었고, 그들은 오랜 일자리를 그만두게 되었다. 왠지 나만 좋아진 것 같았다. 그들을 마주하는 마음이 무거웠다. 그런 내 손을 맞잡으며 엠마가 상냥히 웃어 주었다.

"사과하지 마세요. 아랫사람에게 쉽게 사과하면 우습게 봅니다."

그들은 역시 내가 플로렌스로 살아가게 될 거란 걸 알고 있었다. 굳이 입 밖으로 얘길 나눈 적은 없지만, 아마 눈치껏 돌아가는 상황을 알아챈 듯하다. 그러면서 자신들이 여기서 보고 들은 건 관에 들어가서도 입 다물고 있겠다고 강조했다. 그리 말하지 않아도 난 그들이 이곳에서의 일들을 절대 발설하지 않을 거란 걸 깨달았다.

"좋은 날이니 웃어 주세요. 주인님도 그걸 바라실 거예요."

그녀의 말에 난 입꼬리를 억지로 당겨 웃었다. 분명 우스꽝스러운 얼굴일 텐데 그들은 비웃지 않았다. 어느새 상냥하게 변한 눈동자가 당연스럽게 날 담아낸다. 마치 소중한 아가씨를 보듯이.

"아가씨, 잘 살아야 해요."

존도 기쁘게 날 축복해 주었다.

그렇게 짧은 인사를 나눈 뒤 그들을 보냈다. 멀어지는 마차를 바라보다가 저택으로 시선을 돌렸다. 굳게 닫힌 철문 너머로 이제는 아무도 없는 저택이 보였다. 처음에 봤을 때보다 더 쓸쓸하게 느껴졌다. 텃밭에 심은 씨앗은 영영 열매를 맺지 못할 것이다.

몸을 돌리자, 에단이 날 기다리고 있었다. 짐이 있다 보니 마차를 준비해 온 그는 언제나처럼 번듯한 차림새로 반갑게 날 맞이했다. 다행히 그간의 일들이 잘 처리되어 곧장 본가로 간다는 소식을 들려주었다.

함께 마차를 타고 조부의 저택을 떠났다. 덜컹덜컹 마차의 움직임을 따라 몸이 흔들렸다. 난 창밖을 내다보며 멀어지는 저택을 눈에 담았다. 짧은 시간이었지만 많은 걸 얻은 것 같았다. 그러다 마차가 숲으로 들어서자 시선을 떼고 몸을 곧게 폈다.

"에단 님."

"응?"

에단도 창밖을 보고 있었다. 난 그런 에단을 뚫어져라 보다가 입을 달싹였다.

"부탁 하나 드려도 될까요?"

그제야 에단이 날 돌아봤다.

"뭔가요?"

"단둘이 있는 땐, 저를 '폴라'라고 불러 주시겠어요?"

"원래 이름을요?"

"네. 다른 사람들과 같이 있을 땐 어렵겠지만, 괜찮으시다면 단둘이 있을 때만이라도요."

어르신과 몇 달 함께하면서 그런 생각이 들었다.

"잊고 싶지 않아서요."

'나'를 잊고 싶지 않다고.

어르신의 말이 맞았다. 나는 사실 괜찮지 않았다. 내가 누군지 잊히고 싶지 않았다. '폴라'로서 지워지고 싶지 않았다. 왜냐면 '나'를 저버리기 위해 새로운 신분으로 살아가려는 건 아니니까. 아직도 스스로에 대해 자신감이 없고, 화상처럼 남은 부끄러움이 간혹 날 지배하기도 하지만, 그렇다 해도 내 삶을 지우고 싶은 건 아니었다. 내가 어떤 삶을 살았는지, 누구와 함께했었는지를 가슴속에 간직하고 싶었다.

"부탁드립니다."

안 된다고 할지도 모르지만, 그래도 욕심을 내 어리광을 부렸다. 말하고 나니 좀 긴장됐다. 마른침을 꿀꺽 삼키고 에단의 반응을 기다렸다.

내 말에 잠시 고민하던 에단이 곧 상냥히 웃었다.

"가족끼리는 애칭을 쓰기도 하죠."

"그러면……?"

"'폴라'라는 애칭으로 부른다면 나쁘지 않겠네요. 좋아요. 단둘이 있을 땐 폴라라고 부를게요."

"감사합니다!"

난 활짝 웃었다. 내 어리광을 들어준 그가 정말 고마웠다. 내가 아주 좋아하자, 에단도 기분 좋은 웃음을 흘렸다.

"또 그리고…… 이제 말 편하게 해 주세요. 가족이니까요."

사실 그동안은 에단이 아랫사람인 내게 예의를 차려 준 거였다. 그 또한 고마운 일이었다. 하지만 가족이 된 이후로도 그리 대한다면 사람들이 이상하게 볼 것이다. 그래서 지적하니, 에단이 공감한다는 듯 고개를 끄덕였다.

"음, 그러네. 이상하긴 하네."

문득 에단이 흐트러진 몸을 바로 했다. 갑자기 진지해진 얼굴을 의아하게 보는데, 에단이 내게 손을 내밀었다. 난 눈앞에 내밀어진 손을 멀뚱히 내려다봤다.

"플로렌스 크리스토퍼."

묵직한 부름이 귓가를 훑었다. 난 멍하니 에단을 바라봤다. 어느새 애정을 가득 담은 얼굴이 된 그가 날 향해 반갑게 웃음 지었다.

"앞으로 잘 부탁해, 내 동생."

가슴이 크게 부풀었다. 떨림과 두려움, 설렘이 동시에 내 가슴속을 가득 채웠다. 그럼에도 나쁘지 않다. 눈앞이 흐릿해졌지만, 울고 싶지 않았다. 난 조심히 손을 뻗어 그의 손을 맞잡으며, 누구보다 기쁘게 웃었다.

새로운 시작이었다.

외전 2장

크리스토퍼 양의 일상

하루가 길다는 걸 이곳에 와서 처음 느꼈다.

눈을 뜨자마자 어렴풋이 노크 소리가 들려왔다. 언제 들어도 정중하고 조심스런 소리였다. 아직 잠에 취한 눈을 껌뻑이며 들어오라 말하자, 곧 문이 열리더니 시녀 두 명이 모습을 드러냈다. 그들은 내게 익숙하게 인사를 건넨 뒤 세숫물을 준비해 왔다.

난 가볍게 세수를 하고 수건으로 얼굴을 닦은 뒤 몸을 움직였다. 혼자 사용하기에는 지나치게 큰 침대라서 바닥으로 내려오는 데도 시간이 꽤 걸렸다. 아직 비몽사몽 한 채로 걸어가 화장대 의자에 앉았다. 시녀 중 한 명이 능숙하게 내 얼굴에 분을 바르고, 머리를 빗겨 주었다.

다른 한 명은 원피스 두 벌을 꺼내 내 앞에 가져왔다. 푸른빛이 도는 꽃무늬 원피스와 목둘레와 소매에 레이스가 달린 연분홍빛의 단출한 원피스, 둘 중 후자를 택하자 곧장 그에 어울리는 스타킹, 구두, 액세서리가 준비됐다.

머리를 손질하던 시녀는 내가 고른 원피스와 어우러지는 머리끈을 골라 내 부스스한 머리카락을 솜씨 좋게 묶었다. 머리 손질이 마무리되자 다른 시녀가 가져온 스타킹을 신고, 원피스를 입은 뒤 액세서리를 마저 착용했다.

이제 거울 속에는 깔끔한 차림새의 귀족 아가씨가 한 명 서 있었다. 잠옷을 입고 졸음과 싸우던 여자는 어디에도 없었다. 내 상태를 훑은 시녀들이 정중히 말했다.

"아주 잘 어울리세요."

"아름다우세요, 아가씨."

난 머쓱하게 웃었다. 이제는 저 민망한 말도 익숙하게 넘길 수 있게 되었다.

□ ◆ □

크리스토퍼 저택에서 생활한 지 벌써 세 달이 지났다. 그동안 많은 변화가 있었다.

처음 이곳에 왔을 때 느낀 건 벨루니타 가문 못지않게 저택이 크다는 것이었다. 벨루니타가의 저택들은 화려하면서도 적당히 우아한 반면, 크리스토퍼가의 저택들은 깔끔하면서도 고요한 아름다움을 지니고 있었다.

내가 머물고 있는 저택은 그중에서도 가장 큰 곳으로 방도 많고, 크기도 무척 커 한눈에 다 담기도 힘들었다. 멀뚱히 보고 있는 내 손을 에단이 이끌지 않았으면 그대로 넋을 놓았을지도 모른다.

에단은 자신의 방 다음으로 큰 방을 내게 내어 주었다. 살아생전 한 번도 살아 본 적 없는 크기의 방이었다. 벽지도, 바닥도, 가구도 하나도 빠짐없이 고급스러운 공간. 게다가 방 안엔 내가 살면서 필요한 모든 것들이 준비되어 있었다. 내가 저번에 선물로 받았던 옷들보다 더 많은 종류의 옷들이 옷장에 걸려 있는 걸 보곤 말문이 막혀 버렸다.

에단은 가장 먼저 내 시중을 들 시녀 두 명을 배정해 주었다. 나와 비슷한 나이대의 여자들이었다. 그들은 갑자기 나타난 날 보고도 궁금증을 전혀 드러내지 않은 채 깍듯이 행동했다. 그녀들은 매 순간 내 상태를 살피고 불편한 점이 없는지 물었다. 아침 일찍 일어나는 버릇 때문에 그녀들이 오기도 전에 깨어 있는 날 보곤, 어느 순간부터는 아주 일찍 찾아와 시중을 들었다.

이렇게 누군가에게 시중을 받는 생활은 처음이었다. 어색하기 그지없어 몇 번이나 몸 둘 바를 몰라 했는지 모른다. 대저택으로 들어온 다음 날 아침에 씻을 땐 시녀들이 시중을 든다고 들이닥치는 바람에 민망함을 참지 못하고 소리를 지르기도 했다. 에단은 이런 상황에 익숙해져야 한다고 했다. 맞는 말이었다. 스타킹 하나를 신는 데도 시중을 받아야 하는 게 귀족이었다.

에단과 함께 식당에서 처음으로 식사하던 날은 엄숙한 분위기에 숨이 막혔다. 식기가 부딪치는 소리마저 조심스러운 시간이었다. 사용인들은 하나같이 식사하는 우리들을 주시하고, 뭔가 부족함이 없는지 살폈다. 물 한 잔을 마시고, 고기 한 점을 썰어 먹는데도 많은 시선이 따라붙었다. 에단은 익숙해 보였으나 난 고기가 코로 들어가는지 입으로 들어가는지 알 수 없었다. 결국 그날 된통 체하고 말았다.

그날 이후로 에단은 식사 때 최소한의 사용인만 두었고, 간단하게라도 대화를 걸어 주었다. 대화라고 해 봐야 아침 인사라든지, 오늘 하루가 어땠는지 같은 일상적인 주제 위주의 소소한 것들뿐이었지만, 아마 내 긴장을 풀어 주려는 의도인 듯했다. 덕분에 냉랭하기만 했던 식사 시간 분위기가 조금은 풀어져 난 마음 편히 음식을 먹을 수 있게 되었다.

생전 감히 바라지도 못할 옷을 걸치고, 값비싼 음식을 먹고, 사치스러운 생활을 했다. 처음엔 내 몸에 맞지 않는다고 생각한 옷도 몇 번 입어 보니 제법 익숙해져 갔다. 하지만 아무리 때 빼고 광을 낸다고 해도 난 진짜 귀족이 아니었다. 귀족의 교양 따윈 하나도 몰랐다. 도움이 될까 싶어 책을 찾아 읽어 보았으나 직접 경험해 본 게 아니니 이해가 쉽지 않았다.

에단은 내게 부족한 귀족의 교양에 대해 도움을 받고자 바이올렛을 불렀다. 친한 사람이 가르쳐 주면 더 좋을 것 같다는 생각에서였다. 바이올렛을 따라 조엘리도 함께 왔다. 그녀들을 양옆에 두고 난 귀족의 교양에 대해 물었다.

"상대방을 배려하면서도 우아하게 말하는 방법? 그냥 말하면 되는 거 아닌가?"

"입을 너무 크게 벌려서는 안 되고, 그렇다고 너무 작게 벌리지도 않은 채 적당히 소리를 내어 웃어야 한다네. 꼭 그렇게 웃어야 하나?"

바이올렛과 조엘리는 내가 읽었던 책을 한 장 한 장 넘겨 보며 나보다 더 의문을 표했다. 태어날 때부터 교육을 받고 자란 그녀들의 조언은 내게 도움이 되지 않았다. 게다가 교육받는 내용도 가문마다 세세하게 다른 면이 있어서 더 헷갈리기만 했다. 영양가 없는 만남을 몇 번 가진 뒤에야 에단은 결국 가정 교사를 고용했다.

처음으로 고용된 사람은 젊은 여자 교사였다. 그녀는 나와 몇 마디 나눠 보더니 내가 아무것도 모르는 여자라고 생각했는지, 은연중에 무시하는 태도를 보였다. 작은 것에도 트집을 잡고, 대놓고 코웃음 치는 걸 보며 하고 싶은 말이 많았지만 참았다. 내가 부족한 게 많은 건 맞으니까. 하지만 이를 어떻게 알았는지 에단은 그녀를 자르고 새로운 가정 교사를 데려왔다.

두 번째로 고용된 가정 교사는 중년의 여자였다. 최근 귀족가들 사이에서 인기가 많은 교사라고 했다. 그녀는 대놓고 날 비웃거나 하진 않았다. 다만, 훈육이라며 가지고 있던 얇은 막대기를 휘둘렀다. 잘못할 때마다 매질을 당하다 보니 손바닥엔 가는 실 자국이 잔뜩 맺혔다.

나는 자잘한 흉터가 있는 거친 손이 귀족 아가씨와 어울리지 않는다고 생각해 평소엔 장갑을 끼며 숨기고 다녔는데, 어느 날 잠깐 장갑을 벗었다가 내 손바닥에 있는 붉은 자국을 보게 된 에단이 다그쳐 물으며 원인을 알아내곤 그녀도 잘랐다.

세 번째로 고용된 가정 교사는 남자였다. 중년의 여자 교사보다는 젊은 사람이었는데 웃는 인상 덕에 호감형이었다. 그는 날 비웃지도 회초리를 들지도 않았다. 다만 뒤에서 헐뜯었다. '저런 여자, 잘 꼬드겨서 돈만 받아먹으면 되지'라고 말하는 걸 듣고 내가 그를 잘랐다. 그에겐 내게 귀족의 교양을 제대로 가르칠 만한 의욕이 없어 보였다.

그 뒤로도 몇 번이나 가정 교사를 갈아 치웠다. 하나같이 마땅한 사람이 없었다. 좀 더 먼 곳에서 가정 교사를 찾아봐야 할지 고민하던 어느 날, 저택으로 한 사람이 찾아왔다. 중년의 여자였다. 그녀를 본 순간, 난 내 눈을 의심하지 않을 수 없었다.

"처음 뵙겠습니다."

그녀는 양손을 맞잡고 내게 정중히 인사를 건넸다. 난 어쩐지 흐뭇해하는 에단에게 시선을 주었다가, 다시 그녀를 보며 겨우 입술을 떼어 냈다.

"이자벨라 님……?"

내 앞에 있는 여자는 과거에 날 도와줬던 이자벨라였다. 생각지도 못한 상대의 등장에 난 눈을 부릅떴다. 내가 도망칠 수 있도록 도와준 이후 몇 년 만의 재회였다. 갑자기 사라졌다는 소식을 들어 걱정했는데 다행히 멀쩡해 보였다.

"아랫사람에게 경어는 그만둬 주세요, 아가씨."

그녀에게 아가씨라 불리니 어색하게만 느껴졌다. 내가 어찌 반응해야 할지 몰라 머뭇거리는 사이, 에단이 상황을 정리했다.

"빈센트가 추천해 줬어. 이자벨라가 적합할 거 같다고."

"빈센트 님이요?"

빈센트가 이자벨라를 추천한 것도 놀랍지만, 두 사람이 연락하고 있다는 사실에 더 깜짝 놀랐다. 에단의 말이 진짜라는 걸 알려 주듯 이자벨라가 벨루니타 가문의 인장이 찍힌 추천서를 내밀었다. 이미 안면이 있는 사이지만 에단은 추천서를 받아 들어 확인하곤 고개를 크게 주억거렸다.

"난 나쁘지 않을 거 같은데, 폴라는 어때?"

"어…… 저야 감사할 따름이죠."

낯선 사람보다는 조금이라도 안면이 있는 사람이 좋긴 했다. 내가 허락하자 에단이 그 자리에서 그녀를 가정 교사로 고용했다.

"잘 부탁드립니다."

그 뒤로 지옥이 시작되었다.

이자벨라는 혹독했다. 재회의 기쁨을 느낄 새도 없이, 그녀는 냉철하고 단호하게 하나부터 열까지 내게 부족한 교육을 시작했다.

솔직히 나는 귀족의 생활을 쉽게 생각했었다. 가만히 앉아 아랫사람을 부리며, 차를 마시는 한가한 생활을 할 거라 여겼다. 하지만 직접 경험해 본 귀족 생활은 그렇지 않았다.

일단, 그들은 배워야 할 게 굉장히 많았다. 기초 교양 지식부터 시작해 미술, 음악, 춤, 자수, 독서, 시 짓기, 승마, 식사 예절을 포함한 각종 예의범절, 하물며 말투, 자세, 표정, 걸음걸이까지. 아주 세세한 부분에서도 귀족은 품위를 지켜야 한단다. 고개를 빳빳하게 들고 허리를 곧게 편 채로 우아하게 걷는 법을 배우는데 하마터면 온몸의 뼈마디가 어긋날 뻔했다.

이자벨라는 날 비웃지도 회초리를 들지도 않았으나, 차분한 어조로 내가 잘못했을 때 벌어질 상황을 서슴없이 말해 주었다. 비록 작은 부분일지라도, 내 실수가 어떤 결과를 불러올지에 대한 경고를 들으며 난 눈물을 찔끔 흘리는 경험을 해야 했다. 그리고 그녀는 자신이 가르칠 수 없는 분야는 대신 가르칠 수 있는 사람을 소개해 주었다. 그 덕분에 내게 필요한 교육을 순차적으로 착착 받게 되었다.

난 아침에 일어나 치장을 하고 식사를 한 뒤 하루 종일 교육을 받았다. 아침, 점심, 저녁 식사, 그리고 차를 마시는 시간을 제외하고는 쉬는 시간조차 거의 없었다. 귀족이라면 어릴 적부터 받게 되는 교육을 한 번에 받는다는 건 여간 어려운 일이 아니었다.

이번이 다섯 번째인 춤 수업을 받자, 다리가 퉁퉁 붓는 기분이 들었다. 결국 지쳐 헉헉거리니 이자벨라가 눈치채고 잠시 쉴 것을 권했다. 난 땀을 뻘뻘 흘린 채로 바닥에 아무렇게나 주저앉았다가 혼이 났다.

이자벨라가 가져다준 의자에 앉아 숨을 돌리는 사이, 그녀는 춤을 가르치는 교사와 간단한 이야기를 나누고 돌아왔다. 시원한 물 한 잔을 따라 주길래 받아 들고 홀짝이며 그녀를 흘끗 보았다.

"이자벨라 님."

"이자벨라라고 부르셔야죠."

"이, 이자벨라."

아무래도 살아온 삶이 있다 보니 일상생활에서 자주 실수를 한다. 그럴 때마다 그녀는 내 잘못된 부분을 따끔히 지적했다.

"네, 말씀하세요."

"그동안 어떻게 지냈던 거야?"

그녀가 갑자기 사라져 버렸다고 들었기에, 지난 시간 동안 어떻게 지냈는지 알지 못했다. 난 그녀가 죽었을 거라고 생각하진 않았지만, 혹시 누군가에게 위협을 당한 건 아닌지 걱정되었다. 마지막으로 보았던 상황을 떠올린다면 더더욱 그런 걱정을 할 수밖에 없었다.

이자벨라가 새 수건을 내게 건네며 말을 이었다.

"아가씨가 떠나신 뒤 한동안 저택이 어수선했습니다. 아시다시피 주인님은 몰래 도주시키려던 아가씨가 갑자기 사라져 걱정을 많이 하셨고, 집사는 다른 의미로 신경이 날카로워져 있었죠. 그날 일에 대해선 잘 둘러댔지만, 전 집사가 언젠가는 제 목숨을 위협할 거란 걸 알았습니다. 그래서 떠날 준비를 했죠."

"그럼 그 뒤에 바로 떠났어?"

"아뇨. 상황을 지켜보는데 주인님이 절 부르시더군요. 집사가 한 짓을 알고 있다면서, 도와주겠다고 하셨어요."

"그럼 빈센트 님의 도움을 받고 떠난 건가?"

"아뇨. 별로 믿음직하지 않아 몰래 떠났습니다."

응? 그런데 어떻게 그의 추천을 받고 오게 된 거지? 내 의문은 그다음에 이어지는 설명을 들으며 풀렸다.

"몇 달 전에 노벨르에서 우연히 주인님을 보았는데 눈이 보이시더군요. 그때 주인님도 절 바로 알아보시고 알은척을 해 주셨죠. 집사는 떠났으니 언제든 돌아오라면서. 믿기지 않아 거절하니 그럼 일자리를 소개해 주겠다고 하시더군요. 그게 바로 이곳이었습니다."

"어…… 그럼 정말 일자리를 소개해 준다는 말을 듣고 오게 된 거야?"

"때마침 사정이 생겨서 다니던 곳을 그만두려던 참이었거든요."

엄청 불안했던 이별과 달리 재회한 이유는 별게 없었다. 그녀를 걱정했던 게 무색하다. 난 수건으로 땀을 닦으며 이걸 기뻐해야 할지 말아야 할지 고민했다.

"자, 그럼 일어나세요. 다시 연습하셔야죠."

"아, 네. 아니, 응."

비적거리며 일어서자 교사가 다가왔다. 한 손을 서로 맞잡고, 다른 한 손은 교사의 어깨에 올리며 자세를 취한 뒤 그가 이끄는 방향에 맞춰 걸음을 내디뎠다.

□ ◆ □

매일 똑같은 하루가 반복됐다. 일어나 씻고, 치장하고, 아침 식사 하고, 교육받고, 점심 식사 하고, 티타임을 갖고, 교육, 교육, 또 교육. 침대에서 일어나 다시 침대에 누워 잠자리에 들기까지 교육의 연속이었다. 심지어 귀족이 꼭 읽어야 할 책도 정해져 있었다. 그나마 글을 읽고 쓰는 건 할 수 있어 불행 중 다행이 아닐 수 없었다.

귀족의 하루는 꽤 바쁘다. 나야 각종 교육을 받느라 바쁘지만, 그 외에도 사교 활동이나 개인 집무 등 처리해야 할 일이 많아 상위 귀족일수록 더 바쁘다고 한다. 실제로 에단이 그랬다.

난 크리스토퍼 가문에 온 뒤로 그를 자주 보지 못했다. 식사를 함께할 때를 제외하곤 얼굴 보기가 힘들었다. 그마저도 외출을 하거나 집무실에 처박혀 있을 때면 식사를 거르기 일쑤였다. 아주 간혹 하루 종일 얼굴을 보지 못할 때도 있었다. 가문의 가주가 된다는 건 저런 걸까 싶을 정도로 그는 정신없이 바쁜 생활을 했다. 잠은 잘 자는지 모르겠다. 벨루니타 가문의 숲속 저택에 처박혀 있던 게 진짜 휴양이었음을 최근 절실히 깨닫게 되었다.

그리고 나도 나대로 정신없는 하루를 보냈다.

새로운 걸 알아 간다는 건 나름의 재미가 있긴 했다. 세상엔 내가 몰랐던 게 아주 많았고, 이를 배울 기회가 주어진다는 건 정말 고마운 일이었다. 요즘은 많이들 타고 다닌다는 자전거란 것도 처음 타 봤는데 중심을 잘 잡지 못하고 여러 번 넘어졌더니 금지당해 아쉬웠다.

하지만 즐거운 만큼 상당히 고되었다. 배워야 할 게 많으니 이를 머릿속에 욱여넣는 꼴이었다. 눈앞이 팽팽 돈다는 게 이런 걸까. 잠자리에 누우면 그날 배웠던 것들이 천장에 떠다니는 것 같았다. 특히 춤이나 승마 같은 몸 쓰는 걸 배운 날엔 씻지도 않고 침대에 누워 곯아떨어지기 일쑤였다. 그런 날엔 다른 교육을 받으면 잘 집중하지 못했다. 실제로 자수를 하며 꾸벅꾸벅 졸다가 바늘을 잘못 움직여 내 손가락에 찔러 넣은 적도 있었다.

내 상태가 나날이 안 좋아지는 것 같았는지, 식사를 할 때마다 날 흘끗거리던 에단이 결국 한마디를 건넸다.

"폴라, 너무 힘들면 좀 쉬어도 돼."

"아니에요. 괜찮아요."

남들은 이미 뛰어다니고 있는데, 나는 이제 막 걸음마를 떼기 시작했을 뿐이다. 편하게 쉴 수는 없었다. 시간이 아까웠다.

사실 정신적으로 피로가 점점 쌓여 가는 게 느껴졌다. 안 하던 짓을 하려니 더욱 쉽게 지쳤다. 하지만 아무리 몸을 쓰는 게 힘들어도 머리를 쓰는 것보단 나았다. 머리를 쓰는 건 꽤 골치가 아팠다. 보통 어릴 땐 가정에서 교육을 하다가 어느 정도 자라면 아카데미에 보낸다고 한다. 하지만 난 그럴 수 없으니, 배울 수 있는 것만이라도 익혀야 했다.

책을 읽다가 책상에 고개를 처박았다. 눈을 뜨는 순간, 내가 졸았다는 걸 깨달았다. 그런 날 지켜보던 시녀들이 당황해 하며 다가왔고, 난 괜찮다고 손을 내저은 뒤 다시 책을 들었다. 하지만 그토록 좋아하던 책이 눈에 들어오지 않았다. 결국 책을 덮고 몸을 일으켰다.

"아가씨, 어디 가시나요?"

"에단, 오빠한테 가려고 해."

여전히 '오빠'라고 말할 때면 소름이 돋았지만, 아무렇지 않은 척 웃으며 몸을 돌렸다. 시녀들이 같이 가겠다는 걸 말렸다. 잠 좀 깰 겸 혼자 걷고 싶었다. 그래서 그들을 무르고 느긋하게 에단이 있을 곳으로 추정되는 집무실로 향했다. 그도 요며칠 쉬지 않고 일하느라 피곤할 테니 같이 가볍게 숨을 돌리면 좋을 것 같았다.

그런데 그의 집무실 한가운데에 낯선 사람이 서 있었다. 주변을 두리번대는 모습을 보아하니, 에단을 만나러 온 듯했다. 애석하게도 에단은 자리를 비운 상태였다.

곧 남자가 문 앞에 서 있는 날 발견하고 눈을 크게 떴다.

"아아, 당신이 그 소문으로만 들었던 플로렌스 크리스토퍼 양?"

남자는 곧장 내가 누군지 알은척을 해 왔다.

대외적으로 난 크리스토퍼 가문의 일원이었고, 세 달 전 고아가 되어 에단의 남매로 입양되었다. 플로렌스는 어릴 적부터 몸이 좋지 않아 방 밖으로도 잘 나가지 않았고, 사교계 같은 곳에도 당연히 모습을 보이지 않았다. 덕분에 나의 존재는 비밀에 묻혀 있었다. 아마도 여러 소문이 돌고 있을 테지.

에단은 간혹 재미난 소문을 들었다며 내게 종종 알려 주곤 했다. 최근 들었던 건, 크리스토퍼 백작의 입양된 여동생이 엄청난 미인이라 그녀의 얼굴을 본 사람은 모두 눈이 멀었다는 이야기였다. 그 이야기를 듣고 참 황당했는데.

역시나 남자가 믿기지 않는다는 표정으로 날 몇 번이나 위아래로 훑었다. 그의 시선이 유독 내 얼굴에 오래 꽂혀 있었다는 건 어렵지 않게 알아챌 수 있었다. 그러다 자신이 무례를 범하고 있다는 걸 깨달았는지, 남자가 뒤늦게 정중히 인사를 건네 왔다.

"반갑습니다, 레이디. 전 레이슨 데일락이라고 합니다."

"처음 뵙겠습니다. 플로렌스 크리스토퍼입니다."

나도 양손으로 치마를 잡고 살짝 몸을 숙였다. 이자벨라가 귀가 닳도록 말한 '정중하면서도 우아하게'란 점을 인식하며 인사를 건넸다. 그런데 픔 하는 소리가 들렸다.

찰나의, 작은 소리였다. 하지만 내 귀엔 생생히 들려왔다. 고개를 들었을 땐, 남자는 어느새 표정을 갈무리하고 예의 미소를 짓고 있었다. 그의 입꼬리가 가늘게 떨리는 걸 보니 방금 들은 비웃음이 환청이 아님을 다시 깨달았다.

"듣던 것보다 더 예쁜 분이시군요."

그리고 저 말이 빈말이란 것도.

기분이 상했지만 티를 내지 않고 웃었다. 기분이 상해도 절대 티를 내면 안 된다고 배웠다. 좋아하는 티도 내면 안 된다고 했지만.

눈앞의 남자는 플로렌스 크리스토퍼로서 처음으로 만난 타인이었다. 어쩌면 저 남자로 인해 나에 대한 새로운 이야기가 떠돌지도 모른다. 믿기지 않는다는 듯 연신 날 위아래로 훑어보는 걸 보아하니 좋은 이야기가 생성되진 않을 듯하지만, 상대가 무례를 범한다고 해서 나도 똑같이 굴 순 없었다.

손님을 혼자 둘 수 없다는 명목으로, 사실은 자리를 떠날 시기를 놓친 탓에 이도 저도 못 하고 가만히 서 있다가 남자의 권유로 자리에 앉았다.

"몸이 안 좋으시다고 들었는데, 좀 괜찮아지셨는지요?"

"아…… 네. 크게 무리하지 않으면 괜찮습니다."

난 한 손으로 입가를 가리고 살짝 기침을 흘렸다. 일부러 보여 주는 연기였다. 어릴 적부터 병치레가 잦아 한 번도 모습을 보이지 않았던 사람이 갑자기 너무 멀쩡해 보이면 도리어 의심을 불러올 수 있으니 격한 움직임은 조심하고, 가끔은 아픈 척을 하라고 에단이 조언했다.

하지만 원래의 난 굉장히 건강한 편이었다. 잔병치레도 거의 하지 않았다. 수업도 최대한 여러 가지를 배워 두고 싶다는 내 의견을 고려해 그런 부분을 따지지 않고 받았고, 가르치러 오는 교사들도 이자벨라가 엄선해서 소개해 준 사람들이라 편하게 배웠다. 그러다 보니 아픈 연기를 할 수 있을지 걱정되었지만, 그나마 빼빼 말라 볼품없는 몸이 도움이 되었다. 이제는 몸 건강이 많이 회복되어 대외적으로 모습을 드러내는 쪽으로 이야기를 맞춰 두었으니, 어찌 되었든 나도 최대한 장단을 맞춰야 했다.

"그거 다행이군요."

남자가 예의를 차려 웃었다.

그 뒤 대화랄 건 없었다. 남자가 몇 마디 던지면 대답하는 정도. 곧 그마저도 끊겼다. 남자는 차를 마시는 척하며 마치 감정하듯 날 몇 번이나 훑어봤다. 잠시 꿍 고민하던 남자가 못 참겠다는 듯 기어코 무례한 질문을 던졌다.

"정말 크리스토퍼 가문의 사람이 맞나요?"

"네?"

"아니, 그냥……. 크리스토퍼 경과는 좀 닮지 않은 듯하여."

돌려서 말하긴 했지만, 당신 같은 외모를 가진 사람이 어떻게 크리스토퍼가의 사람이냐고 묻는 것과 다를 바 없었다. 순간 애써 웃음 짓던 얼굴이 딱딱하게 굳는 게 느껴졌다. 다시 입꼬리를 당겨 올렸으나 어쩐지 우스꽝스러운 얼굴이 되었을 것 같았다.

그런 내 기분을 눈치채지 못했는지, 남자의 시선은 더욱 노골적인 기색을 띠었다. 호기심이 가득한 시선을 받으며 난 무릎에 올린 손을 꾹 말아 쥐었다. 무슨 그런 말을 하냐고, 무례한 말씀 하지 말라고, 해야 할 말들이 머릿속을 맴돌았지만 정작 한마디도 꺼내지 못했다. 귀족 아가씨로서 이런 말을 해도 될지 감이 잡히지 않아서였다. 모욕을 당했다는 걸 알면서도 말조심을 해야 한다고 생각하니 아무것도 할 수가 없었다.

결국 불쾌한 시선을 가만히 받고만 있는데, 곧 에단이 돌아왔다. 예상대로 피곤해 보이는 얼굴을 한 에단이 나와 남자를 보곤 멈춰 섰다. 이게 무슨 상황인지 파악하려는 듯 나와 남자를 번갈아 보던 에단에게 남자가 일어나 인사를 건넸다. 그제야 에단이 걸음을 옮겨 가까이 다가왔다.

"제 동생과 먼저 인사를 나누셨나 보군요."

"예. 이야기로만 듣고 이렇게 만나 뵙는 건 처음입니다. 이리 어여쁜 여동생을 두게 되셔서 기쁘시겠어요."

남자가 사람 좋게 웃어 보이며 사탕발림을 했다. 에단은 그런 남자의 말에 대충 대꾸하며 날 흘끗거렸다. 난 천천히 자리에서 일어났다. 너무 빨리 일어나면 기분 나쁜 티가 날까 봐, 인내심을 모조리 끌어모아 뛰쳐나가고 싶은 충동을 최대한 억눌렀다.

"그럼 저는 이만, 돌아가겠습니다."

난 남자에게 정중히 인사를 건네고 몸을 돌렸다. 찰나 표정을 갈무리한 뒤 에단을 향해 웃어 보였으나, 그는 어쩐지 내 얼굴을 보곤 살짝 인상을 찡그렸다. 그래도 웃음을 잃지 않으려 노력하며 차분히 집무실을 빠져나갔다. 문을 닫고 나서야 표정을 풀었다.

난 문손잡이를 잡은 양손을 꼼지락대다가 걸음을 옮겼다. 도저히 우아하고

335

차분한 걸음걸이를 유지할 수가 없었다.

어느새 뛰다시피 걸으며 내 방으로 돌아왔다.

"어머. 벌써 돌아오셨어요?"

내가 에단과 오래 있을 거라 생각했는지, 청소 중이던 시녀가 놀라며 내게 다가왔다. 난 괜찮다며 손을 내젓고 침대로 꾸물꾸물 기어들어 갔다. 갑자기 모든 게 피곤하게 느껴졌다. 그런 내 모습을 본 다른 시녀가 다가오는 기척이 들렸다.

"아가씨?"

"혼자 있게 해 줘요."

습관처럼 경어를 쓴 것도 모른 채 눈을 감았다.

다음 날 난 하루 종일 방에 처박혀 있었다. 이자벨라가 왔지만 몸이 안 좋다는 핑계로 교육을 빼먹었다. 그녀는 다행히 별다른 말 없이 하루 휴식 시간을 주었다.

어제 남자가 돌아간 뒤 나를 찾아온 에단은 내게 뭔가 이상한 말을 듣지 않았냐고 물었다. 난 고개를 젓다가, 혹 그 남자가 뭔가 이상한 말을 했냐고 되물었다. 에단은 아무것도 아니라며 웃었지만, 그게 더 무섭게 느껴졌다. 남자가 나에 대해 무슨 평가를 했을지, 혹여 내가 실수를 한 건 아닌지 걱정되고 두려웠다.

갑자기 자신이 없어졌다. 아무리 잘 차려입는다고 해도 생김새를 바꿀 순 없었다. 이 못난 얼굴이 다시 내 앞길을 가로막고 있었다. 무서웠다. 아무리 노력해도 내가 귀족이 아니라는 걸 사람들이 알아챌까 봐. 더 나아가 에단과 빈센트에게 걸림돌이 될까 봐.

'다 들통났으면 어떡하지.'

한번 싹튼 나쁜 생각은 걷잡을 수 없이 커져만 갔다. 기분이 한없이 우울해져 하루 종일 침대에 누워서 그동안 미룬 잠을 청했다. 거의 억지로 잠든 것과 다를 바 없었다. 반쯤은 깨어 있는 상태로 덧없이 시간을 보내는데, 문뜩 노크 소리가 들려왔다.

"플로렌스."

오전에 외출한 에단이 돌아온 듯하다. 난 아무런 대답도 하지 않았다. 몇 번 문을 두드리던 소리가 멈추더니 곧 철컥하고 문이 열렸다. 안으로 들어오는 발소리가 들려오고, 끼익 문이 닫히는 소리도 이어졌다.

얼마 안 가 침대 한쪽이 폭 내려앉았다. 난 시트를 얼굴까지 뒤집어쓴 상태로 가만히 있었다. 에단이 들어온 듯한데 그는 아무 말도 하지 않았다. 침묵이 흐르는 방 안은 숨소리를 내뱉는 것조차 조심스러웠다.

잠시 후 에단의 목소리가 들려왔다.

"폴라."

아무도 없어서인지 그는 내 진짜 이름을 불러 주었다. 난 몸을 꾸물거렸다.

"죄송해요."

"무슨 말을 하는 거야."

"그냥, 제가 실수한 거 같아서요."

나름 한다고 했는데 귀족으로서 어색했을 수도 있고, 표정을 숨긴다고 했지만 불쾌한 티가 났을 수도 있었다. 아니면 크리스토퍼 가문의 사람이 맞냐는 질문에 나도 모르게 당황했을지도 모른다. 마음에 걸리는 부분은 많았다. 그래서 내가 먼저 사과를 건넸다.

"글쎄. 폴라는 실수한 게 없는 것 같은데."

"그럼 다행이지만."

"얼굴이 보고 싶어."

다정한 목소리가 머리 위에서 들리는 듯했다. 난 그 목소리를 피해 몸을 웅크렸다.

"정말로 실수한 것도 없고, 이상한 점도 없었어. 그는 이곳에서 플로렌스 크리스토퍼를 만났다고 생각할 거야. 그러니 걱정하지 마."

"에단 님."

날 달래 주는 그의 말을 잘랐다. 잠시 말이 없던 에단에게서 대답이 돌아왔다.

"네. 말해 봐요."

"만약 들키면 어떡해요?"

낯선 손님을 만난 뒤부터 하루 종일 머릿속을 떠다니던 불안을 입 밖으로 내뱉었다. 나는 그게 너무도 걱정됐다. 예쁜 옷을 입고 귀족 교육을 받으며 앞으로의 삶을 준비하고 있었으나, 타인을 만나고 나니 한편으로 치워 버렸던 불안감이 한꺼번에 밀려왔다. 노력으로 될 문제가 아닌 것 같아서, 그럼 내가 할 수 있는 게 없다는 생각에 무서운 마음이 들었다.

"그땐 다른 방법을 찾아보면 되죠."

그러나 내 질문에 에단은 별것 아니란 투로 답해 주었다.

"폴라, 자신을 가져요. 난 폴라가 충분히 노력하고 있다고 생각해요. 좋은 옷을 입고 맛있는 음식을 먹는다고 해서 그 생활이 행복하기만 한 건 아니잖아요. 낯선 곳에 와서 처음 겪는 일들로 인해 많이 힘들 텐데도 불평불만 없이 묵묵히 제 몫을 해내려는 모습이 너무도 기특한걸요. 오늘 같은 일은 앞으로도 얼마든지 일어날 수 있어요. 그러니 이겨 내야 할 문제라고 생각해요."

"알아요. 알지만……."

이런 말을 해도 될까. 하지만 이미 터져 버린 속마음을 멈출 수 없었다.

"전 이렇게 생긴 제가 정말 싫어요."

에단은 아마 남자가 나에게 어떻게 행동했는지 눈치챘을 것이다. 직접적으로 말하지 않았어도 남자의 태도로 보아 어느 정도 내색은 했겠지. 저런 추녀가 정말 크리스토퍼 가문의 사람이 맞아? 에단의 여동생이 확실한 거냐?

이 외모 때문에 한평생 비난을 받으며 살아왔다. 그로 인한 상처도 많았다. 이제는 날 흘겨보는 시선에 익숙해졌다고 생각했는데 지금 이 순간 이 외모가 그렇게 미울 수가 없었다. 조금이라도 예뻤더라면, 아니 평범하게라도 태어났다면 좋았을 텐데…….

"사람들이 제 외모를 보고 수군거릴 거예요. 에단 님을 욕할지도 몰라요."

"괜찮아요. 시간이 흐르면 사람들은 반드시 폴라의 좋은 점을 알아볼 테니까."

"어떻게 그렇게 자신하세요?"

"내가 그랬으니까요."

그의 말에 난 몸을 일으켰다. 시트를 젖히자 바로 앞에 있는 에단의 모습이 보였다. 저택으로 돌아오자마자 나를 찾아온 건지 그는 외출복 차림이었다. 그는 내 우울하기 짝이 없는 얼굴을 보면서 어떤 내색도 하지 않았다.

"스스로가 부족하다는 걸 알고 발전하기 위해 노력하고 있잖아요. 노력하는 사람을 어떻게 미워할 수 있겠어요. 언젠가는 모든 사람들이 폴라의 노력을 알아줄 거예요."

"……."

"날 믿어요. 폴라는 아주 잘하고 있는걸."

에단이 다정한 얼굴로 방긋 웃었다. 근거 따윈 없는 말이었다. 그리고 그런 말을 듣는다고 해서 불안감이 덜어지지도 않았다. 하지만 내가 하고 있는 노력이 잘못된 게 아니라는 말이 조금은…… 위로가 되었다.

에단이 양팔을 펼쳤다. 다정한 얼굴엔 애정이 듬뿍 담겨 있었다.

"이리 와. 내 동생을 꽉 끌어안고 위로해 주고 싶어."

그의 말에 난 꾸물거리며 몸을 움직였다. 에단은 자신에게 다가오는 내 팔을 붙잡고 조심스럽게 잡아당겼다. 그는 기죽어 있는 날 품에 끌어안고 다정히 토닥여 주었다.

"죄송해요. 어리광 부리려던 건 아닌데 그냥…… 자신이 좀 없어졌어요."

"어리광 부려도 되는데."

에단이 나직하게 웃었다. 난 그의 가슴께에 얼굴을 기댄 채 낮은 울림을 느꼈다. 그는 내가 충분히 준비가 되었을 때 사람들 앞에 내보일 생각이라고 했다. 그러니 너무 걱정하지 말고 준비가 다 되면 언제든 말해 달라고 했다. 하지만 아무리 준비해도 자신이 없다면 어떻게 해야 할까. 내 생에 다시없을 참으로 과분한 생활을 하고 있다는 건 알고 있지만, 가끔 이게 맞는 길인지 의심이 들 때가 있다. 그런 자괴감도 그는 이해해 주었다.

"걱정 마. 다른 사람들이 나의 소중한 동생을 상처 입히게 두지 않아. 내가 그렇게 만들지 않을 테니까."

가족이란 게 이런 걸까.

처음으로 힘들 때 혼자가 아니란 생각이 들었다.

339

그의 품에 폭 안겨 있는 동안, 난 누군가와 함께하는 행복을 조금은 느낄 수 있었다.

에단에게 한바탕 속풀이를 하니 마음이 좀 가벼워졌다. 날이 밝자 언제나처럼 아침 시중을 들러 온 시녀들이 어젯밤의 일에 대해 늘어놓았다.

"두 분은 정말 사이가 좋으신 거 같아요. 전 주인님이 그렇게 다정하신 모습은 처음 봤어요."

"저도요. 최근에 웃음이 많아지시고, 장난스런 모습도 보이시긴 했지만 어젯밤에 아가씨를 꼬옥 껴안고 위로하시는 모습을 보곤 깜짝 놀랐다니까요."

그, 그 모습을 본 건가. 우울하기 짝이 없는 나와 그런 날 달래 주는 에단의 모습을 보이고 말았다. 민망하고 부끄러워 고개가 아래로 떨어지는데도 그녀들은 조잘조잘 어젯밤 일에 대한 감상을 털어놓았다. 자세한 대화까진 듣지 못하고 문틈 사이로 슬쩍 보기만 한 건지, 정다운 남매의 모습이 너무 부러웠다는 내용이었다.

"예전엔 저택 분위기가 냉랭하고 무서웠는데, 아가씨가 오시고부터는 활기를 띠는 것 같아요."

"맞아요. 너무 좋아요."

언제나처럼 듣는 민망한 말인데, 그녀들은 뭐가 그리 좋은지 까르륵 웃음을 흘렸다. 난 거울 속 그녀들을 보며 조금 멍한 기분에 사로잡혔다. 그런 생각을 하고 있을 줄 몰랐는데, 그녀들의 이야기를 들으니 그제야 에단도, 이 저택도 조금씩 달라지고 있다는 걸 알았다.

"그게 좋은 거야?"

문득 궁금해 물었다. 내 질문에 시녀들이 눈을 동그랗게 뜨더니 금세 활짝 웃었다.

"그럼요. 아주 좋은 거죠."

"사용인으로서 기쁠 따름이에요."

저택이 활기차진 게 사용인으로서 기쁜 것과 무슨 연관인지는 모르겠지만,

그리 답하는 그녀들은 정말 기뻐 보였다. 그래도 내가 와서 싫은 것보다 낫다는 생각에 나도 따라 웃어 주었다. 변화의 바람이 다른 누군가에게도 기쁨이 될 수 있다는 건 나쁜 게 아니니까.

아침 식사를 끝낸 뒤 이자벨라를 만났다. 그녀는 어제 일에 대해 묻지 않았다. 대신 내게 한마디를 던질 뿐이었다.

"그냥 악착같이 버티세요. 오래 버틴 사람이 결국 이기는 거랍니다."

그 일을 계기로 난 더욱 노력하게 됐다. 혹여 내가 실수라도 저지른다면 그 화가 에단에게 미친다. 그리고 빈센트에게 어울리는 사람이 되고 싶었다. 그들에게 절대 피해를 주고 싶지 않아서 더 이를 악물고 배웠던 거 같다.

이자벨라의 말대로, 악착같이 버텨 보기로 했다.

그나마 플로렌스가 몸이 약해 얼굴이 알려지지 않은 게 다행이었다. 적어도 내가 플로렌스가 아니란 걸 정확히 증명할 사람은 없으니까. 그날의 일이 내게 안 좋은 기억을 남겼다는 걸 알았는지 에단은 그 뒤로 손님을 잘 들이지 않았고, 들여도 1층 응접실에서만 접대하고 돌려보냈다.

□ ◆ □

승마를 하다가 말에서 떨어졌다. 이대로 딱 죽겠다 싶었다. 그래도 다행히 말의 속도를 줄이던 때였고, 잔디가 푹신하게 깔린 곳에 떨어져 큰 이상은 없었다. 떨어지면서 살갗이 좀 쓸리고, 한쪽 팔목이 살짝 접질린 정도?

그 소식을 들은 에단은 곧장 교육을 멈추라고 지시했다. 내 몸을 회복하는 게 먼저란다. 난 어차피 자주 쓰는 팔도 아니고, 몸에 문제가 생긴 것도 아니니 괜찮다고 했으나 에단은 나중에라도 문제가 생길 수 있다며 단호했다. 지난번에 하루 쉰 뒤로 제대로 된 휴식을 가지지 않던 나를 불만스러워했던 에단은 이때다 싶었는지 내가 쉴 수 있도록 지시를 내렸다. 결국 이자벨라와 잘 얘기해서 몸이 나을 때까지는 활동량이 적은 것들 위주로만 배우기로 했다.

하지만 방에만 있으려니 몸이 뻐근했다. 책을 읽으려고 해도 글자가 눈에 들어오지 않아 한 장을 넘기기가 힘들었다. 도저히 참을 수가 없어 방 밖으로 뛰쳐나갔다. 자연스럽게 대기하던 시녀들도 날 따라왔다. 난 그들을 피해 도망쳤다. 지금은 혼자 있고 싶었다.

그들을 따돌리다 보니 1층의 인적이 드문 곳에 와 있었다. 난 주변에 아무도 없다는 걸 확인하곤 겨우 한숨 돌리며 바닥에 아무렇게나 주저앉았다. 값비싼 치마가 더러워졌다. 이자벨라가 본다면 한 소리 들을지도 모르겠으나, 지금은 그런 걸 생각하고 싶지 않았다.

몸에 힘을 쭉 빼고 숨을 훅 뱉었다. 허리를 조이는 코르셋이 답답하고, 매일매일 교육을 받느라 제대로 쉬지 못한 피로가 물밀듯 밀려왔다. 어리광을 부릴 때가 아니란 걸 알기에 힘든 내색조차 하지 못했지만, 그렇다고 힘들지 않은 건 아니었다. 멈추면 다시 시작하기 어려울까 봐 더욱 쉬지 않고 달렸더니 피로가 배가되어 찾아왔다.

'피곤해.'

이대로 낮잠이라도 늘어지게 잤으며 좋겠다.

무거워지는 눈꺼풀을 깜빡이는데, 문득 발소리가 들려왔다. 처음엔 잘못 들은 줄 알았는데 소리가 점차 가까워진다. 난 눈을 크게 뜨고 몸을 돌렸다. 발소리가 코앞까지 가까워졌다고 인지한 순간, 왼쪽 모퉁이에서 뭔가 불쑥 튀어나왔다.

"어?"

머리에 이파리를 덕지덕지 붙인, 익숙하지만 전혀 예상치 못한 상대가 눈앞에 나타났다. 눈을 한 번 깜빡이며 놀란 것도 잠시, 상대도 날 발견하곤 픽 웃었다.

"찾았다."

그 말과 동시에 빠르게 다가온 상대가 날 번쩍 들어 올렸다. 눈 깜짝할 사이에 날 자신의 어깨에 둘러업은 남자가 밖으로 내달리기 시작했다.

"뭐, 뭐 하시는 거예요!"

당황하며 버둥거리는 날 단단히 붙잡은 그가 가볍게 대꾸했다.

"납치."

차가 덜컹 흔들렸다. 난 황당해하며 팔짱을 끼고 옆에 앉은 납치범을 바라봤다. 연신 창밖을 살펴보던 그는 안전하다 느꼈는지 곧 몸을 돌려 나와 마주했다. 그러다 내 못마땅한 표정을 보곤 인상을 쓴다.

"왜 그렇게 봐?"

"이게 뭐 하시는 거예요."

"납치라고 말했잖아."

"아니, 무슨 대낮에 납치를 하신다고. 그리고 왜 납치를 해요?"

난 옆에 앉은 납치범, 빈센트를 쏘아보며 아주 불퉁하게 내뱉었다.

빈센트와는 몇 달 만에 만나는 것이었다. 벨루니타 저택에서 헤어진 뒤 그와는 편지로만 연락을 주고받았다. 그러다 내가 크리스토퍼 가문으로 들어가자, 소식을 듣고 빈센트가 찾아왔다. 그렇게 몇 번 만날 수 있었으나, 곧 만남이 막혔다. 날 만나러 온 빈센트를 에단이 한사코 돌려보냈기 때문이다.

"이렇게라도 안 하면 널 어떻게 만나. 에단, 그놈이 들어가지도 못하게 하는데."

"그래도 용케 들어오셨네요?"

"방법이 있지."

무슨 방법인지 모르겠지만, 불길했다. 눈을 가늘게 뜨고 노려보자, 빈센트가 날 위아래로 훑었다. 마치 생소한 장면을 보듯 한참 동안 내게 달라붙어 있던 에메랄드빛 눈동자를 떼어 낸 그가 한마디 뱉었다.

"예뻐졌네."

"……"

갑작스런 습격에 고개를 푹 숙였다. 얼굴이 달아오른 건 말할 것도 없다.

"왜 바닥을 보고 있어."

"……아니에요."

"고개 들어. 얼굴 보고 싶으니까."

"일부러 그러시는 거죠."

고개를 살짝 들며 눈을 흘기자 빈센트가 짓궂게 웃는다. 얄미워라.

"나 안 보고 싶었어?"

"……당신은요."

"보고 싶어서 미칠 지경이었지."

편지만 주고받는 건 이제 사양이야. 짓궂던 얼굴이 와락 구겨졌다. 자세가 급격히 뻣뻣해지는 게 그동안 만나지 못한 데 대한 불만이 많이 쌓였나 보다.

에단은 내가 빈센트를 만나는 걸 꺼려 했다. 비밀에 싸인 채 사교계 데뷔도 하지 않은 크리스토퍼 영애가 외간 남자를 만난다는 소문이 돌까 걱정해서였다. 게다가 약혼도 하지 않은 상대였다. 크리스토퍼 백작과 벨루니타 백작이 오랜 친구 사이라는 걸 다들 알고 있으니 그런 걱정은 하지 않아도 될 것 같은데, 에단은 저택 안에서도 행동거지를 조심해야 한다고 주의를 주었다. 벽에도 눈과 귀가 있다는 생각이었다.

'난 빈센트가 아니라 폴라를 걱정하는 거야. 내 말이 무슨 의미인지 알지?'

알다마다. 가뜩이나 괴상한 소문이 돌고 있는 마당에 치정에 대한 얘기가 먼저 꺼내지면 여러모로 좋지 않을 게 분명했다. 일단 나는 아직 사교계로 나갈 준비가 되지 않았으니 말이다.

"플로렌스."

에단은 티 내지 않고 있지만, 플로렌스를 만나러 오는 친척도 종종 있었다. 얘기로만 들었던 계집이 가주의 여동생이 되었다고 하니 궁금했겠지. 게다가 얼굴을 본 사람이 아무도 없지 않은가.

이때다 싶어 찾아온 사람들을 처음 한두 번은 받아 주었다. 그들은 날 보자마자 하나같이 다니엘의 손녀란 사실이 말도 안 된다는 눈빛을 주었다. 난 그저 겁먹은 티를 내지 않으려 노력할 뿐이었다.

그들은 날 시험하듯 말을 툭툭 건넸는데 다행히 어르신과 관련된 것들이라 대답하기 어렵지 않았다. 왜냐면 그와 함께하면서 난 충분히 이런 상황을 준비했으니까.

언젠가 어르신은 자신이 무슨 음식을 좋아하고 싫어하는지, 못 먹는 건 무엇이며, 어떤 생활을 해 왔고, 가족과의 추억은 뭐가 있는지 등 여러 얘길 들려주었다. 나는 그 기억을 더듬어 대답을 했고, 다행히 나에 대한 그들의 경계심을 좀 풀 수 있었다. 그 뒤론 더 이상 만날 필요가 없다고 판단했는지, 에단이 적당한 핑계를 대며 잘 돌려보내는 중이었다.

"플로렌스."

가끔은 좀 과하다 싶을 정도로 과보호하는 것 같지만, 여하튼 날 걱정해 주는 거니까. 그래도 가끔은…… 내버려 둬도 좋을 것 같은데.

"폴라."

그때 빈센트의 목소리가 들렸다. 난 퍼뜩 고개를 들었다.

에단에게 부탁한 대로, 빈센트에게도 괜찮다면 단둘이 있을 때는 내 원래 이름을 불러 달라고 부탁했다. 이름 대신 애칭이란 걸 부른다고도 하니 그런 의미로 불러 달라고 하자, 빈센트는 기꺼이 그러겠다고 했고, 그 뒤로 이렇게 친근히 불러 주었다.

"무슨 생각을 그렇게 해."

"아니, 별거 아니에요."

고개를 저으며 딴생각을 털어 내는데, 빈센트가 고개를 기울였다.

"팔은 어쩌다 그렇게 된 거지."

그의 시선이 붕대에 감긴 내 왼쪽 팔목에 꽂혔다.

"아, 사고가 좀 있었어요."

"심한 건가?"

"아니요. 가볍게 삔 거라 금방 나을 거예요."

괜히 걱정할까 싶어, 붕대에 감긴 팔을 등 뒤에 슬쩍 숨겼다. 내 팔을 눈으로 좇으며 지그시 보던 빈센트가 곧 고개를 들었다.

"그래서 넌 나 안 보고 싶었어?"

질문이 되돌아왔다. 난 작게 웃었다.

"당연히 저도 보고 싶었죠."

"정말?"

"네."

"그럼 안아 봐도 될까?"

이번에도 난 웃음을 터트렸다.

"그럼요."

난 양팔을 활짝 펼쳤다. 그런 날 보던 빈센트가 커다랗게 숨을 토해 내더니, 허리를 굽히며 몸을 기울였다. 얼마 되지 않은 거리라 그가 금세 가까워졌다. 날 향해 뻗어 오는 팔이 등 뒤에 둘러지고, 익숙한 체온이 날 꽈악 감싸 안았다.

차가 다시 덜컹 움직였다.

한낮의 시내는 사람들로 북적거렸다. 이리저리 움직이는 사람들 틈새에 서 있자 묘하게 긴장이 되었다. 에단 없이 사람들이 많은 곳에 나온 건 처음이었다. 고급스런 드레스에 구두, 딱 보기에도 귀족 아가씨 차림이란 건 알지만 그럼에도 긴장이 되는 건 어쩔 수 없다.

경직된 채 침을 꿀꺽 삼키고 있는데, 뭔가가 내 머리에 푹 씌워졌다. 언제 준비했는지 빈센트가 챙이 긴 모자를 내 머리에 씌워 주었다. 덕분에 시야가 좀 가려졌다.

고개를 돌리자, 빈센트가 날 내려다보고 있었다.

"내가 곁에 있으니까 걱정하지 마."

내가 고개를 끄덕이자 빈센트가 팔을 내밀었다. 잡으라는 의미였다. 작게 웃으며 그의 팔에 오른손을 살짝 올리자, 그가 직접 팔짱을 끼우다 못해 자신의 손에 깍지를 끼기까지 했다. 내 손을 단단히 붙잡는 힘에 마음이 좀 놓였다.

그렇게 빈센트에게 의지한 채 사람들 틈새로 걸어 나갔다.

우리는 먼저 허기진 배를 채우러 가기로 했다. 빈센트는 날 데리고 딱 보기에도 값비싸 보이는 식당으로 향했다. 우아한 클래식이 흐르는 안은 적당한 거리를 둔 테이블과 장식 등 하나같이 고급스러운 분위기를 풍겼다. 예약을 미리 해 두었던 건지 그가 들어서자 직원이 곧장 다가와 자리를 안내했다.

가장 구석진 곳에 위치한 테이블이었다. 직원이 빼 준 의자에 앉은 난 몸을 굳히며 긴장했다. 그런 날 대신해 빈센트가 익숙하게 음식을 주문했다.

"그쪽 생활은 어때."

"좋아요. 재밌기도 하고."

힘들기도 하지만, 내게 감지덕지한 생활인 건 변함이 없다. 편하게 잠을 잘 수 있고, 배곯는 것을 고민하지 않아도 되는 하루가 감사하기만 했다.

"에단이 잘 대해 줘?"

"네. 잘 대해 주세요."

난 하하 웃으며 잔에 든 물을 들이켰다. 에단이 잘 대해 주냐고 묻는다면, 아주 과분할 정도라고 할 수 있다.

지난번에 에단과 함께 시내에 나간 적이 있었다. 맛있는 식사를 한 뒤 길거리를 걸으며 주변을 구경하고 있었는데, 에단이 갑자기 선물을 주겠다며 어느 드레스 공방으로 들어가더니 옷을 대량으로 구매했다. 게다가 내 몸에 맞춰 드레스도 몇 벌 제작했다. 그러곤 그에 걸맞은 구두와 액세서리를 사야겠다며 시내를 한바탕 돌아다니기까지 했는데, 그때 눈앞에서 직접 목격한 사치에 기겁을 했다.

나중에 시녀들에게 듣기론 그 공방은 왕족도 찾아올 만큼 아주 유명한 곳이고, 약속 없이는 방문할 수 없다고 했다. 그제야 에단이 미리 약속을 잡고 선물을 핑계로 그곳에 갔다는 걸 깨달았다. 그 뒤 드레스 가격을 듣고 에단에게 달려갔었지.

그 이후로도 비슷한 일이 꽤 자주 있었다. 가정 교사 때도 그랬지만, 에단은 내게 지극히 관심이 많았다. 나보다 더 바쁜 하루를 보내면서도 만날 때마다 하루 동안 뭘 했는지 꼬치꼬치 캐묻기도 하고, 한번은 내 방 안의 모습이 아가씨 방답지 않다며 갑자기 커튼이고 카펫이고 몽땅 레이스가 달린 걸로 바꾸어 버렸지.

그때 깨달았다. 에단이 이 상황을 전적으로 즐기고 있다는 걸. 그는 내가 좋아하는 게 뭔지, 불편한 점은 없는지 등 궁금해했고, 뭐 하나라도 더 해 주고 싶어 했다.

하루는 이런 말도 했었지.

'여동생이 생기면 이렇게 하고 싶었는데.'

그리 말하며 헤프게 웃는 얼굴을 본 사용인들이 어찌나 놀라워하던지. 이제는 그러려니 하지만, 처음엔 마치 세상이 무너지는 듯한 표정들이었다.

"아주아주 잘 대해 주시죠."

이제 그만 잘 대해 줘도 될 정도로. 그가 선물해 준 여러 종류의 옷들로 인해 옷장 안이 옷으로 넘칠 지경이었다. 선물을 그만 줘도 된다고 하니 갑자기 뚱한 얼굴을 하던 것도 기억한다.

'내 동생은 너무 욕심이 없군. 재미없게.'

선물을 그만 받겠다는 말에 욕심 없다는 불만을 들을 줄이야. 그리고 욕심 없는 것과 재미없는 것의 연관성이 뭔데. 아니, 욕심이 없는 편이 더 좋지 않나?

'이거 해 달라 저거 해 달라 투정 좀 부렸으면 좋겠는데.'

'이미 충분한걸요.'

'투정이 듣고 싶어.'

'아니, 무슨 투정을…… 그럼 꽃 사 주세요. 아주 큰 걸로요.'

아니, 무슨 투정을 부려 달라는 요구를 하냐고 말하려다가 아주 싸늘하게 변하는 그의 표정을 보며, 결국 그가 원하던 투정을 부려 주었다. 그냥 꽃 사 달라고 하면 고작 그것뿐이냐고 할까 봐서 아주 큰 걸로 사 달라고 했다. 내 투정을 들은 에단이 만족스럽게 고개를 끄덕였다.

다음 날 방 안은 온통 꽃 천지가 되었다. 잠에서 깨어나 본 광경에 여기서 어딘가 했다. 발 디딜 틈조차 없어서 결국 몇 개만 남기고 모두 정원으로 보내 버렸었지.

"얼굴을 보니 잘 대해 주고 있긴 한가 보군."

"그래 보이나요?"

뺨을 쓸어내리자, 빈센트가 물이 든 잔을 흔들었다.

"웃고 있잖아."

내가 웃고 있는 줄도 몰랐다. 난 입가를 더듬었다.

"이자벨라는 어떻지. 잘 지내고 있나."

"아, 그러고 보니 이자벨라 님, 아니 그녀와는 어떻게 된 건가요?"

"사정을 듣지 않았어?"

"대충 듣긴 했지만…… 좀 믿기지 않아서요."

내내 그게 너무 궁금했다.

때마침 테이블에 주문한 음식이 차려졌다. 먹음직스러운 음식들을 눈앞에 두고도 난 바로 먹지 않고 빈센트를 바라봤다. 그는 스테이크를 한 입 크기로 썰고 있었다. 별것 아닌 동작인데도 우아하고 기품 있었다.

그간 배워 온 것이 있으나 주변 사람들이 행동하는 것을 보고 따라 하는 것도 좋은 방법이라고 들었다. 조금 전에 보았던 빈센트의 행동을 되새기며 나이프를 들고 스테이크를 한 입 크기로 썰고 있는데, 문득 빈센트가 내 스테이크 접시를 가져갔다. 그러곤 자신이 한 입 크기로 썰어 둔 스테이크 접시를 내 앞에 놓아 준다.

내가 해도 되는데……. 난 그의 앞에 놓인 내 스테이크 접시를 바라봤다. 그가 썬 고기는 깔끔한데, 내가 썰다 만 고기는 마치 낭자당한 모양새라 괜히 머쓱해졌다. 난 포크로 그가 썰어 준 고기를 찍어 입에 넣었다. 고기는 입 안에 넣자마자 녹아내릴 정도로 맛있었다.

"네가 들은 것과 다르지 않을 거야. 네가 갑자기 사라진 뒤 난 집사가 뭔가를 숨기고 있다는 걸 깨달았지. 그래서 이자벨라를 불러 물었는데 그녀가 속 시원한 대답을 해 주진 않더라고. 그렇지만 내가 어림짐작할 만한 이야기를 건네주었어. 그래서 난 그녀에게 도와줄 테니 남아 달라고 했지. 하지만 그녀는 내 제안을 거절하고 몰래 떠나 버렸어. 괘씸했지만 이해는 돼. 아무래도 그 당시의 나는 믿음직스럽지 못했으니까."

'그 당시'란 건 떠올리는 것조차 가슴 아픈 시기였다. 그러나 이제 빈센트는 아무렇지 않아 보였다.

"그 뒤로는 그녀를 보지 못했어. 찾아보려고 한 적도 있지만, 몰래 떠난 그녀의 입장을 존중해 결국 찾지 않기로 했지. 그러다 몇 달 전에 노벨르에 있는 한 가문의 저택을 방문했다가 우연히 다시 만났어. 때마침 그녀는 일을 그만두려던 참이었다고 하더군. 이렇게 다시 만난 것도 인연이라고 생각했지."

"그래서 제 가정 교사로 소개해 주신 거예요?"

"맞아. 마땅한 가정 교사를 찾지 못해 골머리를 썩이고 있었잖아? 그녀는 선대 때부터 우리 가문의 사용인으로 일했고, 학식이 제법 높은 사람이지. 그리고 무엇보다 너의 사정을 잘 알고 있고, 입도 무거우니 나쁘지 않다고 생각했거든."

빈센트가 내 상황을 어떻게 알고 있었던 건지 궁금했으나, 단순히 그녀를 다시 만나서가 아니라 가정 교사로 두기 적합한 사람이라고 생각해서 소개해 주었다는 것을 알 수 있었다.

생각해 보면, 벨루니타 저택에 있을 때도 이자벨라는 보통 사용인들과는 다른 위치에 있었다. 신중하고 차분하면서도 묘한 분위기를 풍기는 사람이었지. 가정 교사로 일하러 왔지만 사실상 그녀가 내 교육을 전담 관리하고 있다고 봐도 과언이 아니었다. 그녀는 내게 딱 필요한 부분에 대해서만 교육을 진행했다. 과거, 지랄맞았던 빈센트를 대할 때도 느꼈지만, 다시 만난 그녀는 역시나 대단한 사람이었다.

"그래서, 도움이 되는 거 같아?"

"네. 덕분에 아주 큰 도움을 받고 있습니다."

"다행이군. 다른 힘든 점은 없고?"

난 고기를 먹다 말고 그의 질문을 곱씹었다. 머릿속을 스치는 몇몇 가지 기억이 있었다. 하지만 굳이 이야기를 꺼내 지금 기분을 망치고 싶지 않았다. 게다가 이미 지나간 일을 이제 와 왈가왈부하기도 뭐했다.

난 멈췄던 포크를 다시 움직였다.

"네, 별로 없어요."

그때 귓가를 거슬리게 하는 끼익—하는 소음이 들렸다. 눈가를 살짝 찡그린 채 고개를 들자, 손에 들고 있던 포크와 나이프를 내려놓은 빈센트가 보였다. 그가 접시 옆에 놓인 잔을 들어 목을 축인다. 잠시 테이블 위에는 그가 물을 마시는 소리만 이어졌다.

남은 물을 한 번에 들이켠 그가 빈 잔을 내려놓았다.

"그렇군."

그리 말하고 웃는 얼굴이 어쩐지 미묘해 보였다.

지금 보니 광장에 장터가 열려 있었다. 노점상들도 많이 나와 있고, 벽에 붙여진 전단지를 보니 무슨 축제 중인가 보다. 어쩐지 지난번보다 사람이 많더라니.

"인파에 깔려 죽겠군."

"축제가 열리고 있나 봐요."

"보러 갈래?"

난 활짝 웃었다. 축제 같은 건 제대로 구경해 본 적이 없었다. 필튼에 있을 때도 간간이 마을 행사가 열리긴 했지만 즐기기보단 일을 하느라 바빴다. 언젠가 한 번쯤은 보러 가고 싶었기에 난 재빨리 고개를 끄덕였다.

빈센트는 곧장 날 이끌고 사람들이 모여든 광장으로 향했다. 광장 여기저기에 다양한 볼거리가 준비되어 있었다. 그중 내 시선을 사로잡은 건 광장 한가운데 있는 분수대였다. 분수대 주변에 모인 사람들이 손을 모아 기도한 뒤 뭔가를 던지고 있다.

"뭐 하는 걸까요?"

"글쎄."

분수대로 다가가자 때마침 한 남자아이가 동전을 던지고 있었다. 그 옆에 있는 여자아이는 동전을 손에 꼭 쥔 채 뭐라 속삭이고 있었는데, 마치 소원을 비는 것 같았다. 물이 출렁이는 분수대 안에는 동전이 잔뜩 쌓여 있었다.

그 모습을 멀뚱히 지켜보는데 빈센트가 갑자기 은화 한 닢을 내밀었다.

"여기서 소원을 빌고 동전을 던지면 그 소원이 이뤄진다는군."

"예에—?"

헛웃음이 나왔다. 그럼 다들 소원을 빌기 위해 이렇게 있는 건가. 너무 귀여운 광경이 아닐 수 없었다. 이런다고 소원이 이뤄진다면 어느 누가 불행한 삶을 살겠는가.

"말도 안 돼요."

"밑져야 본전이니 한번 던져 봐."

에이— 난 그가 쥐여 준 은화를 보며 다시 웃었다. 그런데 옆에 서 있던 빈센트가 정말 소원을 빌듯 은화를 꼭 쥐고 눈을 감는 게 아닌가. 이런 걸 믿는 사람은 아닌데, 아마 나 때문에 어울려 주는 듯하다. 그 모습이 또 웃겼다.

난 은화를 만지작거렸다. 예전의 나라면 이런 짓 따윈 절대 하지 않았을 것이다. 은화는커녕 동화 한 닢 손에 쥐기 힘든 형편인데 미쳤다고. 돈 아까운 짓이라 코웃음을 쳤을 텐데. 차라리 분수대로 들어가 소원을 빈답시고 적선한 동전들을 챙기면 모를까.

하지만 지금은…….

난 손에 든 은화를 꽉 움켜쥐었다. 차가운 감촉이 느껴졌다. 살며시 눈을 감고 마음속으로 빌었다. 언제나 내가 원하는 소원은 하나뿐.

'모두가 행복할 수 있기를.'

그리고 더 욕심을 부린다면.

'모두 건강하게 오래 살기를.'

내 동생들처럼 먼저 떠나지 않기를, 나는 그걸 바란다.

빈센트와 팔짱을 끼고 걸으며 축제를 구경했다. 장터에 들어선 노점상에선 다양한 음식들을 팔고 있었다. 빈센트가 하나 사 준다고 하기에 난 가장 인기가 많은 버터가 발라진 구운 감자를 샀다. 막대기에 꽂힌 감자는 간단하게 들고 먹기 좋았다. 한 입 베어 물자 달달하니 맛이 괜찮았다. 그래서 빈센트에게도 권했는데 거절당했다.

그는 길거리에서 음식을 먹는 것을 꺼려 하는 듯했다. 그러고 보니 에단도 어떤 사람이 길거리에서 음식을 먹는 걸 보고 인상을 찌푸렸다. 아무래도 길거리에서 음식을 먹는 건 귀족의 품위에 어긋나는 행동인가 보다.

덕분에 감자는 내 독차지였다. 난 막대에 꽂힌 감자들을 먹다가 마지막 한 조각이 남았을 때 다시 한번 그에게 내밀었다. 빈센트가 대번 미간을 좁혔다. 아무래도 혼자 먹기 뭐해서, 그리고 장난치고 싶은 마음에 권해 보았는데 역시

나 예상대로의 반응이 나왔다.

　고개를 돌리고 몰래 살짝 웃는데, 문뜩 시선이 느껴졌다. 돌아보니 얼마 안 되는 거리에 젊은 여자 세 명이 서 있었다. 그들은 이쪽을 흘끗거리더니 작게 수군거리며 키득키득 웃는 게 들렸다. 순간, 크리스토퍼 저택을 방문했던 남자가 떠올랐다. 잊어버리려 했지만 가끔 이렇게 불쑥 떠오르고 만다. 갑자기 스스로가 부끄럽게 느껴졌다. 내 행동이 귀족으로서 지켜야 할 품위에 맞지 않는다는 걸 알면서도 막연히 예전처럼 행동해 버렸다. 혹시 내가 가짜 귀족이라는 걸 알아챈 걸까? 그런 생각이 들자 주변 사람들이 모두 날 쳐다보는 것 같았다. 무서웠다.

　에단이 어디든 눈과 귀가 있다며 조심하라고 했는데 마음이 풀어져 버렸다. 내 안일함을 반성하며 급히 감자를 거두어 가려는데, 빈센트가 고개를 숙이곤 감자를 베어 먹었다. 깜짝 놀라 그를 바라봤다. 내가 보는 앞에서 감자를 꿀꺽 삼킨 빈센트가 혀로 입가를 한 번 핥곤 심심한 맛 평가를 남겼다.

　"달아."

　그리 말하면서 좁힌 미간을 펴지 않는다.

　"아, 안 드셔도 되는데."

　"먹으라고 준 거 아닌가?"

　"그렇지만…… 억지로 드시라는 의미는 아니었어요."

　"기껏 권해 줬는데 사양할 순 없지."

　그가 빈 막대를 가져가 상인에게 건넸다. 그러곤 한 손으로 내 어깨를 감싸며 자신 쪽으로 당겼다. 놀라 바라보자 빈센트는 날 이끌고 우리를 보고 있던 세 여자에게 다가갔다. 그들은 갑자기 자신들에게 다가오는 우리를 보며 당황하더니 안 본 척 딴청을 부렸다. 빈센트와 난 그녀들을 지나쳐 걸어갔다.

　난 고개를 푹 숙였다. 머리 위에서 빈센트의 목소리가 들려왔다.

　"저런 말에 신경 쓰지 마."

　"……네."

　그는 내 불안함을 알아챘다. 내색하지 않았는데 어떻게 알아챈 거지. 귀족의 품위에 맞지 않는 행동을 했음에도 질책하기보단 붙잡고 이끌어 주는 빈센트에게 미안하고, 고마웠다. 그 덕분에 머릿속에서 어둡게 피어오르던 생각들이 한순간에 사라져 버렸다.

난 입꼬리를 끌어 올리며 그를 바라봤다.

"감자, 맛있었죠?"

"……."

그 말엔 대꾸가 없다. 입에 맞진 않았나 보다. 빈센트는 입맛도 고급이구나.

우리는 다시 축제를 구경했다. 축제라 구경거리가 많았다. 한창 정신이 팔려 있는데, 문뜩 빈센트가 걸음을 재촉하는 게 느껴졌다. 처음엔 착각인 줄 알았는데 어쩐지 그의 얼굴이 좋지 않았다.

빈센트는 걸음을 옮기며 자꾸 뒤쪽을 흘끗거렸다. 그를 따라 고개를 돌리자, 붐비는 인파 사이에서 이쪽을 보고 있는 한 남자가 눈에 들어왔다. 난 빈센트가 그 남자와 멀어지기 위해 걸음을 빨리하고 있다는 걸 깨달았다.

"누구예요?"

"크리스토퍼 가문의 사람. 에단이 붙였겠지."

뭐라고?

"아니, 그런데 왜 도망가요?"

"붙잡히면 안 되니까."

"왜요?"

"돌아가야 하니까."

설마 납치했다고 이러는 건가? 아니, 납치는 장난이고 그냥 같이 외출한 거잖아. 다만 말도 없이 나왔다는 게 마음에 걸리지만, 잘 설명하면 에단도 이해해 주지 않을까.

"축제 구경 좀 하고 돌아간다고 전해 달라면 되죠."

"말도 안 되는 소리 하지 마. 에단이 그렇구나 하고 넘어가 줄 리가 없잖아."

"왜 없어요? 이해해 주실 텐데."

"이해해 줄 사람이었으면 그동안 못 만나게 하지도 않았겠지."

"걱정이 많으셔서 그래요."

빈센트가 방향을 틀어 골목거리로 들어섰다. 길이 좁아 걷는 게 힘겨웠다. 그도 걷기가 쉽지 않은지 몸을 이리저리 비튼다. 뒤를 흘끗 보니 우리를 따라오는 남자들도 인상을 쓴 채 몸을 비틀며 걸어오고 있었다. 그제야 난 뒤따라오는 사람이 두 명이란 걸 알아챘다.

빈센트가 갑자기 오른편으로 방향을 틀어 골목거리를 빠져나갔다. 밖으로 나와 보니 광장이 아닌, 골목집들이 있었다. 우리가 들어갔던 곳이 집골목이었나 보다.

빈센트가 가장 가까이에 있는 집으로 향했다. 문손잡이를 잡자 문이 삐걱 열린다. 그는 망설임 없이 안으로 들어가 문을 닫았다. 그러곤 좁은 틈새로 밖을 내다보며 상황을 주시했다.

마찬가지로 골목거리를 빠져나오는 남자들이 보였다. 그들은 주변을 둘러보더니 양쪽으로 갈라져 집마다 문을 두드려 본다. 혹여 우리가 집 안으로 들어갔나 싶은 거겠지. 그 모습을 보고 있으니 어쩐지 긴장이 되었다. 다행히 다들 축제를 구경하러 간 건지 집 밖으로 나오는 사람은 없었다.

다시 주변을 둘러보던 남자들의 발소리가 멀어졌다. 아마 다른 곳으로 갔다고 생각한 듯하다. 그제야 긴장이 풀리며 내부가 눈에 들어왔다.

여긴 집이 아니었다. 창고로 쓰이는 곳인지, 두 개의 층으로 나뉘어 위아래로 나무 상자들이 놓여 있었고, 한쪽엔 장작과 볏짚이 잔뜩 쌓여 있었다. 주인이 창고 문에 자물쇠를 거는 걸 깜빡했나 보다. 아니면 축제 구경 가느라고 잠깐 내버려 둔 걸 수도.

주변을 쭉 둘러본 뒤 빈센트를 바라보자, 그도 나처럼 내부를 살피고는 나와 시선을 부딪쳤다. 어쩐지 얼굴에 불만이 가득하다. 팔짱을 끼고 삐딱하게 본다.

"편들지 마. 내가 먼저야."

갑자기 뭔 소리래.

"에단보다 내가 먼저 함께 살자고 말했어."

"예?"

"시간이 필요하다고 해서 기다리고 있는 거지, 순서는 내가 먼저였어. 그리고 지금만 그렇지 나중에는 에단이 아니라 나와 함께할 거야. 우선순위 확실히 해."

그의 말을 가만히 듣고 있자니 입꼬리가 씰룩거렸다. 이 와중에 웃음이 나오냐고 할까 봐 입가를 가렸지만 부풀기 시작하는 마음을 참을 수 없었다.

난 최대한 아무렇지 않은 척 물었다.

"설마 지금 질투하시는 거예요?"

빈센트의 얼굴이 더 구겨졌으나 부정하진 않는다. 그가 고개를 팩 돌렸다. 이럴 땐 참 솔직한 남자였다.

"정말요?"

다시 물었지만 여전히 묵묵부답이다. 하지만 난 이미 답을 들은 것 같았다. 입가를 가리고 있던 손을 내리고 그에게 다가갔다. 그런 날 흘끗 본 빈센트가 고개를 더 벽 쪽으로 돌렸다. 난 그의 얼굴을 보기 위해 고개를 기울였다.

"얼굴 보여 주세요."

"저리 가."

큼지막한 손이 내 얼굴을 가로막았다. 난 그 손을 피해 고개를 숙였다.

"보고 싶어요."

"저리 가라니까."

"얼굴 보여 주시면 떨어질게요."

"왜 이럴 때마다 얼굴이 보고 싶다고 하는 거야."

"부끄러워하시는 모습이 보고 싶으니까요."

그 말에 짙은 눈썹의 간격이 더 좁혀지는 게 보였으나 그가 다시 고개를 돌리는 바람에 자세히 보진 못했다. 그가 자꾸 몸을 틀며 얼굴을 숨기려고 하기에 나도 몸을 비틀며 쫓아갔다. 우리는 같은 자리를 빙글빙글 돌며 실랑이를 했다. 곧 빈센트가 완전히 자리를 피해 버리는 통에 결국 그의 부끄러워하는 얼굴은 구경하지 못했다.

그의 뒷모습을 보며 아쉬움에 입맛을 다셨다. 그런데 뒷모습을 보이며 멀어지던 빈센트가 갑자기 멈춰 서서 한 손으로 얼굴을 짚고 깊은 한숨을 흘렸다.

"매번 나만 이렇지. 나만 불안하고 초조하고, 보고 싶어 하는 거지."

"그게 무슨 말씀이세요?"

그가 나직하게 읊조린 말을 들은 난 인상을 쓰며 물었다.

"넌 내 생각 같은 건 별로 안 했을 거 같아. 그다지 보고 싶어 하지도 않았던 것 같고."

"……예?"

이건 또 무슨 소리인가. 놀라 되묻자, 짧은 침묵 뒤 빈센트가 다시 입을 열었다.

"그거 알아? 난 매일매일이 불안해. 지금은 잘 지내고 있지만 네가 갑자기 떠나 버릴까 봐 불안하고, 마음을 바꿀까 봐 초조해져. 넌 다르다는 걸 알지만, 사람이라면 딴마음이 생길 수도 있는 거잖아."

"……."

"내가 떠나려는 널 붙잡아 둔 거니까, 아는데……."

무겁게 토해지던 목소리가 툭 끊기고, 한숨 소리가 그 뒤를 이었다. 빈센트가 고개를 들고 날 돌아봤다. 그의 얼굴은 아무 일도 없었다는 듯 무표정으로 돌아와 있었다.

"괜한 말을 했군. 이만 가지."

"잠깐만요."

"더 있다간 창고 주인이 돌아올지도 몰라."

누가 봐도 빈센트는 말을 돌리고 있었다. 불안한 말을 꺼내 놓곤 갑자기 상황을 정리해 버린다. 어쩐지 이렇게 끝내면 안 될 것 같았다. 그래서 대화를 이어 가려고 했으나 그는 더 이상 말을 하고 싶지 않은지 고개를 돌렸다.

걸음을 옮겨 문으로 향하는 그를 보는 순간, 잡아야 한다는 생각이 들었다.

"잠깐, 기다려요!"

날 지나치려는 그의 품에 뛰어들었다. 빈센트가 멈칫하는 게 느껴졌다. 난 그의 가슴께를 꽉 붙잡은 채, 그가 문손잡이를 잡지 못하도록 힘을 줘 밀었다.

빈센트가 비틀거리며 뒷걸음질을 치더니 얼마 안 가 중심을 잡고 멈춰 섰다.

"왜 그런 말씀을 하시는지 모르겠지만…… 아니에요."

난 그에게 딱 붙은 채 고개를 내저었다.

"그, 그게 아니라고요. 오해예요."

"무슨 소리인지 모르겠어."

"그러니까, 저도 아주 많이 보고 싶었다고요."

그가 날 뿌리칠까 봐 단단히 붙잡고 급하게 말을 뱉었다.

"사실은요, 매일 보고 싶고 만나러 와 주시길 바랐어요. 왜냐면 저도, 저라고 불안하고 초조하지 않은 줄 아세요? 저도 불안하고 겁이 났어요. 이런 생활이 낯설고, 잘하고 있는지도 모르겠고, 그래도 힘겹게 얻은 기회니까 정말 잘하고 싶고…… 또 당신이 마음을 바꿀까 봐……. 나중에 제가 싫어졌다고 할까 봐. 그땐 사, 사랑했는데 시간이 지나니 마음이 식었다고 할까 봐 무섭고."

주절주절 뱉고 나니 앞뒤가 정리되지 않아 이상했으나, 다행히 그는 그 이상한 말을 끝까지 들어 주었다.

"가끔 악몽도 꾼다고요!"

꿈속에서 과거를 돌이키기도 하고, 앞날을 그려 보기도 한다. 어느 날엔 가난 때문에 남들에게 빌어먹는 계집이 되었다가, 또 어느 날엔 서툰 귀족 아가씨가 되어 있었다. 꿈의 내용은 매번 달랐다.

그러다 한 번은 빈센트가 차가운 얼굴로 내게 이별을 고하는 꿈을 꿨다. 마음이 바뀌었다고, 널 사랑했던 건 착각이었다고, 어느 누가 너같이 추한 걸 사랑하겠냐고 말하며 그는 너무도 무덤덤하게 이별을 고했다. 그게 너무 무서워 잠에서 깨어난 뒤 한참 동안이나 멍하니 앉아 있었다. 종종 꾸는 악몽 중 하나였다.

사람의 마음은 영원하지 않다. 그는 내가 딴마음을 품을 수도 있다고 했지만, 나야말로 빈센트가 딴마음을 품을까 봐 무서웠다. 가끔은 그가 제정신이 아닌 것 같다고 생각한다. 그래서 날 사랑하는 거라고, 제정신을 차리면 나 같은 건 무참히 버려 버릴 거 같았다. 그에게 버려진다면 에단에게도 버려질 테고,

앞으로의 삶에 행복은 영영 없을 것만 같아 불안했다.

그래, 당신만 불안한 게 아냐. 나도 불안해한다고!

"꿈에서 얼마나 매정하신데요. 차가운 얼굴로 이제 그만하자고 하시는데…… 제가 얼마나……."

"알았어. 내가 미안해."

나를 꼭 끌어안은 그가 내 머리에 턱을 올렸다. 등을 토닥토닥 두드리는 손길이 야속하게 느껴졌다. 난 그의 가슴께를 툭툭 쳤다. 그는 묵묵히 내 울분을 받아 주었다.

"이제 흔적도 없네."

등을 토닥이던 손이 올라와 목깃을 젖혔다. 그가 뭘 말하는지 바로 알아챘다.

내가 크리스토퍼 가문으로 오고 며칠 뒤 저택을 찾아온 빈센트는 지금처럼 내 목덜미를 만지작거렸다. 정확히는 그가 남긴 흔적이 있었던 부분을 말이다. 처음엔 붉었던 흔적은 점점 옅어져 제 색으로 돌아온 뒤였다.

그는 그때도 지금처럼 아쉽다는 듯 깨끗한 목덜미를 훑었다.

그의 손끝이 내 목선을 따라 매끄럽게 미끄러졌다. 그러다 들어 올려진 에메랄드빛 눈동자와 시선이 부딪쳤다.

"그럼 다시 새겨 주실래요?"

빈센트가 눈을 크게 키웠다. 나도 깜짝 놀랐다. 내가 미쳤나 보다.

그런 게 아니라고 해명해야 하는데 민망함에 말이 나오질 않았다. 그의 가슴께를 붙잡고 있던 손을 살짝 떼어 냈다. 그러곤 한 걸음 뒤로 물러나며 이대로 도망가 버릴까 생각하는 순간, 그의 손끝이 올라와 내 뺨을 살며시 감쌌다. 다시 들어 올려진 눈앞에 어느새 진중한 표정을 짓고 있는 빈센트가 보였다.

이상하게도 시선을 피할 수 없었다. 한참 바라보고 있자, 서서히 가까워지는 입술 새로 새어 나온 뜨거운 숨결이 먼저 내 입술에 닿았다.

그의 입술은 매번 촉촉했다. 따뜻하고 부드럽다. 오히려 꺼끌꺼끌한 건 나였다. 그는 내 메마르고 부르튼 입술을 혀로 핥고 입술로 머금어 촉촉하게 만드는 걸 좋아했다.

빈센트가 고개를 비틀며 아랫입술을 질척하게 빨았다. 내 입술이 금세 촉촉해졌다. 뜨거운 감각이 입술을 타고 넘어왔다. 그와 이러고 있으면 사랑을 나눈다는 기분이 든다. 유치하게 들릴지도 모르지만, 나는 그 표현이 좋았다. 서로 사랑을 나눈다니. 이 얼마나 달콤한 표현인가. 혀끝에 녹아드는 캐러멜처럼 나는 그 표현을 떠올릴 때면 온몸이 녹아드는 기분에 사로잡혔다.

그렇게 한참 서로의 열기에 취해 있었다. 덕분에 구두 굽으로 뭔가를 밟고 있다는 것도 알아채지 못했다. 그의 힘에 밀려 한 걸음 뒤로 물러난 순간, 갑자기 주륵 미끄러졌다. 본능적으로 눈을 번쩍 떴지만 이미 몸은 중심을 잃은 뒤였다.

"으악!"

눈 깜짝할 사이에 몸이 뒤로 넘어갔다. 다행히 등 뒤가 푹신해 별다른 고통이 느껴지지 않았다. 난 갑작스럽게 벌어진 상황에 정신을 차리지 못했다. 뭔가 따끔한데. 그런 생각을 하며 어느새 감긴 눈을 다시 뜨다가 깜짝 놀랐다. 난 빈센트의 밑에 깔려 있었다.

"어……."

"……."

내 얼굴 양옆으로 손을 짚은 채 빈센트는 당황해 했다. 그는 이런 상황을 예상 못 했는지 굉장히 놀란 듯하다. 그건 나도 마찬가지였다. 이, 이럴 땐 어떤 반응을 해야 하지? 비켜 달라고 하면 되나? 그런데 어쩐지 입술이 떨어지지 않는다.

바닥에 볏짚이 깔려 있어 다행히 그도 나도 다치진 않았다. 하지만 상황이 굉장히 묘하게 돌아갔다. 그의 거칠어진 숨소리가 이상하게 들려왔다. 어느새 빈센트와 난 말없이 서로를 지그시 바라보고 있었다.

고개를 살짝만 숙여도 다시 입술이 맞닿을 것 같았다. 심장이 무섭게 뛰어댔다. 목으로 마른침이 꿀꺽 넘어갔다. 얼굴이 점점 뜨거워지는 것 같았다. 빨리 이 상황을 벗어나야 한다고 생각하면서도 손가락 하나 꼼짝할 수 없었다.

마치 그에게 붙잡혀 버린 기분이었다. 그런 날 담은 에메랄드빛 눈동자에 갈등이 스치는 게 보였다.

그러나 다음 순간, 빈센트가 깊게 한숨을 내쉬었다.

"이만, 돌아가는 게 낫겠어. 에단이 걱정하고 있을 테니."

그러곤 고개를 돌린다.

난 그런 빈센트를 멀뚱히 보다가 멀어지는 손목을 붙잡았다. 의아해하는 얼굴이 내게 향하는 순간, 난 그를 다시 볏짚이 깔린 바닥으로 밀쳤다. 빈센트가 힘없이 뒤로 넘어졌다. 난 그의 가슴께를 한 손으로 짚고 빈센트를 내려다봤다.

"백작님."

고개를 살짝 기울이자 잘 관리된 윤기 있는 머리카락이 어깨를 타고 스륵 흘러내렸다. 그 사이로 놀란 얼굴을 한 채 날 올려다보는 빈센트가 보였다.

"사람들은 축제를 구경하느라 한동안 오지 않을 거예요."

그는 잠시 내가 한 말을 이해하지 못한 듯 혼란스러운 기색을 내비쳤다. 난 남은 한 손으로 그의 붉은 입술을 살며시 매만졌다.

"그리고 전 어린아이가 아니에요."

고개를 좀 더 숙이고, 눈동자 안에 그를 담아냈다.

"백작님도 어린아이가 아니고요."

잠시 당황한 듯 날 바라보던 빈센트가 살며시 눈을 내리깔았다. 가슴께를 꾹 짚고 있던 손을 미끄러뜨려 어깨를 감싸자 그의 몸이 굳는 게 느껴졌다. 가늘게 떨리는 긴 속눈썹이 마치 햇살을 받아 반짝거리는 거 같다.

"그래……."

나오는 목소리가 거칠었다.

"너도 나도, 어린아이가 아니지."

선명한 이채를 띤 에메랄드빛 눈동자가 날 담았다.

더 이상의 말은 필요 없었다.

"두 사람 다 이게 어떻게 된 상황인지 설명해 줘야 할 것 같은데."

크리스토퍼 저택으로 돌아가니, 아니나 다를까 에단이 떡하니 우리를 기다리고 있었다. 그는 팔짱을 낀 채 나와 빈센트를 싸늘하게 바라봤다.

내 시중을 드는 시녀들이 날 발견하고 다급히 달려왔다. 그녀들은 내 옷에 잔뜩 진 주름을 펴고 빠르게 여기저기를 털어 댔다. 한 시녀가 미처 떼어 내지 못한 지푸라기를 떼는 걸 보고 난 슬쩍 고개를 돌렸다. 내 몰골을 훑는 시선들이 대체 뭐 하다 왔기에 이런 꼴이 되었냐고 묻는 듯했다. 난 그저 어색하게 웃음만 흘렸다.

"죄송합니다."

응접실 소파에 앉자마자 난 얌전히 사과부터 했다. 팔목을 뼈 쉬라고 했던 사람이 갑자기 사라져 버렸으니 오죽 걱정했겠는가. 실제로 에단은 배신당한 사람의 얼굴을 하고 있었다. 난 무릎에 올린 양손을 꾹 잡고 고개를 푹 숙였다. 정작 내 옆에 앉아 있는 납치범은 태연한 낯짝으로 에단의 시선을 받아쳤다.

"바람 좀 쐬고 올 수도 있는 거지."

"벨루니타 경. 이러면 곤란합니다."

에단은 평소와 달리 딱딱한 말투로 그를 대했다. 하지만 빈센트는 별다른 반응 없이 헝클어진 머리를 뒤로 쓱 넘겼다.

"새삼스럽긴. 어느 정도 예상했던 일 아닌가?"

내게는 굉장히 이상하게 들리는 말이었는데, 에단은 반박하지 못한 채 끙 앓았다. 빈센트가 소파 등받이에 몸을 편하게 기댔다. 난 두 사람을 번갈아 살펴보며, 갑자기 묘해진 분위기의 원인이 무엇인지 파악하고자 노력했다.

"그리고 엄밀히 따지자면 네가 먼저 잘못했잖아. 만나지도 못하게 했으니까."

"그래서 지금 떳떳하다는 겁니까?"

"딱히 잘못을 느끼진 못하겠군."

"내 동생은 생각이 다른 거 같은데. 평소와 달리 입을 꾹 다물고 있는 걸 보니까 말이지."

그 말에 빈센트가 날 쳐다봤다. 에단도 내게 시선을 보냈다. 두 남자의 시선을 한 몸에 받은 난 당황스러움을 숨길 수 없었다. 아니, 왜 불똥이 나한테 튀나요?

"폴라는 어떻지. 오늘 벨루니타 경이 한 행동이 신사적이었다고 생각하나?"

"그건…… 아니지만……."

사실 빈센트가 한 행동이 신사적이었냐고 묻는다면, 그건 아니었다. 갑자기 튀어나왔고, 발버둥거리는 날 둘러업고 밖으로 나간 거니까. 내 솔직한 대답을 들은 빈센트의 눈빛이 흉흉해졌다. 에단이 그것 보라는 표정을 지었다.

"네가 무슨 마음으로 그랬는지 잘 알지만, 섣부른 행동이었어. 다른 사람들이 봤을 때 얼마나 이상하게 생각했겠어? 열심히 하고 있는 사람을 이런 식으로 꼬드기면 안 되지. 가뜩이나 아직 정숙하지 못한 사람을."

에단의 말을 듣고 있자니 기분이 이상해졌다. 난 잠시 고민하다 입을 달싹였다.

"이런 상황에 이런 말씀을 드려도 될지 모르겠지만, 전 제가 꽤 정숙한 편이라 생각합니다."

갑자기 옆에서 웃음소리가 터졌다. 슬쩍 째려보자 빈센트가 급하게 입을 막고 시선을 피한다. 난 왜 웃냐며 그의 옆구리를 손가락으로 꼭 찔렀다.

"폴라, 아무리 그래도 그건 아니죠."

게다가 앞에선 반박이 들려왔다. 조금 전까지 서로에게 날카롭게 굴던 사람들이 지금은 죽이 척척 맞는다. 난 입을 쭉 내밀었다.

"제가 아직 정숙하지 못해 죄송하네요."

"그래, 열심히 노력해야겠는걸."

그 와중에도 빈센트가 주둥이를 나불거렸다. 난 다시 그를 흘겨봤다. 그는 아무것도 모른다는 양 어깨를 으쓱일 뿐이었다.

"그렇게 불만이면 다음부턴 출입을 허락해. 네가 허락하지 않으니 밖으로 데리고 나온 거잖아. 이참에 폴라를 만나러 와도 중간에 가로막지 말았으면 좋겠는데."

"허락을 바라는 것치곤 태도가 참 뻔뻔한데."

"하나뿐인 여동생을 애지중지하고 싶은 마음은 이해하나, 적당히 하면 좋겠군요. 백작."

빈센트가 정중한 어투로 일침을 날렸다. 에단이 억울한 표정을 지었다.

"내가 뭘 어쨌다고."

"과보호란 말 알아?"

에단이 내 쪽으로 고개를 휙 돌렸다.

"폴라도 그렇게 생각해? 내가 과보호한다고?"

"어……."

곧장 아니라고 말하려 했으나, 그간 에단이 보여 준 행동이 떠올라 멈칫했다. 하긴, 좀 과한 편이긴 했지? 그는 물가에 내놓은 어린애 보듯 날 보는 거 같으니까. 내가 이곳으로 온 뒤 그가 선물이라며 준 물건들이 방 안에 한가득 쌓여 있었다. 내가 머뭇거린다는 걸 눈치챈 에단이 상처받은 얼굴을 했다. 난 재빨리 고개를 저었다.

"아니에요."

"이미 늦었어."

에단이 가슴에 손을 올리고 울상을 지었다. 내 순수한 마음을 이런 식으로 오해하다니, 라고 읊조리는 게 들렸다. 난 다시 고개를 숙이고 못 들은 척했다.

"그리고 상대가 기분 나쁘지 않았다면, 허락받은 거나 다름없지."

이건 또 무슨 소리인가 싶은 순간, 옆머리를 쓰다듬는 손길이 느껴졌다. 어느새 빈센트가 내 곁에 바짝 붙어 앉아 내 머리를 부드럽게 쓸어내리고 있었다. 마치 의도적으로 보여 주는 것 같은 손짓이었다. 에단이 눈을 부릅떴다.

난 에단의 눈치를 살피며 그의 손을 쳐 냈으나, 내 머리카락을 끈질기게 붙잡은 채 들어 올리더니 입술을 묻는다.

"그쪽 동생은 나와 아주 즐거운 시간을 보내서 말이야."

경악할 만한 발언에 난 빈센트를 미친 사람 보듯 쳐다봤다. 그런 내 시선을 받으며 빈센트가 빙그레 웃는다. 고개를 돌리자, 충격을 받은 에단이 나와 마찬가지로 입을 떡 벌린 채 정신을 차리지 못하고 있었다. 그러다 에단의 시선이 스르륵 내게 닿았다. 대체 무슨 시간을 보냈냐고 묻는 듯한 시선에 난 슬쩍 고개를 돌려 피했다.

응접실 안에 잠시 동안 침묵이 돌았다. 그러나 불편하기 그지없는 침묵은 금세 깨졌다. 정신을 차린 에단이 한 손으로 얼굴을 감싸곤 아주 깊은 한숨을 터트렸다.

"동생은 아무리 귀여워해도 남의 편이라더니……."

어쩐지 민망한 말에 난 다시 고개를 떨구었다.

때마침 노크 소리가 들렸다. 문을 열고 사용인이 들어왔다. 그가 곧장 에단에게 눈짓하자, 에단이 나와 빈센트를 흘끗 보곤 다시 한숨을 쉬며 몸을 일으켰다. 그대로 걸어가 사용인과 몇 마디 나눈 뒤 문을 닫고 나가는 에단을 눈으로 좇았다.

"화가 많이 나셨을까요?"

"글쎄."

"그러게 왜 그런 말씀을 하세요."

"내가 뭐 틀린 말이라도 했나."

난 빈센트를 돌아보았다. 미안함이라곤 조금도 보이지 않는 뻔뻔한 얼굴이었다. 그는 느긋하게 테이블 위에 놓인 차를 들이켰다. 그러나 입에 안 맞는지 몇 모금 마시곤 금방 잔을 내려놓았다.

"일부러 그러시는 거죠?"

날 몰래 데리고 나간 것도 그렇고, 조금 전 발언까지. 일부러 그러는 게 분명하다. 그동안 받았던 짜증을 대갚음하듯 에단을 살살 자극하는 게 눈에 뻔히 보였다.

빈센트가 날 만나러 올 때마다 에단이 돌려보내고 있단 건 알고 있었다. 내가 바쁘다는 핑계를 대면서 말이다. 하루 종일 교육을 받느라 바쁘긴 하지만 그 정도는 아니었다. 하지만 에단이 자주 만나 봤자 질릴 뿐이라는 불길한 소리를 하는 통에 말리지 못했다. 간혹 빈센트와 만날 때면 꼭 응접실에서만 시간을 보내야 했고, 에단이 함께했다.

"밖에서 약속을 잡고 만나도 되는데."

"그 녀석이 따라 나오잖아."

저택에 찾아가도 만나게 해 주지 않으니, 밖으로 불러낸 적도 몇 번 있었다. 하지만 그때마다 반드시 에단이 동행했다. 소중한 동생이―라고 해 놓고 미숙하다고 혼잣말하는 거 들었다― 홀로 외출하기엔 아직 마음이 놓이지 않는다는 핑계를 대면서 매번 쫓아왔다. 그런 에단을 볼 때마다 무시무시한 얼굴을 하던 빈센트가 떠오른다. 솔직히 좀, 심하긴 했지. 오빠가 있는 다른 귀족 아가씨들도 이렇게 지내는 걸까, 잘 모르겠네.

잠시 후 에단이 돌아왔다. 그가 삐딱하게 서서 빈센트를 바라봤다.

"빈센트, 이제 늦었으니 돌아가."

"자고 갈 거야."

"뭐야?"

잠시 황당해하던 에단이 엄하게 고개를 저었다.

"안 돼. 그런 건 미리 약속을 잡았어야지."

"너도 약속 없이 찾아와 자고 간 적 있으면서, 새삼스럽긴."

"……."

"지금 말하지. 오늘, 자고 갈 거야."

에단이 불만스러워했으나 빈센트는 말을 철회하지 않았다. 할 말이 끝났다는 듯 등받이에 몸을 편하게 기대는 모습이 참으로 뻔뻔해 보였다. 그에 에단이 아주 짜증 난다는 듯한 표정을 지었지만, 단호히 거절하진 못했다. 다시 몸을 돌려 나갈 뿐이었다.

조금 전보다 큰 소리로 닫힌 문을 보다가 고개를 돌렸다.

"지금 재밌어하시는 거죠?"

역시 일부러다, 일부러. 내 물음에 빈센트가 어깨를 으쓱였다. 모른 척하지만 이미 재밌어 죽겠다는 얼굴이었다.

빈센트는 그날 진짜로 하룻밤 신세를 졌다. 에단의 지시로 급히 마련된 손님 방에서, 그의 잠옷을 빌려 입고 말이다. 그래도 친구라고, 에단은 빈센트가 불편하지 않도록 신경 썼다. 게다가 밤중엔 와인을 들고 찾아가 간단한 수다를 떨기도 했다. 그들 사이에 끼어 나도 두 사람의 추억에 대한 이야기를 들을 수 있었으니, 그럭저럭 나쁘지 않은 하루였던 거 같다. 다음 날, 함께 아침 식사를 하던 빈센트가 빵을 뜯어 먹으며 태연한 발언을 하기 전까지는.

　　"이왕 이렇게 된 거 며칠 신세 좀 질게."

　　"뭐라고?"

　　아직 졸음이 가시지 않은 얼굴로 빈센트는 며칠 더 묵겠다는 소리를 지껄였다. 하룻밤도 갑작스러운데 며칠 지내겠다는 소리는 황당하기만 했다. 게다가 오늘은 에단이 낮부터 외출을 해 저택을 비우는 날이었다. 그걸 아는지 모르는지, 빈센트는 본가엔 이미 말해 두고 왔으니 걱정 말라는 소리를 하며 상황에 불을 지폈다.

　　"안 돼. 허락 못 해."

　　"너도 그런 적 있잖아."

　　"그래도 안 돼."

　　"기억하기론 꽤 있었던 거 같은데. 내가 안 된다고 해도 넌 막무가내였었지."

　　"……."

　　한마디로 자신도 막무가내로 굴겠다는 소리였다. 이래서 사람은 언제 어디서든 행동거지를 조심하라고 했던 건가. 그간 자신이 저질렀던 행동을 그대로 돌려받자 에단은 더 이상 거절하지 못했다. 혹시 애초부터 작정하고 온 걸까.

　　결론적으로 말하자면, 에단은 빈센트를 쫓아내지 못했고 약속도 취소하지 못했다. 우리 둘만 둘 수 없다며 집사를 불렀으나 중요한 약속이었는지 끝내 미루지 못했다. 그리고 에단의 예상대로 빈센트는 내게 붙어 있을 생각을 하는지 아침 식사가 끝난 뒤 바로 내 방에 들이닥쳤다. 숙녀의 방에 예의도 없이 쳐들어온 그는 뻔뻔스럽게도 소파에 자리를 잡고 앉았다.

시녀들이 그를 말리지 못해 우왕좌왕했다. 난 그녀들에게 괜찮다고 눈짓하 곤 그를 삐딱하게 바라봤다. 빈센트가 살며시 내 한 손을 끌어 잡았다.

"걱정 마. 아무 짓도 안 할 테니."

뭐라는 거야, 이 남자가.

그건 나도 안다. 에단은 나와 빈센트만 두면 무슨 큰일이라도 벌어질 것처럼 굴지만 실제로 그럴 일은 없었다. 성격은 좀 퉁명스러워도 강압적으로 구는 무례한 사람은 아니었다.

"아무리 그래도 이건 아니죠."

숙녀가 남자와 단둘이 방 안에 있는 건 남들 보기 좀 그렇지 않나. 에단이 말한 '정숙한 숙녀'가 할 행동은 아니다. '신사적인 행동'은 더더욱 아니고 말이지. 난 붙잡힌 손을 쳐 내기 위해 퍼덕거렸다.

"왜. 내가 무슨 짓이라도 할까 봐?"

"그렇게 말씀하셔도 장난치시는 거 다 알아요."

에단이 그런다고 똑같이 굴 것까지야. 그들은 진지할지 모르나 내겐 부끄럽기 짝이 없는 상황이었다. 내가 어린애도 아니고 말이지. 양손으로 얼굴을 가리고 그만 좀 하라고 얼마나 소리치고 싶었는지 모른다.

고개를 젓는데, 갑자기 몸이 끌려갔다. 빈센트가 서 있는 그대로 날 끌어안았다. 어느새 그가 내 허리춤에 팔을 두르고 있었다.

"아니면."

헝클어진 금빛 머리카락이 턱 밑을 간질였다. 그의 얼굴이 가깝다. 놀란 날 올려다보던 빈센트가 여전히 붙잡고 있는 내 손을 끌어다 자신의 입술에 댔다. 뜨거운 체온이 느껴졌다.

"나한테 무슨 짓이라도 당했으면 좋겠나?"

"……."

"아, 빨개졌다."

이 남자가 정말—!

평소엔 퉁명스럽게 행동하는 사람이 가끔 이런 식으로 훅 다가올 때가 있다.

내가 아직 이런 상황을 부끄러워한다는 걸 알고 일부러 이러는 거였다. 아마 내 반응을 즐기는 거겠지. 이럴 때마다 난 제대로 저항도 하지 못하고 얼굴이 새빨개진 채 그에게 휘둘리곤 하니까.

이번에도 얼굴이 달아올랐다는 걸 스스로도 느낄 수 있었다. 내 빨개진 얼굴을 뚫어져라 보던 빈센트가 잡고 있던 손을 놓아 주었다. 대신 그 손으로 내 뺨을 감싸 쥔다. 그의 얼굴이 서서히 가까워졌다. 시녀들이 지켜보고 있는데, 이러면 안 되는데, 몸이 굳어 피할 수가 없다. 눈앞에 드리워지는 에메랄드빛 눈동자를 더 이상 보지 못하고 눈을 질끈 감아 버렸다.

그때 문이 벌컥 열렸다.

"당장 떨어져!"

어떻게 알고 온 건지, 외출복으로 갈아입은 에단이 성큼성큼 들어와 나와 빈센트를 떨어뜨렸다. 그러곤 날 소파 틈새에서 끌고 나와 빈센트와의 거리를 벌렸다.

내 양어깨를 붙잡은 에단이 아주 진지하게 조언했다.

"플로렌스. 잘 듣도록 해. 저놈은 작정한 거야."

"예?"

"여기서 지내면서 널 꾀어내려는 거라고. 내가 두 눈 부릅뜨고 있는 이상 절대 그럴 순 없지."

아니, 잠깐만요. 그와 전 이미 그럴 만한 사이 아닌가요? 약혼만 안 했을 뿐이지 연인이나 다름없는 사이라고 생각한다. 애초부터 내가 이곳에서 지내는 것도 빈센트와 함께하기 위해서였고. 그런데 에단은 빈센트를 마치 소중한 여동생을 꾀어내려는 파렴치한 보듯 했다. 상황이 어째 묘하게 돌아가는데?

"에단 님. 일단 진정하시고."

"아직도 그렇게 불러?"

애먼 생각을 하는 에단을 일단 진정시키려는데, 어느새 우리가 서 있는 쪽의 소파로 자리를 옮긴 빈센트가 등받이에 얼굴을 기댄 채 물었다. 에단이 빈센트를 쏘아봤다.

"갑자기 무슨 소리야."

"이제 가족이 되었는데 호칭을 바꿔야 하지 않나? 가족끼리 극존칭이라니, 다른 사람들이 들으면 이상하게 보겠어."

"평소엔 안 그래. 그렇지, 플로렌스?"

"아, 네. 그렇죠. ……오빠."

아직도 말하기 낯선 호칭이라 목소리가 좀 딱딱하게 나왔다. 그래도 좋은지 에단이 의기양양하게 빈센트를 바라봤다. 정작 빈센트는 턱을 괸 채 작게 웃었지만.

"딱딱하기 그지없군."

당신도 그만 좀 해.

"너, 허튼수작 부리지 마. 내 동생이 사랑스럽다고 해서 이상한 짓 하면."

하지만 에단도 지지 않는 게 문제였다.

"제발 그만해요, 그만! 볼일 있다고 하지 않으셨나요? 늦겠어요."

에단이 또다시 이상한 소리를 할까 봐 난 얼른 그의 등을 떠밀었다. 더 이러고 있어 봤자 좋은 꼴을 보지 못할 거 같았다. 내가 떠미니, 에단이 마지못해 걸음을 옮겼다. 대신 내 손을 꼭 붙잡고 방 밖으로 이끌었다.

"빨리 돌아올게."

"네네."

"무슨 일 생기면 주변에 보이는 사람들한테 꼭 도움을 요청하고."

"알겠어요."

"빈센트와는 다섯 걸음 이상 거리를 유지하고."

뭘 그럴 것까지야, 라고 생각하다가 문득 조금 전 상황이 떠올랐다. 금방이라도 입을 맞출 것처럼 다가오던 빈센트를 떠올리니 얼굴에 다시 열이 오르는 기분이 든다. 에단이 걱정하던 일을 저지를 뻔했네.

겨우 에단을 달래 외출을 시켰다. 몇 번이나 뒤돌아보는 그를 향해 손을 흔들며 배웅했다. 에단이 올라탄 차가 떠나는 걸 보곤 몸을 돌렸다. 같이 배웅하던 사용인들을 뒤로하고 걸어가니 얼마 안 되는 거리에 빈센트가 서 있었다.

난 딱 그의 다섯 걸음 앞에서 멈춰 섰다.

"왜 그러고 섰어?"

"다섯 걸음 이상 거리를 유지하래요."

"무슨 헛소리야."

에단의 조언이 헛소리로 치부돼 버렸다. 하지만 난 에단의 조언을 진지하게 받아들이기로 했다. 빈센트는 은근, 꽤 애정 표현을 많이 하는 편이란 말이지. 거기에 계속 휘둘리고 있는 내가 어렵지 않게 상상된다. 그럼 곤란하다.

"할 일 없으면 같이 산책이라도 할까."

조금만 손을 대도 질색하던 게 엊그제 같은데. 얼굴도 담백하게 생겼으면서, 단걸 좋아하는 게 그런 이유였나.

"죄송하지만, 전 이제 바빠서요."

저택에만 처박혀 지내지만 이래 봬도 꽤 바쁜 하루를 보내는 몸이다.

"수업?"

"네."

오늘 오전엔 역사 수업이 있었다. 나는 왕실이나 세계의 역사에 대해 아는 게 없었다. 당장 세세하게 익힐 순 없지만, 기본적인 역사는 알아 두면 좋다는 이자벨라의 말에 추가된 수업이었다.

난 빈센트를 지나쳐 내 방으로 돌아왔다. 최근 배우고 있는 왕실 역사에 대한 설명이 적힌 두툼한 책을 들고 서재로 향했다.

보기만 해도 기분 좋아지는 서재 안쪽엔 공부방이 마련되어 있었다. 난 그곳에서 주로 가정 교사에게 수업을 받았다. 먼저 와 기다리고 있던 이자벨라가 내게 인사를 건네고, 역사를 가르쳐 주는 가정 교사 소피도 익숙하게 고개를 숙였다.

그러다 고개를 든 소피가 눈을 동그랗게 떴다.

"뒤쪽에 계신 분은 누구……?"

그녀의 말에 고개를 돌리자, 생뚱맞게 빈센트가 서 있었다. 내가 눈을 키우며 '왜 여기 있어요?'라고 묻듯이 바라보자 언제 챙겼는지 빈센트가 책 한 권을 책상 위에 내려놓고 의자에 앉았다. 그러곤 들고 온 책을 펼친다.

"난 신경 쓰지 말도록. 조용히 있을 테니."

조용히 책을 읽겠다는 의지를 온몸으로 보여 주고 있다. 아니, 이게 뭐 하는 거냐며 바라보는 내 시선에도 아랑곳하지 않는다. 빈센트를 알아본 이자벨라가 인사를 건넸다. 빈센트가 대충 받아 주곤 책을 읽기 시작했다.

소피는 무슨 상황인지 몰라 당황해 하다가, 이내 자리에 앉았다. 그러곤 책을 펼치며 날 바라봤다. 아무도 상황을 설명해 주지 않으니, 그냥 제 할 일을 하려는 것 같았다.

"그럼 시작할까요?"

"아, 네. 잘 부탁드립니다."

이쪽은 가르침을 받는 입장. 난 언제나처럼 정중하게 인사를 한 뒤 그녀의 맞은편 의자에 앉았다. 그러면서 빈센트를 쓱 보았다. 그는 내 수업이 끝나기 전까지 절대 움직이지 않을 것 같았다.

내 예감은 정확했다. 그는 역사 수업이 끝난 뒤에야 날 따라 몸을 일으켰다. 그리고 다음, 그다음 수업도 그는 함께했다. 그냥 하루 종일 날 따라다녔다고 할 수 있다. 언젠가 겪었던 상황이었지만, 전혀 반갑지 않았다. 왜 따라오냐고 물었더니 구경하고 싶어서란다.

"그래도 이렇게 따라다니시면 부담스럽습니다만."

"플로렌스 양이 얼마나 사랑스러운지 알고 싶어서."

그 말에 난 격한 반응을 보일 수밖에 없었다. 제발 농담은 농담으로 끝났으면 좋겠다. 아니, 농담이 아니라고 해도 농담으로 끝내 주길 바랐다. 마음 같아선 멱살을 붙잡고 이제 그만 좀 하라고 애원하고 싶었다. 왜 부끄러움은 나의 몫인가. 결국 작정한 듯 따라오는 빈센트를 말리지 못했다.

약속한 시간에 방문한 교사들은 낯선 남자의 등장에 당황스러워했다. 하나같이 누구냐고 묻는 시선을 보내왔지만 난 뭐라 답하지 못하고 그냥 웃어넘겼다. 그리고 당연히 난 수업에 집중하지 못했다. 빈센트가 있어 불편한 건 나도 마찬가지였다.

그는 매 수업 시간마다 이런 말을 했다.

"아, 난 신경 쓰지 말도록. 조용히 앉아 구경만 할 테니."

이번에도 그리 말한 빈센트가 한쪽 의자에 자리를 잡고 앉았다. 그러곤 다리를 꼰 채 당당히 날 주시했다. 춤을 가르치러 온 교사가 당황해 하며 교육을 시작했다.

습관이란 게 무섭다. 하루 종일 바쁜 생활을 하는 데 익숙해지다 보니 가만히 앉아 있는 게 너무도 답답했다. 그나마 춤은 다리를 주로 움직이니 괜찮지 않을까 싶어 에단과 얘기한 끝에 계속 배우기로 했다.

대신 오늘은 느긋한 클래식과 어울리는 동작이 크지 않은 춤을 배우기로 했다. 그러나 난 평소보다 더 뻣뻣하게 굳은 채로 교육을 받을 수밖에 없었다.

내가 집중을 못 하자 교사가 한 가지 제안을 했다.

"저분께 파트너가 되어 달라고 요청드려 보면 어떨까요?"

교사가 이쪽을 뚫어져라 주시하고 있는 빈센트를 가리켜 물었다. 난 빈센트에게 흘긋 시선을 주곤 다시 교사를 바라보며 머뭇거렸다. 상관은 없지만……. 내가 우물쭈물하는 사이, 이자벨라가 재빠르게 빈센트에게 다가가 정중히 얘기를 건넸다. 순순히 몸을 일으킨 빈센트가 이쪽으로 다가왔다.

한 손을 내미는 그를 멀뚱히 바라봤다.

"한 곡 부탁드립니다."

"아, 어, 예."

난 얼떨떨한 감정을 추스르며 빈센트의 손을 맞잡았다. 그가 다른 한 손으로 내 허리춤을 감싸 안자, 난 배운 대로 자세를 취했다. 교사가 음악을 틀자 곧 아름다운 클래식이 울려 퍼졌다. 빈센트가 능숙하게 움직이며 날 이끌었다.

난 고개를 치켜든 채로 눈동자만 굴려 바닥을 내려다보았다. 혹여 실수할까 봐 신경을 곤두세웠다. 머릿속으론 다음에 해야 할 동작을 더듬었다. 긴장한 채 춤을 추다 보니 즐겁다기보단 빨리 끝났으면 하는 바람이 컸다.

그때 빈센트의 목소리가 들렸다.

"이러고 있으니 옛날 생각이 나는군."

난 그제야 그를 바라보았다. 빈센트가 눈을 휜 채 긴장한 날 구경하고 있었다. 어쩌면 내 긴장을 풀어 주려는 것도 같다.

난 작게 고개를 끄덕였다. 언젠가 그와 춤을 춘 적이 있었다. 그땐 이렇게 온 몸을 굳히며 추는 게 아니라 꽤 즐거웠던 것 같은데.

"그땐 발을 많이 밟더니."

"지금은 덜하죠?"

"나쁘진 않군."

칭찬을 듣는 건 언제나 기분 좋다. 난 살며시 웃으며 발을 움직였다. 그러나 사람은 긴장을 풀면 안 된다고, 다음 동작에서 바로 그의 발끝을 눌러 버렸다. 빈센트가 눈가를 좁혔다. 난 모르는 척 다음 동작을 이어 갔다.

"아직 형편없어."

"칭찬과 비난, 하나만 해 주세요."

작게 투덜거렸으나 미안함에 고개를 푹 숙였다.

"그래도 좋아."

이어지는 말에 다시 얼굴을 들어 올리자, 빈센트가 시선을 맞췄다.

"너랑 이러고 있는 거."

순간 그의 얼굴이 바짝 가까워졌다. 허리를 지탱해 주던 손으로 힘주어 날 끌어당긴다. 졸지에 그의 품에 살짝 안기자, 난 눈을 껌뻑거렸다.

"오늘 열심히 노력하는 널 보고 있자니."

귓불에 그의 입술이 닿았다. 어깨가 움찔 떨리며 움츠러든다.

"너무 사랑스러워서 에단의 걱정에 부응해 주고 싶더군."

으, 으아아― 난 입을 떡 벌렸다. 몸을 떼어 낸 빈센트가 그런 날 보며 짓궂은 웃음을 흘렸다. 동작을 잠시 멈추자 옆에서 우리를 지켜보고 있던 교사가 손뼉을 착착 쳤다. 얼른 움직이라는 소리였다. 그에 빈센트가 다시 몸을 움직였다. 난 그가 이끄는 대로 따라가면서도, 머릿속으론 제정신을 차릴 수 없었다.

그 뒤로 춤을 왕창 틀려 버렸다.

에단이 돌아오고 난 뒤 빈센트를 돌려보내려고 했지만, 그는 '며칠 신세 좀 지겠다'는 말 그대로 저택에 눌러앉았다. 이유는 간단했다.

"네가 우리 사이를 더 이상 방해하지 않는다면 돌아가지."

"내가 언제 방해했다는 거야."

"매번 했잖아."

이참에 그걸 확실히 하려고 찾아왔나 보다.

그동안 내 뒤를 쫓아다니는 빈센트 때문에 수업에 집중할 수 없었던 난 에단과 합심해 그를 돌려보내려고 했다. 그럴 때마다 빈센트가 아주 노골적으로 실망한 표정을 지었던 탓에 중간부턴 휘둘릴 수밖에 없었다.

게다가 그걸 안 에단은 더더욱 경계심을 보였다. 밤마다 빈센트가 지내는 방으로 가는 걸 보니 아마 그가 날 만나러 올까 봐 감시하는 것 같았다. 보아하니 밤마다 둘이서 와인을 들이켜는 것 같다. 덕분에 매일 아침 에단은 굉장히 피곤해 보였다. 정작 같이 마신 빈센트는 아무렇지 않아 보였지만.

그렇게 며칠이 흘렀다. 언제나처럼 종일 수업을 받느라 지친 하루를 보내고 일찍이 잠이 들었다. 매일 따라다니며 내가 수업받는 걸 지켜보는 빈센트 때문에 긴장이 되기도 했고, 과한 걱정을 하는 에단을 달래느라 피로가 쌓이기도 했다.

오랜만에 단잠을 자고 있는데, 잠결에 문을 똑똑 두드리는 소리를 들었다. 처음엔 꿈에서 들은 소리인 줄 알았는데 다시 똑똑 문소리가 들려왔다. 그제야 비몽사몽 한 정신을 깨우며 몸을 일으켰다. 이 밤중에 누구지?

근처에 있던 숄을 잠옷 위에 걸치고 문으로 향했다. 문을 살짝 열어젖히자 예상치 못한 빈센트가 서 있었다. 잠기운이 확 달아났다. 에단에게 빌린 잠옷 위에 가운을 걸친 차림의 빈센트가 문을 활짝 열고 안으로 들어왔다. 난 자연스럽게 시간을 확인했다. 아무리 봐도 한밤중이 맞았다.

"이 시간에 어쩐 일이세요?"

"같이 한잔하려고 왔지. 마실 수 있나?"

빈센트가 손에 든 와인병을 흔들었다. 잔도 두 개 들려 있다.

"며칠 밤마다 마셨더니 습관이 되었어."

방 한편에 있는 탁자 앞에 선 빈센트가 잔 하나를 내게 건네주곤 오프너로 능숙하게 코르크 마개를 딴 뒤 와인을 따랐다. 검붉은 물이 와인 잔에 채워지는 걸 보며 난 얼떨떨한 정신을 추슬렀다.

"에단…… 오빠는요?"

"깊게 잠들었는지 오늘은 오지 않던데?"

빈센트가 머무는 동안 소중한 동생을 지키고자 낮이고 밤이고 눈에 불을 켜고 경계하다 보니 며칠 새 에단은 상당히 피로해 보였다. 새벽마다 내 방을 슬쩍 들여다보며 빈센트가 왔나 살피기까지 했으니 오죽할까. 결국 오늘은 방에 들어가 곯아떨어졌나 보다.

"역시 일부러 그러신 거죠?"

에단이 이럴 줄 알았잖아, 당신. 그리고 며칠 안 되어서 에단이 먼저 지쳐서 떨어져 나갈 거란 것도.

나와 빈센트의 일이 아니더라도 에단은 충분히 바쁜 사람이다. 쌍방에서 난리를 친다면 같이 불타오르겠지만 한쪽의 일방적인 반응이라면 결국 먼저 지치는 건 그쪽이다. 자신의 잔에도 와인을 따르며 빈센트가 뭘 새삼스럽게 묻느냐는 듯한 표정을 지었다.

이곳에 올 때 같이 데려온 시종에게 뭔가 지시를 내릴 때만 빼면 빈센트는 내 곁에 종일 함께 있었다. 아무래도 그동안 떨어져 있던 시간들을 보상받으려는 의도가 분명했다. 하지만 첫날을 빼고는 제대로 함께 시간을 보냈다고 말하기 어려웠다. 솔직히 한 번쯤은 밤에 찾아오지 않을까 싶긴 했다. 난 그를 향해 고개를 설레설레 저었다.

"이쪽으로 오세요. 밖을 보면서 마시면 더 기분 좋을 거예요."

난 발코니의 문을 연 뒤 한쪽에 놓여 있는 의자를 하나 가져왔다. 그리고 서랍장을 뒤져 긴 천을 꺼내 와 의자 옆쪽 바닥에 깔았다. 난 의자가 아닌 천 위에 엉덩이를 붙였다. 의자는 빈센트를 위해서 둔 거고, 난 이렇게 바닥에 앉아 멍하니 하늘을 보는 걸 좋아했다. 이런 좋은 곳에서 생활한다고 해서 옛날 버릇이 쉽게 사라지진 않는다.

그런 날 지켜보던 빈센트가 의자를 옆으로 치우곤 남은 천 위에 앉았다. 내가 놀라 바라보자, 빈센트는 아무렇지도 않게 잔에 든 와인을 들이켰다. 목구멍을 타고 넘어가는 와인을 따라 목울대가 꿀렁이는 걸 보며 나도 잔에 입을 댔다. 쓰기만 할 줄 알았는데 뒷맛이 살짝 달달한 게 나쁘지 않았다.

"이러고 있으니 옛날 생각 나는걸."

"그러네요."

그렇게 옛날도 아닌데, 벨루니타 저택에서 지냈던 것이 오래된 일처럼 느껴졌다. 그도 그런지 하늘에 뜬 달을 바라보는 옆얼굴이 나른하게 풀어졌다.

돌이켜 보면 많은 일들이 있었지. 음, 생고생도 엄청 한 것 같은데. 난 잔을 한 번에 비우곤 그에게 내밀었다. 놀란 빈센트가 천천히 마시라며 잔에 와인을 새로 채워 주었다.

"아무리 생각해도 너무하셨던 거 같아요!"

이제 와 말해 본다. 당신 성격 정말 더러웠다고.

와인을 다시 한 번에 들이켠 뒤 난 화를 냈다. 빈센트가 와인을 들이켜다 말고 눈을 동그랗게 떴다.

"뭘 말하는 거지."

"첫 만남 때도 그렇고, 다시 만났을 때도 그렇고 저한테 엄청 매정하게 구셨던 거 아세요? 너 같은 건 죽어도 상관없어서 데려온 거라는 말씀을 하시질 않나, 위험하게 물건을 던지시질 않나. 다시 만났을 땐 또 어떻고요. 물건을 던진 건 아니지만, 여전히 못된 말로 사람 속을 후벼 파셨잖아요."

아닌 척해도 꽤 상처로 남았단 말이지. 그때를 생각하니 기분이 영 안 좋다. 얼굴을 왕창 찡그리며 빈센트가 다시 채워 준 와인을 홀짝였다. 그런 날 보며 빈센트가 픽 웃었다.

"너야말로. 제대로 식사를 하지 않는다고 강제로 먹일 땐 얼마나 황당했는지 알아? 한 번도 그런 취급을 받아 본 적이 없었는데. 게다가……."

빈센트가 뒷말을 흐렸다. 하지만 듣지 않아도 알 수 있었다. '게다가 아랫사람이 감히 그런 식으로 굴다니. 평소라면 가만두지 않았을 텐데.' 대충 이런 식으로 말하려 했을 것이다. 그의 입장에서 본다면 귀족의 권위를 짓밟은 일이니 그럴 만도 하지만, 그땐 나도 살기 위해 어쩔 수 없었다고.

"이쪽도 나름 목숨을 건 일이었어요."

"목숨이 아깝긴 했나 보지?"

"어차피 죽을 거라고 해도 개죽음은 별로잖아요."

늙어서 잠이 들듯 평온하게 죽는 것까지 바라진 않아도, 아무런 보람과 가치도 없이 죽고 싶진 않았다. 죽음에 그런 걸 찾는 것도 웃기지만, 여하튼 그땐 좀 억울했다. 내가 바라서 왔던 게 아니니까. 오기가 생기기도 했고.

난 잔에 든 검붉은 와인을 한 차례 흔들었다. 둥글게 퍼진 와인이 잔 표면에 부딪치며 미끄러져 내려갔다. 유리잔에 달라붙은 붉은 물이 주륵 내려가면서 흔적을 지웠다.

"아무런 노력도 하지 않은 채 죽고 싶진 않았어요. 하지만 마땅한 방법을 몰라서, 미숙한 제 머리로는 그것밖에 떠오르지 않더라고요. 그냥, 살고 싶어서 그랬어요."

하지만 상대방은 원하지 않았고, 비참함을 느끼기까지 했으니 내가 잘했다고 생각하진 않는다. 내가 좀 더 똑똑한 사람이었다면 좋은 방법을 찾았을지도 모른다. 하지만 난 멍청하고 미숙하며, 여러모로 서툰 사람이었다. 그럼에도 아량을 베풀어 준 빈센트에게 감사한 마음은 분명 있었다.

"그 부분에 대해선 많이 늦었지만 지금이라도 사과드릴게요. 죄송합니다."

난 그를 향해 몸을 틀고 허리를 깊게 숙였다. 늦었지만, 오래전 일에 대한 사과를 건넸다. 용서를 바라는 건 아니지만 내 마음을 알려 주고 싶었다.

내 사과를 들은 빈센트에게선 잠시 말이 없었다. 곧 그가 손으로 바닥을 짚었다. 들고 있던 와인 잔이 바닥에 부딪치며 탁 소리를 내었다.

"폴라. 고개를 들어."

그의 말대로 고개를 들자, 빈센트의 얼굴이 가까이에서 보였다. 그는 날 탓하지도, 엄한 얼굴을 하지도 않았다.

"그럼 나도 사과할게. 네 마음에 상처 줬던 걸 모두 용서해 줘."

"그럴게요."

어려운 일은 아니었다. 흔쾌히 대답하자 빈센트가 엷은 웃음을 지었다. 때마침 불어온 바람이 그와 내 머리카락을 흩뜨려 놓았다.

때때로 이렇게 평온한 생활을 하고 있는 게 꿈처럼 느껴진다. 나는 내 생애 이런 시간이 올 거란 걸 한 번도 예상하지 못했기에. 금화에 팔려 벨루니타가의 사용인으로 왔던 난 알았을까. 시력을 잃고 방 안에만 처박힌 채 지랄맞은 성질을 부리던 남자와 이리될 거란 것을.

언젠가 그의 방에서 달을 구경하던 때가 떠올랐다. 밤이 싫어 달도 싫어하는 편이었는데 이상하게도 그와 함께 볼 때는 달랐다. 저 환한 달빛이 기분 좋게 느껴졌으니까. 오늘도 밝은 달빛이 방 안을 충분히 비추어 주고 있었다.

"이러고 있는 걸 보면 에단 님이, 아니 오빠가 엄청 화내겠어요."

"걱정 마. 별로 화 안 낼걸."

"어째서요?"

"에단은 내가 이럴 거란 걸 알고 있을 테니까."

그러고 보니 첫날 두 사람이 나눈 대화가 좀 이상했지. 설명을 요구하듯 지그시 바라보자, 빈센트도 숨길 생각은 없었는지 입을 달싹였다.

"얼마 전에 찾아와선 네가 걱정된다고 한탄을 하더군."

그건 몰랐다. 놀라는 날 보며 그가 설명을 이었다.

"제대로 쉬지도 않고 귀족 교육을 받는 데 매진하는 게 걱정된다면서. 지난 번 일은 대충 들었어."

숨이 멎었다. 지난번 일이 무엇을 말하는지 바로 알아챘다. ……그래서 그랬구나. 첫날에 함께 있는 내내 어쩐지 묘한 표정을 짓던 것이, 수업을 받는 내 내 곁을 지켰던 것이 날 걱정해서였구나. 말하지 않는 걸 굳이 캐묻지 않은 배려가 느껴졌다.

"사실 널 위로해 주고 싶었어. 하지만 네가 먼저 얘기를 꺼내지 않으니 나도 모른 척하는 게 맞다고 생각해 굳이 말하진 않았던 거야."

"……죄송해요. 숨기려던 건 아니었는데."

"사과하지 마. 말하지 않았다고 뭐라 하려는 게 아니니까. 그냥 단지, 네가 걱정됐을 뿐인 거지."

에단이 차마 빈센트를 내치지 못했던 건 그 마음을 알아서였던 거구나. 빈센트가 이리도 뻔뻔하게 구는 건, 날 만나러 온 걸 에단이 암묵적으로 허락했음을 알기 때문이었다. 평소 빈센트가 오는 걸 경계하던 에단이 나에 대한 얘기를 빈센트에게 했던 이유는 내가 너무 기죽어 있기 때문이었겠지. 그리고 빈센트는 이를 철저하게 이용했던 거고. 그제야 의문스러웠던 퍼즐이 들어맞는 기분이 들었다.

"제가 걱정돼서, 여기서 며칠 지내겠다고 하셨던 거예요?"

"……."

빈센트는 별말을 하지 않았다. 하지만 난 이미 그의 마음을 충분히 느낄 수 있었다.

"전 괜찮아요."

빈센트가 쓰게 웃었다. 내가 그렇게 말할 줄 알았다는 표정이다.

"아니, 이제 정말 괜찮아졌어요. 다들 절 이렇게 많이 걱정해 주시니까요."

그 마음을 받은 것으로 이미 충분히 힘이 난다. 누군가에게 걱정받는다는 건 꽤 괜찮은 기분이었다. 세상에 '내 편'이 존재하는 것 같다. 그래서 활짝 웃자 빈센트가 슬쩍 시선을 피했다. 표정은 무덤덤했으나 난 그가 부끄러워하고 있다는 걸 알아챘다.

다시 바람이 불어왔다. 찬 기운에 어깨를 타고 흘러내린 숄을 추슬렀다. 고개를 들자, 빈센트가 다시 날 바라보고 있었다. 금빛 머리카락 사이로 짙은 에메랄드빛 눈동자가 보였다. 순간, 묘한 기분이 들었다. 그의 입술 새로 흘러온 숨결에 와인 냄새가 섞였다.

"여기서 널 만지면 신사적이지 못한 행동일까."

문득 그가 물었다. 난 가만히 듣다가 작게 웃었다.

"괜찮아요. 저도 아직, 정숙한 숙녀가 아닌걸요."

내 말에 빈센트도 작게 웃음을 흘렸다. 곧 그의 얼굴이 가까워졌다. 나도 얼굴을 기울였다. 뜨거운 감각이 입술을 타고 흘러들었다. 와인의 쓴맛이 그 순간만큼은 너무도 달콤하게 느껴졌다.

□　◆　□

"알겠어. 허락할게."

그 뒤로 이틀을 버틴 에단이 결국 항복을 선언했다. 이대로 지내다가는 자신만 힘들어질 거란 걸 깨달았기 때문이었다. 게다가 빈센트가 이곳에서 며칠 머무른 데는 날 위로하려는 의도도 포함됐다는 걸 알고 있었기에 에단도 이만하면 됐다고 생각한 것 같았다.

"그럼 원하는 걸 얻었으니 이만 돌아갈까."

티타임을 함께하던 빈센트가 빈 찻잔을 내려놓고 산뜻하게 몸을 일으켰다. 원하는 바를 얻은 그는 아주 후련한 얼굴이었다. 반대로 에단은 매우 떨떠름한 표정을 지은 채 연신 차를 들이켰다.

"조만간 약혼에 대한 서신도 보내지."

"안 돼. 사교계 데뷔가 먼저야."

그것까지는 용납 못 한다며 에단이 단호히 고개를 저었다. 아직 다른 사람들에게 소개하지도 못했는데 약혼식을 먼저 치를 순 없다는 의견이었다. 빈센트가 그건 언제냐고 묻자, 에단이 천천히 준비할 거라며 속 긁는 소리를 늘어놓았다. 당연히 빈센트는 불만스러운 티를 냈다. 그 둘 사이에서 애초부터 의견이랄 게 없던 나는 얌전히 차만 들이켰다.

그날 빈센트는 바로 떠날 채비를 했다. 저택을 계속 비워 둘 수도 없는 노릇이었고, 에단이 말을 바꾸기 전에 떠나려는 것 같았다.

빈센트를 배웅하면서 가벼운 포옹을 나눴다.

"너무 무리하진 마. 널 힘들게 하려고 이러는 게 아니니까."

"그럴게요."

"말로만 그러지 말고."

"알겠어요."

난 그가 안심할 수 있도록 크게 고개를 주억거렸다. 옆에서 우리의 대화를 듣고 있던 에단이 혀를 끌끌 차는 소리가 들렸지만 모른 척했다.

그렇게 빈센트를 배웅한 뒤 다시 예전의 일상으로 돌아갔다. 며칠 동안 빈센트를 경계하며 피로한 생활을 했던 에단은 이제 가벼운 마음으로 직무에 집중했다. 나도 다시 수업에 몰두했다. 하지만 예전처럼 조급해하지 않기로 했다.

에단은 내게 충분한 시간을 준다고 했고, 난 그가 벌어 준 시간 동안 차분히 준비를 하면 된다. 세월이 흐르다 보면 나도 이 생활에 능숙해질 거라 믿는다. 날 걱정해 주고, 내 편이 되어 주는 사람들이 있으니까 앞날이 마냥 두렵게 느껴지진 않았다. 그러자 내 마음에도 점차 여유가 생겨났다.

"생각보다 잘 지내시는 거 같군요."

쉬는 시간이 되어 서재에서 책을 골라 읽던 중 이자벨라가 말했다. 난 책에서 시선을 떼고 그녀를 바라봤다. 이자벨라는 내가 읽으면 좋을 만한 책을 골라 주고 있었다.

"기대 이상으로 잘해 주고 계시기도 하고."

"기대 이상인가요?"

이자벨라는 칭찬에 인색한 사람이었다. 너무 놀라 나도 모르게 그녀가 자주 지적하던 경어가 나와 버렸다.

"솔직히, 그렇습니다. 많이 힘들어하실 줄 알았거든요."

많이 힘들어한 거 맞는데. 지금도 맞지 않는 생활이 가끔 버겁기도 하고. 난 머쓱하게 웃으며 목덜미를 긁었다.

"다른 사람들이 들으면 분수에 넘치는 소리를 한다고 할까요."

"글쎄요. 다른 사람이니까요."

맞다. 다른 사람이니까 겪어 보지 못한 생활을 동경하며 쉽게 평가할지도 모른다. 예전의 내가 이런 호화스러운 생활을 하며 투정 부리는 걸 봤다면 분명

'호강에 겨운 소리'라고 타박했을 테지. 하지만 지금의 난, 그녀의 말에 공감했다. 내가 직접 겪어 본 귀족의 생활은 생각만큼 쉽지 않았다. 알아야 할 것도 조심해야 할 것도 많았다. 사람들의 시선이 따라다니는 게 당연한 삶이었다.

이자벨라가 책장에서 책을 한 권 꺼내며 말을 이었다.

"주인님이, 그러니까 벨루니타 백작님과 다시 만났을 때 일자리를 소개해 주겠다는 제안을 듣고, 처음엔 거절했었습니다."

예상치 못한 말에 눈이 휘둥그레졌다.

"어째서요?"

"이미 제 쪽에서 끊어 낸 인연이니 다시 엮이고 싶지 않았습니다. 보람을 느낄 때도 있었지만, 그렇다고 해서 행복한 생활을 했던 건 아니었습니다. 그래서 거절했는데, 백작님이 이곳에 와 보면 마음이 바뀔 거라고 하시더군요. 그리고 이곳에서 당신과 다시 만났을 때, 그런 생각을 했습니다."

그녀가 고른 책들을 한 손에 들고 날 돌아봤다.

"어쩌면 이 순간을 위해 내가 그런 선택을 한 게 아닐까."

난 눈을 큼지막하게 떴다. 매번 궁금했다. 그녀는 왜 날 도와주었을까? 자신이 위험해질 게 분명한데도 왜 내가 도망치도록 해 주었을까? 이제야 그 의문에 대한 답을 들은 것 같다. 사실 거기에 명확한 '이유'는 없었을지도 모른다. 사람은 살면서 때때로 스스로조차 이유를 알 수 없는 선택을 하기도 하니까.

나는 이자벨라의 모습을 눈에 담았다. 오래전, 아무것도 모르던 시절에 만났을 때보다 조금 더 마르고 나이를 먹은 얼굴이 보였다. 그럼에도 머리카락 한 올 흐트러지지 않은 모습은 그때와 같았다.

"아가씨. 절 고용해 주시겠어요?"

"이미 고용했는걸요."

"나중에 아가씨의 사람으로 고용해 주세요."

그건…… 내 사용인으로서 고용해 달란 소리인가? 놀라 눈을 껌뻑이는 날 보며 이자벨라가 오래전 그때처럼 웃었다. 그래, 그녀는 헤어지는 순간, 처음으로 내게 웃어 주었다.

"나이가 드니 새로운 보금자리를 찾는 것도 쉽지 않네요. 매일 불안한 마음으로 일할 바에야 차라리 기존에 있던 자리로 돌아가는 것도 나쁘지 않을 거 같군요."

"……제 곁에 있어도 괜찮으시겠어요?"

"네. 괜찮습니다."

"전, 많이 서툰 사람이에요. 손이 많이 갈 거예요."

"그래도 제 안전은 보장해 주시겠죠."

이자벨라는 농담처럼 말했지만, 그간의 상황을 아는 나는 그 말이 결코 농담이 아님을 알고 있었다. 그녀가 내 곁에 있어 준다면, 사실 든든할 거 같았다. 어쩌면 그녀이기 때문인지도 모른다. 오래전, 멍청하고 미숙하고, 그래서 서툰 날 도와준 '이자벨라'이기 때문에.

"예전에 진 빚을 갚는다고 생각해 주세요."

이자벨라는 내가 난감해하고 있다고 생각했는지 한마디 더 뱉곤 고른 책들을 내밀었다. 난 눈앞에 들이밀어진 책들을 보다가 손을 뻗어 건네받았다. 할 일을 끝낸 이자벨라는 언제나처럼 내게 정중히 허리를 굽히곤 몸을 돌렸다. 책장 사이를 빠져나가는 그녀를 보며 난 가슴속에서 피어오르는 부푼 감정을 반갑게 맞이했다.

생각지도 못한 또 다른 내 편이었다.

외전 3장

연애편지

[꽃 냄새에 질색할 것 같던 날, 언제나 올려다보던 하늘이 유달리 맑게 느껴졌던 날에 저는 당신을 처음 만났습니다. 당신은 마치 천사처럼 제게 날아와 주었고, 기죽어 있는 절 위로해 주었습니다. 당신에게 촘촘히 수놓아진 꽃은 그곳에 있던 그 어떤 꽃보다 아름다웠습니다.

울지 말라고 말해 주던 당신을 기억합니다.

상냥히 웃어 주던 당신을 잊지 못합니다.

저는 그날 사랑에 빠졌습니다.]

'사랑'이란 생소한 글자를 보자 고개가 절로 꺄웃거렸다. 그다음 줄부턴 얼마나 사랑하고, 또 얼마나 그리워하는지에 대한 내용이 구구절절하게 적혀 있었다. 편지를 모두 읽은 난 탁자 위에 놓인 편지 봉투를 집어 들고 이리저리 살펴보았다. 봉투 끄트머리에 '플로렌스 크리스토퍼 님께'라고 쓰여 있는 걸 보니 잘못 온 건 아닌 듯하다.

이게 뭘까. 의아해하며 다시 편지 내용을 훑고 있는데, 어느새 내 등 뒤에 서서 나와 같이 편지를 읽은 에단이 한마디 던졌다.

"연애편지네."

……설마? 말도 안 된다고 반박하려 했으나, 편지의 내용을 읽고 또 읽어 봐도 연애편지 말고는 달리 설명할 말이 없었다. 에단이 짓궂게 웃으며 누가 보냈냐고 물었다. 편지엔 보낸 사람의 이름이 적혀 있지 않았다. 난 반듯한 글씨를 연신 읽어 내렸다.

나야말로 알고 싶다. 그도 그렇게 나한테 연애편지를 보낼 만한 사람은 없으니까.

□ ◆ □

최근 난 사교계 데뷔를 마쳤다. 1년 만의 일이었다. 그동안 난 많은 걸 배웠다. 기초 교양 지식부터 시작해 미술, 음악, 춤, 자수, 독서, 시 짓기, 승마, 식사 예절을 포함한 각종 예의범절까지…….

사실 귀족으로서의 모든 걸 배우기엔 1년은 짧은 시간이었다. 이런저런 교양을 익히고, 다섯 가지의 춤을 외우고, 이제는 누군가를 만나는 일에 조금 용기가 생긴 어느 날, 에단은 내게 파티 참석을 권유했다.

"그동안 열심히 준비했으니까."

플로렌스 크리스토퍼를 공식적으로 소개하는 자리였다. 대부분의 귀족은 성인식과 함께 데뷔탕트 무도회를 치르지만 플로렌스 크리스토퍼는 그러지 못했으니, 공식적인 첫 데뷔라고도 할 수 있었다.

그렇기 때문에 많은 준비를 해야 했다. 드레스부터 시작해서 인사말, 표정, 말투, 행동거지까지 세세한 부분에도 신경을 많이 썼다. 그리고 파트너로서 에단이 동행했다. 완벽하다고 할 순 없으나, 나름 최선을 다했다고 생각했다.

물론 준비한 만큼 데뷔탕트가 순탄했던 건 아니었지만.

에단 크리스토퍼 백작의 입양된 여동생이자, 오래도록 모습을 보이지 않았던 플로렌스 크리스토퍼의 참석에 많은 사람들이 관심을 주었다. 하지만 그 관심은 '엄청난 미인'이라는 소문과는 다른 모습에 비웃음으로 변했다. 한편에선

'엄청난 추녀'란 소문이 들어맞았다며 뒷말을 아끼지 않았다. 덕분에 파티는 호감과 반감을 동시에 느끼는 자리가 되었다. 이 파티를 계기로 플로렌스에 대한 평판이 어떻게 변질될지는 굳이 상상하지 않아도 알 수 있었다.

하지만 가장 참을 수 없는 건, 나로 인해 에단까지 이상한 관심을 받게 되었다는 거였다. 겨우 표정 관리를 하며 파티를 마치고 돌아오는 차 안에서 에단은 풀이 죽은 날 위로해 주었다. 진심으로 날 걱정하는 마음을 알기에 난 애써 아무렇지 않은 척했으나 에단이 나와 거리를 두거나, 자리를 비울 때면 사람들이 내 얼굴을 보고 비웃던 소리가 귓가에 메아리쳤다.

충분히 예상했던 상황이었다. 아무리 좋은 드레스를 입고 곱게 치장을 한다고 해도 겉모습을 완전히 바꿀 수는 없었다. 결코 좋은 자리가 될 거라 기대하지 않았다. 어차피 당장이 아닌, 먼 훗날을 보고 참석한 자리였다. 하지만 직접 경험하고 나니 자신감이 사라지는 건 어쩔 수 없었다.

그날 밤 잠을 이루지 못한 채 발코니 바닥에 앉아 하늘에서 반짝이는 별을 구경했다. 그러다 내 소식을 듣고 늦게라도 시간을 내 파티에 참석한 빈센트가 축하한다며 선물해 준 꽃다발이 눈에 들어왔다. 하얀 꽃과 분홍 꽃으로 꾸며진 꽃다발은 보기만 해도 예뻤다. 그 꽃다발에 얼굴을 묻고 향기를 맡자 우울했던 기분이 조금은 풀리는 것 같았다.

그렇게 사교계 데뷔를 치른 뒤, 나는 본격적으로 사교 활동을 시작했다. 에단과 함께 자주 파티에 참석했고, 사람들과 만났다. 그때마다 난 알게 모르게 나에 대한 평가를 들을 수 있었다. 간혹 대놓고 비아냥거림을 들을 때도 있었다. 그래도 귀족이라고, 대부분은 교양을 잃지 않으려는 듯 티 내지 않았지만 결국 상대를 평가한다는 면에선 다를 바가 없었다.

그리고 난 언제나 웃음을 잃지 않으려고 노력했다. 감정적으로 굴어 봤자 내 평가만 안 좋아진다는 걸 알기에 매번 인내심을 끌어모아야 했다. 사실 그것밖에 대응할 방법이 없었다.

그건 크리스토퍼 저택에서 지낼 때도 마찬가지였다. 처음엔 나도 적응하느라 정신이 없어 몰랐는데, 사용인들 사이에서도 내 이야기가 꽤 화제가 된 듯했다.

하긴, 그럴 수밖에 없을 테지. 그들의 수군거림이 내 귓가에까지 닿지 않았던 건 에단의 배려 덕분이란 생각이 들었다. 그래도 내 시중을 드는 시녀들은 날 편견 없이 대해 주었다. 나는 사교계 활동을 시작하면서 그녀들과 많이 친해졌다.

그래도 좋은 점도 있었다. 그동안 잘할 수 있을까 걱정하던 마음이 조금은 가벼워졌다는 것과 바이올렛을 만날 수 있다는 것이었다. 가문의 망나니라고 불린다는 후작의 셋째 아들이 대놓고 내 외모를 비아냥거리는 걸 들으며 구두 코를 찍어 버릴까 고민할 때, 바이올렛과 만났다. 세 번째로 참석한 파티였다.

"정말 무례하기 짝이 없군요. 격식이란 걸 모르는 건가요? 이번에 경의 막냇 동생이 아카데미에 입학했다고 하던데 경도 이참에 다시 한번 배움을 받아 보면 좋겠네요. 필요해 보이는데."

매끄럽게 쏟아지는 일침도 놀라웠지만, 바이올렛에게 저런 차가운 모습이 있는 줄은 처음 알았다. 능숙하게 상대를 비난하면서도 바이올렛은 마치 예의를 차리듯 상냥하게 웃고 있었다. 하지만 얼굴은 '이 정도 말했으면 꺼지지 않을래?' 하는 기색을 내비치고 있다. 그런 바이올렛을 보며 남자는 아무 말도 하지 못하고 쩔쩔맸다.

그녀는 그런 반응에 익숙한지 다음부턴 조심하라는 말을 남기곤 날 끌고 파티 장으로 들어갔다. 그러자 사람들이 일제히 바이올렛에게 몰려들며 알은척을 해 왔다. 그녀는 능숙한 태도로 그들에게 가벼운 인사를 건네며 날 발코니로 이끌었다.

나는 바이올렛이 내 생각보다 더 지위가 높은 사람이란 걸 깨달았다. 하긴, 왕족이라고 했으니 오죽할까. 괜히 나랑 같이 있어 그녀까지 피해를 볼까 봐 눈치를 살피자, 바이올렛이 내 걱정을 무마시켰다.

"내가 하고 싶은 대로 하려고 이 자리까지 온 거야. 난 당신과 얘길 하고 싶고, 다른 사람들의 시선은 신경 쓰지 않으니 걱정 마."

그렇게까지 말하니 자리를 피하는 건 포기했다.

"괜찮은 거야? 평소에도 자주 이래?"

"자주 그런 건 아닌데, 괜찮아요. 별로 상처받지도 않았고, 이제 좀 적응되어서 크게 신경 쓰이지도 않아요."

"너무 무례한 행동을 하면 한마디 해도 돼. 그 정도 말도 못 할 정도로 약한 가문도 아닌걸. 다들 폴라가 가만히 있을 걸 알고 더 저러는 거야."

그런가. 그러고 보니 항상 에단이 없을 때 이런 일이 일어났다.

"여차하면 에단에게 말해 버려. 오빠 둬서 뭐에 쓰려고?"

쓸모있을 때 사용하란 말엔 그저 웃었다. 안 그래도 며칠 전에 에단이 누군 가 무례하게 굴면 자신에게 말해 달라고 했었다. 아마 자신이 없을 때 이런 상황이 종종 생긴다는 걸 눈치챘나 보다. 그에게 말하면 무언가 조치를 취해 주었겠지만, 굳이 에단에게 말하고 싶지 않았다. 이 또한 내가 적응해야 할 일이란 생각이 든다.

"생각보다 행복한 삶은 아니지?"

바이올렛이 머리를 쓸어내리며 가볍게 물었다. 난 차마 아니라고 할 수 없어 그저 웃기만 했다.

"많이 힘들겠지만 응원하고 있어. 혹시 내 도움이 필요한 일이 있으면 말해. 내가 할 수 있는 선에서 도움을 아끼지 않을 테니."

"그거 참 든든한 말이네요."

"그럼. 난 언제나 폴라 편인걸."

그 말이 충분한 힘이 되었다. 그날 난 파티에서 바이올렛과 수다를 떨며 시간을 보냈다. 우리는 그간의 안부를 물었다. 바쁜 그녀와는 편지로 안부를 주고받고 있긴 했지만 직접 듣는 건 느낌이 또 달랐다.

파티에 참석한 이래 가장 즐거운 시간이었던 것 같다. 세상에 내 편이 한 사람 더 있다는 걸 알게 되었고, 그런 삶이기에 충분히 행복할 수 있다는 예감이 들었다. 그 뒤로도 바이올렛은 종종 내게 필요한 조언을 해 주어서 도움을 많이 받았다.

하지만 파티에 참석하거나 사람을 만나는 건 매번 긴장이 되는 일이었다. 내가 과하게 긴장한다는 걸 눈치챈 에단은 어느 순간부턴 상대하기 수월한 사람들이 모여 있는 파티에만 나와 동행했다.

에단은 내게 또래 친구들을 많이 사귀면 좋을 것 같다고 했다. 난 파티에 참석하는 내 또래의 영애와 영식들이 내가 없을 때마다 뒷말을 나누는 걸 알고 있기에 가볍게 웃어넘겼다.

"당분간 혼자서 외출하는 건 삼가도록 해."

그러던 어느 날, 이른 아침부터 외출을 하는지 외출복으로 갈아입은 에단이 커프스단추를 매만지며 내게 말했다. 그는 아침을 가볍게 먹겠다며 식당이 아닌 방으로 식사를 가져오게 했다. 혼자 먹기 싫어 아침 일찍부터 일어나 그의 방으로 쳐들어간 난 소파에서 졸음과 싸움을 하다 고개를 돌렸다.

"왜?"

"요 근래 귀족을 대상으로 한 납치 사건이 벌어지고 있다고 하더군. 아직 어린 귀족 영애나 영식들을 납치한 뒤 몸값을 요구한다는 거 같아. 범인을 잡는 데 난항을 겪고 있다고 하니 당분간은 중요하지 않다면 파티 참석도 거절할 생각이야."

"으음. 알겠어."

최근 난 에단에게 버릇처럼 사용하던 경어를 쓰지 않으려고 노력하는 중이었다. 에단이 먼저 한 제안이었다. 가족이 된 뒤로도 태도가 딱딱한데 말투까지 그러니 누군가는 이상하다고 느낄 거라고 했다.

실제로 어떤 파티에서 우리의 대화를 듣던 귀족 중 한 명에게서 남매 사이가 참 예의 바르다는 평을 들었다. 편하게 굴면 너무 무례하게 보일까 싶어, 사람들이 있을 땐 가끔 남매 사이에서도 서로 경어를 쓰는 경우가 있긴 하지만 단둘이 있을 때도 그러진 않는다고 했다. 그리고 반쯤은 자신에게 편하게 대해 주길 바라는 것 같았다.

'플로렌스. 다정하게 오빠라고 불러 주면 소원이 없겠다만.'

'……아직 좀 민망해서요.'

사실 부끄럽다는 게 정확할 것이다. 민망하고 부끄럽고, 낯간지럽고.

'수줍어하는 마음은 충분히 이해해. 그럼, 애칭을 지을까? 멋지고 친절하고 다정한.'

'오빠. 얌전히 앉아 계시면 좋을 거 같은데.'

난 곧장 정색하며 그의 헛된 희망을 저지했다. 에단이 어깨를 축 늘어뜨렸다.

'좀 더 다정스럽게 불러 주면 좋을 거 같은데.'

'저기 사람이 오네.'

난 괜히 인기척이 난 곳을 가리키며 말을 돌렸다. 의도가 다분히 드러나는 행동에 에단이 눈을 가늘게 늘였지만 난 모르는 척했다.

그래도 함께 지내면서 에단이 바라던 '사이좋은 남매'가 무엇인지 조금은 알 수 있었다.

에단에게 따라붙은 끔찍한 꼬리표를 알기에 사람들은 내게 몸조심하라는 조언을 심심찮게 했다. 하지만 에단은 자신의 진짜 형제들과 있었던 일들 탓인지 오히려 그들에게 못다 한 걸 내게 대신해 주려고 했다.

파티에 참석한 에단이 나를 대하는 태도를 보며 사람들은 하나같이 아주 놀라워했다. 처음엔 몇 번 태도를 갈무리하던 에단도 군이 감출 필요가 없다고 판단했는지, 단둘이 있을 때만큼은 아니더라도 어느 정도 '다정한 오빠'의 모습을 보여 주었다. 거기에 더해 주는 게 우리 사이의 격 없는 대화라고 할 수 있다. 덕분에 그에게 따라붙었던 끔찍한 꼬리표가 조금은 흐려지는 것 같기도 했다.

그 뒤로 입에 붙게 하기 위해 오빠 소리도 자주 뱉고, 경어도 쓰지 않으려고 노력하다 보니 단둘이 있을 땐 그럭저럭 자연스럽게 굴 수 있게 되었다.

"혹시 모르니 외출할 때 동행할 호위를 몇 명 더 붙여 줄게."

"그냥 얌전히 저택에 있을게."

"그럼 더 편하고."

어차피 외출할 일도 없었다. 세 번 정도 참석했던 어느 유서 깊은 귀족가의 살롱에서 한바탕 귀찮을 일을 겪은 뒤로는 파티나 살롱에 참석하고 싶지 않았는데, 잘됐다. 난 소파 등받이에 몸을 편하게 기대며 아침잠을 깨워 줄 쓴 차를 홀짝였다.

"오후에는 돌아올 거야. 저녁은 같이 먹자."

"응. 조심히 다녀와."

에단이 내 앞머리를 쓸어 올리곤 이마에 입을 맞췄다. 그러곤 나오지 말라고 말했다. 그래서 소파에 앉은 채 손을 흔들며 그를 배웅했다.

이제는 익숙한, 평범한 하루의 시작이었다.

처음엔 배움을 얻기 위해 열심히 달렸지만 일정 기간이 지나니 속도가 조금 더뎌졌다. 이자벨라는 당연한 단계라고 했다. 깨끗한 천을 물에 적셔 가다 보면 너무 무거워져 중간에 한 번씩 물기를 짜야 하는 것처럼 사람도 가끔씩 머릿속을 비워 줘야 한다. 그래서 최근엔 수업 시간이 반으로 줄어들었다. 이 상태로 배워 봤자, 별다른 성과가 없을 테니 잠시 휴식을 취했다가 원래 상태로 회복되면 그때 다시 수업 시간을 늘리자는 말을 난 흔쾌히 받아들였다. 덕분에 하루가 많이 한가해졌다.

침대에 누워 뭉그적대고 있는데 문 두드리는 소리가 들리더니 시녀가 들어왔다.

"아가씨, 편지가 왔습니다."

"누구한테 왔어?"

"벨루니타 백작님께서 보내셨습니다."

난 침대에서 벌떡 일어나 손을 내밀었다. 시녀가 정중히 편지를 건네주었다. 책상으로 가서 칼로 봉투를 뜯고 편지를 꺼냈다. 그런데 안에서 뭔가 툭 떨어졌다. 말린 꽃잎이 예쁘게 들어 있는 네모난 책갈피였다.

[좋아할 거 같아서 샀어. 오늘도 좋은 하루가 되기를.]

간단한 내용이었으나 내겐 충분했다. 빈센트와는 이렇게 별것 없는 내용의 편지를 나누고 있었다. 주로 일상에 대한 내용이었고, 가끔 오늘처럼 작은 선물을 주고받곤 했다. 저번엔 내가 여우 털로 만든 장갑을 선물로 보냈었지.

빈센트는 바쁜 사람이었다. 에단에게서 크리스토퍼가의 출입을 막지 않겠다는 확답을 받았지만, 그렇다고 빈센트를 자주 볼 수 있는 건 아니었다. 얼굴을 보지 않은 지 좀 되었다 싶을 즈음 그가 시간을 내 크리스토퍼가에 방문하거나, 파티에서 보는 정도지 대부분은 편지를 통해 연락을 주고받았다. 잠깐 쉴 시간도 없이 바쁜 그가 꼬박꼬박 편지를 보내 준다는 게 내겐 마냥 고마운 일이었다.

빈센트는 최근 약혼 이야기를 다시 들먹였다. 내가 사교계에 데뷔했으니 더 이상 미루지 않겠다는 의사를 내비쳤다. 그에 에단도 알겠다며, 준비를 해 보겠다고 했다. 또 무슨 준비가 필요하냐고 잠깐 말다툼을 하는 듯했지만 이번엔 확실히 약혼 서약서를 작성하겠다고 하니 빈센트도 한 수 접었다. 대신 시간을 오래 잡아먹지 말라고 당부했다.

그리하여 에단은 최근 내 약혼 준비까지 하느라 정신이 없었다. 결혼하는 것도 아니고, 약혼식을 올리는 건데 조촐하게 하면 좋을 것 같다고 하니 에단은 남들에게 어떻게 보이는가가 중요하다고 했다. 내 생각엔 그냥 좋은 기억으로 남을 만한 약혼식을 치러 주고 싶은 마음인 것 같았다.

그동안 우리의 만남은 편지로 이어지고 있었다.

난 방 안을 둘러보다 창밖으로 보이는 나무를 보곤 달려갔다. 거의 지고 얼마 남지 않은 꽃송이를 향해 손을 뻗었다. 거리가 있어서 뒤꿈치를 들 수밖에 없었다. 내가 곧장 답장을 써 보내는 걸 아는 시녀가 기다리다가 놀라 달려왔다. 허겁지겁 날 붙잡아 준 덕분에 무사히 꽃송이를 딸 수 있었다.

그걸 소중히 쥐고 책상 앞 의자에 앉았다. 그러곤 종이를 한 장 꺼낸 뒤 펜에 잉크를 묻혀 글씨를 써 내렸다.

[당신의 오늘 하루도 행복하기를. 그리고 굉장히 보고 싶습니다.]

그리고 꽃송이와 함께 동봉했다.

벌써 시간이 꽤 흘렀다. 사교계 데뷔 후에도 정신없는 생활을 보냈다. 겨우, 여기까지 왔다. 아직 가야 할 길이 많지만 그래도 이 정도면 노력하고 있단 생각이 든다. 큰 사고도 없었고, 조금씩이지만 안정감을 찾아가고 있으니까. 앞으로도 지금처럼 이 정도로만 평온하면 괜찮을 텐데.

하지만 그 바람은 어느 날 날아온 연애편지로 인해 산산조각이 났다.

나는 누가 내게 이런 편지를 보냈는지 생각해 보았다. 하지만 마땅히 떠오르는 사람이 없었다. 하물며 빈센트에게서조차 이런 편지를 받아 본 적이 없었다.

그 뒤로 두 통의 편지가 더 도착했다. 내용은 비슷했다. '사랑에 빠졌다.', '너무 보고 싶다.', '잊을 수 없다.' 등. 하나같이 구구절절한 내용뿐이었다. 덕분에 편지는 매번 두툼했다.

마치 사랑하는 연인에게 보내는 듯한 편지를 받고 있자니 기분이 묘했다. 처음엔 당황했고, 두 번째엔 경계심이 생겼고, 세 번째 때는 화가 났다. 아무리 생각해도 누가 장난치는 것 같았다. 그게 아니라면 누가 내게 이런 편지를 보내겠는가.

나는 이 이상한 편지에 대해 깊게 생각하지 않기로 했다. 어차피 답장을 할수도 없었다. 하지만 네 번째로 도착한 편지를 바라보고 있자니 이걸 받아야하나 말아야 하나 고민이 되었다. 평소와 달리 편지 받는 걸 망설이는 날 시녀가 의아하게 바라봤다.

그때 등 뒤에서 손이 뻗어 나왔다.

"뭐가 온 건데?"

"어……."

언제 다가왔는지, 빈센트가 편지를 빼앗아 갔다. 난 당황해 하며 빼앗긴 편지를 눈으로 좇았다. 빈센트는 아직 뜯지 않은 편지 봉투를 살펴보다가 날 흘끗거렸다. 내가 당황하고 있단 걸 알아챘는지 그가 편지를 거리낌 없이 뜯었다.

봉투에서 꺼낸 두툼한 편지를 펼쳐 읽은 빈센트는 잠시 말이 없었다. 침묵이 길어진다고 느껴질 즈음 그가 딱 한마디 뱉었다.

"사랑?"

어쩐지 눈에 거슬린다는 말 같았다.

난 머쓱하게 웃으며 빈센트에게서 편지를 되찾기 위해 손을 뻗었다. 그러나 손을 피한 빈센트가 다시 편지를 읽어 내렸다. 어쩐지 편지를 보는 눈빛이 흉흉하게 느껴진다. 그의 옆에 놓여 있는 테이블에 앉아 차를 들이켜던 에단이 차분히 설명을 덧붙였다.

"연애편지라네."

"연애편지?"

빈센트가 인상을 쓰며 봉투를 둘러봤다. 보낸 사람의 이름이 적혀 있지 않단걸 깨달은 그가 곧장 날 바라봤다. 눈빛은 날카로운데 입가엔 웃음이 걸려 있었다.

"누가 보낸 거지?"

"글쎄요."

겁먹은 동물을 달래듯 묻는 그를 보며 난 조금 당황하고 말았다. 누군지 모르냐고 되묻기에 고개를 끄덕이자, 에메랄드빛 눈동자가 가늘어지며 또다시 편지에 꽂혔다. 난 에단을 원망스럽게 바라봤다.

빈센트와는 오랜만에 보는 거였다. 꽤 오랜 시간 얼굴을 볼 수 없게 되자, 그가 하루 시간을 내 크리스토퍼로 찾아와 주었다. 빈센트가 찾아올 거란 걸 알고 있었는지, 때마침 저택에 있었던 에단과 함께 그를 만났고, 오늘은 날씨가 좋아 정원에서 티타임을 가지던 중이었다. 서로 즐겁게 웃으며 그간의 안부를 나누고 있었는데, 하필 이 이상한 편지를 받아 버린 것이다.

"요 몇 달 동안 꼬박 오는 편지야. 이번이 벌써 네 번째지? 매번 정성껏 편지를 써서 보내 주던데 얼마나 사랑하면 그럴까."

"오빠."

난 에단을 쏘아보며 그만하라고 눈짓했다. 얄밉게도 못 들은 척한다.

"널 만나고 싶다는군."

응? 난 걸음을 총총 움직여 빈센트의 곁으로 다가갔다. 편지를 보는 날 흘긋거리는 시선이 느껴졌다. 난 그의 손에 들린 편지를 쭉 읽어 내렸다. 언제나와 같은 내용이었다. 오늘도 당신을 떠올린다, 아직도 잊을 수 없다, 그립다, 만나고 싶다. 만나고 싶다?

[광장에서 기다리고 있겠습니다.]

2주일 뒤였다. 마치 만나기 위해선 준비가 필요하다고 느껴지는 시간 같았다. 이름을 적지 않았기에 만날 마음은 없는 줄 알았는데, 의외네.

그럼 이제 누가 보냈는지 알겠구나. 왜 이런 장난을 치는지 모르겠지만, 제발 그만해 달라고 해야겠다. 그런 생각을 하며 편지를 들여다보는데 갑자기 쑥 사라져 버렸다. 편지를 따라 고개를 들자 빈센트가 어쩐지 불퉁한 표정을 짓고 있었다.

언뜻 보기엔 표정 변화가 없이 무뚝뚝해 보이나 난 알 수 있었다. 저건 내게 자주 보이던 표정이다.

"나가려고?"

"그래야죠."

"연애편지라며."

"네, 그런 거 같네요."

장난인지 아닌지 모르겠지만 일단 의도는 연애편지가 맞는 것 같다. 아마 이걸 받은 상대가 엄청 들떠 하다가 실망하는 모습을 보고 즐기려는 거겠지. 참 악질적이다. 이참에 따끔히 한마디 해야지. 그런 결심을 할 즈음 빈센트의 시선이 느껴졌다. '왜?'란 마음으로 바라보자 그가 얼굴을 구겼다. 어쩐지 옆에서 혀 차는 소리가 들리는 것 같다.

경험상 쓴소리가 나올 것 같았는데, 빈센트가 돌연 에단을 돌아보았다. 에단은 이 상황이 재밌는지 연신 웃으며 차를 음미하고 있었다.

"누가 보낸 건지 알아볼 수 있잖아."

"알아볼 순 있지."

그런 것도 알아볼 수 있구나. 몰랐네.

"그럼 알아봐."

"당사자가 원하지 않는 일을 하는 건 별로 내키지 않아서."

에단이 능구렁이처럼 말을 돌렸다. 빈센트가 황당해했다. 그건 나도 마찬가지였다. 언제 그런 걸 따졌데?

빈센트가 다시 날 바라봤다.

"누가 보냈는지 궁금하지 않아?"

"궁금하긴 하지만……."

굳이 캐내고 싶진 않았다. 정확히는 일을 키우고 싶지 않은 마음이었다. 이게 장난 편지라면 내 선에서 정리하는 게 깔끔하고, 만약—정말정말정말 믿기진 않지만— 연애편지라면…… 정체를 밝히고 싶지 않은 이유가 있는 건지도 모르잖아.

"그냥 만나 볼게요."

"만나지 마."

말이 동시에 튀어나왔다. 아니, 내가 어떤 대답을 할지 이미 알고 있었다는 듯 빈센트가 말을 잘라 냈다. 난 황망히 그와 시선을 마주했다.

"왜요?"

"위험해. 안 그래도 요즘 흉흉한 사건이 벌어지고 있는데 괜히 이런 편지를 믿고 나갔다가 안 좋은 일이라도 당하면 어떡하려는 거지? 나쁜 목적을 가지고 보낸 편지일 수도 있잖아."

빈센트가 아주 진지하게 조언한 뒤 에단을 바라봤다.

"너답지 않게 너무 안일한 거 아닌가?"

그러자 우리를 구경하던 에단이 웃음을 지우곤 미간을 좁혔다. 그건 생각해 보지 못했다는 얼굴이다.

"확실히 그러네. 폴라, 위험하니까 나가지 마."

에단마저 결국 나가지 말란 말을 꺼내자 난 잠시 고민했다. 사실 안 가도 상관없지만, 만약 이게 진짜 연애편지일까 봐 걱정됐다. 그럼 바람맞히는 건 예의가 아니지 않은가.

"호위를 몇 명 더 데려갈게요. 그럼 큰일은 없을 거예요. 그렇죠?"

"그렇긴 한데."

에단이 슬그머니 빈센트를 보더니 어깨를 으쓱였다. 아무래도 좋다는 의미다. 그사이 빈센트의 얼굴은 어느새 딱딱하게 굳어 있었다. 그렇게 내가 가길 원하지 않는 건가? 위험하다고 말하지만 다른 이유가 있는 것 같았다.

빈센트가 왜 그러는 건가 고민하는데, 해답은 옆쪽에서 튀어나왔다. 에단이 다시 짓궂게 웃으며 말했다.

"질투하는 거야."

"시끄러워."

에단의 말을 들은 빈센트가 칼같이 일갈했다. 흉흉한 시선이 따라갔지만 에단은 모르는 척 딴청을 부렸다. 한참 에단을 노려보던 빈센트에게선 별다른 반박이 없었다. 난 작게 웃음을 터트리며 빈센트의 손을 붙잡았다.

"그냥 만나러 가는 거예요. 아주 잠깐이면 되고, 오래 있지도 않을 거예요. 호위도 몇 명 더 데려갈 예정이니 위험한 일도 없을 테고. 그리고 아마, 장난 편지일걸요."

"장난이 아니라면?"

"장난이 아니라면…… 더욱 만나 봐야죠."

거절해야 하니까. 하지만 마음속으론 이미 장난 편지라는 쪽으로 심증을 굳힌 상태였다. 이참에 상대방 얼굴 좀 보자 하는 마음이 컸다. 가만 안 둘 거니까. 이를 으득 씹듯 웃어 보였지만, 어쩐지 빈센트는 딱딱한 표정을 풀지 않았다.

"내가 앞에 있는데도 널 사랑한다고 말한 상대를 만나러 간다는 거군."

왜 얘기가 그쪽으로 튀었지? 상황이 점점 안 좋게 돌아가자 난 당황하며 고개를 저었다. 그런 의도는 아니었는데 빈센트에겐 닿지 못했다. 그는 끝내 표정을 풀지 않은 채 내 손을 뿌리치고 자리로 돌아가 앉았다. 기분이 상한 듯하다.

이걸 어떡해야 하나. 안 갈 수도 없고, 간다고 하기에 눈치가 보이는 상황이 되었다. 정원에 침묵이 흘렀다. 난 살며시 그의 옆자리에 앉아 눈치를 살폈다. 기분을 풀어 주려고 몇 마디 건네 봤으나 효과가 없었다.

"분명 여기저기 칠칠치 못하게 흘리고 다녔겠지. 말도 걸고 관심도 주면서. 그러니 이런 편지도 받아 보는 걸 테고."

난 입을 다물었다. 지금 내 행동거지가 바르지 못하다고 비난하는 건가? 그리고 칠칠치 못하게 흘리고 다녔다니, 난 누군가에게 다정한 말 따윈 하지도 못하는 사람이었고, 최근엔 사람을 상대하는 게 힘들어 은근 피해 다녔다.

그의 말에 기분이 좀 상했다. 그래서 더 이상 말을 하지 않고 차만 벌컥 들이켰다. 그리고 그건 빈센트도 마찬가지였다. 그런 나와 빈센트를 번갈아 지켜보던 에단이 찻잔을 내려놓았다.

"하지만 빈센트, 너도 연애편지는 많이 받아 봤을 거 아니야."

그 한마디에 빈센트의 얼굴이 에단을 향해 홱 돌아갔다. 나도 그게 무슨 소리냐고 묻듯 에단에게 시선을 고정했다. 에단은 빈센트가 아닌, 나를 보며 말을 이었다.

"빈센트가 티를 안 내서 그렇지, 인기 많을걸? 결혼 적령기가 지나긴 했지만 그래도 아직 쓸 만하니 눈독 들이는 숙녀들이 꽤 있지. 지난번엔 고백도 받았잖아?"

"조용히 해."

불길한 낌새를 느꼈는지 빈센트가 에단을 향해 으름장을 놓았다. 하지만 에단은 '내가 뭐 거짓말했냐?'는 듯이 굴하지 않았다.

"나 그때 봤는데. 네가 널 좋아한다던 사람이랑 포옹하는 거."

뭐라고? 난 고개를 삐그덕 돌려 빈센트를 보았다. 빈센트는 타인이 자신을 만지는 걸 좋아하지 않았다. 겉으로 티는 안 내지만 내심 질색하는 편이었다. 과거의 일 탓인지 유독 타인과의 접촉에 민감했는데, 그런 사람이 낯선 여성과 포옹을 했단 말이지.

"거절했어. 그리고 상대방이 멋대로 달려든 거고. 이상한 소리 하지 마."

"왜. 그것 말고도 더 있잖아."

에단은 웃으며 지나가다가 어느 유명한 연극배우에게 고백을 받기도 했고, 굉장히 신선한 고백을 해 깊은 인상을 남긴 귀족가 영애도 있었으며, 다른 저택의 사용인, 게다가 왕족에게까지 고백을 받은 적도 있었다는 등의 빈센트에게 호감을 품었던 여자들에 대한 이야기를 주절주절 늘어놓았다. 빈센트가 어떻게든 그의 입을 막으려 했으나 소용없었다. 그리고 그 이야기를 듣고 있던 난 나직한 감탄을 흘렸다.

"헤에."

한창 투닥대던 두 사람이 날 바라봤다. 난 입꼬리를 올려 활짝 웃었다.

"인기가 많으시군요."

그러면서 내게 그런 식으로 굴었단 말이지. 나는 아주 재미난 이야기를 들었다는 듯 짙게 웃었다. 그런 날 보는 두 사람의 표정이 묘하게 바뀌었다.

결국 그날 빈센트와 싸웠다.

저택에만 늘어져 지내던 어느 날, 에단이 꼭 참석해야 할 파티가 있다고 했다. 근래 크리스토퍼 가문과 좋은 관계를 유지하기 시작한 남작 가문이란다. 그 가문에서 이번에 파티를 연다고 초대장을 보내왔는데 나도 함께 참석하면 좋을 것 같다고 했다. 난 당연히 좋다고 승낙했다.

그렇게 며칠 동안 준비를 한 뒤 에단과 같이 파티에 참석했다. 대저택 홀에서 개최된 파티는 이번에 성인이 된 차남을 축하하기 위해 마련된 자리였다. 참고로 이 가문은 아들만 셋이었다. 두 명의 형과 나이 차이가 꽤 있는 막내아들은 아직 여섯 살이었다. 어린 나이임에도 의젓하게 파티에 참석해 정중히 인사하는 모습을 어른들이 모두 기특하게 바라봤다.

파티는 규모가 컸지만 참석한 사람들이 많지 않아서인지 우아하게 흘러갔다. 덕분에 뒷말을 수군대는 사람이 없어, 다른 때와 달리 마음 편히 파티를 즐길 수 있었다. 그리고 파티에서 빈센트와 만났다.

그날 그렇게 싸우고 일주일 만이었다. 나한테 뭐라 해 놓고 정작 칠칠치 못하게 여기저기 흘리고 다닌 그를 향해 반드시 편지 상대를 만나러 가겠다고 하면서 상황은 결국 말싸움으로 번지고 말았다. 그렇게 헤어진 이후론 얼굴을 보지 않았다. 편지도 끊긴 상태였다.

사람들에게 둘러싸여 있던 그가 날 발견하자 고개를 홱 돌렸다. 그러곤 조금 후회가 되었다. 빈센트와 크게 싸운 건 이번이 처음이었다. 좋게 말할 수도 있었는데, 나도 화가 나서 홧김에 일을 저질러 버린 게 지지부진 이어지고 있었다. 그때 너무 감정적으로 행동한 것 같아 사실 그를 떠나보내고 반성을 많이 했다. 그래서 이번 파티 때 그와 화해하려고 마음먹었다.

낮부터 시작된 파티는 해가 기울어지는 오후까지 이어졌다. 급한 볼일이 있는 사람이 아니라면 대부분 자리를 지켜 주었다. 하지만 조금 지루해지는 건 어쩔 수 없는 일. 웃는 얼굴을 몇 시간 동안 유지하고 있으려니 경련이 일어날 것 같았다. 내가 점차 지쳐 가는 걸 알아챘는지 에단이 슬쩍 다가오더니 내 손에 들린 잔을 빼앗아 들었다.

"요 앞에 정원이 있던데 잠깐 바람 좀 쐬고 와."

"그래도 될까?"

"그래도 돼. 사람들한테 잘 말해 둘 테니 걱정 말고."

에단의 말을 믿고 빠르게 파티장을 빠져나왔다. 이참에 빈센트와 함께 바람을 쐬면서 얘기를 나눌까 했지만 그는 한 가문의 가주로서 자리를 지켜야 했기에 빠져나오기 쉽지 않아 보였다. 기회는 또 오겠지. 결국 혼자 나와 에단이 말한 홀 뒤편의 작은 정원으로 향했다. 사람들을 피해 숨기에 적합한 장소였다.

난 미로처럼 된 길을 걸으며 잠시 숨을 돌렸다. 몇 시간 서 있었다고 몸이 다 뻐근했다. 이럴 땐 에단이 참 대단하단 말이지.

미로를 중간쯤 걷다 보니 수풀 벽 위로 시원하게 치솟는 물줄기가 보였다. 분수대인가 싶어 다가가니 둥근 공간에 들어섰다.

하늘을 향해 시원하게 솟구치는 물줄기를 보고 있자니 속이 뻥 뚫리는 것 같았다. 그쪽으로 향하며 난 기지개를 켰다. 그때 등 뒤에서 부스럭 소리가 들려왔다. 깜짝 놀라 뒤돌자, 수풀 벽에서 뭔가 불쑥 튀어나왔다.

갑자가 나타난 사람은 웬 젊은 여자였다. 여자가 날 발견하곤 더 화들짝 놀라며 주춤 물러나는 게 아닌가.

여자는 나와 마찬가지로 파티에 참석한 사람인 것 같았다. 레이스가 풍성하게 달린 푸른색 드레스와 반묶음 한 긴 머리에 달라붙은 이파리의 조화가 인상 깊었다. 어째 길이라도 헤매다 온 몰골이다. 그늘이 드리워진 곳에 서 있고, 고개까지 푹 숙이고 있어 얼굴은 잘 보이지 않았으나 잔뜩 긴장한 기색이 느껴졌다.

놀란 건 이쪽도 마찬가지였다. 거짓말 하나 안 보태고 비명을 지를 뻔했다. '갑자기 어디서 튀어나왔어요?' 라고 묻고 싶었지만 꾹 참고, 아무렇지 않은 척 웃으며 분수대를 가리켰다.

"아, 분수를 구경 중이라서요."

그러나 여자에겐 별다른 대꾸가 없다. 심하게 경계하는 모습에 괜히 머쓱해져서 목덜미를 긁적였다. 여자의 눈치를 살피며 다시 분수대를 돌아보는데, 어쩐지 뒤통수에 붙은 시선이 떨어지질 않는다.

　불편하다. 난 속으로 꿍 앓다가 몸을 돌렸다. 적당히 산책도 즐겼고, 이제 파티장으로 돌아가자 싶어 미로 쪽으로 향하는데, 다급한 외침이 들려왔다.

　"아, 저, 저기!"

　난 걸음을 멈추고 다시 뒤돌았다. 여자가 양손을 붙잡은 채 더듬더듬 말했다.

　"바, 반갑습니다. 크리스토퍼 양."

　여자가 정확히 내 이름을 부르며 알은척을 해 왔다. 난 눈을 크게 떴다. 평소 호기심 때문에 말을 걸어오는 사람들이 있긴 했으나, 누군가 내게 이런 식으로 인사를 해 오는 건 처음이었다.

　여전히 고개를 숙이고 있어서 얼굴을 알아볼 수는 없었다. 난 우선 양손으로 드레스를 살짝 쥐고 허리를 굽혔다. 늦었지만, 예의를 차려야 했다.

　"아, 네. 제 인사가 늦었군요. 플로렌스 크리스토퍼라고 합니다."

　그러자 여자도 날 따라 허겁지겁 드레스 자락을 쥐어 들었다.

　"저, 저, 저도 인사가 늦어 죄송합니다."

　말을 굉장히 더듬긴 했으나, 여자의 태도는 예의 발랐다. 내가 착각한 게 아니라면, 나에게 호감을 가지고 있는 듯했다. 난 순수하게 그녀가 궁금해지기 시작했다.

　"그런데 누구신지……?"

　"어, 제, 제 소개가 늦었군요."

　그녀가 드레스를 내려놓고 다시 양손을 맞잡았다. 긴장할 때 나오는 습관인 듯하다.

　"제 이름은……."

　그때 등 뒤에서 또다시 부스럭거리는 소리가 들려왔다. 소리가 꽤 커서 나도 모르게 고개를 돌렸다. 누가, 또 있나? 의아해하며 어두컴컴한 미로를 바라보다가 다시 앞으로 고개를 돌리자, 여자도 당황했는지 그쪽을 주시하고 있었다.

　난 내가 왔던 길 쪽으로 몸을 움직였다. 누가 있는 것 같았는데 정작 미로 길에는 아무도 보이지 않았다. 잘못 들었나 생각하는 순간, 다시 부스럭거리는 소리가 들려왔다. 소리는 점차 커지더니 곧 사방에서 들리는 것처럼 무섭게 울려 퍼졌다. 그에 당황하며 소리가 난 방향을 향해 고개를 돌리는데, 갑자기 무언가가 수풀 벽을 뚫고 불쑥 튀어나왔다.

사람이었다. 그것도 장정 세 명. 난 깜짝 놀랐다. 남자들의 갑작스런 등장 때문이 아니라, 그중 가장 덩치가 큰 남자가 옆구리에 끼고 있는 아이 때문이었다. 축 늘어져 있었으나 익숙한 얼굴이었다. 파티장에서 참석객을 향해 정중히 인사를 하던 이 저택의 막내아들이었다.

"어!"

어느새 내 뒤에 바짝 달라붙어 있던 여자가 짧게 비명을 질렀다. 불행히도 그 소리는 남자들의 시선을 끌기 충분했다. 그들은 나와 내 뒤쪽에 있는 여자를 발견하곤 멈춰 섰다. 우리를 위아래로 훑어보더니 세 사람 중 한 명이 우리 쪽으로 걸어왔다.

위험하다. 붙잡히면 안 된다는 경고가 머릿속에서 울렸다. 동시에 지난번 에단이 했던 말이 떠올랐다.

'요 근래 귀족을 대상으로 한 납치 사건이 벌어지고 있다고 하더군. 아직 어린 귀족 영애나 영식들을 납치한 뒤 몸값을 요구한다는 거 같아.'

설마 이렇게 큰 파티에서 그런 일이 벌어지고 있는 걸까? 이 상황이 매우 당황스러웠으나 일단 난 다가오는 남자를 주시하며 뒷걸음질 쳤다. 그러면서 등 뒤로 손을 뻗어 여자의 팔을 붙잡았다. 여차하면 그녀를 붙잡고 뒤쪽으로 도망칠 생각이었다.

붙잡은 팔이 덜덜 떨리는 게 느껴졌다. 이미 겁에 질린 그녀는 한 걸음조차 제대로 움직이지 못하고 있었다.

우리를 향해 다가오던 남자가 잠시 걸음을 멈춘 순간, 난 재빨리 몸을 돌려 뛰었다. 다행히 여자는 내가 이끄는 대로 움직여 주었다. 그러나 얼마 안 가 반대편에서도 누군가 수풀을 헤치고 튀어나온 탓에 뜀박질을 멈출 수밖에 없었다.

이번엔 남자 두 명이었다. 본능적으로 그들이 뒤쪽에 있는 남자들과 한편이란 걸 알아챘다. 가장 앞에 서 있는 남자가 뒤쪽 사람들과 마찬가지로 나와 여자를 훑어보더니 어딘가를 향해 눈짓했다. 불길해. 내가 다시 몸을 돌리려는 순간 큰 손이 내 입가를 틀어막았다.

어디선가 울음소리가 들렸다. 훌쩍훌쩍 우는 소리가 시끄러울 정도였다. 간간이 뭐라 중얼거리는 것도 같은데 발음이 뭉개져 제대로 알아들을 수가 없었다. 대체 누가 우는 거야. 제발 울지 마. 난 우는 소리가 싫어. 마치 살려 달라는 비명 같잖아.

우는 사람을 달래는 건 잘 못한다. 그런 말주변은 여전히 부족했다. 눈물을 흘리지 않고 우는 사람도 달랠 자신은 없지만. 아까부터 들리는 우는 소리가 귓가에 거슬렸다. 그만 좀 울라고 하고 싶은데 목소리가 나오질 않는다. 그제야 몸이 무겁다는 걸 깨달았다. 아니, 몸이 흔들리고 있다. 왜 흔들리지?

의문이 들었을 즈음 다른 소리가 들려왔다. 뭔가 덜컹이는 소리, 훌쩍이는 울음소리에 섞인 신음, 뭔가가 서로 부딪치는 소리, 바닥을 긁으며 굴러다니는 물건 소리까지. 어쩐지 두통이 지끈거렸다. 눈꺼풀이 꿀이라도 발린 것처럼 잘 움직여지지 않는다.

겨우 눈꺼풀을 들어 올렸지만, 주변이 흐릿했다. 일렁이던 시야가 조금씩 선명해지자 곧 둥근 형체가 눈에 보였다. 양손과 다리가 결박된 채 앉아 있는 사람은 분수대에서 봤던 여자였다.

그녀는 눈물을 줄줄 흘리고 있었다. 반묶음 했던 긴 머리가 얼굴을 가릴 정도로 지저분하게 헝클어진 걸로 보아 남자들에게 저항한 듯했다.

내가 깨어난 걸 알아챈 여자가 몸을 움직였다.

"으음. 읍."

하지만 입에 재갈이 물려 있어 무슨 말을 하는지 알아들을 수가 없었다. 그건 내 상태도 마찬가지였다. 난 지끈거리는 두통에 얼굴을 찡그리며, 지금 이게 어떻게 된 상황인지 파악하기 위해 기억을 더듬었다. 결국 도망치지 못한 채 입가가 천 같은 걸로 틀어막아지자 저항했던 건 기억나는데 그 뒤론 기억이 끊겼다.

난 몸을 꿈틀거리며 겨우 벽에 기대앉았다. 그제야 내부가 눈에 들어왔다.

맞은편에 앉아 있는 여자의 옆에는 어린 남자아이가 기대 있었다. 의식을 완전히 잃었는지 몸이 축 늘어져 있었고, 눈까지 천으로 가려진 채였다. 자꾸 덜컹거리는 건 마차 안이기 때문이었다. 짐 같은 걸 싣고 다니는 마차인지 여기저기 놓여 있는 나무 상자가 보였다.

'설마 이런 일이 생길 줄이야.'

납치. 납치를 당했다.

귀족으로 살아가면서 별의별 경험을 다 하고 있는 중이긴 하지만, 이런 일까지 겪을 줄은 몰랐다. 언젠가 빈센트가 했던 장난스러운 납치와는 달랐다. 진짜 납치를 당한 거였다.

놀랍진 않았다. 빈민가에서 살았을 때 하루아침에 아이가 소리 소문 없이 사라지는 일이 많았다. 특히 계집에게 안전이란 건 없었다. 그땐 그나마 이 얼굴 때문에 그런 일을 겪진 않았는데.

'이럴 땐 어떻게 해야 하는 거지?'

아까부터 머리가 지끈거리는 두통이 일었다. 입엔 재갈이 물려 있어 비명을 지를 수 없었고, 양손과 양발은 밧줄로 결박된 상태라 도망치는 것도 힘들다. 아무래도 작정하고 벌인 일인 거 같다. 난 뻑뻑해진 눈을 껌뻑이며 앞으로 어떻게 해야 할지에 대해 생각해 보았다.

설마 귀족의 저택에서 납치를 당할 거라고 누가 상상이나 하겠는가. 에단은 몸값을 노린 납치라고 했는데 나는 누군가 사주해 벌어진 일일 수도 있겠단 생각이 들었다. 뭐가 되었든 계획된 상대는 저 어린 귀족 남자아이였는데, 우연히 상황을 목격한 우리가 딸려 온 게 아닌가 싶다.

에단이 내가 사라진 걸 알아채 줄까. 해가 거의 저물고 있었고, 정원을 산책하고 온다고 했으니 아마 알아채려면 시간이 좀 필요할 듯했다. 빈센트도…….이럴 줄 알았으면 빈센트와 함께 빠져나오는 거였는데. 아니, 정원 산책을 하지 말 걸 그랬나. 후회해 봤자 이미 저질러진 일이었다.

난 한숨을 깊게 내쉬었다. 이 상황을 어떡해야 할까.

여자는 훌쩍거렸고 아이는 미동도 없었다. 그리고 마차도 움직임이 없었다.

가다가 멈춘 걸까, 아니면 아직 출발하지 않은 걸까. 난 여자와 시선을 마주했다. 촉촉하게 젖은 눈동자를 바라보며 입술을 오물거리면서 눈짓하고, 몸을 이리저리 비틀었다. 재갈이나 결박을 풀 만한 마땅한 방법이 없냐고 물은 거였는데 불행하게도 그녀는 알아듣지 못했다.

난 생각을 바꿔 다시 주변을 둘러봤다. 그러다 근처에 있는 나무 상자 쪽으로 몸을 움직였다. 결박된 몸을 움직이기란 쉽지 않았다. 거의 기다시피 움직여 나무 상자로 다가간 난 몸을 돌려 상자 모서리에 밧줄을 문지르며 손에 묶인 걸 끊어 내려고 했다. 하지만 상자의 모서리까지 손을 젖힐 수가 없었다. 어찌 모서리에 밧줄을 건다고 해도 금방 미끄러졌다. 몸을 이리저리 비틀다가 드러눕기까지 했으나 단단히 결박되어 있는지 쉽게 풀리지 않았다.

입에 물린 재갈이라도 빼내려고 얼굴을 내렸다. 모서리에 재갈을 대고 당겼으나 이번에도 잘 고정되지 않았다. 끈 쪽으로 걸고 당기려고 했으나 그마저도 쉽지 않다. 단단히도 묶었네. 얼굴에 상처가 나는 것도 아랑곳하지 않고 모서리에 재갈을 댔지만 별 효과가 없었다.

숨만 점점 차오르는데, 등 뒤에서 쿵 소리가 들렸다. 놀라 뒤돌아보니 여자가 바닥에 쓰러져 있었다. 무슨 문제가 생긴 걸까 싶어 걱정하는데, 여자가 몸을 꿈틀대는 모양새를 보니 일부러 넘어진 듯했다. 난 곧장 마차의 문을 살펴보았다. 다행히 그 소리가 밖으로 새어 나가지 않은 듯하다.

여자가 아픈지 잠시 끙끙대더니 애벌레처럼 꿈틀거리며 내게 다가왔다.

"우움! 우으음!"

어쩐지 다급해 보이는 표정이 뭔가를 말하고 있는 것 같았다. 난 눈을 가늘게 뜨고 여자가 무슨 말을 하는지 파악하려 애썼다.

하지만 입이 막혀 있어 의미 전달이 어려웠다. 내가 난감해하는 사이, 그녀는 벽에 몸을 기대기 위해 자세를 이리저리 바꿔 보더니, 생각처럼 안 되는지 몸을 마구 비틀었다. 그러다 흐트러져 벌어진 얇은 목깃 사이로 가느다란 줄이 튀어나왔다.

난 본능적으로 그게 무엇인지 알아챘다. 나도 바닥에 몸을 쓰러뜨린 뒤 그녀

쪽으로 기어갔다. 그러곤 실례한다는 눈짓을 한 번 보낸 뒤 몸을 돌려 그녀의 옷깃으로 손을 뻗었다. 꿈틀꿈틀 움직여 옷깃을 젖히고 손안에 만져지는 줄을 꽉 잡아당겼다. 계속해서 당기자 곧 줄에 끼워진 장식이 나왔다.

그건 손가락 한 뼘 정도 길이의 아주 작은 칼이었다. 경미한 상처만 줄 수 있을 정도로 짧은 칼날이었으나 밧줄을 끊기엔 충분했다. 난 여자에게서 목걸이를 빼낸 뒤, 다시 몸을 굴려 그녀의 뒤쪽으로 향했다. 그러곤 칼집에서 조심히 칼을 빼냈다.

난 칼 손잡이를 꼭 쥐고 여자의 손을 결박한 밧줄을 손끝으로 더듬어 잘라 내기 시작했다.

싸각싸각하는 소리가 마차 안에 울려 퍼졌다. 누군가 마차 문을 열고 들어올까 봐 무서웠다. 그러다 보니 밧줄을 끊는 손길이 다급해졌다. 실수로 손가락을 벤 것 같은데 고통을 느낄 겨를조차 없었다. 난 빠르게 손을 움직였다.

그렇게 힘겹게 움직인 끝에 밧줄이 툭 끊어지는 듯한 느낌을 받았다. 고개를 돌리자 여자가 몸을 일으키고 있었다. 손을 묶고 있던 밧줄을 마저 푼 여자가 내게서 칼을 건네받곤 내 손에 묶인 밧줄을 잘라 주었다. 손이 자유를 되찾자 난 입에 물고 있던 재갈을 뜯다시피 빼냈다.

다리를 묶은 밧줄도 풀어냈다. 여자의 다리도 풀어 준 뒤 다시 시선을 마주하자 그녀가 또다시 울음을 터트렸다. 몸을 바들바들 떠는 것이 겁에 질린 기색이 역력했다. 그래도 소리는 내지 않고 눈물만 떨구었다. 난 그게 더 안타깝게 느껴져 여자를 품에 안고 작게 속삭였다.

"울지 말아요."

여자가 날 꼬옥 껴안고 몸을 떨었다. 그 떨림이 내게도 전달되는 듯했다. 어쩌면 나도 떨고 있을지도 모르겠다. 난 차분해지려고 노력했다. 그러지 않으면 상황은 나아질 기회조차 없을 테니까.

원래 나의 삶은 안전과는 거리가 멀었다. 가난에 허덕이고, 신분 때문에 차별받고, 여자라 무시당하고 매 순간 위협을 느꼈다. 오늘 평온해도 내일은 무슨 일이 벌어질지 모르는 삶이었다. 그러니 갑자기 무슨 일이 터진다고 해서 두려움에 떨고만 있을 마음은 없었다. 나는 언제나 내가 할 수 있는 일에 대해 고민했다.

그리고 지금도, 나는 내가 무엇을 할 수 있을지 고민하고 있었다. 일단 여기서 나가야 했다. 난 울고 있는 여자를 두고 문 쪽으로 향했다. 문을 살짝 밀어 보았으나 역시나 열리진 않는다.

"언제부터 마차가 멈춰 있었나요?"

"조, 좀 된 거 같아요."

"혹시 어디로 가는지 아나요?"

"아뇨, 모르겠어요."

여자가 눈물을 훔치며 고개를 저었다. 과연 마차가 멈춰 있는 게 다행인 건가. 그렇다 해도 밖에서 우리를 감시하고 있을 가능성이 컸다. 밖을 내다볼 수 있다면 좋을 텐데. 난 벽면에 조그마한 틈새라도 있는지 찾아봤다. 벽면을 이리저리 더듬어 갈라진 틈새를 발견했지만 바깥을 볼 수 있을 만큼 여의치는 않았다.

결국 포기하고 몸을 돌리는데 문득 여전히 미동도 없는 아이가 눈에 들어왔다. 아이에게 다가가 코 밑에 손가락을 가져다 대자 희미한 호흡이 느껴졌다. 다행히 숨을 쉬고 있는 상태였다. 하지만 이마가 땀에 절어 있는 걸 보니 상태가 좋지 않은 듯했다.

숨쉬기 힘든 건가. 난 아이의 입에 물린 재갈을 빼내려다가 멈췄다. 미리 빼두면 오히려 안 좋을지도 모른다. 그래서 일단 두고 다시 여자를 바라봤다. 그녀는 훌쩍이며 내 행동을 주시하고 있었다.

"납치범이 다섯 명이었죠?"

"그랬던 거 같은데…… 자, 잘 기억나지 않아서……. 죄송해요."

"아니에요."

난 손을 휘저었다. 여자 둘이 성인 남자 여럿에게 저항하는 건 현실적으로 불가능했다. 어차피 목적이 아이뿐이라면……까지 생각하다 고개를 저었다. 몰랐다면 모를까 같이 있는 마당에 혼자 남겨 두고 갈 순 없다. 게다가 아이의 상태가 안 좋은 것도 마음에 걸린다.

"이, 이, 이제 어떡해야 할까요?"

"도망갈 방법을 생각해 봐야죠."

마땅히 떠오르는 게 없긴 하지만. 이럴 때 그걸 가져왔으면 좋았을 텐데. 난 마차 안을 빙 둘러봤다. 아무리 찾아봐도 내 가방 같은 건 없었다. 그나마 쓸 수 있는 거라곤 여자가 가지고 있던 칼뿐이었다.

난 손에 든 칼을 내려다봤다. 작아서 급소를 제대로 찌르기 쉽지 않아 보였다. 성인 남자를 쓰러뜨리기 위한 무기로는 아무래도 적합하지 않다. 잠깐 상처 입히는 정도는 가능할까?

고민하다가 일단 칼을 칼집에 다시 꽂았다. 섣불리 썼다가 도리어 안 좋은 결과를 불러올지도 모른다. 이건 만약을 대비해 남겨 두기로 했다.

이제 방법은 하나뿐이다.

그때 벽면이 쿵! 울렸다. 난 갑작스러운 소리에 깜짝 놀라 몸을 굳혔다. 여자는 앉은 채 껑충 뛰었다가 몸을 바들바들 떤다. 누가 손으로 치는 것처럼 벽면이 쿵! 쿵! 울렸다. 난 떨고 있는 여자의 곁으로 다가가 어깨를 감싸 안고 소리가 난 쪽을 주시했다. 연달아 쿵! 쿵! 쿵! 세 번 더 울리더니 곧 잦아들었다. 마차 안이 긴장감에 휩싸인 가운데 문 쪽에서 덜커덩 소리가 이어졌다.

자물쇠를 푸는 소리 같았다.

난 재빨리 여자를 원래 위치에 앉히고 재갈과 밧줄을 제자리에 돌려놓았다. 밧줄은 그나마 덜 잘린 내 걸 사용했다. 그러곤 나도 맞은편에 앉은 뒤 재갈을 입에 물고 밧줄을 다리에 대충 묶었다. 그런 다음 남은 밧줄을 손에 묶인 척 두르고 등 뒤로 숨겼다. 마지막으로 마차 안을 한 번 더 둘러본 후 몸에 힘을 주었다.

곧 문이 덜컹 열렸다.

"이야, 깨어났네?"

남자가 나와 여자를 번갈아 보곤 웃었다. 남자가 올라타자, 마차에 무게가 실리며 삐걱 흔들렸다. 나는 빠르게 남자의 인상착의를 훑었다. 큰 체격에 허름한 복장이 한눈에 봐도 거친 일을 하는 자였다. 난 그가 에단이 말했던 납치범인지 고민했다.

삐걱삐걱 발소리를 내며 남자가 내게 다가왔다. 난 차분히 날 훑어보는 남자와 시선을 마주했다. 그가 혀로 입술을 축이더니 내 턱을 우악스럽게 붙잡았다. 강한 악력에 눈가가 찡그려졌다.

내 얼굴을 이리저리 살펴보던 남자가 한마디를 흘렸다.

"아무래도 내 취향은 저쪽이란 말이지."

그러곤 맞은편에 있는 여자를 보며 비열하게 웃는다. 여자가 흐느끼는 소리가 들렸다. 그 소리에 남자가 더욱 즐겁다는 듯 웃었다. 그사이 난 열린 문밖을 살폈다. 마차 안에 들어온 건 한 사람뿐이었고, 나머지는 보이지 않았다. 잠시 자리를 비운 걸까? 어쩌면 여자와 아이뿐이니 감시자는 남자 한 명으로도 충분하다고 생각했을지도.

남자가 내 얼굴을 거칠게 놓곤 몸을 일으켰다. 그러곤 향한 곳은 여자가 있는 방향이었다. 그녀는 자신에게 다가오는 남자를 보고 겁에 질려 있었다.

"음!"

여자가 본능적으로 뒤로 물러났으나 오히려 남자에게 내몰린 꼴이었다. 도망갈 길을 잃은 여자를 보며 기분 좋다는 듯 웃는 남자의 모습에 인상이 써진다. 귀족 영애인 걸 알고 있을 텐데 왜 저런 짓을 할까 싶었는데 남자가 비열한 말을 꺼내 놓았다.

"맘껏 저항해. 어차피 네년들 죽으면 누가 알겠어?"

그래, 살려 줄 마음이 없구나. 하긴 그랬다면 우리까지 납치할 필요는 없었겠지.

난 그가 뭘 하려는지 알았다. 남자의 역한 손이 여자에게 닿았다. 밧줄을 느슨하게 묶어 두어 풀 수 있을 텐데 겁에 잔뜩 질린 여자는 그조차도 떠올리지 못하는 듯하다. 남자는 이미 내 쪽엔 관심도 두지 않고 있었다.

남자의 어깨 너머로 눈물에 젖은 눈동자와 다시 시선이 부딪쳤다. 살려 달라는 듯 간절히 바라본다. 남자도 그럴 알아챘는지 그녀를 따라 내 쪽으로 고개를 돌리다가 비웃음을 짓는다.

"팔다리 다 묶인 년이 뭘 할 수 있다고?"

남자는 우리의 상황을 비웃고 있었다. 그는 이미 자신이 이 상황의 정복자나 다름없다고 생각하는 듯했다. 남자가 여자의 어깨에 얼굴을 파묻는 걸 보곤 난 다시 마차 밖을 살피며 재빨리 발을 움직여 밧줄을 풀었다. 양손의 밧줄도 비틀어 풀고 재갈도 빼낸 뒤 조금 전에 눈여겨봤던 걸 살며시 집어 들었다. 그걸 단단히 쥐고 남자의 뒤통수를 향해 내려쳤다.

"크헉!"

남자가 뒤통수를 움켜잡고 신음을 흘리더니 옆으로 쓰러졌다. 남자의 뒤통수를 강타한 건 유리병이었다. 이게 왜 여기 있는지 모르겠지만, 천에 감싸인 유리병이 한쪽 상자 안에 들어 있었다. 난 남자가 들어오기 전에 그걸 확인하곤 기억해 두었다.

산산조각이 난 유리 조각이 주변에 널브러졌다. 남자의 눈동자엔 이제 내가 담겼다.

"이런 걸 할 수 있지."

경악에 차 있는 얼굴에도 아랑곳하지 않고 발로 후려 찼다. 이럴 때 구두는 좋은 무기가 된다.

몇 번 후려 차니 남자가 조용해졌다. 난 기절한 듯 몸을 늘어뜨린 남자의 어깨를 발끝으로 툭 쳤다. 그러곤 아이에게 다가갔다. 상황을 지켜보던 여자가 눈앞에 쓰러져 있는 남자를 보며 물었다.

"주, 죽었을까요?"

"그럴 리가요."

저런 놈은 쉽게 죽지 않는다.

아이는 이 소란에도 깨어나지 않았다. 아직 약에 취해 있거나, 깨어날 만큼 몸이 회복되지 않았거나, 둘 중 하나였다. 그 모습이 불안감을 더해 주었다. 난 우선 아이의 손과 발을 묶고 있는 밧줄을 자르고 등에 업었다. 그러곤 주저앉아 있는 여자에게 손을 뻗었다.

"일어나요. 지금 가야 해요."

"어디, 어디로요?"

"어디로든요."

어디로든, 도망쳐야 한다. 이대로 있다간 좋은 꼴은 보지 못할 거다. 난 손을 한 번 접었다 펼치며 재촉했다. 그러자 여자가 덜덜 떨리는 손을 내밀었다. 내 손에 안착된 작은 손을 꼭 붙잡고 난 마차 밖으로 걸음을 내디뎠다.

마차는 수풀 한복판에 세워져 있었다. 예상대로 주변엔 아무도 없었다. 절호의 기회가 아닐 수 없다. 누가 오기 전에 이곳에서 도망쳐야 한다.

그런 마음에 다급히 수풀 안으로 뛰어들어 가는데 애석하게도 내 예상이 빗나갔다. 우거진 나무들 사이에 어떤 남자가 서 있었다. 그가 갑자기 튀어나온 나와 여자를 보곤 눈을 휘둥그레 떴다. 얼굴이 낯익었다. 기절하기 전에 봤던 얼굴 중 하나였다.

"너희……."

스산한 목소리로 말한 남자가 한 발자국 다가왔다. 난 여자를 등 뒤에 감추듯 하며 한 발자국 뒤로 물러났다.

남자와 나는 서로를 주시하며 섣불리 행동하지 못했다. 잠시간 흐르던 정적을 깨뜨린 건 뒤에서 들려온 고함 소리였다.

"저 계집들 잡아!"

이마를 부여잡고 마차에서 기듯 빠져나온 사람은 조금 전 내가 후려친 남자였다. 남자의 얼굴은 터진 코피로 지저분했고, 이마에선 피가 흐르고 있었다. 그의 상태를 확인한 눈앞의 남자가 우리 쪽으로 다시 한 걸음 내디뎠다. 남자의 발이 바닥에 떨어진 나뭇가지를 우지끈 밟는 순간, 난 재빨리 여자를 이끌고 반대편으로 뛰었다.

사락사락— 수풀이 몸에 스치는 소리가 들려왔다. 그것은 마치 발소리처럼 주위에 울려 퍼졌다. 실제로 등 뒤에서 쫓아오는 발소리가 있었다. 거친 고함 소리도 연이어 들려왔다.

잡히면 안 된다. 오로지 그 생각뿐이었다. 내가 어디로 발을 내딛고, 어떻게 가고 있는지도 모를 정도로 무작정 뛰어갔다. 뛰다 보니 한쪽 구두는 어느샌가 벗겨져 사라져 버린 상태였고, 너풀거리는 치마는 한 손에 쥐어뜯다시피 붙잡고 있었다. 날 따라 뜀박질하던 여자가 중심을 잃고 넘어졌지만 주저앉아 있을 순 없어 억지로 잡아끌었다.

하지만 등에 아이를 업고 뛰려니 쉽지 않았다. 더군다나 여자의 뜀박질 속도도 점차 느려졌다. 헉헉 거칠어진 숨소리가 귓가를 긁었다. 난 이리저리 방향을 틀다가 수풀을 빠져나갔다. 그러자 널따란 길목이 나타났다. 반대편으론 갈대밭이 펼쳐져 있었다.

여자가 나무 기둥에 손을 댄 채 숨을 몰아쉬었다. 난 재빨리 주변을 살피며 그녀에게 다가갔다.

"괜찮아요?"

"헉헉. 네, 네. 헉. 네."

전혀 괜찮지 않아 보였다. 가슴께를 움켜잡고 헐떡이는 게 금방이라도 숨이 넘어갈 듯했다. 이대로 계속 뛰는 건 더 이상 무리였다. 어디선가 사락사락— 소리가 울려 퍼진다. 난 초조한 마음에 주위를 연신 훑어보았다.

"여기가 어딘지 알면 좋을 텐데."

대강의 위치라도 알면 돌아갈 방법을 찾을 텐데 도저히 어딘지 모르겠다. 난 길옆에 높이 솟아 있는 갈대를 황망히 바라보았다. 잠시 기력을 되찾은 여자도 주변을 둘러보더니 눈을 키웠다.

"저, 저 여기 어딘지 알아요. 예전에 온 적 있어요."

그러면서 여자가 갈대 너머로 보이는 시계탑을 가리켰다. 저기가 마을이며, 마을로 향하는 길에 갈대를 봤다는 것도 떠올렸다.

"그거참 반가운 말이네요."

난 활짝 웃으며 여기서부터 시계탑까지의 거리를 가늠했다. 어림잡아도 꽤 거리가 있어 보였다.

그때 뒤에서 고함 소리가 들렸다. 남자들이 가까이 다가온 듯했다. 난 퍼뜩 뒤돌아 주변을 살핀 뒤 여자를 이끌고 갈대밭 안으로 들어갔다. 갈대는 얼굴 가까이 닿을 정도로 길어 완벽하다고 할 순 없지만 숨어 다니기엔 나쁘지 않았다. 하지만 문제는 남자들과의 거리가 가깝다는 거다.

이대로라면 붙잡힐지도 모른다. 난 잠시 고민하다가 등에 업고 있던 아이를 여자에게 건네주었다. 아이를 품에 안은 여자가 당황하며 날 바라봤다.

"왜, 왜요?"

"여기가 어딘지 알고 있다고 했으니, 저놈들이 지나가면 마을로 가서 도움을 요청해요. 지금쯤 사람들이 우릴 찾고 있을지도 몰라요. 이 아이도 함께 데려갈 수 있죠?"

조금 전에 빌렸던 칼도 여자의 목에 다시 걸어 주었다. 그녀가 당황하며 물었다.

"크리스토퍼 양은요?"

"저는 저놈들을 유인한 뒤 마을로 갈게요."

다시 사사― 소음이 들려오자 난 그쪽에 시선을 줬다. 뭉개져 들려오던 고함소리가 조금 선명해졌다. 빨리 이곳에서 벗어나야 한다.

난 남은 구두 한 짝을 벗어 던지고, 아까부터 거추장스러웠던 겉옷도 벗었다. 그 안에 겹쳐 입었던 것들도 마저 벗어 내니 마지막으로 하얀색 원피스만 남았다. 속옷 바로 위에 입은 옷은 얇아서 시녀들이 본다면 기겁할 모습일지도 모르나 지금 그게 중요한 게 아니었다. 빨리 뛰려면 몸이 가벼워야 했다.

벗은 겉옷 안에 갈대를 잔뜩 뜯어 넣고 둥글게 말았다. 아이 대신이었다. 저들의 원래 목적은 남작가의 막내아들이었으니, 그 아이를 내가 데리고 있는 것처럼 보여야 했다. 아니면 지금 노력은 물거품이 된다.

빵빵하게 갈대를 채워 넣은 겉옷을 아이의 크기에 맞춰 매듭지었다. 그런 뒤 여자가 입고 있던 겉옷을 빌려 그 위에 덮었다. 언뜻 본다면 아이를 안고 있다고 착각할 것 같았다. 그걸 단단히 쥐고 몸을 돌리는데, 내 팔을 다급히 붙잡는 손길이 있었다. 거의 매달리듯 내 팔을 양손으로 붙잡은 여자가 불안해하는 얼굴로 소리쳤다.

"가지 말아요! 위험해요!"

"누군가 시선을 끌어 줘야 도망칠 수 있어요."

셋이서 도망가는 건 무리였다. 정확히는 기절한 아이를 등에 업고 둘이서 뛰는 게 힘들었다. 점점 아이의 무게가 버겁게 느껴졌고, 여자는 이미 지친 상태였다. 그리고 나도 얼마 안 가 체력이 떨어질 거란 걸 느꼈다.

이대로 가다가는 도망친 보람도 없이 셋이서 나란히 붙잡힐 게 분명했다. 그래도 난 아직 뛸 힘이 남아 있었다. 밤이라 낮보다 몸을 숨기기도 수월할 것이다. 그렇다면 좀 더 뛸 수 있는 내가 저들을 유인해야 남은 두 사람이 도움을 요청하러 갈 수 있었다.

"그, 그래도 안 돼요. 무슨 일을 당할지도 모르고. 또……."

그러나 여자는 이대로 날 보내면 큰일이라도 나는 양 죽을 듯이 말렸다. 내 팔을 꽈악 붙잡고 간절히 애원하는 모습을 보며 난 당황스러웠다.

"그럼 나도 갈래요. 같이 가요."

"그 애는 어떻게 하고요?"

"아, 이 애는, 얘도 같이!"

횡설수설하는 걸 보니 그녀도 어느 쪽이 옳은지 판단이 서지 않는 듯했다. 그런데도 날 말리기 위해 이런저런 말을 꺼내 놓는다. 난 여자를 빤히 바라봤다.

그녀는 여태 내가 이끄는 대로 잘 따라와 주었다. 그녀를 이용해 나 혼자 도망칠 가능성이 있는데도 날 믿어 주었다. 여전히 지저분하게 헝클어진 머리카락과 뛰어 넘어져 모래가 묻은 얼굴, 잔뜩 주름이 진 드레스 차림의 그녀는 나와 마찬가지로 몰골이 엉망이었다. 하지만 그런 건 개의치 않는다는 듯 울먹이는 얼굴에선 날 향한 걱정이 느껴졌다.

난 내 팔을 붙잡은 그녀의 손을 떼어 내고 양손으로 움켜쥐었다.

"괜찮아요."

그러곤 달래듯 활짝 웃었다.

"저 달리는 건 자신 있거든요."

어릴 적에 빵을 훔친 적이 있었다.

나는 배가 너무 고팠다. 아비가 며칠째 음식을 제대로 주지 않은 탓이었다. 내 텅 빈 배 속에선 시도 때도 없이 꼬르륵 소리가 울렸고, 아침마다 갓 만들어 놓은 듯한 빵 냄새를 도저히 참을 수가 없었다. 결국 나는 충동적으로 빵 한 개를 훔쳤다. 혹여나 빼앗길까 봐 그걸 꼭 쥐고 연신 발을 놀렸다.

그렇게 빵을 훔치는 데 성공한 난 외진 골목의 구석진 자리에 쭈그려 앉아 허겁지겁 빵을 입 안으로 욱여넣었다. 생전 먹어 본 적 없는 꿀이 이처럼 달까. 푹신하게 씹히며 입 속에서 녹아드는 빵은 달았고, 빨리 먹고 싶으면서도 손안에서 사라지는 게 너무 아쉬웠다.

나는 그 뒤로도 몇 번 더 빵을 훔쳤다. 처음엔 무서웠지만, 한 번 더, 한 번 더를 거듭할수록 손쉽게 저질렀다. 나는 뛰는 걸 잘했다. 먼 곳까지 일하러 가기 위해, 집에 늦지 않게 돌아가기 위해, 살기 위해 뛰다 보니 언제부턴가 빨리 뛸 수 있게 되었다. 귀족이 되어 여유로운 생활을 하면서 뛸 이유가 없어졌지만, 오랜 버릇이란 건 쉽게 사라지지 않는 법이다.

난 수풀 사이를 가로질렀다. 뛰다가 품에 안고 있는 걸 떨어뜨리지 않도록 힘껏 붙잡았다. 남자들의 시선을 끌 수 있게 이번엔 일부러 소리를 냈다. 수풀 너머로 날 뒤쫓는 남자들이 보였다. 조금 전 그들이 날 가리키며 따라오는 모습을 보곤 뜀박질을 빨리했다.

'조, 조금 더 가다 보면 예배당이 있을 거예요.'

여자는 달리기가 빠르다는 날 믿지 않았다. 오히려 더욱 기겁하며 그러면 안 된다고 거듭 말렸다. 이상하리만치 쩔쩔매는 여자를 겨우 진정시키곤 '그럼 날 구하러 빨리 와 달라'고 부탁했다. 지금 당장 필요한 건 다른 사람의 도움이라고 설득한 끝에 그녀는 마지못해 받아들였다. 대신 꼭 조심하라는 말과 함께 그동안 내가 숨을 만한 장소를 알려 주었다.

난 그녀가 말해 준 예배당의 위치를 떠올리며 남자들과 거리를 벌리기 위해 노력했다. 하지만 점점 숨쉬기가 힘들어져 갔다. 지금은 절대 멈추면 안 된다. 그런 마음으로 이를 악물고 뛰었다.

그렇게 뛰다 보니 뒤따라오던 남자들의 모습이 더 이상 보이지 않았다. 이제 어느 정도 거리가 벌어졌다 싶어 안도하는 순간, 갑자기 커다란 손이 튀어나왔다. 강한 충격에 몸이 중심을 잃고 옆으로 넘어졌다.

온몸이 쓰라렸지만 그보다 상황을 파악하는 게 먼저였다. 벌떡 일어나 앉자 바로 앞에 서 있는 남자의 모습이 보였다. 숨을 몰아쉬던 남자가 날 보곤 비릿하게 웃었다. 난 남자를 주시하며 엉덩이를 뒤로 뺐다.

어느새 놓쳐 버린 포대가 바닥을 뒹굴었다. 널브러진 겉옷을 들어 올린 남자가 덜렁 놓여 있는 둥근 형체를 보곤 헛웃음을 흘렸다.

"뭐야. 가짜잖아?"

남자는 내게 얻어맞았던 이마를 한 차례 쓸어 올렸다.

"이 미친년이."

위협적으로 다가오는 남자를 피해 뒤로 물러났다. 하지만 성큼 다가온 남자는 내 목을 움켜잡고 나무 기둥으로 밀었다. 입에서 컥 소리가 흘러나왔다. 남자의 손에 강제로 몸이 들어 올려져 발꿈치를 들어야 할 정도였다.

내 목을 움켜쥔 남자의 손을 양손으로 붙잡았다. 떼어 내려고 했으나 장정의 힘을 이기기란 쉽지 않았다. 남자의 얼굴을 밀어 내고 한 발로 종아리를 걷어찼지만 성과가 없었다. 이럴 줄 알았다면 구두 한 짝은 들고 다녔어야 했는데.

저항하는 날 한동안 지켜보던 남자가 돌연 찐득한 웃음을 흘렸다.

"난 저항하는 년도 좋아해. 꺾어 버릴 때 볼만하거든."

남자의 다른 손이 내 얼굴을 쓸어내렸다. 소름 끼치는 기분에 난 그 손을 꽉 깨물었다. 남자가 비명을 내지르며 내게서 물러났다. 그제야 숨통이 트였다.

나무 기둥에 기댄 채 주륵 미끄러져 숨을 몰아쉬었다. 목을 더듬으며 남자를 보자, 그는 살점이 떨어져 나갈 정도로 물린 자신의 손을 보곤 곧 우악스러운 표정을 지었다. 남자가 빠르게 다가와 이번엔 양손으로 내 목을 조일 듯 움켜잡았다.

"크흑—"

조금 전보다 더 강하게 숨통이 조여 왔다. 금방이라도 눈이 뒤집어질 것처럼 고통스러웠다. 남자가 뭐라뭐라 지껄였지만 귓속에 들어오지도 않았다. 나는 컥컥 숨을 토하며 남자의 손등을 마구 긁었다. 양발을 휘저으며 남자에게 벗어나기 위해 노력했다. 남자는 비열하게 웃으며 내 고통을 즐기듯 손에 힘을 실었다.

이대로는 죽을 거 같았다. 난 한 손을 내려 주변을 더듬었다. 그러나 붙잡히는 건 이파리뿐이었다. 점점 뒤집어 까지는 눈동자를 질끈 감았다 떴다. 그러곤 다시 주변을 더듬어 보는데, 문득 남자의 허리춤에 달린 게 눈에 들어왔다. 난 그쪽으로 손을 뻗었다.

"그러니까 얌전히 굴면 더 살 수 있었잖아."

귓가에 닿는 숨소리가 기분 나빴다. 난 자꾸 무거워지는 눈꺼풀에 힘을 주며 손끝에 만져지는 서늘한 물체를 꽉 붙잡았다. 그러곤 눈동자를 들어 남자와 시선을 부딪쳤다. 그는 죽음을 앞둔 내 모습을 즐기고 있었다. 역한 모습이다.

난 내 목을 조르는 남자의 손등을 꽉 움켜잡았다. 남자가 흘끗 시선을 내렸다.

"손 떼. 내가 잘 보내 줄 테니까."

난 눈을 한 차례 깜빡인 뒤 손을 들어 올렸다. 그러자 남자의 얼굴이 일순 경직됐다.

목을 조이던 힘이 사라졌다. 눈이 튀어나올 정도로 크게 뜬 남자가 천천히 양손의 힘을 풀었다. 조금 전까지 보였던 여유로움이 사라진 얼굴에선 긴장한 기색이 서렸다. 난 작게 기침을 터트리면서도 남자에게서 시선을 떼지 않았다.

양손으로 움켜쥔 총의 총구를 남자의 이마에 겨누고서.

"너야말로 손 떼."

난 차분히 남자에게 경고했다. 그러면서 상대에게 들릴 수 있도록 손가락을 걸친 방아쇠를 또록 굴렸다.

'몸을 지킬 수 있는 방법을 배워 두고 싶어요.'

한창 교육을 받던 시기에 내가 먼저 꺼낸 제안이었다. 지친 몸을 이끌고 식당으로 내려온 에단이 내 말에 눈을 동그랗게 떴다.

'으음, 보통은 호위를 두지만, 스스로 몸을 지키는 법을 배워 두는 것도 나쁘진 않겠네.'

그러면서 검술, 무술, 창술, 궁술 등 배워 두면 좋을 것들을 알려 주었다.

'배우고 싶은 거 있어?'

난 고민하다가 한마디 뱉었다.

'사격?'

다음 날 에단은 내가 교육받을 과목에 사격을 추가했다. 날 가르치러 온 교사는 전직 사냥꾼 출신이었다. 그는 내게 총을 어떻게 잡아야 하는지, 주의해야 할 사항은 무엇인지 세심하게 알려 주었다.

그렇게 준비를 끝마친 뒤 난 실탄을 장전한 훈련용 총을 처음으로 손에 쥐었다. 총은 생각보다 묵직했다. 난 그걸 꼭 쥐고 교사가 가르쳐 준 대로 자세를 잡은 뒤 방아쇠를 당겼다. 총을 쏜 반동에 몸이 중심을 잃고 넘어졌다. 총에서 발사된 실탄은 표적 근처에도 다다르지 못했다. 난 엉덩방아를 찧은 고통도 잊고, 첫 사격을 한 얼떨떨한 기분을 만끽했다.

'익숙해지시면 능숙하게 쏘실 수 있을 겁니다.'

교사는 내게 그리 조언했다. 난 다시 총을 단단히 쥐고 표적을 겨누었다. 그가 말한 대로 계속하다 보니 방아쇠를 당기고도 중심을 잃지 않을 수 있게 되었다.

내가 총을 쏘는 데 어느 정도 숙달되자, 에단은 내게 호신용 총을 한 자루 선물해 주었다. 한 손에 쥘 수 있을 정도로 크기가 작고, 무게가 가벼워 주로 여성들이 사용하는 총이라고 했다. 탁자 위엔 다른 종류의 호신용품도 놓여 있었다. 그중엔 아주 작은 크기의 칼도 있었다. 여자의 목에 걸려 있던 끈이 호신용 칼이란 걸 알아챈 건 그때 보았기 때문이었다.

나는 외출할 때마다 그 총을 가방에 넣고 다녔다. 하지만 애석하게도 파티장에서 나올 때 그 가방을 챙기지 않았다. 설마 이런 일을 겪을 줄은 나도 몰랐으니까.

난 양손으로 총을 단단히 쥐고 남자를 겨냥했다. 내 손에 들린 총과 자신의 빈 허리춤을 번갈아 살핀 남자가 주춤주춤 물러났다.

남자와 거리가 벌어지는 걸 보며, 난 몸을 추슬렀다. 졸린 목이 따끔했고 숨쉬기가 너무 힘들었지만, 남자에게서 한시도 시선을 뗄 수 없었다. 단 한 번이라도 한눈을 팔면 상황이 뒤집어질 거라는 걸 나도 남자도 알고 있었다.

남자가 양손을 들어 올린 채 멀찍이 물러나 섰다. 나도 남자를 겨냥한 채 몸을 일으켜 나무 기둥에 기대섰다. 겉으론 태연한 척했지만 몸이 잘게 떨리는 걸 숨길 순 없었다. 갑작스런 충격으로 인한 떨림이었다.

　난 총을 미끄러뜨리지 않도록 고쳐 잡았다. 남자에게서 빼앗은 총은 내게 낯선 것이었다. 한 손에 들기 힘들 만큼 묵직한 무게감이 부담스럽게 느껴졌다. 난 총의 구조를 눈으로 더듬었다.

　그런데 갑자기 남자가 웃음을 터트렸다.

　"이봐. 개미 새끼 한 마리 죽여 본 적 없는 귀족 아가씨가 그걸 쏠 수 있겠어?"

　넌 절대 못 쏴. 남자가 날 비웃었다. 분명 총을 들고 있는 사람은 난데 남자에게서 여유가 느껴진다. 이는 상대가 자신을 절대 죽일 수 없다는 데에서 나오는 오만이었다.

　난 차분히 입술을 떼어 냈다.

　"다시 생각해 봐."

　남자가 눈썹을 휘었다.

　"뭐?"

　"네 눈에 내가 평범한 귀족 아가씨처럼 보이는지."

　난 옆으로 한 걸음 움직였다. 그러면서 살짝 비껴 난 총구를 다시 옮겨 남자를 조준했다. 어느새 몸의 떨림이 멈췄다. 숨통을 조이던 고통도 한순간 사라져 버렸다. 내 머릿속은 그 어느 때보다 냉정했다.

　"내가 정말 널 쏠 수 없을까?"

　"……."

　"다시 생각해. 정말 못 할 거 같아?"

　내가 되묻자, 그런 날 잠시 바라보던 남자가 인상을 썼다.

　"너, 날 쏠 생각이군."

　"맞아."

　'사람을 죽이고 싶지 않을 땐 어떡하냐고요?'

어느 날, 수업을 하다 잠시 휴식을 취하는 중에 교사에게 한 질문이었다. 그가 불만스럽게 눈가를 좁혔다. 사격을 배운다는 건 언젠가 누군가를 쏠 수 있는 가능성을 열어 두는 것이었다. 하지만 난 사람을 죽이고 싶은 마음이 없었다. 교사는 그럴 마음도 없이 안일하게 배운 거냐고 묻고 싶은 표정이었지만, 귀족가의 아가씨가 할 법한 질문이라고 생각했는지 곧 얼굴을 풀고 말했다.

'그렇다면…….'

"난 평범한 귀족 아가씨가 아니거든."

그리 말한 난 언젠가 교사가 조언해 준 대로 남자의 다리를 향해 방아쇠를 당겼다. 커다란 총 소리가 귓가를 긁었다. 총을 쏜 반동에 몸이 살짝 중심을 잃으면서 나무 기둥에 등을 박았다. 잠시 먹먹해졌던 정신을 가다듬고 고개를 들자, 남자가 바닥에 쓰러진 채 비명을 지르고 있었다.

"아악!"

남자가 총에 맞은 종아리를 움켜잡았다. 핏발이 선 눈동자를 보며 난 남자가 확실히 따라오지 못하도록 반대쪽 허벅지에도 총을 발사했다. 그러자 남자가 총알이 박힌 다른 쪽 허벅지를 움켜잡으며 숨넘어갈 듯한 비명을 내질렀다. 총알을 맞은 부위에선 피가 줄줄 흘러나왔다.

난 주춤 뒤로 물러나며 고통에 발버둥치는 남자를 주시했다. 그러다 곧 몸을 돌려 수풀 사이로 들어갔다. 총소리가 들렸을 테니 남자의 동료들이 찾아올 게 분명했다. 그 전에 거리를 벌려 두어야 한다.

몸이 조금 전보다 지친 게 느껴졌다. 그럼에도 뜀박질을 멈출 상황이 아니었다. 헉헉 내뱉는 숨소리가 내 귓가에 들릴 정도로 컸다. 마치 끝을 모르는 미로 속을 혼자 달리는 기분이었다. 어디선가 사락사락 소리가 들려왔다. 내가 환청을 듣는 걸까, 아니면 남자들이 따라오는 소리인 걸까. 보이지 않는 공포가 날 뒤쫓아 오고 있었다.

숨이 턱 끝까지 차올라 금방이라도 죽을 것 같았다. 목 안에서 피 맛이 돌았다. 여기저기 넘어져 생긴 상처와, 남자에게 졸렸던 목이 아팠지만 참았다.

이렇게 뛰고 있으니 마치 과거의 순간에 와 있는 기분이 들었다.

나는 언제나 이렇게 뛰었다. 숨이 막히고 다리가 저려 와 금방이라도 쓰러지고 싶었지만, 앞을 보고 뛰는 것밖에 몰랐다. 때론 멀고 먼 길을 언젠가 도달할지도 모른다는 희망을 붙잡고 뛰어갔다. 그렇게 뛰면서 깨달은 건 세상은 내 마음대로 되지 않는다는 것과 인내해야 할 일이 많다는 사실이었다. 빵을 훔칠 때도, 아비를 피해 도망칠 때도. 가난에 허덕이고, 늘 죽음이 가까이 있었던 내 삶은 끝없는 뜀박질과 인내의 연속이었던 것 같다.

그럼에도 불구하고 내가 바라든 바라지 않든, 나는 어디에도 안주할 수 없었다. 멈추지 않고 뜀박질을 해야 하는 것. 그게 내가 살아온 삶이었고, 내게 남은 앞날이었다.

하지만 울면서 도움을 바라는 건 일찍이 그만뒀다. 나는 날 위해 우는 법을 배우지 못했다. 대신 뻔뻔해지기로 했다. 이곳에 온 뒤로 온갖 무시와 불편한 관심을 받았으나 난 지지 않았다. 난 언제나 뛰는 덴 자신 있었으니까.

우연히 초대받은 살롱에서도 그랬다. 그 살롱을 주최하는 사람은 왕족과도 친분이 있을 정도로 굉장히 유서가 깊은 가문의 외동딸이었다. 그녀는 매달 자신과 비슷한 나이대의 귀족을 초대해 서로의 안부를 묻고 친목을 다지곤 했다. 사실상 작은 사교계에 가까웠다.

사교계에 데뷔하고 얼마 지나지 않아 나도 그 살롱에 초대를 받았다. 에단은 내가 원하지 않으면 참석하지 않아도 괜찮다고 했다. 내가 힘들어할 걸 알고 걱정해서였다. 하지만 가문에서 대대손손 이어져 내려오며 개최하는 살롱이다 보니 난 마냥 거절할 수가 없었다. 한 번쯤은 참석하는 게 예의라고 생각했다.

그래서 참석한 살롱이었다. 하지만 에단의 걱정은 정확했다. 살롱은 파티보다 더 노골적이었다. 예의상 초대장은 보내지만, 그 가문의 영애와 어울려 다니는 다른 가문의 영애와 영식들이 새로운 참석객을 하나하나 감정하며 앞으로 같이 어울릴지 말지를 판단하는 자리에 가까웠다. 게다가 그들은 아닌 척 자신들의 마음에 들지 않은 상대에게 더 이상 참석하지 말라는 눈치를 주었다. 특히 날 훑어보면서 대놓고 싫은 티를 냈다.

솔직히 여러 번 자리를 박차고 나갈 뻔했다. 하지만 순간적인 감정 때문에 가문에 해가 되는 일을 저지를 수는 없었다. 내가 기분 나쁜 티를 내고 나간다면 그들이 알게 모르게 안 좋은 소문을 낼 거란 건 분명했다. 오히려 그걸 원하는 걸지도. 그렇다면 부응해 줄 순 없지.

그래서 아주 활짝 웃으며 자리를 지켰다. 오기가 생겨 그 뒤로도 두 번 더 살롱에 참석했다. 그들이 참석하지 말라는 티를 냈는데도 눈치채지 못한 척하며 뻔뻔하게 굴었다. 사람들의 호기심과 비난, 그 무엇도 깊게 신경 쓰지 않기로 했다. 세상에 나 혼자가 아니라는 걸 알아서일까, 내 마음속 한편에선 날 지켜 줄 사람이 있다는 것에 대한 안도감이 생겨났다.

나는 더 이상 빵을 훔쳐 달아나던 어린아이가 아니었다. 빵 주인에게 들켜 얻어맞아도 도움 한 번 받지 못하는 처지도 아니었다. 이젠 날 걱정해 주는 사람들이 있었다.

힘겹게 뛰던 걸음을 멈추고 뿌리를 내려 쉴 수 있는 곳을 가지고 싶었다. 이제 겨우 그걸 찾았다. 둥글게 울타리를 두른 나만의 안식처. 아무리 힘들어도 뻔뻔하게 굴며 버텼던 건 내가 그토록 바라던 장소였기 때문이다. 그러니 이대로 죽을 수 없었다.

'살고 싶으니까.'

이제 돌아갈 장소가 생겼으니까.

날 찾고 있을 에단과 빈센트를 떠올렸다. 빨리 그들에게 돌아가고 싶었다.

쉼 없이 뛰다가 돌부리에 걸려 넘어졌다. 다리가 꺾이며 바닥에 무릎을 찧었다. 찬 바닥에 얼굴을 비비며 신음하다 애써 몸을 움직여 근처 우거진 수풀에 숨었다. 숨소리가 너무 헉헉거려 크게 울리지 않도록 노력했다. 모래가 잔뜩 묻은 얼굴에서 흐르는 땀을 손등으로 훔치고 몸을 깊숙이 파묻었다. 그러곤 손에 쥔 총을 더 힘껏 움켜잡았다. 여차하면 쏠 수 있도록.

그때 타닥 발소리가 들렸다. 난 숨을 멈추고 그 소리에 집중했다. 발소리가 잠시 멈추더니, 다시 느릿하게 움직였다. 소리가 점점 가까워진다. 난 양손으로 총을 들고 자세를 취했다. 마른침이 꿀꺽 넘어갔다.

그리고 발소리가 바로 코앞에 다다른 순간, 수풀이 확 젖혀졌다. 그와 동시에 난 총구를 들이밀며 눈앞의 상대를 확인했다.

주변이 너무 어두컴컴했다. 의지할 거라곤 희미한 달빛뿐이었다. 그러나 어둠 속에서도 반짝이는 눈동자가 눈에 익었다. 눈앞의 상대도 나와 똑같이 총을 겨누고 있었다.

난 천천히 총을 든 손을 내렸다. 숨이 멎을 것만 같았다.

"빈센트?"

난 멍하니 그를 올려다봤다. 빈센트도 날 알아채곤 멍한 얼굴을 했다. 그러다 차츰 일그러진 얼굴은 마치 우는 것처럼 보였다.

강한 힘이 곧장 나를 끌어안았다.

그의 어깨에 얼굴이 푹 파묻혔다. 숨이 제대로 쉬어지지 않아 가슴이 답답했다. 몸을 살짝 비틀자, 놓지 않겠다는 듯 그가 나를 더 단단히 옥죄었다. 나는 그의 품에 안긴 채 조금 얼떨떨한 기분을 느꼈다.

그가 귓가에 나직이 속삭였다.

"다행이다. 정말, 다행이야."

몸이 덜덜 떨려 왔다. 내가 아니라 빈센트가 떨고 있었다. 내 머리에 닿은 입술에서 무거운 숨이 토해졌다. 그는 연신 다행이란 말만 중얼거렸다. 나보다 더 겁을 집어먹은 모습에 난 그의 등에 살며시 손을 올렸다.

"전 괜찮아요."

그러곤 달래듯 등을 쓸어 주었다.

"너한테 큰일이 생긴 건 아닐까 걱정했어."

"제가 달리는 건 자신 있거든요."

분위기를 풀기 위해 가벼운 농담을 던져 보았지만, 그의 경직된 몸은 쉽사리 풀리지 않는다. 안고 있는데도 부족하다는 듯 날 더욱 꽈악 끌어안는 힘이 느껴졌다.

한참을 그의 품에 답답하게 안겨 있는데, 안도의 숨을 내쉰 빈센트가 곧 몸을 떼어 냈다. 그러다 내 얼굴을 확인하더니 다시 인상을 썼다.

"얼굴이……."

빈센트가 놀라며 손을 뻗었다. 하지만 잘게 떨리는 손끝은 내 얼굴에 닿지 못한 채 머뭇거렸다. 깨지기 쉬운 유리병을 다루듯 조심스러운 손짓이었다. 난 남자에게 맞아 부푼 뺨을 문질렀다. 입술이 터졌는지 피 맛이 느껴졌다.

내 얼굴을 훑고 간 그의 시선이 목덜미에 닿았다. 유독 오랫동안 머무는 시선을 느끼며 난 손으로 슬쩍 목덜미를 가렸다. 아마 보기 좋은 꼴은 아닐 거다.

"별거 아니에요."

"미안해."

갑작스런 사과에 난 눈을 댕그랗게 떴다.

"당신이 뭐가 미안해요. 당신이 잘못한 것도 아닌데."

"아니, 내 잘못이야. 미안해. 미안……."

사과를 건네는 얼굴이 괴롭게 일그러졌다. 빈센트가 한 손으로 얼굴을 가리고 고개를 숙였다. 마구 헝클어진 금빛 머리카락이 그의 얼굴에 짙은 그늘을 만들었다.

"내 탓이야."

그의 목소리에서 자괴감이 느껴졌다. 나는 괴로워하는 빈센트를 지그시 바라봤다. '어째서?'란 의문이 들었다.

"너랑 싸우는 게 아니었어. 그랬다면 널 혼자 두는 일도 없었을 텐데."

"이렇게 될 줄 몰랐잖아요."

"내 곁에 있는 사람들은 다 위험에 빠져."

"……."

"매번 그랬어."

난 할 말을 잃었다. 사라진 나를 찾는 동안 빈센트는 상당한 자책감을 느낀 듯했다. 단순히 놀라서 그런 거라 보기 어려웠다. 그는 이 모든 상황이 자신의 탓인 것처럼 굴었다. 생기를 잃고 어깨를 축 늘어뜨린 모습이 버림받은 어린아이 같았다.

"애초부터 내가 널 곁에 두겠다고 고집부리지만 않았어도, 네가 이런 일을 당하진 않았겠지."

얘기가 어째 엉뚱한 방향으로 흐른다. 난 당황하며 손을 저었다. 괜한 생각하지 말라는 뜻이었다. 아니, 왜 갑자기 생각이 저런 쪽으로 뻗은 거야. 설마 내가 죽은 줄 알았던 걸까?

아무래도 이번 일이 그의 오랜 상처를 들쑤셔 버렸나 보다. 난 그를 어떻게 다독여야 할지 고민했다.

그때 옆에서 바스락거리는 소리가 들렸다. 난 퍼뜩 놀라 소리가 난 쪽을 돌아봤다. 수풀 사이에서 작은 새가 삐죽 나오더니 고개를 콕콕 흔들곤 날갯짓을 하며 날아갔다. 그 모습을 보며 안도한 난 방금 전까지 무슨 상황이었는지 떠올렸다. 지금 이럴 때가 아니었다.

"일단, 어디로든 가야 해요. 납치범들이 언제 쫓아올지 몰라요."

"근처에 있는 건가?"

"모르겠어요. 도망치던 중…… 일단 일으켜 주세요."

'도망'이란 말에 빈센트가 숨이 멎는 듯한 얼굴을 하자 급히 말을 바꿨다. 난 손을 내밀어 그를 재촉했다.

내 모습을 위아래로 훑어본 빈센트가 자신의 외투를 벗어 내게 걸쳐 주었다. 그러곤 옷깃을 여며 준 후 자신의 신발도 벗어 내 발 앞에 두었다. 스타킹만 신고 숲속을 뛰어 다녔더니 발이 검게 더러워져 있었다. 이럴 필요는 없는데. 쉽사리 신지 못하고 꼼지락대는 내 발을 조심스럽게 쥔 그가 손수 자신의 신발을 한 짝씩 신겨 주었다.

양발에 신발을 모두 신겨 준 빈센트가 내 손을 잡고 함께 몸을 일으켰다. 난 빈센트의 신발을 신은 내 발을 멀뚱히 내려다봤다. 그의 신발은 내게 너무 컸다. 금방이라도 벗겨질 듯해 걷기 불편할 것 같았다.

빈센트가 그런 내 손을 붙잡고 앞장서 이끌었다. 더러운 땅바닥을 아무렇지 않게 걷는 그의 맨발이 눈에 들어왔다. 난 조금 늦게 뒤뚱거리며 걸음을 내디뎠다.

"근처에 예배당이 있다고 들었어요. 거기로 가던 길이었는데."

"어딘지 알아."

그거 듣던 중 반가운 소리다. 빈센트가 예배당이 있는 방향으로 몸을 틀었다. 난 그제야 그의 차림새를 훑었다. 파티장에서 보았던 멀끔한 모습이 아니었다. 옷에는 잔뜩 주름이 져 있었고, 군데군데 이파리도 달라붙어 있었다. 그만큼 날 열심히 찾아다녔다는 걸 의미했다.

그래도 꽤 먼 거리를 달려왔는지, 얼마 가지 않아 예배당이 보였다. 문을 밀자 다행히 열렸다. 외부인도 자유롭게 드나들 수 있도록 문을 개방해 둔 듯하다. 난 주변을 한 번 더 둘러본 뒤 그와 같이 예배당 안으로 들어가 문을 닫았다.

차가운 냉기가 흐르는 내부는 빛 한 점 없이 고요했다. 내가 겉옷을 추스르는 사이, 빈센트가 촛대에 꽂힌 양초에 불을 붙였다. 어두운 예배당 안에 점차 빛이 돌았다. 서늘한 기운이 감돌았지만 불빛 덕분에 그나마 따스하게 느껴졌다.

빈센트가 촛대를 적당한 곳에 두고 근처 바닥에 주저앉았다. 나도 그의 곁에 엉덩이를 붙였다.

"그건 어디서 난 거야."

그가 내 손에 들린 총을 눈짓했다. 난 총을 한 번 들어 보이곤 작게 웃었다.

"뺏었어요."

"그걸?"

"네. 그냥 주던데요?"

장난스럽게 내뱉은 말에 빈센트가 눈가를 좁혔다. 말도 안 된다는 듯한 얼굴이다. 맞다. 말도 안 되는 말이다. 하지만 그 과정을 상세히 말해 주기 뭐해서 그냥 둘러댄 거였다.

"어떻게 알고 오셨어요?"

"정원으로 산책 간 사람이 파티가 끝나도록 돌아오질 않잖아."

"아뇨, 제가 여기에 있는지 어떻게 아셨나 싶어서요."

빈센트가 날 흘끗 보곤 말을 이었다.

"오늘 너와 화해하고 싶었어."

갑작스런 말이었으나 난 공감하듯 고개를 끄덕였다. 나도 오늘 그와 화해하고 싶었으니까.

"그런데 파티 중간부터 네 모습이 보이지 않기에 에단에게 물었더니 정원으로 산책을 갔다고 하더군. 하지만 파티가 끝난 이후로도 너는 돌아오지 않았고, 파티를 주최한 남작 부부의 얼굴이 심상치 않았지. 얘기를 들어 보니 혼자 방으로 돌아간 막내아들이 사라져 버렸다더군."

"그래서 납치된 줄 아셨어요?"

"최근 이 근처에서 수상한 자를 봤다는 얘기를 들어서, 그쪽에 무게를 두긴 했어. 그 뒤에 에단과 같이 네가 갔을 법한 정원 미로로 향했는데 머리 장식이 떨어져 있었어."

그제야 난 내 헝클어진 머리를 더듬었다. 워낙 정신없어서 머리 장식이 떨어진 줄도 몰랐다. 오랜만에 파티에 참석하는 거라 아침부터 시녀들이 정성을 들여 예쁘게 머리를 치장해 주었는데 아쉬운 마음이 들었다.

"남작 부부의 막내아들이 방으로 돌아간 시간과 네가 산책을 나간 시간을 파악해 보니 두 사람이 같이 사라졌을 가능성이 높더군. 그 뒤 에단이 바로 사람을 풀었고, 난 혼자서 따로 납치범들이 이동했을 법한 동선을 추적하며 찾아온 거야."

"오빠가 걱정 많이 했겠네요."

"그래. 아무도 생각지 못한 상황이었으니까."

빈센트가 한 손으로 얼굴을 쓸어내렸다.

"나도 그랬고."

갑자기 무거운 적막이 내려앉았다. 난 조금 전 자책하던 빈센트의 모습을 떠올렸다. 그의 상처가 진득하게 배어 나온 말이 인상을 찌푸리게 만들었다. 왜 저러나 싶어서가 아니라 안타까워서, 그리고 미안해져서.

"전 정말 괜찮아요. 누구도 예상치 못한 상황이었고, 이런 일을 겪었다고 해서 지금의 삶을 선택할 걸 후회하지도 않고요."

"난 너한테 잘해 주고 싶었어."

그 말에 다시 빈센트를 바라봤다. 불빛이 일렁이는 그의 옆얼굴이 불안해 보였다.

"네가 힘들었던 만큼 내 곁에서 행복하게 해 주고 싶었어."

"전 지금 행복해요."

"널 더 이상 위험에 빠뜨리고 싶지 않았어."

"그래도 이렇게 다시 만났잖아요."

"네가 죽으면, 그건 전부 내 탓이야. 내가 널 붙잡아서 네가 이런 생활을 하게 된 거니까."

'고작 그런 이유로?' 라고 다그치고 싶었지만 빈센트의 얼굴은 진지했다. 선택지를 준 건 그였지만 선택한 건 나였다. 원하지 않았다면 선택하지 않았을 거다. 난 그가 이런 마음을 갖고 있었다는 사실에 가슴이 미어졌다. 나는 그가 함께한다는 선택에 대한 책임감을 갖길 원하지 않았다.

하지만 난 반박하는 대신 양손으로 그의 뺨을 감쌌다. 이곳에 들어온 이후로 내 얼굴조차 제대로 보지 못하는 그가 날 볼 수 있도록 고개를 내 쪽으로 돌렸다. 그제야 시선이 마주쳤다.

"또 왜 이렇게 자신 없어 하실까."

"……."

"저는요, 오늘 당신을 볼 수 있어 좋았고, 파티도 꽤 즐거웠고, 갑작스런 일을 당하긴 했지만 뛰면서 그런 생각을 했어요. 살고 싶다고요."

"……."

"저한테 이제 돌아가야 할 장소가 있다는 사실이 너무너무 기뻤어요."

도망치고 있는 상황이었지만, 내겐 가야 할 목적지가 있었다. 날 구해 주러 올 사람들이 있다. 그것만으로도 마음이 얼마나 든든했는지 모른다. 내가 그런 위험천만한 일을 저지르고도 냉정을 잃지 않았던 건 날 찾으러 올 사람이 있다는 걸 알아서였다.

나는 그 사실을 기억하며 기쁘게 웃었다.

"만약 이 상황이 당신 탓이라면, 저는 이런 생각을 하게 만들어 준 당신께 감사해할 거예요."

죽음보다 삶을 생각하게 만들어 주었고, 선택할 수 있게 해 주었으니까. 누군가에겐 당연할지 모르나 내겐 너무도 값진 일이었다. 그는 몸을 낮추고, 죽음을 받아들이는 게 당연했던 과거로부터 날 구해 준 거니까. 만약 아직도 과거의 나로 남아 있었다면, 납치된 그 순간부터 죽을지도 모른다는 생각만 했을 것이다.

그런 날 바라보는 에메랄드빛 눈동자가 잘게 흔들렸다. 이런 말을 들을 줄 몰랐다는 듯, 그럼에도 기뻐 보이는 오묘한 얼굴을 하고 있다. 자신의 양 뺨을 감싼 내 체온을 느끼며 빈센트가 크게 숨을 토해 냈다.

"널 만져 봐도 될까?"

"굳이 묻지 않으셔도 돼요."

귀찮을 법한데도 그는 날 만질 때 이런 식으로 종종 물어 오곤 했다. 조금 전처럼 갑작스런 상황일 땐 서슴없이 행동하기도 했지만, 간혹 단순히 손을 잡는 것에도 내 의사를 물어볼 때가 있었다.

"넌 갑자기 만지는 걸 싫어하잖아."

그걸, 기억하고 있을 줄은 몰랐다. 오래전 스치듯 보였던 행동을 빈센트가 기억해 주고 있다고 생각하니 묘한 기분에 사로잡혔다. 난 푸스스 웃었다.

"당신이라면…… 괜찮아요."

내가 그러하니, 당신도 그랬으면 좋겠다. 그러자 빈센트가 손을 뻗어 왔다. 내 부푼 뺨을 쓸어내리는 손길이 부드럽고도 애처롭게 느껴졌다.

난 빈센트의 손등을 감싸 쥐며 눈을 감고 뺨에 비비적댔다. 뜨끈한 뺨에 닿는 서늘한 기운이 열기를 좀 식혀 주었다. 내게 와 닿는 그의 체온이 불안했던 마음을 진정시켰다.

빈센트가 나직한 한숨을 내쉬었다.

"너한텐 매번 지는 거 같아."

"그게 뭐예요."

난 짧게 웃음을 터트렸다. 상황이 달라진 건 없었다. 여전히 밖에는 납치범들이 서성이고 있었고, 잠글 수 없는 예배당 문은 언제 열릴지 모른다. 빈센트가 나타났다고 해서 상황이 나아질 거라 장담할 수도 없었다. 그런데도 이상하게, 마음이 놓인다.

조금 전까진 느껴지지 않았던 고통이 안도하는 마음과 함께 들이닥쳤다. 팽팽하게 부풀어 오른 피부에서 지끈한 통증이 느껴져 눈가를 살짝 찡그렸다. 그러다 눈을 뜨니 빈센트가 나보다 더 아픈 얼굴을 하고 있었다.

"꼴이 많이 안 좋아 보여요?"

난 괜히 장난스럽게 물었다.

"그래."

"이럴 땐 네가 어떤 모습이든 괜찮아, 라고 해 주셔야죠."

작게 투덜대자 그가 엄지손가락으로 내 눈 밑을 쓱 문지른다.

"네가 어떤 모습이든 내 눈엔 예뻐."

곧장 내 말대로 실천되자 입이 바로 다물렸다. 어째 뺨이 다시 뜨끈해지는 듯하다. 그런 날 보던 빈센트가 시켜 놓고 왜 네가 부끄러워하냐는 듯한 시선을 보냈다. 아니, 그래도 낯간지러운 건 낯간지러운 거다.

그가 뺨을 감싸 쥐고 있던 손으로 내 헝클어진 머리카락을 정돈해 주었다. 투박하고 서툰 솜씨였다. 두피를 파고든 손가락이 머리카락을 쓸어내릴 때마다 손가락 마디마디에 엉켜 드는 꼬불꼬불한 머리카락이 보였다.

아마 딱 보기에도 지금 내 모습은 여러모로 형편없을 테다. 지저분한 머리카락하며, 속옷만 겨우 가린 채 흙먼지로 범벅되어 제 색을 잃은 지 오래인 옷, 거기에 내게 맞지 않는 신발까지. 그럼에도 빈센트는 웃음 한 번 짓지 않았다.

난 그의 손길에 편안히 몸을 맡겼다. 죽일 듯이 내게 달려들었던 남자와 달리, 그의 손은 울컥할 정도로 다정했다.

머리카락을 매만지던 손이 내려와 내 목덜미를 문질렀다. 유독 한 곳을 오래 쓸어내리는 걸 보니, 남자에게 목이 졸린 자국이 남은 듯하다. 그의 얼굴이 더욱 일그러졌다. 그가 내 어깨에 이마를 대고 숨을 몰아쉬었다.

그는 여전히 몸을 떨고 있었다. 내가 다쳤기 때문일까? 하지만 새삼스러운 것도 아니었다.

귀족의 교양에 익숙지 않은 난 교육을 받는 데 서툰 점이 많았다. 자수를 놓다 바늘에 손가락을 찔리기도 하고, 승마를 할 땐 말에서 떨어진 적도 있으며, 춤을 배울 때는 옆으로 넘어져 코가 깨진 적도 있었다. 보호받고 지낸다고 해서 생채기 하나 생기지 않는 건 아니었다. 하물며 길을 걷다 맨바닥에 그냥 넘어지기도 하는걸.

그때마다 그는 이런 마음으로 날 보았던 걸까. 설마, 매번? 그걸 상상하니 어쩐지 웃음이 터져 나왔다.

"이러다 제가 나중에 크게 다치기라도 하면 엄청 우시겠어요."

"울 거야. 그러니 절대 다치지 마."

가볍게 꺼낸 말이었는데 진지한 대답이 돌아왔다. 상상하니 또 웃기다.

"너무 솔직하신 거 아니세요? 귀족의 품위 같은 건요?"

"어차피 네 앞에선 포기했어."

"그런가요."

"너도 숨기지 마. 힘들면 힘들다고 투정 부리고, 피곤하면 짜증도 내고, 괴로운 일 있으면 털어놓고, 기쁠 땐 행복해하는 모습도 보여 주고. 아주 사소한 것도 괜찮으니까 모두 다 보여 줘."

무척 다정한 말이었으나, 문득 머릿속 한편에 자리한 생각이 다시 싹을 틔웠다. 연애편지 때문에 다퉜던 일이 떠올랐다.

"전 잡은 물고기라 이거죠?"

그 말에 빈센트가 천천히 고개를 들었다. 황당해하는 표정이다.

"그런 말은 어디서 배운 거야."

"지난번에 참석한 살롱에서요."

생애 처음으로 참석했던 살롱은 기분 나쁜 기억만 남겼지만, 그래도 흥미로운 얘기를 꽤 들을 수 있었다. 그중 주된 화제는 연애에 대한 거였다. 처음엔 잡은 물고기, 놓친 물고기 하기에 어디 물고기라도 키우나 싶었는데 그게 아니었다. 귀족 영애들 나름의 비밀 언어였던 것이다.

그녀들의 말에 따라 우리의 관계를 돌이켜 봤을 때 난 그에게 '잡힌 물고기'였다.

"그런 이상한 데 다니지 마."

빈센트가 냉정히 조언했다. 이상한 데라고 하기엔 다들 참석하고 싶어 안달이 난 곳이지만, 굳이 그런 설명까진 덧붙이지 않았다. 난 어깨를 으쓱였다.

"이제 안 가요."

"그래. 잘 생각했어."

칭찬하듯 내 팔을 쓸어내리는 손을 찰싹 쳐 냈다. 빈센트가 허공에 멈춘 자신의 손을 황망하게 내려다봤다. 이게 뭐 하는 거냐는 눈빛을 보내기에 난 사교계에서 자주 봤던 도도한 표정이란 걸 지었다.

"그래서, 역시 제가 쉬우신 거죠?"

"아니야."

"하긴. 인기가 많으시니 따로 관리가 필요하겠네요."

"그런 거 아니라니까."

빈센트가 얼굴을 와락 구겼다. 그만하라는 눈빛을 모른 척했다. 난 못마땅하게 그를 바라봤다. 역시 내가 쉬워서 그러는 거 같은데.

"이상한 오해 하지 마. 그때 에단이 한 말은 그냥 흘려들어."

"전부 거짓말은 아니죠?"

"……."

말 못 하는 걸 보니 어느 정도 사실인 건 맞나 보다. 난 눈을 가늘게 떴다. 이럴 상황이 아니란 건 알지만, 우리 잠시 떨어져 생각을 정리할 시간을 보내는 건 어떨까요?

그런 내 생각을 읽었는지 빈센트가 다급히 팔을 붙들었다.

"너뿐이야."

"이미 늦었어요."

"아니, 들어 봐. 정말 너한테만이야."

그래도 늦었다. 이 남자, 애인의 마음을 달래 주기엔 아직 능력이 부족하다. 내가 고개를 젓고 몸을 돌리려 하자, 그가 날 붙잡아 다시 자신과 마주하게 만들었다. 빈센트는 엄청 할 말이 많아 보이는 얼굴이었지만, 정작 어떤 말을 꺼내야 할지 모르겠는지 입만 벙긋거렸다. 저런 얼굴은 처음이라 좀 신선하게 느껴졌다. 난 그런 마음을 숨긴 채 그를 구경했다.

한동안 머뭇대던 빈센트가 고개를 푹 숙였다. 난 그에게 양어깨를 붙들린 채 반듯한 정수리만 내려다봤다. 금빛 머리카락 사이로 언뜻 드러난 귓바퀴가 붉었다.

"너만…… 내 약한 모습까지 다 봤으니까."

아주 작은 목소리였다. 잘 들리지 않아 얼굴을 살짝 기울였다.

"별의별 거 다 봤으니 이제 와 숨길 수도 없잖아."

"……"

"굳이 말해야 아는 거야?"

뒷말은 물음이라기보단 불만에 가까웠다. 하지만 똑똑히 들었다.

난 별다른 대꾸를 하지 않았다. 대신 그를 지그시 바라봤다. 내가 아무런 말도 하지 않자 한숨을 토해 낸 빈센트가 슬쩍 고개를 들어 보였다. 그의 뺨이 붉었다. 귓바퀴와 목덜미도 빨갛게 달아올라 있었다.

"뭘 보는 거야."

"빨개진 얼굴이요."

이렇게 부끄러워하는구나. 좋은 구경했다. 난 그의 얼굴을 찬찬히 뜯어봤다. 빈센트가 눈가를 찡그렸다. 그래 봤자 이미 빨개진 얼굴을 숨길 순 없다.

그도 내 얼굴을 찬찬히 훑어보더니 입을 달싹였다.

"오해 풀렸어?"

"네, 풀렸어요."

"이런 걸 질투할지 몰랐는데."

"조금 전에 솔직하게 굴라고 하시더니."

나도 그가 여자한테 인기가 많다고 하면 질투 난다. 나를 대할 때와는 다르게 다른 여자들에겐 예의 바르게 행동할지도 모른다. 내가 모르는 그의 모습을 그녀들은 알겠지. 하지만 사실 기분이 상한 건 아니었다. 나만이 알고 있는 그의 모습도 있으니까.

"나한테 별로 관심 없어 보이더니."

이 와중에도 그가 불만을 토로한다.

"신뢰하는 거죠."

"아닌 거 같은데."

"맞는데요."

"그런 느낌이 아니었어."

"그런 느낌 맞아요."

다 믿어서 그런 거라고 꼬박꼬박 받아치자 빈센트는 마음이 부족해서 그런 거라며 투덜거렸다. 내가 뭐 어째서. 이 정도면 충분하지 너무 과하면 오히려 독이 된다고.

"많이 무서웠을까."

돌연 표정을 굳힌 그가 무거운 말을 흘렸다. 난 잠시 고민하다가 납치범에게서 빼앗은 총을 들어 올렸다.

"이걸로 이겨 냈죠."

"사격은 언제 배운 거야."

"교육받으면서 겸사겸사? 꽤 쏩니다."

이래 봬도 적중률이 높은 편이었다. 난 총을 들고 자세를 취했다. 다음에 보여 주겠다고 너스레를 떨자 그제야 빈센트가 나직하게 웃었다. 그래 봤자 실력자 앞에서 오기를 부리는 초보자에 가까울 테지만.

하지만 나도 웃음을 터트렸다. 참 이상하지. 웃긴 상황이 아닌데 자꾸 웃음이 나온다. 조금 전까지 온몸의 털이 뻣뻣하게 솟도록 만들었던 긴장감도, 무서운 생각도 어느새 녹아 사라져 버렸다. 농담은 마음이 평온하기에 나올 수 있는 거였다. 이렇게 단둘이서 서로를 보며, 별것 아닌 대화를 나누는 것만으로도 우리는 안정감을 느끼고 있었다.

"저번에 말 심하게 해서 미안해."

그가 나직하게 화해를 구한다. 나도 고개를 끄덕였다.

"저도 걱정해 주셨는데 억지 부려서 죄송해요."

화해를 주고받고 나서야 우리는 서로를 힘껏 껴안았다.

나는 그의 어깨에 얼굴을 묻은 채 눈을 감았다. 빈센트에게선 매번 좋은 향기가 났다. 싱그러운 풀잎이 가득한 숲속을 걸어 다니는 것처럼 시원한 향이었다. 분명 날 찾아 돌아다녔는데도, 땀 냄새는커녕 향긋하기만 했다.

빈센트의 허리에 팔을 두르며 난 금빛 머리칼에 얼굴을 기댔다. 맞닿은 가슴께에서 콩콩 뛰는 심장 소리가 울렸다. 기분 좋다. 그도 나와 같은 마음인지 날 껴안은 손에 힘이 실렸다.

"목은 아프지 않아?"

"아파요."

이번엔 솔직하게 말하자 그가 숨을 크게 몰아쉬는 게 느껴졌다. 목덜미에 말캉한 입술이 닿았다. 꾹 눌렀다 떨어지는 감각이 간지러우면서도 통증을 달래 주는 것 같아서 기분 좋았다. 난 그의 머리카락을 만지작댔다.

"이 상황이 싫어. 널 지킬 자격이 없잖아."

"자격이 필요한가요?"

"필요하지. 난 네가 위험에 처했다는 소식도 다른 사람을 통해 들어야 하고, 도와주고 싶어도 대외적인 명분이 부족해 지켜보기만 해야 할 때가 있을지도 몰라. 네가 친구의 동생이란 이유로 내가 네 일에 관여하는 덴 한계가 있어."

그런 생각을 할 줄은 몰랐다. 그냥 서로 마음이 같으면 겉으로 보이는 관계 같은 건 크게 중요하지 않다고 생각했는데, 그는 다른가 보다. 난 이제 막 사교계에 드나들기 시작해 적응하기에 급급한데 그는 자신이 가진 것들을 하루빨리 내게 주고 싶어 했다. 하나씩 하나씩 받은 것들이 어느새 내 품 안에 가득 쌓여 있는 걸 보게 된다. 그러고도 그는 더 주지 못해 안타까워했다.

"빨리 약혼했으면 좋겠어."

그가 한숨 쉬듯 내뱉은 말에 난 잠시 고민하다 몸을 떼어 냈다. 그러곤 주변을 핑 둘러봤다. 한쪽 벽면에 자리한 알록달록한 색감의 커다란 스테인드글라스는 신성한 분위기를 느끼게 해 주었다. 마치 신의 축복이 내려질 것처럼. 때마침 숨으러 온 곳이 예배당이라 다행이었다.

"그럼 지금 할래요?"

빈센트가 눈을 휘둥그레 떴다. 난 벌떡 몸을 일으켰다. 촛대의 불빛이 한 차례 흔들렸다. 일렁이는 불빛을 머금은 얼굴이 멍했다. 그는 내 말의 의미를 파악하려 애쓰는 듯했다.

"전 화려한 드레스도 보석도 모두의 축복도 필요하지 않아요. 아무것도 없어도 돼요. 애초부터 축복받을 거라 기대하지도 않았어요. 당신이 날 사랑하고 나도 당신을 사랑하니까, 우리의 마음이 같다면 그걸로 충분해요."

나는 그 어느 때보다 기쁘게 웃으며 사랑하는 이를 향해 손을 내밀었다.

아직 아무것도 가진 게 없는 나일지라도, 이건 들어줄 수 있었다. 그동안 빈센트가 내게 주었던 것에 비하면 아주 작은 일일지도 모른다. 하지만 이렇게라도 그를 기쁘게 해 주고 싶다. 그가 내게 무언가를 주고 싶어 하듯 나도 그에게 주고 싶었다.

당신이 바란다면, 난 지금 약혼해도 상관없었다.

그런 날 바라보던 빈센트가 홀린 듯 손을 뻗었다. 그의 손끝이 내 손끝에 닿으려는 순간, 잊고 있었던 게 떠올랐다. 난 급히 손을 오므렸다.

"아, 반지가 있어야 하죠?"

약혼식을 올릴 땐 반지를 교환한다고 들었던 거 같다. 하지만 이런 상황에 반지 같은 게 준비되었을 리 만무했다. 그러고 보니 몰골도⋯⋯. 난 내 모습을 한 차례 훑곤 머쓱하게 목덜미를 문질렀다. 어쩐지 괜한 말을 꺼낸 것 같다. 아무것도 필요 없다고 했지만, 이런 모습으로 약혼식을 올리는 건 아무래도 무리인 듯하다.

뒤늦게나마 말을 취소하려는데 빈센트가 갑자기 인상을 찡그렸다. 의아하게 바라보자 빈센트가 재킷 안주머니를 뒤적이더니 작은 상자를 하나 꺼냈다. 아주 잠깐 머뭇대던 빈센트가 상자를 열었다.

상자 안엔 반지 한 쌍이 들어 있었다. 난 눈을 큼지막하게 떴다.

"그건⋯⋯."

"이런 상황에서 주고 싶지 않았어."

작게 투덜댄 빈센트가 몸을 일으켰다. 저절로 고개가 뒤로 젖혀졌다. 그가 손을 뻗어 내 손을 감싸 쥐었다. 그러곤 한 쌍의 반지 중 크기가 작은 반지를 꺼내 내 손가락에 끼워 주었다. 반지는 내 약지 손가락에 딱 들어맞았다.

난 가만히 손가락에 낀 반지를 응시했다. 불빛을 받아 반짝이는 반지가 내 눈엔 낯설게만 보였다. 빈센트가 내 손을 들어 올려 자신의 입술에 댔다. 뜨거운 체온이 낙인처럼 찍혔다.

살짝 내리깔았던 눈동자가 들어 올려졌다.

"한평생 당신만을 사랑하고, 영원히 이 마음을 변치 않겠습니다."

반지에 닿은 입술이 움직이는 게 느껴졌다. 간지러운 감각에 심장이 정신없이 뛰었다. 난 숨을 들이마셨다. 마치…… 혼인 서약 같잖아.

빈센트가 눈을 휘며 손을 놓아 주었다. 어쩐지 멍해지는 기분이다. 한참 동안 반지를 내려 보다가 손을 뻗어 그에게서 상자를 뺏어 들었다. 그러곤 남은 반지를 꺼낸 뒤 그의 손을 감싸 쥐었다. 약지 손가락에 반지를 끼우고, 그가 했던 것처럼 양손을 잡은 채 반지에 입술을 꾹 눌렀다. 나도 모르게 긴장했는지 입술이 떨리는 게 느껴졌다.

"저도 한평생 당신만을 사랑하고, 영원히 이 마음을 변치 않겠습니다."

'그리고 한평생 동안 함께 행복하겠습니다.'

마음속으로 작은 약속을 속삭였다.

잠시 그러고 있다가 고개를 들었다. 자신의 손에 끼워진 반지를 바라보던 빈센트가 기쁘게 웃는다. 빈센트는 행복해 보였다. 애정이 깃든 눈동자가 망설임 없이 내게로 향했다. 내가 그를 행복하게 해 주었다는 사실이 가장 행복했다.

"이렇게 하는 게 맞는지 모르겠네요."

"충분해."

그가 손을 뻗어 나와 손을 맞잡았다. 손가락에 끼워진 두 개의 반지가 반짝 빛을 냈다. 마음속에 뜨거운 기운이 한가득 채워졌다. 조금 과장을 보탠다면, 우리의 앞날에 그 어떤 일이 닥쳐도 헤쳐 나갈 수 있을 것 같다.

"혼인 서약 같네요."

"언젠가 혼인할 테니 미리 해 두는 거라 생각해."

"혼인까지는 아직 멀었어요."

약혼식을 치르는 것도 이렇게 걸렸는데, 혼인식까진 또 얼마큼의 시간이 걸릴지 아무도 모른다. 에단이 절대 그냥 넘어가지 않을 거다. 빈센트도 그 사실을 깨달았는지 웃음을 짓던 얼굴이 묘하게 어긋났다. 아마 혼인을 하기까지 과정이 순탄치 않을 거란 생각이 든 거겠지.

그날을 상상하며 작게 웃고 있을 때, 갑자기 예배당의 문이 끼익 열렸다. 재빨리 날 끌어안은 빈센트가 촛대의 불을 껐다. 그러곤 몸을 웅크려 의자 뒤로 숨었다.

예배당 안이 다시 어두워졌다. 저벅하는 발소리가 안으로 들어왔다. 빈센트가 허리춤에 꽂아 두었던 총을 들어 올리는 게 보였다. 나도 바닥에 놓아두었던 총의 위치를 눈으로 가늠했다. 여차하면 총을 쥐고 쏠 생각이었다.

우리는 경계 어린 시선으로 발소리가 들려오는 방향을 주시했다. 저벅저벅 가까워지던 걸음이 우리 코앞까지 다가왔다. 곧 불빛이 들이닥쳤다.

"여기서 뭐 하시는 겁니까?"

환하게 빛이 퍼져 드는 곳엔 중년의 신부가 서 있었다. 낯선 이를 발견하곤 멈칫한 그가 우리의 몰골을 살펴본 후 놀라 물었다. 나와 빈센트는 서로를 한 번 쳐다본 후 다시 신부를 마주했다.

신부에게 상황 설명을 한 끝에 우리는 그의 도움을 받았다. 다행히 날이 밝아 오기 전에 우리를 구해 주러 사람들이 찾아왔다.

나는 빈센트와 같이 크리스토퍼가로 돌아왔다. 대저택에서 날 기다리고 있던 에단은 무사한 내 모습을 보곤 안도의 숨을 토해 냈다. 그러곤 갑자기 피로한 표정을 지으며 마른세수했다. 그 모습을 보며, 에단이 날 굉장히 걱정하고 있었음을 깨달았다.

그러나 금세 정신을 추슬렀는지 손을 내린 에단은 원래 상태로 돌아와 있었다.

"어디 다친 곳은 없어?"

시녀들이 재빨리 다가와 몸에 둘러 준 담요를 매만지며 고개를 끄덕였다. 하지만 에단의 눈동자는 그 어느 때보다도 빠르게 내 상태를 훑어본 뒤였다. 당연스럽게도 그의 시선이 가장 오래 머문 곳은 내 목이었다. 그가 주변에 있던 하인을 돌아봤다.

"당장 의사를 불러."

그의 지시를 받은 하인이 재빨리 몸을 돌렸다. 에단이 오늘은 일단 방에 가서 쉬고 날이 밝으면 다시 얘기하자고 말하며 시녀들에게 눈짓했다. 그녀들은 곧장 내게 다가와 방으로 이끌었다. 난 그녀들과 함께 걸어가며 에단과 얘기 중인 빈센트를 바라봤다. 눈이 마주치자 빈센트가 잘 쉬라며 살짝 웃어 주었다.

내 방으로 돌아와 거울을 확인해 보니 가관이 따로 없었다. 내 모습은 누가 봐도 아주 큰일을 당한 사람처럼 보였다. 특히 목에 손자국이 선명했다. 빈센트와 에단이 왜 그렇게 목을 쳐다봤는지 알 것도 같다.

욕실로 들어가 몸을 씻어 내고 잠옷으로 갈아입었다. 얼마 안 가 내 방을 방문한 의사에게 진찰을 받았다. 목에 남은 손자국을 본 의사는 멍이 들 거라고 했다. 그는 멍 자국을 없애는 데 좋은 약을 처방해 준 뒤 당분간 충분한 휴식을 취하라는 심심한 조언을 덧붙였다.

의사가 떠난 뒤 난 침대에 누웠다. 보들보들한 침대보에 뺨을 비비적댔다. 그제야 온몸의 긴장이 풀렸다. 시녀들이 턱 밑까지 시트를 덮어 주고 나갔다. 문이 닫히고 방 안에 홀로 남았지만 숲속을 뛰어다닐 때처럼 무섭지 않았다.

왼손에 끼워진 반지의 감촉이 느껴졌다. 내 것이 아닌 것처럼 낯설면서도 또 내 것이란 생각에 자꾸 만지게 된다. 난 반지를 엄지손가락 끝으로 만지작대며 눈을 감았다. 진짜 내 안식처로 돌아왔다는 기분이 들었다.

에단은 날이 밝으면 다시 이야기하자고 했지만, 꼬박 하루 동안 죽은 듯이 잠들어 있었던 탓에 그와 이야기를 나누지 못했다. 긴장이 풀리자 억눌려 있던 피로가 쏟아진 것 같았다. 다음 날 눈을 떴을 땐 온몸이 너무 아팠다. 의사의 조언을 심각하게 받아들이게 되었다.

난 에단을 통해 납치 사건의 전말을 전해 들었다.

나와 같이 납치되었던 여자는 다행히 마을에 잘 도착했다고 한다. 그녀가 남작가에 소식을 전해 준 덕분에 에단이 사람을 보낼 수 있었고, 그 과정에서 날 찾아다니던 납치범들을 잡았단다. 몇 명 놓치긴 했으나 곧 소재지를 파악할 수 있을 거라고 했다. 남작가의 막내아들도 다행히 무사했다.

그 뒤 붙잡힌 납치범들은 예상과 달리, 그간 연쇄적으로 발생했던 귀족 납치 사건의 범인들이 아니었다. 그들은 남작가에 원한을 품은 사람의 사주를 받고 벌인 짓이라고 토설했다. 연쇄적인 납치를 저지른 사람들치곤 범행이 허술하다고 느꼈던 게 전문적인 납치범들이 아니라서 그랬나 보다. 누가 사주한 것인지는 좀 더 조사 중이라고 했다.

나는 그 소식을 들으며 속으로 안도했다. 위험천만한 상황이었지만 잘 해결된 것 같아 다행이었다. 난 향이 좋은 차를 들이켜며 숨을 돌렸다.

"할 말이 있어."

대화가 어느 정도 마무리되었을 즈음 빈센트가 말문을 열었다. 저택에 돌아온 다음 날, 아침이 밝아 오자마자 떠난 뒤 이틀 만이었다. 내 상태를 살피러 온 빈센트와 함께 응접실에 앉은 우리는 느긋하게 차를 마시고 있었다.

"우리 약혼식을 올렸어."

대뜸 내 어깨를 붙잡은 빈센트가 약혼 소식을 알렸다. 에단이 그대로 차를 뿜은 뒤 기침을 터트렸다. 사방으로 튄 타액을 보며 인상을 쓴 빈센트가 근처 있던 천을 집어 건넸다. 그걸 받아 턱에 흐른 찻물을 닦은 에단이 입을 떡 벌렸다.

"누구 마음대로?"

"우리 두 사람의 마음대로."

에단이 곧장 날 바라봤다. 정말이냐고 묻는 눈빛에 난 마지못해 고개를 끄덕였다. 빈센트가 옆에서 당당히 요구했다.

"약혼 서약서 보내."

"그럼 두 사람 약혼식은?"

"필요 없어."

빈센트는 약혼식 준비를 한답시고 약혼이 늦어지는 걸 못마땅해했다. 그는 이참에 잘됐다는 얼굴로 자신의 손과 내 손에 끼워진 반지를 들어 보였다. 반지를 본 에단은 더 이상 말을 잇지 못했다.

에단은 우리 두 사람의 약혼식 준비에 엄청 신경을 쓰고 있었다. 그랬는데 단둘이 떡하니 약혼식을 올렸다고 하니 그 심정이 오죽할까. 황당하기 그지없다는 표정을 지은 에단은 '야, 이, 너희, 야.' 같은 의미를 알 수 없는 말만 반복했다. 차마 내가 먼저 나서서 벌어진 일이라곤 말할 수 없어 난 조용히 차만 들이켰다.

그러다 궁금한 게 떠올랐다.

"그 같이 납치되었던 여자분은 별일 없대?"

이마를 짚고 있던 에단이 날 흘끗 보곤 한숨을 흘리며 답했다.

"그렇다더군. 간단한 타박상을 입은 것 빼고는 괜찮대."

"다행이네."

"걱정되면 찾아가 보든지."

난 고개를 저었다. 별로 좋은 기억도 아니었고, 무사하다면 그걸로 되었다. 그날의 일이 그녀에게 상처로 남지 않길 바랄 뿐이다.

잠깐의 납치 소동은 빠르게 안정을 되찾았다. 당분간 파티에 참석하는 것도 자제해야겠지만, 그것 빼고는 평소와 다를 바 없이 생활했다. 예전과 다른 점은 빈센트와의 약혼 소식을 발표했다는 것이다. 그리고 그 소식은 제법 떠들썩하게 사람들의 입에 오르내리는 듯했고, 호기심이 담긴 시선이 더 많이 따라붙게 되었지만 난 신경 쓰지 않기로 했다. 다만 손가락에 낀 반지에 자꾸 시선이 가는 게 문제긴 했다.

나는 평소처럼 일어나 가볍게 씻고 옷을 갈아입었다. 식당으로 가서 식사를 한 뒤 에단의 집무실에 쳐들어갔다. 에단은 요즘 바빠서 주로 집무실에서 식사를 했다. 이렇게라도 해야 그나마 얼굴이라도 볼 수 있었다. 에단도 그런 날 익숙하게 받아들였다.

난 집무실 한편에 놓인 소파에 앉아 늘어져 있었다. 어제 도망친 잔당이 다행히 붙잡혔다고 한다. 그 소식을 듣자마자 찜찜하게 남았던 불편함이 씻기 듯 사라졌다. 발버둥을 친 만큼 최악의 결과는 면했다는 사실이 만족스럽기만 했다.

오늘 도착한 신문을 읽으니 때마침 요 근래 도시를 들썩이게 만들었던 귀족 자제들의 몸값을 노린 납치 사건에 대한 범인들이 붙잡혔다는 소식이 대문짝만 하게 실려 있었다. 좋은 소식의 연속이었다.

다과로 나온 쿠키를 오독오독 씹으며 신문을 마저 읽는데, 소파 팔걸이에 걸터앉아 서류를 보던 에단이 문득 생각났다는 듯 물었다.

"그런데 폴라, 연애편지는 어떻게 됐어?"

어……?

난 벌떡 일어나 내 방으로 달려갔다. 그러곤 책상 서랍에 넣어 둔 편지를 꺼내 들었다. 역시나, 만나자고 한 날이 오늘이었다.

그동안 정신이 없어 깜빡했다. 난 애절한 내용이 적힌 편지를 내려다보며 난감해했다. 이걸 어떡해야 하나. 상대가 기다리고 있을까? 당장 나가야 할까? 하지만 남작가에서 겪었던 일 때문에 예전과 달리 만남이 망설여졌다. 날 위협했던 납치범들의 잔당까지 모두 잡혔고, 에단이 말했던 몸값을 노린 납치 사건의 범인들도 붙잡혔다는 신문 기사를 보긴 했지만 그렇다고 마냥 안전하다고 여기긴 어려웠다.

그러고 보니 예배당에서 돌아오던 길에 빈센트가 연애편지에 대해 언급했었다.

'그 편지 주인, 만나러 가지 마.'

납치 사건에 얽힌 뒤라서일까, 나도 그의 말에 동감했다. 진짜 연애편지라면 미안하지만, 어차피 멋대로 보낸 것이니 내가 꼭 나가야 할 이유는 없었다. 차라리 거절의 편지를 보낼 수 있다면 마음이 좀 편할 텐데. 그런 생각을 하며 저택으로 돌아온 뒤 지금까지 까맣게 잊고 있었다.

편지를 들고 에단의 집무실로 돌아갔다. 난 조금 전에 앉아 있던 소파에 다시 털썩 주저앉았다.

"깜빡했어."

에단은 날 흘끗 보곤 대수롭지 않게 서류를 읽었다. 난 소파에 몸을 더 깊게 눕혔다.

"나가려고?"

"음, 나가지 않으려고."

"그래?"

"응. 위험하니까."

손에 쥐고 있던 편지를 탁자에 아무렇게나 두고, 찻잔을 들어 입에 댔다. 잠깐 사이 차는 식어서 밍밍해졌다. 몇 번 홀짝이곤 다시 소파에 늘어졌다. 나가지 않겠다고 결정을 하긴 했는데, 어쩐지 마음속 한편에 불편함이 남아 있었다.

"나간다면 호위를 몇 명 더 붙이려고 했는데."

"……나가야 할까?"

등받이에 얼굴을 기대며 에단에게 물었다. 에단이 날 돌아보더니 어깨를 으쓱였다.

"네가 만나고 싶으면 나가면 되지."

"으으음."

의외로 에단은 아무래도 좋다는 태도였다. 그래도 나가는 게 예의인 걸까? 내 마음속에 망설임이 생겨났다. 나갈까 말까. 끙끙거리며 두 가지 선택지 사이에서 고민하던 끝에 곧 결정을 내렸다.

"아니, 안 나갈래."

결정을 내리고 나니 마음이 산뜻해졌다. 난 조금 전에 먹다 만 쿠키를 집어 먹었다. 오독오독 씹을 때마다 느껴지는 단맛이 아직 마음속에 남은 찝찝함을 덜어 주는 듯했다.

내 대답을 들은 에단이 흐음 하며 짧게 신음성을 흘렸다.

"자."

에단이 문뜩 뭔가를 내밀었다. 편지였다. 난 의아해하며 에단을 올려다봤다. 뭐야?

"조금 전에 너한테 온 거야."

난 멀뚱히 편지를 쳐다보다가 손을 내밀어 받았다. 빈센트가 보낸 건가 생각하며 대수롭지 않게 살펴봤다. 그런데 봉투엔 내 이름만 적혀 있었다. 그렇기에 누가 보냈는지 알아챘다. 난 곧장 몸을 일으켜 앉았다.

"어……."

어쩐지 편지를 뜯어보기 망설여졌다. 내가 머뭇대는 사이, 자리에서 일어난 에단이 보고 있던 서류를 책상에 내려놓았다. 아침부터 서류를 들여다보더니 급한 일이 마무리되었는지 한숨을 내쉰 그가 기지개를 한 번 켜고는 문으로 향했다.

난 다급히 에단을 불러 세웠다.

"어, 어디 가?"

"잠깐 방에. 금방 올게."

에단이 작게 웃곤 밖으로 나갔다. 말릴 새도 없이 닫히는 문을 황망히 보았다. 그의 집무실에 홀로 남고 나서야 난 에단이 잠깐 자리를 피해 줬단 걸 깨달았다.

난 들고 있는 편지 봉투를 괜히 만지작댔다. 그러다 조심히 봉투를 뜯고 안에 든 편지를 꺼냈다. 그 순간 봉투 안에서 뭔가 툭 하고 떨어져 내렸다.

뭐지?

허리를 숙여 떨어진 걸 집어 들었다. 납작하게 말린 하얀 꽃이었다. 꽃잎이 온전히 붙어 있는 꽃은 꺼끌꺼끌한 감촉이었지만 아름다웠던 모습을 그대로 보여 주었다. 그걸 멀뚱히 보다가 손에 쥐고 있던 접힌 편지를 펼쳤다. 그런데 또다시 하얀 게 후두둑 떨어졌다.

꽃이었다.

빳빳하게 말린 꽃송이들이 내게 쏟아져 내렸다. 어깨에 부딪쳐 무릎에 흩뿌려진 꽃송이를 내려다보다가, 안에 적혀 있는 익숙한 글씨를 읽어 내렸다.

[돌이켜 보니 제 마음이 당신께 부담을 드린 것 같습니다. 제 생각이 짧았던 걸 깨닫고 늦게나마 편지를 보냅니다. 당신과 만날 날을 생각하면 저는 기쁘고 설레는 마음에 매일 밤 잠 못 들었지만, 한편으론 얼굴도 모르는 상대와 만나야 할 당신이 느꼈을 불쾌함에 미안한 마음이 가득합니다.

그래서 이 편지를 마지막으로 더 이상 편지를 보내지 않으려고 합니다. 그동안 이런 편지를 보내 불편함을 드렸던 것에 대해 넓은 마음으로 이해해 주세요.

이 편지를 쓰는 지금도 당신과 처음 만난 날이 어제 일처럼 생생히 떠오릅니다. 제가 부족한 사람인 탓에 열심히 해 보고자 한 일이 좋은 결과를 이루지 못해 용기를 잃었는데, 당신이 그런 제게 잘못한 게 아니라고 말해 주는 것 같아 기뻤습니다. 혼자가 아니란 마음을 느끼게 해 주었습니다. 그런 당신과 가까워지고 싶어 과한 욕심을 부렸던 거 같습니다.

우연히 어느 파티장에서 사람들이 당신을 이리 부르는 걸 들었습니다. 처음이자 마지막으로, 당신을 이렇게 부르는 무례를 용서해 주시기 바랍니다.

폴라. 그동안 감사했습니다.]

평소보다 턱없이 짧고 간결한 편지였다. 그러나 마지막 글씨를 읽은 난 숨이 멎는 듯했다. 무릎을 수놓은 말린 꽃송이가 내 마음에도 촘촘히 새겨졌다.

나는 벨루니타가를 떠난 뒤로 단 한 번도 다시 찾아가지 않았다. 아직 내 얼굴을 기억하는 사람이 있을 수도 있었고, 나도 용기가 나지 않았기 때문이다. 그러니 이렇게 벨루니타가를, 게다가 즉흥적으로 찾아간 건 플로렌스 크리스토퍼가 된 이후론 처음이라 할 수 있었다.

난 다급히 복도를 걸어갔다. 초조한 마음에 걸음걸이가 빨라졌다. 앞장서 걷던 중년의 남자가 그런 날 돌아봤다. 난 챙이 긴 모자를 재빨리 눌러쓰며 얼굴을 숨기곤 시선을 피했다. 그러다 살짝 고개를 드니, 남자는 사람 좋게 웃고 있었다.

남자는 벨루니타가에 새로 온 집사였다. 날 위협했던 집사를 내쫓고 데려온 사람이었다.

그는 예전 집사보다는 젊은 편이었고, 아주 순한 인상을 가졌다. 예전 집사는 오랜 경험에서 나오는 연륜이 있는 데 반해 틀에 박힌 사고를 가지고 있었다면, 그는 제법 개방적인 사고를 가져 도움을 받기에 나쁘지 않다고 빈센트에게서 들은 적이 있었다.

나는 빈센트가 새로운 집사를 굉장히 마음에 들어 한다는 걸 알았다. 그 집사와 실제로 만나는 건 처음이었다.

갑자기 찾아갔음에도 집사는 내게 아주 정중히 대했다. 그에게 내가 '플로렌스 크리스토퍼'라고 말하자 바로 누군지 알아챘는지 익숙하게 날 맞이했다.

갑작스럽게 찾아온 손님을 향한 사용인들의 관심이 느껴졌다. 난 연신 모자의 챙을 만지며 얼굴을 숨기려 노력했다. 아닌 척하려고 해도 긴장되는 건 어쩔 수 없었다.

"아가씨, 괜찮으세요?"

날 따라 함께 벨루니타 저택에 온 시녀가 내 상태가 이상하다는 걸 알아챘는지 나직하게 물었다. 난 어색하게 웃으며 고개를 끄덕였다.

집사는 날 응접실로 안내했다. 난 소파에 앉아 발을 동동 굴렀다. 집사가 잠시 자리를 비우고, 대신 하녀가 들어와 차와 다과를 준비해 주었다. 시녀가 찻잔에 뜨끈한 차를 따라 주었으나 난 마시지 않고 문가만 주시했다.

찰나가 영겁처럼 길게 느껴질 즈음, 갑자기 소란스런 소리가 들렸다. 곧 응접실 문이 벌컥 열렸다. 동시에 난 몸을 일으켰다. 쓰고 있던 모자가 바닥에 떨어졌지만, 빨리 빈센트를 만나야 한다는 생각에 아랑곳하지 않고 소파를 빠져나갔다. 그러다 눈을 휘둥그레 떴다.

빈센트가 오긴 왔는데, 상태가 좀 이상했다. 머리는 헝클어져 있고, 옷도 막 갈아입은 것처럼 매무새가 허술했다. 셔츠의 위 단추 몇 개는 채우지도 못한 채였고, 그 위에 걸친 스웨터로 된 겉옷은 추스르지 못해 한쪽 팔목이 스륵 내려오고 있었다. 그런 자신의 꼴을 알지 못하는지 다급히 응접실로 들어온 빈센트가 날 보곤 멈칫했다. 생각지도 못한 광경을 목격한 얼굴이었다.

나도 놀라 그를 위아래로 훑었다. 꼴이 왜 저래? 꼭 자다 나온 사람처럼. 난 창밖 너머를 바라봤다. 맑은 하늘엔 해가 쨍쨍했다.

"주무시다 나오신 거예요?"

"아, 아침에 들어와서."

그제야 빈센트가 자신의 상태를 깨닫고 헝클어진 머리를 쓸어 넘겼다. 집사가 그에게 슬쩍 다가와 겉옷을 추슬러 주었다. 자느라 비몽사몽 한 상태에서 내가 왔다는 소리를 들었으니 믿기지 않았나 보다. 그러니 저런 모습으로 부랴부랴 달려왔겠지.

하지만 다급한 건 나도 마찬가지였다. 난 재빨리 그에게 다가가 양팔을 붙잡았다. 그러곤 여기 오는 내내 머릿속에 맴돌았던 말을 빈센트에게 꺼냈다.

"저 만나러 갈래요!"

"뭐?"

"만나러 가겠다고요. 제대로 만나 볼래요. 그리고 싶어요."

"갑자기 무슨 소리야."

내 말을 이해하지 못한 빈센트가 당황해 하며 눈가를 좁혔다. 그러다 서서 할 말은 아니라 생각했는지 날 이끌고 소파에 앉혔다. 그러곤 자신도 맞은편 소파에 앉은 뒤 정신을 좀 추스르곤 차분히 물었다.

"만나러 가겠다는 게 무슨 말인지 천천히 설명해 봐."

"편지요."

난 가방에 넣어 두었던 편지를 꺼내 들었다. 빈센트의 시선이 내 손에 들린 편지에 닿았다.

"만나러 가지 말라고 하셨지만, 마음이 바뀌었어요. 만나고 싶어요. 그런데 저 혼자 나가는 건 싫다고 하셨으니, 같이 가 주시면 어때요?"

다짜고짜 찾아와 이런 요구를 하는 게 황당할 수 있으나, 이게 내가 생각한 최선이었다. 나 혼자 나간다고 해도 호위를 붙이고 갈 텐데 빈센트는 그마저도 못마땅해했다. 그러면 차라리 빈센트가 나와 같이 가 주면 되지 않겠는가.

내 제안에 잠시 놀란 표정을 짓던 빈센트가 되물었다.

"어째서?"

어째서라고 묻는다면…… 난 말을 머뭇댔다. 그러면서 슬쩍 집사에게 시선을 주자, 그런 내 마음을 알아챈 빈센트가 자신의 뒤에 서 있는 집사와 하녀를 바라봤다.

"둘 다 나가 봐."

"네."

집사와 하녀가 정중히 고개를 숙인 뒤 응접실을 나갔다. 나도 고개를 돌려 소파 뒤에 서 있는 시녀를 향해 말했다.

"잠깐 자리를 비켜 줄래?"

"네? 저도요?"

"응. 끝나면 부를게."

시녀는 내 말에 당황한 듯했지만, 곧 고개를 끄덕이며 밖으로 나갔다.

응접실엔 나와 빈센트만 남았다. 정적이 내려앉은 가운데, 난 편지를 힘껏 움켜쥐었다. 빈센트는 차분히 내 설명을 기다렸다.

"아주 오래전에 이 저택에서 지냈을 때요. 그때 당신에게 온 편지의 답장을 적어 보내는 일을 한 적이 있었는데."

입술이 말라 갔다. 어쩐지 목이 막혀 온다. 난 나직하게 숨을 흘리고 말을 이어 갔다.

"얼굴도 신분도 모르고, 상대에 대해 아는 거라곤 그저 종이에 적힌 글씨가 단정하다는 것뿐이었어요. 편지는 짧은 몇 줄이 전부였고, 별것도 없는 내용이었지만 그래도 누군가와 대화는 나누는 것 같아 좋았어요. 그래서 지금, 그런 생각이 들어요. 만약 그때 그 편지의 상대가 만나자고 했었더라면 지금처럼 모르는 상대이기 때문에 나가지 말았어야 했던 걸까."

"……."

"하지만 그랬다면 저는 영원히, 절 있는 그대로 봐 주었던 사람을 알지 못했겠죠."

나는 편지의 상대가 누군지 알 생각이 없었다. 애초부터 내게 온 것도 아니었다. 오래전 그날로 돌아간다면 나는 편지의 상대가 누군지 궁금해하지 않을 테고, 만나자고 했어도 거절했을 것이다. 지금처럼 고민하지도 않았겠지. 그리고 난 영원히 편지의 상대가 누군지 모른 채 살아갔겠지.

나의 삶에 소중한 인연을 맺었을 기회는 없었겠지.

편지여서 그랬던 거 같다. 말린 꽃 같은 걸 넣어서 보내 줬기 때문일까. 아니면 평소와 다름 없던 내용이 조금 색다른 의미로 다가와서일까. 마지막이라며 날 '폴라'라고 불러 주었기 때문일지도 모른다.

그게 아니었다면, 나는 빈센트가 말한 대로 언젠가 받았던 장난스런 연애편지 따위는 금세 잊어버렸을 테지. 그리고 어쩌다 한 번씩 떠오를 때마다 참 우스꽝스러운 일이었다고 곱씹을지도 모르지. 상대가 누군지도 모를 연애편지에 신경 썼던 이유를, 그 마음에 대답해 주지 못해 불안해했던 이유를 이제는 알겠다.

나는 그 편지를 통해 루카스를 떠올렸던 것이다.

시간이 이렇게나 흘렀는데…… 나는 아직도 루카스와의 추억을 쉽게 입에 올리지 못했다. 단순히 추억의 한편으로 그를 남겨 둔다는 건 너무도 힘든 일이었다. 나는 루카스의 모습을 생생히 떠올릴 수 있었다. 웃는 모습, 당황하는 모습, 슬퍼하거나 괴로워하는 모습, 그리고 그의 마지막 순간까지도.

루카스는 여전히 내 마음속에 특별하고, 아픈 사람으로 남아 있었다. 그를 흐릿한 기억으로 남길 수 없었다.

"저는 편지에 약한가 봐요."

나는 아무렇지 않은 척 웃으며 빈센트를 바라봤다. 그는 아무 말도 하지 않았다.

잠시 시선을 마주한 그가 소파 팔걸이에 팔을 걸친 채 얼굴을 괴었다. 옆으로 틀어진 얼굴은 뭔가 생각에 잠긴 듯했다.

일단 뱉긴 했는데 분위기만 어색해졌다. 괜한 말을 꺼냈나 싶었다. 내게 그렇듯 빈센트에게도 루카스는 마음속에 특별한 의미로 남아 있었다. 그게 좋은 의미든 나쁜 의미든. 난 편지를 쥔 손을 꼼지락대며 빈센트의 반응을 기다렸다.

"알겠어."

잠시 후 산뜻한 대답이 돌아왔다.

"만나러 갈 때 같이 가."

"고마워요."

난 활짝 웃었다. 바쁠 텐데 시간 내서 같이 가 준다는 것도 고마웠지만, 편지의 상대를 만나는 걸 허락한 것과 다를 바 없었다. 그런 날 흘끗 본 빈센트는 여전히 아무 반응도 보이지 않았다.

그러다 갑자기 떠오른 생각에 난 우울하게 말을 이었다.

"그런데 문제가 하나 있어요."

"뭔데."

"저번에 보낸 편지에서 만나자고 한 날이 어제였어요. 사실 어제 아침에 편지를 다시 보내왔는데 불편하게 만들어서 미안하다고, 만나러 오지 않아도 된다면서 더 이상 편지를 보내지 않겠다고 했어요."

빈센트가 다시 날 바라봤다.

"그래서?"

"다시 만나자고 해야 하는데, 편지를 보낸 상대가 누군지 모르잖아요."

그럼 만나는 것 자체가 불가능하지 않겠는가. 난 고개를 푹 숙였다. 잠시 고민하던 빈센트가 몸을 곧게 폈다.

"오늘 에단이 저택에 있던가?"

"아, 네. 지금쯤 집무실에 있을 거예요."

이 시간대에는 매번 거기 있으니까. 지금쯤 서류와 싸움을 벌이고 있겠지.

내 대답에 빈센트가 갑자기 몸을 일으켰다. 나도 그를 따라 일어섰다. 소파를 빠져나간 빈센트가 문으로 향했다.

"기다려. 금방 준비하고 올 테니."

빈센트는 크리스토퍼가에 도착하자마자 곧장 에단이 있는 집무실로 향했다. 난 당황스러워하는 집사를 달랜 뒤 그를 따라갔다. 빈센트가 집무실 문을 벌컥 열고 안으로 들어가자, 예상대로 책상에 앉아 서류를 보며 끙끙 앓고 있던 에단이 눈을 휘둥그레 떴다.

"뭐야, 갑자기."

"편지 누가 보낸 거야."

빈센트가 다짜고짜 묻자 에단이 어리둥절해했다. 빈센트는 차에서 내리기 전에 내게 받았던 편지를 들어 보였다.

"그걸 왜 나한테 물어?"

"누가 보냈는지 알고 있잖아."

이건 또 무슨 소리래. 빈센트를 뒤따라 집무실로 들어서던 난 의아하게 에단을 바라봤다.

"내가?"

"그래. 그러니 폴라한테 온 편지를 얌전히 전해 줬겠지. 이미 누가 보냈는지 알고 문제가 없을 거라 여겼을 테니까."

뭐라? 상황을 전해 들은 난 황당해서 코웃음을 흘렸다. 빈센트의 추궁을 받은 에단이 날 흘끗 보곤 고개를 돌린다. 뭐야. 진짜 편지를 보낸 사람이 누군지 알고 있었던 거야? 그러고 보니 저번에 마음만 먹는다면 누가 보냈는지 알아볼 수 있다고 했었지. 그때 에단이 뭐라고 했더라. 당사자가 원하지 않는 일을 하는 건 내키지 않다고 했었나.

'이 거짓말쟁이.'

난 싸늘하게 에단을 노려봤다. 에단은 내 시선을 모른 척했다.

"그래서, 누군지 알려 달라고?"

"아니, 답장을 쓸 테니 그쪽으로 보내 줘."

"답장? 무슨 답장?"

"다시 만날 약속을 잡으려고."

에단이 의외라는 듯 눈썹을 휘어 올리며 날 보았다.

"어제 편지 받고 조용하더라니, 만나기로 결정한 거야?"

"……응."

난 떨떠름하게 대답했다.

"의외네. 끝까지 안 된다고 할 줄 알았는데."

에단이 한쪽 턱을 괴고 말했다. 그건 나도 좀 궁금했기에 빈센트의 뒤통수를 훑었다. 사실 루카스……에 대한 말을 꺼내긴 했지만, 그래도 위험하니 끝까지 안 된다고 할 줄 알았다.

빈센트의 대수롭지 않은 목소리가 돌아왔다.

"괜한 말 말고, 보내 줄 거야 말 거야."

"알겠어. 보내 보지."

에단이 양손을 들고 순순히 제안을 받아들였다. 그제야 빈센트가 날 돌아봤다. '답장은 썼어?' 라고 묻는 듯한 시선에 난 들고 있던 가방을 열어 빳빳한 편지 봉투를 하나 꺼냈다. 어젯밤에 답장을 미리 써 두었었다.

그걸 건네자 빈센트가 에단에게 전해 주었다. 에단은 편지를 받아 들며 잘 전해 줄 테니 걱정 말라고 했다. 역시 누가 보냈는지 알고 있구나. 솔직히 궁금한 감이 없지 않았다. '누가 보냈어?' 라고 물어볼까 하다가 말았다. 어차피 만나게 되면 연애편지를 보낸 사람이 누군지 알게 될 것이다.

그리고 며칠 뒤, 편지의 주인이 약속 장소에 나오겠다는 대답을 했다고 에단이 전해 주었다. 그렇게 시간이 지나 드디어 편지를 보낸 상대와 만나기로 한 날이 다가왔다. 난 아침 일찍 준비를 마친 뒤 차를 타고 약속 장소로 향했다.

차를 타고 가는 내내 혼란스러운 마음을 진정시키려고 노력했다. 한동안 신경 쓰였던 편지의 상대가 누군지 알 수 있다는 후련함과, 모두가 염려한 대로 위험한 일이 아닐까 하는 불안함이 한데 뒤섞였다. 초조해하는 날 지켜보던 빈센트가 퉁명스러운 한마디를 던졌다.

"그러다 바닥 뚫리겠어."

"네? 아아, 네."

어느새 발로 바닥을 탁탁 내려치고 있었다. 난 경박스러운 몸짓을 멈추고 숨을 골랐다. 자꾸만 손바닥에 땀이 배어 나왔다. 그런 날 보며 빈센트는 더 이상 아무 말도 하지 않았다.

약속 장소는 크리스토퍼가에서 관리하고 있는 마을에 위치한 광장이었다. 광장 한가운데에는 말 조각상이 놓인 분수대가 있었는데, 말의 얼굴이 향하는 방향에 있는 커다란 나무에서 만나기로 했다. 난 천천히 그 장소로 향했다. 빈센트도 나를 따라 걸음을 옮겼다.

장난이겠지. 장난일 거야. 그런데 정말 장난이 맞는다면 어떤 식으로 반응해야 하지? 아주 정중하게 이딴 식으로 굴지 말라고 할까, 아니면 너 뭐 하는 새끼냐고 욕지거리를 퍼부을까. 여러 가지 반응을 고려하며 난 생각을 정리했다.

그렇게 나무 근처에 다다르자, 어떤 남자가 눈에 보였다. 깔끔한 정장을 차려입은 젊은 남자였다. 남자는 주변을 두리번대며 누군가 찾는 듯하더니 날 발견하곤 눈길을 주었다. 난 남자가 찾는 사람이 나라는 걸 깨달았다.

설마……?

남자의 앞에 멈춰 서자, 그가 허리를 굽혀 정중히 인사했다.

"와 주셔서 감사합니다."

"아, 네. 저야말로."

남자를 따라 고개를 숙이며 난 조금 얼떨떨한 기분에 사로잡혔다. 장난인 줄 알았는데…… 진짜 연애편지였던 거야? 아니, 지금이라도 '장난이야!' 라고 할지도 몰라. 난 남자의 머리통을 날카롭게 주시했다. 하지만 고개를 든 남자는 아무 말도 하지 않았고, 얼굴에선 농담의 기색이 조금도 보이지 않았다.

난 슬쩍 빈센트를 돌아봤다. 빈센트의 표정이 가히 좋지 못했다. 특히 남자를 보는 눈빛이 아주 살벌했다. 내 머릿속은 빠르게 돌아갔다. 난 표정을 굳히며 태연함을 가장하려고 노력했다. 머릿속으론 남자의 고백을 어떻게 거절하고 이 상황을 수습할지 고민하고 있었다.

잠깐의 침묵이 흘렀다. 난 이 혼란스러운 상황 앞에서 어찌할 바를 몰라 경직돼 있었고, 남자는 나보단 내 뒤에 서 있는 빈센트를 더 자주 흘끗댔다. 아마 낯선 상대가 같이 와 의아한데 누군지 밝히지 않으니 눈치를 살피고 있는 것 같았다. 빈센트는 빈센트대로 이 상황을 먼저 망치지 않기 위해 가만히 있어 주었다.

그때 남자가 갑자기 뒤를 돌아봤다.

"아가씨."

아가씨? 뜬금없는 말에 난 남자의 시선이 향한 곳으로 고개를 돌렸다. 몰랐는데, 얼마 안 되는 거리에 있는 나무에 누군가 달라붙어 있었다. 그 누군가는 나와 시선이 부딪치자 화들짝 놀라 몸을 숨겼지만, 곧 다시 얼굴을 빼꼼히 내밀었다.

남자가 한숨을 터트리는 게 들렸다.

"이만 나와 보세요."

"하, 하지만."

"무례한 짓 그만하시고 얼른요."

남자가 험하게 말하니 나무에 달라붙어 있던 여자가 머뭇머뭇 나왔다. 난 가까이 다가오는 그녀의 얼굴을 훑었다.

"당신은……."

"아, 아, 안녕하세요. 크리스토퍼 양."

양손을 꽉 맞잡은 여자가 긴장한 얼굴로 내게 인사를 건넸다. 그 모습을 본 남자가 혀를 차더니 제대로 인사를 할 것을 요구했다. 그에 여자가 맞잡은 손을 풀고 허리를 살짝 굽히며 정중히 인사했다. 아가씨라고 부르는 걸 보아 남자 쪽이 신분이 낮은 듯한데, 여자는 그의 이러한 태도에 익숙한지 아무렇지 않아 보였다.

난 뒤늦게 인사를 나누며 그녀를 연신 훑어 내렸다. 그 시선을 느꼈는지 여자가 더듬더듬 말을 이었다.

"제, 제가 누군지 기억하시나요?"

당연히 기억하다마다. 나랑 같이 납치 사건에 엮였던 여자가 아닌가.

"네. 그때 파티장에서 뵀었죠? 그 일이 있은 후 무사히 돌아갔다고 듣긴 했는데, 몸은 좀 어떤가요?"

"아, 네! 괜찮아요! 멍이 좀 들었지만, 흉터가 남진 않을 거라고 했어요. 크, 크리스토퍼 양은 어때요? 걱정 많이 했는데 괜찮은 거죠?"

"예. 저도 괜찮아요."

난 양팔을 펼쳐 멀쩡하단 걸 증명했다. 여자가 날 훑어보며 다행이라는 듯 웃었다. 양손을 맞잡고 정말 기쁘게 웃는 모습을 보니 민망한 기분이 들었다.

"그런데 저 모르겠어요?"

"네?"

난 눈을 껌뻑였다. 내가 뭘 알아봐야 하나?

"……정말 몰라보겠어요?"

여자의 얼굴에 언뜻 실망한 기색이 스쳤다. 난 그저 당황스럽기만 했다. 그녀는 마치 날 오래전부터 알아 온 사람처럼 굴었다. 남작가의 파티장에서 만난 것 말고 우리가 또 만난 적이 있었던가? 하지만 기억나는 게 없었다.

난 다시 빈센트를 돌아봤다. 우리를 구경하던 그를 향해 여자를 살짝 가리켜 '혹시 아는 사람이에요?' 라고 눈짓했다. 빈센트가 작게 고개를 저었다.

어느새 여자의 어깨가 축 처져 있었다. 실망한 기색이 역력한 모습을 보자 내 마음속엔 왠지 모를 미안한 감정이 샘솟았다. 목덜미를 긁적이는 사이, 여자가 뭔가 떠오른 듯 갑자기 손을 올려 자신의 목깃을 풀어 헤치더니 목걸이를 꺼내 보여 줬다.

"이, 이걸 보면 기억날 거예요!"

난 여자의 손에 들린 목걸이를 살펴봤다. 테두리에 작은 꽃무늬가 새겨진 네모난 펜던트 한가운데에는 작고 둥근 보석이 박혀 있었다. 보석은 햇빛을 받을 때마다 영롱한 빛깔을 뿜어냈지만 젊은 그녀가 착용하기엔 조금 낡은 디자인이었다.

그리고 그녀의 말대로, 목걸이를 보자 내 머릿속에 떠오르는 기억이 있었다.

그건 살롱에 세 번째 참석했을 때의 일이었다. 세 번째 참석이었지만 그들의 태도는 변함이 없었다. 그쯤 되니 괜한 오기를 부렸다는 생각이 들었다. 감정

싸움을 해 봤자 결국 나만 피곤해질 뿐이란 당연한 사실을 뒤늦게 깨달은 것이다.

그래서 이제 그만 나가야지 생각하며, 아주 아름답게 꾸며진 정원의 꽃을 몰래 뜯고 있을 때였다. 어디선가 발소리가 들려왔다. 나무줄기로 온통 휘감긴 등 뒤의 커다란 울타리 쪽이었다.

몸을 숨긴 채 소리가 난 방향을 보자, 다섯 명의 여자들이 한 여자를 둘러싸고 있는 광경이 눈에 들어왔다. 딱 봐도 분위기가 좋지 못했다. 무리에 둘러싸인 여자는 양손을 맞잡고 고개를 푹 숙인 채 떨고 있었다. 울 것 같은 얼굴이다.

가장 앞쪽에 있는 곱슬머리 여자가 그녀의 이마를 툭툭 쳤다.

'매번 오지 말라고 그렇게 티를 내는데도 왜 이런 식으로 굴까요.'

'그러게 말이죠.'

'눈치가 이리 없어서야.'

곱슬머리 여자의 말에 반응하듯 다들 한마디씩 뱉었다. 하나같이 상대를 상처 입히려는 악의를 품고 있었다. 난 단번에 눈치챘다. 저 가운데 있는 여자, 따돌림당하고 있구나. 빈민가에서 자주 봤던 따돌림을 귀족 영애들도 하고 있는 걸 보자 사람 사는 건 어디서든 똑같단 생각이 들었다.

난 작게 혀를 차고 몸을 돌렸다. 안타깝긴 했지만 굳이 저 소동에 끼어들고 싶은 마음은 없었다. 괜히 끼어들었다가 오히려 역효과가 날 수도 있었다. 반쯤은 귀찮기도 했고.

난 다시 꽃밭으로 가 꽃을 뜯으며 화를 진정시켰다. 바닥에 툭툭 떨어진 꽃송이가 길을 만들어 내던 즈음 울음소리가 들려왔다. 처음엔 무시하려 했지만 점차 커지는 소리에 결국 몸을 일으켰다.

다시 울타리 쪽으로 가 보니 이번엔 따돌림을 받던 여자 혼자 서 있었다. 커다란 눈물방울을 흘리며 우는 모습이 참으로 안타깝게 느껴졌다. 그런데 그녀의 태도는 뭔가 이상했다. 마치 똥 마려운 강아지처럼 안절부절못하며 나무를 올려다보고 있는 게 아닌가.

잠깐 고민하다가 치맛자락을 툭툭 털고 그쪽으로 걸어갔다. 어차피 정원에서 나가려면 울타리를 지나가야 했다.

'왜 울어요?'

갑자기 나타난 나 때문에 엄청 놀랐는지 여자가 몸을 한 차례 퉁겼다. 몸이 바짝 움츠러든 게 조금 전보다 더욱 겁에 질린 듯했다. 난 괜히 민망해져 목덜미를 긁적였다.

여자가 뒤늦게 더듬더듬 대답을 해 주었다.

'모, 목걸이가 나무 위에……'

그녀의 시선을 따라 고개를 들자 나뭇가지에 매달린 채 흔들리는 목걸이가 보였다. 세상에, 저건 어떻게 올렸다니.

'저것 때문에 우는 거예요?'

'소, 소중한 목걸이라서요. 하, 할머님 유품이라……'

'그래요?'

그렇다면야, 조금 전에 구해 주지 못한 미안함도 있고 해서 난 구두를 휙휙 벗었다. 그러곤 스타킹도 마저 벗은 뒤 치마를 한가득 잡고 옆으로 돌렸다. 그런 다음 나무기둥에 맨발을 올렸다. 그런 날 지켜보던 여자가 눈물을 매단 눈을 동그랗게 떴다.

'뭐, 뭐 하시는 건가요!'

'목걸이를 가져오려고요.'

'예?'

당황하며 되묻는 그녀를 뒤로하고 난 차분히 손을 뻗어 기둥의 팬 부분을 더듬었다. 그러곤 힘껏 기둥을 오르기 시작했다. 이래 봬도 가난뱅이로 산 세월이 있었다. 이 정도 높이의 나무를 타는 것쯤은 식은 죽 먹기란 말이지.

하지만 여긴 나무도 관리를 하는지, 기둥에 홈이 팬 부분이 별로 없어 발을 디디기가 쉽지 않았다. 그래서 조심조심 나무를 잡고 올라갔다. 곧 목걸이가 걸려 있는 나뭇가지에 도달했다. 손을 뻗어 흔들리는 펜던트를 겨우 움켜쥐었다. 그런데 이걸 어떻게 빼야 할지 모르겠다. 나뭇가지 끝으로 목걸이를 빼내기엔 거리가 너무 멀어 역부족이었다.

어떻게든 빼려다가 결국 발이 미끄러져 주룩 떨어질 뻔했다. 가까스로 기둥을 붙잡은 덕분에 위험천만한 상황을 면했다. 아래에서 날 지켜보던 여자가 비명을 지르는 게 들렸다.

'괘, 괜찮아요?!'

'네, 뭐.'

그 뒤 조심조심 발을 디뎌 무사히 바닥으로 내려올 수 있었다. 날 주시하던 여자는 내가 무사히 바닥에 안착하는 걸 보곤 안도의 한숨을 흘렸다. 난 그녀에게 목걸이를 건넸다. 그런데 중간에 미끄러질 뻔했던 탓에 하필이면 목걸이 끈이 끊어져 버렸다.

'죄송해요. 끊어져 버렸어요.'

'아니에요! 정말 너무 소중한 거였는데, 찾아 주셔서 감사해요.'

그녀가 목걸이를 소중히 쥐고는 눈물을 글썽거렸다. 난 머쓱하게 웃으며 발바닥에 묻은 먼지를 털어 냈다. 잠깐 새 꼴이 엉망이 되어 버렸다. 저택으로 돌아가면 잔소리 좀 듣겠는데. 다시 스타킹을 신고 구두에 발을 넣으며 구겨진 치마도 정돈했다. 여자가 날 도와 원피스 여기저기를 털어 주기에 얌전히 호의를 받아들였다.

'크리스토퍼 양 맞으시죠?'

그녀는 내가 누군지 아는지 알은척을 해 왔다. 난 다시 고개를 끄떡였다.

'맞아요.'

'얘, 얘기 많이 들었어요.'

'그런가요.'

별의별 소문을 다 들었단 소리구나. 난 아무렇지 않게 대꾸했지만, 속으론 조금 짜증이 일었다. 다른 사람들처럼 여자도 자신이 들었던 소문들이 사실인지 주절주절 늘어놓을 걸 생각하면 벌써부터 지긋지긋했다.

'어릴 적부터 몸이 많이 안 좋았다고 들었는데, 이제 괜찮은가 봐요.'

순간 치마를 털던 손을 멈칫했다. 얘기가 그렇게 되어 있었지. 사실 그래서 사교계에 데뷔한 뒤 지금까지 난 몸이 약한 척을 하고 있었다. 건강이 회복되었다고 해도 갑자기 멀쩡하게 구는 건 이상했기 때문이었다. 남들 앞에서 격한 행동은 하지 않기로 했었는데, 이곳에 참석하면서 급격한 피로를 느꼈더니 잠시 깜빡했다.

찰나에 머릿속이 빠르게 돌아갔다. 난 뒤늦게 입가를 가리고 작게 기침을 터트렸다.

'콜록콜록.'

'어, 어, 왜 그러세요?'

'갑자기 몸이 좀……. 이만 돌아가 봐야겠어요.'

어색하기 그지없었으나 지금은 그게 중요한 게 아니었다. 당장 여길 벗어나야 했다. 이왕 이렇게 된 김에 그냥 크리스토퍼 저택으로 돌아가야겠다. 몸이 안 좋아졌다는 핑계를 대자. 어차피 내가 돌아간다고 해도 아무도 관심 없을 테니.

'그럼 가 볼게요. 만나서 반가웠어요.'

'예? 아, 네. 저도 만나서 반가웠어요! 크, 크리스토퍼 양!'

'예.'

그녀는 나와 더 이야기를 나누고 싶은 듯 보였지만, 난 예의 미소를 짓고는 몸을 돌렸다. 그러나 얼마 안 가 걸음이 무거워졌다. 난 끙 고민하다가 다시 몸을 돌렸다.

'주제넘은 말일 수도 있지만.'

여자가 눈을 동그랗게 떴다.

'제 조부님께서 해 주신 말씀이 있는데요.'

'예, 예?'

내 갑작스러운 말에 여자가 놀라 되물었다. 난 언젠가 들었던 어르신의 조언을 입에 담았다.

'내가 스스로를 대하는 만큼 사람들도 날 보게 될 거라고. 그러니 내가 날 우습게 대하면, 다른 사람들도 날 우습게 볼 거예요.'

나는 앞서 참석한 두 번 모두 여자를 보았었다. 여기 사람들은 내게 그랬듯 여자에게도 노골적인 태도를 보였다. 여자는 나보다 더 먼저 이곳에 왔던 거 같은데 무시당하는 게 이상했다. 그들은 그녀가 말을 걸면 싫은 티를 내고, 웃으면 헐뜯었다. 그럼에도 여자는 웃으며 어떻게든 그들과 어울리려고 노력했다.

여긴 한 사람의 평가에 따라 다른 사람들도 따르는 느낌이 강했다. 특히 사회적 위치가 높은 가문 사람의 비위를 맞추고자 노력했다. 아마 눈 밖으로 나면 안 된다고 생각한 거겠지. 그 속물적인 모습에 비웃음이 나올 정도였지만 이해가 되지 않는 건 아니었다. 나야 뒤늦게 귀족이 되었으니 사회적 지위라든지 명분이라든지, 그런 건 잘 모르지만 그들에겐 중요한 문제일 수도 있으니까.

마냥 비난하고 싶은 마음은 없다. 사람에겐 각자의 사정이 있었다. 그리고 눈앞의 그녀가 자신을 무시하는 상대를 마주하기 위해 많은 용기를 필요로 했다는 것도 잘 알고 있다.

'당신이 달라지기 위해 노력했다면 그걸로 충분하다고 생각해요. 당당해져도 돼요. 주변 사람들이 당신의 노력을 무시한다고 해도, 그건 당신의 잘못이 아니에요.'

'……'

'그리고 한마디 더 하자면, 당신의 노력을 알아줄 사람을 만나요.'

굳이 이런 곳에 와서 자존심을 깎아 내리며 상처 입을 필요는 없잖아. 살롱을 개최하는 가문은 많았다. 비록 여기보단 지위가 낮을지도 모르나, 여자는 그런 것 때문에 살롱에 참석하기보단 누군가와 인연을 맺고 싶어 하는 것 같았다. 하지만 애초부터 날 좋게 보지 않는 사람한테는 아무리 노력한다고 해도 무시만 당할 뿐이었다. 차라리 좋은 사람들을 만나 친해지는 게 더 빠를 것이다.

여자는 내 말에 아무런 대꾸도 하지 않았다. 난 그녀를 흘끗 보곤 몸을 돌렸다. 갑자기 나타난 사람이 조언이랍시고 날카로운 말을 한다면 기분 좋게 들릴 리 없단 걸 안다. 당신이 뭔데 그런 소리를 하냐고 화를 낼지도 몰라 먼저 자리를 피했다.

더 이상 그곳에 있고 싶지 않았다. 살롱에 참석한 사람들에게 이만 돌아가겠다고 알리자 역시나 아무도 날 잡지 않았다. 오히려 얼른 가 보라고 흔쾌히 보내 주기까지 했다.

그 뒤로 살롱에는 참석하지 않았고, 그날의 기억도 그대로 잊고 있었다.

그랬는데.

"사실 저번 파티에서 크리스토퍼 양이 혼자 정원으로 가는 걸 보고 따라갔었어요. 지난번 일도 그렇고, 알은척을 하고 싶어서 따라갔다가 미로에서 길을 잃고 난감해하고 있었는데 다행히 분수대 앞에서 만났을 땐 어찌나 기쁘던지."

여자가 지난번 파티장에서 있었던 일을 떠올리며 기쁘게 웃었다. 나도 그때의 기억을 끄집어냈다. 갑자기 수풀 벽에서 튀어나오기에 뭔가 싶었는데 날 쫓아왔다가 길을 잃었던 거구나. 날 알아보고 호의적으로 굴었던 것도 살롱에서 만났기 때문이었다.

"그땐 목걸이를 가져오지 못해서……. 게다가 나, 납치까지 당한지라 내가 누군지 미처 설명할 정신이 없었어요. 미안해요."

"아, 아니에요. 저도 미안해요. 사실, 까맣게 잊고 있었어요."

"아니요! 잊어버릴 수도 있어요! 벼, 별로 좋은 기억도 아니었고, 크리스토퍼 양이 기억해야 할 이유도 없고요. 그냥 제가 그때 너무 감사해서…… 그래서……."

난 아까부터 혼란스러운 머릿속을 정리하려고 노력했다. 그러니까 저 여자는 살롱에서 날 만나 좋은 기억을 갖게 되었고, 그래서 편지를 보냈다는 소리잖아? 동시에 떠오르는 건 보낼 때마다 절절했던 편지의 내용이었다. 영락없이 남자가 보낸 줄 알았는데.

난 입을 벙긋대다가 한마디를 겨우 흘렸다.

"그럼 그 편지는……?"

"아."

여자가 짧게 탄식하곤 갑자기 뺨을 붉혔다. 수줍어하는 얼굴이 낯설게만 보였다. 여자가 양손을 꽉 맞잡고 고개를 살짝 숙였다.

"갑자기 그런 편지를 보내 죄송해요. 나중에 엄청 혼났어요. 보낸 사람이 누군지도 모르는 그런 편지를 받으면 누구든 기분 나쁠 거라고. 나, 나쁜 의도는 아니었다. 그저 제 마음을 알려 드리고 싶어서……. 저 그런 식의 걱정은 처음 받았어요. 그런 다정한 조언도요."

"……예?"

"크, 크, 크리스토퍼 양."

여자는 굉장히 긴장한 듯 말을 세 번이나 더듬었다. 난 몸을 굳혔다. 갑자기 몹시도 불길해졌다. 본능적인 경계심에 뒤로 주춤 물러나는 내 손을 그녀가 성큼 다가와 붙잡았다. 조금 전까지만 해도 소극적으로 굴었던 것이 믿기지 않는 행동력이었다. 바로 코앞까지 가까워진 그녀의 눈동자가 초롱초롱하게 빛나고 있었다.

"당신을 사랑해요!"

"……?!"

난 너무 놀라 말문이 막혀 버렸다. 내 생애 처음 받아 본 연애편지의 주인이 여자인 것도 모자라, 고백까지 받다니. 난생처음 겪어 보는 상황에 어찌할 바를 모르겠다. 아무리 생각해 봐도 그녀가 내게 이런 감정을 가진 이유를 알 수 없었다. 차라리 이제라도 장난이라고 한다면 이해하겠지만, 그녀의 얼굴은 아주 진지해 보였다.

"아, 그렇군요……."

뒤죽박죽 꼬인 머릿속에서 이제 더 이상 못 하겠다고 항복을 선언했다. 그 탓에 머릿속이 백지장처럼 하얘지며 아무 생각도 할 수 없었다. 그저 당황하고 있을 뿐.

그녀가 눈을 반짝이며 내 대답을 기다렸다. 난 등줄기로 식은땀이 흐르는 경험을 했다. 불편하다. 부담스럽다. 도망가고 싶다. 찰나에 여러 가지 감정들이 복잡하게 스쳐 지나갔다. 그녀와의 거리가 너무 가까웠다. 손에도 땀이 배어 나오는 것 같은데.

웃으며 손을 살짝 흔들었으나, 그녀는 내 마음을 눈치채지 못한 듯 날 마주 보며 수줍게 웃기만 했다. 난 한 걸음 뒤로 물러나며 손을 떼어 내려고 했다. 그러자 여자가 내 손을 더 꼭 붙잡으며 한 걸음 다가왔다. 내가 다시 웃으며 뒤로 물러나자 또 다가온다. 어쩐지 손을 놓아 줄 것 같지 않았다.

난 그녀가 데려온 남자를 흘끗 보았다. 말려 보라는 의미였는데, 그는 묘한 표정을 지은 채 가만히 있었다. 이 상황을 계속 지켜봐야 할지, 아니면 말려야 할지 고민하는 것 같았다. 다른 건 몰라도 그가 내 편이 아니란 건 잘 알겠다.

그때 등 뒤에서 구원의 손길이 등장했다. 우리를 지켜보던 빈센트가 내 어깨에 손을 올리고 여자와 마주했다. 그녀는 빈센트의 존재를 이제야 알아챘다는 듯 화들짝 놀라며 고개를 들었다. 당황하는 기색이 역력한 걸 보아하니 그녀에게 빈센트는 안중에도 없는 존재였나 보다.

"오랜만에 뵙는군요. 델링 양."

"어, 어, 오랜만입니다. 벨루니타 경."

그런데 빈센트가 여자에게 알은척을 했다. 그에 여자가 조금 부산스럽게 답인사를 했다. 난 고개를 젖히고 빈센트에게 어떻게 아는 사이냐고 눈짓했다. 빈센트는 내 시선을 느꼈는지 흘끗 눈을 맞췄으나 별다른 설명은 하지 않았다.

"그런데 벨루니타 경이 여긴 어찌?"

여자는 마치 네가 왜 여기 있냐는 듯한 시선으로 빈센트를 바라보았다. 그에 빈센트가 내 양어깨를 감싸 쥐더니 날 뒤로 당겼다. 난 얼결에 그의 품에 폭 안겼다. 하지만 손은 여전히 붙잡혀 있었다. 결국 한 손을 쭉 뻗은 자세로 빈센트에게 안긴 채 그녀를 마주 보게 되었다.

"제 약혼녀입니다."

"예, 예? 약혼녀요?"

"네. 약혼녀."

착각인가. 어쩐지 빈센트의 목소리에 힘이 실린 거 같은데. 그리고 그 말을 들은 여자는 나와 빈센트를 번갈아 바라봤다. 고개가 정신없이 돌아가는 걸 보니 굉장히 놀란 듯하다. 약혼식을 올린 지 얼마 되지 않아 아직 소문이 멀리까지 퍼지진 않았나 보다.

빈센트가 잘못 말한 것도 아닌데 왠지 이렇게 소개하는 상황이 쑥스럽게 느껴졌다. 난 머쓱하게 웃었다. 그녀는 멍한 얼굴로 '어, 어.'만 반복하며 말을 잇지 못했다.

"그러니 그 마음은 곤란할 거 같군요."

"예?"

"손도 이만 놓아 주었으면 좋겠고."

빈센트가 여전히 날 붙잡고 있는 그녀의 손을 눈짓했다. 그러자 여자가 다시나와 빈센트를 보더니 돌연 내 손을 더 꽉 붙잡는다. 입을 꾹 다문 채 빈센트를 바라보는 얼굴이 마치 천적에게 먹이를 빼앗기지 않으려는 맹수를 보는 듯했다.

빈센트가 손을 뻗어 내 손목을 붙잡았다. 아마 그녀의 손을 붙잡을 순 없으니 내 손이라도 잡은 듯한데, 그 모습을 지켜보던 여자가 날 붙잡은 손에 힘을 실었다. 졸지에 날 끌어당기는 손과 놓지 않으려는 손의 힘겨루기가 시작됐다. 그 사이에서 당황하고 있는 건 나였다.

아니, 지금 뭐 하는……

"푸하!"

그때 갑자기 웃음소리가 터져 나왔다. 난 곧장 여자가 데려온 남자를 바라봤다. '지금 웃을 때가 아니잖아요!'라는 마음을 담아 노려보는데, 정작 남자는 웃지 않고 있었다. 웃기 하나 없는 얼굴로 상황을 지켜보던 남자는 내 마음을 읽었는지 고개를 저었다. '저 아닙니다.'라고 말하듯.

그럼?

물음에 답하듯 남자가 내 뒤쪽을 눈짓했다. 난 의문스러운 시선으로 뒤를 바라보았다. 지금 보니까 뒤쪽에 누군가 서 있었다. 몸을 돌리고 있어 얼굴을 볼 순 없었지만, 뒷모습이 익숙했다. 살짝 굽힌 몸이 잘게 떨리는 걸 보니 웃음의 근원지가 누구인지 알 수 있었다. 얼마나 웃었는지 눈물까지 닦는 듯하다.

"아, 엄청 웃기네."

465

나직한 감상까지 흘린 상대가 내 시선을 느끼곤 몸을 돌렸다. 난 황당하게 그를 쳐다봤다. 대체 언제 온 건지. 웃고 있는 사람은 에단이 맞았다.

　뭐야. 지금 몰래 따라와 이 상황을 구경하고 있었던 거야? 너무 어처구니가 없어 절로 헛웃음이 나왔다. 에단이 날 보곤 작게 헛기침을 터트리며 표정을 갈무리했다. 그러곤 아무렇지 않게 우리들 사이에 끼어들었다. 서로를 노려보고 있던 여자와 빈센트의 시선이 자연스럽게 에단에게 향했다.

　에단은 정확히 여자를 마주 본 채 정중히 말을 건넸다.

　"처음 뵙겠습니다. 플로렌스의 오빠인 에단 크리스토퍼라고 합니다."

　"아, 아, 네! 안녕하세요!"

　여자가 퍼뜩 내 손을 놓고 에단을 향해 고개를 꾸벅거렸다. 내 손이 드디어 자유를 되찾았다. 빈센트는 이때다 싶었는지 내 손목을 움켜잡은 채 뒤로 물러났다. 마치 여자를 피해 도망가는 듯한 모양새라 황당해하며 그를 바라봤지만, 빈센트는 진지했다.

　"에드리아 델링이라고 합니다."

　여자의 입에서 매끄러운 이름이 하나 흘러나왔다. 난 그제야 여자의 이름도 몰랐다는 걸 깨달았다. 그러고 보니 난 여자가 누군지, 어떤 가문의 사람인지도 알지 못했다. 그래 놓고 고백까지 받았으니 이 상황이 황당하기 그지없게 느껴졌다.

　"델링 양. 무례를 용서하시길. 동생이 걱정되어서 가만히 있을 수가 없더군요. 아시다시피 제 동생이 최근 힘든 일을 겪었다 보니."

　"아, 아닙니다. 그럴 수 있어요. 저도 외출을 허락받기 쉽지 않았는걸요."

　에단의 그럴듯한 말을 철석같이 믿은 여자가 화들짝 놀라 손을 내저었다. 난 에단을 차갑게 바라봤다. 거짓말 마. 당신 구경하려고 나온 거잖아. 아주 즐거워하고 있는 거 다 알고 있다. 다른 사람은 속일 수 있을지 몰라도 날 속일 순 없었다. 그리고 빈센트도 속일 수 없었는지 그가 인상을 퍽 구기는 게 보였다.

　점점 얼굴이 굳는 날 아랑곳하지 않은 채 에단이 눈치도 없어—일부러 모르는 척하는 게 분명하다— 내 어깨에 손을 턱 올렸다.

"큰일이 아니라 다행이야, 플로렌스. 그렇지?"

"……."

역시 알고 있었어. 연애편지를 보낸 상대가 여자라는 걸. 그리고 이런 상황이 될 거란 걸. 다 알고 구경 온 거다. 난 분노로 떨리는 손을 꽉 움켜쥐었다. 그럼 미리 언질이라도 해 주면 좋았잖아! 마음 같아선 에단의 멱살을 붙잡고 지금 이 상황이 재밌냐며 탈탈 흔들고 싶었다. 난 그 충동을 애써 억누르며 에단의 손을 획 떼어 냈다.

"이렇게 오지 않아도 괜찮은데."

"내 사랑스러운 여동생을 홀로 보낼 순 없지."

뭐라는 거야, 진짜. 혼자가 아니라, 빈센트도 함께 간다는 걸 그도 알고 있었다. 그리고 대놓고 모습을 드러내진 않았지만, 만약의 상황을 대비해 주변에 호위도 배치되어 있었다. 에단이 다시 빙글 돌아 여자, 에드리아를 바라봤다.

"그간 보내 주신 편지들 저도 잘 보았습니다. 제 동생을 이리 좋아해 주시니 오빠로서 감사할 따름이군요."

"아, 아닙니다. 제, 제가 도움을 많이 받아서."

"어떤 도움을 받았는지 듣고 싶군요."

드물게 친근한 척 구는 그의 뒤꿈치를 발로 퍽 찼다. 하지만 에단은 미동도 없다.

"그런데 제 동생에게 약혼자가 있다 보니."

"아, 아니, 아니요! 아니에요!"

에단의 말에 에드리아가 다급히 양손을 마구 휘저었다. 그러다 양손을 맞잡고 아주 진지하게 말을 이었다.

"오, 오해 마세요. 저는 그냥, 그런 게 아니라. 치, 친구라도 되고 싶어서요. 크리스토퍼 양이 괜찮다고 한다면……."

그러면서 기대에 찬 시선을 내게 은근히 보내왔다. 에단의 시선도 내게 닿았다. 뒤통수에 빈센트의 시선이 꽂혀 든 건 확인하지 않아도 알 것 같았다.

에드리아가 데려온 남자는 이제 팔짱을 낀 채 우리를 관망 중이었다. 네 사람의 관심을 한 몸에 받는 난 웃고 있었으나 마음속으론 도망치고 싶은 마음이 가득했다. 불편하고, 부담스럽고, 난감하고. 그래도 대답을 해 주어야 한다.

난 최대한 미안한 표정을 지었다.

"죄송합니다."

"그, 그렇군요⋯⋯."

여자가 당황하며 고개를 숙였다. 괜찮은 척 웃고 있으나 순간적으로 울상을 짓는 걸 다 봤다. 에단이 내게 다가오더니 귓속말을 속삭였다.

"저 얼굴을 보고 어떻게 거절을 할 수 있어."

"그럼 어떡해. 확실히 말해 줘야지."

"그러다 영영 친구도 못 사귈 거야."

"차라리 악담을 해."

속을 긁어 놓는 말에 난 팔꿈치로 에단의 명치를 퍽 찍었다. 살짝 인상을 쓴 에단이 배를 문지르며 혀를 찼다. 난 그를 노려봤다. 뭐. 왜.

에단이 고개를 흔들며 에드리아에게 정중히 말했다.

"제 동생이 낯가림이 심해, 대신 사과드립니다."

"아뇨! 저, 전 괜찮아요. 어쩔 수 없죠."

에드리아가 우물우물 말을 씹었다. 하지만 어깨를 축 늘어뜨리며 실망한 기색을 숨기진 않았다. 마치 잘 따르는 강아지를 상처 입힌 것 같은 양심의 가책이 느껴졌다. 난 가슴께를 살짝 문질렀다. 하지만 그녀의 감정은 내게 부담스럽기만 했다.

"그냥, 얼굴을 한번 보고 싶었어요. 그 뒤로 제대로 본 적이 없으니, 걱정이 많이 되어서요. 최근에 파티도 참석 못 할 정도로 몸이 더 안 좋아졌다고 들었는데 그런 위험한 일을 겪었으니⋯⋯. 그때 막 납치범을 발로 차고 뛰기도 했잖아요? 뛰는 게 자신 있다는 거짓말까지 해서 절 구해 줬는데 전 아무것도 못해 주고⋯⋯ 그러고 보니 저번에도 나무 타기를 해."

"으아아―"

난 재빨리 에드리아의 입을 막았다. 내 갑작스런 행동에 그녀가 눈을 큼지막하게 키웠다.

그러고 보니 나 실수했잖아. 난 그녀의 앞에서 나무도 타고, 납치범도 후려치고, 뜀박질하는 모습도 보여 줬다. 몸이 아프다는 사람이 말이지! 뛰는 게 자신 있다고 말한 나를 죽도록 말렸던 이유가 이거였구나. 과거의 내가 저지른 행동에 회의감이 들었다.

이자벨라가 누누이 행동거지를 조심하라고 했었는데. 혹시 그녀는 내가 이런 실수를 할 거란 걸 미리 예감한 게 아닐까.

잠시 딴 길로 샜던 정신이 돌아온 건, 사방에서 느껴지는 뜨거운 시선 때문이었다. 난 그들 몰래 땀을 삐질 흘렸다. 내가 한 실수를 굳이 입 밖으로 알리고 싶지 않았다. 하지만 이미 흘러나온 말은 주워 담을 수는 없는 법.

"나무 타기?"

에단이 기막히게 알아듣고 의문을 흘리자, 난 몸을 움찔 떨었다. 그는 내 실수를 가장 알리고 싶은 않은 사람 중 한 명이었다. 내가 실수를 했다고 하면, 얼마나 놀려 먹겠는가.

아직도 처음 파티에 참석했던 날의 기억이 생생하다. 그날 너무 긴장한 나머지 사람들에게 인사를 하려다가 드레스 자락에 걸려 넘어질 뻔한 걸 본 에단이 저택으로 돌아와 엄청 놀려 댔던 안 좋은 기억이 있었다. 게다가 그 뒤로도 종종 파티에 참석할 때면 그날의 일을 꼭 들먹이며 조심하란 조언을 열받을 정도로 아끼지 않았다. 그걸 또 되풀이할 순 없지.

난 재빨리 그녀를 잡아당겼다.

"크리스토퍼 양?"

"잠시, 이쪽으로."

난 최대한 그들과 멀찍이 떨어졌다. 에단이 어디 가냐고 묻는 건 싹 무시했다.

목소리가 들리지 않을 만큼의 거리에 서서 그들을 등지고 에드리아를 바라봤다.

"델링 양. 그 일은 다른 사람들에게 말하지 않았으면 좋겠어요."

"예? 어떤 걸 말씀이시죠?"

"그…… 제가 한 행동들이요."

에드리아가 내 말을 이해 못 하겠다는 듯 고개를 갸웃했다. 난 머뭇머뭇 설명을 덧붙였다.

"나무 타기를 했다거나, 납치되었을 때 일 같은 거요."

"아아, 어째서요?"

"사정이 좀 있어서…… 부탁드려요."

"어…… 어렵지는 않지만……."

왜 굳이 그래야 하냐고 묻는 얼굴이었다. '그땐 당신과 잠깐 보고 마는 사이가 될 줄 알았어요. 그리고 제가 사실 아픈 게 아니고 아픈 척을 하는 거라서요.' 라고 말할 수 없는 난 방긋 웃으며 그녀의 손을 꼬옥 쥐었다. 그녀의 시선이 자연스레 자신을 붙잡은 내 손으로 향했다.

"그날의 일은 모두 둘만의 비밀로 했으면 좋겠어요."

"두, 두, 둘만의 비밀이요?"

"예. 우리 둘만의 비밀이요."

난 '비밀' 을 강조해 말했으나 그녀는 다른 부분에 마음이 간 듯하다. '우리 둘만' 을 속삭이는 게 조금 불안했지만 난 성심성의껏 그녀를 향해 웃어 주었다. 그러자 얼굴이 빨갛게 달아오른 에드리아가 눈동자를 내리깔고 우물쭈물했다.

난 다시 그녀에게 물었다.

"그래 줄 수 있죠?"

"……네, 그럴게요."

드디어 원하던 대답이 나오자 난 속으로 안도의 숨을 흘렸다. 약속했으니 다른 사람에게 말하진 않겠지. 내가 감사하다는 의미를 담아 웃어 보이자, 그런 날 본 에드리아가 갑자기 몸을 배배 꼬았다. 왜 저렇게 수줍어하지?

"그럼 우리 이제 친구가 되는 건가요?"

"예?"

이건 또 무슨 소린가 싶다. 의문을 드러낸 내게 에드리아가 나직하게 말을 이었다.

"비밀을 공유했으니까, 친구가 된 거 맞죠?"

아니, 왜 얘기가 그렇게 되는 건데? 난 상황을 따라가지 못하고 잠시 눈만 껌뻑였다. 에드리아가 날 흘낏흘낏 보며 대답을 기다렸다. 분명 조금 전에 거절했던 것 같은데, 그 기억을 싹 지웠는지 그녀의 얼굴엔 또다시 기대감이 차올라 있었다. 그리고 조금 전과 달리, 나도 차마 아니라고 말할 수가 없었다.

비밀을 공유한다는 건 약점을 알려 주는 것과 다를 바 없다. 나는 그제야 그녀에게 내 약점을 쥐어 주었다는 걸 깨달았다. 내가 망설이는 걸 눈치챘는지 에드리아가 다시 나직하게 물었다.

"친구……인 거죠?"

결국 난 마지못해 고개를 끄덕였다. 그러자 에드리아의 우울했던 얼굴을 활짝 폈다. 순간, 그녀의 등 뒤에서 후광이 비추는 것처럼 눈부시게 느껴졌다.

"꺄악! 너무 좋아요!"

격한 감정을 주체하지 못한 에드리아가 나를 와락 껴안았다. 난 나도 모르게 컥 신음을 흘렸다. 하지만 이를 듣지 못한 에드리아는 너무 좋아 미칠 것 같은 기분을 그대로 표출하며 날 안은 채 방방 뛰었다. 그녀에게 안긴 내 몸이 이리저리 비틀거렸다.

한창 기쁨에 취해 있던 그녀가 내게서 몸을 떼어 냈다.

"그럼 이제 폴라라고 불러도 되나요?"

"예, 뭐."

내가 떨떠름하게 답하자 그녀가 바로 실천했다.

"폴라. 전 에드리아라고 불러 줘요."

"예. 에드리아."

"후후. 너무 좋아."

에드리아가 양손으로 입가를 가린 채 웃었다. 그러곤 다시 날 꼬옥 껴안으며 얼굴을 마구 비볐다. 난 기뻐하는 그녀의 행동을 막을 수가 없었다. 과정이야 어찌 되었든 이렇게 좋아하니 나름 고맙기도 하다.

난 답답하게 안긴 채 들썩이는 그녀의 등을 토닥토닥 두드려 주었다.

변함없을 것 같던 일상에 새로운 인연이 스며들었다. 자칭 '친구'가 된 에드리아 델링은 내가 제안을 받아들인 후 헤어질 때까지 내내 얼굴에 웃음이 가득했다. 난 그녀의 주변으로 꽃이 돌아다니는 환각을 보았다.

"편지할게요. 답장 보내 줄 거죠?"

"……그러죠."

이제는 답장도 안 할 수가 없었다. 답장을 쓰겠다고 하니 행복해하는 얼굴이었다.

그날 뒤로 그녀는 내게 꼬박꼬박 편지를 보내왔다. 애절한 사랑과 그리움이 묻어 나왔던 내용은 일상적인 얘기들로 바뀌었지만, 읽기 부담스러울 정도로 두툼하다는 건 여전했다. 몇 번 따라서 답장을 했지만 금방 지쳤다. 결국 그녀와 잘 이야기를 나눈 끝에 편지 보내는 횟수를 줄이기로 했다. 대신 그녀는 크리스토퍼가에 자주 방문하게 되었다.

허구한 날 찾아오는 통에 에드리아는 어느새 익숙한 손님이 되었다. 나는 자다 일어나 잠옷 차림으로 그녀를 만나도 놀라지 않을 지경에 이르렀다. 덕분에 그녀를 따라다니는 남자와도 친해졌다.

난 얼결에 그와 통성명까지 나눴다. 에드리아에게 고백을 받은 날 안면을 익혔던 남자의 이름은 필립이었다. 그는 예상대로 델링가의 사용인이었다.

"귀찮으셨을 텐데 큰 선택을 해 주셔서 감사합니다."

햇살 좋은 날, 산책을 하던 길가 옆의 꽃밭을 발견한 에드리아가 구경을 하겠다며 다가갔다. 잠시 나무 그늘 밑에 서 있던 내게 필립이 감사 인사를 건넸다. 그는 정중하지만 표정 변화가 거의 없고 무뚝뚝해서 친해지기 어려울 거라고 생각했는데 먼저 말을 걸어 주니 의외였다.

난 머쓱하게 목덜미를 긁었다. 그런 말 들을 정도는 아닌데.

"아가씨가 크리스토퍼 님과 친해지신 뒤로 잘 웃고 밝아지셨습니다. 주인님도 기뻐하시면서 언젠가 델링가로 초대하고 싶다고 하시더군요."

"아, 나중에 시간을 내 볼게."

그러고 보니 내가 찾아간 적은 없구나. 난 고개를 끄덕이며 적당할 날에 약속을 잡겠다고 했다. 그러자 필립이 꼭 와 달라고 정중히 허리를 굽혔다. 난 이렇게까지 부탁을 하는 그를 이해할 수 없었다. 고작 친구 하나 사귄 게 뭐가 그리 기쁠까 싶었는데, 그 이유를 금방 알게 되었다.

"나이 차가 많은 오빠들밖에 없다 보니 친구라고 부를 만한 사람이 없었습니다. 늦둥이시거든요. 게다가 아가씨가 어릴 적부터 이상하리만치 사람 보는 눈이 없으셔서, 그 탓에 과보호가 심했죠. 순진한 성격도 한몫했고요."

그러면서 그녀가 이상한 사람들을 만나 겪었던 일들을 가볍게 알려 주었다. 난 그가 해 주는 이야기를 들으며 점점 얼굴을 구겼다. 인복이 없어도 이렇게 없을 수가 있을까 싶을 정도로 그녀는 이용당하는 삶을 살아왔다. 사람을 쉽게 믿고 따르는 성격 탓이란 말에 공감했다. 난 지난번 살롱에서의 일을 떠올렸다.

"어리광이 많은 편이십니다. 가끔은 따끔하게 말씀해 주셔도 됩니다."

필립이 사람 좋게 웃었다. 난 처음으로 그가 웃는 걸 보았다. 길가 옆 꽃밭을 구경하고 있는 에드리아를 지켜보는 그의 얼굴에선 애정이 엿보였다. 평소 에드리아에게 무뚝뚝하게 굴던 모습과는 확연히 달랐다. 그는 매번 이렇게 몰래 그녀를 따스하게 보고 있던 걸까.

나도 그를 따라 에드리아를 보았다. 시선이 느껴졌는지 에드리아가 이쪽을 돌아봤다. 곧 활짝 웃은 그녀가 내게 다가와 자연스럽게 손을 맞잡았다.

"폴라, 다음에는 같이 시내 구경을 가요. 제가 아주 맛있는 디저트 가게를 알거든요. 저밖에 모르는 곳이에요."

"그래요."

내가 순순히 답하니 그녀가 푸흐흐 웃음을 흘렸다. 맞잡은 손을 흔들며 우리는 걸음을 내디뎠다. 산책을 즐기기엔 너무도 좋은 날씨였다.

에드리아는 나와 손을 맞잡고 걸으며, 앞으로 같이하고 싶은 일들을 주절주절 늘어놓았다. 마치 예전부터 생각해 둔 것처럼 계획이 꽤 상세했다. 저걸 다 하려면 몇 년은 걸리겠는데. 난 그녀의 계획을 가만히 들어 주다가 결국 웃음을 흘렸다. 세상에서 가장 행복해 보이는 그녀를 보니 같이 웃지 않을 수가 없었다.

그렇게 우리는 친구가 되었다.

□ ◆ □

노란 빛깔의 꽃송이가 하늘하늘 흔들렸다. 나는 맑은 하늘을 올려다봤다. 때마침 불어온 시원한 바람이 머리카락을 기분 좋게 흩뜨려 놓았다. 잠시 바람을 만끽한 뒤 고개를 내렸다. 거기엔 작은 묘비가 하나 놓여 있었다. 난 묘비에 새겨진 루카스란 이름을 손으로 쓸어내렸다.

"이제야 왔네요."

죄송해요, 자신이 없었어요. 나는 속으로 그리 속삭였다. 루카스를 만나러 오기까지 오랜 시간이 걸렸다.

나는 매번 용기가 나지 않았다. 에단은 내가 원한다면 언제든 루카스를 만나러 가자고 했다. 그때마다 난 적응하느라 바쁘다는 핑계를 대며 '나중에'란 말로 대답을 얼버무렸다.

나는 루카스를 만나러 가는 게 무서웠다. 그가 죽었다는 걸 알고 있지만, 직접 확인하고 싶지 않았다. 나는 아직도 당신의 꿈을 꾼다. 당신을 기억한다. 나는 그가 어딘가에서 살아 숨 쉬고 있을 것만 같았다.

그렇게 시간이 흘러 오늘, 루카스를 만나러 왔다. 언젠가 약속한 대로 에단은 나와 함께 와 주었다. 나는 품 안에 한가득 가져온 꽃을 루카스의 앞에 놓아주었다. 꽃향기가 그의 외로움을 달래 주길 바라면서.

내 뒤에 서 있는 에단이 루카스를 보며 엷은 웃음을 띠었다.

"요새 좀 바빴어."

그는 마치 오랜만에 찾아온 걸 변명하듯 말했다. 아무리 바빠도 동생을 만나러 올 시간도 없냐며 실망할까 봐 머쓱하게 눈치를 살피는 것 같기도 했다. 에단이 자신의 뒤통수를 퍽퍽 긁었다.

"뭐 이렇게 할 일이 많은지. 아버지의 어깨너머로 봤을 땐 마냥 쉬워 보이던 일이 직접 하려니까 영 성가신 게 많더라고. 덕분에 눈코 뜰 새도 없이 바쁘다니까. 몸이 하나 더 있으면 좋겠다는 생각이 들 정도야. 가문의 가주 같은 건 할 짓이 못 된다는 걸 알았어."

에단이 질렸다는 듯 고개를 내저었다. 난 책상에 가득 쌓인 서류를 보면서 불평불만을 터트리던 그를 떠올리며 웃음을 터트렸다.

"그녀는 걱정 마. 내가 아주 잘해 주고 있거든."

"음, 그럭저럭?"

내가 말을 덧붙이자 에단이 날 불퉁하게 쏘아봤다.

"그럴 땐 좋은 오빠를 둬서 기쁘다고 해야지."

"기뻐요. 매우, 많이."

난 재빨리 말을 정정했다. 최근 한 가지 사실을 깨달았는데, 에단의 비위를 맞춰 주면 뒷일이 편하다는 거였다. 에단도 그런 내 마음을 알아챘는지 날 못마땅하게 바라봤다. 나는 모르는 척하며 다시 루카스를 바라보았다.

"전 이제 이 생활에 제법 적응하고 있어요."

"아주 잘 적응하고 있지. 친구도 사귀었고."

에단이 능글맞은 소리를 했다. 난 웃고 있는 그를 쏘아봤다. 아직도 에드리아와 친구가 되었다고 했을 때 그의 반응을 떠올리면 질색하게 된다.

에드리아와 친구가 되었다고 하자, 에단은 손뼉을 치며 아주 과한 축하를 해 주었다. 떨떠름한 내 표정을 보고도 평소와 달리 이유를 묻지 않는 그를 보며 난 그가 내심 이렇게 되길 바랐다는 걸 눈치챘다. 거기에 더해 저택으로 돌아오자 축하 만찬을 열겠다는 그를 뜯어말려야 했다. 진짜 만찬을 열 생각이라기보단 날 놀리려는 목적인 게 분명했다. 물론 만찬은 열지 않았다.

"에드리아 양은 참 재밌어."

당신은 그렇겠지. 난 그 뒤로도 그의 만행을 머릿속으로 곱씹었다.

에드리아가 크리스토퍼가를 찾아올 때마다 에단은 매번 우리 사이에 끼어들었다. 일이 많아 눈코 뜰 새도 없이 바쁘다는 사람이 꼭 얼굴을 비치러 오는 것이었다. 가끔은 옆에 앉아 나에 대한 얘길 주절주절 늘어놓는데 주로 내가 실수했던 일들을 알려 주어 날 몸부림치게 만들었다. 저리 가라고 하면 멀찍이 떨어져 우리를 흐뭇한 표정으로 지켜보는데, 그 시선이 너무 강렬해 따끔할 정도였다.

그런 에단이 에드리아도 이상하게 느껴졌는지, 한 번은 이런 말을 꺼낸 적이 있었다.

'경은 제가 들은 것과는 분위기가 좀 다르신 거 같아요.'

에드리아에게 빌린 책을 돌려주기 위해 잠시 자리를 비웠을 때였다. 응접실에 단둘이 두는 게 마음에 걸려 급히 걸음을 움직였다. 그렇게 책을 들고 돌아오는데 열린 문틈 사이로 말소리가 들려왔다. 난 문가 쪽 벽에 멈춰 섰다.

'좀 엄한 분이라 생각했는데.'

'그런 말 자주 듣습니다.'

그때 에단이 어떤 표정을 지었는지는 알 수 없었다. 내가 서 있던 곳에선 그의 뒤통수만 보였다. 다만 그를 바라보던 에드리아의 표정이 아주 벙쩌 보였다는 것뿐.

이후 에드리아가 그에 대해 이리 평가했었지.

'경은 폴라를 정말 소중히 하시나 봐요.'

대체 그의 어떤 면을 보고 그런 말을 하는 걸까. 그녀가 방문하면 같이 놀고 싶어서 주변을 배회하던 거? 외출할 때마다 나도 같이 가면 안 되냐고 찡찡댔던 거? 날 위해 바다 건너 먼 나라에서 가져왔다던 역한 냄새가 나는 열대 과일을 억지로 먹었다가 단체로 토할 뻔했던 거? 어쩐지 떠올리면 떠올릴수록 에단에 대한 내 평가만 툭툭 떨어져 내렸다. 난 그녀의 말이 그냥 빈말이라고 치부해 버렸다.

"참고로 내가 오빠야. 오빠라고 불러 봐."

"싫어."

"봐 봐, 저렇게 매정하게 군다니까."

에단이 고자질하듯 작게 속삭였다. 하지만 바로 옆에 몸을 굽히고 앉아 있던 난 황당하게 그를 올려다봤다. 다 들리거든요?

그는 루카스에게 그동안의 일들을 알려 주었다. 대부분은 나에 대한 불만을 토로하는 것이었다. 그럼에도 에단은 무엇이 그리 즐거운지 내내 웃고 있었다. 그의 툴툴거림을 듣게 된 난 황당해하면서도 어느새 같이 웃게 되었다. 함께 공유한 추억을 되새긴다는 건 무척이나 즐거운 일이었다.

"루카스, 우린 가족이 되어서도 제법 잘 지내고 있어."

"……."

"너는 바라지 않았겠지만."

그 순간 웃고 있던 내 얼굴이 경직됐다. 난 고요히 에단을 바라봤다. 에단은 묘비에서 시선을 떨어뜨리지 않았다.

"그래서 데려오지 말까 싶기도 했지만, 그것도 너는 바라지 않을 테니까."

에단이 씁쓸하게 웃었다. 난 그를 따라 묘비를 응시했다. 아무리 말을 걸어도 그리운 목소리는 돌아오지 않는다. 우리의 앞에 있는 건 이제 사람이 아니라 씁쓸한 묘비뿐이었다.

나는 루카스가 정말 행복하길 바랐다. 하지만 이제 그는 우리의 곁에 없었다. 알록달록한 저 꽃처럼 아름다운 앞날을 주지 못한다. 그러자 울컥하는 마음에 목구멍이 따끔거렸다. 나는 나이를 먹고 달라져 가겠지만 당신은 영영 변하지 않겠지. 영원히 젊고 다정한 채로, 홀로 남아 있겠지.

넓은 땅에 무수히 박힌 묘비가 보였다. 이곳은 크리스토퍼가의 소유지였다. 가문의 사람들이 죽으면 이곳에 묻힌다고 한다. 플로렌스의 조부였던 다니엘도, 그녀의 부모도 모두 이곳에 묻혀 있었다. 그리고 언젠가 에단도 이곳에 묻히겠지.

하얀 묘비만큼이나 깨끗한 정적만이 맴도는 공간이었다. 죽음을, 이별을, 그리고 그리움을 느끼게 해 주었다.

"많이 보고 싶다."

그 한마디를 흘리고 에단은 입을 다물었다. 난 다시 그를 올려다봤다. 묘비를 보는 옆얼굴에선 어떤 감정도 배어 나오지 않았다. 하지만 난 그가 울고 있단 생각이 들었다.

"오빠."

난 이제 제법 익숙하게 '오빠' 소리를 뱉었다. 에단이 반응하듯 천천히 날 보았다.

"나랑 이런 관계가 될 줄 알았어?"

벨루니타가에서 처음 만난 날, 당신은 알고 있었을까. 친구의 사용인과 주인님의 친구. 잠깐 스쳐 갈 수밖에 없었던 인연이 이렇게 이어질 거란 걸. 그에 에단이 픽 웃었다.

"글쎄. 폴라는 어땠는데?"

"음, 몰랐던 거 같아."

"나도 몰랐어."

에단이 산뜻하게 공감했다. 난 그를 응시했다. 바람이 그를 스치자 빳빳하게 차려입은 검정 재킷이 펄럭였다. 갈색 눈동자가 먼 곳을 향했다.

"하지만…… 그래, 어렴풋이 느꼈던 거 같아. 살다 보면 가끔 운명을 느낀다고 하잖아. 기억나? 폴라가 내게 협력 관계가 되자고 제안했던 날."

그의 말에 난 오래전 한때를 떠올렸다. 첫 만남부터 파란을 일으켰던 남자와는 왠지 모르게 다시 보게 될 것 같다는 느낌을 받았다. 그래서 같은 편으로 만들어 두는 편이 좋겠다고 생각해 그런 제안을 했었다. 설마 이렇게까지 오래도록 볼 줄은 미처 몰랐지만.

"그때 난 방황하고 있었어. 어른이 되었다고 자부했는데, 사실 겉만 자랐지 속은 아직 어린애였어. 내가 뭘 외면하고 있는지 알면서, 그걸 끄집어낼 용기도 없으면서 내가 진실을 알게 된다면 뭐든지 할 수 있을 거란 착각 속에 빠진 줄도 모르고. 어쩌면 그때 난 빈센트에게 화풀이를 하고 싶었던 거 같아. 내가 이러니 너마저도 이러면 안 된다고, 날 이끌어 달라고 어리광을 부렸던 거지. 왜냐하면, 무서웠으니까."

바람이 한차례 주변을 쓸었다. 쏴아아 울리는 소리가 마치 울음소리 같았다. 평소와 달리 정돈되지 않은 갈색 머리카락이 바람에 마구 흐트러졌다.

"그래, 난 무서웠던 거 같아."

바람이 그의 목소리마저 집어삼켰다. 에단의 시선은 과거의 한 순간에 멈춰 있었다.

사람마다 용기가 필요한 순간이 있다. 내가 그랬듯, 빈센트가 그랬듯, 바이올렛과 루카스가 그랬듯 에단에게도 그런 순간이 있었다. 나는 에단이 사실 강한 사람이 아니란 걸 안다. 그도 다른 사람들처럼 현실이 불안하고 진실을 무서워하며 도망치고 싶은 마음을 가지고 있다. 그는 나와 같은 사람이었다. 특별하지 않았다. 그럼에도 에단은 특별해야만 하는 자신의 역할을 받아들이는 걸 택했다.

"그땐 그냥 우스갯소리로 생각했는데, 일련의 일들을 겪으면서 어쩌면 이 관계를 오래 지속하게 되지 않을까 처음으로 생각해 봤지. 곧 다시 보지 못하게 된다는 걸 깨닫고 착각으로 치부했지만."

에단이 날 바라봤다. 애정이 깃든 눈동자가 이제는 익숙하게 내게 향했다. 조금 전까지만 해도 불안해 보였던 얼굴에 웃음이 떠올라 있었다. 입꼬리만 늘이던 가식적인 웃음이 아닌 진짜 웃음이었다.

"그러다 확신하게 건 다시 만났을 때. 루카스가 죽고 그 일을 입 밖으로 꺼내는 걸 꺼려 했거든. 나는 여전히 어른 흉내를 내고 있었지. 그런데 폴라를 보니 루카스에 대한 얘기가 서슴없이 나오더군. 그때 알았어. 당신과 깊은 관계가 될 거란 것을."

그는 언제부터 저런 얼굴을 당연스럽게 하고 있었던 걸까. 쏴아아 울리는 소리가 이제는 시원한 바람 소리처럼 들려왔다.

"좋은 선택을 한 거 같아. 난 요 근래 정말 즐거운 하루를 보내고 있거든."

에단이 기지개를 켰다. 찌뿌듯한 몸을 이리저리 흔드는 그의 얼굴에선 어느새 슬픔이 흔적을 지웠다.

"이만 갈까?"

난 고개를 끄덕이고 몸을 일으켰다. 그러곤 구겨진 치맛자락을 툭툭 털었다. 떠나기 전 루카스를 한 번 더 바라봤다.

'또 올게요.'

그리 속삭이며 몸을 돌렸다. 그런데 얼마 안 되는 거리에 에단이 걸음을 멈추고 서 있었다.

그의 시선이 어느 한 곳에 닿았다. 난 그를 따라 고개를 돌렸다. 줄지어 박힌 묘비 옆에 커다란 나무가 한 그루 심어진 곳이었다. 그늘진 바닥에는 묘비가 하나 박혀 있었다. 하지만 묘비엔 이름 같은 건 적혀 있지 않았다. 그럼에도 에단은 한참 동안 그곳에서 시선을 떼지 못하고 있었다.

때마침 바람이 불어왔다. 반묶음을 한 머리카락이 휘날리며 시야를 가로막았다. 난 머리끝을 붙잡고 에단을 바라봤다. 그는 묘비에서 시선을 떼지 못하고 있었다. 나직하게 뭐라 속삭이는 목소리가 들렸지만 바람 소리에 먹혀 잘 알아들을 수가 없었다. 기분 탓일까. 죽은 자들의 한가운데 서 있는 에단의 모습이 불안하게 느껴졌다.

"에단 님."

"응?"

그래서 나도 모르게 그를 예전처럼 불러 봤다. 에단이 날 돌아봤다. 발랄한 목소리와 달리 아무런 표정도 없는 얼굴이 눈에 들어왔다.

"왜 저한테 가족이 되자고 하셨어요?"

매번 궁금했다. 굳이 왜 '가족'이었는지. 날 도와주고 싶었다면 후견인이라든지 방법은 많았다. 하지만 그는 가족이 될 것을 제안했다. 친구의 사랑을 위해서라는 이유가 있었지만, 솔직히 그답지 않은 제안이긴 했다.

"그야 이제 내 곁엔 아무도 없으니까."

"……."

"사람은 혼자 살 수 없거든."

에단이 울 것처럼 얼굴을 일그러뜨렸다.

"난 진짜 미치고 싶지 않았으니까."

혈육을 잡아먹고 살아남은 백작, 미친 남자, 세간에 그를 향한 말들은 많았다. 하지만 그 무엇도 그의 명확한 모습은 아니었다. 나는 그 꼬리표가 점차 사라질 거라 생각한다. 그도 그렇게 생각했을까. 아니면 진짜 그런 사람이 되지 않길 바랐을까. 어쩌면 가족이 되자고 했던 건, 혹시 자신을 도와 달라는 간절한 요청이었던 게 아니었을까.

그 순간, 난 에단과 처음 만났던 날을 떠올렸다. 방에 틀어박힌 친구를 끄집어내기 위해 쉼 없이 문을 두드리던 남자는 웃는 얼굴로 자신의 감정을 능숙하게 숨기고 있었다. 그때 친구를 위한다며 억지스러운 내기를 걸었던 건 사실은 누군가 자신에게 그렇게 해 주길 바랐던 게 아닐까. 그는 빈센트의 모습에 자신을 투영했던 게 아닐까. 어쩌면 그때부터 이미 당신은 두려움과 죄책감으로 얼룩져 있었을지도 모른다.

당신은 자신이 이리 혼자 남을 것이란 걸 알았을까? 그런 생각을 하자 조금은 울적한 기분에 사로잡혔다.

난 눈을 한 번 껌뻑였다. 그러자 바람이 잦아들고 과거와 달리, 이제는 제법 나이를 먹은 티가 나는 얼굴이 보였다. 그는 확실히 변해 있었다. 과거에만 머물러 있던 남자는 더 이상 없었다. 변화는 모두에게 찾아왔다.

난 천천히 걸음을 옮겨 그에게 다가갔다. 에단의 눈동자가 날 좇았다. 난 그의 곁에 나란히 선 뒤 입꼬리를 당겼다.

"다음에도 같이 보러 오자."

그러자 눈을 크게 뜬 에단이 곧 마주 웃어 주었다. 그의 손이 내 팔을 감싸 안았다. 따뜻한 체온이 어깨에 부딪쳤다.

"좋아."

크리스토퍼로 돌아오니 내 방 소파에 빈센트가 떡하니 앉아 있었다. 따로 약속을 잡지 않았기에 언제 왔는지도 알 수 없었다. 다리를 꼰 채 한 손으론 턱을 괴고, 다른 한 손에는 책을 들고 있는 그는 아주 편해 보였다. 누가 보면 빈센트의 방인 줄 알겠네. 자주 방문하다 보니 이제는 익숙하게 내 방까지 침입

한 그를 날 황당하게 쳐다봤다.

내가 온 걸 눈치챘는지 그가 책에서 시선을 뗐다.

"어디 갔다 와?"

"언제 왔어요?"

우리 둘에게서 동시에 질문이 나왔다. 난 외투를 벗어 시녀에게 건네곤 그의 맞은편 소파에 앉았다. 빈센트가 지그시 날 바라보는 게 느껴졌다.

"내가 먼저야."

"그를 만나러 갔다 왔어요."

최대한 담담하게 말하려 했다. 난 손을 뻗어 이미 준비되어 있는 내 찻잔을 집어 들었다. 그사이 외투를 정리하고 온 시녀가 찻주전자를 들고 차를 따라 주었다. 연홍빛 찻물이 뜨끈한 열기를 뿜어 대는 걸 보니 그가 온 지 오래되진 않았나 보다.

시녀가 필요한 게 있으면 부르라고 말한 뒤 허리를 굽히고 밖으로 나갔다. 난 차를 홀짝였다.

"에단은?"

"약속이 있다고 해서 먼저 돌아왔어요."

저택으로 돌아오던 길에 에단은 약속이 있다며 먼저 차에서 내렸다. 지난번 납치 사건을 계기로 남작가와 좋은 관계를 맺게 되었다고 들었는데, 이번에 함께 사업을 한다나 뭐라나. 얼핏 듣기론 뭔가 어려운 일을 하는 것 같았다.

난 은은한 단 향이 느껴지는 차를 음미했다. 맛이 익숙하다 싶었는데 그가 즐겨 마시던 노벨르의 홍차였다.

"언제 오셨어요?"

난 조금 전에 했던 질문을 다시 그에게 되돌렸다. 그사이 다시 책에 시선을 고정한 빈센트가 가볍게 대답했다.

"얼마 안 됐어. 기다리느라 심심해서 네 책 좀 빌렸고."

"맘대로 읽으셔도 돼요."

난 그의 손에 들린 책의 제목을 훑었다. 저걸 읽고 있었던 건가. 주로 서재에서 독서를 즐기곤 하지만 가끔은 방으로 가져와 잠들기 전에 가볍게 읽는 취미가 생겼다. 덕분에 내 침대 옆 협탁에는 서재에서 가져온 책이 층층이 쌓여 있었다.

하지만 그가 들고 있는 책은 좀 달랐다. 에드리아가 재밌게 읽었다며 며칠 전에 빌려준 로맨스 소설이었다.

그가 읽기엔 그다지 흥미롭지 않은 내용일 텐데, 빈센트는 제법 집중하고 있었다.

"재밌어요?"

"대충, 볼만해."

의외인데? 사랑 이야기 같은 건 즐겨 읽지 않는다고 알고 있다. 난 그가 읽고 있는 책의 내용을 곱씹었다. 정략결혼을 하러 온 이웃 나라 왕자가 자신의 약혼녀가 아닌 다른 왕녀와 운명적인 사랑에 빠지는 내용이었던 걸로 기억한다. 에드리아가 엄청 추천을 했었는데 지극히 그녀다운 취향이었다. 하지만 아무리 생각해도 빈센트가 좋아할 만한 내용은 아니었다.

난 책을 읽는 그를 구경했다. 그는 내게 어디에 갔다 왔는지 물어봤지만, 사실 그는 내가 루카스를 만나러 간다는 것을 알고 있었다. 내가 말해 주었기 때문이다. 그럼에도 그는 내게 어디에 갔다 왔는지 물어보았다. 하지만 그 뒤로 다른 질문은 하지 않았다.

"어땠냐고 안 물어보세요?"

"어땠는데."

그는 여전히 책에서 시선을 떼지 않은 채 입술을 달싹였다. 궁금하지 않은데, 내가 물어보니 어쩔 수 없이 질문하는 것처럼 느껴졌지만 일단 대답을 해주었다.

"생각보다 나쁘지 않았어요. 넓고, 깔끔하고."

묘지라고 해서 으스스한 분위기를 떠올렸는데 생각보다 공기도 상쾌하고 주변도 깨끗한 편이었다. 따로 관리인을 두어 관리하고 있다고 들었다.

에단은 벨루니타가에도 여기와 비슷한 곳이 있다고 했다. 난 빈센트와 혼인

할 테니 죽으면 그곳에 묻힐 거라고도 말해 주었다. 하지만 난 그렇지 않다고 생각했다. 내가 묻혀야 할 곳은 따로 있으니까. 그런 내 마음을 읽은 듯 에단이 이상한 말을 흘렸다.

'뭐, 두고 보면 알겠지.'

설마 뭘 알고 말하는 건가. 난 어깨를 으쓱이던 에단을 떠올렸다. 하지만 원체 이상한 말을 자주 하는 사람이니 깊게 생각하지 않기로 했다. 난 잠시 샛길로 샜던 정신을 가져왔다.

"가 본 적 있으세요?"

"예전에, 딱 한 번."

가 본 적 있긴 하구나. 근데 왜 한 번일까?

"그 뒤로는 안 가셨어요?"

"그래."

"어째서요?"

"무서워서."

뭐가?

"루카스가 관을 뚫고 나올까 봐."

"설마요."

무슨 그런 농담을. 난 하하 웃으며 손을 흔들었다. 하지만 빈센트는 진지했다.

"관을 뚫고 나와서 다시 눈을 가져갈까 봐 무서웠거든."

그 말엔 돌연 웃음이 멈춰졌다. 난 그를 빤히 응시했다. 빈센트는 내 시선을 느꼈을 텐데도 고개를 들지 않았다. 그는 무슨 일이 있었냐는 듯 태연해 보였다. 너무 태연해 순간 내가 잘못 들었나 싶을 정도였다.

난 조심히 입을 달싹였다.

"그게 무서우세요?"

"무섭지. 아무것도 못 하던 시절로 돌아가게 되는 거니까."

"그럴 리 없을 거예요."

"알아. 루카스는 죽었으니까."

"……."

무거운 말이 기습적으로 흘러나왔다. 난 다시 입을 다물었다.

"하지만 난 아직도 루카스의 꿈을 꿔."

나는 그가 말한 꿈이 결코 좋은 내용은 아니란 걸 알았다. 그는 담담히 말했지만 난 결코 담담하게 받아들일 수 없었다. 난 속으로 숨을 삼켰다. 빈센트가 책에서 시선을 떼고 놀란 날 바라봤다. 잠시간 고요히 서로 눈을 마주쳤다. 선명한 에메랄드빛 눈동자는 내가 무슨 생각을 하고 있는지 꿰뚫어 보듯 집요하게 날 응시했다.

"내가 나쁜 놈인 것 같아?"

"……그런 생각 한 적 없어요."

난 고개를 저었다. 정말 단 한 번도 그런 생각을 한 적이 없었다. 빈센트는 그런 날 향해 비릿하게 웃었다.

"그거 알아? 루카스도 은근 못된 놈인 거."

"혹시 지금 기분 나쁘세요?"

방에 들어왔을 땐 몰랐는데 지금 보니 그의 기분이 좋지 않아 보였다. 혹시 내가 루카스를 만나러 간 게 그의 심기를 불편하게 만든 걸까. 내 조심스러운 물음에 빈센트는 작게 고개를 저었다.

"아니. 단지, 짜증 나는 사실을 깨달아서."

'그게 뭔데요?' 라고 묻듯 쳐다보자 빈센트가 책을 덮었다. 그러곤 몸을 등받이에 푹 기댔다. 그의 얼굴이 미미하게 구겨졌다.

"루카스를 영원히 이기지 못할 것 같다는 거."

난 눈을 큼지막하게 떴다. 왜 그런 생각을 한 걸까. 당최 이해할 수 없는 말이 어떻게 나오게 된 걸까 고민하는 사이, 빈센트가 말을 이었다.

"난 네가 편지의 주인을 만나고 싶어 할 거란 걸 알았어."

"예?"

생뚱맞은 화제에 복잡하게 돌아가던 머릿속이 잠시 멈칫했다. 그러다 곧 그가 무엇을 말하는지 깨달았다. 에드리아가 보내왔던 연애편지를 말하는 거였다.

"네가 깨달았든, 깨닫지 못했든 넌 그 편지를 통해 루카스를 떠올렸겠지."

"그래서 만나러 가지 말라고 하셨던 거예요?"

"그래. 진짜 연애편지라면 곤란하니까. 상대가 여자인 줄은 몰랐지만."

이제야 이해가 되었다. 왜 그가 편지에 신경 썼는지. 연애편지이기 때문에 마음에 안 들어 하는 줄 알았는데 아니었다. 그는 편지를 보며 다른 사람을 생각하고 있었던 거다.

나는 에드리아와 친구가 되었다는 얘길 들었을 때의 빈센트를 떠올렸다. 에단은 축하해 주었고, 필립은 의외라는 얼굴을 했지만 빈센트는 어떤 반응도 보이지 않았다. 에드리아와 헤어진 뒤 차를 타고 돌아오는 동안에도 마찬가지였다. 그러면 분명 무슨 일이냐고 묻거나 어째서 휩쓸린 거냐고 한 소리 할 거라 생각했기에, 무덤덤한 그의 반응이 이상하게 느껴졌었다.

"나는 네가 날 볼 때마다 루카스를 떠올린다는 걸 알아. 정확히는 멀쩡히 앞을 보고 있는 내 모습을 보면서 떠올리는 거겠지."

"……."

"너는 한평생 날 그렇게 보겠지."

"저는……."

나는 뭐라 말할 수 없었다. 긍정도 부정도. 왜냐면 그의 말이 맞았기에.

나는 때때로 그를 통해 루카스를 떠올리곤 했다. 빈센트가 선명한 에메랄드 빛 눈동자로 날 바라볼 때, 환한 길가를 성큼성큼 걸어갈 때, 그럼에도 여전히 밤눈이 나빠 고생하는 모습을 볼 때면 루카스를 떠올린다는 걸 부정할 수가 없었다. 나는 그를 통해 내 마음속에 남아 있는 루카스의 잔상을 좇고 있었다. 하지만 이를 입 밖으로 내뱉지 않았고, 내색도 하지 않았는데 그는 이미 눈치채고 있었나 보다.

난 양손을 맞잡고 머뭇댔다.

"그래도 지금 제가 함께하는 사람은 당신이에요."

"알아."

"약혼을 했는데도 마음이 놓이지 않으세요?"

"그런 게 아니야."

빈센트가 눈을 내리깔았다.

"너는 나를 통해 계속 루카스를 떠올릴 테고, 그게 어떤 감정이든 한평생 잊지 못하겠지. 결국 루카스는 네 마음속에서 영원히 살아가게 될 거야. 루카스는 그렇게 널 각인시켰어. 나는 그게 마음에 들지 않을 뿐이야."

"……."

"루카스가 바란 대로 된 거 같잖아."

빈센트가 쓰게 웃었다. 누군가 숨통을 꽉 조이는 듯한 기분이 들었다. 난 고개를 아래로 떨구었다. 무릎 위에 올려놓은 손에 힘이 실렸다. 그가 이런 생각을 하는 줄 몰랐다. 그리고 그가 이런 생각을 가지게 만든 원인이 바로 나였기에 어떤 반응도 할 수 없었다.

그때 깊은 한숨 소리가 흘러나왔다. 고개를 들자, 빈센트가 양손에 얼굴을 묻은 채 몸을 더욱 뒤로 눕혔다. 금빛 머리카락이 소파 등받이에 지저분하게 헝클어졌다. 그가 마른세수를 하며 조금 거칠어진 숨을 흘려보냈다.

"미안해. 괜한 말을 했어."

"아니, 아니에요."

난 얼굴을 마구 흔들었다. 빈센트가 날 비난하고자 한 말이 아님을 잘 알고 있다. 하지만 비난당한다 해도 어쩔 수 없었다. 난 딱딱해진 분위기를 풀고자 입꼬리를 당겨 웃었다. 괜찮다는 걸 알려 주고 싶었으나, 표정이 굳어 쉽지 않았다. 이마저도 빈센트의 마음엔 들지 않았나 보다.

"억지로 웃지 마."

결국 입꼬리를 다시 내려야 했다.

내가 굳어 있으니 또다시 한숨 소리가 들려왔다.

"그냥 질투한 거야."

빈센트가 자신의 머리를 쓸어 넘겼다. 그러다 인상을 썼다. 이런 자신한테 짜증 난다는 얼굴이었다. 난 빈센트가 창밖을 내다보는 그를 응시했다. 그에게서 더 이상 말이 이어지지 않았다. 더 말해 봤자 상황만 안 좋아질 테니 입을 다물기로 한 것 같았다.

한 공간에 있는데도 지금 이 순간 그는 홀로 다른 곳을 바라보고 있단 기분이 들었다. 잠시 고민하다 입을 달싹였다.

"빈센트."

그가 내게 흘끗 시선을 주었다. 난 가볍게 제안했다.

"나중에 저랑 어디 좀 같이 가실래요?"

열차를 타고도 한참이나 가야 하는 길이었다. 벨루니타가에서 지냈을 땐 산하나만 넘으면 됐는데, 크리스토퍼가에서 가려고 하니 꽤 시간이 걸렸다. 그와따로 약속을 잡아서 가기로 한 게 다행이란 생각이 들었다.

우리는 열차를 타고 가다가 중간에 위치한 마을에서 하룻밤을 묵은 뒤론 다시 쉬지 않고 길을 떠나야 했다. 기차역까진 차가 데려다주었지만 이후엔 사용인 없이 단둘뿐이라 불편했을 텐데 그러한 내색을 내비치지 않는 그에게 고마웠다.

열차에서 내린 뒤에도 목적지까지 가려면 길을 더 가야 했기에, 때마침 근처를 지나가던 마부에게 부탁해 마차를 빌려 탔다. 그렇게 숲속으로 접어든 마차는 곧 어떤 마을에 도달했다.

드디어 마차가 멈춰 서자 빈센트가 먼저 내렸다. 뒤이어 마부의 부축을 받고내린 난 주변을 두리번대는 그에게 다가갔다.

"여긴⋯⋯."

"필튼이에요."

나는 익숙한 정경을 눈에 담았다. 한눈에 담길 만큼 작고 초라한 마을이었다. 내가 살았던 곳은 시내 중심가에서 벗어나 깊은 숲속으로 들어가야 나오는마을이었다. 이른 아침부터 하루를 시작하기 위해 분주한 곳.

난 우리가 들어왔던 길을 가리켰다.

"아까 지나간 곳은 시내인데 평소엔 걸어 다녔어요."

"얼마나?"

"음, 아침부터 걸어가면 점심 전에는 도착할 정도?"

시내에 있는 책방이나, 마크 아저씨 빵집에서 일했을 땐 이른 아침부터 길을 나서야 늦지 않게 도착할 수 있었다. 구경시켜 주었어야 했나 싶었지만 어차피 필튼의 시내라고 해 봤자 그가 살았던 곳과 비교하면 별 볼 일 없는 곳이었다. 난 고개를 이리저리 돌리는 그의 팔을 붙잡았다.

"마을을 구경시켜 줄게요."

빈센트가 흔쾌히 고개를 끄덕였다.

오는 동안 말을 모느라 고생한 마부에겐 적당한 곳에서 쉬고 있으라고 말한 뒤, 난 양산을 펼쳐 들었다. 그러자 빈센트가 양산을 빼앗아 들고는, 내 비어 버린 손을 자신의 팔 위에 올렸다. 얼결에 그를 붙잡자, 빈센트가 양산을 들고 익숙하게 걸음을 내디뎠다. 레이스가 달린 양산이었는데도 그는 전혀 부끄러워 보이지 않았다.

나는 그와 함께 길을 걸으며 마을 안을 구경했다. 사실 구경이라고 해 봤자 작은 마을이라 볼만한 것 따윈 없었다. 그럼에도 빈센트는 날 따라 주변을 둘러보며 내 말을 진지하게 경청했다. 우리가 지나갈 때마다 마을 사람들의 시선이 따라붙었다. 이런 누추한 곳에 고급스런 복장의 남녀가 나타났으니 어찌 된 영문인지 궁금한 거겠지.

그때 멀리서 누군가 다급히 달려왔다. 작은 키에 제법 풍채가 있는 남자와 그 뒤를 따라오는 나이 든 남자였다. 뛰는 속도는 빠르지 못했으나, 부랴부랴 다가오는 모습에서 다급함이 느껴졌다. 나와 빈센트의 시선이 절로 그들에게 닿았다.

두 사람은 정확히 빈센트의 앞에 멈춰 섰다. 빈센트가 날 슬쩍 뒤로 밀었다. 앞쪽에 있던 남자는 힘들었는지 숨이 넘어갈 듯 헐떡였다. 뒤쪽에 서 있던 남자가 그를 향해 괜찮냐고 물으며 손수건으로 땀을 닦아 준다. 갑작스런 광경에 나와 빈센트가 잠시 말을 잃은 사이, 호흡을 정리한 남자가 겨우 허리를 펴고 말했다.

"귀, 귀하신 분이 이런 누추한 곳엔 어쩐 일로 오셨습니까?"

남자가 더듬더듬 물었다. 달려오던 기세와 달리 긴장한 기색이 역력했다. 그런데 빈센트에게서 대답이 없자, 남자가 당황하더니 곧 떠오른 게 있다는 듯 말을 이었다.

"아, 소, 소개가 늦었습니다. 저는 이, 이 마을의 여, 영주입니다."

영주라고? 난 고개를 빼꼼히 들었다. 내가 알고 있던 마을 영주가 아니었다. 난 자신을 영주라고 소개한 남자를 찬찬히 뜯어보았다.

……아. 누군지 알았다.

'영주 아들.'

그가 영주가 되었구나. 난 새삼스럽게 남자를 다시 살펴봤다. 통통했던 얼굴이 이제는 제법 윤곽을 갖추어 어른스러운 분위기를 풍겼다.

남자가 긴장한 듯 땀을 뻘뻘 흘리자 나이 든 남자가 연신 괜찮냐고 물었고, 이를 지켜보던 또 다른 마을 남자가 슬쩍 다가와 우리들 틈에 끼어들었다. 지나가던 아낙네들도 무슨 일인지 관심을 보이더니 상황을 듣고 우리를 주시했다. 마치 낯선 방문객이 혹여 영주에게 무슨 짓이라도 저지를까 봐 경계하는 시선이었다.

"괜찮아요. 별일 아닙니다."

영주가 그런 마을 사람들을 달래 주었다.

이전의 영주는 좋은 사람이 아니었다. 마을 사람들보다 자신의 이익을 먼저 챙겼고, 이를 드러내는 걸 즐기는 사람이었다. 그래서 그런 아비와 외모뿐만 아니라 성격까지 비슷한 영주 아들을 보고, 아비와 똑같이 자랄 거라며 마을 사람들이 한탄한 적이 있었다.

하지만 다시 만난 그는 생각과는 달랐다. 영주가 등장하자 경계만 하던 사람들이 모여들며 관심을 드러냈다. 신분의 차이가 있음에도 서슴없이 대하는 모습을 보며, 난 그가 마을 사람들에게 신뢰받고 있다는 걸 알았다.

"지나가던 길에 잠시 마을을 구경하던 중인 거니 신경 쓰지 마십시오."

빈센트가 상황을 정리하자, 영주가 더듬더듬 말을 이었다.

"그, 그럼 마을을 안내할 사람을 붙여 드리겠습니다."

"괜찮습니다."

"아, 아니면 저라도 마을 안내를!"

"사양하겠습니다."

아무래도 귀족에게 아무런 대접도 하지 않을 순 없었는지, 영주가 용기를 내서 몇 번 더 제안했으나 빈센트는 단호히 고개를 저었다. 영주가 '하, 하, 하지만.' 이라며 말꼬리를 끄는데도 빈센트는 냉랭한 태도를 보였다.

결국 영주가 어깨를 축 늘어뜨리며 한발 물러났다. 주변 사람들이 영주의 어깨를 토닥여 주었다.

"저분은……?"

영주의 시선이 내게 꽂혔다. 동시에 사람들의 이목도 내게 집중됐다. 난 순간 긴장해 당황스러움을 숨기지 못했다. 호기심이 가득한 시선들이 날 훑어 내리는 게 느껴졌다. 갑자기 바닥이 위로 솟구치는 기분이 들었다. 어디선가 날 알아보는 소리가 들려올 것 같아 무서웠다. 난 주춤 물러나며 손끝으로 모자를 더듬었다. 고개가 아래로 떨어져 내렸다.

그런 내 손을 단단히 붙잡는 힘이 느껴졌다.

"제 아내입니다."

다정한 울림이 이어졌다. 난 고개를 들어 내 손을 잡고 있는 빈센트를 바라봤다. 그가 영주에게서 시선을 떼고 나를 바라보았다.

'괜찮아.'

그렇게 말해 주는 것 같았다.

흔들림 없는 에메랄드빛 눈동자를 보니 숨통을 조이던 긴장감도, 떨림도 모두 사라졌다. 맞잡은 손의 체온이 뜨겁게 느껴졌다. 그가 곁에 있다고 생각하니, 모든 게 다 괜찮을 것만 같았다.

"단둘이 시간을 보내고 싶어서 그러니 이해해 주시길 부탁드립니다."

"아, 아, 네. 그렇군요."

영주가 고개를 끄덕였다. 마을 사람들도 그럼 어쩔 수 없다는 듯한 반응이었다. 빈센트가 내 손을 붙잡은 채 사람들 사이를 지나쳐 걸어 나갔다. 사람들의 시선이 여전히 내게 닿아 있었지만 그뿐이었다. 어느 누구도 날 불러 세우지 않았다.

등 뒤에서 영주가 필요한 게 있으면 불러 달라고 소리쳤다. 빈센트는 돌아보지 않았다. 오직 앞만 보고 걸어 나가자 곧 사람들의 시선이 우리에게서 떨어져 나가는 게 느껴졌다. 난 메마른 평지를 보며 작게 헛웃음을 흘렸다. 그 소리를 들은 빈센트가 물었다.

"왜 그래?"

"그냥, 기분이 묘해서요."

마을을 걸어 다니면서도, 그리고 조금 전에도 낯익은 얼굴들을 보았다. 내게 쌀쌀맞게 굴었던 아낙네들부터 날 괴롭혔던 여자애, 내 음식을 빼앗어 갔던 남자애 등 나이를 먹었지만 얼굴엔 큰 변화가 없었다. 하지만 그들 중 어느 누구도 날 알아보지 못했다. 다들 눈을 동그랗게 뜨며 관심을 보였지만 시선이 부딪치면 급히 눈을 피하며 자세를 낮추곤 했다.

"별로 변한 건 없는 거 같은데."

알아보지 못했다는 사실에 안도하면서도, 마음 한편에선 쓸쓸함이 피어오르는 이유는 무엇일까. 이는 한때 조부와 함께 길을 걸었던 때와는 다른 감각이었다. 그땐 날 '아가씨'라고 부르는 게 불편했던 거라면, 지금은…… 마치 이곳에서 '나'라는 존재가 사라져 버린 것 같았다. 그들의 기억 속에도, 이곳에서의 흔적에서도 애초부터 남아 있지 않았던 것처럼.

"변했지."

그때 빈센트의 목소리가 들려왔다.

"어느 면에서요?"

"예뻐졌잖아."

으아— 생각지도 못한 대답에 난 입을 떡 벌렸다. 예전 같았으면 헛소리 말라고 했을 테지만, 이제는 그의 이런 감정 표현에 제법 익숙해졌다. 꼴사납게

492

얼굴을 붉히거나 하진 않았다.

"그런 거 말고요."

"그럼?"

"아니, 됐어요."

더 낯간지러운 말이 나올까 봐 급히 대화를 갈무리했다. 그에게 붙잡힌 채 묵묵히 걷고 있는데 빈센트가 다시 입을 열었다.

"변했어. 밝아지고, 당당해졌으니까."

"……."

난 걸음을 멈췄다. 빈센트가 두 걸음 걷다가 멈추고 날 돌아봤다. 가만히 서 있는 날 뚫어져라 살펴보던 빈센트가 들고 있던 양산을 다시 내 머리에 씌웠다. 난 햇볕을 등지고 선 남자의 얼굴을 올려다봤다.

"양산, 다시 쓸까?"

"아니, 괜찮아요."

이제 필요 없을 것 같다. 난 그의 손에 들린 양산을 가져와 접었다. 빈센트가 나직하게 웃는 소리가 들렸다.

"네가 살았던 곳은 어디지?"

"저쪽이에요."

난 얼마 안 되는 거리에 있는 낡은 집을 가리켰다. 내가 살았던 집은 마을에서도 가장 구석진 곳에 위치해 있었다. 이제는 사람의 온기 하나 없는 싸늘한 집이 상상됐다. 빈센트는 내가 가리킨 방향을 뚫어져라 바라봤다.

"가 볼래요?"

내 물음에 빈센트가 이번에도 고개를 끄덕였다.

나는 그와 함께 내가 예전에 살았던 집으로 향했다. 집은 마지막에 보았던 모습 그대로 방치된 상태였다. 주변엔 수풀이 무성히 자라 있고, 다른 사람이 사는 흔적은 보이지 않았다. 한눈에 봐도 낡은 모습이었다. 굳이 안을 들여다볼 필요조차 없었다.

난 가만히 문밖에 서 있었고, 빈센트는 안으로 들어갔다. 난 집 안을 구경하는 빈센트를 지켜보기만 했다.

한참을 둘러보던 그가 곧 밖으로 나왔다.

"어때요?"

"작군."

예상된 반응에 난 작게 웃었다. 당신이 사는 곳보다 작긴 작지.

"그래도 여기서 동생들이랑 다 같이 살았어요. 어머니가 계셨을 땐 일곱 명이서 함께 지냈고, 어머니가 떠난 뒤론 여섯 명이서 지냈어요."

그러다 점차 한 명씩 사라졌다. 일곱 명이서 살기엔 터무니없이 작았던 공간에 어느 순간부터 여유가 생겼다. 서로의 살이 닿을 정도로 다닥다닥 붙은 채 잠자리에 들어야 해 답답했는데 홀로 누워 있을 땐 냉기만 느껴지더라.

"별 볼 일 없죠?"

"그러네."

난 다시 웃음을 터트렸다. 그가 좋은 곳이라고 말해 주지 않아서 고마웠다.

"하지만 네가 살았던 곳을 볼 수 있어 좋았어."

문득 이어지는 말에 난 다시 빈센트를 바라봤다. 짙은 애정을 드러낸 얼굴이 내게 향한다.

어느새 빈센트는 웃고 있었다. 그리 말하는 그의 얼굴에선 한 치의 거짓도 보이지 않았다. 그가 사는 곳보다 작고 초라하고 볼품없는 곳을 보고도 실망하지 않았다. 그걸 깨닫자 마음속에서 격한 감정이 부풀어 올랐다.

난 걸음을 옮겨 그의 곁에 섰다. 그리고 금방이라도 무너질 듯 낡아 빠진 집을 눈에 담았다. 한때는 이곳을 끔찍해하면서도, 또 유일한 생명 줄인 양 매달린 적이 있었다. 그런데 지금은, 낯설게만 보였다.

"저번에 루카스 님에 대해 말씀하셨죠. 당신 말이 맞을지도 몰라요. 앞으로도 전 영원히 그분을 잊지 못할 거예요."

빈센트의 시선이 느껴졌다. 난 모르는 척 말을 이었다.

"하지만 당신한테는 내 모든 걸 다 보여 줄게요. 내가 어떻게 살았는지, 어떤 사람이었는지. 여기로 오는 길은 힘들었지만, 그래도 당신한테 보여 주고 싶었어요. 왜냐면 여긴 '진짜' 내가 살았던 곳이니까."

"……."

"당신뿐이에요."

오래전 성안에 있는 비밀의 숲에 대한 얘길 들었던 적이 있다. 비밀을 외쳐도 밖으로 말이 새어 나가지 않고, 작은 구멍조차 뚫을 수 없는 공간. 경비병이 문 앞을 지키고 있어 누군가 몰래 들어갈 수도 없다고 했다.

만약 내 비밀의 공간이 어디냐고 묻는다면, 이곳일 것이다. 내가 나고 자랐고, 동생들과의 추억이 있으며, '폴라'로서의 한평생이 있는 공간. 하지만 이제는 어느 누구에게도 보여 줄 수 없다. 오랜 시간 어울려 살았던 마을 사람들도 내가 이 낡은 집에 살았던 계집애임을 영영 알지 못할 것이다.

내 비밀을 알고 있는 사람은 이제 빈센트가 유일했다.

"에단 오빠도 루카스 님도, 어느 누구에게도 보여 주지 않았어요. 이제 여길 알고 있는 사람은 당신밖에 없어요."

난 빈센트와 마주했다.

"이제 기분이 풀렸어요?"

"화난 거 아니라고 했잖아."

"그럼 저에 대해 알게 되어서 기분 좋아요?"

"응. 좋아."

그의 얼굴이 가까워졌다. 서로의 이마가 살짝 닿았다. 나직하게 속삭이는 목소리가 기분 좋게 들려왔다.

"나밖에 모른다고 하니까, 좋아."

그 말엔 웃음을 지을 수밖에 없었다.

별 볼 일 없는 공간인데, 빈센트는 뭐가 그리 신기한지 연신 두리번댔다. 난 그를 지켜보다가 문득 집 뒤편에 있는 숲을 바라봤다. 처음엔 그저 시선이 향했을 뿐이었다. 그다음엔 마음이 향했다.

"잠깐 여기 있을래요? 가 볼 데가 있어서요."

빈센트가 잠시 날 지그시 보았다.

"나도 가면 안 되는 건가?"

"……나중에요."

난 미안하다는 듯 웃었다. 그에 빈센트는 더 이상 아무런 말 없이 고개를 끄덕였다. 난 그를 뒤로한 채 몸을 돌려 숲속으로 들어갔다.

이곳 숲속은 언덕이 높은 편이었다. 웬만한 체력으론 걸어 올라가기 힘들었다. 난 거치적거리는 치맛자락을 한 손에 쥐고 걸음을 내디뎠다. 평소보다 굽이 낮은 구두를 신기는 했으나, 이런 차림으로 숲을 올라간다는 건 여간 어려운 게 아니었다.

그렇게 한참을 힘겹게 걸어 올라가던 끝에 난 목적지에 다다를 수 있었다. 나무 기둥에 X 표시가 새겨진 곳이었다. 난 그 표시를 손으로 더듬었다.

이 아래 동생들을 묻어 두었다.

시작은 막내였다. 갓난아기였던 막내는 아비의 손안에서 어떤 저항도 하지 못한 채 목이 꺾여 숨을 거뒀다. 나는 막내를 품에 안고 어찌할 바를 몰라 했다. 그때의 난 무언가를 알기엔 너무 어렸다. 몸이 점점 식어 가는 막내를 품에 안고 있으면 따뜻해질 줄 알았다. 하지만 막내는 끝내 울음소리 한 번 뱉어 주지 않았다.

나는 막내를 이대로 둘 수 없다고 생각했다. 그래서 한밤중에 막내를 안고 뒤편에 있는 숲을 올라갔다. 어느새 눈물로 범벅된 얼굴을 한 채 아무도 찾지 못하는 곳으로 깊숙이 들어갔다. 그리고 적당한 나무 밑의 땅을 파서 막내를 묻었다. 혹여 산짐승이 파먹을까 봐 아주 깊게 파느라 손톱이 다 까지고 지저분해졌지만 아랑곳하지 않았다.

"좀 더 제대로 된 장례를 치렀다면 좋았을 텐데."

그랬다면 마을 사람 누구 한 명이라도 이곳을 들여다봐 주지 않았을까. 그땐 아비를 피해 동생들을 숨겨야 한다는 생각밖에 하지 못했다. 오래도록 아무도 오지 않은 곳엔 흙먼지와 마른 이파리만이 애석하게 굴러다녔다.

"오래 기다렸지."

난 몸을 굽혀 마른 바닥을 손으로 쓸었다. 그러곤 몸을 풀썩 바닥에 눕혔다.

꺼끌꺼끌한 흙바닥의 냉기가 뺨에 스며들었다. 입고 있는 옷이 더러워질 테지만 신경 쓰지 않았다. 난 눈을 감고 바닥을 조심히 쓰다듬었다.

"너희를 잊은 게 아니야."

잊을 수 없었다. 잊어서도 안 된다. 단지 이곳에 올 기회가 생기지 않았다. 거리가 있다 보니 작정하고 오지 않는 이상 힘들었다. 그리고 그동안 새로운 환경에 적응하느라 정신이 없어 미처 올 기회가 없었다.

"있잖아, 나 사랑하는 사람이 생겼어. 필튼에 함께 왔는데, 아직 이곳까지 데려오지는 못하겠더라. 하지만 좋은 사람이야. 내게 잘해 주고, 진심으로 사랑받는다고 느끼게 해 줘. 언젠가 너희들에게도 보여 주고 싶어."

내가 좀 더 용기를 낼 수 있는 날이 온다면, 그땐 빈센트를 동생들에게 소개해 주고 싶었다. 그럼 동생들은 굉장히 기뻐하지 않을까. 저렇게 멋진 사람이 언니의 애인이냐면서, 어떻게 된 거냐고 날 귀찮게 했을지도 모른다.

"새로운 가족도 생겼어. 오빠 한 명인데, 나와 비슷한 경험을 한 사람이야. 가끔 짓궂고 황당하게 굴긴 하지만 그래도 날 소중히 대해 줘. 너희들이 있었으면 분명 더 좋아했을 거야."

아마 크고 적막하기만 한 크리스토퍼의 저택이 동생들의 웃음소리와 말소리로 시끌벅적하게 울리지 않았을까. 진짜 가족이란 게 이런 건가 싶을 정도로 에단은 내게 정말 잘해 주었다. 가끔은 너무 과분할 정도로 아낌없이 마음을 주었다. 우리 둘 모두 가족을 잃은 아픔을 겪었기 때문일까, 좀 더 제대로 된 가족의 형태를 만들기 위해 서로 노력했다.

"친구도 사귀었어. 날 사랑한다고 말해서 좀 당황스럽긴 했지만, 좋은 사람이란 걸 알아. 그녀 덕분에 외로워할 틈새가 없어. 그녀 외에도 나한테 잘해 주는 사람이 많아."

나는 그동안 만났던 사람들을 한 명 한 명 동생들에게 알려 주었다. 기회가 된다면, 동생들에게도 모두 보여 주고 싶었다. 새로운 인연을 소개하고 과거를 회상하며, 행복을 나눈다면 얼마나 벅찬 기분일까.

어느새 내 두 눈에서 눈물이 흘러내렸다.

"나는 정말 잘 살고 있어."

이렇게 행복해도 될까 싶을 만큼.

"미안해."

그래서 미안해진다. 동생들에게 이 행복을 주지 못해서, 나만 가지게 되어서.

나는 가끔 이런 생각을 한다. 동생들이 살아 있었더라면 지금쯤 각자 사랑하는 사람을 만나 행복을 누리고 있지 않았을까. 당장의 삶은 지옥 같을지라도, 그 속에서 작은 희망을 찾지 않았을까. 경험하지 못한 앞날이 어쩐지 아름답게만 그려졌다. 삶이 불행하기만 했기에 더욱 안타까울 뿐이었다.

동생들이 보고 싶었다. 그들에 대한 그리움이 없는 건 아니었다. 하지만 그리워도 보지 못한다. 그 사실이 심장을 콕콕 찔러 왔다. 익숙한 고통이 날 옭아맸다. 나는 언제나처럼 숨을 고르며 그 고통을 하염없이 흘려보냈다.

난 몸을 일으켜 앉은 뒤 외투 안주머니에서 끈을 하나 꺼냈다. 둥근 모서리 끝에 수놓아진 바이올렛이 허공에 펄럭였다. 이건 오래전에 빵과 교환했던 머리 끈이었다. 빈센트에게서 다시 돌려받은 뒤로 소중히 간직하고 있었다. 하얀색이던 천은 누렇게 바랬고, 너무 낡아서 귀족 아가씨가 사용하기엔 적절하지 않았지만, 내가 '폴라'로서 사용하던 물건 중 유일하게 남은 것이다. 다 버리고 이것만 남겼다.

난 근처에 피어 있는 꽃을 뜯고 줄기에 끈을 둘렀다. 그러곤 리본을 묶은 뒤 동생들이 묻힌 땅 위에 올려 두었다. 언젠가 동생들을 묻었을 때처럼.

"걱정 마. 나도 너희와 함께할 거니까."

나는 죽어서 여기 묻힐 것이다. 그건 내가 벨루니타 가문에 들어가게 되더라도 변하지 않는 사실이었다. 동생들만 이곳에 둘 수 없었다. 살아서 같이 있어 주지 못했으니 죽어서라도 곁을 지켜 줘야 했다. 그건 내가 오래전부터 간직한 결심이었다.

"그때까지 기다려 줘."

난 동생들을 한참 동안 쓰다듬은 뒤 자리에서 일어났다. 이곳을 떠나야 하는 발걸음이 무겁게만 느껴졌다. 마음 같아선 동생들과 같이 떠나고 싶었다.

올라갈 때와 달리, 숲속을 내려가는 발걸음은 느리기만 했다. 어쩐지 멀게만 느껴지는 길을 내려가는데, 숲속 한가운데 낯선 이가 있는 게 보였다. 머리가 희끗한 노파 한 명이 숲속 한편에 쭈그려 앉아 있었다.

난 노파가 누군지 바로 알아봤다. 그녀는 내가 필튼에서 살던 시절에 보았던 사람이었다. 머리가 뛰어나 젊은 나이에 높은 자리까지 올라갔으나 사랑을 택하고 필튼으로 왔다는 마을 아낙네들의 수다를 들었던 적이 있다. 부유한 삶을 버리고 평범해지길 택한 그녀를 아낙네들은 이해할 수 없다고 했지만, 정작 그녀는 행복해 보였다. 내가 이곳을 떠나기 전엔 그녀의 정신이 막 오락가락했었는데, 이제는 완전히 정신을 놓았는지 헤헤 웃으며 구부정하게 앉아 있었다.

난 주변을 둘러봤다. 아무도 없었다. 아무래도 그녀 혼자인 듯했다.

"할머님, 여긴 너무 위험해요."

"어? 저 구석진 곳에 사는 쪼그만 아가네?"

가느다란 눈을 동그랗게 뜬 그녀가 내게 알은척을 해 왔다. 마을 사람 어느 누구도 날 알아보지 못했는데, 정작 정신이 오락가락한 노파가 용케 날 기억해 냈다.

"맞아요. 저 기억하세요?"

"기억해. 쪼그마한 몸으로 열심히 살던 애잖아."

지금과 달리 정신이 멀쩡했을 때의 노파는 굉장히 무뚝뚝한 사람이었다. 감정 표현을 잘하지 않고, 말투도 쌀쌀맞았다. 그래서 아낙네들은 그녀를 피해 다녔다고 한다.

내게도 그녀는 어려운 사람이었지만, 한편으론 날 편견 없이 대해 주던 사람이기도 했다. 그녀가 날 쪼그마한 몸으로 이리저리 뛰어다니는 성실한 애라고 평가해 주던 걸 얼핏 들은 적이 있었다. 그리운 말에 난 반갑게 웃음을 흘렸다.

"왜 여기 혼자 계세요?"

"으응, 예쁜 꽃 보려고."

그녀가 손에 든 꽃을 이리저리 흔들었다.

"아가는 동생 보러 왔어?"

"네. 제 동생들 기억하세요?"

"그럼. 그 불쌍한 애들. 안타까운 애들."

난 그녀를 마주 본 채 쓰게 웃으며 몸을 굽혔다. 노파가 방긋 웃으며 날 반갑게 보았다. 잔뜩 주름진 얼굴이었지만 싱글벙글한 표정이 풋풋한 소녀 같았다. 게다가 양 갈래로 땋은 머리를 하고 있어서 그런지 귀엽게 느껴졌다.

"그러면 다른 동생도 봤어?"

"예?"

"좀 전에 지나갔는데. 못된 계집애."

못된 계집애? 난 노파의 말을 곱씹다 몸을 벌떡 일으켰다. 그러곤 내려왔던 길을 따라 고개를 들었다. 설마……. 생각이 싹튼 순간, 나는 어느새 동생들이 묻힌 곳으로 다시 올라가고 있었다. 조금 전보다 거친 걸음걸이에 숨이 헐떡거렸다. 경사진 언덕을 비틀거리며 올라가니 곧 X 표시가 새겨진 나무 앞에 다다랐다.

난 곧장 주변을 둘러봤다. 그러나 어디에서도 사람의 형체는 보이지 않았다. 작은 인기척조차 느껴지지 않는 고요한 공간을 미친 사람처럼 두리번댔다. 설마, 그 아이가…… 앨리샤가 온 걸까? 하지만 어디를 봐도 앨리샤의 모습은 조금도 찾아볼 수 없었다.

헐떡거리던 숨이 잦아드니 정신이 좀 돌아왔다. 노파가 잘못 보았던 건지도 모른다. 순간 이 상황이 허탈하게 느껴졌다. 그럴 리 없지. 최대한 먼 곳으로 보내 달라고 하지 않았던가. 게다가 앨리샤는 내가 이곳의 존재를 알려 주었음에도 단 한 번도 찾아오지 않았었다.

뛰어 올라오느라 발목이 저릿했다. 괜한 짓을 했다. 난 다시 아래로 내려가기 위해 걸음을 대디뎠다. 그러다 순간, 동생들의 묻힌 곳을 바라봤다.

'아.'

머리 끈이 사라져 있었다. 그때였다.

부스럭—

낯선 소음에 퍼뜩 몸을 돌렸다. 여전히 주변에서 사람의 형체는 조금도 발견할 수 없었다. 그런데 이상하게도 소음이 난 쪽으로 눈길이 갔다. 분명 아무것도 없는데도 말이다.

나도 모르게 그쪽으로 걸음을 내디뎠다가 멈칫했다.

이제 와서 뭘 어쩌겠는가. 앨리샤가 왔다고 하면 다시 만날 건가? 벨루니타가에서 죽음의 고비를 넘겼던 그날, 나는 그 애와 이별을 고했다. 다시는 보지 않겠다는 마음으로 마지막 자비를 베풀어 그 애를 보내 주었다. 남은 생을 조금이라도 행복하게 보내려면 우리는 다시 만나서는 안 된다.

난 앞으로 내디뎠던 걸음을 반대편으로 돌렸다. 그러다 다시 뒤를 돌아봤다. 수풀이 우거진 숲속만이 눈에 들어왔다. 난 한 차례 그곳을 훑곤 몸을 돌렸다. 등 뒤에서 시선이 느껴지는 것 같았지만 착각일 것이다.

아래로 내려가니 노파가 여전히 그 자리에 그대로 앉아 있었다. 그녀가 날 보며 손을 흔들었다.

"못된 계집애 만났어?"

"아니요."

난 고개를 저었다. 그러곤 엷게 웃었다.

"하지만 괜찮아요."

만나지 않아도, 살아만 있다면. 난 다시 노파의 곁에 쭈그려 앉았다. 노파는 여전히 자신의 손에 들린 꽃을 보며 방긋거리고 있었다. 난 어릴 적 몰래 울고 있는 내게 노파가 해 주었던 이야기를 떠올렸다.

"할머님. 가치 있는 삶이란 건 어둠 속에서 내리쬐는 빛과 같은 것이라고 하셨잖아요. 이곳에서의 제 삶에도 빛이 내리쬐는 것처럼 가치 있는 순간이 있었을까요?"

굶고 잃고 상처받기만 했다. 지옥 같기만 했던 내 삶이 빛난 적이 있었을까. 그러자 노파가 고개를 갸웃거렸다. 아마 내 말을 이해 못 한 것 같았다. 난 정신이 온전치 않은 사람을 두고 뭘 하는 건가 싶었다. 쓰게 웃으며 그녀를 데리고 내려가기 위해 손을 뻗을 때였다.

"기억나? 왜 크게 불이 났었잖아."

"네?"

"애덤의 집이 홀라당 타고 말이지. 애덤이 발을 동동 굴렀어."

아, 기억난다. 아주 오래전의 일이었다. 추위를 달래기 위해 누군가 잠시 불을 피웠는데, 잠깐 자리를 비운 사이 바람을 타고 날아간 불씨가 옮겨붙어 불이 순식간에 애덤의 집을 덮쳤다. 때마침 빨래를 하고 돌아오던 애덤의 부인이 이를 발견하곤 비명을 질렀다.

'아가 집에 있어요!'

애석하게도 낮잠을 자던 아기가 아직 집에 남아 있었다. 불은 삽시간에 휘몰아쳤고, 부인은 울부짖으며 도움을 요청했다.

"그때 쪼그만 아가가 포대기 뒤집어쓰고 달려 나갔잖아."

그랬다. 애덤의 집 근처에 있던 난 가장 먼저 그녀의 비명을 들었다. 그 소리를 듣자마자 난 빨래터에 널려 있던 누구 것인지 모를 젖은 포대기를 잡아 뒤집어쓴 채 불타는 집 안으로 뛰어 들어갔다. 그땐 제정신이 아니었던 것 같다. 당장 아이를 구해야 한다는 생각으로 가득해 불이 뜨겁다는 것도 느끼지 못했다.

"그리고 구해 냈지. 머리카락을 다 태워 버렸지만."

아이는 불에 타기 전에 발견할 수 있었다. 다만 불길이 치솟아 밖으로 나가는 게 힘겨웠다. 포대기로 아이를 감싸고 있었던 탓에 구르듯 밖으로 나갔을 땐 내 옷이며 머리카락에 불이 붙어 난리가 났다. 다행히 불은 금세 꺼졌으나 머리카락을 홀라당 태워 한동안 짧은 머리로 다녀야 했다.

"그때 그 아이 이번에 혼인한대."

"정말요? 누구랑요?"

"옆 마을 애랑. 엄청 착한 애야."

"좋은 소식이네요."

필튼에 사는 사람들은 가난하다 보니 입을 하나라도 줄이기 위해 혼인을 빨리하는 편이었다. 아장아장 걸어 다녔을 때가 엊그제 같은데, 벌써 혼인이라니.

세월이 참 빠르게 흘러간다는 생각이 들었다.

"쪼그만 아가가 그때 그 애를 구하지 않았으면 혼인 같은 거 못 했어. 그대로 죽었을 거야. 그럼 그렇게 착한 애랑 부부가 되지도 못했겠지. 아주 착해. 나한테 빵도 줬어."

노파가 아주 맛있는 빵이었다며 중얼중얼 설명을 늘어놓았다. 노파의 말에 난 눈을 껌뻑였다.

"그 애에겐 쪼그만 아가가 빚인 거지."

난 멍하니 노파의 말을 들었다. 노파가 손에 들고 있던 꽃을 내게 내밀었다. 난 가만히 그 꽃을 바라보다가 손을 뻗어 받았다. 노파는 그런 날 향해 활짝 웃었다.

"그런데 아가는 언제 와?"

조금 전의 모습이 거짓말인 것처럼 노파가 다시 정신을 놓았다. 내 팔을 붙잡고 언제 오냐고 닦달하는 모습에서 오래전 날 걱정해 주던 그녀의 진심을 느낄 수 있었다. 난 노파를 향해 울듯이 웃었다.

"이제 안 와요."

"안 와?"

"네. 달이 예쁘게 뜬 밤에 떠났거든요."

동생들을 떠나보내던 날, 아비에게 짓밟히고 남에게 빌어먹으며 불행하게만 살았던 여자도 떠났다. 언젠가 바라던 대로 동생들의 손을 붙잡고 행복을 찾아 떠난 것이다.

"동생들이랑 같이 멀리멀리 떠났어요."

그렇게 '폴라' 란 여자는 이 세상에서 영원히 사라져 버렸다.

"이제 행복하대?"

"예. 행복하대요."

"다행이네. 고생 많이 했어. 진짜 많이 했는데."

노파는 다행이란 말만 반복했다. 날 알고 있는 누군가에게 이런 말을 들을 줄은 몰랐다. 난 가만히 손에 든 꽃을 내려다봤다. 가슴이 뜨끈해지는 기분에 뭐라 대꾸하지 못했다.

"그럼 언니는 누구야?"

"저는……."

꽃을 빙글빙글 돌리다 고개를 들어 올렸다.

"그냥 지나가던 사람이에요."

내 말에 노파가 눈을 동그랗게 뜨더니 헤벌쭉 웃었다. 어서 오라고 축하해 주는 그녀를 마주 보며 나도 이제야 기쁘게 웃어 줄 수 있었다. 난 노파를 향해 손을 뻗었다. 그녀가 순순히 내 손을 붙잡아 주었다.

우리는 손을 나란히 잡고 숲을 내려갔다. 노파는 날 따라 내려가며 말을 멈추지 않았다.

"그럼 언니도 행복해야 해. 알겠어?"

"네, 그럴게요."

"꼭이야? 꼭 행복하기야?"

"네. 꼭 행복해질게요."

난 그녀의 말에 답하며 기꺼이 약속했다. 행복하겠다고, 그리고 앞으로도 행복하기 위해 노력하겠다고.

어느 누구보다도.

숲의 입구에서 또 다른 마을 사람을 만났다. 노파의 손녀였다. 내 기억 속의 모습보다 더욱 성숙해져 있었다. 그녀는 내게 고맙다고 말한 뒤 노파를 데리고 떠났다. 노파는 멀어지면서도 내게 손을 흔들며 인사를 멈추지 않았다.

숲을 나오자 빈센트가 기다리고 있었다.

"얼굴이 왜 그래."

"날 사랑해요?"

갑작스런 물음에 놀란 표정을 짓던 빈센트가 순순히 대답했다.

"사랑해."

내가 물어보긴 했으나 너무 솔직한 대답이 돌아오자 좀 당황스러웠다. 난 얼굴을 붉힌 채 고개를 푹 숙였다.

"전부터 생각했는데, 의외로 이런 감정 표현에는 솔직하시네요."

빈센트가 날 지그시 보았다. 무슨 뜻이냐고 묻는 듯하다.

"오래전에는 무조건 화만 내고 툴툴대셨잖아요. 분위기가 굉장히 날카로우셔서 말 한마디 뱉기 조심스러웠는데, 이제는 보고 싶었다는 말도 하시고, 사랑한다는 고백도 먼저 해 주시고. 많이 변하셨네요."

감정을 투명하게 드러내는 사람은 아니지만, 은근 낯간지러운 표현을 잘하는 편이었다. 그 생각지도 못한 괴리에 나만 어쩔 줄 몰라 할 때가 많았다.

"그동안 깨달은 게 있거든."

"뭘 깨달으셨는데요?"

"괜히 자존심 챙기려다 잃고 후회할 바에야 솔직히 말하고 후회하지 않는 게 더 낫다는 거."

무슨 그런 기특한 생각을 다 하셨데.

"넌 어땠어. 오랜만에 고향에 온 거잖아."

"그냥 그랬어요. 좋은 기억이 있는 곳은 아니라서."

난 주변을 한 번 빙 둘러보았다. 별다른 감흥은 없었던 거 같다. 하지만 동생들이 있으니까, 나중에도 시간이 된다면 다시 와 볼 참이었다. 그때도 빈센트와 함께 온다면 좋을 것 같다.

"당신은요? 지루하지 않았어요?"

"참을 만했어. 네가 어떻게 살았는지 볼 수 있었다는 것만으로도 나쁘지 않더군."

그는 정말 만족스러워 보였다. 그럼 됐다. 난 가만히 노을이 내려앉는 하늘을 바라봤다. 어느새 붉은 빛깔이 푸른 하늘을 물들이고 있었다.

"사실 전 이곳에서 제가 잘 살았던 건지 자신이 없었어요."

내 세상은 내 조그마한 손바닥과 같았다. 손가락을 오므리면 가려지는 작고 초라한 삶. 그러한 삶도 빛을 받고 반짝거릴 수 있을까. 그것을 궁금해하던 순간이 있었다. 그리고 이제는 알게 됐다. 내 별 볼 일 없던 삶에도 빛이 숨어 있었음을.

가치 없는 삶이란 건 없었다.

"살아 있는 게 후회스럽고 고통에 허덕이는 순간이 오기도 하겠죠."

"그렇겠지. 그래도 후회보다 행복이 더 가득한 삶을 살았다면 괜찮지 않을까."

"좋네요. 후회보다 행복이 더 가득한 삶."

난 나직하게 속삭이며 활짝 웃었다. 이제는 감정을 죽이지 않아도 된다. 하루가 저물고, 내일을 맞이하는 게 더 이상 무섭지 않다. 우는 것보다 웃는 게 당연한 생활에 이제는 익숙해졌다.

올 때와 마찬가지로 돌아가는 길도 쉽지 않았다. 중간 마을에서 하룻밤을 보내고 쉼 없이 달려왔더니 크리스토퍼가에 도착했을 땐 아침이 밝아 오고 있었다.

길지 않은 시간이었지만, 그와 단둘이 여행을 다녀온 기분이었다. 몸은 피곤했지만 머릿속은 상쾌했다. 난 저택 문 앞에 서서 그와 마주했다.

"또 봐요, 라고 말할 수 있어서 기뻐요."

"나도."

빈센트가 붙잡고 있던 내 손을 들어 올렸다.

"또 봐, 내 사랑."

그러곤 손등에 다정히 입을 맞추었다. 뜨거운 감촉이 손등에 화인을 남기는 것 같다. 난 그 뜨거움을 한가득 쥐고 누구보다 행복하게 웃었다.

"또 봐요, 나의 빈센트."

□ ◆ □

"플로렌스."

"조금만, 조금만 더."

난 벽에 몸을 기댄 채 숨을 골랐다. 조금 전부터 긴장하던 몸이 쉽사리 진정되지 않았다. 허리를 조여 오는 코르셋의 고통도 화장에 뻣뻣해진 얼굴도 지금 이 순간의 불편함에 비하면 아무것도 아니었다. 난 달달 떨리는 손을 벽에 댔다.

어느 날 파티 초대장을 받았다. 평소엔 에단의 이름이나, 가문의 이름 정도만 적혀 있는데 이번엔 나와 에단의 이름이 선명히 박힌 두 개의 초대장이 도착했다. 처음엔 누가 보낸 건가 싶었다. 이름이 낯설었으니까.

'조엘라가 보냈네'

난 그때 조엘리의 풀 네임을 처음 알게 되었다. 그리고 그건 왕실에서 보내 온 초대장이었다. 언젠가 파티에 초대하겠다던 약속대로 그녀는 나와 에단에게 파티의 초대장을 보내 주었다.

왕가의 인장이 찍힌 편지를 받았으니 참석을 거부할 권리는 없었다. 며칠 동안 잠도 제대로 이루지 못한 채 파티에 참석할 준비를 했음에도, 정작 당일이 되니 긴장되는 건 어쩔 수 없었다. 어찌 성안으론 들어왔지만 파티장까지는 들어가지 못한 채 난 뒤쪽 테라스 기둥에 몸을 숨겼다.

"늦겠어."

에단이 회중시계를 확인하며 말했다. 난 알겠다고 고개를 끄덕였지만 어쩐지 다리에 힘이 들어가지 않는다. 그런 내 옆에서 날 지켜보던 빈센트가 에단을 바라봤다.

"먼저 들어가. 진정되면 같이 들어갈 테니."

"알겠어."

회중시계를 재킷 안주머니에 넣은 에단이 먼저 파티장으로 들어갔다. 난 멀어지는 에단을 눈으로 좇다가 빈센트를 돌아봤다. 빈센트는 테라스 난간에 걸터앉은 채 날 구경하고 있었다.

"죄송해요."

"별말씀을."

빈센트는 아무렇지 않아 보였다. 난 긴장을 풀고자 노력했다.

"다들 기다리고 있겠죠."

이번 파티엔 여러 가문이 초대되었다. 에드리아는 나와 함께 파티에 참석하는 것을 기대하는 눈치였다. 내가 파티에 잘 참석하지 않은 탓에 그녀와 함께하는 자리가 드물었다.

최근 난 바이올렛에게 에드리아를 소개해 주었다. 첫 만남부터 묘한 신경전이 오갔던 두 사람은 사이가 서먹한 듯했지만, 어느 순간 의기투합하며 친해져 있었다. 무슨 계기로 두 사람이 친해졌는지는 모르겠으나, 어찌 되었든 잘 지내니 다행이 아닐 수 없었다.

이후에는 로버트와 만났다. 오래전 벨루니타가에서 헤어진 후로 아주 오랜만의 재회였다. 아이는 제 성질대로 굴었던 때와는 달리 늠름하게 자라 있었다. 이제는 아카데미에 다니고 있다고 한다.

로버트는 날 제대로 기억하지 못했다. 어렴풋이 '예전에 만났던 좋은 사람'이라고 기억하고 있어 솔직히 좀 놀라웠다. 나쁘게 기억할 줄 알았는데. 어쨌든 로버트와의 재회는 또 다른 좋은 기억으로 남게 되었다.

내 교육을 담당했던 이자벨라는 벨루니타가로 돌아갔다. 이제 집사도 없고, 그동안 빈센트가 설득한 덕분에 돌아가기로 결정을 내려 주었다. 이후 단둘이 있게 되었을 때, 그녀는 내가 오게 될 날을 위해 자신이 먼저 가서 준비하고 있겠다고 말해 주었다. 마냥 무섭기만 했던 벨루니타가에서 이자벨라가 날 기다리고 있다고 생각하니 벌써부터 마음이 든든해졌다.

그동안 나는 정신없는 하루를 보냈다. 우선, 납치를 당했던 일이 뒤늦게 사람들에게 알려지면서 난 과분한 관심을 받게 되었다. 세간에선 날 '용감한 레이디'라고 칭송했다. 과도한 평가란 말이 있긴 했지만, 대부분은 그 일을 계기로 나에 대한 태도를 바꾸었다. 남작가에선 고맙다며 몇 번이나 꽃과 선물을 보내왔는지 모른다.

며칠 전엔 델링가의 식사 초대를 받았다. 그런 자리는 처음이라 걱정이 많이 되었는데, 다행히 델링 부부가 친절히 대해 주어 즐거운 시간을 보낼 수 있었다. 이후로도 여러 자리에 초대를 받았다. 이익을 따지지 않고 행동했던 일이 좋은 결과를 불러와 감사할 따름이지만, 아직까지는 반감이 아닌 호감을 받는 게 당연해진 생활이 어색하기만 했다.

납치 사건의 후일담은 예전에 에드리아를 통해 대략적으로 전해 들었다. 붙잡힌 납치범들은 모두 감옥에 갔다는 것, 납치를 사주한 범인도 붙잡혔고 재판을 통해 곧 법의 심판을 받게 될 거란 것, 남작가의 막내아들이 다행히 건강을 되찾고 잘 지내고 있다는 것까지.

나는 작년에 그 막내아들을 만난 적이 있었다. 에단을 통해 날 만나고 싶다고 여러 번 얘기를 전해 왔는데, 한 번은 만남의 자리를 갖자는 그의 제안을 난 받아들였다.

그렇게 만난 남작가의 막내아들과 처음으로 제대로 된 인사를 나눴다. 아이는 예전에 보았던 의젓한 모습 그대로였다.

'크리스토퍼 양을 이렇게 만나 뵐 수 있어 영광입니다.'

'아니에요. 몸은 좀 어떠신가요?'

'이제 아무렇지 않습니다.'

아이는 사실 그때의 일이 잘 기억나지 않는다고 했다. 난 다행이라 생각했다. 괜히 안 좋은 기억을 가지고 있는 것보다야 아무것도 기억하지 못하는 게 더 나았다. 그래도 자신을 구해 주었던 건 익히 들어 알고 있다며 아이는 나를 향한 호감을 드러냈다.

'기회가 닿는다면 연락을 주고받고 싶습니다!'

'그래요. 저라도 괜찮으시다면.'

부담스러웠지만, 꼭 받아 달라는 간절한 얼굴을 보니 차마 거절할 수가 없었다. 내가 수락하자 아이는 아주 기뻐했다. 얼굴까지 붉히며 이후에 다시 만날 약속도 잡았다. 그 자리엔 에드리아도 함께했다. 에드리아와는 연락을 주고받은 적이 있었는지 두 사람은 금세 살가운 대화를 나눴다. 아이는 올해 로버트가 다니는 아카데미에 입학했다. 그리고 오늘 파티에 참석한다는 편지를 받았다.

"기다리고 있겠지."

빈센트가 턱을 괸 채 벽면에 찰싹 붙어 있는 날 주시했다. 언제까지 저러고 있나 보자는 얼굴이었는데, 내가 계속 긴장을 풀지 못하니 한마디 덧붙였다.

"뭐가 그렇게 불안해."

"그냥……."

난 우물쭈물했다. 빈센트는 재촉하지 않고 날 기다려 주었다.

"……들키면 어떡해요."

불안하니 나쁜 습관이 나온다. 그동안 파티나 살롱엔 제법 참석해 보았지만, 이렇게 대대적인 규모는 처음이라 어쩔 수 없었다. 그것도 왕실에서 개최한 파티라니. 얼마나 많은 가문의 사람들이 오겠는가. 그만큼 난 많은 사람들의 관심을 받게 될 것이다. 난 그곳에서 자칫 실수라도 할까 봐 너무 무서웠다. 내 작은 실수에서 그들이 어떤 걸 발견하고, 어떤 감상을 할지 불안했다. 누군가 내가 가짜라는 것을 알아채지는 않을까? 게다가 이번에 난 빈센트의 약혼녀로서의 역할도 해야 했다. 마른침이 꿀꺽꿀꺽 삼켜진다.

그런 날 향해 빈센트는 덤덤하게 대꾸했다.

"그땐 앞으로 어떻게 할지 함께 생각해 보면 되겠지."

'함께.' 그 말이 벅차게 들려왔다. 난 간지러운 입술을 오물거렸다. 하얀 벽을 바라보며 다른 의미로 두근대는 심장을 진정시키는 사이, 빈센트가 내 옆으로 몸을 굽혔다. 그러곤 아침부터 곱게 단장한 내 옆머리를 귀 뒤로 넘겨 주었다.

"이제 긴장이 풀렸어?"

"조금요."

"그럼 갈까?"

빈센트가 손을 내밀었다. 약지에 끼워진 반지가 반짝거렸다. 나는 숨을 크게 후하후하 내쉰 뒤 결의에 찬 표정으로 그의 손을 맞잡았다.

"네, 가요."

그런 내 얼굴을 본 빈센트가 돌연 웃음을 터트렸다.

난 눈을 큼지막하게 떴다. 눈가를 찡그린 채 하하 소리를 내며 웃음소리를 흘리는 빈센트의 얼굴이 마치 어린아이 같았다. 경계가 완전히 풀어진 얼굴은 감정을 숨김없이 드러내고 있다. 그제야 이곳에서 만났을 때부터 그의 기분이 굉장히 들떠 있었다는 걸 깨달았다.

난 멍하니 그의 얼굴을 바라봤다. 빈센트는 웃으며 내 몸을 일으켜 세웠다. 그리고 내 손을 단단히 붙잡은 채 파티장으로 이끌었다.

테라스의 문이 열렸다. 환한 빛줄기가 눈부시게 쏟아져 내렸다. 사람들의 이목이 쏠렸다. 익숙한 얼굴들이 날 맞이했다. 난 그들과 인사를 나눴다. 그러면서 빈센트를 바라봤다. 그는 여전히 웃고 있었다. 순수하게 즐거워하는 얼굴을 보니, 어쩐지 조금 전까지 온몸을 감쌌던 긴장감이 완전히 사라지는 듯했다.

화려한 샹들리에 아래에 펼쳐진 세상은 정신을 앗아 갈 듯 아름다웠지만, 한편으론 무섭게 느껴지기도 했다. 하지만 그 속에서 빈센트와 함께한다고 생각하니 그곳으로 향하는 걸음이 더 이상 겁나지 않았다. 어느새 나도 빈센트를 따라 웃고 있었다.

"행복해요?"

"응. 행복해."

빈센트가 말했다. 나도 고개를 끄덕였다.

아아, 행복하다.

나는 지금 행복하다!

삶을 포기하지 않아서, 누군가와 함께할 수 있어서, 그리고 날 사랑해 주는 사람들과 지금 이 자리에 서 있을 수 있어서 나는 너무도 행복했다. 우리는 파티가 끝날 때까지 웃음을 잃지 않았다. 어느 순간 불안감이 아닌 즐거움이 넘쳐흘렀다.

후회보다 행복이 더 가득한 삶.

늘 그렇듯이 평범한 하루였다.

□ ◆ □

왕실에서 개최한 파티였다. 가장 집중을 받은 건 크리스토퍼 가문에 입양된

한 아가씨였다. 그녀를 처음 본 사람들은 크리스토퍼 백작의 친족이라 믿기 어려울 정도로 추한 그녀의 얼굴을 비웃고 헐뜯었다. 그러나 큰 사건 이후 혈육을 죽이고 살아남은 백작이란 끔찍한 소문을 달고 다닐 만큼 차가웠던 남자가 자신의 동생에게 다정한 얼굴을 보여 주자 모두가 깜짝 놀라 했다. 또한, 그녀의 약혼자인 벨루니타 백작의 태도는 말할 것도 없었다.

두 남자의 사랑을 한 몸에 받은 여자는 모두에게 질투의 대상이자, 부러움의 대상이 되었다. 여전히 꼬리표처럼 따라붙었던 괴상한 소문 또한 그들의 다정한 모습에 완전히 사그라져 버렸다. 사람들에게 둘러싸여 있는 그녀는 누구보다 눈부셨음을 부정할 수 없었다.

그로부터 1년 뒤 크리스토퍼 가문과 벨루니타 가문이 혼인을 통해 연을 맺었다. 너무도 오래 걸렸던 약혼식에 비하면 빠른 진행이었다.

혼인식엔 많은 사람들이 참석해 주었다. 신분에 상관없이 참석할 수 있는 자리였다. 모두의 축복 속에서 일생을 함께하게 될 남자와 마주한 신부는 그 못난 얼굴이 무색하게도 너무도 아름답게 반짝였다. 사람들은 아무도 그녀가 어둠 속으로 사라진 시녀였음을 알지 못했다.

그리고 여느 동화처럼, 그녀는 사랑하는 사람들과 함께 오래도록 행복하게 살았다고 한다.

이것은 한때 비밀을 남기고 사라진 한 시녀의 이야기.
그리고 자신의 행복을 찾아간 한 귀족 아가씨의 이야기.
바로 나의 이야기다.

— *fin*